Antes de você ir

Cartas para Thomas- vol. 1

Editora Appris Ltda.
1.ª Edição - Copyright© 2025 da autora

Catalogação na Fonte
Elaborado por: Josefina A. S. Guedes
Bibliotecária CRB 9/870

S629a
2025

Skylari
Antes de você ir: cartas para Thomas: volume 1 / Skylari. – 1. ed. – Curitiba: Appris, 2025.
393 p. ; 27 cm.

ISBN 978-65-250-7704-8

1. Ficção brasileira. 2. Amizade. 3. Música. 4. Cartas. 5. Amor. I. Título.

CDD – B869.3

Appris editorial

Editora e Livraria Appris Ltda.
Av. Manoel Ribas, 2265 – Mercês
Curitiba/PR – CEP: 80810-002
Tel. (41) 3156 - 4731
www.editoraappris.com.br

Printed in Brazil
Impresso no Brasil

Skylari

Antes de você ir

Cartas para Thomas - vol. 1

Curitiba, PR

2025

FICHA TÉCNICA

EDITORIAL	Augusto V. de A. Coelho Sara C. de Andrade Coelho
COMITÊ EDITORIAL	Ana El Achkar (Universo/RJ) Andréa Barbosa Gouveia (UFPR) Jacques de Lima Ferreira (UNOESC) Marília Andrade Torales Campos (UFPR) Patrícia L. Torres (PUCPR) Roberta Ecleide Kelly (NEPE) Toni Reis (UP)
CONSULTORES	Luiz Carlos Oliveira Maria Tereza R. Pahl Marli C. de Andrade
SUPERVISORA EDITORIAL	Renata C. Lopes
PRODUÇÃO EDITORIAL	Sabrina Costa
REVISÃO	Camila Dias Manoel
DIAGRAMAÇÃO	Amélia Lopes
CAPA	Larissa Reis
REVISÃO DE PROVA	William Rodrigues

Meu amor, meu coração
está respirando por esse
momento, no tempo.
Eu acharei as palavras para dizer
antes que você me deixe hoje

(One Direction – "Moments")

Para aqueles que já perderam um amor,
mas nunca deixaram de senti-lo.
Porque algumas histórias não terminam,
apenas esperam para recomeçar.

Apresentação

Olá, como vai? Eu sou Larissa, a autora deste romance, que você está prestes a conhecer.

Foi aos 8 anos de idade que eu li o meu primeiro livro extenso, dado por Cleuza, a minha professora da segunda série. A obra *Descanse em Paz, Meu Amor*, do autor brasileiro Pedro Bandeira, ainda está na minha estante como uma doce lembrança do que eu já fui um dia. Foi na sala de aula dela que escrevi o meu primeiro conto, ainda com apenas 8 anos.

A partir daí, sempre tentei colocar no papel tudo o que florescia de mim. Levei horas, dias e anos escrevendo histórias, mas infelizmente muitas foram perdidas. Me tornei autora de *fanfics* em meados de 2014, lá no site Nyah Fanfiction. Escrevia sobre *A Seleção*, da autora Kiera Cass; sobre o Légolas, personagem de *O Senhor dos Anéis*, e o seu pai, Thranduil. Passei uns bons anos dedicada a apenas isso enquanto fazia a minha faculdade de engenharia.

Naquele ano de 2014, mesmo me aventurando nas *fanfics*, inventei a primeira história de romance que fosse cem por cento minha. Foi em uma viagem até a *Comic Con*, em São Paulo, que a ideia brotou insistentemente na minha cabeça. Também, não foi por menos: dentro de uma van com inúmeros nerds, os condutores só tinham um único pen drive com poucas músicas, e era justamente uma seleção de sertanejo universitário. Claro, todo mundo odiou. Eu inclusive. Mas foi dessa maneira que conheci a música "365 dias", da dupla Thaeme e Thiago, que passou durante a noite inteira repetindo a mesma coisa, praticamente a cada hora: "*Ainda vou aonde a gente ia, pensando em te ver de novo. Minha esperança ainda fantasia nosso reencontro...*".

Sem conseguir dormir, impossibilitada de ler por causa do escuro e ansiosa para chegar logo, foi assim que a ideia nasceu. No primeiro instante imaginei essa exata cena acontecendo justamente comigo. O que eu faria no lugar dessa personagem (da música)? Como eu me sentiria se fosse abandonada? Quais sentimentos guardaria em meu coração depois de tanto tempo, caso fosse amor verdadeiro? A minha mente voou como nunca e me trouxe ele: Thomas Gale, personagem que teve esse nome graças a *The Maze Runner*. Eu me lembro de estar um pouco obcecada por esse filme, assim como por *Jogos Vorazes*, apesar de preferir o *Peeta*.

Thomas é o meu melhor amigo. Ele se apaixonou por mim, eu por ele, e ele foi embora. Essa é a primeira premissa da história.

Como Perder a Garota dos Seus Sonhos foi o primeiro título que dei a ela, lá em 2015. Postei-a no Nyah algum tempo depois, mas não consegui concluir mais do que dois ou três capítulos, e apaguei-a. Guardei os rascunhos em meu e-mail para nunca me esquecer, e segui a vida postando *fanfics* de *O Senhor Dos Anéis*, que era o que mais atraía leitores para mim. Ainda hoje tenho cerca de 260 mil leituras acumuladas no Wattpad, lugar onde me identifico como -*Skylari*-.

Foi na pandemia que voltei a escrever essa história para valer, e terminei-a em meados de 2022.

O Wattpad também foi uma das casas de *Cartas para Thomas*. No momento em que escrevo esta carta, tem mais de 78 mil leituras no *app*. Alcancei o Top 1 na categoria "Romance" em 2023, em meio a mais de 540 mil histórias. No Lera, a história voou mais alto: acumulou 415 mil leituras e tornou-se destaque por muitas semanas.

Cartas para Thomas fala sobre amizade, acima de tudo. Thomas e Isabelle começam a jornada aos 10 anos de idade e crescem juntos até os 17, quando começam a namorar. Mas, nesses sete anos juntos, a ênfase é no amor e apego emocional que um tinha pelo outro.

Fala sobre sacrifícios, sobre abuso, sobre o poder que uma família tem em influenciar a sua vida pelo resto dos seus dias. Quando Thomas misteriosamente vai embora, a jornada de Isabelle é focada em superar a dor do luto no cotidiano e a falta de respostas, até entrar em um relacionamento aparentemente maduro, mas que, aos poucos, mostra a sua verdadeira face.

Fala sobre o tempo, sobre memórias que nunca se apagam e sobre como lidar com a falta de alguém que foi tão importante. Como é viver sem aquela pessoa que fazia o seu dia mais feliz? Que era a sua sombra, o seu suporte, a sua motivação?

Também fala sobre sonhos, sobre nunca ser tarde para recomeçar, sobre como é necessário ter saúde mental e não sentir vergonha de pedir ajuda.

Em conversa com meus leitores, sempre deixo uma pergunta que acaba sendo instigante e os faz querer continuar a história até o fim: o que aconteceu com a família de Thomas?

Até hoje nenhum conseguiu acertar antes da hora. Nem mesmo meu marido, que me conhece muito bem há mais de 12 anos.

Agora, caro leitor, é a sua vez de embarcar nesta jornada. As respostas virão, mas no tempo certo. Aproveite cada página.

-Skylari

Sumário

Prólogo

Thomas

2005

— Thomas, pegue logo as suas coisas! — ouço a voz do meu pai soar da porta, tão nervosa a ponto de me assustar. — Você tem cinco minutos para entrar naquele carro, moleque!

— Não fale assim com ele — minha mãe o interrompe, entrando no quarto tão rapidamente que o seu fôlego se perde no meio do caminho. — Thomas é só uma criança e não tem culpa de nada do que você fez!

Sinto meus olhos arderem e estou prestes a chorar. Há coisas que simplesmente não consigo processar e, mesmo que meu pai diga continuamente para engolir o choro, perco meu equilíbrio e deixo as lágrimas virem.

Agora era um desses instantes.

— Nós ainda temos algum tempo — minha mãe diz para ele após vê-lo socar a parede, nervoso. — E não podemos simplesmente partir sem saber para onde iremos ou o que planeja desta vez!

— Você já sabe para onde iremos — ele nos encara com chamas vivas em seus olhos. — Para bem longe daqui. E, se você não quiser morrer, acho prudente que venha comigo!

Minha mãe suspira e passa as mãos em seu semblante, apavorada. Sinto meu coração entrar em alerta acima das ameaças.

— Meu amor... — ela tenta me afagar a face enquanto fala. Sinto seus dedos tocando minha bochecha e desviando o meu olhar daquele homem que tanto me assusta. — Nós vamos para outra cidade, está bem? Vamos morar em outra casa.

— Vocês têm cinco minutos ou eu partirei só! — meu pai dá o seu ultimato. — Pare de tratar Thomas como um bebê, Suzana. Ele já tem quase 10 anos de idade e parece um pirralho chorão graças a você.

Ela engole em seco, mas não desvia o seu olhar do meu.

— Por que vamos embora? — pergunto com um pouco de medo.

Eu não entendia o motivo de estarmos partindo tão de repente. Até ontem, eu havia ido para a escola e estava tudo conforme planejavam todos os anos, mesmo odiando cada segundo daquele lugar.

— Porque nós precisamos ir — ela me diz com a voz doce, e passa sua mão em meus cabelos. — Mas nós vamos para um lugar muito melhor do que este, está bem? Seu pai comprou uma casa grande para nós. Não vamos mais morar em um apartamento tão cinza e fechado como este. Vamos morar em um lugar onde há um quintal para você e eu irei colocar um balanço bem no meio de uma árvore para balançar você.

Eu a encaro ainda muito confuso.

— Mas... por quê? — questionei. — Por que nós vamos morrer se ficarmos aqui?

Ela olha aos arredores do meu quarto e eu entendo que se sente absolutamente perdida.

— Porque não somos felizes aqui, não é mesmo? — disfarça a resposta e eu franzo o cenho. — Nós vivemos trancados, reclusos. Você não tem amigos. Não é saudável para você ficar sozinho.

— Vocês não me deixam fazer amigos.

— Eu sei, eu sei. Mas, a partir de hoje, você poderá ter quantos amigos quiser, está bem? Nós vamos nos mudar para uma casa imensa, com um jardim para você brincar, e colocaremos você numa escola onde nenhum garoto vai tentar machucá-lo. Eu prometo, meu amor, que poderá ser exatamente como você é e ter a amizade que desejar. Só que, para isso acontecer, nós precisamos sair daqui o mais depressa possível. Vamos tentar arrumar as suas coisas?

— Meu pai está me deixando com medo — sussurro para ela enquanto o vejo andar de um lado para o outro com uns homens carregando nossos móveis.

— Nada de ruim vai acontecer com você. Nós vamos ter uma vida nova. Você não queria ir a uma festa de aniversário? Não queria ir para a escola de ônibus com os seus coleguinhas? Fazer uma festa do pijama? Então. É o que vai acontecer. Você vai poder ter tudo o que não tem.

Assinto quando a noto sorrir, mesmo com lágrimas nos olhos.

Tento espantar a tristeza e me levanto um pouco mais confiante. Contudo, mesmo que minha mãe aja como se eu fosse uma criança indefesa, entendo que a situação não é nada agradável, por mais que ela tente maquiar me fazendo promessas. Meu pai parece um demônio soltando fogo pela boca enquanto grita.

Ela tenta me acalmar enquanto me ajuda. Me promete muito mais do que antes, me enchendo de grandes expectativas.

— Nós vamos deixar tudo isso para trás, para sempre, e nada mais vai nos abalar, eu juro a você. Nada.

Contudo...

Quase oito anos depois a mesma cena se repete como se um buraco no espaço-tempo se abrisse diante mim e me sugasse para o mesmo dia.

Meu pai está gritando e dizendo que tenho apenas cinco minutos para partir, me exigindo pressa, agindo como um demônio saído diretamente do inferno para me atormentar, me empurrando e esmagando meus braços para agir de acordo com a necessidade dele.

É tudo exatamente tão igual que meu corpo simplesmente se encolhe diante dele. E eu me sinto indefeso.

Só que, diferentemente de tudo o que aconteceu anos atrás, agora eu não sou mais criança e tinha uma história.

E um amor.

Isabelle.

Se eu sumir de uma hora para outra, será que algum dia ela irá me perdoar? Se eu partir e desaparecer por um tempo, quanto dele ela me esperaria?

Não podia simplesmente fingir desta vez que tudo ficaria bem, mesmo que me prometessem novamente uma nova vida.

Eu sabia que não iria ficar.

E sabia que meu coração ficaria para trás junto a ela...

Capítulo 1

Maio de 2021

Minha cabeça está zumbindo enquanto o nome dele ecoa dentro de mim.

Eu sinto vontade de arrancá-la fora apenas para parar de pensar nele. Nem que fosse por um único segundo.

Oito anos, Isabelle. Oito anos! E você ainda pensa naquele idiota da mesma maneira, como se tudo tivesse acontecido ontem?

Supera, imbecil. Já passou do tempo.

Checo as horas pela terceira vez no relógio pendurado na parede, acima da cabeça da recepcionista, no consultório de psicologia. São 8h35 da manhã e minha sessão começa em 25 minutos. Enquanto aguardo, minhas pernas tremem.

Sou uma garota muito ansiosa. Perdão, mulher. Completei 26 anos de idade há pouco mais de um mês e meio, mas ainda não me acostumei com o tempo corrido entre os 18 e o agora.

Para alguém que convive diariamente com a ansiedade, é um pouco contraditório, eu sei, mas os dias que se passaram até aqui foram divididos em três etapas com mais ou menos a mesma duração: criança, adolescência e a vida adulta, sendo uma delas a principal causadora das minhas noites de insônia.

Estive a ponto de abandonar a clínica três vezes desde o segundo em que coloquei meus pés aqui. Simplesmente acho que não conseguirei falar sobre meus problemas. Eu quase nunca consigo. Num dado momento, entre uma palavra e outra, meu peito dói, minha garganta se fecha e eu me vejo debulhada em lágrimas e soluços infindáveis.

Todavia, preciso encerrar esse ciclo e me tornar a mulher que tanto sonhei um dia em ser. E essa mulher é madura o suficiente para conversar com alguém sem deixar os sentimentos caóticos atrapalharem no meio do caminho. Essa mulher é segura de si e não deixa que os outros pensem que ela é frágil, pelo contrário.

Você consegue, repito mentalmente.

E eu sei que estou a um passo de me tornar essa mulher incrível que tanto desejo ser. Porém, existe um assunto que sempre me pega desprevenida e faz que eu me tranque num refúgio interno, no fundo da minha alma, em um lugar praticamente inalcançável.

Só existiu, em toda a minha vida, uma pessoa que conseguia me arrancar de lá, mas essa pessoa é o meu motivo de estar aqui hoje.

Foi ele quem me jogou no fundo do poço.

Tento espantar meus pensamentos antes que comece a tremer a pernas de forma violenta ou bater os pés em ritmo frenético no chão. Geralmente preciso ensaiar o que vou dizer aos outros, mas, desta vez, resolvi que deixaria fluir naturalmente. Tenho tendência a ser tagarela, ou o contrário — é sempre 8 ou 80, atualmente não tenho meio-termo.

Procuro o celular e checo se tem alguma mensagem. Nenhuma. Meu círculo de amizades é pequeno por escolha minha. Não trabalho aos sábados, por isso sem perturbações nos fins de semana da empresa, e meu namorado provavelmente está dormindo depois de chegar da sua viagem de negócios nesta madrugada.

Ele trocou a foto do perfil do aplicativo de mensagens para uma em que estamos nos beijando. A admiro por um instante e me lembro da sorte que é tê-lo ao meu lado. Na verdade, ele sempre foi apaixonado por mim, mas demorei um pouco a lhe dar uma chance. Porém, estamos juntos há dois anos, e esse tempo parece bastante curto perto de tudo o que passei ao lado de outra pessoa...

Fecho o aplicativo de mensagens e resolvo tentar reler um relatório que o hospital me mandou na tarde de ontem, por e-mail.

Novos contratados, sendo dois médicos plantonistas e um residente cardiologista de última hora.

E é neste que me concentro por um longo e interminável minuto.

Ele é o culpado por eu estar aqui hoje e ter marcado essa consulta com urgência.

Fecho a aba do e-mail antes de terminar de ler o relatório. Eu nunca consigo passar pelo nome dele porque me sinto paralisar diante da inesperada surpresa que é vê-lo ali.

— Querida? — a recepcionista chama a minha atenção. — Gostaria de um pouco de café?

— Não, obrigada — o café me traria um pouco mais de ansiedade e palpitações desreguladas em meu peito, impossíveis de serem acalmadas a menos que tenha algo que exigisse muito esforço para fazer logo depois.

Faltando 15 minutos para entrar, recebo uma ligação de Elisa.

— *Tudo certo para hoje?* — questiona após o bom-dia, e eu franzo o cenho sem entender.

— *Combinamos algo?*

— *Marcamos de ir experimentar os vestidos, esqueceu?*

Claro.

— *Ah!* — exclamo com certo sentimento de culpa. Sou a madrinha de casamento dela, a única, na verdade. E esses compromissos deveriam ser mais do que levados a sério por mim, afinal Elisa é minha melhor amiga. — *Será que pode ser daqui a uma hora e meia, mais ou menos? Estou prestes a entrar numa consulta.*

— *Tudo bem, não tenho mais nada para fazer hoje. Nós nos encontramos umas 10h30, pode ser? Perto do ateliê.*

— *Ótimo. Até lá.*

Quando entro na sala, sinto um frio no pé da barriga. Já estive em várias sessões com outros profissionais de saúde mental, mas nunca por vontade própria. Desta vez, fui eu a procurar ajuda.

Ela, uma senhora de meia-idade, sorri amável quando me chama. Mostra a poltrona marrom ou o sofá visivelmente mais aconchegante de cor bege, e escolho me sentar no último. Se aconchega em frente a mim e pega um caderno, o repousando em seu colo com uma caneta a postos. Sua roupa confortável, seu calçado baixo e o ambiente com luz natural, velas, vasos de flores e escolha de tons verde pintado grosseiramente na madeira da mobília me dizem muito sobre ela.

Seu nome é Janine Lúcia Fletcher, psicoterapeuta e doutora em psicologia cognitiva, e as únicas rugas que vejo em seu rosto são as do seu sorriso. Como boa observadora, noto que ela tenta passar ao máximo para seus clientes uma imagem confiável e tranquila.

— Seja bem-vinda, Isabelle — sua voz cai em meus ouvidos suave como uma pluma. — Eu sou Janine. No que posso ajudá-la hoje?

A todos os profissionais que fui, foi dessa mesma maneira. Eles sempre começam com essa pergunta e eu me sinto perdida na resposta — principalmente porque, na maioria das vezes, eu não queria a ajuda de ninguém.

— Não sei explicar objetivamente — respondi com sinceridade.

— Por que está aqui? — questionou novamente. — Qual o motivo pelo qual quis procurar alguém para desabafar?

Isso estava sendo muito direto para mim.

— Não sei, eu... queria conversar com uma pessoa que não tivesse ainda ouvido tudo pelo que tenho passado. Ou que soubesse de tudo e tomasse partido. Um profissional novo e que possa ter um ponto de vista diferente dos outros. Mas eu não sei como falar sobre isso. Na verdade, precisarei de muitas sessões para contar.

— Tudo bem — continuou ela, notando que eu não conseguia mesmo dar uma resposta simples e breve. — Vamos recomeçar. Por que não fala um pouco sobre você?

Suspirei antes que o turbilhão de pensamentos tomasse conta de mim. Quem eu era? Existiam tantas versões da mesma Isabelle que eu simplesmente não conseguia responder logo de cara.

— Meu nome é Isabelle Aimê Brites, eu tenho 26 anos.

Dra. Janine anotou algo em seu caderno e voltou a me encarar.

— Que nome do meio diferente.

— É da minha avó paterna. Eu não sou muito fã dele.

— Certo. Continue.

— Nasci em Mariporã, uma cidade que fica a mais ou menos três horas daqui. Vim para Soledade quando faltavam uns quatro meses para completar 10 anos de idade, duas semanas antes do Natal. Não me lembro muito de lá, confesso. Tenho poucas memórias de Mariporã, mas sei que tive uma infância tranquila.

— Noto que começou a sua apresentação indo um pouco mais longe do que a maioria das pessoas faz — Janine reparou. — Não precisa adiantar as coisas, claro, mas vejo que o que a incomoda traz a necessidade de ir até a infância para começar a sua narrativa.

Franzi o cenho sob a sua perspectiva correta. Ela era objetiva, não fazia rodeios, mas eu precisava de paciência para contar a minha história.

— Sim, e é uma longa jornada — adverti. — Talvez um pouco cansativa.

— Estou aqui para ouvi-la e compreendê-la da melhor maneira possível — concluiu com um sorriso. — Não veja minhas observações como afobação. Apenas peço que concorde ou não com minha análise de vez em quando acerca do que me conta, isso ajudará bastante.

— Certo.

— Continue, por favor. Veio de Mariporã, então. Não tem muitas memórias, mas lembra que foi tranquilo. E essa vinda para cá? Afetou em algo, imagino.

— Não exatamente. Não demorou muito para me habituar à cidade em si, aqui não é muito diferente de lá. Todavia, eu me senti só por um curto período de tempo. Uns três meses e meio, mais ou menos. Afinal, meus primos e colegas da escola ficaram para trás.

— Entendo. Então, sem sentimentos amargurados pela mudança repentina de ambiente — concluiu ela com voz pacífica. — Bom, bom. Normalmente crianças tendem a sofrer com baixo desempenho escolar após a troca de escola. Foi o seu caso?

— Eu nunca fui mal na grade escolar — sorri um pouco nervosa. Minhas mãos começaram a suar e percebi alguns dedos tremerem. — Na verdade, eu... tinha um amigo que sempre estudou comigo. No que eu não conseguia fazer, ele me ajudava, e vice-versa. Foi assim da quarta série até o último grau. E ele era o meu melhor amigo.

— E qual é o nome desse amigo?

Suspirei e fechei os olhos antes de responder. Engoli em seco e senti a garganta apertar, mas eu não deixaria que aquele sentimento amargurado tomasse conta de mim antes mesmo que eu pudesse falar algo sobre. Desta vez eu iria continuar, e iria até o fim.

— Thomas — encarei a psicóloga com um pouco de dificuldade. Estava estampado em meu rosto que o problema que havia me levado até aquela sessão era relacionado a ele. — O nome dele é Thomas.

Capítulo 2

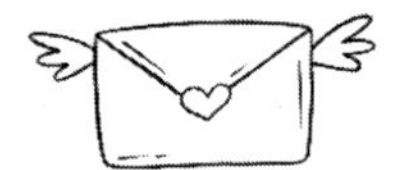

Instituto Educacional Marianne de Paula

1º de março de 2025

Thomas se sentou em uma carteira atrás da minha em seu primeiro dia de aula, mas, ao contrário de mim, ele conversava com qualquer um que aparecesse. As aulas haviam começado um mês atrás, porém, como sempre, fui bem introvertida, ainda não tinha feito amigos até aquele dia.

Ele falava com alguns meninos antes de a aula recomeçar, após o intervalo. Eu me senti nervosa com a sua presença, pois queria ficar isolada ao máximo naqueles dias e não tinha ninguém tão tagarela ou extrovertido por perto.

E, por Deus, como ele falava! Não comigo, mas escutava a sua voz mesmo do outro lado da sala de aula.

Demorei a me acostumar com a escola. Não estava me sentindo mal nela, mas era bom conhecer o ambiente em que pisava primeiro antes de me sentir segura nele. Por isso, eu preferi me isolar e observar como conseguiria enfrentar meus dias ali.

Contudo, mesmo na frente da sala — onde basicamente nenhuma criança queria se sentar —, a preferência dele foi a segunda cadeira da primeira fila da esquerda para a direita.

Eu aguardava a aula recomeçar, sozinha. A professora ainda não tinha aparecido e o barulho da sala estava infernal, mas não me impedia de ler *João e Maria* enquanto ignorava a existência de todos à minha volta, inclusive do garoto novo, que vinha de três estados à frente no país — de acordo com ele em sua apresentação para a sala.

Ele é loiro, seus cabelos são mesclados entre o claro e a cor de mel; seus olhos, cor de chocolate de *qualidade duvidosa*; e ele parece ser um pouco mais alto do que a maioria dos garotos ali. A essa altura, eu sabia o nome dos quase 30 alunos da sala, mesmo tendo plena certeza de que quase nenhum ali se lembrava do meu.

Havia uma garota em especial que chamava atenção de todos pela sua beleza incomum. Seus cabelos eram cor de cobre; sua pele, clara como neve; e olhos, azuis como água de piscina. Seu nome é Beatriz e ela está sempre rodeada de meninas e meninos como se todos quisessem um segundo da atenção daquela divindade exótica.

Sinto um pouco de inveja dela, mas, ao mesmo tempo, eu me sinto aliviada por não chamar atenção dessa forma. Afinal, nunca consegui administrar tantas pessoas ao mesmo tempo e acho que sentiria meu corpo se derreter com tanto assédio.

Thomas está perto dela, assim como quase todos os garotos da sala. Não me importo com eles, apesar de já saber nesta idade o gosto da rejeição. A primeira vez que me apaixonei tinha apenas

6 anos de idade, mas me lembro com um gosto amargo na boca do sentimento de desprezo de uma recusa à aproximação. Desde então, tento não me deixar levar por garotos.

Num dado momento, ele volta para a sua carteira e parece desistir de ter uma conversa com eles. Na verdade, parece um pouco chateado e visivelmente frustrado.

O encaro por um tempo vendo a sua expressão zangada na junção de suas sobrancelhas. Percebo que algo não o agradou e me perguntava o que era sem me dar conta de que o olhava por tempo o bastante para ele notar.

Senti o rosto corar quando o percebi sorrindo para mim no exato momento em que seus olhos se encontraram com os meus.

Minha pele se arrepiou. Por um momento, senti medo.

— Como você se chama? — perguntou ele sem rodeios.

— Isabelle — minha voz saiu um pouco mais baixa do que imaginei.

— Eu sou Thomas — ele me cumprimentou com um aperto de mão que me foi muito estranho. Parecia um adulto, e nunca nenhuma criança se apresentou assim para mim.

— Eu sei — tentei sorrir para ele da mesma forma cordial. — Ouvi a sua apresentação.

— Eu achei que você não falava — disse com sinceridade.

Franzi o cenho.

— Não tenho nada para falar, geralmente — tentei me justificar, depois dei de ombros. Afinal, era verdade.

— Todo mundo tem algo para falar, só não apareceu a oportunidade ainda — concluiu ele, e eu fiquei pensando nesse argumento, um tanto confusa. Parecia tão... maduro.

— Então, por que estava chateado? — perguntei após uns segundos.

Thomas voltou sua atenção para o grupo de garotos à frente antes de responder. Ele suspirou como se não quisesse falar sobre.

— Não estou chateado, apenas queria fazer amigos. Mas acho que ninguém se interessou por mim.

Thomas fez beicinho e eu soltei uma risada sem querer. Ele era diferente, juro que nunca havia conhecido alguém que fosse à procura de fazer novos amigos assim, tão confiante, num ambiente que não conhecesse. Ou isso, ou eu era muito reservada para atrair a atenção de alguém que tivesse esse tipo de comportamento.

— Por que está rindo? — me questionou, mas notei que ele sorria junto.

Ele tinha um sorriso largo, e ruguinhas se formavam em seu nariz todas as vezes que abria os lábios de orelha a orelha. Havia algumas sardas em seu rosto claro, seus olhos eram curiosos e brilhantes, e tinha um sotaque um pouco carregado do Norte. Eu diria que ele era uma criança bonita — talvez não a mais bonita daquela sala, mas, ainda assim, um encanto.

— Não me vejo tentando fazer amigos dessa maneira, sabe? Acho que demora um pouco de tempo para se acostumarem com a nossa presença, afinal somos novos na sala — expliquei. — Mas você não parece se importar.

— Você é nova na sala?

Balanço a cabeça afirmando.

— Cheguei neste ano. Todos os outros já estudavam juntos desde a primeira série, aparentemente.

— E como sabe disso?

Era complicado explicar. Eu não conversava com ninguém, mas ouvia tudo.

— De onde você é? — ele pergunta entre um suspiro e outro.

— Mariporã. Fica a três horas daqui.

— Eu vim de Amburgo, no Pará — ele abaixa os ombros num sinal claro de apatia. — Dois dias e meio viajando de carro. Foi muito chato.

— Por que não vieram de avião?

Dois dias viajando não parecia ser muito confortável.

— Eu não sei. Acho que é porque tinha muitas coisas para carregar — ele disse, mas confesso que a apatia de Thomas não parecia ser causada por esse motivo.

A professora apareceu em algum momento entre a nossa conversa e eu só notei quando chamou a atenção de toda a sala. Suas coisas já estavam posicionadas na mesa e o quadro dos exercícios anteriores estava apagado, o que sugere que fiquei distraída por algum tempo conversando.

Ajeitei minha coluna na cadeira e me concentrei na aula. Quando todos ficaram calados, ela se virou para o quadro e escreveu uma das coisas que eu mais havia temido até agora naquela escola nova:

Trabalho em dupla. Tempo para conclusão: 50 minutos.

— Juntem suas carteiras e formem duplas. Não mais do que isso — pediu, e eu senti meu sangue paralisar nas veias.

Não tinha nenhum amigo até aquele momento para me juntar, e ter de esperar todos se ajeitarem para ver se sobrava alguém para ficar ao meu lado era um pouco frustrante.

Eu ainda não tinha feito 10 anos de idade. Estava na quarta série (ou quinto ano, como preferirem) do ensino fundamental. Não tinha amigos nem sabia como fazer um assim de repente.

Eu era uma menina reclusa, simplesmente. Se dependesse de mim para pedir alguém para fazer dupla, ficaria sozinha pelo resto da vida.

Porém, entre um arrastar e outro daquele barulho infernal das carteiras, senti um dedo cutucar minhas costas para chamar minha atenção.

Me virei para Thomas novamente.

— Posso me sentar com você? — perguntou, juntando suas coisas para se mover até ao meu lado sem nem ao menos receber a resposta.

— Ah... claro — aceitei a sua proposta, grata por não ter de esperar alguém sobrar naquele meio.

Ele era muito seguro, dava para notar.

Depois do trabalho feito, a professora concordou em deixar a turma em pares para não ter de ouvir o som das cadeiras se movendo novamente. Aquela tarde de aula terminou conosco ainda sentados juntos, lado a lado, depois de horas de papos aleatórios entre um parágrafo e a próxima linha do texto copiado do livro. Parece o início da amizade de muitas pessoas em suas cotidianas fases do colégio, eu sei. Nada de anormal até aqui, nenhum sinal de algo que iria impactar minha vida para sempre.

Só que, infelizmente, este é apenas o primeiro dia de um passado que ainda tenho vivo dentro de mim.

Thomas mudou minha vida de três maneiras impossíveis de esquecer:
uma, através da amizade;
a segunda, através do amor;
e a terceira, através da dor.

Presente

— Então — Janine chamou atenção após o breve resumo —, conheceu Thomas um mês depois de entrar na escola. Mas por que não conseguiu fazer nenhuma amizade até ali?

— Eu não queria apressar as coisas, sabe? Quando estivesse pronta para fazer amigos, eu faria, e seria naturalmente — expliquei. E foi assim que aconteceu. Não gostava de me apresentar a ninguém ou me introduzir em assuntos alheios à força, ao contrário dele, que era extrovertido ao extremo.

— Entendo. Isso a afeta de alguma maneira? Pode ser que não se saia bem em ambientes onde você precise fazer isso com constância, como em entrevistas de emprego, apresentações na faculdade, inícios de namoro…

— Isso mudou com o tempo, pois Thomas era muito extrovertido. Andar ao seu lado me fez abandonar algumas manias antigas, vergonhas sem sentido, e me sentir um pouco mais confiante. Não tenho tanta timidez como antes, e, mesmo levando um pouco mais de tempo para conseguir me soltar, agora consigo.

— Isso é bom — a psicóloga sorriu, contudo logo parou. — Mas algo me diz que há muito mais coisas por aí. Thomas, diria eu, é o seu amigo principal. O que ganha destaque dentre os outros na sua vida…

— Era — interrompi sua frase para corrigi-la.

— Era?

— Sim. Era. Pretérito imperfeito, assim como o final nada agradável da nossa amizade.

Janine juntou as mãos e me encarou profundamente.

— Isso a chateia — foi uma afirmação, não uma pergunta.

Engoli em seco antes de falar.

— Vai muito além de uma simples chateação. Eu me chateio quando acordo cinco minutos antes do despertador. Me chateio quando pego uma xícara de café e ele está morno. Me chateio quando tenho que lavar o box do banheiro e ele fica cheio de manchas de gotas de água logo após secar — exemplifiquei, um pouco mais atordoada do que gostaria. — O que eu sinto com tudo o que houve é depressão, no cenário mais otimista que eu consigo expressar, mas não fazendo pouco caso dessa doença que amarga a vida.

— Você tem um diagnóstico?

Eu fiz que sim com a cabeça.

— E anos de terapia intensiva com psiquiatra. Mas eu não desejo mais recorrer a remédios para me ajudar a lidar com esse assunto.

Dra. Janine cruzou as mãos e elevou-as à boca, ficando em silêncio por longos cinco segundos.

— O filósofo chinês Lao Tzu diz, parafraseando, que a depressão é viver no excesso do passado. Não resumo a doença apenas a isso, mas parece ser o seu caso — Janine observou, e eu suspirei fundo. — Estamos na ponta do iceberg — afirmou ela. Fiz que sim com um movimento singelo de cabeça. — O que esse garoto pode ter feito a você para usar uma expressão tão forte como essa?

— Coisas que eu não consigo resumir. Por isso, preciso de muitas sessões apenas para contar. A história é grande, e verá que pode ser tanto frustrante quanto encantadora.

— Pois, então, prossiga.

Capítulo 3

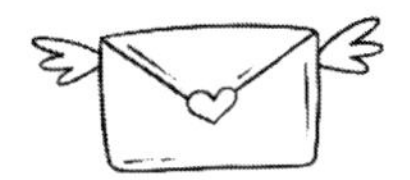

5 de Março de 2005

Descobri que Thomas, coincidentemente, era quase meu vizinho quatro dias depois que nos conhecemos na escola. Soledade é uma cidade mediana, com cerca de 300 mil habitantes, mas a escola e minha casa ficavam em um bairro de classe média.

A rua em que morava era imensa, e quase dois quarteirões à frente estava a casa de sua família. Confesso que não conhecia muito dos vizinhos pois a maioria não tinha filhos da minha idade, então não saber que ele estava ali havia alguns dias não era mais do que comum.

— Oi, Isabelle!

Ouvi sua voz entusiasmada, me espantei ao me virar e dar de cara com ele perto da cerca baixa da minha residência. Uma mulher loura e bem alta estava andando ao seu lado. Ela era muito parecida com ele.

— Oi — olhei dele para ela, depois dela para ele num segundo só. — O que faz aqui?

— Eu moro ali — apontou com o dedo para uma casa que parecia pequenina e verde na esquina. — Aí estava indo para o ponto pegar o ônibus da escola e vi você.

— Ah, entendi.

— Esta é a minha mãe — ele apontou para ela. — Mãe, essa é a menina da escola com quem eu fiz o trabalho. É por causa dela que eu tirei 10. Ela é muito inteligente.

Senti o rosto corar com a menção e o sorriso daquela senhora, tão dócil quanto o do seu filho.

— É um prazer te conhecer, Isabelle.

Fiquei um tanto confusa, mas tentei sorrir. A senhora parecia simpática e tão cheia de energia quanto seu filho.

— Olá? — ouvi a voz da minha mãe ao meu lado, dirigindo-se para eles.

— Essa é a sua mãe? — Thomas perguntou antes mesmo de qualquer coisa. — Ela parece você.

Balancei a cabeça em positivo.

— E quem são vocês? — minha mãe questionou, abaixando-se para encará-lo por um momento.

— Eu sou Thomas — ele mesmo se apresentou para ela. — Qual é o seu nome?

— Perdão, meu filho fala demais — a loira justificou, rindo.

— Mãe! — Thomas reclamou.

— Sou Suzana — ela se apresentou apertando a mão da minha mãe, e ignorou o protesto do filho. — Moramos ali na frente, e esse pestinha aqui é amiguinho de escola da Isabelle.

— Meu nome é Juliane — minha mãe cumprimentou e sorriu também. — Não sabia que tinha feito amiguinhos, Belle.

Não sabia se podia considerá-lo um amigo ainda.

— Estão indo para o ponto? — Thomas perguntou, e eu fiz que sim. — Vamos juntos? Meu pai costuma me levar para a escola de carro, mas hoje eu quero ir de ônibus com os outros.

Encarei minha mãe por um segundo, logo ela deu um empurrãozinho para eu sair portão afora e seguir do lado dele, visivelmente contente por mim e possivelmente aliviada por alguém se interessar pela alienígena que ela mantinha em casa.

— Sua mãe é legal — ele disse, e eu pensei em como ele deduziu isso com apenas a sua apresentação.

— A sua também — menti, para parecer cordial.

— É bom saber que você mora perto — ele continuou, empolgado, e eu quis rir. — A gente pode ir para a escola juntos. O que acha?

— Claro — a minha parte tímida entrou em desespero. Por que é que eu assenti com aquilo? — Não é muito legal ir para a escola de ônibus.

— Pois, eu estava louco para ir! Onde eu morava, ia para a escola a pé, era perto. O ruim é que conseguia ouvir os sinos de minha casa. Você gostava da sua escola? As coisas aqui são diferentes de onde eu vim. Todo mundo lá parece juntar as palavras para falar, mas eu não me importo. Eu estou gostando muito das aulas de música, e você?

Eu poderia dizer que me sentia um pouco deslocada com tantas perguntas, mas, na verdade, ele parecia um... amparo. Como disse anteriormente, eu mal falava, e isso porque nunca conseguia questionar as coisas em voz alta. Mas Thomas era aberto, e tudo o que vinha aos seus pensamentos saía de sua boca. Algumas pessoas poderiam achar isso irritante e eu duvido que nenhuma delas não se incomodou logo de cara com ele. Porém, a sua maior qualidade era nunca deixar uma conversa morrer, pois, como ele mesmo disse, todo mundo sempre tinha algo para falar.

Vinte dias depois era véspera do meu aniversário. E, em todos os meus aniversários anteriores, minha casa costumava estar cheia de primos e parentes, que faziam o meu dia ser mais do que especial. Ao todo, eu tinha 23 primos — 7 por parte de mãe e 16 por pai.

Como morávamos na mesma cidade que a família do meu pai, os parentes dele sempre estavam por perto, cada um com uma peculiaridade diferente e muito engraçada que sempre me fez sentir à vontade. Estávamos sempre juntos a cada data comemorativa.

Contudo, esse ano seria diferente. Além de estarmos longe dos parentes, ainda não tinha feito amigos para ter uma festa de aniversário que valesse a pena.

— Não quer mesmo fazer uma festinha na escola? Posso mandar bolo para lá esta tarde — minha mãe questionou, e eu neguei novamente sem dizer uma palavra. — Você anda tão quieta, meu amor.

No geral, era porque não tinha ninguém mais para conversar além dela e meu pai. E, claro, Thomas. Mas geralmente eu o encontrava para ir ao colégio e depois da volta não nos falávamos.

— Eu não quero festa. Não conheço as pessoas direito na minha sala — justifiquei. — E acho que seria incômodo.

Minha mãe sempre soube que eu não gostava de fazer coisas que pudessem incomodar as outras pessoas. De alguma forma, eu sabia que uma festa de aniversário no colégio não levantaria grandes comoções nos demais, por mais que todos gostassem de doces e refrigerante grátis.

— Nós vamos pensar em alguma coisa bem legal — prometeu ao me entregar o lanche do dia. — Nem que viajemos para Mariporã apenas nós duas.

Sorri sob essa expectativa, mas me senti um pouco egoísta por saber que meu pai não poderia ir por causa do novo trabalho.

A tarde inteira eu permaneci um pouco triste por causa das circunstâncias. Felizmente era dia de prova e toda a sala ficou concentrada boa parte do tempo sem fazer barulho. Até mesmo Thomas costumava ficar quieto quando precisava estudar.

Na volta, no entanto, todos do ônibus faziam algazarra e comemoravam por mais um fim de semana estar chegando.

Thomas sentou-se ao meu lado — como fez em todos os outros dias desde aquele —, mas conversava com Fred, que estava à frente. Logo imaginei que ele desistiria de ser meu amigo e se sentaria ao lado do outro garoto para conversar, afinal eu quase não puxava assunto.

Quando Fred desceu do ônibus, ele se voltou para mim e passou a me observar.

— O que foi? — questionei, antes que ele falasse qualquer coisa.

— Por que está triste?

— Por que acha que estou triste?

— Porque está — concluiu, com total certeza. — Dá para ver no seu rosto. O que houve?

Desde o primeiro dia em que eu o conheci, Thomas me surpreende. Sempre houve uma áurea ingênua que pairava na personalidade dele que me fazia sentir um pouco de inveja. Não tinha vergonha de dizer nada, de se comunicar com os outros e de ser um livro aberto.

— Amanhã é meu aniversário — falei após um suspiro.

— Você está triste por fazer aniversário? — perguntou com certa confusão na voz, e eu ri.

— Não, claro que não. Só estou triste porque as pessoas que costumavam comemorar comigo estão longe.

— Ah… — emitiu, como se fizesse sentido. — Você é mais velha do que eu.

Franzi o cenho sem entender.

— Faço aniversário daqui a… um mês e dez dias — contou em sua mente e concluiu. — Mas por que você não faz uma festa e chama os da escola?

— Porque eu não gosto de ninguém de lá — falei sem pensar muito. — Ainda.

Thomas contraiu o lábio e fez uma expressão de ofensa, e enfim eu me toquei no que tinha dito.

— Tirando você — forcei um sorriso para tranquilizá-lo, mas creio que saiu um pouco forte demais.

Thomas riu da minha cara espantada por causa da situação e levantou o braço, me envolvendo de lado num quase aperto. Me senti estranha com o toque repentino dele e o afago, certamente não esperava por uma demonstração de afeto de um garoto, mesmo que ele fosse meu amigo havia algum tempo.

— Pessoal… — ele deu um grito tão alto em seu assento que fez meus ouvidos doerem. — Hoje é aniversário da Isabelle. Vamos cantar parabéns pra ela!

Senti o meu rosto ficando vermelho e cada vez mais quente após isso. Todos bateram palmas e começaram a cantar depois de Thomas puxar o início da música e pular na cadeira tão eufórico quanto os demais. Se houvesse uma maneira de pular do ônibus em movimento, eu teria ido, juro! Mas a janela não se abria o suficiente.

Quando descemos do transporte, fiz questão de demonstrar, através do meu total silêncio e cara fechada, quanto estava aborrecida com ele. Afinal, se eu mantive aquilo em segredo até aquele momento, era por não querer que os outros soubessem.

— Você está chateada comigo? — perguntou, colocando-se à minha frente como uma barreira para não passar.

— Eu não queria que tivesse feito aquilo! Eu contei para você porque achei que fosse meu amigo, e, como você mesmo notou, não gosto muito de interações sociais.

— É claro que eu sou seu amigo! — Thomas enfatizou com convicção. — Só queria deixar você feliz. Me desculpe.

— Está bem. Obrigada pela vergonha — concluí, e dei meia-volta nele, indo em direção à minha casa às pressas e sem me dar o trabalho de ver se ainda estava lá.

Eu estava brava. Não pelo fato de terem cantado parabéns no ônibus, mas pelo fato de Thomas ter gritado aos quatro ventos para fazerem isso. E era exatamente por coisas como essa que eu mal falava com as pessoas, afinal quase nenhuma entendia o porquê de eu ser tão reservada.

Não que eu gostasse de ser. Na verdade, eu apenas não conseguia não sentir vergonha de tudo o que fazia ser o centro das atenções.

No dia seguinte, no verdadeiro dia do meu aniversário de 10 anos, minha mãe preparava o café da manhã e discutia com meu pai a possibilidade de irmos passar o fim de semana em Mariporã quando ouvimos o barulho da campainha.

Quando ela abriu a porta, pude notar a voz suave da mãe de Thomas. Saí da cozinha e fui para a sala, curiosa para saber o que estava fazendo ali, e percebi que seu filho estava junto a ela segurando um pacote florido lacrado com uma fita azul.

— Oi, Isabelle — ele cumprimentou com empolgação, e logo me senti nervosa por causa dos acontecimentos do dia anterior. Não havia contado nada para minha mãe. Claro, preferi guardar para mim, mas algo me dizia que logo, logo, ela descobriria.

— Isabelle... — sua mãe, Suzana, se voltou para mim. — Thomas tem algo para lhe dizer.

Senti meu corpo paralisar diante dos três e, se tivesse o poder da transmissão de pensamento, suplicaria para ele não falar nada — pelo menos não na frente da minha mãe, que estava com um brilho curioso no olhar.

— Feliz aniversário! — ele estendeu sua mão com o embrulho em minha direção.

— Obrigada...

— E quero pedir desculpas por aborrecer você — continuou.

Minha mãe franziu o cenho.

— O que aconteceu?

— Eu fiz todo mundo que estava no ônibus cantar parabéns para ela — ele respondeu com um sorriso travesso. — Acho que não gostou.

— Eu não gostei mesmo — informei, com um pouco mais de firmeza agora.

— Isabelle é muito tímida, Thomas — minha mãe explicou após rir por uns segundos de toda a situação.

— Eu sei. Por isso, contei para todo mundo. Senão, como eles iriam saber e dar parabéns? — ele questionou.

— Mas eu já lhe disse que não pode fazer isso com as pessoas — sua mãe interveio. — Todo mundo tem limites, Thomas. Menos você, aparentemente.

— Porém, você tem razão, Thomas — minha mãe concordou com ele. — Acho que, se depender dela, ninguém nunca descobriria, então eu agradeço pelas felicitações em nome da Isabelle.

Thomas sorriu.

— Faça isso novamente no ano que vem quando fizermos o aniversário dela lá na escola — minha mãe induziu.

— Não, nada disso!

— Está bem — aceitou ele, dando a mão a ela para firmarem acordo.

Que tipo de complô era esse?

— Vocês não querem tomar café conosco? Encomendamos um bolo de aniversário e ele veio maior do que o esperado.

— Ah, eu não acho que... — Suzana começou a recusar, mas, num pulo, Thomas estava ao meu lado após o convite.

— Eu quero — ele informou.

— Thomas, não seja tão ansioso — sua mãe tentou repreender.

— Mas a senhora prometeu!

Encarei os dois, confusa. *Prometeu o quê?*

— Eu insisto — minha mãe reiterou, quando viu a intenção do garoto de ficar.

— Tudo bem. Podemos ficar uns minutos.

Thomas abriu um largo sorriso.

— Charles, temos visitas — minha mãe anunciou, dando passagem para eles entrarem na cozinha.

Havia um jardim grande nos fundos da casa. A intenção de comprar uma casa que tivesse bastante espaço era fazer uma piscina, mas por enquanto estava ocupada apenas com um banco com balanço de assento duplo e uma mesa de madeira gigante.

Após minha mãe apresentar os dois para meu pai e ele ir trabalhar, pegamos o bolo, suco, café, leite, pão e fomos para lá. O sol estava alto já, mas havia uma gostosa sombra debaixo da mangueira que começava a ficar com suas folhas amareladas.

— Tem uma carta e um urso — Thomas falou sobre o presente, ainda embrulhado, em minhas mãos.

— Uma carta? — questionei curiosa.

Eu nunca havia recebido cartas antes, muito menos de um garoto.

— Sim. É porque eu queria fazer o presente, mas não deu tempo de nada além de uma carta. Aí minha mãe viu e comprou um ursinho. Ela disse que eu não deveria dar para você um presente tão *mequetrefe*.

Ri com essa última frase.

— Obrigada — eu estava um pouco mais feliz do que gostaria de admitir. Parecia um presente muito mais íntimo agora. — Não é um presente *mequetrefe*. Mas, uma vez eu escrevi uma carta para um garoto e ele a rasgou na minha frente, então, eu sei que não agrada a todo mundo.

Soltei a informação sem pensar muito bem. Thomas me encarou profundamente enquanto eu me certificava de que nem minha mãe nem a mãe dele houvessem ouvido isso. Era um segredo um pouco embaraçoso para mim, e eu não gostava muito de lembrar das vezes que fui enxotada ao tentar fazer um amigo — principalmente esse caso.

— Por que ele fez isso? — perguntou após uns segundos. Notei que ele havia abaixado seu tom de voz propositalmente.

Dei de ombros.

— Ele não gostava de mim. Me odiava, na verdade, e eu nunca soube o porquê.

Thomas ficou um tempo parado me encarando com seus pensamentos inquietos no olhar. Ou apenas estava me observando e tirando conclusões, eu não sei dizer. Mas não gostava quando os outros olhavam demais para mim, porque sempre soube que era cheia de defeitos, dos pés à cabeça, e, se se concentrassem bastante, logo, logo eles perceberiam isso e me rejeitariam.

— Que garoto imbecil! Só um idiota para não gostar de você — concluiu Thomas, e eu me senti corar. — Você pode me dar cartas, se quiser — afirmou com um grande sorriso. — Eu nunca ganhei também. Prometo guardar todas elas.

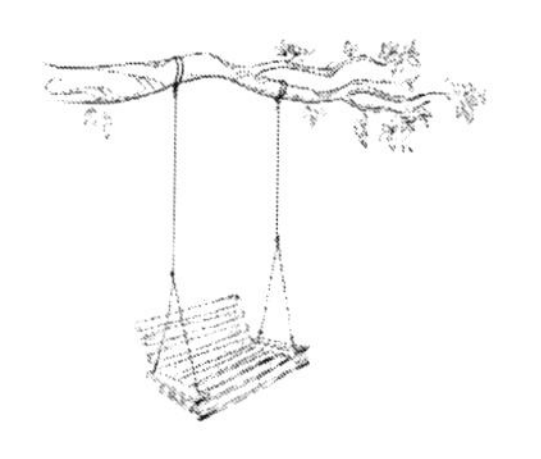

Capítulo 4

"Feliz Aniversário, Isabelle.

Belinha, Belle, Bel. Como devo chamar você?

Este é o primeiro ano que poderei desejar felicidades a você, mas espero que venham muitos mais.

Sei que posso ter te chateado hoje e gostaria de pedir desculpas por isso. Minha mãe diz que eu sou hiperativo e inconsequente. Disse que um dia irei apanhar de alguém nesta cidade por falar mais do que devia. E tudo bem se isso acontecer, eu não me importo muito com o que os outros pensam de mim. Mas de maneira nenhuma eu gostaria de deixar você triste. Por isso, escrevo e peço perdão.

Quero que tenha um dia feliz e que seus desejos se realizem.

Prometo que não farei nada mais que possa envergonhar você sem perguntar antes se posso. E prometo que ficarei calado quando quiser que eu fique.

Espero que ainda possamos ser amigos. Eu quero muito, de verdade. De todas as pessoas que conheci até agora, você é a única que me deixaria chateado por não conseguir manter por perto.

Com carinho,

Thomas Edward Gale."

Presente

— Foi só depois de ler essa carta que eu passei a considerá-lo como meu amigo — confessei para Janine após o breve resumo de como as coisas aconteceram até ali. — Eu realmente fiquei muito feliz. Se não tivesse ganhado o urso, teria ficado contente na mesma medida. Receber uma carta de um garoto que dizia querer me manter por perto mexeu comigo muito mais do que gostaria de admitir.

Senti uma lágrima ceder em meu rosto com a nostalgia que aquela lembrança me causava. Dra. Fletcher me entregou um lenço de papel ao notar.

— Você diz que foi rejeitada por um garoto antes disso — recordou, após me assistir limpar o rosto. — Qual era o nome dele?

— Ah... David — esclareci. — Ele foi o meu primeiro amor. E frequentava a mesma sala no primário.

— Certo. Mas a rejeição a magoou de maneira muito negativa, a ponto de mexer com a sua autoestima.

Concordei com um movimento.

— Aprendi desde cedo que eu era feia — ri por um segundo um pouco sem graça. — Pelo menos foi o que ele me disse, e eu levei isso comigo durante anos, principalmente por não ser uma menina-padrão como a Barbie.

— Você é uma mulher muito bonita, Isabelle. Do tipo que disputaria no *Miss* Universo se fosse um pouco mais alta — Janine afirmou com um sorriso doce, e eu ri, tímida. — Não parece ter sido uma criança feia, muito longe disso.

Suspirei por um longo tempo antes de dizer:

— Thomas também achava — eu não gostava de pensar que minha autoestima fora moldada de acordo com as opiniões dele, mas era verdade. — E eu aprendi com ele a me ver de uma maneira completamente diferente do que imaginava.

A psicóloga me encarou um pouco mais confusa.

— A questão é que, quando criança, eu era um pouco acima do peso. Isso fora a minha cor de pele amarronzada, os olhos grandes, a boca voluptuosa... — apontei para meu rosto enquanto falava um pouco envergonhada. — Mas ele sempre disse que a beleza estava na diferença, e ia muito além de quem éramos por fora. Também me dizia que cada pedaço meu era único e extraordinário.

— Esse garoto parece ser muito sensível — Dra. Janine falou, tirando suas próprias conclusões. — Preciso dizer que me sinto muito curiosa em relação ao resto da sua história. É um início cativante, confesso, e até o presente momento o menino tem minha admiração.

Fiquei em silêncio sem saber o que dizer.

— Por favor, continue. E, se quiser, não precisa ser tão resumida.

— Se falasse tudo exatamente como aconteceu, precisaria de meses. No entanto, quero sua ajuda para daqui a duas semanas, no mais tardar — pedi.

— Duas semanas? — Janine se surpreendeu. — Por quê?

— Entenderá no final. Por isso, precisarei vir mais vezes durante a semana para conversar. Eu preciso que alguém me ouça antes de tudo o que vai acontecer.

A psicóloga pegou sua agenda e encarou as páginas procurando lacunas nos horários.

— Não tenho nada disponível a não ser para sábado pela manhã — advertiu, e eu me senti murchar no assento. — No entanto, se é tão urgente assim, posso abrir uma exceção para a senhorita entre 6h e 7h da noite. Não costumo trabalhar até tão tarde, mas sua história me interessa.

— Eu aceito, se não for incômodo. E pago por tudo da maneira que desejar.

— Segunda-feira está bom para você? — questionou, e eu consenti com um aceno. — Ótimo! Mas ainda tem 20 minutos, se quiser continuar. Você dizia que depois da carta passou a vê-lo como um amigo…

Março de 2005

Thomas e eu viraríamos amigos a partir desse dia. Isso se consolidou com o tempo e ele foi se tornando cada vez mais presente na minha vida à medida que os dias se passavam.

Naquele meu aniversário, passamos o dia quase todo juntos. O que era para ser apenas um café da manhã se tornou um almoço e uma tarde de brincadeiras no videogame antigo do meu pai até as vistas doerem de tanto encarar a TV. Ele não tinha muita experiência com os jogos e eu o ensinei a jogar vários deles pacientemente pelo resto do dia.

A possível viagem para Mariporã foi completamente esquecida por mim. Já era noite quando me lembrei, e apenas após a sua partida para casa questionei minha mãe sobre isso.

— Vocês estavam tão absortos nos joguinhos que eu não quis atrapalhar — confessou ela com um brilho nos olhos. — Temos que nos contentar com a vida aqui, meu amor, e nos adaptar ao que Soledade tem a oferecer. Fico muito feliz por ter feito um amiguinho de vez agora.

Iria dizer que eu ainda não o julgava como meu amigo, mas fiquei quieta. Precisava começar a considerar, afinal ele fazia um esforço grande para se tornar e, por mais que eu fosse desconfiada, adoraria ter ao menos um amigo de verdade.

A carta, no entanto, foi aberta apenas quando ouvi o boa-noite vindo dos meus pais. Eu queria ter o prazer de lê-la sozinha, num momento de paz e sem questionamentos. Não contei para minha mãe que Thomas havia me dado uma carta, e a minha intenção era escondê-la para que ninguém tivesse o conhecimento da sua existência.

Quando a abri, percebi que meus dedos suavam nervosos. A visão de David rasgando minha primeira tentativa de fazer um amigo na escola me veio à memória, e eu só tinha 6 anos, mal havia escrito palavras naquele cartão.

Contudo, Thomas me deu um presente de aniversário mais valioso do que poderia admitir. No meio de todos os grandes presentes que encheram meu quarto para tornar meu dia ao menos o mais agradável possível, estava uma simples carta que me deixou radiante.

Após ler linha por linha, palavra por palavra, me peguei rindo baixinho. Não havia nada nela que pudesse ser passível de comicidade, porém soou como um sorriso de alegria. Ele disse que queria que eu ficasse feliz e conseguiu tornar isso realidade.

Dobrei a carta e a coloquei debaixo do colchão. Precisava de um lugar seguro para guardá-la. Queria manter aquelas palavras só para mim e não as dividir com mais ninguém.

Agora, era hora de eu retribuir a carta que ganhei com tanto carinho, certo? Afinal, ele disse que nunca havia ganhado uma.

O problema é que não consegui fazer isso. Eu até escrevi, mas guardei para mim na esperança de mandá-la algum dia.

Entretanto, mesmo assim, ele nunca deixou de me escrever cartas em meus aniversários, mesmo não recebendo uma em troca. Em compensação, eu mandava cartões engraçados e espalhafatosos no lugar, junto a um presente que fosse marcante, ao menos.

Naquele primeiro ano, Thomas também não fez festa de aniversário. Sua mãe me convidou para ir ao zoológico e passamos a tarde lá com a família dele. Fred também foi, mas, apesar da presença do garoto, Thomas não me deixou de lado. Andou comigo, conversou sobre os animais e a primeira fatia de bolo após os parabéns foi minha.

Claro que senti uma vergonha incomum brotar em minha face quando isto aconteceu, mas não podia reclamar de um gesto de carinho como aquele. Tudo isso, obviamente, sem deixar o outro de lado. Era incrível como ele conseguia se desdobrar e conversar com todo mundo ao mesmo tempo.

A nossa amizade foi verdadeira e nada demais aconteceu até os 14 anos de idade. Éramos como irmãos, ou pelo menos os adultos nos enxergavam assim.

A verdade é que não nos importamos com os rótulos. Melhores amigos para uns, inseparáveis para outros, quase irmãos para a família, que logo tratou de se juntar numa amizade não tão profunda quanto a nossa, mas, ainda assim, satisfatória.

Thomas vivia na minha casa e eu na dele. Todos os fins de semana estávamos juntos brincando, dividindo coisas, estudando e trocando confidências.

Era simples assim e era perfeito. Uma amizade entre um garoto e uma garota que fluiu sem maiores dificuldades, mesmo tendo personalidades tão diferentes uma da outra.

E em meus aniversários — como relatei anteriormente — Thomas escrevia sempre uma carta.

Sempre.

E eu ainda tenho todas elas.

Mas, em todo esse tempo, eu nunca consegui entregar as que eu fiz para ele. Por quê? Isso é uma longa história sobre quão insegura eu era.

Entretanto, eu as escrevi, uma a uma, em todos os seus aniversários.

Todos, até esse ano.

Metade delas dizendo quanto eu adorava o ter por perto e agradecendo por ser meu amigo. E a outra parte o xingando como nunca xinguei ninguém em toda a minha vida.

Presente

— Você acha que Thomas era apaixonado por você? — a psicóloga perguntou quando dei uma pausa em meu falatório para tomar um gole de água.

A encarei surpresa com aquela pergunta. Ainda não havia dito nada sobre intenções amorosas a ela.

— Quer dizer desde o início?

Dra. Janine franziu o cenho e quase teve uma epifania logo depois.

— Isabelle... a sua história com Thomas... é uma história de amor? — ela reformulou a pergunta com um largo sorriso no rosto.

— Sim — confesso que é meio óbvio. — Mas não tinha romance desde o início. Na verdade, demorou um pouco até eu descobrir que os sentimentos dele iam além dos que deixava transparecer.

— Isso é muito interessante! — a psicóloga parecia se divertir com os meus relatos. — Aparentemente, ele sempre deixou todos os sentimentos aflorados e bem visíveis, não acha? Por que esconderia que era apaixonado por você?

Dei de ombros.

— Ele sempre me contou tudo sobre a sua vida, mas realmente...

Maio de 2009

Quando Thomas e eu fizemos 14 anos, já estávamos na oitava série/nono ano. Todos os alunos nessa época pareciam estranhos, naquele estágio em que ninguém é criança mais, tampouco tem cara de adulto. A adolescência começava ali e a infantilidade foi ficando cada vez mais para trás.

— Hoje temos uma apresentação de ciências muito importante — Thomas dizia enquanto preparava alguns tubos de ensaio para o experimento que faríamos na aula. — Eu preciso do máximo de pontos para não ficar com nota vermelha.

— Se tivesse estudado para a prova da semana passada, em vez de jogar GTA a noite toda com o Fred, talvez não estivesse tão desesperado agora — rebati, sabendo que ele julgava a minha falta de habilidade de falar em público como um empecilho para atingirmos a nota perfeita.

— O que aconteceu, aconteceu e não dá mais para voltar atrás — quis quebrar um dos tubos de ensaio em sua cabeça inconsequente ao ouvir isso. — Mas eu tenho fé de que você irá me salvar desta vez, e eu prometo que, da próxima, irei ouvir você.

Revirei os olhos.

— Desde quando tem fé em alguma coisa que eu faço?

— Desde o primeiro dia que a vi — Thomas piscou para mim e deu um leve sorriso.

— Pois não faça isso. Se se decepcionar, saiba que a expectativa era toda sua.

— Ora, vamos, Belinha! — tocou em meu ombro e me apertou. Fazia isso todas as vezes que queria chamar minha atenção e fazer drama. — Você consegue! Como vai virar presidente da República se não se propor a falar bem aos demais?

— E quem disse que eu quero ser presidente de alguma coisa?

— Eu, uai! Estou preparando um futuro brilhante para você — eu sabia que era brincadeira, porém ele falava com tanta firmeza que quem ouvisse e não o conhecesse, poderia achar que era real. — Sei que é a pessoa ideal para comandar este país fadado ao fracasso.

— É assim que você acha que ganharei confiança antes da apresentação? — questionei, rindo. — Pois não vai funcionar. Você vai tirar um 0, apenas aceite isto e encare suas consequências.

Thomas suspirou e deixou seu braço descer dos meus ombros.

— Caso ache que eu o prejudico sendo uma inveterada introvertida, dou a você o direito de procurar outra pessoa para ser sua dupla quando tivermos esse tipo de trabalho — afirmei, mesmo sabendo que me sentiria um pouco perdida caso ele resolvesse fazer isso.

— Jamais! — Thomas disse com veemência. — Não vou te deixar de lado nesse momento, quando eu sei que você mais precisa de mim. Afinal, se eu não a salvasse na maioria das vezes, talvez não conseguisse boas notas.

— Você está se achando agora!

— E eu estou mentindo, por acaso?

Ele cruzou os braços e me fitou com segurança.

— Não — me dei por vencida. — É um perfeito tagarela, isso sim. É você quem deveria se candidatar à Presidência — afirmei.

Thomas deu uma gargalhada e quase deixou um dos frascos cair.

— Não tenho a inteligência e humor afiado que você tem — rebateu.

— Tem sim, só não leva a sério algumas coisas.

— Mas eu sempre tenho você para me salvar quando preciso, não é? Tipo neste exato momento.

Revirei os olhos sabendo aonde aquela última frase iria levar.

— Eu vou dar o meu melhor, *Thommy*, e você sabe disso — declarei, me sentando na cadeira a fim de apoiar as costas. Todas as vezes que iria me apresentar na escola, parecia que um peso extra caía sobre ela.

— Eu acho — recomeçou com aquela lábia que só ele tinha — que você deveria se desafiar a ir um pouco além do seu padrão de melhor desta vez, Bel — sentou-se ao meu lado e eu fiz uma careta nada agradável com aquela proposta. — E, cada vez que você for fazer algo que sabe que não fica tão confortável, você deve se incitar a melhorar um pouco mais. Eu sei que você é a garota mais inteligente e esperta desta sala, agora deveria deixar que os outros saibam disso também. Pense em como suas notas seriam perfeitas.

Cruzei os braços um pouco ofendida.

— Ora, Thomas, não sei se fico lisonjeada ou te dou uns cascudos. Eu sei que tudo na minha vida seria muito mais interessante se conseguisse ser mais aberta e menos tímida, não precisa me lembrar disso.

— Só quero ajudar você. Não precisa ficar brava.

— Além do mais, você disse que nunca mais iria me fazer passar vergonha, e, na prática, não é isso o que acontece. Eu estou sempre querendo enfiar minha cabeça no chão por sua culpa.

— Nada disso! — Thomas exclamou com movimentos repetitivos dos dedos indo de um lado para o outro. — Eu disse que nunca mais iria fazer você passar vergonha sem perguntar antes se eu podia. E você sempre sabe a hora que eu vou te constranger, porque deixo isso cristalino como água.

— E, ainda assim, eu sou sua amiga. Mesmo você me fazendo passar raiva todos os dias.

— Você é, e eu amo você exatamente assim, introvertida e tão ranzinza quanto o próprio *Severo Snape* — brincou ele. — Apenas quero que os outros a amem da mesma forma, ou a admirem com os mesmos olhos que eu.

— O que diabos quer dizer com isso?

Thomas me encarou um pouco confuso.

— Que você é a garota mais inteligente da sala, talvez até da escola, tem muitos talentos e esconde eles por medo — se justificou em palavras que eu sempre julguei cruéis. — E o meu maior desejo é que os outros descubram isso.

— Apresentando o trabalho de ciências perfeitamente, imagino, e alcançando a nota impecável que irá salvar você de um castigo da sua mãe — eu o desarmei com poucas palavras.

Thomas se deixou murchar na cadeira.

— Você é muito malvada, sabia? — me acusou e eu sorri maliciosamente. — Se eu ficar de castigo, você sabe o que vai acontecer? Não vamos mais sair juntos por um bom tempo, porque vou ficar no mínimo um mês estudando sem parar. É isso o que você quer, Isabelle?

Ri dele por um instante antes de responder.

— Agora está usando a causa x consequência correta para me motivar, Thommy. Eu prefiro assim.

— Não acredito nisso.

— Não tente me convencer de que quer que eu dê além do meu melhor para benefício próprio — disse. — Prefiro que use as ferramentas corretas para me instigar.

— Ameaçando deixar você sem companhia? — ele riu.

Mas eu assenti.

— Acha mesmo que eu não quero vê-la no topo do mundo? — Thomas questionou com voz séria dessa vez. — Adoraria que se sentisse um pouco mais segura com relação a si mesma. Sei que pode ser um pouco difícil para você, e sei que não será de uma hora para outra que conseguirá se sentir bem diante dos outros, mas, sendo sincero desta vez, indo muito além da minha necessidade de uma boa nota, e como seu melhor amigo, afirmo: você é mais do que capaz de fazer tudo isso, e até melhor do que eu.

Engoli em seco diante de tanta confiança dele em mim e me senti mal por saber que Thomas tinha razão. Não é que eu tivesse medo, pelo contrário, eu encarava as coisas todas as vezes que tinha de encarar, mas algo sempre me travava e eu só entregava o básico. Talvez pelo receio de passar do limite e não perceber, de ser rejeitada e virar alvo de brincadeiras logo depois.

— Tudo bem, Thomas — suspirei e me dei por vencida. Na verdade, me dei conta de que ele merecia um esforço da minha parte por me dar sempre o maior apoio do mundo. — Eu vou tentar dar além do meu melhor.

E, honestamente, eu dei. Naquele dia saíram muito mais palavras da minha boca — mesmo que um pouco tímidas e receosas no começo — do que em qualquer outra apresentação anterior. Juntei o máximo de informações possíveis de que consegui me lembrar para responder às perguntas dos colegas e do professor diante do trabalho de ciências que apresentamos. E não só conseguimos uma nota perfeita, como fomos agraciados com um ponto extra por fazer uma pergunta interessante para outro grupo que apresentou o seu trabalho depois de nós.

— Eu fico imensamente grato todos os dias por ter conhecido você — Thomas dizia enquanto caminhávamos para fora do colégio, após o último sinal.

— Me agradeça carregando meus livros e pare de ser bajulador, já conseguimos a nota que você queria — respondi rindo. Todas as vezes que ele queria algo, vinha com uma frase de efeito positivo para cima de mim.

— Sim, claro — continuou ele enquanto pegava os livros para si. — Mas, se não se lembra, na semana que vem temos um de geografia. E o que seria de mim se não tivesse você para me guiar nessas chatices?

— Ah, nem me lembre disso.

— Precisamos montar uma maquete do *Jurassic Park* — lembrou ele.

— Não vamos chamar de *Jurassic Park*, não parece nada profissional.

— E por que não? É um ótimo nome e tem tudo a ver com a era que pegamos. Eu posso levar o teclado da aula de música e tocar o tema do filme enquanto você narra.

— Thomas…

— Não preciso de nota boa. Dá para dar uma zoada no trabalho. Vamos fazer um teatrinho com os meteoros caindo do céu. O que acha? O Fred pode fazer os efeitos sonoros dos dinossauros morrendo.

— É claro que sim — estava explicado o seu entusiasmo. — Mas acho melhor levarmos a sério.

— Está bem, nada de *Jurassic Park*! Mas eu vou colocar nome nos dinossauros. Um se chamará Silva, o outro Sauro, o outro Rex e todos eles estarão com cara de espanto enquanto assistem ao meteoro caindo na Terra, mesmo que eu não fale nada!

Revirei os olhos e tentei não rir dele, mas era quase impossível. Um dia ao lado de Thomas era como um bom remédio para a tristeza.

E que saudade eu sentia dessa época…

Capítulo 5

"... E então, Isabelle, é por isso que eu guardei estes recortes de revistas para lhe dar no seu aniversário. Mas logo digo que não consigo entender como você pode gostar do Johnny Depp. Ele é estranho em todos os personagens que faz. Você o acha bonito mesmo? Eu duvido muito que aguentaria o bafo de álcool que esse homem provavelmente tem, mas, enfim, gosto é gosto, não é?

Aproveite o mural de colagens."

* Uma parte da carta de Thomas para Isabelle em seu 11° aniversário.

Maio de 2009

A sexta-feira entardeceu um pouco monótona naquele dia. Estava feliz por ter conseguido entregar um trabalho de ciências impecável e ajudar Thomas a sair do vermelho. Claro que o mérito por eu ter ido adiante, com o objetivo de ser um pouco melhor, era todo dele, pois não existia ninguém mais persuasivo do que Thomas Gale no mundo, eu tinha total certeza disso.

Apesar de tudo, nessa etapa da minha vida, já tinha arrumado algumas amizades a mais, e Elisa era uma das melhores entre elas. Entrou em nossa sala no ano seguinte e, assim como eu era amiga de Thomas, ela era de Fred, fazendo um quadrado perfeito entre nós.

Estávamos quase sempre juntos nas horas vagas e até nas não vagas. Isso fez com que eu considerasse Fred meu amigo também, apesar de não ter tanta intimidade com ele quanto com Thomas ou Elisa. No entanto, conseguia me soltar entre os três da mesma maneira que consegui com Thomas, e isso era melhor do que um dia eu sonhei.

— Estou de saco cheio desses canais de TV — Elisa reclamou enquanto passava um por um. Estávamos na sala da minha casa aguardando minha mãe chegar.

— Tem filmes, quer ver algum?

— Não — ela desligou a televisão e se voltou para mim. — Se os garotos estivessem aqui, poderíamos jogar qualquer coisa.

— Mas eles estão no terreno baldio correndo atrás de uma bola — lembrei, rindo.

— Odeio futebol — Elisa bufou.

— A gente pode ir ao shopping. O que acha?

— Ou ao karaokê à noite — Elisa sugeriu. — Estou a fim de cantar um pouco.

— De jeito nenhum! Nunca mais volto àquele lugar. Não acredito que fui obrigada por vocês a cantar, eu deveria nunca mais falar com nenhum dos três por causa disso. Já não bastam as aulas de afinação vocal que preciso fazer na escola na frente de todo mundo?

Elisa riu estrondosamente e se deitou no sofá, espreguiçando o corpo.

— Vai me dizer que aquela noite não foi uma experiência incrível?

— Elisa, eu mal consegui dizer uma palavra! — lembrei a ela. — Foi horroroso.

— Eu não sei por que. Você canta tão bem.

— Quando eu estou sozinha e longe de gente estranha, sim. Mas cantar perto de quem eu nunca vi? Prefiro a morte!

Elisa franziu o cenho enquanto amassava o pano de sua blusa como um sinal claro de tédio.

— Isabelle, como pretende continuar a encarar a vida se você tem vergonha de tudo? Você precisa…

— ... me soltar mais, eu sei.

— Eu diria "não se importar com o que os outros pensam", mas isso também serve.

— É o que Thomas vive dizendo para mim. Eu sei que vocês têm razão, mas eu não consigo ser assim.

Elisa passou a me analisar dos pés à cabeça.

— Eu sei que a maioria das coisas que você faz, faz porque Thomas a instiga a fazer. E parece que não importa para ele se você diz que não consegue, sempre dá um jeito e um empurrãozinho para ir em frente — Elisa argumentou. — Porém como irá fazer quando ele não estiver por perto?

— Eu tive uma vida antes do Thomas, viu? Sempre me virei muito bem.

— Pois não parece, sabe? — minha amiga constatou e eu me senti um pouco… boba. — Não que seja culpa dele, mas acho que precisa andar com suas próprias pernas de vez em quando.

— Está sugerindo o que, exatamente?

A loira pensou por um momento antes de continuar.

— Eu tenho uma pergunta — disse, chegando um pouco mais próximo a mim.

— Vá em frente.

— O que fará quando tiver de dar o seu primeiro beijo? — Elisa me pegou de surpresa com aquela pergunta.

— Como é?

— Algum dia você terá de dar o seu primeiro beijo, não acha? Já fugiu de tantos garotos da sala que tiveram interesse em você que a maioria das garotas logo entendeu o porquê de isso acontecer.

— Não foram tantos foras assim.

— Amiga, você deu um fora no Daniel Lewis! — Elisa exclamou.

Não parecia tão horrível assim para mim.

— E o que tem?

Lis exibiu uma expressão um tanto espantada em sua face.

— Todo mundo quer ficar com ele! Daniel é o cara mais bonito que eu já vi na minha vida! Além do mais, é o garoto mais rico daquela escola. Você já notou o sobrenome dele? É mais chique do que qualquer um que conheço.

— A gente só tem 14 anos, Elisa! Ele pode ser bonito, mas existem muitos outros garotos por aí.

Elisa se sentou no sofá e passou a me observar atentamente.

— Está esperando algo especial? — ela questionou, e eu já estava me sentindo sufocada com aquela conversa. — Porque, se estiver, saiba que nunca é da maneira que nós planejamos. E está tudo bem não ser, sério. Daniel é um cara discreto. Não acho que ele contaria para os outros, caso saísse algo errado.

— Por acaso, Daniel pediu para você insistir nesse assunto comigo? — perguntei desconfiada.

— Talvez...

Revirei os olhos.

— Ele gosta de você. Já parou para pensar nisso? Daniel Lewis gosta de você! — Elisa suspirou alto como a maioria das meninas da sala faziam. — Ah, se fosse eu...

Ri de Elisa por um tempo. Daniel era mesmo um garoto muito bonito. Ele e Thomas tinham a mesma popularidade, mas Dani tinha cabelos lisos, pretos e olhos quase escuros demais para se notar a sua pupila.

Não era o único, no entanto, que arrancava suspiros das moças da sala. Fred também, com aqueles olhos azuis faiscantes e cabelos castanhos que caíam nos olhos. Heitor, com o estilo surfista, cabelos queimados de sol e pele bronzeada. Gael, que tinha uma lábia extraordinária e a pele cor de ébano brilhava impecável junto ao sorriso mais branco. E tinha Thomas.

Sim, Thomas.

Apesar de sua beleza ser um pouco mais comum e não tão chamativa, as garotas achavam a maneira que ele fazia todos rirem, o tempo todo, muito encantadora. Também havia a maneira respeitosa e elogiosa com que tratava todo mundo. Basicamente um garoto que era popular por ser tão extrovertido e adorável, mas que daria tudo de si e seria o melhor dos namorados quando tivesse a chance.

— Daniel não gosta de mim, Elisa, ele apenas quer me colocar na sua lista —me defendi antes que ela viajasse para mais longe em seus pensamentos. — Eu devo ser a garota mais difícil que ele conhece, e isso acaba estimulando um homem para a conquista. Eu sou um território inabitado.

— Não acho que seja só por isso. Ele parece um pouco triste por você nunca falar com ele também. Talvez esteja encantado.

— Para mim, isso só prova o meu ponto.

— Então, nunca vai beijar ninguém? — ela questionou enquanto me assistia paralisar, pensativa.

— Vou — repliquei sem muita expectativa. — Só não sei quando.

Lis me olhou nem um pouco feliz com aquela resposta.

— Posso dizer uma coisa para você? — perguntou, mas continuou a falar antes de eu responder. — Acho que só estará pronta para fazer isso quando...

— Quando?

— Quando você e o Thomas se beijarem. Pronto, falei.

Ela estava ficando louca? Que ideia era aquela?

— Está maluca? — praticamente berrei para ela de volta. — Eu nunca faria isso! É o mesmo que jogar nossa amizade no lixo.

— Por que acha isso? Eu realmente acredito que você deveria considerar, afinal ele é a única pessoa em que confia inteiramente.

Permaneci chocada com a sua ideia.

— Isabelle, faz sentido! Se você sempre está disposta a fazer as coisas por causa do estímulo dele, então é um caso a se pensar.

— Mas… eu não posso. Seria estranho.

— Seria mesmo? Há algum motivo razoável pelo qual isso é considerado um absurdo, além do medo de perder a amizade?

— O clima entre a gente ficaria estranho. Não temos intenções amorosas — lembrei a ela. — Somos só amigos. Você beijaria seu melhor amigo? Beijaria Fred?

Elisa deu um sorriso.

— Se eu beijar, você vai beijar Thomas?

— Que tipo de proposta é essa? — era a coisa mais idiota que eu já tinha ouvido.

— Uma na qual você deveria pensar.

— Se quiser beijar Fred, vá em frente!

— Se eu beijar e provar que poderemos continuar sendo amigos depois, você vai beijar Thomas?

Eu queria enfiar minha cabeça num buraco naquele momento para fugir daquele assunto. Cadê minha mãe ou meu pai chegando em casa quando eu precisava?

— É um desafio justo, não acha? — ela encorajou.

— E se eu achar que não está na hora? Por que as pessoas têm tanta pressa de fazer acontecer? E se eu quiser aguardar o momento certo, o clima certo, o dia…?

— Belle, isso não existe. Não se perca entre o que é a vida real e a fantasia. Imaginamos um primeiro beijo perfeito, mas, acredite em mim, você não vai conseguir. Principalmente por falta de prática.

— Você estava tentando me convencer a ficar com Daniel, agora quer que eu fique com Thomas — argumentei. — Está me deixando confusa, Lis.

Elisa levantou os ombros e fez uma cara travessa.

— Apenas estou tomando o lugar do seu melhor amigo e dando um empurrãozinho para você ter coragem. E, se você não quiser, tudo bem. Apenas quero deixar claro que, se precisar de um estímulo, eu também estou aqui para te encorajar. Sou sua amiga tanto quanto ele, e a vida está acontecendo lá fora — Elisa encarou um ponto no teto por um instante antes de completar. — Só não estou disposta a beijar você, fora isso, conte comigo.

— Tudo bem. Eu vou pensar no assunto…

Elisa me encarou surpresa.

—… em ficar com o Daniel, claro. Eu não beijaria o Thomas, sabe disso!

Presente

— Sua hora acabou, senhorita Brites, infelizmente — Janine me despertou daquelas lembranças. — Sua história é cativante e eu estou ansiosa pelo resto. Mas ainda nos veremos na segunda-feira.

— Certo. Tudo bem. Obrigada pela conversa de hoje.

— Eu só tenho uma curiosidade antes de você ir, e acho que não consigo esperar até a próxima sessão para saber — a psicóloga parou com a mão na porta e me disse antes de abri-la: — Qual dos dois você teve o seu primeiro beijo? Thomas ou Daniel? Ou não foi com nenhum dos dois?

Sorri para ela, entendendo perfeitamente a sua curiosidade.

— Thomas — admiti um pouco saudosa. — Foi com Thomas.

Janine exibiu um sorriso largo que logo me fez achar que ela torcia por um final feliz entre nós, mesmo sabendo que eu estava ali desabafando por um triste.

— Mas, atualmente, eu namoro Daniel.

Capítulo 6

"...Não guardo rancor por não ter me dado o primeiro pedaço de bolo no seu aniversário do ano passado, mas, se este ano você não me der, cabeças vão rolar.

Provavelmente a minha pelo chão quando eu fizer drama e você ficar nervosa. Neste caso, me alimente com o meu último brigadeiro antes de partir para outro plano.

Feliz aniversário, Isabelle, saiba que, ainda assim, eu te amo e sempre serei o seu melhor amigo, independentemente disso."

* Carta de Thomas para Isabelle em seu 12° aniversário, entregue junto aos cookies que ele mesmo tentou fazer para dar de presente e quase botou fogo na cozinha de sua casa.

Assim que saí da clínica, fui em direção ao ateliê, como combinado anteriormente com Elisa. Eram mais ou menos 10h15 da manhã, a sessão demorou um pouco mais do que deveria, mas, ainda assim, foi insuficiente. Eu sabia que seria.

Os vestidos de noiva na vitrine enchem os olhos de qualquer mulher que sonha em se casar um dia, o que é o meu caso.

Corrigindo, *era*. Isso também ficou no passado, apesar de às vezes o desejo voltar a se aquecer em meu coração por pura curiosidade. Contudo, esses momentos passam como uma correnteza breve e somem pelo horizonte. Não quero me casar simplesmente por compreender que as coisas costumam ser breves e desaparecem de repente em minha vida. Para ir em frente com uma ideia dessas, preciso, no mínimo, me sentir completamente segura com minha relação, e, por mais que ame Daniel, ainda não sinto que essa seria uma decisão correta.

Às 10h30 em ponto, Elisa aparece com um sorriso largo no rosto ao se deparar com a minha imagem encarando os modelos, perdida em pensamentos. Apesar de eu dizer que me casar não faz mais parte dos meus sonhos e planos, ela acha que algum dia irei mudar de ideia a partir do momento que encontrar a pessoa correta.

— Olá. Está muito tempo aqui?

— Uns 15 minutos, mais ou menos — a tranquilizei sem tirar os olhos da vitrine. — Aquele modelo ali me parece muito desconfortável — aponto para um vestido justo no manequim, adornado em pedrarias de todos os tamanhos.

— Você ficaria belíssima nele.

— Não entro num vestido desses nem se me pagarem. Não faz o meu tipo e acho que nem entra no meu corpo. E, se entrar, provavelmente não conseguiria andar com ele.

— E você tem um tipo preferido?

— Gosto dos rodados — esclareci. Apesar de ver vestidos em forma de sereia por todo o canto e na moda, eu ainda gostava dos maiores e espalhafatosos.

— Estilo princesa? — Elisa simplificou. — Eu acho que combina muito mais com você.

— Mas eu não usarei nenhum desses, nem tente me bajular — lembrei a ela com um sorriso amigável.

— Um dia, o desejo de se casar vai voltar a brotar em seu coração — Lis falou indo em direção à entrada. — Eu sei que ainda quer isso. E eu vou ser sua madrinha.

— Eu só quero viver em paz, na verdade, e casamento traria para mim uma enorme dor de cabeça.

— Estou começando a achar que precisarei ter uma conversa longa com Daniel. Ele não deve estar fazendo o papel de namorado direito.

Subi os três degraus um pouco mais cansada do que imaginava estar.

— Daniel sabe que não quero. Já conversamos sobre isso.

— Mas algo me diz que sua mãe não a deixará sair de casa sem ao menos estar casada, por causa de tudo o que passou — Elisa disse antes de se dirigir para a responsável do ateliê. — E você não vai querer ficar por lá para sempre.

— Nem me lembre disso, estou há anos dizendo que quero morar só e ela nunca me deixa ir.

— Eu entendo — minha amiga concluiu e se voltou para a moça que viera nos atender.

Minha mãe não quer que eu more sozinha. O motivo? Thomas, é claro. Mas como Thomas pode ser o responsável por algo assim? É simples… anos de terapia após a sua partida, que resultou em preocupação excessiva dos meus pais para com a minha saúde mental.

Porém, eu não acho de todo ruim. Atualmente minha mãe é minha maior amiga, e ela sabe de tudo o que houve entre nós dois. Quando me sinto solitária, ela sempre está lá pronta para me fazer companhia. Se morasse longe dos meus pais, provavelmente estaria na casa deles quase todos os dias do mesmo jeito.

Somos levadas para uma sala particular e, enquanto aguardamos, somos servidas com espumante e alguns morangos.

O estilista chega trazendo o vestido de Elisa em seus braços. Feito de renda e seda, ele é perfeito e combina com ela.

Ela o veste, o caimento é delicado em seu corpo.

— Não acredito que ainda faltam dois meses para o casamento — ela resmunga enquanto o estilista ajusta uma parte aqui e ali. — Parece uma eternidade.

— Dois meses passam rápido, Lis. Logo, logo, estará no altar dizendo sim para Fred.

Ela se volta para mim.

— Mas lembre-se de que estamos namorando há mais de oito anos! — exclama, impaciente. — Já era para estarmos casados se não fosse a dificuldade em começar uma vida do zero. Tem ideia de como as coisas são caras? E tem estudo, trabalho... tudo em um curto espaço que custa tempo, dinheiro e dedicação.

Eu não tinha argumentos contra isso. Na verdade, mal ouvi a frase após o "*estamos namorando há mais de oito anos*".

Senti um zumbido forte no ouvido e minha cabeça rodou por um instante. Não que eu quisesse sentir inveja de Lis e Fred, mas a verdade era que eu sentia. Eles estavam juntos há tanto tempo e eram melhores amigos. Eu os amava, muito mesmo, e estava mais do que feliz por apoiá-los nesse novo ciclo. Contudo, eu não tive a mesma sorte, e a angústia amargava ainda em minha boca. Era como se aquele momento um dia também houvesse pertencido a mim e foi tirado sem aviso prévio.

— Isa? — ela chamou minha atenção quando percebeu meu olhar vago e sem resposta.

— O tempo vai passar rápido, vai ver — concluí com um afago em seu braço e um sorriso que eu tenho certeza de que saiu torto. — Aproveite essa fase. Aposto que é magnífica.

Elisa me olhou entendendo que algo no meio daquela conversa havia me abalado. Eu não queria estragar os momentos especiais da minha amiga, então tratei de espantar qualquer outro sentimento que não fosse felicidade.

— E onde está o meu vestido? — questionei para o estilista, que prontamente foi em direção à porta de um closet buscá-lo.

Após sairmos do ateliê, sentamo-nos para tomar um café e listar as coisas que deveríamos fazer nos próximos dias em relação ao casamento.

— O chá de panelas acontecerá no fim deste mês — disse Elisa, com sua agenda adornada com laços e renda, escrito "Diário da Noiva", em suas mãos. — No dia 28.

Eu sabia o motivo de ser exatamente nesta data, mas fiquei em silêncio.

— Preciso ir à florista encomendar alguns arranjos para colocar nas mesas — ela continuou. — Não sei exatamente o que vamos servir, mas quero algo leve, como petiscos e sanduíches. O problema é que Fred quer um "chá-bar", mas eu não consigo pensar em como isso pode ser legal... — Elisa fechou a agenda e passou a olhar o cardápio enquanto falava. Minha visão estava nele também, porém desfocada das letras e fotos. — Estava pensando em decorar o ambiente com cores diferentes do que será na cerimônia. Talvez colocar pirocas voadoras caindo do teto em um bolo em formato de vagina. O que acha?

Demorei um pouco a entender a última frase. Sinceramente, eu não estava no meu melhor dia. Aliás, desde a tarde de ontem o meu mundo parece ter desmoronado e até agora não voltou a rodar nos eixos corretos.

— Eu acho que... — comecei a frase e perdi o raciocínio. — Perdão, o que disse?

Lis se segurou para não rir e passou a me encarar tentando entender o que se passava comigo.

— A decoração do chá de panela — relembrou ela. — Você não ouviu uma palavra, não é?

— Perdão, Elisa. Acho que estou sendo a pior madrinha de casamento que alguém pode esperar — pedi, sentindo uma sincera onda de culpa atravessar o meu peito.

— O que está havendo?

— Não é nada. Deixe isso para lá.

— Isa, eu conheço você muito bem para saber que não está num dia normal. Você está nervosa com alguma coisa?

Suspirei e me deixei recostar a cabeça na parede atrás da cadeira.

— Eu estou bem, juro — reafirmei.

Se mentisse tantas vezes, uma hora talvez se tornasse verdade.

— Ao menos já estou trabalhando para ficar.

Nossos cafés chegaram e demorou um minuto inteiro antes de Elisa poder responder:

— Podemos falar sobre o assunto proibido? — questionou com um pouco de receio. Elisa sempre sabe quando eu estou abalada por causa de Thomas, e nesse momento não foi diferente.

Fiz que sim com um movimento. Nós precisávamos falar sobre ele, afinal era o padrinho de Fred.

— Eu sei que ele está vindo para ficar. Não será apenas para o casamento —informei.

— E não é só isso...

— E que trabalhará no hospital como cardiologista — intervi antes que ela escolhesse as palavras corretas para introduzir esse assunto comigo. Não era necessário. — Eu já recebi um e-mail comunicando o seu contrato. Eu ainda não o respondi, pois estou juntando forças para encaminhar um relatório de tudo de que precisa para ser admitido. O e-mail não é pessoal, contudo sempre assino com o meu nome. Ele logo descobrirá que sou eu.

— Então, será você a contratá-lo?

Afirmei com um movimento quase doloroso.

— Pensei que eu pudesse evitá-lo, Lis. Eu tinha arquitetado todo um plano para não me dirigir a ele na festa de casamento, chá de panela, enfim. Mas serei a primeira a falar, mesmo que profissionalmente. Isso está me incomodando profundamente, e eu estou mais inquieta do que gostaria de admitir.

Elisa engoliu um pouco da sua água com gás e pensou um instante.

— Não dá para planejarmos o que vai acontecer em nossa vida, Isa. Mesmo que todo o plano pareça perfeito, sempre haverá variáveis que os fazem cair por terra — minha amiga aconselhou. — Você não iria falar com ele, mas ele irá falar com você. E, mesmo que escolha não responder nada, em algum momento você não aguentará. Thomas pode querer esclarecer as coisas.

— Mas eu não quero ouvir! Só quero que tudo continue como está: ele lá e eu aqui. Não foi essa a escolha dele?

— Eu não creio que tenha sido, mas não sabemos exatamente o que aconteceu para afirmar.

— Se houvesse acontecido alguma coisa séria, ele teria contado. Thomas foi embora por vontade própria — justifiquei, sentindo cada vez mais que essa conclusão estava mais do que correta. — E nem teve a decência de contar antes para nenhum de nós e se despedir.

— Eu não sei, tem algo de estranho nessa história que não se encaixa.

— Não irei imaginar nada mais além do que é óbvio para mim — concluí para ela. — Se continuasse com isso, iria enlouquecer. Esse assunto está mais do que encerrado. Se Thomas quer voltar, tudo bem. Apenas não venha com esperanças de que seremos amigos de novo, porque não acontecerá.

Elisa me encarou um pouco triste, porém ela sabia que eu estava com a razão. Só queria esquecer um pouco aquele assunto, pelo menos até ter de voltar à psicóloga.

Ou contar para Daniel.

Droga! Eu havia me esquecido de que ainda não havia conversado com ele sobre isso.

E também minha mãe, meu pai... Será que os pais de Thomas também voltariam?

— Por favor, vamos voltar a falar sobre o chá de panelas — pedi enquanto tratava de espantar aqueles questionamentos que pairavam em minha mente. — Não aconselho fazer um bolo em formato de vagina, pois pode ser que ninguém queira experimentar, mas as pirocas voadoras são interessantes.

Elisa riu e pegou sua agenda novamente.

Era 8h40 da noite quando Daniel apareceu. Passamos o dia praticamente inteiro sem nos falarmos. Normalmente, aos sábados, ele costuma escrever relatórios e trabalhar até 18h30.

Peguei algumas peças de roupa e juntei numa mochila para passar o resto do fim de semana em seu apartamento. Seria bom ter a companhia dele e esquecer um pouco os problemas — ou, talvez, os problemas me acompanhariam no exato momento em que resolvesse revelar a chegada do outro à cidade.

Ele usava roupas pretas dos pés à cabeça, exibindo um estilo que, além de sexy, era muito elegante. Seus cabelos estavam bem penteados e o perfume discreto.

— Minha deusa — essa era a maneira que ele me cumprimentava quando me via —, está belíssima.

— Você também está — falei após o beijo.

Daniel abriu a porta do carro e rumamos em busca de algum restaurante cidade afora. Aquela noite estava um pouco fria, mas movimentada em muitos pontos diferentes, e normalmente eu gostava de calmaria para conversar.

No fim das contas, encontramos apenas um que estava relativamente vazio por ser um pouco mais afastado. Contudo, eu sempre evitava ir a este pelo mesmo motivo que me perturbou o dia inteiro.

— Perdão por não irmos a outro lugar, mas estava tudo muito cheio, você viu — ele diz, após sermos atendidos pelo *maître* e beber um gole grande de vinho branco.

O restaurante em questão era nosso lugar favorito, meu e de Thomas, quando namorávamos. Parecia que não tinha jeito, toda a minha caminhada sempre tem algo relacionado a ele que é difícil de se desprender.

— Tudo bem, eu ainda gosto daqui.

— E por que não gostaria? É incrível — Daniel elogiou enquanto encarava as luzes baixas e o clima natural cheio de plantas. O som ambiente tocava jazz calmo e romântico.

— Como foi a sua semana? — puxei um assunto qualquer para me distrair das lembranças. Afinal, havia oito anos que não ia àquele lugar, e é de se imaginar que um relacionamento que acabou havia tanto tempo não incomodasse tanto a ponto de me fazer evitar andar por lugares antes especiais.

— Uma longa e chata caminhada, se quer saber. Não achava que iria ser tão maçante me juntar aos sócios da rede de supermercados Maison. Porém, não irei reclamar. Estamos indo cada vez mais longe e crescendo rapidamente.

— Interessante — tentei sorrir para ele. Aquele assunto não me interessava, na verdade, mas eu sempre gostava de ouvi-lo falar sobre as coisas que fazia. Era o que mantinha nosso relacionamento focado em outros assuntos além.

— E a sua? Imagino que esteja a todo vapor, não é? Afinal, o hospital Santa Mônica está se expandindo.

— *Uhum* — emiti sem muita emoção. — Estamos contratando pessoas novas para suprir a demanda.

Porém, não queria entrar naquele assunto. Não agora, não nesta noite.

— Isso é bom. Mais pessoas empregadas significa mais gente gastando dinheiro e a economia crescendo.

— Por falar em economia — tentei mudar de assunto —, encontrei pacotes de viagem superinteressantes para o exterior. Deveríamos procurar uma agência um dia desses.

Daniel me encarou com culpa nos olhos.

— Ah, perdão, meu amor, eu acabei me esquecendo disso! — ele mordeu o lábio e fez aquela careta que só ele sabia quando se sentia mal por alguma coisa. — Estou tão focado em dar certo nesse meio empresarial que não tenho tempo de pensar. Sinceras mil desculpas.

Suspirei antes de dizer qualquer coisa. Eu queria muito ir viajar com ele — para bem longe, para ser sincera, e, se pudesse, ficaria por lá mesmo pelo resto da vida.

— Tudo bem. Quando tiver um tempinho, nós veremos isso — assenti, um pouco frustrada.

— Não demorará muito, eu prometo.

Daniel era novo no ramo em que escolheu trabalhar. Juntou um bom dinheiro para investir numa rede nova de supermercados com diversos outros sócios e estava batalhando duro para conseguir se consolidar. Entretanto, isso demandava muito tempo e esforço dele, o que acabou nos afastando um pouco.

— Quando é a próxima viagem de negócios? — questionei, já me sentindo ansiosa pela partida. Da última vez ele ficou uma semana e meia fora, e, mesmo me mandando mensagens o tempo inteiro e até chamadas de vídeo, confesso que nada me agradava a distância.

E ele era um homem muito bonito, sempre foi, desde criança. Para arrumar outra mulher que suprisse suas necessidades românticas ou fisiológicas, não precisava de muito esforço. Contudo, eu confiava nele, ou pelo menos achava que sim.

— Menos de duas semanas.

Franzi o cenho.

— Duas semanas? Mas daqui a duas semanas acontecerá o chá de panelas de Elisa e do Fred! Você não vai me acompanhar?

Daniel me encarou um pouco assustado. Elevou sua mão para o rosto e pegou o celular, procurando a agenda logo depois.

Quando ele fez a característica careta de culpa dele pela segunda vez, logo percebi que me daria bolo.

— Você só pode estar brincando — resmunguei, nem um pouco feliz. — Daniel, esse chá de panela está marcado há mais de um mês.

— Eu juro que não é culpa minha! — Daniel rebateu, e eu me senti murchar na cadeira. — Não sou eu quem marca essas viagens, é de acordo com a disponibilidade dos fornecedores.

— Daniel… — sussurrei um tanto impaciente. — Você precisa mesmo viajar nesse dia?

Ele balançou a cabeça afirmando. Bufei e o encarei, me sentindo apunhalada pelas costas.

— Volto no domingo pela manhã — disse, um pouco receoso. — Sábado à noite, se estiver com muita raiva de mim. Mas antes disso eu não consigo, temos uma reunião importante no dia 29. Venho correndo para cá depois disso.

— O chá é na sexta-feira. De nada adianta chegar um dia depois.

— Não podem adiar um dia?

— Será em um salão alugado. Não dá para cancelar e muito menos mudar para o dia seguinte só porque você não vai.

— Você é a madrinha e sabe dessas coisas, eu não. Nem me consideraram como padrinho, logo não tenho por que ficar me lembrando disso.

— Recebeu um convite, poderia ter reservado a data.

— Não, não. Você recebeu um convite em nome de nós dois — relembrou, revirando os olhos. — Eu mal vi o papel.

Fiquei em silêncio para não ter de começar uma briga nada agradável com Daniel. Suspirei fundo, engoli as palavras e fiquei com meus pensamentos inquietos guardados apenas para mim. Droga! Ele precisava mesmo estar longe quando esse evento acontecesse? Eu iria precisar do seu apoio mais do que nunca nesse dia.

— Tudo bem. Do que adianta reclamar agora, não é mesmo? Já está de compromisso marcado — me dei por vencida.

— Por favor, não leve para o lado pessoal. Prometo que estarei no casamento, olhe só... — me mostrou a agenda do seu celular com a data marcada —, está anotado e não marcarei nada.

— É claro — eu duvidava de que, se não aparecesse algo superlucrativo para ele, não desmarcaria. Contudo, fiquei na minha.

O jantar não foi tão agradável quanto eu gostaria por estar brava pelo descaso com o chá de panelas, mas, ainda assim, era melhor estar na sua companhia do que sozinha em casa sem absolutamente nada para fazer e com os pensamentos fervilhando. Daniel passou boa parte do tempo falando sobre amenidades e coisas irrelevantes, o que era um bálsamo para me fazer voar até outros locais e momentos que gostaria de evitar.

Fazer amor com Daniel sempre fora um evento à parte. Ele era um pouco… como posso dizer?

Narcisista.

Não que fosse ruim na cama ou que isso atrapalhasse algo. Entretanto, eu sempre encarei aquilo como um pouco engraçado por ele geralmente se mostrar mais orgulhoso naquele momento do que normalmente era.

Só que eu não estava muito no clima naquele fim de semana. Se pudesse, eu me deitaria no sábado e só me levantaria da cama na segunda de manhã. Não era um daqueles dias em que você está disposta a se entregar numa relação em que seu parceiro carece de elogios e performances sexuais que exigiam um esforço superextra para conseguir chegar ao ápice.

Contudo, sempre que fazíamos amor, era um evento diferente. Daniel era o tipo de homem que de prático não tinha nada, mas que com o tempo e a constância cansava e fazia o corpo inteiro doer.

Sempre foram pernas para cima, joelhos deslocados, camas quebradas e alguns avisos da vizinhança por causa do barulho. Tudo era sempre extremo e até mesmo doloroso.

Incrível para uns, extremamente desconfortável para outros, eu me sentia bem no meio desses dois. Eu só faltava ganhar uns socos nas costelas, mas isso seria demais.

— Eu senti a sua falta, sabia? — ele sussurrou novamente em meu ouvido meio minuto depois de um quase escândalo por alvo atingido errado. Seu corpo suava a ponto de poder ver as gotas descendo pelo seu peito. — Uma semana e meia sem sentir o seu corpo e eu estava subindo pelas paredes.

Toquei em seus cabelos e acariciei-os antes de conseguir dizer alguma coisa. Havia perdido o meu fôlego depois de um grito gutural.

— Daniel, nem tente desviar do assunto — pedi e ele riu. — Não faça isso novamente, eu sei que é de propósito.

— Eu juro que não foi! — ele tentava me acalmar com uma mão sentindo meu peito desnudo subir e descer. — Eu só estava um pouco mais empolgado do que deveria. Posso querer muito ultrapassar essa barreira, mas, dessa vez, não foi de propósito.

— Dessa? Então quer dizer que as outras foram?

— Algumas, sim.

Eu quis desferir algum golpe nele para que entendesse que não gostava daquilo. Contudo, traí a mim mesma rindo de sua conclusão.

— Não quero que faça mais isso — pedi sinceramente. — Eu não gosto.

— Tudo bem — assentiu, deixando sua mão descer do meu seio para meu baixo-ventre. — Me desculpe por todas as vezes que aconteceram. Acidentalmente ou não.

— Eu te perdoo, se for devagar agora.

— Impossível...

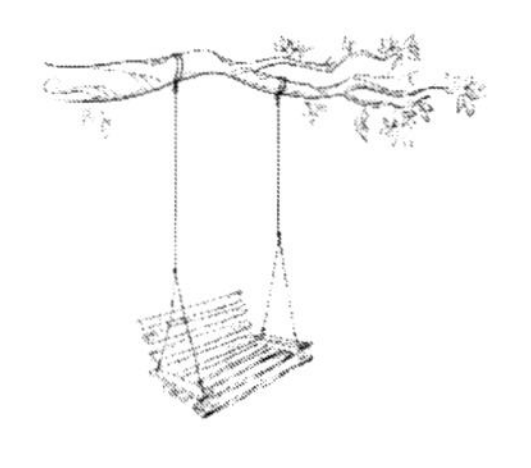

Capítulo 7

"...Todas as manhãs, quando a vejo, parece que o dia automaticamente fica melhor. Não há um momento sequer que eu não pense: como vou perturbar essa garota hoje? E como posso fazê-la contribuir para minhas próximas vergonhas?

Sinceramente, eu sei que você diz que odeia isso, mas, se odiasse mesmo, iria continuar a ser minha amiga? Eu sei que não.

Por isso, continuo e não vou parar nunca. Já era, Isabelle, serei seu melhor amigo para sempre. O jeito é me aturar.

Feliz aniversário, eu te amo, mesmo você não me respondendo isso às vezes."

* Carta de Thomas para Isabelle em 13° aniversário, em que os dois ficaram de castigo por tomarem banho de chuva durante meia hora fingindo estarem no filme *Cantando na Chuva*, ganharam um resfriado forte e passaram dois dias longe um do outro.

A segunda-feira passou rápido, para a felicidade de alguns e tristeza de outros. O hospital estava um caos agora que tinha aumentado o número de leitos e capacidade de pacientes, contudo ainda não tinha funcionários o suficiente para desafogar a fila gigante que os preços populares do plano de saúde causaram.

Por ser um hospital particular, era necessário recrutar os funcionários através de entrevistas de emprego. Thomas, no entanto, seria residente, tendo garantido sua vaga após aprovação no processo seletivo de residência médica. Morando longe da cidade onde o hospital estava localizado, ele realizou tanto a prova teórica quanto a entrevista de forma on-line.

Passei todo o dia adiando o e-mail que deveria enviar para ele. Tinha até a terça-feira para mandá-lo, mas nem mesmo o relatório inteiro tinha conseguido ler ainda. Abria-o e parava no nome dele todas as vezes, com medo de ter informações de que eu não gostaria de saber.

Entretanto, recebia ordens e precisava cumpri-las. Não era eu quem fazia as entrevistas ou observava as etapas práticas, mas era eu a empregar as pessoas que contratavam, a passar as regras, a dar boas-vindas e registrar as digitais num tour pelo hospital, que o novo funcionário frequentaria.

Ou seja, não interessava o que estivesse acontecendo dentro de mim, não importava o nível de desavença que tivesse com a pessoa que viria, eu tinha de me manter profissional nesses momentos.

E eu faria isso.

Por isso, quase no fim do turno e após mandar o e-mail para os outros dois médicos contratados, resolvi enviar para ele também.

Seria um bom momento, afinal iria para a terapia logo depois. Abri a caixa de e-mail e mandei o padrão, mudando apenas o seu nome:

"Boa tarde, Dr. Gale,

Estou encaminhando em anexo a listagem de documentações necessárias para o processo de sua admissão.

A ficha em anexo deverá ser preenchida com todos os dados e entregue com as documentações.

Os documentos deverão ser organizados conforme a numeração descrita na lista. Mesmo que algum documento se repita, ele deverá ser impresso e separado conforme a descrição.

Após a realização do exame admissional, que será agendado pela Segurança do Trabalho, o senhor deverá entrar em contato com o setor de Administração de Pessoal (Telefone: 0123-0533 ou respondendo a este e-mail) para agendar a entrega das documentações relacionadas. O prazo máximo para essa entrega é de duas semanas, sendo preferível o agendamento quanto antes.

Caso deseje, o senhor poderá realizar os dois dias de etapas práticas no hospital associado antes do exame admissional e da entrega dos documentos.

Qualquer dúvida, estou à disposição.

Isabelle Aimê Brites
Coordenadora de Administração de Pessoal
Hospital Casa de Santa Mônica"

Eram exatamente 5h30 da tarde quando o mandei. Foi a última coisa que fiz antes de bater o ponto e sair de lá. Desliguei o computador e suspirei por um longo período antes de me deslocar para fora.

Por que me incomodar com isso? Tudo que precisava fazer era aturá-lo por uns instantes enquanto passaria as instruções necessárias e continuaria normalmente com a minha vida. Esse era o meu plano, e era isso o que iria fazer.

Fui a passos firmes para o consultório de psicologia logo depois, decidida a mudar essa visão perturbadora do nosso reencontro antes que ele acontecesse.

— Olá, Isabelle — Dra. Janine abriu um sorriso ao abrir a porta e me ver.

Fiquei feliz com a sua reação, afinal estava passando da hora do final do seu expediente apenas para me atender.

— Boa noite, Dra. Fletcher. Obrigada por me atender tão tarde.

— É um prazer tê-la aqui de volta. E, creio eu, um desafio.

— Fico feliz.

— Devo confessar, Isabelle — continuou ela após uma pausa — que sua história não saiu da minha mente durante o fim de semana — revelou, e eu me senti particularmente surpresa. Afinal de contas, psicólogos ouviam todos os tipos de assuntos, dos casos mais bizarros aos mais surpreendentes. — Pode ser que eu não tenha tratado o caso, em alguns momentos, da maneira mais adequada. Isso a incomoda?

— De jeito nenhum — esclareci para ela, entendendo o que quis dizer. Sua última pergunta parecia uma curiosidade pessoal, não profissional.

— Mas é que, à medida que falava, eu criava um cenário em minha mente com a sua história. Sei que deve ter muito mais detalhes que deixou de lado para conseguir resumir, mas a maneira que fala sobre esse assunto é muito delicada — concluiu e parou um segundo para pensar. Então continuou. — É como se eu lesse um livro que me cativa.

— Eu quero mesmo passar o máximo de informação para você. Preciso compartilhar isso com alguém antes que me sufoque. Porque é exatamente assim que estou me sentindo agora.

Dra. Fletcher se deu por satisfeita.

— Pois, então, podemos continuar? Você me contava sobre o seu primeiro beijo. Fique à vontade para dar todos os detalhes que achar relevantes para melhor compreensão do seu objetivo final.

Maio de 2009

Thomas e eu tínhamos de fazer uma maquete para o trabalho de geografia no fim de semana. Eu não queria colocar dinossauros nela, mas, como pegamos a era mesozoica e precisávamos mostrar como era a Terra naquela época, então decidimos que colocar os bichos ajudaria os outros a entenderem melhor.

Fred e Elisa também estavam no grupo dessa vez, porém ficaram com a parte escrita e os dois a fariam na casa dele — para a felicidade de Thomas, que odiava fazer longos textos, contradizendo a si mesmo todas as vezes que o perguntava o porquê então de ele amar me mandar cartas — e nós ficamos com a maquete. Contudo, os quatro deveriam apresentar o trabalho para os outros na terça-feira por pelo menos 20 minutos.

Decidimos tirar a tarde de sábado para montar a maquete. Fazer qualquer coisa ao lado de Thomas era divertido, então não estava muito chateada por passar parte do fim de semana com um projeto escolar. Compramos os dinossauros de brinquedo, massinha, árvores, tinta, serragem, cola e mais algumas coisas pela manhã.

Eram mais ou menos 2h da tarde quando ele apareceu lá em casa. Eu estava sozinha naquele dia, minha mãe havia ido para o salão depois do almoço e meu pai trabalharia até as 6h da tarde. Porém, aquilo nunca foi problema para eles. Meus pais sempre confiaram em mim e Thomas sozinhos.

— Estou exausto antes de começar — reclamou ele, quando colocamos os materiais na mesa do jardim. — Acho que deveríamos apenas imprimir uma ilustração e deixar por isso mesmo. O que acha, Bel?

— Mas a ideia da maquete foi sua!

— Sim, porém a minha voz da consciência é você, Isabelle! Já parou para pensar nisso? — ele falou num tom sério. — Então, você deveria me alertar de que era idiotice e trabalho extra desnecessário.

— Thomas, se apenas imprimíssemos uma imagem, a parte escrita ficaria dividida entre nós quatro — recordei e o encarei, sabendo que ele entenderia. — Logo...

— Você está mais do que correta, como sempre. Pode pegar a cola quente, por favor?

Fui até o galpão onde meu pai guardava seus objetos de engenharia, abri todas as gavetas e procurei o utensílio. Estava na porta do armário, bem lá no alto. Pulei tentando alcançar aquela maldita pistola, mas falhei miseravelmente.

— Garota, você não acha que está na hora de começar a crescer? Estou começando a ficar preocupado com o seu desenvolvimento — Thomas brincou quando me viu. Ele pegou a pistola com tamanha facilidade e me abraçou de lado, rindo.

Franzi o cenho com aquela piada de mal gosto. Nessa época eu estava batendo um pouco abaixo do seu ombro, mas ele não precisava ficar fazendo chacota com a minha altura todas as vezes que vinha me abraçar.

— Olhe aqui, se for para ficar me comparando e me humilhando desse jeito, eu dispenso os seus abraços — o empurrei um pouco indelicadamente.

Thomas se desequilibrou e quase caiu. Contudo, se recuperou e se voltou para mim, rindo ainda mais.

— Não tenho culpa se você tem o tamanho de um *smurf* — ele se defendeu e recebeu um olhar ameaçador de volta. — Seus pais deveriam ver se isso está correto.

— Eu acho que são os seus que estão lhe dando fermento — acusei indignada. Ele media quase 1,80 m e eu 1,52 m aos 14 anos.

— Pois, então, passe a usar também em suas receitas.

— Você não teme a morte, não é? — brinquei enquanto segurava uma tesoura sem ponta. Se eu pudesse, juro, às vezes daria uns cascudos nele. — Pois saiba que faria parecer um acidente.

— Vai me matar como? Mordendo a minha canela e me passando raiva?

Joguei uma árvore de brinquedo nele após ouvir isso e ri por um momento antes de rebater. Na verdade, quanto mais eu dava corda para os seus comentários maldosos, mais ele falava. O problema é que eu sempre caía nisso e passávamos horas discutindo, caso não desse um basta logo.

— Tudo bem, elfo da Floresta das Trevas, o que sugere que eu faça com relação à minha altura? Não posso acelerar isso nem acho que serei alta algum dia.

Thomas parou um segundo e me fitou dos pés à cabeça.

— Apenas terá de aguentar os outros dizendo que é fofinha quando tiver uns 30 anos nas costas.

— Fofinha... sei. Você deve estar me chamando de gorda!

— Nada disso! Você é fofinha igual um Pinscher — Thomas soltou uma gargalhada. É claro que era piada.

— Ah, pelo amor de Deus! — perdi a paciência e joguei a base da maquete para ele. — Vamos terminar logo com isso, preguiçoso.

Thomas assentiu enquanto tentava parar de rir. Por dentro eu também ria, não tinha como ser amigo dele sem aguentar essas coisas.

— Isso está uma bela de uma mer… — Thomas analisou, enquanto plantava mais uma árvore, meia hora depois. — Ai! — dei um beliscão nele antes que completasse a frase.

— Não pode xingar aqui — relembrei. — Minha mãe não gosta.

— Desde quando "merda" é xingamento?

— Desde que é listado como um.

Ele deu de ombros.

— Seus pais não estão aqui — comentou olhando para a janela da cozinha. — Se estivessem, já tinham me dado comida, mas, como é você…

— Almoçou há duas horas, você não pode estar com fome!

— Não subestime nunca a minha fome — ele lembrou. — Eu como até dormindo.

— E parece uma tripa seca não sei como! Eu sinto inveja.

— Ah, Isabelle, assim você toca na minha mais profunda vergonha — falou com voz manhosa e dramática.

— Desde quando, Thomas, você tem vergonha de alguma coisa? — questionei com sinceridade. Ele não tinha mesmo, em meu ponto de vista. — Se sentisse vergonha do seu corpo, não jogaria futebol sem camisa.

— Eu tenho vergonha de muitas coisas, se quer saber.

— Sim, eu quero saber. Do que tem vergonha? Eu nunca percebi nada — o encarei profundamente interessada.

Ele suspirou e ficou paralisado por três segundos e eu fiquei na expectativa de descobrir.

— Por exemplo… — recomeçou a falar, fazendo mistério por alguns segundos. — É, você tem razão, eu não tenho vergonha de nada.

Idiota. Era óbvio que não.

— Espere, tem uma coisa… — voltou a gesticular e fingir que pensava. — Não, não, isso também não.

— Imbecil.

— Eu tenho vergonha de usar biquíni, igual a você — Thomas exemplificou e riu.

— Ainda bem — tentei não o imaginar com um biquíni, mas foi em vão. Uma imagem daquele garoto loiro e imenso usando um fio dental laranja brotou em minha mente e não foi muito agradável.

— Mas eu juro que um dia eu vou conseguir usar.

— Faça um favor para a humanidade e não faça isso — pedi encarecidamente. — Ou pelo menos se certifique de que suas bolas estão bem guardadas nesse momento e poupe-nos de uma visão constrangedora.

O rosto de Thomas corou. Foi um pouco estranho, afinal de contas, eu realmente nunca o vi se envergonhar de algo, e aquele era o maior indício de que alguma coisa em minha fala o provocou.

Porém, ele riu logo depois, até seu semblante ficar totalmente vermelho.

— Nem eu quero me ver assim, pode acreditar! Não se preocupe.

— Eu não sei, me pareceu que estava mesmo disposto a colocar um biquíni.

— Só colocaria um caso você precisasse de apoio emocional quando decidisse usar — Thomas confessou, e dessa vez quem corou fui eu. — Tem uma piscina em casa e nunca sequer colocou um, e eu sei que é por ter vergonha.

Eu nunca tinha entrado naquele assunto com ele, mas era óbvio que havia percebido. Eu só entrava na piscina de maiô e short.

— Então, imagino que um dia você queira experimentar. Caso se sinta constrangida nessa ocasião, eu vou colocar um também e ninguém vai perceber que você está usando porque serei o centro das atenções enquanto você aproveita, como faço na maioria das vezes.

Fiquei em silêncio sem saber o que responder de imediato. Thomas sempre estava disposto a me apoiar em tudo o que quisesse fazer, e até mesmo estava atento a coisas que eu queria, mas tinha vergonha. Como meu melhor amigo, ele sempre me impulsionava a ir em frente, não importava quão fútil a situação era ou quão prejudicado ele pudesse sair dela. Isso me fazia amá-lo mais do que a qualquer pessoa no mundo, e eu não estava sendo exagerada.

— Vou considerar a sua proposta quando precisar — sorri para ele, contente por sempre se esforçar para me fazer feliz. — Mas eu ainda quero descobrir o que envergonha você.

Thomas suspirou e me encarou por um tempo sem piscar.

— Nada me envergonha — falou com uma falsa sinceridade na voz e piscou um de seus olhos para mim.

Da mesma maneira que ele sabia quando algo me incomodava, eu sabia sobre ele. E nesse momento havia alguma coisa escondida em suas últimas palavras.

Presente

— Perdão por interrompê-la, Isabelle — Janine pediu antes de perguntar —, mas não acha que ele sempre deu indícios de que era apaixonado por você?

— Possivelmente sim, mas eu era inocente nesse assunto. Nunca encarei nada daquilo como uma tentativa de se declarar e ele nunca fez questão de deixar as coisas mais claras. Desde o início, havia me acostumado com o seu jeito extremamente excêntrico e carinhoso de ser, e eu nem desconfiava.

— É mesmo complicado, ainda mais quando não se tem experiência. Entretanto, pessoas de fora poderiam muito bem entender isso e conversar com você sobre. Sua mãe, por exemplo, ou até mesmo sua amiga.

— As duas me alertariam algum tempo depois, sim. Até então, no entanto, acho que ninguém desconfiava. Apenas Daniel, mas eu achava que era ciúmes.

— Certo, certo. Então como aconteceu o beijo?

Maio de 2009

Todo mundo sabia que havia coisas que eu só fazia com Thomas, e, se alguém mais aparecesse, não conseguiria me soltar.

Apresentar trabalhos em sala de aula era mais fácil ao seu lado, e encarar o dia na escola com os demais colegas também. Arrumar amigos, sair em grupo, expor minhas opiniões etc. Thomas me deixava um pouco mais segura quando estava perto de mim porque, se eu falhasse, ele fazia questão de ser o centro das atenções depois para eu não passar vergonha sozinha.

Outra coisa importante era que eu contava absolutamente tudo para ele, não importava o assunto. Para que um diário quando se tinha um amigo que sempre me ouvia, não importava a hora ou o lugar, e sempre tinha algo de positivo depois para falar?

— Pronto — Thomas finalizou a maquete com um sorriso imenso no rosto. — Está uma bela de uma... porcaria, mas acho que dá para passar.

Encarei o trabalho e não consegui deixar de rir. Estava horrível, as proporções entre árvores, terra e dinossauros ficaram péssimas.

— Acho melhor imprimirmos uma ilustração — me dei por vencida sabendo que iríamos ser motivo de chacota caso levássemos apenas aquela maquete como exemplo.

— Você não entende de arte abstrata, Bel — ele tomou um ar sério no rosto sem tirar os olhos do trabalho. — Precisa abrir a sua mente antes de encarar esta belíssima obra. Veja com o seu olhar mais crítico, ambicioso, criativo... Aposto que um dia o venderemos por milhões!

— Nem você acredita nisso, Thomas!

Ele suspirou e caiu na gargalhada.

— Vamos jogar fora? — perguntou logo depois.

— Evidentemente que não. Tanto trabalho para ir para o lixo? Vamos levá-la com a ilustração e explicaremos melhor. Não é aula de artes, não vamos receber uma nota ruim por ter saído horrível.

— Vamos receber uma nota ruim porque não sabemos nada sobre a Terra nessa era — ele respondeu e eu bufei. Ainda tinha de estudar para explicar.

— Ao menos terminamos por hoje.

— Ela fica com você? — Thomas perguntou, e eu assenti. — Ótimo, agora me alimente antes que eu desmaie de fome!

Preparei um lanche para nós dois rapidamente e levei para o jardim. Thomas e eu nos sentamos no banco-balanço enquanto comíamos e conversávamos.

Era quase 5h da tarde quando recebi uma ligação de um número que não conhecia. Normalmente, eu odiava receber ligações, e só atendia quando aparecia o nome da minha mãe, pai ou amigos na tela do meu celular. Quando Thomas me ligava, aliás, aparecia o número de Thomas com uma foto dele fazendo careta, e o toque eram berros de cabra, isso feito por ele mesmo.

— Não vai atender? — questionou, e eu fiz uma careta de desgosto.

— Eu detesto receber ligações, você sabe. Atende para mim?

Entreguei o celular para ele, que encarou o número um pouco desconfiado.

— *Alô?* — atendeu, com a voz um pouco mais grossa do que costumava ser.

Não consegui ouvir a voz da outra pessoa do outro lado da linha.

— *Sim, dela mesma* — ele continuou. — *Está, sim. Claro. Só um minuto* — Thomas me encarou com estranheza e sussurrou: — *É o Daniel.*

Senti meu corpo gelar inteiro. Daniel?

— *Querendo o quê?*

— *Falar com você* — o tom de voz de Thomas não parecia muito amigável nesse momento.

Peguei o telefone dele e engoli em seco antes de falar.

— *Oi?* — ouvi um eco quase imperceptível na linha.

— *Isabelle?* — a voz era mesmo de Daniel.

— *Sim?*

— *Elisa me passou seu número.*

Claro. Tinha de ser, depois daquela conversa estranha que tivemos na tarde de ontem.

— *Ah, sim, tudo bem* — fiquei em silêncio por um momento sem saber o que falar. Eu nunca consegui puxar assunto algum por telefone, nem mesmo fazer perguntas básicas para alguém que não tinha costume de conversar. — *O que d-deseja?* — gaguejei vergonhosamente.

— *Conversar com você.*

Levantei os ombros num ato de desentendimento.

— *Por telefone?* — o pânico foi visível em minha voz.

— *Não* — ele riu —, *pessoalmente.*

Senti os pelos da minha nuca se arrepiarem, mas não positivamente. Eu queria desligar a ligação e sair correndo para algum lugar, o que não fazia sentido nenhum. Não sabia como corresponder aos sinais de alguém que possivelmente gostasse de mim e me senti travar no lugar.

Thomas fez cara feia.

— *Como?* — questionei apreensiva.

— *Na pracinha São Francisco, perto da fonte, hoje à noite. Algumas pessoas da sala vão até lá para assistir ao festival de música. Talvez a gente possa ir juntos.*

Como ele poderia pensar isso sem eu dar nenhum sinal de interesse?

— *Vou com Thomas* — esclareci.

— *Sim, claro. Mas podemos nos encontrar lá e conversar, não é? Eu sei que ele vai, parece um carrapato seu, onde você está, ele está atrás.*

Encarei Thomas, temerosa por ele ter ouvido isso. Aparentemente não.

— *Tudo bem, então* — concordei, apenas para ter de desligar o telefone quanto antes. Se eu recusasse, possivelmente ele insistiria por mais tempo.

— *Mesmo?* — emitiu, empolgado.

— *Ah… sim, claro.*

— *Ótimo. Então, até lá.*

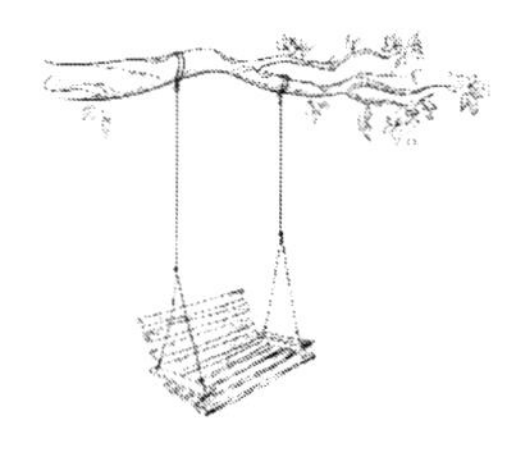

Capítulo 8

"... Não, Isabelle, eu não gosto de High School Musical, mas, ainda assim, eu prometo que dançarei e cantarei as músicas com você, caso queira um parceiro. Só não me faça assistir a esses filmes de novo, eu lhe imploro por tudo o que é mais sagrado.

Ah, também não gosto de ouvir quanto o Zac Efron é perfeito. É óbvio que ele é, o cara canta, dança, joga basquete e é bonito. O que mais as garotas querem, não é?

Ah, se você tivesse um amigo tão talentoso quanto ele! E que bom que você tem — sim, estou falando de mim mesmo. Por favor, reconheça logo isso e beije os meus pés.

Feliz aniversário, Isabelle. Eu te amo e você sabe disso porque eu gritei ontem bem alto na hora do jogo. Gostou de ser o centro das atenções igual a Gabriella Montez no início do terceiro filme? Aposto que não.

* Um pedaço da carta de Thomas para Isabelle em seu 14° aniversário, entregue com algumas das músicas favoritas da Disney gravadas por ele em um CD.

Thomas me encarava com fogo nos olhos. Não sabia se ele estava desconfiado ou com ciúmes por ter outro garoto querendo conversar comigo além dele.

— O que ele quer é ficar com você, é óbvio — notou, e eu me senti encolher no banco. — Não vai ser papo amigável.

— Eu sei — sussurrei, ainda assustada com a ligação. Meu coração batia em ritmo acelerado.

Thomas me olhou aguardando mais respostas.

— Elisa me disse que ele queria. Na verdade, já tem um tempo isso, e ontem tocou no assunto novamente — confessei, engolindo em seco tantas vezes que minha garganta começou a doer. — Na primeira vez que fiquei sabendo, eu meio que dei um fora nele. Sabe, sem nem mesmo conversar diretamente.

Ele suspirou e deixou o nervosismo de lado.

— E o que você pensa sobre isso? — questionou um pouco mais interessado no assunto. — Imagino que já tenha pensado.

— Ontem eu disse que iria analisar. Mas não achei que a fofoca chegaria aos ouvidos dele assim tão rápido! — Elisa iria me pagar. — Então, deixei para uma outra hora, afinal estaríamos atolados de coisas para fazer neste fim de semana e eu preferi me ocupar com elas.

Tomei o resto de suco de laranja, tentando amenizar a secura da minha boca.

— Você... — ele parou um segundo antes para raciocinar melhor sobre a minha resposta — vai ter coragem?

Senti minha espinha se arrepiar apenas com essa pergunta.

— Olhe bem para mim, Thomas! Você acha mesmo que estou preparada para isso? Não consegui sequer conversar com ele direito por telefone, imagine pessoalmente! E se ele quiser me beijar?

— Ele vai querer. É o que pretende — esclareceu, com tanta certeza que eu já não tinha dúvidas mais. — Acha que nunca me sondou perguntando sobre você? Na verdade, quase todas as vezes que estamos no campo conversando antes do futebol, ele me questiona.

A minha voz estava embargada quando disse:

— E o que ele quer saber?

Thomas me fitou sem muito ânimo de continuar aquela conversa.

— Bem, ele... normalmente me pergunta se você está solteira ou está com alguém.

Aquela pergunta pareceu um pouco estranha e eu nem sabia dizer o porquê.

— Ah — grunhi um pouco assustada. — Você não disse que tenho interesse nele, disse?

— Não! Você tem interesse nele? Se tiver, ao menos nunca me deixou claro isso. Quer dizer, eu sei que ele é interessante e tal, mas...

— Eu não tenho interesse nele — interrompi a tagarelice de Thomas antes de ele terminar a frase. — Pelo menos eu acho que não. Mas é um garoto encantador, e eu disse que iria pensar.

Thomas se calou totalmente e apenas passou a me olhar. Por um segundo, eu podia jurar que ele tinha engolido um sapo imenso, por causa do movimento longo e pesado do pomo-de-adão em seu pescoço.

— Algum dia eu terei de fazer isso, não é? — foi mais um pensamento em voz alta do que continuar a conversa.

Realmente, havia momentos em que era melhor passar logo para o possível trauma vir e ir quanto antes. Contudo, não achava nada legal essa última parte. Por que o meu primeiro beijo precisava ser um trauma? Por insegurança? Medo?

Isso não parecia certo.

Eu queria que ao menos fosse legal e com alguém de confiança, mas a única pessoa que eu confiava para qualquer coisa estava logo ali, do meu lado...

— É... — foi a única coisa que ele disse após um longo silêncio. — Só não achei que fosse tão cedo, sabe?

Toquei na mão de Thomas, sentindo ele entrelaçar seus dedos nos meus logo depois, e sorri.

— Eu devo ser a única pessoa daquela sala que ainda não fez isso — raciocinei envergonhada.

— Eu também não fiz, Isabelle — Thomas lembrou, e eu me senti um pouco menos idiota. Eu sabia disso, mas tudo para os homens parece ser mais fácil e menos incômodo. — Não são apenas garotas que esperam a hora certa para acontecer. Não quero que seja de qualquer jeito, nem tenho pressa para que aconteça apenas para me igualar aos outros. O que me restará depois disso será uma lembrança que pode se tornar doce ou profundamente amarga, dependendo de como acontecer.

— Agora você me deixou preocupada!

— Mas, se você acha que ele é o cara ideal e este é o momento certo para isso, então o que me resta é apoiar a sua decisão.

Eu gostaria de dizer que o que vi nos olhos dele foi aquela euforia de quando estávamos prestes a fazer alguma coisa estúpida e estava me estimulando a ir em frente, mas não era isso o que estava escrito neles. Pela primeira vez, vi o brilho animado que ele carregava em si desvanecido, opaco.

Pensei que talvez — *só talvez* — fosse pelo fato de que aquele momento não se tratasse de nós dois juntos, mas apenas eu com outra pessoa, que nem sequer era considerada nosso amigo. E, como disse, Thomas e eu fazíamos tudo juntos, sendo a primeira vez ou não.

Porém, havia coisas que eu precisava fazer sem ele, e eu acreditava que isso era uma delas.

A noite caiu mais rápido do que eu gostaria. Thomas e eu nos encontraríamos em minha casa e depois iríamos para a praça junto a Fred e Elisa.

Confesso que quis desmarcar, fingir estar doente e até mesmo um desmaio para não ir. O que era para ser uma noite agradável de música e entre amigos parecia ter se tornado um filme sobre como minha ansiedade conseguia me ferrar em tão pouco tempo.

Troquei de roupa pelo menos cinco vezes procurando alguma coisa que não denunciasse meu nervosismo quando começasse a suar e tremer de medo. Parei em frente ao espelho, suspirei, inspirei e pedi calma a mim mesma, afinal isso não precisava se tornar o meu inferno pessoal. Eu precisava ser como Thomas ao menos uma vez na vida: segura de mim mesma.

Às 19h30 em ponto ele me chamou. Aguardava na sala de casa quando desci as escadas mais rápido do que conseguia raciocinar naquela noite.

— Voltem até as 22h30 — meu pai pediu e me entregou o celular que deixei largado no sofá. — E não se desgrude disso, por favor.

— Tudo bem, pai. Vocês ainda vão sair?

— Sim, mas nada de passar do horário imaginando que não voltaremos cedo — ameaçou e encarou Thomas. — Eu confio em você.

— Nele? — reclamei e notei os dois se entreolhando com orgulho. — Têm de confiar em mim, que sou sua filha!

— Isabelle, se depender de você, nem sai de casa, eu sei disso — meu pai rebateu e me deu um beijo no topo da cabeça. — Por isso, sempre falo com ele.

— Voltaremos cedo, tio Charles, prometo — Thomas concordou e sorriu. — Vamos?

Thomas e eu fomos à casa de Elisa, que ficava a algumas ruas de distância. Era uma caminhada de mais ou menos dez minutos, e a pracinha São Francisco ficava a mais cinco. Fred já estava junto a ela esperando no portão, em um bate papo descontraído.

— Eu vou matar você, Elisa — sussurrei enquanto caminhávamos e os meninos se distraíram falando de futebol.

— *Jesus*, o que eu fiz agora? — perguntou com uma expressão cínica. Era claro que ela sabia do que eu estava falando.

— Não se faça de boba. Eu quase tive um infarto quando Daniel me ligou hoje à tarde.

Elisa emitiu um sorriso malicioso.

— Não se sinta mal por isso, quase todas as garotas que conheço teriam a mesma reação.

Encarei séria minha amiga, demonstrando que aquele assunto não era nada cômico para mim. Algumas pessoas podem achar um grande exagero a maneira como lido com conversas ao telefone com estranhos, mas eu apenas pedia que respeitassem esse meu lado e não me colocassem nessa situação. Quanto mais pudesse evitar, melhor.

— O que ele disse?

— Que quer conversar comigo hoje à noite — esclareci, depois encarei Thomas ao lado de Fred. Estava de cara fechada desde que contei a ele.

— E você vai? — Elisa diminuiu o tom de voz e iluminou o olhar.

Suspirei quando senti a pontada ansiosa no meu coração. Eu ainda estava dividida entre o que deveria fazer.

— Talvez. Eu sei que preciso me soltar na presença de outras pessoas e encarar o medo que tenho delas. Porém, ainda acho que posso vomitar, caso entre em pânico.

— Isabelle, é só o Daniel — Elisa falou como se fosse simples. Podia ser para ela. — Você o vê todos os dias. Ele não é um monstro. Se se sentir desconfortável, diga a ele. Você pode ter outros amigos além de Thomas: sabe disso, não é?

— Como se Daniel quisesse apenas minha amizade — me senti um pouco egocêntrica com essa frase. Porém, era verdadeira. Ele não queria sentar e conversar comigo porque me acha a melhor pessoa do mundo para se ter por perto.

— Talvez hoje ele queira apenas isso — Elisa tentou amenizar.

— Você acredita mesmo nisso?

Ela balançou a cabeça em negação. Era óbvio que não.

— Mas, se você deixar claro que é só uma conversa, pode ser que ele não tente nada mais.

— Eu sei que você está tentando me deixar tranquila. Porém, eu sei que Daniel é o galã mais desejado da escola. E é tão estranho pensar isso de um garoto de 14 anos de idade!

— Não somos crianças mais — minha amiga interveio.

— Tampouco somos adultos. Não acho esse rótulo atraente assim tão cedo na vida — concluí.

— Você está procurando desculpas para não ficar com ele — Elisa falou um pouco mais alto dessa vez. — E tudo bem, Isa. Apenas deixe isso claro quando ele vir conversar.

Thomas e Fred ficaram em silêncio prestando atenção no que falávamos. Entretanto, fechei o bico e guardei meus pensamentos para mim antes que praguejasse alguma coisa.

Pensamentos esses que mais me confundiam do que ajudavam. A cada segundo era uma conclusão diferente tomada por mim, e cada uma delas parecia assustadora demais:

A primeira era que eu precisava ir em frente e, quem sabe, dar o meu primeiro beijo com um garoto que é bonito e possivelmente gosta de mim. Porém, eu ainda não estaria preparada para isso — não com ele, pelo menos, por causa da confiança que não existia.

A segunda era dar para trás e sumir das vistas de todo mundo. Fazer como sempre e me esconder junto a minha vergonha de viver. Dar alguma desculpa e continuar com a timidez estragando minha vida, como constantemente fazia.

A terceira era a possibilidade de tornar essa noite tão traumática a ponto de eu nunca mais querer experimentar algo do tipo de novo — e essa possibilidade me deixava ainda mais nervosa.

A quarta era a vergonha que eu teria quando fizesse algo de errado e o meu estômago revirasse na ânsia que sempre me ataca nos momentos de vexame.

E existiam tantas outras possibilidades que estavam me deixando em pânico. Eu analisava todas as versões do que poderia acontecer e ao mesmo tempo queria deixar o momento me levar sem pensar muito sobre. Contudo, minha mente sempre me traía e eu logo imaginava a pior coisa acontecendo num momento como esse.

— A música está alta — Fred quebrou o silêncio quando dobramos a esquina e vimos a multidão na praça.

Passou uma hora e meia desde que chegamos aqui. A praça é grande, há muitos pontos com *food trucks*, mesas espalhadas, vendedores de balão e alguns outros ambulantes que aproveitavam o festival para vender quinquilharias.

Estávamos sentados em um dos longuíssimos bancos de pedra um pouco longe do palco central que estava a banda que tocava jazz. Thomas e eu comíamos um algodão doce azul juntos, mas mal sentia o gosto.

Os outros curtiam a música, porém eu ouvia minha mente me incomodando o tempo inteiro. Minhas mãos suavam e meu coração batia mais forte a cada pessoa que surgia que pudesse se parecer com Daniel, e eu queria mesmo sair correndo dali antes que ele aparecesse. Uma pontada de esperança tomava conta de mim de tempos em tempos pensando que Daniel talvez tivesse desistido de comparecer, mas sabia que a qualquer momento ele viria.

— Você está quieta — Thomas notou, tomando minha atenção toda para ele. — Não está gostando da música?

Eu o encarei com um meio sorriso nervoso nos lábios.

— Você sabe o porquê de estar calada — lembrei.

— Sim, gostaria de pensar que isso não está a incomodando tanto quanto aparentemente está, mas vejo que estou correto ao imaginar que está entrando em pânico.

Fiquei em silêncio enquanto o encarava. Às vezes precisava apenas de um olhar entre a gente para compreendermos o que se passava na mente um do outro.

— Isabelle, você não precisa fazer isso se não quiser.

Eu sabia que não precisava, mas e se eu quisesse? E se eu achasse que era a hora? Quer dizer, pode ser que não exista mesmo momento perfeito para acontecer e eu esteja apenas desperdiçando uma oportunidade de fazer algo legal, e tornar essa uma noite especial.

— Mas, se você quer — continuou ele, praticamente lendo o que se passou em minha cabeça —, saiba que, se Daniel fizer chacota de você por qualquer motivo idiota que seja, eu quebrarei a cara dele até se tornar o cara mais feio da escola. Fique tranquila.

Thomas conseguiu arrancar uma risada sincera de mim. Ele sempre foi tão atencioso nesses detalhes que, mesmo passando dias dizendo quanto era grata por sua amizade, nunca seria o suficiente para agradecê-lo.

— Então, se achar que é a hora e o cara certo... — ele deu uma pausa e um suspiro que, eu poderia estar errada, me pareceu de dor —, então apenas feche os olhos e deixe acontecer.

— É o que você faria? — questionei um pouco surpresa.

— Eu não sei. Acho que só vou descobrir quando... — ele pensou um segundo e voltou seus olhos para o céu — quando alguém sentir vontade de fazer isso comigo.

A lua estava cheia naquela noite, e parecia tão perto. Contudo, o fulgor do seu olhar, aparentemente, continuava apagado.

— Você nunca imaginou como seria quando acontecesse? — quis saber.

Thomas me olhou profundamente antes de responder:

— Só um milhão de vezes. E todas diferentes uma da outra — ele esclareceu e sorriu.

Um sentimento estranho percorreu a minha espinha e foi subindo até zumbir a minha cabeça. Não consegui distinguir exatamente a sensação que foi ouvir isso, mas era... nocivo, como se algo não estivesse certo.

Eu sabia decifrar todos os tipos de sorriso que ele tinha — os de vergonha, os de felicidade, os de nervosismo, os saudosos, os dramáticos e por aí vai. Mas, dessa vez, o que eu vi foi uma linha de ansiedade misturada com angústia se formando em seus lábios. Um sorriso triste, aparentemente, que nunca havia acontecido antes.

— Aí vem ele — Thomas me despertou daquela análise antes que eu pudesse concluir ela. — Boa sorte.

Capítulo 9

"... Lide com o fato de que eu farei de você a minha musa inspiradora durante os próximos 80 anos em que nós vivermos juntos. Registrarei tudo o que for importante e o que não for também, afinal a vida é feita principalmente do cotidiano."

* Mensagem mandada por Thomas para Isabelle após ganhar uma máquina fotográfica de presente em seu 14° aniversário e tirar pelo menos cem fotos enquanto ela reclamava.

Daniel era um garoto interessante. Ele nunca foi tão extrovertido quanto Thomas, nem tão amável, mas tinha uma maneira diferente de envolver qualquer pessoa em seus assuntos de maneira natural.

Quando ele apareceu, me convidou para nos afastarmos um pouco da multidão por causa do som alto da música, mas, de onde estávamos, dava para ver Thomas e os outros. Nos sentamos em um banco embaixo de uma árvore e de frente para a fonte. Estava praticamente vazio ali, apenas um ou outro casal fazendo companhia.

— Por um momento eu achei que você não viria — Daniel disse visivelmente feliz. — Ou que teríamos que conversar ao lado de Thomas, afinal ele sempre está por perto.

— O que você tem contra ele?

Já era a segunda vez que reclamava de Thomas naquele dia.

— Nada. Ele é legal, mas parece sua sombra — Daniel explicou, e eu tentei não emitir reação alguma.

— Ele é meu melhor amigo, Daniel.

— Beatriz é minha melhor amiga também, nem por isso fico como carrapato em cima dela — ele esclareceu, e eu me forcei para não revirar os olhos. — Às vezes acho que Thomas é apaixonado por você.

Ri da última frase instantaneamente.

— Isso não é verdade — afirmei com total certeza na voz, mas com uma pontada de dúvida na mente que às vezes vinha como uma coceira fajuta me atormentar. — Somos amigos desde que nos conhecemos e posso afirmar que não.

— Qual é, ele vive dizendo que te ama!

— Ele diz isso para todo mundo, se quer saber. Até para as plantas da sua casa — informei. E era verdade. —Se fosse amigo dele, entenderia esse lado.

— O lado carente de atenção, você quer dizer?

Me senti um pouco incomodada com essa perspectiva. Thomas, a meu ver, era apenas um garoto que sentia liberdade em expressar seus sentimentos, e era por compreender que ele nunca os escondia que eu tinha plena certeza de que ele nunca foi apaixonado por mim.

— Não é legal debochar da maneira que as pessoas se expressam — concluí e acho que o intimidei um pouco. Daniel fechou o semblante e me encarou impressionado. — Além do mais, posso afirmar que eu admiro quem deixa as coisas claras, afinal eu mesma nunca consegui ser tão comunicativa quanto gostaria — surpreendi a mim mesma com essa resposta a alguém que considerava um estranho.

Daniel tentou pegar a minha mão. Na verdade, deslizou os seus dedos pelos meus e os entrelaçou. Notei esse gesto e me senti estranha ao constatar que o toque dele era tão diferente do de Thomas, quando o senti esta tarde enquanto me aconselhava.

— Deixe seu amigo um pouco de lado — ele pediu enquanto alisava meu dedo indicador com o seu. — Eu gosto de você, sabia? Já que disse que admira pessoas que deixam as coisas claras, acho que devo logo confessar.

Percebi todo o sangue do meu rosto se esvair.

— M-mas... — senti minha respiração se estreitar imediatamente e minha voz fraquejar com essa súbita declaração. Achava que a conversa estava indo bem até aquele momento, sem nenhuma falha. — Por quê? A gente mal se fala.

Encarei Daniel em busca de uma resposta que ao menos fizesse sentido. Ele mal me conhecia, como podia dizer que gostava assim logo de cara?

— Eu não sei, eu apenas gosto — me senti murchar com aquela explicação. Isso era tão clichê quanto eu achava que era mentira. — Estou há tempos tentando chamar sua atenção.

Algo me dizia que ele realmente apenas gostava da sensação de poder que tinha em conquistar qualquer pessoa que quisesse, e eu possivelmente era o caso mais difícil.

— Você não vai falar nada?

Procurei Thomas de longe. Ele conversava com os outros, mas olhava de vez em quando para mim como ato de precaução. Sabia que não tiraria os olhos do que estava acontecendo, afinal eu estava muito insegura e morrendo de medo, e ele sempre foi o meu porto seguro quando achava que ia falhar.

As coisas ao lado dele eram tão fáceis. Eu sabia que ele fazia tudo o que podia e estava ao seu alcance por mim, para me deixar à vontade e feliz com a vida, exatamente como ele era.

— Daniel, eu... — engoli em seco e prensei os lábios numa tentativa involuntária de não parecer vulnerável para um beijo — não acho que estou pronta para isso — menti para ele.

Eu estava pronta e tinha não só consciência disso como uma enorme vontade, mas não com Daniel.

— Pronta para o quê? — questionou, mas eu sabia que ele tinha entendido muito bem.

Soltei nossas mãos e me pus de pé.

— Para isso — apontei para nós dois num ato claro de que não estava aberta para um relacionamento com ele, nem mesmo para um beijo. — Eu sei quais são as suas expectativas, e sinto muito. Você pode dizer para todo mundo que eu sou uma idiota, mas a verdade é que eu sou mesmo. Não me importo de ser assim. Só não posso mudar o que eu sinto apenas para me encaixar melhor nas expectativas dos outros.

— Isabelle... — Daniel segurou meus braços e me encarou com firmeza. — Eu jamais faria isso. Mas eu gostaria que confiasse em mim.

Me desvencilhei de suas mãos e dei dois passos para trás. O olhar de decepção dele me atingiu com menos intensidade do que eu achava que iria.

— Eu sinto muito mesmo.

Deixei Daniel plantado onde estava e fui até onde os outros conversavam, mas não parei para falar nada, apenas deixei que me vissem e peguei o rumo da rua para ir para a minha casa.

Senti meu pulmão queimar por causa da velocidade que andava. Eu não queria fugir, e sabia que Daniel não estava atrás de mim, mas, ainda assim, andava freneticamente como se minha vida dependesse disso

— Isabelle — ouvi uma voz me chamando de longe. — Bel!

Me virei para trás e vi Thomas praticamente correr para me alcançar. Parei e aguardei ele se aproximar enquanto retomava o fôlego, que ele também havia perdido.

— Estou indo para casa, Thommy. Não se preocupe comigo, estou bem — esclareci.

Thomas me encarou com múltiplos questionamentos no olhar.

— Eu a acompanho.

— Não precisa, não quero acabar com a sua noite. Pode voltar para a praça e aproveite a música. Vou ficar bem, juro.

— A noite não estava tão boa assim — ele disse, me acompanhando e ignorando meu conselho. — Além do mais, eu sou responsável por você.

Soltei um riso de deboche.

— Thomas, eu sou claramente mais responsável do que você!

— Sim, mas eu sou mais alto e é perigoso andar sozinha tão tarde — rebateu. Eu sabia que ele tinha razão.

— Tudo bem — assenti e segurei em seu ombro. Thomas tomou minha mão e entrelaçou nossos braços.

Senti meu coração se acalmar aos poucos. A noite estava um pouco fria e o vento leve batia no rosto, suave como um sussurro.

— O que aconteceu? — ele perguntou algum tempo depois de caminhada quando notou que eu não puxaria assunto.

— Nada.

— Nada? — ele me encarou confuso. — Então por que saiu correndo?

Parei em frente à minha casa e saquei as chaves. Havia chegado ali na metade do tempo que costumava. Todos os cômodos estavam escuros, apenas uma luz externa na frente estava acesa.

Abri o portão e entrei, depois disso aguardei Thomas entrar.

Ele ficou parado me encarando. Sabia que esperava uma resposta, mas não estava disposta a conversar ali.

— Entre, Thomas. Meus pais ainda não chegaram, me faça companhia.

Ele assentiu e tomamos o rumo do jardim.

A luz da lua o clareava perfeitamente. Thomas e eu nos sentamos no banco-balanço e eu suspirei feliz por finalmente descansar as pernas da caminhada maçante.

Alguns grilos cricrilavam por perto. Era o único som que ouvíamos. Thomas permaneceu em silêncio aguardando me recompor.

— Como disse, não aconteceu nada — reafirmei. Thomas me encarou numa mistura de confusão e inquietude.

— Você saiu correndo dele — recordou enquanto tentava segurar o riso. — Nunca a vi chegar aqui tão rápido quanto hoje!

— Eu não estava fugindo, apenas me dei conta de que não queria fazer aquilo com o Daniel.

Thomas passou seu braço pelos meus ombros e me abraçou de lado.

— ... Eu percebi que, se fosse adiante, não estaria fazendo algo de que gostaria — tentei explicar da melhor maneira possível. — Não é como quando estou empolgada com uma coisa e tenho vergonha de ir frente. Não era nada disso. Estava errado. Eu não confio no Daniel, mesmo que ele goste de mim.

Thomas levantou o cenho e soltou uma risada.

— Ele disse isso?

Assenti.

— Foi ridículo. Ele nem me conhece.

— Não mesmo! É óbvio que você sairia correndo — debochou, ainda rindo.

Senti meu rosto se esquentar.

— Mas, mesmo que tenha sido desagradável, eu percebi que eu... — senti o meu corpo inteiro ficar estático quando notei o brilho nos olhos de volta, em Thomas. Ele permanecia risonho, seu corpo junto ao meu liderava o ritmo do balanço com os pés. Parecia levemente eufórico agora, ao contrário de quando estávamos na praça. — Eu quero saber como é...

Thomas parou de balançar por um instante, inclinando a cabeça para me olhar. Seu sorriso diminuiu, mas o brilho em seus olhos só aumentou, como se estivesse processando as palavras que acabara de ouvir.

— Como é o quê? — perguntou, seu tom tinha um aspecto esperançoso.

Desviei o olhar para o chão, tentando encontrar coragem para falar.

— Um beijo de verdade, Thomas — murmurei.

Thomas se ajeitou no banco do balanço, virando-se mais na minha direção. O movimento fez seu braço escorregar dos meus ombros, porém agora ele estava de frente para mim.

— Que tal fazermos assim... — sugeriu ele, com um ar casual que não combinava nada com o rubor nas suas bochechas. — Você confia em mim, e... e se tentássemos juntos?

Meus olhos se arregalaram, e fiquei tão surpresa que não consegui responder de imediato.

— Juntos?

Ele deu de ombros, rindo baixinho.

— É, ué. Tipo, um teste.

Não consegui formular uma frase, nem ao menos explicar para mim mesma o que senti quando ele me perguntou isso.

Não sabia dizer se era uma decisão sensata.

Porém, dois segundos depois, eu o beijei.

Assim, de repente, sem soltar nenhum argumento contra ou a favor.

Apenas encostei meus lábios nos dele, que estava ali tão perto e tão acessível. Não só o surpreendi, como a mim mesma com essa decisão.

Esperava que o beijo fosse rápido e se tornasse apenas um selinho. Contudo, o que senti após uns breves segundos foi a sua mão acariciar de leve o meu rosto e me segurar na posição em que estava.

Senti o seu lábio mexer levemente e, aos poucos, abrimos a boca um do outro. Gentilmente, ele encostou a sua língua na minha e, tímido, mas determinado, adentrou minha boca e passou a explorar num beijo doce feito o algodão azul.

Enroscamos nossas línguas uma na outra e deslizamos até encontrar uma maneira que fosse realmente interessante. A boca de Thomas era muito bonita, isso não podia negar, e o gosto de seus lábios não eram nada parecidos com o que pensei.

Primeiro, sempre achei que estranharia se um dia aquilo acontecesse, mas me pareceu tão certo e natural. Era como se meu corpo esperasse essa atitude mesmo sabendo que ele era apenas meu amigo e não havia sentimentos amorosos conflitantes naquele momento — pelo menos achava eu.

Quando nos soltamos, passamos a nos encarar até absorver a emoção que estava estampada na face um do outro.

Ele estava com o rosto mais vermelho. O seu tom havia mudado e eu sabia que estava selvagemente corado. Thomas começou a rir aos poucos e eu o acompanhei.

— Isso foi... interessante — soei, baixinho.

Ele prensou os lábios e concordou.

— Mas eu não compreendi uma coisa — ele disse, mordendo o lábio superior. — Você confia em mim, Isabelle? Você pode esclarecer isso de novo?

Soltei uma gargalhada melodiosa quando entendi a sua brincadeira.

Tomei a sua boca novamente e passei minha mão por seus cabelos até a nuca. Dessa vez, não demoramos muito para adentrar um no outro e, como consequência, o beijo se tornou um pouco mais urgente. Nossas línguas se encontraram, se exploraram, se enrolaram e se desenrolaram num ritmo que mudava e se intensificava de acordo com as descobertas.

Senti meus lábios sendo sugados e levemente mordidos num dado momento, o que fez que eu me arrepiasse dos pés à cabeça. Thomas me segurava pelas costas com uma das mãos e a outra em meio aos meus cabelos. Notei meu fôlego se perder quando estava tão intenso a ponto de não dar para respirar e me soltei dele novamente.

— Assim está melhor? — brinquei, mas realmente queria saber se ele tinha gostado.

— Eu não consigo nem mensurar quanto isso foi incrível — admitiu com um largo sorriso.

Eu queria fazer aquilo novamente. De novo e de novo, mas achava que não deveríamos, então me afastei dele.

Felizmente a tempo de ver que meus pais chegaram em casa. A luz da cozinha foi acesa cinco segundos depois, e nós estávamos tão envolvidos naquele momento que não ouvimos absolutamente nada.

Capítulo 10

"... Isabelle, eu juro que, da próxima vez que tivermos que fazer teatro na escola e você me vestir de algum outro personagem da Disney, eu pulo de uma ponte! Sei que eu disse que a apoiaria em tudo nesta vida e eu vou continuar assim, então é por isso que, em vez de lhe dizer não, eu prefiro a morte. Porém, saiba que não gostaram nada de me ver vestido de Aladdin. Disseram que tem príncipes loiros o suficiente para eu ser, e escolhi logo um "moreno".

Eu te amo, Isabelle, lembre-se disso todos os dias da sua vida mesmo depois de ser feito de idiota e ter passado a primeira vergonha ao seu lado, culpa que é totalmente sua.

De: seu Aladdin.

Para: minha Jasmine.

P.S. Eu fui culpado de apropriação cultural pela professora de artes depois disso."

* Um pedaço da carta de Thomas para Isabelle para o seu 15° aniversário reclamando de ter passado seu primeiro vexame sem que fosse ele o culpado dois dias depois do teatro da escola.

Presente

— Os seus pais não viram vocês dois? — Dra. Janine questionou após dizer que eles haviam chegado quase no exato momento que nos beijamos.

— Não. Como disse, estava tudo apagado. Também não abriram a porta da cozinha quando chegaram. Thomas e eu tentamos não fazer barulho e ele foi embora.

A psicóloga me encarou surpresa. Me senti envergonhada depois disso.

— E depois?

— Como assim? — questionei sem entender de qual parte ela queria saber.

— Vocês não conversaram sobre o que aquele beijo significava? Seria natural se ele dissesse, nessa época, que era apaixonado por você, afinal estava ficando cada vez mais claro.

Dei de ombros e analisei toda a história por um instante.

— Eu juro que nunca notei. Além do mais, aquele momento se tratava de confiança, apenas.

— Beijando daquele jeito? — Janine perguntou e riu.

— Eu achava que era só isso mesmo.

Terminei de tomar a água que estava em minhas mãos e comecei a rasgar o copo de plástico sem notar quão irritante aquilo costumava ser. Eram atos de nervosismo impossíveis de se perceber quando a mente se torna o foco da atenção e o corpo passa a reagir sozinho.

— Você percebeu que Thomas também esperava algo especial e, mesmo que ele tenha a oferecido, era óbvio que, para ele, foi além de um teste?

— Eu sei — confirmei um pouco abalada.

— E então? — a voz de Janine se tornou um pouco mais mansa com tal questionamento. Possivelmente percebeu quanto eu fiquei ansiosa com aquela lembrança. — O que se passou em sua mente para não tocar no assunto um dia depois, ou ao menos quando se encontraram novamente?

— Eu não sei. Thomas e eu nos vimos no dia seguinte e falamos sobre outras coisas. Não foi como se eu fingisse que não tivesse acontecido, mas o que deveria dizer? Agradecer pelos beijos? Por ser legal comigo no dia anterior? Eu não sabia como comentar aquilo e eu não comentei.

Senti um nó apertar na garganta e engoli com dificuldade o choro que eu sabia que brotaria em minha face.

— Eu sei que foi imaturo. Mas eu só tinha 14 anos e essa era a minha primeira experiência. Sei que existem muitas mulheres que já têm prática nessa idade com assuntos muito mais sérios. Sei que, aos 14, algumas já são mães e donas de um lar. Porém, não era a minha realidade, não queria apressar as coisas dessa maneira e também não estaria pronta para namorar, caso ele pedisse.

— Entendo — a psicóloga disse após anotar alguma coisa em seu caderno. — Talvez esse seja o motivo pelo qual ele nunca havia se declarado para você antes. Romanticamente, por assim dizer. Ele entendia que não era a hora.

Fitei a janela um instante. Começava a chover, algumas gotas deslizavam pelo vidro bem devagar.

— Quando eu descobri, perguntei o porquê de ele nunca ter me dito — falei. A voz de Thomas ecoou em minha cabeça como se eu tivesse o ouvido na noite de ontem, perfeita e clara, cada palavra. Suas expressões faciais ainda estavam guardadas dentro de mim ao ouvi-lo dizer pela primeira vez que me amava muito mais do que um amigo.

— E o que ele disse? — Janine questionou, voltando a minha atenção para ela. Por um momento foi como voltar no tempo e meu corpo parecia não estar mais presente ali. — Com quantos anos isso aconteceu?

— Aos 17.

— Três anos depois?! — Janine pareceu surpresa.

Fiz que sim com um movimento de cabeça.

— Outra longa história — admiti, sentindo meu corpo arrepiar numa sensação incômoda de nostalgia.

— Bem, talvez devêssemos começar essa parte na próxima quarta — ela sugeriu, e eu assenti. Já era o bastante por hoje, não aguentaria nem um minuto mais me lembrando daquilo. — Volte às 18h novamente.

— Obrigada — disse, e me pus de pé. Ainda faltavam dez minutos para a sessão terminar, mas era o bastante. — Ah, eu já ia me esquecendo de uma coisa; hoje eu tive de mandar um e-mail profissional para ele. Acho que é por isso que estou tão nervosa, mais do que deveria.

Janine franziu o cenho sem entender muita coisa.

— Ainda vou explicar esta parte. Mas esta foi a primeira vez em oito anos, e acho que terei de me acostumar com isso novamente.

— Isabelle... Eu não imaginava que você teria de falar com ele atualmente — ela se surpreendeu. — Quer conversar um pouco sobre isso?

Neguei. Ainda não era o momento.

— Você não quer mesmo procurar um psiquiatra e retornar com seus remédios?

— Não. Eu ainda tenho tudo sob controle — pelo menos, eu acho.

— Espero que fique bem, nesse caso. Tome um chá de camomila, leia um livro e tente focar outra coisa. Você não precisa nem deve concentrar a sua vida apenas nesse assunto.

— Eu sei — foi tudo o que disse audivelmente antes de partir. O boa-noite mal saiu da minha garganta.

Quando cheguei em casa, o jantar já estava na mesa. Minha mãe sempre foi bem cuidadosa, e eu a admirava por isto. Às vezes, me perguntava como me sairia se tivesse uma casa, uma família e filhos. Quando ela tinha a minha idade, já estava casada com meu pai havia três anos e eu estava com uns meses de vida. Me sentia um pouco atrasada por causa disso: tinha 26 anos e ainda morava com meus pais.

Claro, não porque queria, e sim por sempre travarem uma batalha quando digo que vou sair daqui. Me afirmaram que só saio casada ou ao menos morando com alguém, fora isso, não está nem sequer sob cogitação.

Pensei diversas vezes em fazer um intercâmbio em outro país. Seria uma boa experiência: conhecer pessoas e lugares novos, ter um emprego temporário, aprender a falar outra língua e aprender novos costumes. Contudo, esse era um dos planos que eu e Thomas cultivávamos juntos.

Eu odeio o fato de quase tudo o que eu sonhei um dia tê-lo no meio. Todas as conquistas, o encorajamento, o impulso para ir aonde eu quisesse... Thomas era uma parte minha que pareceu morrer e me deixar à míngua quando se foi.

Tomei um banho bem quente. Estava me sentindo exausta em plena segunda-feira, e eu sabia que as próximas semanas seriam exatamente assim.

Deixei a bolsa jogada no sofá, e, quando desci novamente para me sentar junto aos meus pais, resolvi pegar meu celular.

Havia duas mensagens nele, ambas de Daniel, que me convidava para jantar com ele. Recusei, explicando que já estava à mesa com meus pais, e pedi desculpas por demorar a responder.

Também havia uma notificação de e-mail. Minhas mãos tremeram e a ansiedade atacou antes mesmo de verificar se se tratava do trabalho ou o meu pessoal. Engoli em seco e acho que encarei o celular um pouco estarrecida demais.

— Só você mesmo para comer estrogonofe com feijão — minha mãe reclamou com meu pai ao vê-lo colocar a panela na mesa, e fez cara feia. — Isso é nojento.

— Eu não reclamo dos seus gostos peculiares e você não reclama dos meus, lembra, Juli? — meu pai respondeu e riu enquanto colocava uma concha enorme no prato.

— Está ficando barrigudo, Charles.

— E daí? — questionou bem-humorado. — Você também, nem por isso deixarei de te amar.

— Está me chamando de gorda?

— Mas é claro que não — meu pai fingiu e enfiou uma colherada de feijão e estrogonofe na boca. Aquilo era realmente nojento, mas eu achava que homens tinham um gosto estranho quando se tratava de comida. Daniel, por exemplo, comia batatas fritas enfiadas no sorvete e Thomas adorava pão com maionese, ketchup e achocolatado de acompanhamento. — Só estou dizendo que estamos no mesmo nível.

Minha mãe cruzou os braços e o encarou fingindo estar ofendida, mas com óbvia vontade de rir.

Às vezes, eu me pergunto se não deveria sair de casa, mesmo sob protesto dos dois. Acho que naquela altura precisavam de privacidade, já que desde cedo no casamento eu estava ao lado deles.

Minha mãe e meu pai sempre foram muito unidos, felizes e amigos também. Acho que sinto um pouco de inveja dos dois, e sei que eles esperam algo tão incrível quanto o seu casamento para mim. Porém, naquela altura da minha vida, eu duvidava que iria conseguir.

— Está calada hoje — minha mãe notou assim que meu pai saiu da cozinha, após o jantar.

Eu estava lavando louça e ainda não tinha aberto o e-mail que havia recebido. Simplesmente não queria pensar naquilo, mas estava me consumindo.

— Estou bem — afirmei e tentei sorrir.

— *Hum* — minha mãe franziu o cenho e me encarou. — Para quantas pessoas já deu essa resposta mecânica hoje?

Ela questionou e eu não entendi.

— Como é? — deixei o prato que lavava de lado e me virei totalmente para ela.

— Não perguntei se você está bem, Isabelle. Apenas comentei que está calada.

Ela tinha razão.

— Se está dizendo por aí sem nem ao menos se dar ao trabalho de ouvir o que os outros estão falando, é porque andou ensaiando essa mentira internamente — ela completou. — Logo, sei que está havendo alguma coisa.

— Não é nada — reafirmei. Não estava com vontade de conversar agora, apesar de saber que mais cedo ou mais tarde eu precisaria abrir o jogo com ela. — Apenas cansaço extremo.

— A semana está apenas começando.

— Mas a minha vida começou 26 anos atrás, logo tenho o direito de me cansar — expliquei sem nem ao menos me dar conta do impacto daquela frase.

— Isabelle... — ela me encarou apavorada. — O que quer dizer com isso?

Deixei minha postura relaxar e praticamente ceder quando encostei na pia. Uma parte da minha blusa se molhou com o ato.

— Nada. Eu só preciso dormir. Daniel mal me deixou esse fim de semana.

Tentei dar uma risada, mas, apesar de ser verdade, aquilo não era o motivo. Retornei para a louça na pia quando senti minha mãe dar dois tapinhas em minhas costas.

— Sei, sei. E como ele vai?

— Lindo, rico e charmoso. Quero mais o quê? — brinquei, me esforçando para não revirar os olhos com essa conclusão, que não era nada mentirosa.

— Um pedido de casamento, talvez? — jogou essa pergunta no ar como quem não quer nada.

— Não, não. Eu tenho certeza de que o que falta em minha vida é um milhão de dólares na poupança.

Minha mãe riu com o sarcasmo.

— Você não costuma ser tão ambiciosa, Belinha.

— Os tempos mudam, não é? A gente também. Eu gostaria de ser nada além de uma tia rica.

Minha mãe cruzou os braços enquanto analisava aquela frase.

— Desde quando isso virou objetivo para você? Você amava um conto de fadas.

— É, mas contos de fadas não existem — falei enquanto esfregava uma colher, um pouco mais nervosa. — Essa parte minha, que acreditava nisso, morreu há anos e a senhora sabe.

Minha mãe me virou para si e segurou o meu rosto.

— Eu acho que você deveria ter um pouco mais de paciência.

— Paciência em quê? — questionei interessada.

— No que está por vir ainda — informou, estacionando sua mão em meu ombro. — Nos anos que ainda não chegaram. Paciência na história da sua vida, Isabelle.

Franzi o cenho e me enchi de perguntas. Do que ela estava falando?

— Mãe, nem todo mundo pode sentar e esperar que o tempo faça as honras de contemplá-la com uma vida dos sonhos.

Minha voz saiu um pouco mais alta do que pretendia.

— Algumas pessoas precisam mudar a estratégia, se reinventar e não deixar que as coisas desandem por causa de ilusões infantis. Ninguém deveria esperar que as coisas se acertem sozinhas. A vida anda para frente, não é? Talvez um dia eu quisesse ser uma princesa e ter um príncipe encantado que me amasse para sempre e nunca me abandonasse, mas hoje eu sei que isso não vai acontecer. Então, sim, eu ando preferindo a minha parte do acordo de viver em dólares. E o amor que se foda.

Ela tocava seu queixo enquanto ouvia.

— Eu sabia que tinha a ver com isso — praticamente deu um sorriso de triunfo. — Você está mesmo bem, Isabelle?

Balancei a cabeça negando. Ela sempre conseguia arrancar meus mais profundos sentimentos e deixá-los à deriva.

— O que está acontecendo? Há tempos não a vejo assim.

— Eu não quero falar sobre isso hoje, me perdoe — pedi após secar as mãos.

— Tudo bem. Mas lembre-se de que eu estarei sempre aqui, meu amor.

Recebi um abraço dela e me deixei mantê-lo por meio minuto.

— Eu vou dormir. Boa noite.

Quando entrei em meu quarto, estava tudo tão silencioso que eu podia ouvir as batidas do meu coração. Me arrependi de falar com minha mãe sobre aquilo daquela maneira, mas estava ficando exausta de sempre guardar as coisas apenas para mim. Eu era a errada na história; por isso, recorri à Janine para algumas sessões de desabafo.

Meus pais, Elisa, Fred e Daniel já estavam saturados de quão triste eu ficava. Já haviam se passado oito — longos, maçantes e agonizantes — anos. Pelos céus, já era hora de superar! O que deveria fazer, além de tudo o que fiz até aqui, para conseguir essa façanha?

Eu sabia que a primeira coisa deveria ser encarar o passado. Eu fugia dele ao mesmo tempo que o guardava comigo. Tinha todas as coisas que me lembravam Thomas escondidas no fundo do armário. As cartas, as fotos guardadas em oito álbuns completos, os milhares de presentes, os bilhetes e até as mensagens trocadas repassadas para documentos para não perder nada. As roupas que ele havia deixado para trás (o moletom que costumava me cobrir quando eu sentia frio, a blusa gigante que eu fazia de pijama para dormir, a camiseta que já não lhe servia mais e um par de luvas de frio). O seu relógio favorito, que não funcionava, e que, eu podia jurar, havia parado no exato momento em que eu o encarei pela última vez.

Simplesmente nunca consegui me livrar de nada daquilo. Eu guardava como se ele estivesse dentro, com todas as coisas, e achava que, se me desfizesse daquilo, toda a minha história — a nossa história — iria junto.

E tinha, claro, as cartas que eu escrevi e que ele nunca recebeu. Cartas essas, aliás, que ainda escrevo a cada aniversário, a pedido de um dos psiquiatras, como se fosse uma forma de terapia.

A última vez que isso aconteceu foi pouco mais de uma semana atrás. Sim, eu escrevi para Thomas em seu aniversário e sim, eu a guardei. Por quê? Eu não sei. Não tive coragem de entregá-la enquanto amigos, imagine agora!

E o nosso último vínculo era aquela maldito e-mail de contrato.

Peguei o celular para checar o que estava lá. Daniel havia me mandado mais mensagens e parecia impaciente pelo fato de não o ter respondido.

Conversei com ele por dez minutos e pedi mais desculpas. Tentei dar boa-noite algumas vezes, mas um assunto a mais sempre aparecia e ele não parava de escrever e mandar áudios.

O deixei por um momento e abri o e-mail. Sim, havia uma resposta.

Sim, era de Thomas.

Ele ainda tinha o mesmo endereço de e-mail que usava na escola. Por um momento foi como se o tempo não tivesse passado.

O abri tomada pela curiosidade, não havia um pingo de nervosismo em minhas mãos. Milagrosamente, elas estavam secas, confortáveis e…

… e era como antigamente.

Contudo, esse momento passou tão rápido quanto não deveria ter existido.

A resposta que foi mandada às 17h40 era breve e objetiva.

🖂

"Boa tarde, Srta. Brites,

A minha dúvida é com relação ao horário e o dia exato para entregar os documentos. Estarei na cidade a partir do dia 27 de maio. Espero não ser tarde demais.

Atenciosamente,

Dr. Thomas Edward Gale

Médico clínico-geral

CRM: 789012/PI"

🖂

Respondi ao e-mail quase imediatamente, respondendo a sua dúvida. No entanto, um pouco surpresa com o estado do seu CRM.

Piauí. Então, ele estava mesmo morando lá. Era tão longe. Contudo, por qual motivo, se a sua terra natal é o Pará?

Capítulo 11

"... Sim, eu adoro dizer para as pessoas quando gosto delas. Pode ser que cause alguma estranheza a princípio, mas a verdade é que amo ser assim. Por que alguém se incomodaria de ouvir da boca de outra pessoa quanto ela é querida?

Eu sei que me faz parecer vulnerável. E eu sei que diz para eu ter cuidado com a possibilidade de me fazerem de bobo porque você se preocupa comigo.

Também me lembro do seu olhar assustado na primeira vez que disse que a amava. A verdade é que saiu naturalmente e eu juro que sempre achei que as pessoas quisessem ouvir isso, independentemente de quem fosse.

Ah, eu te amo, Bel. Obrigada por tentar cuidar de mim."

* Mensagem trocada por Isabelle e Thomas após ela se sentir mal ao dizer para ele quanto era incômoda a maneira excessivamente carinhosa como ele se expressava.

Só depois de responder ao e-mail de Thomas, me toquei que passava das 9h da noite, e aquilo não parecia nada profissional da minha parte. Um erro que já cometi antes, mas que não deveria ter cometido agora, principalmente com esse alguém em específico.

Larguei o celular e liguei a TV num serviço de *streaming*. Havia tantas séries e filmes disponíveis para assistir que eu me sentia perdida entre eles. Na verdade, não conseguia focar nada, e tudo o que fiz foi passar os títulos um a um tentando imaginar se algum deles seria bom o bastante para me cativar.

Desisti da ideia, desliguei a TV e resolvi ligar para Daniel. Acho que, de todas as pessoas com quem tenho contato, ele seria o único que conseguiria me distrair de qualquer outro assunto que não fosse os dele.

Passamos mais de uma hora conversando. Eu já estava exausta de ouvi-lo, mas pelo menos o tempo corrido foi bom para me deixar com sono. Desliguei depois do meu celular apitar com falta de carga.

Quando eu encarei a tela, ao plugar o celular no carregador, vi que havia outro e-mail. Aquilo só podia ser brincadeira, mas sabia que, se fosse Thomas, a culpa era totalmente minha por contatá-lo depois das 9h da noite.

Resolvi que não o abriria.

No dia seguinte acordei com um pouco de dor de cabeça. A semana parecia estar mais pesada do que costumava ser.

Já eram quase 7h30 quando meus olhos finalmente resolveram se abrir. Quando o despertador tocou, eu mal consegui raciocinar. Tomei um banho rápido e me vesti praticamente na velocidade da luz. Arrumei algumas peças de roupa para a aula de dança que fazia à noite e basicamente corri para não me atrasar ao trabalho, deixando para tomar o café da manhã por lá mesmo.

As coisas aconteceram mecanicamente até as 9h30 quando resolvi abrir o e-mail. Claro, já havia algumas coisas para serem resolvidas logo pela manhã, então as respostas para os novos médicos contratados foram ficando para depois.

Até que só sobrou isso para resolver naquela parte do dia. Já era quase hora do almoço quando abri as respostas, uma a uma, e fui retornando de acordo com suas perguntas.

O e-mail de Thomas ficou por último e foi mandado por ele às 9h10 da noite — praticamente sete minutos depois do meu. Me surpreendi com a rapidez, não necessariamente de modo positivo. De novo, alego que isso não era nada profissional de ambas as partes.

O e-mail dizia:

🖂

"Boa noite, Srta. Isabelle A. Brites [essa parte me causou um incômodo profundo. Como era estranho ver alguém que costumava dizer que me amava antes do meu nome todas as vezes que escrevia para mim sendo tão indiferente],

Se não for muito incomodo, poderia me passar o número ou e-mail do Dr. Danilo Hernandes, o responsável pelo setor médico contratante?

E os horários disponíveis para a entrega dos documentos no dia 27.

Desde já agradeço.

Dr. Thomas Edward Gale

Médico clínico-geral

CRM: 789012/PI"

🖂

Suspirei um pouco mais desanimada do que gostaria antes de responder. Aquele era o meu trabalho, mas, pela primeira vez na vida, pensei seriamente em pedir demissão.

Passava do meio-dia quando fui ao restaurante do hospital para almoçar. Meu estômago parecia revirado e o cheiro da comida me incomodou um pouco.

— Eu estava te esperando — Fred apareceu de repente ao meu lado antes que eu me servisse.

Forcei um sorriso simpático.

— Olá para você também.

— Oi, precisamos conversar — ele disse impacientemente. — Tenho dez minutos apenas, você demorou a aparecer. Normalmente almoça mais cedo.

— É porque não estou com muita fome hoje. Estava esperando ela dar as caras antes de vir para cá.

Fred me acompanhava enquanto andava pelo self-service.

— O que há de tão urgente? Podia me mandar uma mensagem.

— Não podia, não. Não é assunto para ser tratado de maneira banal — ele comunicou e me ajudou a pegar uma taça de sobremesa que estava mais acima. Agradeci e ele continuou: — Eu estou ficando enlouquecido com a Elisa e o nosso casamento, mas tem uma coisa específica que ela e a cerimonialista andam me cobrando há algum tempo e eu já deixei passar para não a incomodar com isso.

Me sentei calmamente à mesa e fui seguida por ele. Fred parecia um pouco afobado, mas eu não faria do meu horário de almoço um mártir por causa disso.

— E no que mais Elisa pode estar delirando, Frederico? — brinquei, e ele revirou os olhos. Odiava quando o chamava assim.

— Então… Antes de tudo, saiba que sou contra o que vou lhe pedir.

Tentou esclarecer, porém eu só me senti mais confusa e um pouco curiosa.

— Mas todos os colaboradores da cerimônia acham que você, como a única e perfeita madrinha que é — Fred passou um dedo pelo meu cabelo e tentou dar um sorriso —, deveria entrar com o meu padrinho. Sabe, para ficar bonitinho.

Fred travou os dentes numa expressão que eu mal sabia dizer se era de medo ou espanto, mas com certeza não era de felicidade.

— O seu padrinho? — enunciei calmamente.

Ele balançou a cabeça, ainda com aquela cara horrível.

— Sim — confirmou e, para a minha alegria, desfez aquele semblante horroroso de quem estava prestes a ir para a morte e sabia disso.

— O seu padrinho… — peguei uma colher de sopa e engoli. Estava medonho o seu sabor. — Thomas Gale, você quer dizer? O mesmo que você, Dr. Fredderick Lucca Carvalho, ajudou a passar na entrevista de residência para trabalhar aqui neste hospital?

Fred permaneceu calado e estático me assistindo comer.

— Então, esse mesmo — ele se afastou um pouco após o meu contato visual. — É o único padrinho que eu tenho.

Abaixei minha cabeça e apoiei minha mão livre em minha testa. Ele só podia estar brincando comigo!

— Não — foi a única coisa que consegui dizer, mas era o bastante.

— Mas... — Fred se aproximou novamente. — Só temos vocês dois. A cerimonialista...

— A cerimonialista sabe que o seu padrinho é meu ex-namorado? — questionei um pouco mais severa. — Sei que o casamento de vocês deve sair da maneira que acharem perfeito, mas, por favor, não façam isso!

— Isabelle, é só uma caminhada de 30 segundos até o altar — ele tentou justificar.

Atualmente, Fred é o meu melhor amigo. Desde que Thomas foi embora, nós nos aproximamos muito mais e conversamos quase todos os dias. Passamos um bom tempo sem notícias dele — dois anos na verdade! —, e eu não sei como, depois de tudo, ainda se denominavam amigos. Como ele poderia perdoá-lo assim, sem nem ao menos saber o que havia acontecido quando Thomas foi embora? Como deixou passar o inexplicável e o aceitou de volta em sua vida dando destaque como alguém de confiança?

Ele sabia de tudo o que eu havia sofrido naquela época. Ele ainda sabe o que sofro. Não era uma simples caminhada de 30 segundos até o altar. Era...

Deixei a comida de lado e passei a encará-lo agora.

— Fred... — senti meus olhos marejarem e a garganta se fechar. Como eu poderia explicar para qualquer pessoa que fosse que eu estaria prestes a chorar ao meio-dia e meia de uma terça feira, no meio de maio, oito anos depois do término de um relacionamento? Como poderia explicar que esse assunto me trazia uma imensa tristeza quando, na verdade, já era para ter passado? Eu não conseguia dizer mais por causa da vergonha que era, quanto qualquer coisa relacionada a Thomas era perigosa para mim. — Não posso ignorar o que isso fará comigo. Não é apenas uma caminhada de 30 segundos com ele ao meu lado, seriam... braços dados, sorrisos falsos, lágrimas contidas e um sentimento egoísta brotando de dentro de mim.

Ele ficou um momento calado enquanto me assistia tentar me recompor daquele desabafo.

— Eu amo vocês dois, e estou muito feliz por se casarem — tentei dizer após instantes recuperando o fôlego. — Mas, se vocês ao menos gostam de mim, devem pensar no que isso me fará.

— Eu disse isso para todo mundo! Mas, ao mesmo tempo que eu sei que seria ruim para você, sei que... Thomas, ele aceitou.

Encarei Fred cheia de dúvidas no olhar. Queria contestá-las em voz alta cada uma delas, mas fiquei em silêncio.

— Eu não quero saber o que isso significa — esclareci e recuperei a postura. — Por mais que eu tenha conhecimento de quanto são amigos e provavelmente ele tenha dito algo sobre mim.

— Isabelle... — Fred deixou uma risada escapar. — Você é e sempre foi o assunto principal de Thomas. Eu só não digo nada a você pois sei que não quer saber.

— Eu não quero mesmo! O que Thomas pensa ou deixou de pensar sobre mim não me interessa.

Ele raciocinava enquanto me olhava, obviamente medindo as palavras do que dizer.

— Eu acho que você deveria ouvir o que eu sei antes de ele voltar — recomeçou. — Nós dois deveríamos nos sentar com calma e discutir sobre isso.

— Não quero ouvir fofocas da vida dele, se for o que estiver oferecendo.

Fred deu de ombros e relaxou em seu assento.

— Tudo bem, eu sei que você está certa. Mas as coisas mudarão novamente. Não adianta pensar que não — ele tocou a minha mão e a segurou em sinal de apoio.

— Não o deixarei entrar em minha vida dessa maneira de novo, Fred. Se ele escolher ficar, fará sabendo que nosso contato é apenas profissional, nada mais.

— Isa, acho que não conseguiremos determinar o que vai acontecer — contemplou num vislumbre do futuro que começaria logo. — Então, se não for o que você deseja, saiba que serei para sempre seu amigo. E eu juro que, se quiser conversar, eu estou disposto a ouvi-la a qualquer momento.

Senti meu coração se encher de felicidade ao constatar isso. Sempre acho que incomodo as pessoas quando o assunto é esse e vivo fugindo de ter longas conversas com os demais.

— Mas lembre-se de que Thomas é meu amigo também e gosto de vocês dois igualmente. Minha vida foi moldada por essa amizade da mesma maneira, e quase tudo relacionado à minha adolescência tem vocês dois no meio. É claro que eu quero que se deem bem de novo, afinal não tinha nada mais agradável do que os dias em que éramos nós quatro fazendo as brincadeiras e situações de vexame em que ele nos colocava — Fred soltou a minha mão e deixou a olhar perdido em meio às suas lembranças. — Porém, eu sei que ninguém sofre tanto quanto você. Nem eu, nem Elisa sofremos o mesmo impacto com a partida dele. Estou do seu lado, apesar de tê-lo ajudado a entrar nesta empresa em busca de aproximação.

Franzi o cenho com essa última descoberta.

— É claro que isso era óbvio, não é? — passei a mão no rosto, impaciente. Fred riu. — Existem inúmeras clínicas e outros hospitais pela cidade e ele tem de vir trabalhar logo aqui!

— Não se preocupe, não farei nada mais além disso — ele levantou os braços em sinal de rendição. — O que ele pretende fazer nem eu sei. Mas vamos com calma, não é? Descobriremos aos poucos.

— Eu não quero descobrir nada! — recordei.

— Sei, sei — Fred checou as horas em seu celular e se espantou. — Estou atrasado, acho melhor voltar. Eu tentarei dizer para elas que sua resposta foi não. Era mesmo o que todo mundo acreditava, mas Elisa tinha fé em mim por algum motivo misterioso.

Ele se levantou, pegou o celular da mesa e deu meia-volta.

— Até mais — se despediu.

— Espere, Fred — pedi, me colocando de pé também e indo para a saída ao seu lado. — Eu vou pensar — disse com grande dificuldade. — Ainda terá um mês e meio depois que ele voltar pela frente e, dependendo de como as coisas acontecerem, eu analiso essa possibilidade. Está bem assim?

Fred emitiu um largo e bonito sorriso agora.

— Ótimo. Eu posso contar isso a ele?

— Não!

Ele me encarou travesso.

— Mas você vai, não é? — entendi aquele olhar de cachorro culpado quando faz merda.

— É claro que sim — admitiu.

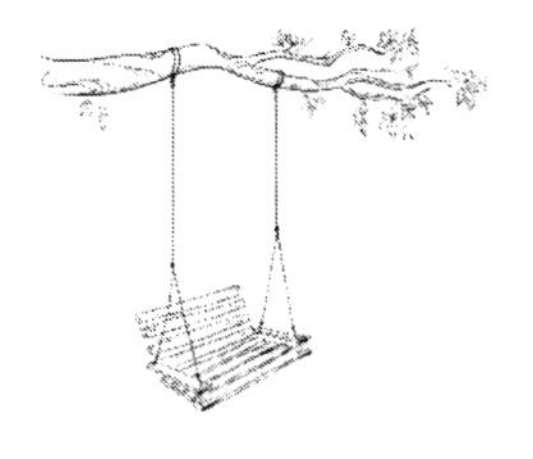

Capítulo 12

"... Vejo que transformei todos vocês em monstros quando sou obrigado a cantar em grupo no karaokê. Não sabia que minhas atitudes iriam respingar em Elisa também, mas eu nunca, JAMAIS, imaginei que iria aceitar me juntar a vocês para cantar One Direction. Tudo tem limite, Isabelle, mas estou começando a acreditar que nenhum de vocês tem conhecimento disso.

Felizmente tenho o poder de carregar Fred comigo nessas coisas. Imagine o que os outros irão pensar quando descobrirem que eu e ele sabemos cantar essas coisas graças a vocês duas?

Feliz aniversário, Isabelle. Eu te amo, mesmo você tendo um péssimo gosto musical e me influenciando nisso."

* Uma parte da carta de Thomas para o aniversário de 16 anos de Isabelle reclamando por cantar One Direction, mas jamais reconhecendo que ele também gosta.

A quarta-feira amanheceu cinza e chuvosa, e permaneceu assim pelo resto do dia, mas isso era bem comum nesta cidade.

Não havia acontecido nada mais depois do último e-mail que mandei para Thomas. As horas passaram tranquilas, calmas e, se eu ficasse um pouco mais concentrada nos inúmeros relatórios que tinha de escrever por mais algum tempo, iria mergulhar num mundo onde não tinha consciência da minha própria existência ou história.

Entretanto, as 17h30 chegaram e eu precisava novamente ir à psicóloga. Não podia faltar. Ao mesmo tempo que os dias passavam lentos e maçantes, eles iam depressa e num piscar de olhos eu o veria novamente.

Esperei na recepção do consultório que ficava a alguns quarteirões do hospital com um copo de chá em mãos. Senti o aroma de cidreira quente e deixei que adentrasse meus sentidos e me acalmasse antes de qualquer coisa.

Meus pensamentos estavam quietos naquele dia. Nada de anormal pairando sobre eles. Constatei que possivelmente fosse pelo fato de estar começando o meu período menstrual e, sempre que isso acontece, é como se um peso enorme feito de tensão que estivesse em minhas costas fosse embora.

— Boa noite, Isabelle — Dra. Janine desejou assim que abriu a porta da sua sala. A recepcionista já não estava por ali.

— Boa noite, Dra. Fletcher.

Me sentei no sofá, como já era costume. Tomei um gole de chá enquanto ela se acomodava à minha frente.

— Como está hoje? Parece um pouco mais calma do que os dias anteriores.

— Estou tranquila. Certamente melhor.

— Fico feliz. Alguma novidade?

— Ao mesmo tempo que sim, nada relevante para os demais ou que faça diferença na vida deles — dei de ombros. — Bem, pelo menos eu acho.

Janine riu.

— E sobre o e-mail? Houve alguma resposta vinda dele?

Engoli mais um pouco do chá antes de falar.

— Sim, algumas. O problema é que ele havia me enviado outro pouco tempo depois, naquele mesmo dia, e eu o abri durante a noite.

Janine me encarou analisando minha confissão e eu quis afundar meu rosto no chão. Simplesmente ignorei os conselhos dela sobre deixar o assunto de lado e focar outra coisa.

— Certamente não deveria ter feito isso, mas, já que fez, não se culpe por ter tido curiosidade.

— Acontece que eu lhe respondi mais de 9h da noite. Nove horas! Não sei o que se passou em minha cabeça para cometer esse ato estúpido. Foi muito mecânico.

Encarei Janine, ela queria rir.

— Ah, Isabelle, algo me diz que se arrepende disso por não ter parecido tão profissional quanto deveria.

— Exatamente! Não quero nem imaginar o que ele pensou quando viu a mensagem sendo respondida fora do horário de trabalho.

— É mesmo estranho, mas não preocupante. Acho que não deve se martirizar por isso, foi um deslize que possivelmente não terá consequências. E, se tiver, tente lidar com elas sem se sentir culpada.

— Tudo bem. Porém, não é só isso...

— Continue — Janine pediu ao me ver com semblante um pouco envergonhado.

— Eu disse a Fred que iria pensar quando ele me pedira para entrar ao lado de Thomas no seu casamento — confessei, me lembrando de que não deveria ter admitido isso tão cedo. — Essa fofoca combinada ao fato de lhe responder tarde da noite, pode dar a impressão de que eu estou aberta a recebê-lo em minha vida novamente, o que não é verdade.

Dra. Fletcher se assustou um pouco com a minha conclusão e anotou algo. Eu estava ficando curiosa para saber o que ela tanto escrevia sobre mim, mas não deixava minha visão abaixar para seu caderno.

— Você não está disposta a ter uma conversa sequer com ele? — perguntou surpresa.

— Não. Eu não quero falar com ele, na verdade.

— Tudo bem. Mas por qual motivo?

Suspirei fundo e me ajeitei confortavelmente no sofá.

— O motivo ainda está por vir, quando chegar ao ponto final da minha história — lembrei. — No momento em que nossa amizade e romance se rompe.

— Ah, sim, claro. Vamos voltar para a história, então. A última coisa que me disse foi sobre o beijo e que não falaram sobre isso depois de acontecer.

— Exatamente. E que só descobri que ele esteve apaixonado por mim, durante toda a vida, três anos depois.

— Antes disso, não aconteceu nada mais?

Parecia surreal para ela.

— Não — a verdade era apenas essa. — Nada até os 17 anos. Nem outro beijo sequer, nem menção sobre o acontecido.

— Certo, então, pulará para seus 17 anos agora?

— Exatamente...

Junho de 2012

— Venha, Bel, o horário da aula está acabando! — Thomas me puxava para a sala de música, andando rápido como se cada passo que desse não fosse o mesmo que dois dos meus.

— Eu não quero ir!

— Mas o professor disse que, se você não fizer a prova oral, não vai conseguir pontos o suficiente. Seu boletim vai ficar vermelho pela primeira vez na vida.

— Eu estou ciente, Thommy. O problema é que eu não consigo!

Thomas parou antes que chegássemos à sala de aula.

— Você vai se sair bem. Já cantou algumas vezes no karaokê, lembra? Além do mais, foi você quem quis trocar as aulas de flauta pela de canto. O que achou que aconteceria? Obviamente as provas não seriam teóricas! — ele lembrou.

— É diferente, Thomas, porque eu sempre cantei com você, Elisa e Fred. Agora será somente eu. Acontece que pensei que teria coragem até aqui, mas eu não consigo — tentei me justificar, sentindo a garganta arder com a perspectiva de ter de fazer aquela prova.

Os ombros de Thomas murcharam.

— Você canta tão bem! É a garota mais talentosa do mundo e consegue fazer qualquer coisa. Por que tem tanto medo assim? Não tem plateia lá, cada aluno entra e sai quando a sua prova é concluída. Nós temos só mais 15 minutos para entrar e fazer, e, se você não for, eu também não vou! — ele concluiu e fez beicinho.

Eu quis rir, mas estava muito nervosa para isso.

— Não é justo que faça isso por minha causa. Você se saiu bem este ano inteiro!

— Eu só estou aqui porque queria lhe fazer companhia. Porque disse que gostaria de tentar, mas tinha medo de ir só. Se você não for, então não tem sentido para mim. Não se preocupe: mesmo se tiver média ruim, as aulas de música não dão bomba no final do ano.

Grunhi inconformada.

— Você sempre foi tão bem tocando flauta — ele retomou a minha atenção. — Qual é a diferença entre ela e a sua voz?

Eu não sabia ao certo. Desde o início das aulas de flauta, eu conseguia fazer as provas sem problema nenhum. Thomas tocava teclado e não compartilhávamos essas aulas juntos a menos que tocássemos na banda, mas, nas de canto, eu sentia meu coração querer sair pela boca.

— Eu sei que você tem razão — concordei, dando um passo para frente. — E a culpa por você estar aqui é minha, porque sempre foi o melhor nas aulas de teclado. Não é justo que fique com notas ruins por minha causa.

Suspirei lentamente.

— Tudo bem. Eu vou até lá, mas, se for muito ruim, nunca mais piso naquela sala — disse, dando alguns passos até a porta.

Quando entramos, percebi que alguns alunos estavam ali. Inferno!

Encarei Thomas sem entender, que deu de ombros. Ele tinha me dito que não haveria plateia, mas até Daniel estava ali, e ele nem fazia aquela aula!

— Ah, resolveu dar as caras, Isabelle? — o professor questionou, cruzando os braços. — Pensei que tivesse desistido de vez da minha aula!

— Ela veio fazer a prova, professor — Thomas respondeu quando viu que eu não falaria nada.

— Ótimo! Só faltam vocês dois. Depois disso, sentem-se com os outros para ouvir um comunicado que tenho para vocês — informou. — Isabelle, você vai primeiro, por gentileza.

Meus pés não se moveram um centímetro sequer. Thomas tocou em meus ombros e chacoalhou levemente.

— É só olhar para mim — sussurrou, e eu direcionei meus olhos para ele. — Exato, assim. Não desvie o olhar, esqueça que tem gente aqui, e tudo ficará bem. Lembra-se da letra da música que escolheu? "*Take me, back into the arms I love...*" — ele cantarolou perfeitamente.

— Thomas, você não pode fazer prova com ela! — o professor o repreendeu.

— Está bem!

— Posso ligar o seu playback? Está pronta? — ele me questionou.

Eu assenti com alguma dificuldade.

Cantar é algo de que gosto. Muito, na verdade. Porém, apenas quando estou sozinha ou me sinto segura no ambiente em que estou.

Eu sabia que a sala estava toda de olho em mim, contudo fiz o que Thomas sugeriu. A minha voz, como quase todas as vezes, soou baixa primeiro, mas pelo menos saiu.

O professor estava do meu lado, mexendo no som. Minha desenvoltura enquanto cantava não seria observada, mas a técnica e o alcance vocal sim, então eu precisava me esforçar um pouco mais.

Eu cantei "To love you more", da Céline Dion. A música era considerada difícil por muita gente, mas não era o meu caso. Minha mãe é fã dela e eu cresci ouvindo as suas músicas. Eu só precisava ter confiança.

Olhei para Thomas uma última vez. Fechei os olhos e, mesmo com o coração querendo sair pela boca, soltei a garganta. Durante cinco minutos, o que começou como uma tortura se transformou aos poucos em desenvoltura, até atingir o ápice no final.

Quando encarei o professor, ele me olhava de boca aberta.

— Eu nunca imaginei que você cantasse tão bem! — elogiou, afinal, batendo palmas com a turma.

— Obrigada — timidamente agradeci. Minhas pernas e minhas mãos tremeram.

— Por favor, sente-se e fique por uns instantes. Thomas, é a sua vez. Você escolheu a música... "A baratinha", de *A Galinha Pintadinha*?

O professor franziu o cenho e a turma inteira riu.

— Isso. Não julgue antes de ouvir! — Thomas interveio antes de qualquer coisa.

A prova dele foi feita sob muitas risadas. Eu sabia que Thomas, provavelmente, havia planejado aquilo para que, caso eu falhasse ou me sentisse mal, ele iria passar uma vergonha maior para distrair os outros do vexame. O que havia funcionado muito bem, pois eu nunca ri tanto assim numa aula de música antes.

— Três pontos, Thomas — o professor disse quando ele finalizou.

— De 5?

— De 10, idiota! Agora, vá para o seu lugar. Sorte sua que é suficiente para não ficar com nota vermelha — ele esclareceu. Thomas deu de ombros. — Isa, você tirou 10, parabéns.

— Thomas, Fred e Gael estarão na banda no aniversário da escola — o professor comunicou. — Os demais alunos ainda podem se inscrever nos seus devidos instrumentos ou no coral. Nós precisamos tirar medida para os uniformes...

— Psiu — ouvi um sussurro chamando a atenção ao lado. Era Elisa.

Quando a encarei, me passou um bilhete.

Era vindo de Daniel, escrito brevemente:

"Me espere na saída — Dani".

Franzi o cenho e o encarei novamente. Daniel piscou para mim e disfarçou quando o professor se aproximou dele.

Amassei o bilhete e tentei não entrar em pânico. Ora essa, o que ele queria? E por que decidiu assim tão de repente?

O professor dispensou os alunos um a um. Fui a segunda a sair da sala, e esperei os demais aparecerem.

Daniel foi o primeiro. Sorte a dele, porque, se Thomas tivesse vindo, eu teria disparado para casa sem pensar duas vezes.

— Olá, garota escorregadia — ele cumprimentou, e eu não gostei nada daquele apelido. — Que bom que ainda está aqui.

— O que deseja?

— Você quer saber no sentido literal ou no momento? — ele brincou e eu franzi o cenho desconfiada. — De qualquer forma, a resposta seria a mesma para as duas perguntas.

Fiquei um pouco mais confusa com essa... cantada?

— Vai ter de ser mais claro — pedi.

Daniel emitiu um sorriso malicioso. Sua mão alisou meu braço, subindo devagar enquanto ele me acariciava. Senti meu rosto enrubescer e meus pés ficarem paralisados diante do seu toque. A última vez que o toquei foi há três anos, naquele fatídico dia em que escolhi dar o meu primeiro beijo em Thomas.

Contudo, nesse instante, Daniel não estava a fim de conversa. Ele tinha plena consciência de que, se começasse uma, eu iria correr dele antes de alcançar seu objetivo. E isso não aconteceu apenas uma vez!

Em todos esses anos que se passaram, ele aprendeu a lidar comigo e minha vergonha tão bem quanto meus amigos. Aproximava-se traiçoeiramente e da mesma forma se afastava antes que eu o rejeitasse. Dizia poucas palavras, era intrigante e sumia no momento certo. Eu sabia que era um jogo, e esse jogo o trouxe até esse momento.

Daniel me roubou um beijo logo ali. Estávamos praticamente de frente para a sala de música. Me tomou pela nuca e me puxou sem perguntar se podia.

Eu não sabia se deveria corresponder ou não, mas quando dei por mim estava com a língua sendo dominada por ele. Dani juntou seu corpo ao meu e me segurou firme na posição enquanto fazia o que ele tanto desejava havia mais de três anos.

Quando acabamos, não só Elisa, Beatriz e Fred nos encaravam surpresos. Thomas estava atrás de todos eles e seu semblante parecia branco como se tivesse visto um fantasma, e eu nunca o vi daquela forma antes.

— Não, não! — ouvimos a voz do professor, que estava parado na porta com as mãos na cintura, assistindo também àquela cena. — Não é permitido beijar na escola!

Me soltei de Daniel e senti o sangue do meu rosto se esvair também. Não queria ganhar uma detenção por causa daquilo.

— Saiam da minha frente antes que conte para a diretora! — fomos praticamente enxotados dali.

Feliz por não estar em apuros, porém sentindo meu corpo pesar por causa do beijo, praticamente corri para fora.

— Espere! — Daniel me alcançou e eu me virei para ele com uma leve vontade de xingá-lo. — Eu queria... — ele olhou ao redor para ver se meus amigos estavam ouvindo. Thomas e Fred vinham um pouco mais rápidos do que Elisa, mas ainda estavam longe — convidar você para ir ao cinema comigo qualquer dia desses.

Encarei Daniel sem saber o que dizer. Não que o beijo tivesse sido ruim, mas ele não precisava fazer aquilo na frente de todo mundo! Custava esperar estarmos ao menos fora da escola?

— Se eu for, me prometa que nunca mais irá fazer algo do tipo e de preferência vai parar de mandar bilhetes anônimos e presentinhos nos Dias dos Namorados? — condicionei. Aquele foi o terceiro ano consecutivo que eu ganhava algo. — Eu não gosto dessa sensação de que está me vigiando o tempo todo!

— Como sabe que fui eu? — ele questionou. — Espere, que presentes no Dia dos Namorados?

Revirei os olhos e passei a andar novamente.

— Tudo o que mandei foram os bilhetes e uns cartões — esclareceu, e eu me senti arrepiar com essa informação. — Tudo bem que foram muitos, mas como posso dar presentes se mal sei do que gosta?

— Não foi você a me mandar as flores na semana passada? — franzi o cenho e o fitei apreensiva. Será que eu tinha mais de um "admirador secreto"?

— Não.

Paramos no ponto em que pegávamos o ônibus escolar e ele continuou.

— Não fui eu — reclamou novamente.

— E os brincos no ano passado? — e as revistas em quadrinhos, e o quadro de um gato pintado? Eram mais alguns mimos que, sinceramente, eu havia adorado. Sempre pensei que fosse ele.

— Mandei bombons, mas nem sequer foi no Dia dos Namorados e você sabia que era eu — recordou um pouco sem graça. — Mas nada de brincos, flores ou qualquer outra coisa que tenha recebido anonimamente.

— Tudo bem, então tem outro *stalker* tentando me comprar — brinquei, porém fiquei preocupada.

Daniel fez cara feia e cruzou os braços num sinal claro de ciúmes.

— Certo, eu acho melhor você ficar de olho nisso. Mas eu tenho uma leve impressão de que sei de quem se trata o seu segundo admirador secreto. Ou o primeiro, já que ele está há mais tempo a rondando.

Daniel encarou Thomas, que não estava com uma cara muito boa.

— Para sua informação, Thommy sempre me deu presentes e ele nunca precisou fazer em modo anônimo. Eu e ele trocamos presentes nas datas especiais pessoalmente.

— Inclusive no Dia dos Namorados?

— Claro que não. Isso seria estranho.

Daniel me encarou como se tivesse um arco de triunfo sobre a sua cabeça. Ele tinha total certeza de que meu melhor amigo era apaixonado por mim, e ainda pensava assim mesmo depois de anos e nenhum sinal claro de essa informação ser real.

— Tudo bem, Isa — ele fingiu que compreendeu o meu ponto. — Nesse caso, imagino que ainda considerará sair comigo.

O ônibus que eu pegava apontou no sinal.

— Vou pensar. Prometo.

Daniel sorriu e me deu um selinho — novamente roubado — antes que eu embarcasse.

Ao me sentar ao lado de Thomas, percebi que ele ficou calado em todo o percurso até nossa casa, mesmo sem dar um pio ou uma lembrança de sua existência pelo resto do dia.

Capítulo 13

"... Você sabe que eu não gosto de Daniel nem ele de mim. Ele sempre diz aos quatro ventos que sou insuportável e que a minha personalidade é falsa por causa da maneira que eu ajo. Claro que ele me odeia por ser seu melhor amigo, eu nunca levei pelo lado pessoal as suas críticas por saber que era ciúmes. Você gosta dele? Porque é óbvio que ele gosta de você. E tem como não gostar? Você é incrível."

Isabelle pensou por um tempo antes de responder.

"Não, eu não gosto dele. Mas talvez possa aprender a gostar, não é?"

* Mensagens trocadas por Thomas e Isabelle um dia após ele descobrir que ela estava oficialmente ficando com Daniel.

Presente

— Então — Dra. Janine me interrompeu por um instante —, namorou Daniel primeiro? Sua história com ele é tão antiga quanto com Thomas, aparentemente.

— Não foi namoro — esclareci, amassando o copo de plástico naquele sinal claro de ansiedade. — Só saímos algumas vezes, demos alguns beijos, mas nada além disso.

Ela me analisava com curiosidade. Cruzou as pernas e ajeitou-se na poltrona. Naquele dia, Janine me parecia mais uma amiga do que profissional, e eu sabia que a maneira que estava lidando com as sessões até ali, os desabafos e o carinho eram praticamente de uma.

— Você disse que atualmente namora ele, correto?

— Sim. Namoramos há mais de dois anos. Nós nos aproximamos bastante nos últimos cinco anos e ele sempre foi muito claro sobre qual era o seu objetivo.

— Isso é bom. Mas me fez perceber uma coisa que pode ser um pouco triste para ambas as partes: você não fala de Daniel com a mesma emoção e carinho que fala de Thomas. Levando em consideração o tempo que o conhece e o namoro, seria natural se tivesse um pouco mais de sentimentalismo.

Me senti paralisar na posição que estava e foi como se um manto descobrisse o meu corpo e me revelasse ali.

— Eu… — me engasguei antes de conseguir formular uma frase. Ela se perdeu entre meus pensamentos e minha voz logo depois disso, e me senti envergonhada.

— Não precisa ficar com medo de falar nada, lembre-se de que todos os seus segredos estão bem guardados comigo — garantiu, e eu assenti. — Mas vamos explorar mais isso. Atualmente, você ama Daniel?

— Amo. Muito — assegurei. — Ele é um homem maravilhoso e o mais lindo que conheço.

— Então, por que acha que ele acaba ficando de fora do protagonismo?

— Acredito que é pelo fato de Thomas ter sido mais intenso em minha vida do que Daniel. Mas isso não significa que eu ame um menos do que o outro — confessei e engoli em seco. — Perdão, ame, amei, não sei como essa frase pode fazer sentido real.

— Eu compreendi — Janine sorriu e tentou me reconfortar em meio ao meu aparente desespero.

— A verdade é que sempre foi tudo tão tranquilo com Daniel, sabe? Desde cedo ele demonstra que gosta de mim e nunca foi segredo para ninguém. Demorou anos para conseguir me convencer a namorar, e nosso relacionamento é… calmo, sem a mesma… — procurei a palavra certa para definir. Sinceramente, eu nunca soube dizer.

— Intensidade? — a psicóloga sugeriu.

— Eu não diria que ele não é intenso. Daniel é um homem que sabe fazer os momentos se tornarem inesquecíveis da maneira dele. Ele é forte, audacioso e adora demonstrar quanto me adora de uma maneira bem carnal.

Esperava que ela entendesse o que aquilo significava.

— Não quer dizer que seja tocante para você da mesma maneira — ela sugeriu, e eu me senti um pouco invadida. Não estava ali para comparar os dois, apenas focar o que me incomodava, e este era Thomas, não Daniel. — A intensidade da sua história com Thomas pode ser negativa, nem sempre significa algo bom.

— Dani sempre me deu a certeza de um amor tranquilo. Nunca tivemos desconfiança um do outro, nem sequer problemas com relações extraconjugais. A única pessoa de quem ele sentia ciúmes era Thomas.

— Isso ficou bem claro desde que o introduziu na história. Mas e você, Isabelle? Como é em relação aos ciúmes? Disse que Daniel tem uma melhor amiga.

Assenti com um movimento de cabeça.

— Sim, Beatriz. Eu não sinto ciúmes disso — afirmei, pensativa. — Pelo menos, não com Daniel.

A psicóloga me aguardou continuar, sabendo que eu tinha algo a acrescentar àquela frase.

— Vou esclarecer melhor…

Julho de 2012

Eu havia saído com Daniel algumas vezes, estava prestes a fazer um mês que nós dois fazíamos isso com frequência. Ele era uma boa companhia, para falar a verdade. Sempre tentava me deixar confortável em nossos encontros, e quase todos os dias mandava uma mensagem dizendo quanto eu era especial para ele.

O problema é que, mesmo sendo incrível, ele e Thomas nunca estavam no mesmo lugar sem arrumarem problemas. Se um estava por perto, o outro se afastava, e isso estava ficando chato já. Como me dividir entre o melhor amigo de anos que passava manhãs, tardes e noites comigo fazendo tudo o que queríamos e o garoto que tinha intenções amorosas sem um querer matar o outro?

E isso era constante. Na sala de aula, eu e Thomas ficávamos juntos, mas, quando batia o intervalo, Daniel queria a minha atenção. Era assim também durante a tarde e algumas noites, e eu tinha de marcar na agenda para quem iria a minha dedicação naquele dia. Estava ficando exaustivo, e eu sempre sentia que Thomas saía decepcionado, afinal nunca existiu outro garoto antes que dividisse o meu tempo com ele.

Aconteceu de nos afastarmos por uns dias, e estes foram praticamente ignorados por mim. Eu estava sendo uma péssima amiga, não é? Provavelmente sim. Mas isso iria acontecer de qualquer forma, afinal estávamos virando adultos e isso significava novas experiências.

Eu estava deixando Thomas vermelho de ciúmes? Não sabia, mas Daniel apostava que a resposta era sim.

Às vezes, ele parecia sentir um prazer oculto em provocar meu amigo. Eu estava ciente de que existia uma rixa entre os dois, que nem sempre tinha a ver comigo, mas eu era o foco na maioria das vezes.

Quando Thomas chegou à escola, praticamente roubou e dividiu a atenção que Daniel tinha toda para si, por ser uma pessoa absurdamente extrovertida. Todos que o conheceram gostaram dele e se tornaram seus amigos, os professores adoravam sua interação descontraída, as perguntas inteligentes e o humor que tirava a tensão das aulas às vezes. As meninas o viam como um cara incrível desde que notaram sua dedicação para comigo, e, à medida que ele foi crescendo, ia ficando cada vez mais bonito.

Sim, eu admito que o achava bonito. Isso sempre foi muito claro para mim.

Thomas participava de toda e qualquer atividade que ofereciam, desde clube de futebol, artes e aulas de música. Ele dançava no meio de todos sem vergonha nenhuma, vestia-se de príncipe todas as vezes que eu pedia para fazer teatro comigo em troca de uns pontos extras, e era a pessoa mais hiperativa que existia naquela escola.

E isso Daniel nunca foi. Ele era o galã, na verdade. O garoto agraciado pela beleza dos deuses que, se piscasse para qualquer um, faria o seu coração inteiro se derreter por ele. Tinha um sorriso sedutor que encantava até as professoras. Nunca precisou fazer muito esforço para conseguir nada — a não ser, claro, ficar comigo.

E eu estava no meio de uma briga silenciosa entre os dois sem saber o que fazer.

Logo eu, que nunca gostei de ser o centro das atenções, tinha de lidar com duas pessoas populares travando uma batalha para conseguirem ficar ao meu lado.

Até que um dia isso mudou. Não sabia o porquê, mas, de repente, Thomas parecia nervoso e prestes a sair xingando tudo e todos por aí.

Estávamos, em uma tarde de sexta, sentados na sala de minha casa fazendo um trabalho de matemática juntos. Sairíamos de férias na semana seguinte por duas semanas e voltaríamos apenas no início de agosto, como era costume.

— Quer ir tomar sorvete hoje à noite? Estou cansada de apenas estudar — perguntei, quebrando o silêncio "ensurdecedor" que estava pairado entre nós. Desde que Daniel e eu começamos a ficar, Thomas estava mais calado do que nunca, e eu sabia que era por estar chateado com a minha quase relação com aquele que sempre o importunara.

— Não posso. Tenho ensaio da banda da escola e vou sair com a Beatriz depois.

Senti minhas orelhas se arrepiarem.

— Você está ficando com ela?

— Sim — ele admitiu, um pouco menos eufórico do que eu imaginava para um homem que assumisse estar com alguém como ela. — Prometi que a levaria para tomar sorvete hoje.

O encarei por longos segundos e senti a minha cabeça rodar. Em qual momento isso havia acontecido que eu não vi? Sempre soube de todos os passos dele antes mesmo de acontecerem.

— Que dia isso...? — praticamente gemi tais palavras.

Era um baque o que eu estava sentindo? Por que isso me fez mal? Thomas já havia beijado outras garotas e ficado com elas, era normal acontecer, afinal éramos adolescentes.

— Bem, já tem uma semana, na verdade — ele jogou a resposta no ar sem se dar ao trabalho de me encarar. — Você saberia se não estivesse o tempo todo com Daniel. Aliás, eu achei que ele a contaria, afinal é o melhor amigo dela.

— Ele não me disse nada — informei, um pouco mais incomodada do que gostaria. — E eu acho que não deveria mesmo, afinal quem tem de me contar é você.

Thomas me encarou, desanimado, e deu de ombros.

— Eu não achei um momento apropriado, até agora.

Do que ele estava falando? Trocávamos mensagens e conversávamos todos os dias.

Deixei a caneta de lado e cruzei os braços, chateada. Thomas largou seu lápis e voltou a me encarar, mas em silêncio.

— Pensei que você me contasse tudo — reclamei.

— Eu conto. Apenas demorei um pouco mais dessa vez.

— E por qual motivo? Sempre soube de tudo o que acontece com você antes mesmo de dar um passo. O que mudou agora?

Thomas exibiu um olhar tipo "você está de brincadeira comigo, não é?"

— Nada mudou, Isabelle, eu só preferi guardar porque era segredo meu e dela na primeira vez que ficamos.

Segredo? Isso já era demais para mim.

— Desde quando guarda segredos de mim?

Thomas se voltou totalmente para mim, ficando frente a frente.

— Isabelle — ele deu uma pausa e formulou uma frase que nem precisava sair de sua boca para eu saber qual era —, o segredo não era só meu para poder contá-lo assim.

Eu adoraria, naquele momento, gritar com ele. Um sentimento absurdo, cortante, estranho e possessivo parecia querer sair de dentro de mim num fulgor intimidante.

Engoli cada palavra que estava presa na garganta. Eu tinha consciência de que não estávamos nos nossos melhores dias, e possivelmente estragaria ainda mais a nossa amizade caso começasse uma briga por causa daquilo. Mas um segredo que não foi imediatamente compartilhado comigo me deixou incomodada.

Afinal de contas, eu era a melhor amiga dele!

— Tudo bem. Você tem todo o direito de namorar em paz e não precisa mesmo compartilhar suas intimidades comigo — mesmo a contragosto, assumi.

Thomas permaneceu em silêncio. Seu rosto estático não estava nem um pouco feliz.

Eu tive medo de que ele rompesse nossa amizade nessa hora e nem sabia o porquê. Thomas e eu já tivemos outras experiências com outras pessoas e nada parecido aconteceu. Porém, geralmente acontecia de ficarmos apenas um dia e nenhum foi tão longe como dessa vez.

— Beatriz é a garota mais bonita que eu conheço. Vocês dois combinam.

O sentimento era real — ou pelo menos parecia ser para mim naquele instante. Queria ver Thomas feliz independentemente do que acontecesse.

O aguardei dizer alguma coisa, qualquer coisa, contudo nada saiu dos seus lábios. Ele voltou sua atenção para a folha de papel e suspirou intensamente, podendo jurar que saiu um gemido errante de sua boca.

— Vocês dois... sabe... — tentei montar uma pergunta sem que parecesse idiota saindo dos meus lábios, mas nada parecia menos vergonhoso — transaram?

Thomas me encarou e quase deixou uma risada sair da sua boca. Não sabia se estava feliz ou se ria do meu questionamento feito sem jeito.

— Não, claro que não. Guardamos segredo, mas não tem nada a ver com isso. Você e o Daniel...?

— Não — interrompi antes que ele terminasse sua frase. Ele se recostou no sofá, relaxando como se um peso tivesse saído de suas costas. — Não sei se estou pronta para isso ainda. Parece que falta algo que me impulsione a querer ir em frente com ele — admiti.

Ele me encarou profundamente.

— Se tivesse ido para a cama com ele, você me contaria? — perguntou com sinceridade, e eu me peguei pensando nisso. Nós precisávamos mesmo contar tudo um para o outro? Todos esses detalhes que não dizem respeito a nós dois?

— Sim.

Eu contaria e sabia disso. Não tinha nada que não compartilhasse com ele, e sabia que isso não ficaria de fora.

— Eu também, não se preocupe — reconheceu. — Apesar de achar que seria estranho e não creio que você vá desejar saber de detalhes.

Ri dele por um instante, notando seu rosto vermelho e envergonhado. Ainda éramos os melhores amigos do mundo e eu tinha plena certeza de que isso nunca mudaria. Como dividir tais coisas dessa maneira e uma amizade dessas romper? Era óbvio que havíamos ultrapassado as barreiras de todos os limites.

— Sabe, às vezes eu acho que... — Thomas recomeçou a falar enquanto fazia círculos em sua perna, num ato envergonhado de mudança de postura — que nós dois poderíamos...

Ele me encarou, seu rosto um pouco mais perto agora. Seu olhar parecia perdido em meus lábios por um instante que foi quase infinito. Poderia dizer que entendi o recado, mas talvez precisasse de mais clareza.

— Que nós...? — estimulei, ansiosa pelo resto de sua frase.

Mas ele não a completou. Em vez disso, aproximou-se um pouco mais e eu pude sentir a sua respiração contra a pele do meu rosto. Me aproximei também num ato quase involuntário, instintivo e certamente pronto para correspondê-lo com um possível beijo sem pensar duas vezes.

— Ah, hoje está um calor infernal! Nem parece que choveu ontem à noite e fez frio na madrugada — minha mãe apareceu de repente à porta da sala, chegando da rua. — Trouxe limão para fazer um suco. Vocês devem estar com fome, não é?

E tomou o rumo da cozinha sem aguardar a resposta ou notar que atrapalhara alguma coisa.

— Thomas — chamei sua atenção novamente. — Eu fiz brownies. Tenho uma forma inteirinha esperando por você lá dentro — sussurrei, com a mudança repentina de assunto.

Ele sorriu, com um brilho se acendendo em seu olhar.

— Você quer? — ofereci, mas já sabia a resposta.

— Você precisa perguntar mesmo? — ele disse, levantando-se do seu lugar para irmos juntos à cozinha.

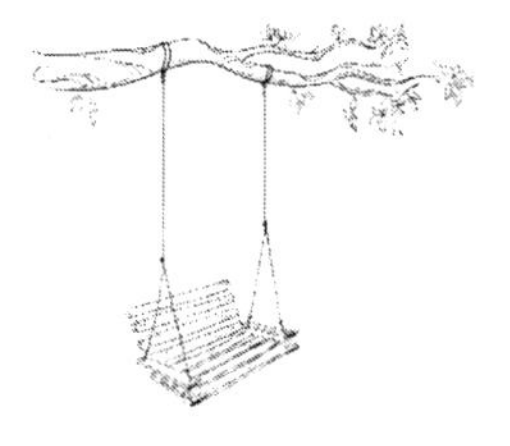

Capítulo 14

"Não existe ninguém no mundo que eu ame mais do que você, mas eu sei que precisa de espaço para se descobrir sozinha. Sou um impulso às vezes, uma mão que a segura nos primeiros passos e, por mais que queira participar de todos os momentos importantes da sua vida, eu sei que não posso. E está tudo bem. Apenas me diga quando devo parar de ser tão intrometido e prometo que não irei me magoar.

Eu te amo, Isabelle, e sei que aquele idiota do Daniel provavelmente também ama."

* Mensagem mandada por Thomas para Isabelle quando estava chateado por ter sido trocado numa noite em que estavam juntos e Daniel a levou consigo para um encontro.

Presente

— Você não desconfiou desse momento? — Dra. Fletcher questionou. — Quer dizer, era óbvio que ele estava dando em cima de você!

Deixei um riso sair da garganta com essa suposição.

— É, eu entendi o seu recado muito bem, ele não precisava completar aquela frase para eu saber. A verdade é que eu sempre achei que Thomas quisesse transar comigo, principalmente depois do beijo. Mas eu sempre imaginei que fosse como uma curiosidade de adolescente, uma vontade que cresce com a convivência constante, e não uma paixão. Afinal, ele é homem e eu tenho a impressão de que homens tendem a desejar isso com mais frequência e mais cedo do que mulheres.

— Considerou ter uma amizade colorida com ele?

— Não exatamente, mas eu nunca descartei que aquilo pudesse acontecer. Afinal, estávamos constantemente a sós — confessei, sentindo meu rosto ficar levemente quente com as lembranças. — E nós conversávamos sobre sexo às vezes, não necessariamente de modo pessoal, mas no geral; uso de anticoncepcionais, período menstrual, mudanças no corpo... tornando essa possibilidade muito maior de ocorrer caso a curiosidade apontasse junto ao desejo.

— Não tinha medo de estragar a amizade de vocês dois, caso acontecesse algo? Dar um beijo é muito mais fácil de ser ignorado depois e fingir que não aconteceu, mas sexo é outra história.

Dei de ombros.

— Não, eu sempre confiei na amizade que tinha com ele — admiti, me sentindo absurdamente estúpida. — Mas, claro, nunca demonstrei nada nem conversamos a respeito.

— Entendo — ela me encarava curiosa, como a maioria do tempo nessa sessão em particular. — Mas você, no fundo, se sentia atraída por ele a ponto de querer? Chegou algum dia a desejar tocar em Thomas e ir adiante no âmbito sexual? Ou encarava isso como algo fatídico por ser cômodo e fácil, como o seu primeiro beijo?

— Acha que o beijei por ser mais fácil?

— De acordo com suas próprias palavras, sim — ela concluiu. — Veja bem, Isabelle, você queria uma experiência legal, em que se sentisse confortável e que a rendesse uma boa lembrança com uma pessoa que pudesse confiar. Não digo que o que fez foi errado, pelo contrário, acho que foi delicado e a decisão correta. Porém, ele a ofereceu, e era o mais fácil. Você, nesse cenário, tem um amigo agradável e que faz tudo por você, tornando a sua vida descomplicada em todos os momentos que ele conseguia. Um amor de pessoa, diga-se de passagem, que, além do mais, guarda seus segredos e compartilha os dele contigo. Era perfeito para a ocasião.

Dra. Janine suspirou um segundo. Nesse meio-tempo, reparei que estava de braços cruzados com a linguagem corporal um pouco na defensiva.

— E você não era apaixonada por ele para fazer desse caso um impulso inconsequente, pelo menos é o que parece até esse momento. Estou enganada?

— Eu não sabia que era — soltei com um gemido logo depois. Janine pareceu se sentir um pouco tonta com essa resposta. — Mas eu fui, sim.

— Você chegou a admitir para si mesma, em algum momento, que era apaixonada por ele antes de ouvir a sua declaração? — ela questionou, surpresa. Pareciam um pouco afobados da parte dela esses questionamentos, já que eu não havia acabado a minha história. Mas tudo bem, nenhum profissional escapa de erros.

— Quando eu entendi isso, soube que era uma paixão antiga, que ia e vinha de tempos em tempos, acomodava-se e adormecia. E também como uma sensação quente que tomava conta do meu corpo às vezes.

Tentei esclarecer.

— Porém, para mim, não mudava quase nada entre o amor de amigos e o sentimento de paixão. Eu o amava desde o início e me apaixonei por ele em momentos distintos da minha vida, e poderia tê-lo demonstrado, mas escolhi, por comodismo, não dizer nada.

Suspirei antes de continuar.

— Às vezes eu voltava a pensar em nossos beijos, às vezes sonhava que estávamos juntos, que nos olhávamos sabendo que esse sentimento era recíproco. Mas não passava disso. No dia seguinte, quando eu o via, tudo era como antes. Uma paixão durava uma noite quando ele ia embora e eu sentia saudades da sua companhia, porém eu fingia que nada tinha acontecido, afinal éramos apenas amigos e eu sabia que iria passar — e sempre passava. Contudo, confesso que pode estar certa em relação à minha preferência em escolhê-lo para o meu primeiro beijo. Era fácil, foi fácil e não me trouxe nenhum sentimento de culpa ou remorso. Porém, eu preferia ignorar os momentos em que me senti envolvida por uma paixão, afinal era perfeito como estava.

Dra. Fletcher anotou alguma coisa em seu caderno após esse falatório e me encarou com uma expressão suavizada.

— Ele sabe disso? — ela perguntou, e me pegou de surpresa.

— O quê?

— Que você se apaixonou por ele diversas vezes na vida, enquanto cresciam juntos.

Sorri para ela, sentindo um fulgor tomar conta do meu coração.

— Sabe, sim — o sentimento que brotou em mim foi tomando conta de todo o meu corpo com a lembrança. — Eu disse a ele na noite em que se declarou para mim.

— Tudo bem, não vamos atropelar esse momento. Quero que continue a me contar tudo o que precisa até os detalhes finais.

Assenti. Era exatamente o que iria fazer, de qualquer forma.

— Mas, voltando ao assunto sobre desejo, pelo que disse, estava com Daniel e ele não havia despertado em você a vontade de ir em frente. Acha que algo a travava? Creio que possa ter a ver com o tempo e as possíveis descobertas das intenções amorosas do seu melhor amigo.

— Correto — confirmei.

— E essa necessidade sexual foi mesmo descoberta com Thomas?

Não contive o riso ao ouvir a última frase e associá-la a uma lembrança constrangedora. Dra. Janine me fitou surpresa em como aquilo poderia causar uma reação tão estranha repentinamente.

— Perdão — pedi, após tossir algumas vezes por causa da risada —, mas é que essa é uma história muito engraçada.

— O que pode haver de engraçado?

— Não consigo contar isso na sessão de hoje, mas saberá que eu me senti tentada por Thomas e descobri quanto eu gostava dele após um episódio curioso e cômico — alertei.

— Tudo bem, então fica para a próxima sessão. Volte no sábado, no mesmo horário da semana passada. Até lá, aconselho que faça coisas que a mantenham entretida e não pense muito no que anda a incomodando. Temos tendência a apressar o sofrimento de um momento que está por vir, porém não conseguimos prever o que acontecerá, mesmo que imaginemos mil possibilidades diferentes. No fim, apenas adquirirá uma ansiedade que a infernizará até o ato final, e geralmente, quando ele vem e passa, a dor que pensamos que iríamos sentir não costuma ser tão intensa.

Quando cheguei em casa naquela noite, o carro de Daniel estava parado à minha porta e ele estava aguardando pelo lado de fora. Vestia um terno preto e camisa social branca, sem gravata. Sua mão estava posicionada de lado no bolso; e o olhar, perdido na rua numa expressão séria. Estava uma visão de tão lindo. Parecia um daqueles modelos de relógio ou smoking que estampavam suas fotos gigantes nas lojas de um shopping.

— Olá.

— Como vai, sumida? Não me responde mais, não me liga, nem dá sinal de vida. Estou ficando preocupado.

Me segurei para não revirar os olhos. Ele conseguia ser dramático quando queria.

— Onde estava? Liguei para o hospital e me avisaram que tinha saído no horário certo. Mandei algumas mensagens, liguei e nada. Estou aguardando aqui fora há mais de uma hora — ele realmente exibia uma ruga de preocupação em sua testa.

— Fui à psicóloga — esclareci, um pouco desanimada. Não queria contar a ele que tinha voltado a fazer terapia, Daniel sempre achava que aquilo era besteira e psicólogos só servem para dizer o óbvio. — E meu celular fica no silencioso enquanto isso.

Ele franziu o cenho de uma maneira que me pareceu arrogante.

— Para quê? Não me diga que está tendo pesadelos com aranhas de novo!

Eu sabia que ele estava brincando, mas não quis corresponder à sua zombaria. Ele sabia muito bem o motivo pelo qual eu ia a psicólogos e psiquiatras às vezes.

— Desculpe — pediu ao me ver cruzar os braços. — Por qual motivo está indo ao psicólogo?

— Psicóloga. O nome dela é Janine Fletcher — corrigi.

— Certo. E o tópico principal que discute com ela é...?

— Minha vida, é claro — disse, com absoluta certeza de que Daniel não precisava ouvir o nome de Thomas para saber que se tratava dele também. — Se não se lembra, já fiz muitos tratamentos, e, apesar de não usar remédios para depressão no momento, é bom seguir monitorando.

— Entendo — Daniel suspirou e fez biquinho antes de continuar. — Eu devo me atentar a alguma coisa que não estou sabendo?

Respirei fundo e contei até três internamente. Não estava a fim de começar uma briga com ele ali, mas eu sabia que, se tocasse no assunto, logo, logo, estaríamos discutindo sobre um fantasma do passado que nem faz mais parte do nosso cotidiano — pelo menos por enquanto.

— Sim, eu estou morrendo de saudades e você não me deu nenhum beijinho — reclamei, contornando a situação.

Daniel tomou meus lábios e depositou um beijo delicado após outro, me enchendo de selinhos carinhosos.

— Você não quer ir dormir comigo hoje? — ofereceu, deixando o assunto de lado, para a minha felicidade. Porém, eu sabia que em algum momento deveria contar para ele sobre a volta daquele que tanto perturbava a sua vida no passado. — Podemos tomar um banho de banheira, comer alguns morangos e espumante enquanto relaxamos.

— Isso é uma proposta muito ousada para uma quarta-feira, não acha?

Daniel desceu sua mão para a minha bunda e sorriu enquanto olhava para os lados procurando ver se tinha alguém por perto.

— Eu creio que é apenas uma carga de ânimo para conseguir lidar com o resto da semana — sussurrou em meu ouvido. — Não há nada como abraçar você nua enquanto estamos juntos na banheira.

Era uma proposta tentadora. Contudo, eu sabia que Daniel costumava me virar do avesso antes ou depois desses momentos de relaxamento.

— Está bem — concordei, pura e simplesmente porque queria esquecer um pouco os problemas. — Mas logo adianto que estou menstruada e usando coletor.

Daniel pareceu murchar em sua postura. Depois disso, reacendeu o fogo do seu olhar e tocou em minha boca.

— Não tem problema — ele disse, e eu sabia o que aquilo significava.

Capítulo 15

"Eu também te amo, Thomas!
Agora, será que você pode me colocar no chão?"

Thomas

Junho de 2007

O dia estava ensolarado e convidativo para aproveitar a brisa que balançava as árvores que via pela janela. A minha vontade, naquele instante, era correr por um campo adornado de grama molhada sob os meus pés. Assim, apenas correr mesmo. Sem objetivo, sem rumo, sem direção e sem me preocupar se estava correndo da maneira correta, de preferência puxando Isabelle em uma de suas mãos para ir comigo para qualquer lugar que fosse.

Contudo, estávamos presos naquela sala de aula assistindo à chatíssima professora de história contar algum fato super-relevante, porém igualmente chato. Tão chato que meus pensamentos não conseguiam parar e focar o que era importante.

A escola não era nada ruim. Estudávamos de 7h da manhã até 1h30 da tarde, podendo fazer cursos complementares de música, artes, inglês e esportes até o cair da noite, se quiséssemos. Comparado ao que eu vivi há alguns anos, era perfeito, na verdade. Eu adorava vir para cá apenas por ter a companhia dela e dos demais alunos.

Me encolhi em minha mesa — ou pelo menos tentei. Aos 12 anos, já passava de 1,70 m, e isso estava me assustando um pouco. Se continuasse daquele jeito, iria chegar aos 2 m na idade adulta e eu não queria aquilo, apesar de saber que homens altos são considerados mais atraentes.

Eu não pensava nisso como um privilégio. Era estranho ser tão alto perto de tantas pessoas menores na sala — principalmente Isabelle, que devia ter menos de 1,50 m.

A minha perna prendeu entre uma grade e outra e fez-se um barulho ensurdecedor para tirá-la. Todos os alunos e a professora me encararam incomodados.

Isso, infelizmente, era mais comum do que deveria ser.

Eu sabia que era hiperativo. Eu sempre fui, tenho consciência disso desde que me entendo por gente. Preciso fazer alguma coisa o tempo todo ou fico inquieto a ponto de não conseguir controlar os movimentos repetitivos que minhas pernas fazem batendo no chão.

— Desculpe — pedi encarecidamente e um pouco baixo para a professora que aguardava eu me ajeitar à mesa. Antigamente, no colégio onde estudava, levava alguns puxões de orelha da professora por fazer barulho. No geral, eu não podia sequer respirar naquele ambiente tão rígido, mas as coisas mudaram de um tempo para cá, para minha sorte.

Senti as mãos de Isabelle tocando a minha quando todos voltaram suas atenções para a aula novamente. Ela se virou, sorriu e as afago em sinal de apoio.

As apertei de volta, agradecido por ter a sua compreensão. Ela sabia de todos os meus problemas e, ainda assim, era minha melhor amiga. De todas as coisas que mudaram em minha vida, ter a sua presença constantemente me encantava mais do que qualquer outra. Nunca soube dizer se era por causa da minha contínua intromissão em sua vida, ou pelo fato de forçar a minha presença ao lado dela todos os dias. Às vezes, me pegava pensando que talvez devesse deixá-la um pouco em paz, afinal eu fazia barulho — e muito — constantemente, e sempre estava a incomodando com algum plano mirabolante no pensamento.

Era incômodo, eu sei. Chato, talvez. Mas ela ainda estava ali, e eu a adorava por isso.

O sinal tocou, e mais do que imediatamente me levantei para ir embora. Parecia que meu corpo inteiro formigava ansioso para fazer algo que não fosse ficar parado escutando. E, se fosse para fazer isto, ao menos que escutasse a voz de Isabelle me falando algo importante ou sem relevância alguma. Não fazia diferença. Para mim, todos os nossos assuntos eram importantes quando se tratava de manter a amizade que construímos.

— Deveria pedir uma mesa maior — ela sugeriu ao sairmos da sala. — Parece desconfortável ficar horas sentado em um lugar em que mal cabe.

— Vou abrir uma reclamação depois. Ou isso, ou me colocam para estudar com o ensino médio de uma vez.

Isabelle riu. Ela tinha um jeito tímido de rir, de que sinceramente sempre tive inveja. Ela era o oposto de mim em todos os sentidos.

— Ficará perdido nas matérias, você não é uma criança prodígio, Thomas — lembrou ela, e eu me fingi de ofendido.

— Como não sou? Ontem mesmo construí um foguete no quintal da minha casa e fui convocado para ir para o espaço pela Nasa — brinquei.

Ela franziu o cenho, mesmo rindo.

— Conhece alguém mais inteligente do que eu? Mais astuto? Mais esperto? Ou até mesmo mais belo?

Ela me encarou com aqueles olhos enormes. Eram tão bonitos que às vezes me dava vontade de tocar neles — e eu juro que me segurei várias vezes para isso não acontecer, tendo conhecimento de que não seria nada confortável para ela.

— A metade da sala — eu sabia que ela estava me zombando, mas eu fiz uma expressão séria.

— Está me chamando de burro?

— Burro não, preguiçoso no âmbito básico escolar — ela corrigiu.

— A sua honestidade me magoa, *Aimê* — parei de andar e a fitei fingindo estar pronto para dar uma bronca. — Sorte sua que eu sei que isso é verdade e não me importo nem um pouquinho.

Dei de ombros e voltei a caminhar indo em direção à saída da escola.

— Eu não gosto que me chamem de Aimê — lembrou ela.

Eu sabia daquilo.

— Tudo bem, Bel. Eu também prefiro Bel, Bel — ela sorriu largamente. — É fofo igual a você.

— E o que você pretende ser quando crescer, *Thommy*?

— Médico — esclareci, com total certeza na voz. — Pediatra.

— Faz todo o sentido você querer isso — ela concordou. Isabelle sabia que eu costumava ficar horas entretido com as crianças nos jogos de futebol pela tarde. — Apenas se esquece de um detalhe: médicos estudam muito para entrarem na faculdade e se formarem depois. Estudam mais do que praticamente qualquer outra profissão.

— Isabelle, estou começando a achar que você anda conversando com a minha mãe. Eu já prometi a ela que não ficarei nas provas finais nem passarei o verão tentando me recuperar de alguma matéria.

— Ela pediu para eu lhe dar aulas de reforço de matemática. Concordei, caso queira. Faço isso com prazer.

Ah, não! Nosso tempo juntos era para nos divertirmos, já bastava ter de estudar na escola!

Fiz bico, chateado. Às vezes nós dois estudávamos, mas sempre antes das provas acontecerem. Não gostaria de passar as tardes ao lado dela entretido em algum assunto chato.

Eu preferia conversar, ver filme, ajudar a fazer qualquer coisa que não fosse terrivelmente entediante, ou até mesmo ficar em silêncio enquanto a vejo dedicada a algo. Afinal, minha imaginação costumava aflorar quando parava para assistir a Isabelle. E isso era um enorme empecilho para conseguir me concentrar em estudar tendo ela por perto, pois eu sempre parava para admirar.

Porque, quando Isabelle estava por perto, eu me sentia… estranho. Como se nada mais existisse ao meu redor. Como se o mundo inteiro se apagasse e nenhum outro som que não viesse de sua boca valesse a pena. Como se eu mesmo não existisse e só a imagem dela focasse dentro de mim.

Isso acontece desde que nos falamos pela primeira vez, e eu nunca entendi o motivo. Ela era uma garota incrível, como a maioria das outras da sala, contudo, de alguma maneira, de alguma forma, eu era completamente encantado por ela.

Suspirei fundo e me concentrei em nosso assunto atual. Sabia que minha mãe só queria que eu fosse melhor na escola, e tenho plena consciência de que só não vou por falta de dedicação.

— Você é um garoto inteligente, Thomas, muito mesmo, e prova isso normalmente quando se dedica a alguma coisa de que gosta, tipo as aulas de música e educação física. Você é o primeiro da turma e sempre elogiado. E eu sei que conseguirá ser tudo o que quer ser, entretanto Suzana está preocupada com a situação das suas notas básicas. Só que você…

A aguardei concluir o que estava dizendo, mas nada mais saiu da sua boca.

— Só que eu…?

— Você sabe a conclusão. Não preciso lhe dizer.

Revirei os olhos.

— Eu sei, eu sei — concordei, entendendo que, além de minha mãe, Isabelle também iria ficar no meu pé. — Tudo bem, eu prometo a você também que tentarei me dedicar mais.

— Eu te ajudo — reforçou com imensa alegria. — Pode me procurar quando precisar.

— Ótimo. Nesse caso, eu deveria ter feito isso tipo no mês passado.

Naquela mesma tarde, eu fui até a sua casa para estudarmos. Ela era muito boa e sempre ganhava destaque na sala por causa das suas notas perfeitas.

Normalmente era eu a ir até a casa dela. Isabelle era tímida e, apesar de aparecer na minha às vezes, sentia vergonha de comer, usar o banheiro e até mesmo se sentar. Ainda não conseguia se sentir à vontade por lá, e eu a compreendia; apesar de querer que às vezes ela viesse até mim, entendia que tinha uma grande dificuldade de socialização.

Pelo menos em sua casa, ficava mais acomodada e seus pais sempre confiaram em nós dois juntos ali.

Passamos a tarde inteira entre contas e não desviamos do assunto enquanto não peguei toda a matéria. Nossos dedos estavam calejados já por causa do lápis e caneta trabalhando por tanto tempo. Pensei em mil maneiras diferentes de como eu poderia pagá-la pela sua paciência.

Eu era imensamente grato por ela, por nossos dias juntos e pelo equilíbrio da nossa amizade. E sempre fiz questão de que ela soubesse disso, afinal sempre me senti sufocado sem alguém por perto para ser meu amigo. Contudo, lá estava a pessoa por quem tanto esperei toda a minha infância.

— Acabamos. Quer jogar videogame? — ela questionou, esticando a coluna.

Sem dizer uma palavra, assenti.

Meia hora depois, Isabelle estava esparramada no tapete, batendo repetidamente o controle enquanto reclamava que era injusto.

— Você está trapaceando! — acusou, apontando para mim, quando percebeu que o golpe que dei no personagem dela era quase fatal.

Eu ri, embora mal estivesse prestando atenção no jogo. Estava ocupado observando como o cabelo dela caía no rosto e como ela o afastava de forma afobada.

— Thomas! — a voz dela me tirou do devaneio. — Você está roubando! Preste atenção, você me prometeu não usar *hack*! Eu também vou usar!

— *Hã*? Eu? Ah, é — pisquei rapidamente e parei de apertar os botões.

— Eu ainda vou matar você, Thomas Gale! — Isabelle ameaçou e cinco segundos depois ganhou a rodada, batendo os pés no tapete de uma maneira desajeitada que, de alguma forma, parecia a coisa mais adorável do mundo.

Foi então que aconteceu.

— Você está me encarando por quê? — perguntou, ainda rindo.

Abri a boca para responder, mas nada saiu. Tentei pensar em algo inteligente, ou pelo menos normal, mas o único pensamento que tinha era: "*Meu Deus, ela é a melhor pessoa do mundo inteiro*".

Então, em vez de falar, dei um suspiro longo e dramático, jogando o controle para o lado e cobrindo o rosto com as mãos.

Não havia nada de incomum acontecendo naquele dia. Era só um jogo de videogame ao lado da minha melhor amiga.

Era mais uma terça-feira comum, uma semana comum e um mês comum.

Era o nosso cotidiano.

Mas, de repente, uma reviravolta de sentimentos começou a fazer sentido, e eu entendi que a amava profundamente naquele espaço minúsculo de tempo.

— O que foi? — Isabelle perguntou, claramente intrigada.

— Nada... só percebi que estou ferrado.

— Ferrado por que perdeu no videogame? Eu lhe avisei que, se trapaceasse, eu também iria!

Tirei as mãos do rosto e olhei para ela com uma expressão que misturava conformidade e admiração.

— Sim. Você é a minha melhor oponente — menti.

Aconteceu um minuto de silêncio. Isabelle suspirou, abriu seus lábios e mordeu o inferior até soltá-lo e deixá-lo vermelho vivo.

— Tudo bem. Vamos descansar um pouco, então — ela pediu e se ajeitou ao meu lado.

Eu e Isabelle nos conhecíamos há dois anos, que passaram tão rápido quanto uma rajada de vento.

Mas, naquela tarde, naquele momento, senti uma onda de calor extravasar o meu peito.

Isabelle recostou sua cabeça em meu ombro e inspirou baixinho. Sua mão atravessou minhas costas e apoiou o chão em que nós dois estávamos sentados. Toquei o seu rosto, alisei sua bochecha e senti, pela primeira vez, a necessidade de tocar os seus lábios com os meus.

Por um longo segundo ela fechou os olhos. Estava ali, em meu abraço, sentindo-se segura a ponto de buscar conforto em mim e relaxar.

E eu sabia que aquela garota era ansiosa a ponto de nunca fechar os olhos em ambientes estranhos. E sabia que, para chegar até aqui, eu havia feito um ótimo trabalho sendo seu amigo.

Mas era isso o que gostaria de ser para sempre?

Essa foi a primeira vez que me questionei isso. Sempre tive total certeza de que a amava como minha melhor amiga, e nunca escondi de ninguém.

Mas, quando o tempo parou naquele segundo, soube que eu mesmo não queria parar por ali.

Eu a amava. Intensamente e ardentemente, para ser bem claro. Acho que sempre a amei dessa maneira e tenho certeza de que, se ela me permitisse, faria todos os nossos planos juntos naquele mesmo instante como um eterno casal de namorados.

Porém, o que ela diria se soubesse desse sentimento?

Havia alguma remota possibilidade da Isabelle se apaixonar por mim algum dia?

Sinceramente? Eu achava que a resposta para esta pergunta era um simples e singelo *não*.

Capítulo 16

"... Um dia, nós dois iremos viajar para todos os países que quiser. Eu levo você. Vou ser tão rico a ponto de comprar uma ilha inteira e colocar o seu nome nela. E vamos ser apenas nós dois lá por um tempo, não vamos receber visita nem sequer dos nossos pais."

* Mensagem de Thomas para Isabelle numa madrugada em que ele não conseguia dormir e fizera planos um pouco absurdos com ela.

Daniel e eu estávamos na banheira entretidos com a música ambiente. Seu apartamento era de tamanho mediano, mas luxuoso, por preferência dele. Gostava de coisas espalhafatosas — como um closet apenas para ele, mas com um espaço enorme sobrando (dizia que era para caso eu quisesse usar) —, pares de sapatos caríssimos, joias, relógios e uma inclinação para coisas douradas que chegava a ser engraçada. Em seu quarto havia espelhos espalhados pelas paredes, então conseguia nos ver em todas as posições possíveis, e o banheiro não era muito diferente. Cada espaço daquela casa parecia ter sido montado com uma personalidade diferente. A cozinha destoava com tons cinza e preto nos eletrodomésticos e o vermelho vivo do armário, enquanto a sala tinha móveis de madeira crua e cortina cor de caramelo. O chão era branco e encarpetado por causa do barulho dos passos, as paredes pintadas de cor gelo. Em minha visão aquilo era uma bagunça, mas na dele estava exatamente do jeito de que gostava.

Felizmente Daniel não era tão brega em suas vestimentas quanto era em decoração.

Se fosse eu a escolher um lugar para morar, seria quase igual à minha casa. Um local grande, com espaço o suficiente para todos os residentes e hóspedes, um jardim com um balanço, árvores frutíferas e uma piscina exatamente como era. Talvez uma casinha para um cachorro e alguns brinquedos para os gatos espalhados.

Porém, eu não tinha planos para comprar uma casa, e Daniel não gostava de coisas que pudessem dar tanto trabalho para cuidar. Um apartamento era perfeito para ele por causa do emprego e do fato de estar constantemente viajando.

— Essa sua boquinha está muito calada ultimamente — ele disse enquanto tocava nela. — O que está passando nessa sua cabecinha, hein?

— Neste momento, nada — esclareço. É verdade. — Felizmente a sua ideia funcionou muito bem.

Daniel sorriu.

— É claro que sim, e pode-se dizer que eu li seus pensamentos — ah, se isso fosse verdade, estaríamos numa briga agora, e não desta maneira. — Sabia que precisava tirar um momento para relaxar.

Suspirei e deixei minhas costas se recostarem nele.

— Obrigada.

— Mas eu ainda acho que tem algo a perturbando, e não quer me contar o que é.

— Está desconfiado por eu ter ido à psicóloga, não é?

— Você anda um pouco distante, Isa — Daniel esclareceu, me colocando frente a frente com ele. — Parece que seus pensamentos estão em outro lugar.

— Eu estou sempre com meus pensamentos em outro lugar. Mas, por incrível que pareça, não neste momento.

Daniel ficou paralisado, me encarando. Tomou um gole de espumante e engoliu calmamente enquanto refletia.

— Tem a ver com Thomas? — insistiu, e eu revirei os olhos sem aguentar a perseverança naquele assunto. Ele não podia simplesmente ignorar?

Fiquei em silêncio. O que deveria responder? Não queria acabar a nossa noite brigando.

— É claro que tem — ele concluiu, e encostou suas costas na banheira novamente. — Sempre tem.

— Daniel...

— Você deveria parar de pensar no passado. É por isso que está assim, que não evolui e constantemente fica enfurnada numa realidade que não existe mais.

Me senti um pouco envergonhada. Eu sabia disso, sabia que tinha excesso de passado na minha vida e que eu precisava deixá-lo exatamente onde estava.

— Eu concordo. E é por isso que estou tentando lidar com isso sozinha. Não quero preocupar ninguém mais, tampouco desejo viver numa profunda depressão que me assombra feito um fantasma prestes a reaparecer.

Daniel tocou o meu braço e deslizou por ele até chegar a minha nuca.

— E eu prometo que estarei curada do que me atormenta. Já passou da hora — afirmei, jurando até para mim mesma. — Me desculpe.

— Não há o que desculpar, meu amor — Dan respondeu, me abraçando logo depois. — Mas eu gostaria tanto que confiasse mais em mim! Eu estou aqui, e eu sempre vou estar, prometo! Adoraria que fosse mais aberta com os seus sentimentos. Juro que não me sentirei saturado jamais de ouvi-la.

Eu gostaria, sim, de ser mais aberta em nossa relação, mas acreditava que esse assunto em específico não deveria ser pauta entre nós dois mais. Magoava profundamente não só a mim como ele também.

— Obrigada. Mas será que podemos mudar de assunto? Eu realmente não estava pensando em nada disso.

— E no que você pensava?

— Em como eu conseguiria chupar você debaixo dessa água — fingi, mas com um sorriso malicioso na face.

Era o suficiente para Daniel mudar todo o rumo daquela conversa.

A quinta e a sexta-feira passaram como todas as outras. Ia para o trabalho, fazia tudo que conseguia nas horas determinadas, frequentava as aulas de dança na quinta à noite e ajudava Elisa a pesquisar e ajeitar os últimos detalhes de seu casamento.

Não havia recebido mais e-mails de Thomas, e aquele assunto morreu para mim até a próxima semana. Era bom enfrentar as coisas e saber lidar da melhor maneira que podia.

De qualquer forma, eu estava mais feliz do que antes. Talvez pelo fato de Daniel estar na cidade e eu poder vê-lo quando quisesse, além de que consegui contornar uma possível discussão algumas vezes.

Contudo, não seria para sempre. Eu ainda teria de contar sobre a volta de Thomas e que ele trabalharia no mesmo hospital que eu. Estava adiando esse assunto ao máximo, mas, cada vez que pensava sobre isso, um peso enorme aparecia em minhas costas e esse peso estava passando do tempo de desaparecer.

O que eu queria fazer era muito simples, na verdade: contar tudo à psicóloga. Apenas isso. Ter alguém com quem pudesse extravasar os meus sentimentos sem me preocupar, sabendo que ela não pode tomar partido, e sim me ajudar a lidar com o novo dia a dia que estava por vir.

Thomas apareceria depois de oito anos, e eu quero ter maturidade o suficiente para não enfiar uma de minhas mãos em suas fuças no exato primeiro momento em que o vir — e em todos os outros em que nós dois seremos obrigados a conviver. — Quero ter o equilíbrio emocional restaurado a ponto de que o fato da sua presença não me incomode mais.

Apenas isso.

Mas como conseguir tal façanha? Até agora eu não sabia responder. Ainda imaginava como seria o nosso reencontro quando botava minha cabeça no travesseiro no final do dia. Ainda sentia uma necessidade imensa brotando dentro de mim em voar diretamente em seu pescoço e esganá-lo até vê-lo ficar roxo e deixá-lo sem ar. Uma parte minha entendia que isso era insano, mas uma singela e malvada achava que eu tinha todo o direito de fazer tal coisa.

Na noite de sexta, me encontrei com Daniel novamente e fomos ao cinema. Na volta, resolvemos parar em um barzinho para ouvir um pouco de música e beber alguma coisa.

O bar era novo, mas a banda tocava músicas antigas nesse momento. O ambiente era legal, carregado demais de mesas para o meu gosto, porém, ainda assim, interessante. Me lembrava de um outro lugar a que costumávamos ir quando adolescentes. Zoávamos uns aos outros por conhecer e cantar músicas velhas e um pouco bregas por causa da constância com que frequentávamos aquele lugar, mas era um programa mensal quase obrigatório.

— Eu estava pensando — Daniel chamou minha atenção e me despertou das minhas reflexões — que nós poderíamos analisar uma coisa novamente.

— Que coisa?

— Bem — ele aproximou sua cadeira para mais perto da minha —, eu passei os últimos dois dias me lembrando da nossa conversa de quarta-feira.

— E?

Daniel tomou um gole de cerveja e, ao colocar a taça de volta na mesa, tamborilou os dedos nela enquanto buscava uma forma de dizer o que queria.

— Acho que deveríamos nos casar.

Só não cuspi meu drink porque ele já estava descendo pela garganta. Porém, o líquido fez um pequeno desvio e eu senti meus pulmões arderem enquanto tossia.

— Casar?!

— Isso te assusta tanto assim? — perguntou, analisando a maneira como reagi.

— Você sabe que eu não... eu disse que não pretendo.

— Isabelle, estamos nessa relação há mais de dois anos — Daniel relembrou enquanto dava tapinhas em minhas costas. — Acho que devemos pensar melhor em como queremos estar daqui a mais dois. Não sei se você pensa no seu futuro comigo, mas eu desejo que seja a minha mulher.

— Mas... eu disse que...

— Que não deseja se casar, eu sei — completou, visivelmente chateado. — Porém, ficará para sempre na casa dos seus pais? Está contente com a vida que leva? Eu acho que deveria pensar melhor nisso.

— Está jogando o fato de que os outros me olharão como uma solteirona sanguessuga como argumento para me convencer?

— Não, não. Apenas acho que não pensa tanto no futuro e no que fazer com ele como pensa no passado.

Notei uma raiva súbita crescer dentro de mim. Aquele era o pior pedido de casamento que alguém poderia fazer.

— Só quero deixar claro que eu quero me casar com você — reconheceu, um pouco infeliz pela maneira pela qual levávamos aquele assunto. — E, por mais que pense que não quer se casar, vai chegar um momento que nossa relação se tornará um casamento por causa do comodismo. Já passa bastante tempo comigo em minha casa, dorme lá, tem algumas coisas guardadas e me ajuda a mantê-la. Por que não nos casarmos logo, então? Eu amo você, você me ama, isso basta.

— Pensei que tivesse planos para crescer profissionalmente primeiro. Seu trabalho demanda um bom tempo e acho que não conseguiríamos conciliar casamento agora.

Daniel pensou por um momento.

— Largue o seu emprego e venha viajar comigo. Aposto que seria ótimo para nós dois. Há tantas cidades interessantes para onde eu vou, você poderia explorá-las enquanto eu estiver trabalhando — sugeriu.

Encarei Daniel perplexa. Abandonar meu trabalho não era uma opção para mim. Já havia crescido de cargo três vezes naquela empresa em sete anos em que estava lá.

— Não vou pedir demissão, Daniel — assegurei, e recebi um olhar nada feliz dele. — Estou no Santa Mônica há tempos e também tenho objetivos por lá. Não é o único que investe na sua carreira, por mais que eu não ganhe tão bem quanto você.

— Eu posso muito bem sustentá-la. Faria isso de bom grado.

— Não é essa a questão! — afirmei, me sentindo muito incomodada. — Eu tenho meus planos, minhas metas, meus próprios desejos.

— E isso me inclui, ou Thomas? — provocou.

Meter Thomas nessa conversa, era só o que me faltava!

— O que ele tem a ver?

— Você acha que eu não sei que ele está voltando para cá? — Daniel soltou, e eu senti como se houvesse uma onda passando pelo meu rosto e me dando um choque.

— O quê? Como...

— Beatriz me contou — ele interrompeu a minha frase antes que eu passasse mais vergonha balbuciando palavras desconexas. — Aparentemente, todo mundo continua sendo amigo dele, menos você. Bem, pelo menos eu acho.

— Não sou amiga dele mais, e você sabe disso muito bem.

Daniel deixou seu olhar perdido no meio das outras pessoas.

— Mas você sabia disso e não me disse nada! É por esse motivo que está tão estranha.

Eu não queria dar o braço a torcer. Eu não queria que alguém achasse que eu era uma fraca quando, na verdade, eu estava me fortalecendo para não me passar por uma.

— Eu sabia — assumi envergonhada —, mas não queria perturbá-lo com esse assunto porque, para mim, eu juro, não há motivos para se preocupar. Nós não somos mais amigos, nem voltaremos a ser. Foi um elo quebrado e perdido há anos que não tem como restaurar.

Daniel me encarou procurando saber se o que eu dizia era real. Firmei meu olhar no seu.

— Há algo mais de que eu precise saber? — questionou, com a voz indelicada e cheia de ciúmes.

— Ele trabalhará lá no hospital — completei, mas algo me dizia que ele já sabia disso. Todo esse momento foi como uma armadilha audaciosa dele para entrar nesse assunto.

Daniel suspirou, tentando controlar a aflição que estava estampada em seu rosto.

— Por isso, acho que deveria sair de lá! Não quero que fique no mesmo ambiente que ele.

Não quer? Ora essa, e desde quando ele mandava em mim?

— Não frequentaremos o mesmo ambiente, eu mal vejo Fred naquele lugar. Às vezes, passamos meses sem dar as caras. O hospital é enorme e não temos necessidade alguma de interagir um com o outro além do necessário.

— É o necessário que me preocupa, Isabelle — Daniel informou, após engolir de uma vez o resto da cerveja. — Aquele idiota pode se aproveitar disso.

— Daniel, eu entendo que esteja com ciúmes... — toquei em sua face e a virei totalmente para mim. — Mas lembre-se de que gosto do que faço e não pretendo abrir mão. Vou lidar com Thomas de qualquer maneira, afinal ele é padrinho do Fred e eu sou a madrinha de Elisa.

— Nem me lembre disso! — ele se desvencilhou de minhas mãos e molhou os lábios após mordê-los. — Pelo menos eu estarei junto a você no casamento.

Mas não no chá de panelas. Lembrei comigo mesma, porém fiquei calada e guardei esse pensamento, que apenas me traria mais dor de cabeça.

Daniel pediu outra cerveja para o garçom. Meu drink ainda estava pela metade e eu não sentia mais vontade de beber. Um nó se formou em minha garganta, era incapaz de fazer qualquer coisa descer por ela.

— Ainda acho que devemos analisar sobre nos casarmos. Eu me sentiria mais seguro.

Era estranho um homem como ele sentir alguma insegurança. Daniel era lindo, bem-sucedido, charmoso e mais um monte de coisas que eu já disse. Ele era quase perfeito.

— Morro de medo de perdê-la outra vez para ele. Se isso acontecer, acho que sofrerei pelo resto da minha vida.

Sabia que ele estava exagerando, mas me aquietei perante seu ataque de dramaticidade.

— Eu vou pensar com carinho, prometo — cedi, me sentindo muito mais cansada agora do que no restante do tempo.

Daniel sorriu e me deu um beijo rápido como resposta.

Capítulo 17

"Você estava tentando comprar meu silêncio esta tarde, Isabelle? Porque foi essa a minha impressão. Não precisava, você sabe que eu faço sempre o que você quer."

"Thomas, se eu fosse comprar você, seria com um pão de queijo, não com um beijo na bochecha."

"Algumas coisas são melhores do que outras."

* Ligação entre Thomas e Isabelle, em que ela não entendeu o que era melhor para Thomas — um beijo ou um pão de queijo.

O sábado amanheceu com um aspecto opaco. Eu estava mais desanimada de sair da cama e continuar a viver do que estive no último ano inteiro. Mal havia conseguido dormir. Depois da conversa com Daniel e daquele jeito nada gentil de dizer que gostaria de se casar comigo, minha cabeça rodou e não parou mais, tendo a sensação de que estava numa ressaca absurda sem nem ao menos terminar de beber o *mojito* que pedi.

Quando me levantei da cama, já passava de 8h. A sessão com a psicóloga começava às 9h, mas havia um peso em minhas pernas que parecia travá-las no chão. Foi difícil sair do apartamento de Daniel e seguir a firmes passos até o prédio em que a sua sala ficava, contudo juntei forças do fundo do meu ser para conseguir.

Havia chegado ao consultório com um enorme copo de café puro nas mãos. Era isso ou dormir pelo caminho, ou enquanto eu falava com a Dra. Janine.

Sentada no sofá de sua sala, ela me encara enquanto fico em silêncio por dois longos minutos com o olhar perdido e tentando recuperar um fôlego de vida que pareceu escapar dos meus pulmões. Peço isso a ela, e me compreende.

— O que houve para estar tão destruída física e mentalmente assim? — Janine me questiona. — Na última quarta-feira estava calma, relaxada e com um semblante menos carregado.

Engoli um gole de café antes de responder. Minha garganta ainda parecia ter dificuldade de deixar alguma coisa passar.

— Daniel descobriu que Thomas está voltando para a cidade, e a conversa que tivemos sobre esse assunto não me deixou nem um pouco feliz.

— Interessante. Ele descobriu sozinho ou você contou?

— Foi a Beatriz — resmunguei inquieta. Aquela garota era bastante intrometida quando queria. — Ela contou tudo a ele, e Daniel não está nada contente por eu ter guardado segredo.

— Você deveria ter dito desde o primeiro instante, Isa. Não fez bem em guardar esse segredo.

Era lógico, mas eu só queria evitar a fadiga enquanto pudesse.

— Estava procurando o momento correto para dizer isso.

Janine cruzou suas pernas e alongou suas costas na poltrona verde-musgo em que ela sentava. Usava um jeans velho e surrado hoje, combinando com a sua blusa estilo cigana de cor amarronzada e os cabelos presos de qualquer jeito. Ela exibia um ar sereno e despojado que sempre me causava inveja.

— Então, quer dizer que Thomas está voltando. Imaginei que isso estivesse acontecendo, já que precisa mandar e-mails profissionais para ele.

— Será contratado pelo hospital em que eu trabalho, e serei eu a admiti-lo — esclareci. Esperava deixar essa parte por último depois de contar toda a minha história, todavia os acontecimentos atuais me levaram a isto. — Eu iria contar essa última informação no fim das sessões.

— Tudo bem, não vamos atropelar os seus planos. Continuaremos com as histórias até esse momento chegar — ela ofereceu, e eu assenti. — Porém, vejo que está abalada por causa da maneira como Daniel lidou com isso.

Deixei meus ombros relaxarem no sofá. Estavam rígidos e doloridos naquela manhã, mas este era o modo habitual dos últimos tempos, apesar de eu não gostar nada de me sentir assim.

— Ele diz que está inseguro e pediu que eu largasse o meu trabalho. Ah, também disse que quer se casar comigo.

— Nossa — Janine franziu o cenho e se mostrou mais intrigada do que antes. — Isso deve ter sido bem intenso. O que pensa sobre?

— Eu não quero me casar — deixei bem claro. — E, com toda a certeza do mundo, eu não quero abandonar o meu trabalho. Dei um duro danado naquela empresa para chegar aonde estou e pretendo voar mais alto, é apenas questão de tempo e foco.

— Está mais do que correta em querer manter o seu emprego. Mas por qual motivo não deseja se casar? Quer dizer, não entrarei por enquanto na questão de que seu namorado foi um pouco egoísta e bastante inseguro ao pedir que você saia de lá, porém, em um namoro de longa data, é natural que as pessoas queiram se casar. Não todos, é claro, mas cada um tem o seu motivo e eu quero saber qual é o seu.

— Simplesmente não consigo me imaginar casada mais — confessei.

— Mas já se imaginou algum dia?

Suspirei e inspirei para controlar o nervosismo por causa daquela pergunta. Era uma questão em que eu odiava pensar.

— Já, com Thomas — confessei com uma profunda tristeza. — Eu achava que seria legal se isso acontecesse mesmo quando não éramos namorados. Porque estar com ele era incrível, mágico, e eu queria aquela sensação de que estava junto do meu melhor amigo para sempre. Só que, como sabe, isso não aconteceu e eu sei que não vai mais. Então, desde que ele foi embora, eu acho que é perda de tempo sonhar com um casamento. Talvez possa morar junto, ter um filho, mas, caso alguém queira partir, a porta estará aberta.

— É uma maneira um pouco mórbida de se pensar. Vejo que não é contra a ideia de um casamento, apenas tem medo de passar pelo mesmo processo de desejos, sonhos e vontades e se frustrar novamente. Teremos de trabalhar isso em você, Isabelle.

Engoli em seco e senti meu peito arder. Eu queria chorar? Talvez. Mas nem eu sabia o porquê.

— A sua primeira decepção veio bem cedo e, diria eu, da maneira mais intensamente dolorosa que uma pessoa poderia sentir, porém não precisa moldar toda a sua vida com base nela. Pode ser que Daniel seja o cara certo para você, o homem que a fará feliz no casamento. Contudo, precisa entender que nem todas as suas experiências serão iguais, porque não serão.

— Tudo bem. Acho que, de qualquer forma, eu terei de pensar no assunto de me casar com ele com extrema cautela, pois eu prometi que iria.

— Certo, vamos deixar essa pauta para depois e voltar a nos concentrarmos em Thomas, que é o motivo pelo qual está aqui — pediu. — Cada vez que continua a sua história, eu consigo perceber novas coisas que carrega ainda junto a si. Esse relato sobre casamento é uma das feridas abertas e nem um pouco cicatrizadas.

— E é por isso que preciso de ajuda. Quero fechá-las.

Janine me encarou por uns segundos antes de falar:

— Não é assim tão fácil, e eu sei que você tem conhecimento disso. Entretanto, vamos em frente e aos poucos chegamos lá.

— Tudo bem — assenti.

— Da última vez, nós falávamos sobre as descobertas de uma paixão, correto? — ela lembrou com eficiência.

— Disse que contaria hoje sobre um episódio que me havia ocorrido com Thomas que me fez pensar sobre... sexo — senti meu rosto corar selvagemente. — E é um relato muito embaraçoso, tanto que eu sei que qualquer um se sentiria absurdamente constrangido e faria questão de esquecer. Porém, foi o que me deu um pontapé inicial para pensar nele de uma forma mais íntima.

— Me pergunto o que pode ser.

Junho de 2012

— Eu quero brigadeiro — falei com Elisa enquanto estávamos na cozinha de sua casa pegando as panelas e o leite condensado do armário.

— Vou fazer beijinho também — ela toca no aço frio de uma frigideira um pouco funda e me entrega. — Faça um, que eu faço o outro.

Dividimos o conteúdo da lata no meio para cada doce. Lis junta o restante dos ingredientes na bancada e me dá uma espátula para mexer o meu.

— Será que Thomas e Fred virão? — ela questiona olhando o relógio do seu celular. — Estão 15 minutos atrasados já.

— O futebol sempre atrasa, Elisa, porque eles sempre jogam mais tempo do que prometem. Não sei como podem gostar tanto de um esporte.

— Devem gostar disso mais do que de mulher. Duvido nada que, aliás, deixam de ficar com alguém para ir jogar — ela analisa e faz beicinho.

— Falando nisso, você não vai conversar com Fred sobre... aquele assunto?

Elisa suspira e para um instante.

— Eu não sei se devo contar — diz receosa. — Tenho medo de estragar a nossa amizade.

— Mas, se não se arriscar, como ele vai saber? — sem retirar os olhos do brigadeiro que faço, questiono. — Fred não vai descobrir sozinho.

— E se ele não gostar de mim dessa maneira, o que faço? Eu gosto dele e estou cansada de fingir que não. Porém, também amo a nossa amizade e acho que posso complicar as coisas. Prefiro continuar sendo sua amiga do que nos afastar com essa história.

Analisei por um segundo toda a sua situação. Eu não sabia qual outro conselho dar, afinal não tinha experiência nisso.

— Bem, para falar a verdade, eu tenho a impressão de que Fred é apaixonado por você — arrisquei.

— Assim como Thomas deve ser por você — Elisa acusou e riu.

A encarei um pouco assustada.

— Não, ele não é — afirmo, me sentindo um pouco impaciente pelo fato de muitas pessoas dizerem isto. — Thomas sempre teve a liberdade de me contar qualquer coisa, e sempre me contou. Se ele fosse apaixonado por mim de verdade, eu saberia.

— Você já perguntou?

— Não.

— Então eu ainda sustento essa possibilidade — confirmou, depois pegou uma colher limpa para experimentar o doce. — Ainda não está bom.

— Não preciso perguntar, não é verdade e pronto. Ele sabe que os outros acham isso e, se quisesse mesmo se declarar, teria feito — reafirmei um pouco irritada.

— Mas o que você diria se Thomas se declarasse?

Demorei uns segundos para responder. O que eu diria? Sinceramente... eu não sei. Ele era meu melhor amigo e a pessoa que sempre quis ter ao meu lado. E, se ele me amasse daquela forma, eu o amaria de volta? Sei que em alguns momentos da minha vida quis muito dar uma outra chance aos nossos beijos, mas a paixão que às vezes senti nunca durou muito tempo.

— Creio que não tenho resposta para isso — esclareci. — Acho que, se acontecer algum dia, dependerá muito da maneira que ele se declarar. Mas, no fundo, tenho convicção de que não é bem assim. Thomas não é apaixonado por mim.

Dei um longo suspiro, retendo a atenção de Elisa. Pareceu um ato doloroso, porém estava apenas tomando fôlego.

— Pois eu acho que não terei coragem de falar com Fred — ela admitiu, fazendo uma careta de desgosto. — Deixe como está.

Ficamos em silêncio por algum tempo, cada uma com seus pensamentos perdidos nos seus respectivos melhores amigos.

— Será que Beatriz está lá com Thomas? — pergunto um pouco receosa, quebrando a quietude que se instalou no ambiente. Eu não gostaria que aquela garota invadisse nossas tardes de cinema, mas, se Thomas está ficando com ela, seria bem possível aparecer por aqui sem ser chamada, ou pior, fazer com que ele não venha por sua causa.

— Espero que não, porque aí demoraria mais ainda para chegar — Elisa respondeu, sem notar o meu resmungo de desânimo.

Não que eu não estivesse feliz por ele, eu estava. Thomas é o cara mais legal que eu conheci em toda a minha vida e faria qualquer garota feliz. Entretanto, nossa convivência estava ficando um pouco mais atordoada e afunilada por causa de Beatriz e Daniel, e eu não estava me sentindo confortável com isso.

Elisa e eu despejamos os doces em pratos e deixamos descansar enquanto os garotos não chegavam. Sempre foi assim; nós quatro juntos em sessões de cinema aos sábados ou aos domingos. Daniel não ficou nada satisfeito quando disse que era melhor ele não vir. Na verdade, tivemos uma quase briga por isto. Mas o fato de ele e Thomas não se darem bem, e o clima sempre ficar estranho quando conviviam com o outro, ajudou bastante a entender o meu posicionamento.

Meia hora depois, Fred e Thomas apareceram rindo, descontraídos, enquanto eu e Elisa estávamos mais do que bravas pela demora. Felizmente estavam sozinhos, sem nenhuma garota à vista.

— Mais um pouco e eu iria atrás de vocês e os traria até aqui pelas orelhas! — Elisa reclama segurando um balde de pipoca, prestes a jogá-lo nos dois.

— Desculpe — Thomas pede paralisado e assustado à sua frente. — A culpa é do Fred, que estava paquerando a prima da Beatriz por longos e intermináveis minutos.

— Obrigada por dedurar! Mas a culpa é sua por ter de levar a sua namorada em casa. — Fred o encarou insatisfeito.

Namorada? Eu ouvi bem?

— Você e Beatriz estão namorando? — Elisa perguntou, perplexa, enquanto eu sentia meu corpo inteiro gelar repentinamente.

— Não — Thomas esclarece e encara Fred furioso. — Nós demoramos também porque precisamos tomar banho. Não iriam desejar nossa presença cheirando a suor e grama por aqui.

— Você está mais do que correto — minha amiga assente. — Trouxeram o refrigerante?

Fred entrega as garrafas para ela e ambos tomam o rumo da cozinha. Thomas se aproxima de mim, mas eu ainda sinto que estou travada em minha posição desde que ouvi a menção de um namoro entre ele e Beatriz.

— Você está bem? Seu semblante está sem cor — questiona quando me vê estática e sem movimentos.

Engoli a saliva que estava estacionada em minha boca, senti a garganta se afrouxar e soltar o fôlego que nem havia percebido que estava preso.

— Estou, claro — respondi quase em um gemido.

— Daniel vem? — ele pergunta olhando para os lados.

— Não, eu pedi que não viesse.

— Ótimo, não estou no clima para desavenças. Ultimamente ele tem colado em você e não posso sequer me aproximar, que levo um olhar de ameaça.

— E Beatriz?

— Não, está com a prima dela — Thomas diz e estaciona seu braço em meu ombro, me abraçando de lado em seguida. — Não achei que seria prudente trazer duas pessoas assim de repente, apesar de Fred ter se interessado pela segunda.

— Que bom que você tem senso, não é? Afinal, não seria nada legal para mim e Elisa segurar vela para vocês dois.

Thomas me soltou e se virou para me olhar de frente.

— Eu sei que não seria — falou enquanto me encarava sem entender a mudança do meu tom de voz.

— Também, nossas tardes de cinema são só entre nós quatro. Não era para ter intrusos.

— Mas Daniel veio uma vez, não foi? — questionou, nem um pouco satisfeito.

— Não porque eu chamei, mas sim por ser enxerido.

Thomas riu.

— Além do mais... — olhei Fred e Elisa na cozinha. Os dois conversavam distraídos enquanto retiravam gelos das formas. — Elisa está gostando do Fred — confidencializei em voz baixa. — Não é legal trazer alguém para ele paquerar na frente dela em sua própria casa!

Thomas franziu o cenho e encarou os dois enquanto eles riam de alguma coisa. Cruzou os braços, pensativo, e se voltou para mim.

— Não brinque com uma coisa dessas. Se Fred souber disso e for uma fofoca mal contada, pode ficar triste.

— O quê? Por quê?

Thomas soltou seus braços e chegou mais perto de mim.

— Porque ele gosta dela.

— Ah, mas isso é óbvio, não é? Eu disse isso à Elisa!

— É? — Thomas perguntou, irônico, e cruzou os braços novamente.

— Quer dizer, ele sempre deu indícios — expliquei. — E eles são perfeitos um para o outro, não acha?

Thomas me encara com o semblante confuso e levemente cômico.

— Perfeitos, você diz? — ele ri de si mesmo. — Um casal perfeito como... Me deixa pensar em um bom exemplo — colocou uma mão em seu queixo, fingindo análise. — Você e... *hum*... Daniel?

Aquilo só podia ser deboche.

— Claro que não! Por que acha isso?

Thomas revirou os olhos.

— Ué, não consegui pensar em nenhum outro casal que seja perfeito um para o outro da mesma forma que Fred e Elisa — continuou dizendo, um pouco mais sarcástico. — Afinal de contas, eles são o ápice do amor mútuo, não é?

— Thomas, será que você pode ser mais claro? — pedi. Não estava me sentindo nem um pouco confortável por não entender o que ele queria dizer. Normalmente eu o compreendo apenas com um olhar.

Ele ficou parado me fitando enquanto piscava incansavelmente.

— Você não acha que a gente... — Thomas gaguejou, um pouco apreensivo.

Capítulo 18

"Eu me importo com o que você sente e, se eu puder fazer algo para compensar tudo o que estamos passando, então me avise.

Eu te amo, Isabelle, não existe NINGUÉM mais importante do que você no meu mundo."

* Mensagem de Thomas para Isabelle num desses dias em que ele sentiu falta de como a sua amizade era antes de começarem a ficar com Beatriz e Daniel, respectivamente.

Thomas lambeu os lábios e parecia travar a língua antes de continuar. Com um estalo em minha mente, imaginei que ele diria que Elisa e Fred eram perfeitos um para o outro como... ele e eu. Se fosse isso mesmo, precisava me dizer com todas as letras e sem rodeios!

— Que a gente...?

— Deveríamos ajudar os dois nisso — Thomas diz, vestindo uma máscara em sua face. Me senti estúpida por essa conclusão. — A gente deveria ajudar. Afinal, eles estão... sozinhos. Descompromissados.

Pisquei incansavelmente para ele, sabendo que essa não era a resposta que pensou em me dar. Nem fazia sentido, com base em toda a conversa. Posso ser leiga em diversos assuntos, mas não era burra.

Contudo, Thomas teve a oportunidade de dizer se era, de fato, apaixonado por mim. Na verdade, ele sempre teve, e, se nunca o fez, é por não ser real.

— Está tudo pronto — Elisa comunicou, despertando a minha atenção.

— Vamos — praticamente obriguei Thomas a me acompanhar, pegando em seu braço e o puxando para dentro.

Eu não estava muito satisfeita naquela altura. Parecia que tinha algo de errado, algo que não se encaixava nunca. Thomas e eu sempre fomos claros um com o outro. Por qual motivo a nossa amizade, nessa altura, estava tão abalada a ponto de parecer que ele escondia coisas de mim?

— O que vamos ver hoje? — Elisa perguntou para Fred, aguardando ele entregar o Blu-ray.

— Trouxe um DVD hoje, era o que tinha nas coisas da minha irmã — ele responde e o entrega a ela.

— *O Casamento do Meu Melhor Amigo*? — Lis se assusta e olha Fred sem entender se aquilo era um recado.

Thomas e eu nos encaramos por um segundo. Eu queria rir dos dois e dizer coisas com o olhar, mas ele estava com o rosto um pouco vermelho.

— Vocês disseram que queriam ver um filme de romance, não é? Então, peguei o primeiro que vi — Fred se explicou. — Deve ser uma dessas comédias românticas água com açúcar.

— Esse filme é legal — intervi.

— Esse filme é triste — Thomas falou com voz fria.

Todos olhamos para ele e esperamos que explicasse algo mais, porém permaneceu em silêncio.

— As músicas são lindas — lembrei, me aconchegando um pouco mais perto de Thomas. Queria passar aquela tarde com ele e aproveitar nosso tempo juntos como antes e demonstrar que estava empolgada por isto.

— Tudo bem, tudo bem — Elisa resmunga e coloca o DVD no aparelho. — Mas precisava ser um filme tão velho? Por que não trouxe, sei lá, *A Morte e Vida de Charlie*?

— Eu não faço ideia de que filme é esse! — Fred esclarece, aborrecido.

— É com o Zac Efron — elucidei, e vi ambos os garotos revirarem os olhos e balbuciarem alguma coisa.

— E nós dois iríamos passar a tarde inteira assistindo a vocês duas suspirarem para a tela da televisão? — Thomas fez careta. — Eu prefiro a morte. Aliás, se ele morrer no início e sumir pelo resto do filme, será um prazer.

— Nada de Zac Efron hoje! — Fred diz e cruza os braços. — Eu não estou a fim de ver vocês duas chorarem pelas suas partes baixas enquanto olham para ele. Vamos ver este aí mesmo!

Sinto meu rosto corar, Elisa se dá por vencida e dá play no DVD sem mais ressalvas.

Do meio para o final do filme, coloco uma almofada nas pernas de Thomas e me deito. Às vezes faço isso.

Sinto sua mão tocando meus cabelos num afago. Ele passa todos os próximos minutos fazendo carinho, cafuné, e às vezes desce seus dedos pela minha mandíbula e a toca suavemente enquanto a contorna. Nossos olhares se encontram em alguns momentos divertidos do filme, mas os embaraçosos e trágicos não me deixam à vontade para ver em seu rosto o que está transmitindo.

Elisa e Fred estão com as pernas entrelaçadas jogados no sofá, relaxados o bastante para mal se importarem. Ele alisa a perna dela enquanto ela lambe os restos de beijinho da panela.

Reparo que é assim: nós sempre nos dividimos dessa maneira. Estamos mais do que acostumados a lidar com a nossa amizade desse jeito, mas dá para entender o porquê de muita gente achar que namoramos uns aos outros.

— Ótimo, eu odiei cada segundo — Fred comenta no final do último minuto do filme.

— Por que você odeia romances? — perguntei a ele, rindo da sua cara frustrada.

— Não odeio, mas foi o pior romance que eu já vi!

— Eu disse que era ruim — Thomas relembra.

— *Uai*, e por qual motivo é ruim, Thomas? — Elisa questiona com deboche.

— Porque eu acho… — ele diz, e pensa, novamente fazendo mistério e parecendo querer esconder algo — que não faz o meu tipo de filme — inventa. Mas eu sei que é mentira. Thomas sempre gostou de assistir a romances.

— Não foi um final feliz pra Julia Roberts — Fred analisa. — Por isso, achei ruim. Gosto de histórias com finais felizes.

— Nem todos conseguem ter um final feliz, é um filme realista — Elisa fala impacientemente. — Mas eu também não gostei.

Todos me encaram como se a reputação do filme dependesse da minha opinião.

— Quando eu me casar, vou entrar na cerimônia com a música "The way you look tonight" — acabo com as expectativas de todos com essa afirmação.

Thomas sorri. Ele sabe que eu queria aquilo desde os 14 anos de idade e imagino que essa ideia não mudará.

— Vamos fazer um pacto — ele propõe, entrelaçando nossos dedos. — Quando nos casarmos, vamos ser padrinhos uns dos outros.

Elisa e Fred analisam sua frase.

— Mas isso não é óbvio? Quer dizer, convidamos justamente os amigos para serem os padrinhos — Elisa interveio.

— Não, não, quero dizer que seremos os únicos padrinhos — Thomas esclarece um pouco mais. — Só entre nós e mais ninguém.

— Isso seria interessante — Fred concordou. — Nossos parentes ficariam furiosos — ele pensa um pouco antes de completar: — Gostei da ideia.

— Pois eu acho que deveríamos fazer um pacto como esse do filme — Lis nos propõe e encara um a um. — Se estivermos solteiros até os 28 anos, nos casamos entre nós. E os outros que sobrarem evidentemente serão os padrinhos. Os únicos padrinhos, como Thomas sugeriu.

— Só tenho uma ressalva — Thomas levanta o dedo. — Acho melhor mudar essa idade de 28 para 27. Porque é óbvio que os 28 não deram sorte para a Julianne.

— Mas o ponto principal do filme é que o rapaz conseguiu arrumar alguém que o fizesse feliz antes de cumprir a data-limite do pacto, não é?

Todos os três me olham como se eu fosse a única louca que tivesse entendido isso.

— Não estou dizendo que não gosto dos protagonistas juntos, apenas que, se ambos tivessem se casado mais cedo, ele não teria encontrado a outra moça que o faz feliz — justifiquei.

— Isabelle, desse jeito eu começo a achar que você não quer se comprometer a se casar comigo — Thomas cruzou os braços, fingindo irritação.

— E você quer se casar comigo?

— Eu não quero, eu vou — disse com firmeza, de uma maneira que fez o meu corpo se arrepiar. Os outros dois ficaram, aliás, mudos enquanto nós dois discutíamos. — Quem melhor do que você para cuidar das minhas meias depois do futebol? E das minhas cuecas?

— Ah, por favor, Thomas! — resmunguei, mas não pude deixar de rir. — Eu tenho cara de máquina de lavar por acaso?

— Às vezes parece que você está no modo centrifugação quando fica brava — ele completa, e eu jogo uma almofada em sua cara sem-vergonha.

— Certo, certo, mas, voltando ao assunto, estamos combinados? — Elisa questiona.

— Por mim tudo bem — mais do que depressa, Fred assente. — Espere, eu me caso com você, não é?

— *Hum* — Thomas provoca num som nasal e me encara. — Ele nos descartou sem pensar duas vezes. Está vendo isso, Bel?

— Do que você está falando? Foi você mesmo que disse que se casaria com a Isabelle. O que quer? Que eu entre na disputa? — Fred se defende.

— Não é uma disputa, é um acordo. Porque, senão, pode ser que alguém sobre no meio disso — lembro.

— Sim, Fred, você se casa comigo — Elisa intervém. — O meu melhor amigo é você, logo é o que faz sentido.

— Ótimo, então tudo bem — os dois apertam suas mãos como se selassem o pacto.

— Você quer? — Thomas me questiona e levanta a sua mão direita também.

— Tudo bem — aceito com um sorriso e aperto firmando uma promessa que parecia ter de ser cumprida a uma longa distância no tempo.

Presente

— É por isso que eu sou a madrinha de Elisa; e Thomas o padrinho de Fred. Somos os únicos — esclareço para a psicóloga. — Eles se casam daqui a um mês e meio e o chá de panelas será nesta sexta-feira. Sim, Thomas estará presente nele, isso eu já sabia há tempos.

— Creio que muitas pessoas fizeram esse pacto com um amigo na adolescência — Janine observa. — Você tem 26 anos, Isabelle, diz que não quer se casar mais, mas esqueceu essa promessa de que se casaria com Thomas aos 27 ou acha que uma parte sua ainda espera por ele? Porque seria uma autossabotagem feita a partir de uma jura que ambos fizeram.

Me assustei com essa pergunta.

— Não, eu não espero por ele! Nunca levei esse pacto a sério.

— Mas os seus amigos levaram, não é? Quer dizer, a parte de vocês serem os únicos padrinhos eles estão cumprindo, mesmo que estejam se casando por amor, e não por obrigação. Sei que o consideraram como real e levaram a ideia adiante.

Me senti um pouco atordoada.

— Não acho que Thomas vá me cobrar isso, seria muita cara de pau da parte dele. De qualquer forma, não vou cumpri-lo, e sinto muito pelos demais se ainda estiverem com a esperança de algo assim acontecer. Mas eu sei que ambos irão entender que não é mais a minha realidade.

— Querida, algo dentro dessa história me faz pensar que, apesar do que me diz boca afora, sente exatamente o contrário — Dra. Fletcher provoca com essa insinuação. — Você deve estar incomodada em ver que dois dos seus melhores amigos cumpriram com o que prometeram um ao outro, enquanto você e Thomas nem se falam há anos. Um laço foi quebrado de uma maneira que interrompeu tantos sonhos que carregava dentro de si, se foi com a partida dele como se fossem roubados por Thomas. E eu sinto muito por isto, mas preciso alertar à senhorita de que está em estado de negação. Está sentindo o impacto dessa promessa, que está se cumprindo como se fosse o destino a levando de volta ao passado e relembrando a você que ainda existe um elo, mesmo que frágil, que a une a Thomas, e seus amigos possivelmente também sabem disso.

— Eu estou feliz por Fred e Elisa. Eles estão cumprindo o pacto por amarem um ao outro e serem fiéis à nossa amizade. Mas eu e Thomas não temos mais nada em comum, e aceito este fato.

Dra. Janine me encara por um tempo em silêncio. Por algumas vezes, juro que ela irá abrir a boca para continuar o seu sermão, porém não o faz.

— Continue a sua história, por gentileza. Creio que devo fazer uma análise mais profunda a partir do momento em que vocês dois começarão a namorar — pede, e eu assinto. — Não precisa ter vergonha de falar absolutamente nada.

Capítulo 19

"Juro por tudo o que é mais sagrado que, se você parar de falar comigo, eu ficarei em silêncio pelo resto da minha vida.

Porém, você sabe que a culpa é sua! Não se pode entrar em um banheiro sem bater à porta antes."

* Mensagem trocada por Thomas e Isabelle quando ela abriu a porta do banheiro e o viu quase nu. Isso aconteceu outras quatro vezes.

Agosto de 2012

Thomas tinha a mania de não trancar portas. Não importava se ele estava no banheiro de casa, costumava deixá-la sem a tranca. Por quê? Eu nunca entendi. Apenas tinha de apelar para ele se lembrar disso, já que aparentemente era um pouco complicado.

"Geralmente", dizia ele, "é porque eu estou apertado e um segundo a mais pode me fazer explodir". Ou "Eu estou no meu quarto, vou trancar a porta do banheiro para quê?"

O mesmo valia para os outros banheiros da casa dele. Ele nunca trancava quando estava lá, me dando o desprazer de vê-lo algumas vezes, mesmo que sem querer.

Contudo, nesses momentos não presenciei nada demais, pura e simplesmente porque era tudo muito rápido.

Um hábito que ele levou algum tempo para mudar, mas aos poucos foi se modificando à medida que o tempo passou, ele cresceu e nossa amizade foi ficando mais intensa. Na terceira ou quarta vez que ocorreu, ele parou. Assim, simplesmente conseguiu aprender a fechar a porta do banheiro da sua própria casa.

No fim de semana seguinte ao pacto, estávamos nos últimos dias das férias do meio do ano. Agosto estava chegando a galope, tão rápido que um suspiro parecia carregar horas junto. E ao mesmo tempo tão monótono a ponto de conseguir pensar o que eu faria da minha vida no próximo ano, já que estava acabando o ensino médio.

Todo mundo parecia saber com exatidão o que gostaria de fazer. Thomas e Fred queriam ser médicos: o primeiro, pediatra; e o segundo, cirurgião plástico. Daniel, advogado ou, com muita sorte — nas palavras dele —, um empresário de sucesso, não interessa em qual área.

Já Elisa diz que quer estudar direito para se tornar tabeliã e trabalhar em cartório. É a coisa mais estranha que eu já ouvi alguém desejar ser. Você imagina que uma pessoa sonhe em se tornar enfermeira, advogada, dentista, estilista, atriz, modelo, mas uma tabeliã era algo específico demais e até mesmo desconhecido.

Mas eu, sinceramente, nem sei por onde começar. Gostava de muitas coisas, como cantar — apesar de me sentir estupidamente envergonhada diante muitas pessoas —, ler, dançar, tinha ótima aptidão para matemática, história e física. O que fazer com tantas coisas aleatórias? E, de preferência, algo que me desse algum tempo para me dedicar a outros hobbies também.

Encarei o celular à espera de algum sinal de vida dos meus amigos, mas todos estavam em silêncio no final daquela sexta-feira. Até mesmo Daniel estava calado após combinarmos de nos vermos mais tarde. Porém, de todas as pessoas que costumavam preencher os meus dias, Thomas era o que me fazia mais falta quando ficava algum tempo sumido, porque não era comum estar quieto e a sua voz corriqueiramente estava soando no ambiente ao meu redor.

Senti o estômago doer de fome por um instante e me dei conta de que passava das 4h da tarde.

Desci as escadas suspirando de tédio e tomei o rumo da cozinha. Minha mãe preparava café enquanto aguardava o pão de queijo ficar pronto. O cheiro estava delicioso, tal qual de uma padaria.

— Comprei biscoitos de laranja e chocolate para você e o Thomas — ela avisa assim que me vê. — Trouxe logo quatro pacotes, porque comem feito dragões quando querem. Não sei como você e Thomas são magros, principalmente ele, que vive mastigando alguma coisa a todo momento.

— Geralmente ele come dois terços desses pacotes — lembrei, revirando-os de um lado para o outro. — Acho que o fato de ser hiperativo ajuda a perder as calorias. Todos os dias faz inúmeras coisas, joga futebol, corre, toca instrumento, anda de um lado para o outro e está constantemente em busca de algo para passar o tempo. Da mesma maneira que come muito, sempre está fazendo qualquer coisa.

— Eu não conheço alguém tão animado quanto ele — minha mãe analisou com um sorriso. — Se fosse meu filho, juro que teria pedido arrego há tempos! Imagine só vocês dois irmãos? O caos que essa casa seria.

Franzi o cenho e notei que estava fazendo uma careta nem um pouco agradável. Ela me encarou e parou de jogar água no coador para me observar.

— Não gosta da ideia? Pensei que iria adorar, já que estão sempre juntos e teoricamente é seu melhor amigo.

— Ele é e sempre será. Mas creio que, se fossemos irmãos, não nos daríamos tão bem. Não conheço um casal de irmãos que sejam tão amigos um do outro.

— Pensando por esse lado, você tem razão — concordou, colocando a garrafa de café na mesa. — Quer leite?

Fiz que sim com um movimento, pegando uma xícara logo após para me servir. Deixei os biscoitos de lado e passei a comer os pães. Geralmente, gostava de compartilhar os aperitivos nos momentos de pausa com Thomas, então decidi deixá-los para depois.

Depois do café e de uma conversa sem muitos atrativos com minha mãe sobre o que deveria fazer do meu futuro, ainda estava me sentindo um pouco chateada e bastante cabisbaixa. Nada parecia bom o suficiente ou despertava meu interesse.

— Você deveria conversar com Thomas sobre isso. Ele sempre tem uma opinião para tudo e você costuma concordar, e vice-versa. Tenho certeza de que pode a ajudar a encontrar o melhor caminho, mas eu sei que, de alguma, forma vocês dois trilharão futuro unido. Já pensou nisso? Vocês se dão tão bem que talvez possam fazer algo que seja em conjunto — minha mãe tentou finalizar.

— Acho que vou mesmo falar com ele. Uma conversa séria, quer dizer. Porque sempre me diz que eu deveria ser presidente da República — revirei os olhos e ri.

— Thomas sabe que você pode fazer qualquer coisa com perfeição, e eu concordo plenamente — disse levantando-se da mesa. — As louças sujas são suas!

Quase abri a boca para reclamar, mas me dei por vencida antes mesmo de dizer qualquer coisa.

Quando terminei a tarefa, decidi que iria até a casa de Thomas. Ele estava muito quieto naquele dia para o meu gosto, e, apesar de saber que ultimamente temos conversado menos por causa das intromissões de Daniel e Beatriz em nossa vida, ele ainda era o meu melhor amigo.

Troquei a roupa que estava molhada e peguei os pacotes de biscoito, coloquei-os numa sacola e fui em direção à casa verde da esquina. Ficava a mais ou menos 110 m da minha.

Antes que eu tocasse a campainha, vi Suzana sair pela porta e aguardei a sua aproximação.

— Boa tarde, Isa — ela me cumprimenta enquanto abre o portão.

— Boa tarde, tia. Thomas está?

— Está lá em cima — informou, dando passagem para entrar. — Estou indo ao supermercado, pode dizer a ele que saí agora? Já tem meia hora que disse que iria e traria o pão, mas acabei me entretendo respondendo a algumas mensagens. A esta hora ele deve estar morrendo de fome e se perguntando onde está a comida.

Tia Suzana ajeitou a sua bolsa e pegou suas chaves do portão.

— Droga, esqueci a carteira!

— Eu trouxe biscoitos; não se preocupe, que de fome o seu filho vai morrer — esclareci mostrando a sacola. Suzana riu.

— Por favor, entre.

Entramos pela sala e fomos em direção às escadas.

— Irei pegar a carteira, Thomas deve estar no quarto dele — informou enquanto subia degrau por degrau. — Agradeço se distrair aquele vulcão que chamo de filho enquanto me ausento.

Ela foi para o seu quarto e eu segui em direção ao dele, que era no fim do corredor após dois cômodos.

Estava tudo silencioso por ali. Tirando os meus passos, não havia nada que pudesse denunciar a presença de mais alguém.

Bati três vezes, em movimentos fracos, à porta. Estava aberta, senti quando girei a maçaneta e empurrei.

— Thomas? — chamei pelo seu nome, adentrando o cômodo sem grandes preocupações.

Talvez o meu erro tenha sido esse: adentrar o quarto de um adolescente sem dar mais algum barulho de aproximação. Mas como saber quão perigoso isso era naquela época? Se alguém entrasse no meu quarto sem eu perceber, no máximo me pegariam seminua, dançando feito uma retardada em frente ao espelho ou experimentando maquiagem e ficando com cara de palhaça por causa do blush exagerado e da base de cor incorreta.

Porém, nada como aquilo.

Pelo menos até aquela época.

Thomas estava, sim, em seu quarto, porém de uma maneira que eu nunca mais consegui apagar da minha mente.

Ao abrir a porta, me deparei com ele com o celular em suas mãos, de fone e, *acredite* se quiser...

... se masturbando!

Presente

A psicóloga me encarou perplexa.

— Está me dizendo que viu seu amigo... se tocando? — Janine tentou segurar o riso, mas falhou miseravelmente. — É isso mesmo?

Balancei a cabeça.

— Exatamente. A porta estava aberta, eu bati fraco, ele não ouviu, e, quando eu entrei, vi Thomas lá com aquele... — tentei demonstrar sobre o que estava falando com as mãos espaçadas. — Aquela coisa, aquela... acho que você entendeu.

Senti meu rosto ficar quente com a lembrança. Céus, era constrangedor, engraçado e, devo confessar, inusitado até demais!

Janine riu por algum tempo enquanto eu permanecia em silêncio prensando os lábios um no outro para não cair na gargalhada também.

— Isso deve ter sido uma surpresa e tanto! — ela me notou desconsertada.

— Foi a primeira vez que eu vi um... pinto, ao vivo.

Não queria usar um termo tão tosco, mas não consegui pensar em mais nada. Tudo parecia vulgar naquela conversa. Contudo, eu precisava contar, já que é uma parte importante da minha história.

— Entendo — Dra. Fletcher se forçou a ficar séria, mas falhou um momento ao ouvir aquela conotação idiota. — Você tinha 17 anos quando pela primeira vez viu um homem daquela maneira?

— Sim. Já tinha visto fotos e figuras antes nas aulas de educação sexual da escola, mas nada tão explícito. Nem sequer vídeos. Não tinha interesse até aquele dia.

— Certo, e isso tem a ver com o fato de que não sentia vontade de se descobrir sexualmente até esse fatídico momento? — questionou.

Engoli em seco extremamente envergonhada com aquela conversa. Senti meu corpo ficar minimamente aceso, e molhei os lábios involuntariamente.

— Vê-lo daquela maneira mudou um pouco as coisas. E foi onde tudo começou — recordei após um longo suspiro.

Agosto de 2012

Dei um berro assim que percebi o que estava acontecendo, tão alto e tão surpreso que a sacola de biscoitos veio ao chão. Porém, foi tempo suficiente para enxergar tudo. A bermuda estava abaixada até certo ponto com a sua cueca, uma de suas mãos estava em seu membro um pouco vermelho e ereto, fazendo movimentos de vaivém enquanto ele segurava o celular com a outra e assistia a alguma coisa.

Por Deus, eu deveria ter batido à porta com mais força, ou até mesmo não ter entrado em seu quarto. Eu deveria ter aguardado na sala, qualquer coisa era melhor. Quão burra eu fui!

— Isabelle! — Thomas assustou-se assim que bati a porta e gritei. Senti meu coração indo até a boca e voltando para o peito como um pulo. Nada em minha vida me fez ter uma reação tão absurda assim, e parecia que os batimentos tinham ido a mil por minuto. Ver a cor da sua bunda algumas vezes não chegava nem perto daquilo!

A porta foi aberta no segundo seguinte, felizmente com Thomas vestido em tempo recorde. Porém, pude notar, havia um volume em suas calças que eu nunca reparei estar lá antes. Minha atenção foi imediatamente nele.

Acho que meu rosto estava branco. Fiquei estática, a boca aberta e seca como se aguardasse o coração sair por ela.

— O que...? — ele grunhiu, colocando metade do seu corpo atrás da parede enquanto o volume que parecia apertar a sua bermuda não sumia. Depois disso consegui fitar o seu rosto vermelho de vergonha.

— Ah... — emiti, esperando que saísse alguma coisa da minha boca. Talvez um pedido de desculpas? Talvez outro grito? Um xingamento? Não conseguia entender os sinais que o meu corpo e minha mente estavam tentando dar naquele momento.

— O que houve? — Suzana apareceu no segundo seguinte. Assisti a Thomas engolir em seco e abrir os olhos surpresos por vê-la ali. — Que berro foi esse?

Eu a encarei procurando respostas que eu sabia não existirem. Suspirei e aparentemente recuperei o fôlego que me faltava neste singelo ato.

— T-Thomas... — gaguejei seu nome e senti a garganta arranhada por causa do grito anterior — ... me deu um susto — afirmei passando a mão em meu rosto, sentindo que ele estava frio neste instante. — Um grande susto.

— Thomas, que coisa feia! Por que fez isso? Olhe como a menina está branca! — sua mãe o repreendeu.

Ele me encarou analisando a minha face. Neste exato momento, eu a senti voltar a esquentar, e dessa vez sabia que ficaria vermelha de vergonha.

— Eu... — ele ainda estava sem fala, perdido e procurando uma saída. — Você me desculpa...?

Suzana nos observou ali por longos cinco segundos, esperando mais explicações, porém tudo o que houve foi um vazio silencioso.

— Está bem — firmei a voz quando senti que ela falharia novamente. Thomas voltou seu corpo totalmente para a frente da porta, e pude perceber que havia voltado ao normal. — Tudo bem, eu já devia estar acostumada.

Catei os quatro pacotes de biscoitos do chão e entreguei todos para ele, que os segurou surpreso e com alguma dificuldade.

— São para você, fique com todos — esclareci e fui na direção das escadas, sentindo cada nervo do meu corpo lutando para destravar.

Saí da sua casa em passos rápidos, tão rápidos que o fôlego desapareceu novamente. Queria correr, mas nem mesmo sabia dizer o motivo, pois não conseguia pensar direito.

— Bel! — ouvi a voz de Thomas gritando atrás de mim e me virei.

Aguardei ele chegar até onde estava — a cerca de 20 m da minha residência —, sentindo meu peito pular de tão forte que estava o ritmo do meu coração.

Thomas parou a mais ou menos um metro de mim, colocou suas mãos nos joelhos e recuperou o seu fôlego também perdido.

— O que você viu?

— O que acha que eu vi? — perguntei, um pouco mais nervosa do que gostaria. Ele precisava mesmo questionar para entender?

Thomas me encarou sem saber o que dizer. O desespero estava visível em seus olhos.

Por um segundo eu o odiei por isto, mas, no seguinte, quis rir da sua feição consternada. Nós dois éramos muito íntimos um do outro, mas não precisava chegar a tanto! Já estava pensando qual seria o próximo nível depois desse, se é que era possível ser pior.

— Mas... você ouviu alguma coisa? — questionou preocupado.

— O quê?! O que diabos deveria ter ouvido que pudesse ser pior do que aquela cena?

Thomas franziu o cenho, mas pareceu parcialmente aliviado.

— *Hm*... nada — ele tentou disfarçar.

Senti meu rosto ficar absurdamente quente com a ideia que se passou em minha cabeça.

— Você podia ter batido à porta! — tentou se defender.

— Eu bati três vezes!

— Eu não ouvi — ele afirmou ficando branco feito um papel. — Juro!

— Se não estivesse com os fones, teria ouvido, teria notado. Além do mais, o que diabos estava pensando quando resolveu fazer... aquilo sem trancar a porta? Você não sabe que corre esse perigo? Se ao menos você estivesse apenas nu, mas não foi o caso!

Ele ficou paralisado me assistindo dar o sermão.

— Eu já disse, Thomas, tranque a porta do seu quarto! — praticamente berrei, mas controlei a minha voz antes de soar novamente. — Estou até surpresa que tenha demorado tanto tempo para eu ter visto alguma situação como essa.

— Não tinha ninguém em casa, como vou adivinhar que você apareceria do nada?

— Mas a sua mãe estava lá — lembrei, me aproximando um pouco mais. — Não tinha ido ao supermercado ainda, e eu só entrei porque ela deu passagem e voltou atrás para pegar a carteira.

Ele abriu a boca e fez um movimento de "ah" sem som, com o rosto completamente espantado.

— Poderia ter sido ela, sabia? Imagine só! Se eu não tivesse aparecido, ela iria até o seu quarto avisar que ainda não tinha saído de casa e o pegaria naquelas condições.

— Deus me livre, nem me fale uma coisa dessas! — Thomas elevou sua mão direita até o seu coração e ficou paralisado diante mim. — Ainda bem que você me salvou.

— Eu não chamo isso de salvar! — dei um tapa no ombro dele, um pouco irritada. Thomas soltou um grunhido e riu.

— Pois eu chamo do que eu quiser e fico feliz por ter sido você.

— *Feliz?!* — questionei incrédula.

Thomas só podia estar brincando com a minha cara. Ele tentou me abraçar, mas eu me afastei como um ato de precaução.

— Vá lavar essas mãos antes de encostar em mim — pedi encarecidamente. — Eu nunca mais entro no seu quarto, nem que ele esteja pegando fogo com você lá dentro!

Ele me encarou com o rosto vermelho. Poucas coisas o deixavam assim.

— Eu já lavei, por que acha que demorei chegar até aqui?

— Pois tenho certeza de que não lavou direito pelo pouco tempo corrido. Faça o favor de as lavar e traga os biscoitos até minha casa para a gente conversar um pouco, porque era isso o que eu estava indo fazer lá.

— Você está brava comigo? — ele questionou, preocupado. — Eu peço desculpas. Entendo que possa estar nervosa, mas eu não tenho controle...

— Não estou brava com você, mas por causa da situação — garanti, rindo por um segundo antes que ele se sentisse mal. — Porque, convenhamos...

Cortei a frase no meio sem conseguir terminar meu raciocínio.

— O quê? — insistiu ele. — Você não queria ter me visto me mast... — Thomas também cortou sua frase quando percebeu meu cenho se enrijecer. — Eu entendo, Isabelle. Podemos prometer nunca mais falarmos sobre isso e seguir em frente?

Nunca mais falar sobre isso? Acho que seria impossível.

— *Tá*, claro. Vai e faz o que eu pedi. Eu te aguardarei no jardim — finalizei.

Thomas deu de ombros, deu meia-volta e foi em direção à sua casa. Eu o vi praticamente correr até ela e chegar lá em tempo recorde antes de entrar.

Suspirei e fechei os olhos por um segundo. Não, não estava mesmo brava com ele, mas como esquecer aquilo e seguir em frente, como ele pediu? E como diabos eu faria para não olhar o volume entre as suas pernas?

Como apagar uma lembrança tão maliciosa?

E por qual misterioso motivo aquilo parecia ter me deixado estranhamente... excitada?

Capítulo 20

"Você pode ser e fazer o que quiser, porque é uma das pessoas mais impressionantemente dedicadas que eu conheço. E é a minha inspiração para estudar e conseguir ir em frente naquela sala de aula enquanto tudo o que eu desejo é sair por aí correndo sem rumo e de preferência pelado."

"Thomas, vamos esquecer essa parte da sua nudez por enquanto, por favor. Está me distraindo."

"Foi só a parte do pelado que você ouviu?"

* Conversa entre Thomas e Isabelle naquele final de tarde enquanto ela tentava falar sobre sua futura profissão, mas só conseguia pensar nas intimidades do seu amigo.

Gostaria de dizer que segui em frente depois daquele dia, mas preciso admitir que aquela imagem ficou rondando minha mente por muito tempo. Não de forma ruim, nem boa, mas de um jeito estranho e confuso, em que nada parecia se encaixar direito.

Como explicar que aquilo mexeu comigo mais do que deveria? Era ridículo não conseguir simplesmente superar. Mas, no silêncio da madrugada, quando estava acordada e a casa silenciosa, minha mente vagava para aquele momento, e nada conseguia me afastar dele. Tentei de tudo: ler, ouvir música, pensar em outras coisas. Nada funcionava.

Droga! Eu só podia estar enlouquecendo. Afinal, qual o problema de ter visto o Thomas… ereto? Foi um acidente! Um momento íntimo e inesperado, mas, ainda assim, nada mais do que isso. Por que isso me deixava tão inquieta? Qual era o equilíbrio que eu precisava encontrar para esquecer e seguir em frente como se nada tivesse acontecido?

Mas não era tão simples. Eu sabia. Não era qualquer homem que eu tinha visto nu; era o Thomas. Meu melhor amigo. O mesmo com quem troquei meu primeiro beijo, o mesmo que sempre esteve ao meu lado. Aquilo mudou algo dentro de mim. Não na nossa amizade, mas em como eu o enxergava. Era como se algo quente e desconhecido tivesse se acendido dentro de mim, e eu não sabia o que fazer com isso.

Antes desse episódio, minha mente estava ocupada com preocupações sobre meu futuro. Agora, tudo parecia girar em torno daquele momento. Quando me encontrei com o Daniel naquela mesma noite, sua voz parecia distante, abafada. Ele estava ali, mas não conseguia me distrair. Durante o mês e meio em que estávamos juntos, nada tão marcante havia acontecido entre nós, e isso me fazia questionar: eu deveria sentir alguma atração por ele?

Não era natural desejá-lo da mesma maneira? Querer estar com ele de forma íntima, sentir prazer, explorar aquele lado do relacionamento? Eu tinha mais de 17 anos e parecia atrasada nesse aspecto, considerando que quase todo mundo já tinha passado por isso. Mas, por algum motivo, eu não tinha a menor curiosidade de descobrir como Daniel era nesse sentido.

Eu não queria era repetir, com ele, o mesmo tipo de experiência desconfortável que tive com o Thomas. E, ao mesmo tempo, não conseguia parar de pensar nisso. Não era só na situação em si, mas no fato de que agora eu queria olhar para o Thomas de novo, como naquela hora, como naquele instante, e não para o Daniel.

Cheguei à conclusão de que estava ficando louca.

Eu precisava encontrar uma forma de lidar com aquilo. Mas como?

O dia amanheceu nublado naquele sábado, o que me permitiu dormir mais do que deveria. Era quase meio-dia quando acordei, praticamente sendo empurrada da cama por minha mãe.

— Seus amigos estão lá embaixo e você está atrasada para alguma coisa — ela disse.

Tomei um banho e me vesti em tempo recorde. Encontrei Fred, Elisa e, claro, Thomas engolindo um pacote dos biscoitos de laranja na sala, um pouco afobados.

— Estava dormindo até agora? — Elisa questionou vendo a minha cara de pouca paciência e olheiras fundas.

— Sim. Bom dia para vocês.

— Boa tarde, você quer dizer — Fred corrigiu. — Já passa do meio-dia e estamos atrasados, espero que as lojas já não tenham fechado!

— Sinto muito, mas meu celular descarregou e eu não ouvi o alarme. Quer dizer, nem sequer o armei, não imaginava que iria acordar tão tarde.

— Se formos agora, eu lhe dou um milk-shake enorme no caminho — Thomas prometeu, me entregando alguns biscoitos. — Ou um copo de café, já que parece estar dormindo ainda.

— De um litro, de preferência — concordei.

No início do próximo mês, iríamos acampar numa montanha com a turma da escola. Era um projeto de biologia, geografia e história. Passaremos o sábado e o domingo por lá para explorarmos todo o local e voltaremos para casa apenas na noite do segundo dia. Era uma viagem de mais ou menos três horas, partindo daqui pela manhã logo cedo.

Ainda faltava quase um mês pela frente, contudo tínhamos combinado de ir comprar as barracas naquele dia — e mais algumas coisas que, diziam os garotos, eram essenciais para a sobrevivência ao ar livre.

Às pressas, fomos para o centro comercial da cidade e procuramos lojas de camping. Thomas e Fred estavam escolhendo uma barraca que coubesse os dois ao mesmo tempo, tendo um pouco de dificuldade em encontrar por causa dos seus tamanhos. Já eu e Elisa conseguimos uma sem problema algum, e estávamos em busca de roupas de banho enquanto os outros resolviam seus problemas com espaço.

— Fred me chamou para sair hoje — Elisa diz baixinho enquanto analisa um maiô azul.

— Mas vocês já não saem juntos o tempo todo?

— Não, acho que você não entendeu — ela se virou totalmente para mim e fez uma careta indecifrável. — Sairemos juntos... juntos.

— Um encontro? — quase caí para trás quando compreendi. — Vocês estão ficando?

— Ainda não, mas, pelo que entendi, é um encontro — ela estremeceu, mordendo o lábio inferior depois. — Algo me diz que isso é ideia do Thomas, já que ele andou me rondando para saber se eu teria coragem.

Tinha conhecimento da vontade de Thomas em ajudá-los, mas fiquei quieta quanto a isso, já que fui eu a contar para ele sobre os sentimentos de Elisa.

— Eu estou nervosa.

— Mas, Lis, ele é seu melhor amigo. Por que ficaria nervosa saindo com ele? Será mais do mesmo.

Elisa colocou o maiô de volta na arara e olhou para os garotos mais à frente discutindo com um vendedor.

— Claro que não será mais do mesmo! As intenções são diferentes. Acho que ele percebeu que estou gostando dele, e eu nem sei como posso explicar isso! Se a gente achar esquisito, como ficará nossa amizade? E se não gostarmos um do outro da mesma maneira? Isso me dá náuseas. Não quero deixar de ser amiga do Fred.

Fiquei um pouco incrédula. Parecia tão fácil, afinal, pelo que Thomas e eu percebemos, os dois gostavam um do outro.

— Não acho que Fred deixará de ser seu amigo caso isso aconteça — esclareci, deixando minha atenção voltada para ele naquele momento. Seus olhos azuis pareciam brilhar intensamente à luz de LED da loja enquanto gesticulava explicando alguma coisa para o vendedor. — Mas, se está receosa de que isso aconteça, converse com ele antes sobre os seus medos. Se é o que vocês querem, vão em frente, mas deixem claros os sentimentos um pelo outro.

Elisa cruzou os braços e passou a me encarar enigmaticamente.

— O que foi? — perguntei ao notar que ela aguardava um questionamento.

— Parece tão fácil quando você fala, não é? Porém, você e Thomas...

— Eu e Thomas somos apenas amigos mesmo. Nem toda amizade vira romance, e acho que é o nosso caso.

— Porque você não quer — ela afirmou, me deixando nervosa.

Todas as vezes que alguém me dizia isso, ficava com um sentimento estranho atravessado em minha garganta. Afinal, como explicar que o que pensam não é real? Thomas nunca disse que queria algo do tipo comigo.

— Por acaso ele disse alguma coisa a você? — se estava tentando me alertar de algo, era melhor me contar logo de uma vez. — Disse que está, foi ou é minimamente apaixonado por mim?

— Não, mas...

— Viu!

— Isabelle, ele não precisa dizer nada. Dá para ver que é, e só você ignora isso! Está escrito nos olhos dele, nas atitudes, no carinho e em todas as entrelinhas.

Arfei e logo quis mudar de assunto. Encarei Thomas ali, estava lendo alguma coisa num lacre no balcão, fazendo aquela cara de concentrado que fazia quando gostaria de prestar atenção em algo.

— Um dia, Elisa, eu prometo me sentar com ele e conversar sobre isso. Porém, eu não sei se você se lembra, mas eu estou ficando com Daniel; e Thomas com a Beatriz.

Lis revirou os olhos e pegou outro maiô para olhar, dessa vez roxo, numa arara próxima.

— Só não demorem muito a fazer isto, porque acho que logo, logo, vocês se deixam levar por esses relacionamentos esquisitos em que estão.

— Relacionamentos esquisitos?

— Ah, sabe... Você e Daniel até que são fofos juntos, mas Thomas e Beatriz me dão arrepios. Parece que ela está saindo com ele para fazer ciúmes no Daniel — Elisa esclareceu. — Ela não combina com ele, e tenho para mim que Thomas fica totalmente diferente do que é perto dela. Ele me parece muito triste ultimamente.

— Não é a única que se sente assim — clarifiquei, concordando cem por cento com aquela afirmação.

— Viu? Eu sei que não gosta nada desse envolvimento dos dois.

Suspirei desconcertada. Sim, eu não gostava, mas era ciúmes por saber que boa parte do nosso tempo, que antes era gasto juntos, estava sendo usado com outras pessoas.

— Não acho que eles vão namorar. Thomas não fala muito sobre ela, não parece que está indo a lugar algum.

— Tomara — Lis respondeu, me assistindo colocar mais um maiô preto na cesta. — Não, nada disso! Olhe só, você só escolheu maiô novamente.

— E o que tem? — me assustei com a sua intromissão. Elisa pegou o maiô e devolveu ao seu lugar.

— Você vai usar biquíni! — protestou, colocando um conjunto verde no cesto. — Nada dessas coisas de vovó! Aposto que iria colocar um short junto também.

— Eu não gosto de biquíni!

— Gosta sim, só tem vergonha de usar. Vamos experimentar estes, olhe só, o branco ficará perfeito em você — enfiou mais um no cesto, logo após outro de cor laranja e um cinza.

— Elisa...

— Não quero vê-la parecendo a minha tia Amélia, que tem 57 anos e 110 kg, na cachoeira — afirmou num tom nada cordial. — Aliás, até ela usa maiôs sem short. Chega de ter vergonha do seu corpo, você é linda, Isabelle, pelo amor de Deus!

— Mas...

— Mas nada! Eu também vou usar, e, se alguém disser alguma coisa, vai ser o sangue jorrando da boca dessa pessoa, que irá chamar mais atenção, porque eu vou dar um murro na cara desse sujeito — ela ameaçou, me empurrando para os provadores.

Fred e Elisa começaram a namorar naquele mesmo dia. Eu achei a situação um pouco estranha por saber que eles eram melhores amigos havia tanto tempo, e alguns olhares se voltaram para mim e Thomas depois disso. Afinal, éramos iguais a eles, e, para todos os outros, um relacionamento entre a gente também seria algo óbvio.

Mas eu e ele estávamos com pessoas diferentes, e isso ficou intenso com o passar do tempo.

Não, Daniel e eu ainda não estávamos namorando. Alguma coisa parecia me impedir de considerar essa proposta. Mesmo não a recebendo de fato, sabia que era o objetivo de Daniel, pois constantemente tocava no assunto.

Então, três semanas se passaram e mais da metade do mês de agosto se foi. Dias longos, arrastados e muito chatos, com matérias novas na escola, trabalhos em cima de trabalhos e deveres de casa cada vez mais complicados por causa da aproximação do vestibular.

Ao mesmo tempo que tudo isso consumia os meus dias, meus pensamentos e minha dedicação, aquele assunto sobre a nudez ainda não havia saído da minha mente. Eu pensava em Thomas de duas maneiras distintas agora: de uma, nele como meu melhor amigo e confidente, incrivelmente doce e amoroso, exatamente como ele sempre foi. A pessoa a quem eu recorria quando precisava, que estendia a sua mão a qualquer hora que eu quisesse.

De outra, só conseguia ver aquela imagem que pairava dentro de mim feito uma tentação.

Aquela imagem dos seus movimentos e... estava ficando louca já! Tão louca que comecei a alucinar desejando tocar naquilo, nem que fosse para saber qual era a sensação de tê-lo em minhas mãos.

Ou, quem sabe, sentir o gosto? Qual o sabor que uma coisa dessas poderia ter? Se as pessoas colocavam isso na boca, provavelmente era porque o gosto era bom.

Ou muito excitante.

Ou os dois.

Quando me pegava com tais questionamentos revoando a imaginação e sentindo os pelos de todo o meu corpo se arrepiarem, procurava qualquer outro assunto para me distrair. Foi num dia desses, numa dessas loucuras de insanidade e pensamentos luxuriosos, que fui andando no meio de uma garoa até chegar um pouco além da escola. Quando dei por mim, havia caminhado mais de 4 km!

Cheguei em casa com o corpo totalmente molhado, os olhos vagos e uma sensação de que deveria fazer alguma coisa sobre aquilo. Não estava dando mais! Em todos os momentos que ficava só e sem algo para fazer, a mesma coisa vinha à mente e meu corpo saía do eixo.

O que diabos estava acontecendo comigo? Por que havia mexido tanto assim com meus sentimentos? Eu nunca havia me sentido assim, nem mesmo por um segundo. Era como se um vulcão simplesmente começasse a entrar em erupção dentro de mim.

Resolvi que era hora de ter uma conversa íntima com ele. Era sábado, a noite estava caindo e eu havia combinado de ir ao cinema com Daniel mais tarde e conversarmos um pouco depois. Contudo, procuraria Thomas e tocaria nesse assunto nem que fosse para fazer perguntas.

Quais eram as perguntas, isso eu não sabia dizer. Apenas precisava fazê-las. Eu tinha certeza de que elas viriam de alguma forma.

Ou, talvez...

Na real, eu precisava que ele me deixasse tocar nele. Essa é a verdade! E eu sabia que ele me deixaria, nem que fosse por pura curiosidade.

Afinal, não é para isso que servem os amigos?

Tomei um banho quente. Foi bom depois de me sentir desnorteada e andar no chuvisco. Coloquei um vestido azul justo e um casaco preto por cima.

Maquiei o meu rosto sem me preocupar com o tempo. Meu nariz começava a coçar, e senti que logo a sessão de espirros viria. Droga! Mas é bem-feito, afinal que ideia foi essa de andar sem rumo por aí enquanto me molhava?

Era por isso que eu precisava acabar logo com aquilo. Estava me afetando a ponto de cometer loucuras. Quais outras eu cometeria, caso continuasse a dar voz a esses pensamentos?

Para a minha felicidade, a chuva havia parado e o céu estava coberto de algumas nuvens intercalando com estrelas. A luz da lua iluminava quando não estava coberta.

Me recordei de quando Thomas e eu demos o nosso primeiro beijo no quintal da minha casa. Foi numa noite como aquela. Andando em direção à sua casa agora, encarava o céu com a lembrança nostálgica. Aquele beijo, aquele momento, foi um ato inesperado, mas doce, que se tornou uma memória afetiva e intensa para mim.

Eu amava Thomas, e amava o fato de que tudo o que era importante em minha vida o tinha presente. Não havia nada nela e nenhum momento significativo em que ele não estivesse ao meu lado.

A verdade é que nossas respectivas vidas eram entrelaçadas, unidas, adaptadas uma para a outra. E, se ele permitisse, o resto dos nossos dias na terra seria assim.

Havia deixado o celular em casa. Não queria interrupções quando conversasse com ele. Se passasse do horário, que Daniel me perdoasse, mas não adiaria aquele assunto um dia mais.

Chegando perto, notei que a rua estava silenciosa e quase vazia. Ótimo, era perfeito para nós dois conversarmos ali.

Contudo, ao chegar cada vez mais perto da casa verde naquela esquina, vi dois vultos parados numa parede ao lado dela.

Foi só quando cheguei ao lado deles que percebi se tratar de Thomas e Beatriz. Os dois se beijavam, e eu confesso que me senti paralisar ao notá-los tão juntos, tão íntimos e tão à vontade.

Ela estava grudada no corpo dele, usando uma saia preta e justa, quase tão curta que era mais fácil não usar nada. Ele, com uma de suas mãos em sua nuca e a outra descendo boba até o seu traseiro.

Senti uma necessidade absurda de gritar novamente, mas não cedi. Apenas dei meia-volta e tomei o rumo da minha casa sentindo meu coração pulsar nervoso — de raiva? Remorso? Arrependimento?

Ciúmes?

Talvez.

Apenas sei que minha garganta segurava firme um nó tão forte que pude sentir meus olhos marejarem entendendo quão estúpida eu era.

Capítulo 21

"Bel, eu preciso que você venha até a minha casa com um desentupidor de pia, Diabo Verde, desengordurante de fogão, fita adesiva e um gato que não seja tão preguiçoso quanto o seu, e preciso que faça isso em no máximo cinco minutos. Não perca seu tempo perguntando o porquê, apenas venha antes que minha mãe chegue, pelo amor de Deus!"

* Mensagem de Thomas para Isabelle na noite em que ele tentava fazer um experimento químico na cozinha, mas acabou em uma explosão e alguns ratos saindo do esgoto.

— Isabelle? — ouvi a voz de Thomas me chamar no segundo seguinte, mas decidi ignorar totalmente e continuar andando até a minha casa.

Que péssima ideia! Eu só podia estar enlouquecendo quando pensei em vir até aqui. Afinal de contas, o que eu iria mesmo fazer? O que estava prestes a começar? Thomas era meu amigo, mas é claro que não tinha o direito de ir em frente com uma loucura dessas.

— Isabelle! — a voz dele soou um pouco mais longe agora, o que significava que não estava, como de costume, vindo atrás de mim às pressas. Essa constatação doeu mais do que imaginei que poderia.

Me virei por um segundo, o suficiente para ver que ele ainda estava com Beatriz e voltei para o meu caminho.

— Isabelle, espere! — cinco ou seis segundos depois, ouvi seus passos apressados vindo até mim. Cruzei os braços num ato de proteção inexistente, pelo menos não deixaria minha guarda baixar.

A garganta estava fechada, evitando que eu gritasse com ele ou… ou o quê? O que estava acontecendo comigo?

— Bel — Thomas me virou pelos braços num movimento cansado —, o que…?

O encarei sem saber o que dizer, sem nem ao menos entender o que precisava falar nem conseguir inventar uma desculpa. Afinal, que justificativa eu poderia dar?

— Está tudo bem? — ele perguntou, me colocando de frente, tocando meus ombros e me assistindo fungar o nariz sem parar. — Você está bem?

Balancei a cabeça assentindo, sem nem ao menos conseguir responder em voz alta.

— Tem certeza?

— Eu... — senti minha voz falhar e sair quase como um gemido doloroso. — Estou.

— Você foi me procurar?

Thomas me encarava ansioso e um pouco vermelho de vergonha.

— É, sim...

Céus, minha voz não estava colaborando! Senti meu rosto tremer, e não sabia dizer se era de raiva ou outra coisa.

— Mas está tudo bem, volto outra hora quando estiver livre — consegui falar após engolir à força o nó na garganta. — Me desculpe por atrapalhar você.

— Espere — Thomas pediu quando percebeu que eu voltaria a andar. — O que foi que aconteceu?

— Não é nada — me voltei novamente para ele e afirmei com rispidez. — Nada!

— Então, por que está assim?

— Assim como? — perguntei, me aproximando um pouco mais. Beatriz ainda permanecia longe, encostada na parede de sua casa. Pelos céus, ela estava perto da casa dele! Aquilo significava que eles...?

Ah, não!

— Assim nervosa! Sinto muito, não esperava por você. Não disse que estava indo até minha casa.

— E desde quando eu preciso avisar? — questionei surpresa.

— Você não precisa, mas eu estava prestes a sair — concluiu com olhar apreensivo. — Seria caminhada perdida.

— Pois foi mesmo, até mais.

— Quero saber o que houve! — exigiu, alterando a sua voz.

— Não houve nada! — afirmei, tão intensamente insatisfeita quanto ele.

— Está nervosa por qual motivo, então? — ele amaciou o seu tom, mas cruzou os braços em sinal de descontentamento.

— Quem está nervosa? Eu? Eu não estou nervosa! — tentei mentir, mas o meu desespero deixava claro o contrário. — Por que estaria? Por ir a seu encontro e vê-lo novamente num momento íntimo? Não, eu não estou nervosa por isso!

Thomas franziu o cenho e travou seu corpo no mesmo lugar, passando a me encarar intensamente, processando aquela cena que eu sabia estar deplorável.

— Não aconteceu nada — reafirmei. — Não estou nervosa. Apenas...

Nós nos encaramos por um momento. Um sentimento profundo de amargura e rancor brotou de dentro de mim, incapaz de me controlar.

— Beatriz e eu estávamos só nos beijando — esclareceu quando notou que eu não falaria mais nada. — Não foi um momento íntimo. Não como aquele. Nada como aquele.

— Sua mão estava na bunda dela, e vocês estavam do lado da sua casa. Se isso não é intimidade, eu não sei mais o que é.

Por Deus! Será que Thomas e Beatriz estavam mesmo tão próximos assim?

Senti como se tivesse levado um soco no estômago. A sensação doía exatamente como se realmente tivesse. Não pude deixar de imaginá-lo com ela na cama. Os pelos dos meus braços se arrepiaram com aquele pensamento nada agradável.

Isso não poderia ser ciúmes. Não tinha direito de sentir algo parecido!

— Bel... pelos céus, até parece que Daniel não faz isso com você — tentou me censurar.

— Nunca fez! Temos uma barreira que, não sei de você se lembra que eu já disse, nunca ultrapassamos.

— Passar a mão na bunda não significa fazer sexo! — ele protestou. — Nem chega perto do que me flagrou fazendo dia desses. E por que diabos estamos discutindo isso? Por que, Isabelle, está tão alterada? Me diga! Ainda está brava comigo por causa daquele momento e se lembrou disso agora?

Ele me segurou pelos ombros e abaixou até me encarar. Pude sentir sua respiração quente indo contra o meu rosto naquela noite fria e tempestuosa.

Procurei mil maneiras de responder, mas nada encontrei. Ele tinha todo o direito de fazer o que quisesse com ela, afinal estavam juntos, não é? Pois bem, talvez estivesse na hora fazer o mesmo com Daniel.

— Não estamos discutindo — eu me recusava a brigar com Thomas por causa de uma besteira como essa. Ele era meu melhor amigo, porém tinha uma vida longe de mim. — Depois conversamos.

— Bel, por favor, não faça isso! — Thomas não deixou que eu me desvencilhasse de seus braços. Parecíamos dois idiotas brigando no meio da rua. — Diz para mim o que queria. Não foi me procurar à toa, afinal não iria sair com Daniel hoje?

— Eu vou, mas precisava conversar com você sobre uma coisa e não imaginei que estava com ela. Me desculpe. Não foi minha intenção preocupá-lo com isso.

Thomas me soltou e voltou a deixar sua coluna ereta.

Ele estava bonito naquela noite. Usava uma camisa branca, uma calça jeans preta e uma jaqueta de couro da mesma cor. Seus cabelos estavam um pouco rebeldes, não sabia se era intencional ou foi Beatriz a deixá-los assim. Contudo, estavam perfeitos desse jeito, de um jeito que me fez pensar nele de uma maneira muito vulgar. Seu perfume marcante, delicioso, mesmo de longe, me deixou com uma vontade louca de senti-lo em seu pescoço.

— Conversamos depois, não queria atrapalhar — reafirmei vendo Beatriz nos encarando ao longe com cara de poucos amigos.

— Se você quiser, podemos fazer isso agora. Você não me parece nada bem — ofereceu, tocou minhas mãos, entrelaçou nossos dedos e apertou-as. Senti a sua palma quente, confortável e não pude deixar de sentir um pouco de inveja de Beatriz. — Eu a deixo em casa e volto para cá.

— Não precisa — insisti, mesmo sabendo que gostaria, sim, que ele me desse prioridade e atenção. Porém, a vida dele não podia nem precisava girar em torno de mim.

— Você sabe que eu faço isso com maior prazer. Não há nada mais importante para mim do que você, Isabelle.

Suspirei, me sentindo um pouco idiota e muito sentimental. Quis abraçá-lo, pedir para ficar ali comigo e esquecer que os outros existiam. Contudo, como disse, o mundo não girava em torno de mim e eu precisava saber lidar com isto.

— Nós nos falamos depois, não é urgente — declarei um pouco insatisfeita em ter de ceder. — Acho melhor você voltar para lá, porque ela está me encarando como se quisesse me matar.

Thomas nem sequer olhou para Beatriz.

— Você tem certeza disso?

"*Não*", pensei amargurada. Mas só pensei mesmo.

— Tenho. Até mais.

Thomas soltou nossas mãos devagar, como se não quisesse fazer aquilo mesmo afirmando minha decisão.

— Ah... — me voltei para ele novamente antes que partisse. — Vocês estão namorando?

O segundo entre a pergunta e a resposta seguinte foi como uma longa e temível espera. Senti meu corpo se arrepiar por inteiro.

— Não — esclareceu. Seus olhos pareciam marejados como se algo houvesse o atingido em cheio. — Não conversamos sobre isso ainda.

Engoli em seco sabendo que, se eles continuassem a ficar, em algum momento viraria namoro.

— E você e Daniel?

Balancei a cabeça negando e recebi um sorriso um pouco melancólico de Thomas.

Aquilo mexia com ele, não era? Da mesma forma que mexia comigo. Então, por que nunca falávamos sobre isso? Qual era o nosso problema?

— Nós nos falamos depois, estou atrasada — comuniquei com um suspiro. — Boa noite.

Presente

— Os ciúmes de vocês dois estavam escancarados — Dra. Janine tentou não sorrir, mas falhou. — Era o momento de deixar as suas emoções falarem mais alto. Creio que até aquela hora não tinha percebido que estavam, sim, envolvidos um com o outro de uma maneira mais sentimental, mas a partir desse dia ficou muito claro, você não acha?

Analisei por um segundo antes de responder.

— Por mais que eu estivesse disposta a tentar alguma coisa, ainda não sabia do que se tratava — esclareci com um suspiro. — Ser adolescente é estranho. Não que esteja melhor agora, mas nessa época parece que nada se encaixa perfeitamente e tudo depende de uma descoberta. Ainda estava me descobrindo aos poucos, indo devagar com relação à maturidade e ao desenvolvimento nesse aspecto da minha vida. Sexo nunca foi um tabu em minha casa, minha mãe sempre conversou abertamente comigo sobre isso, e acho que, por ser assim, eu nunca me senti tão curiosa. Aconteceria no momento que teria de acontecer e, de preferência, quando estivesse preparada.

Dra. Janine cruzou suas pernas e me fitou por um tempo.

— Você define a Isabelle de oito, nove anos atrás como alguém tímida, com sentimentos conflituosos e que não tem muita experiência com homens e relacionamentos. Um pouco ingênua, aliás. Eu vejo você como uma garota que foi protegida por todos os lados, desde pelos seus pais até pelos seus amigos. Vivia numa bolha, mas não era privada de conhecimento, nem sequer era presa. Tinha liberdade para ir e vir, confiança e muito amor. Ao mesmo tempo que penso que teve privilégio de conseguir se desenvolver aos poucos, percebo que demorou bastante para entender os sentimentos dos outros, e isso deve ter feito Thomas ir devagar também.

Ela tomou um gole de água de uma garrafa que estava ao seu lado. Fiquei um tempo pensando sobre isso, nunca tinha chegado a algo parecido em anos de terapia. Dra. Fletcher era uma profissional excelente, que não escondia suas interpretações e estava sempre se arriscando a me desvendar. O que era ótimo, afinal era do que precisava.

— Eu gosto de como as coisas foram até ali. Era perfeito, na verdade. Mesmo sabendo que tinha uma atração rolando entre nós dois, não tinha expectativas de que fosse paixão. Afinal, até o presente momento, não havia experimentado o sabor de um relacionamento apaixonado. Mas Thomas e eu, desde que começamos a ficar com outras pessoas, demonstramos aversão pelas atitudes um do outro e só depois descobri o porquê. Ele me amava mais do que como amigo, mas não tivemos muito tempo depois disso.

— Você tem muito apego pelas suas memórias — Janine reconheceu, pegando-me desprevenida. Senti uma vergonha crescer dentro de mim.

Sim, eu tinha, e não gostava de admitir para as outras pessoas, mesmo elas estando cansadas de saber. Era como se eu vivesse no passado, e me sentia exausta por isto. Minhas lembranças podiam me consumir, me arrastar até o fundo de um poço e me afogar até não restar fôlego de vida em meu corpo.

— Eu gostaria de não ter. Gostaria que elas não significassem tanto.

— Mas significam, e muito. No início, quando começou sua história, pensei que estaria lidando com um evento apenas doloroso que a atormentasse, e que estivesse disposta a encarar e curar a sua dor procurando ajuda. Entretanto, Isabelle, não é o que vejo mais. Tem muito amor envolvido. Amor de anos, lembranças doces, felizes e importantes. Cruéis, sim, mas cruciais também. Apagá-las seria o mesmo que apagar quem você é. Thomas não só faz parte da sua história, ele é sua história por um bom período. O que nos resta, agora, é fazê-la se sentir bem com a parte ruim e abraçar o que está por vir.

— Aceitar o que virá por aí é a parte complicada — fechei os olhos, sentindo-os ceder a uma lágrima.

— Mas você vai conseguir! É para isto que está aqui e eu vou ajudá-la. Vamos trabalhar o seu autocontrole até você não sentir mais vontade de matar seu ex-melhor amigo com suas próprias mãos. O reencontro de vocês está muito perto, porém continuemos a ir com calma.

Capítulo 22

"Existem três coisas que nunca mudarão, vou lhe explicar da menos importante para a maior:

A terceira é que eu vou estar sempre com fome, não importa se eu acabei de comer, eu vou querer qualquer coisa que me ofereça, pois nunca saberei quando haverá outra oportunidade de comer aquilo de novo.

A segunda é que não interessa o que eu esteja fazendo, vou parar de fazer no exato minuto que você me chamar, não importa para o que seja, onde você esteja ou o que quer que eu faça, eu vou estar lá.

E isto age diretamente no primeiro fato imutável da minha vida:

Eu te amo, Isabelle. E eu vou amar você a cada minuto pelo resto da minha vida, em cada palavra trocada ou até mesmo a cada pequena e boba briga que tivermos.

Feliz aniversário para a melhor garota do mundo."

* Uma parte da carta de aniversário de Thomas para Isabelle em seu 17° ano.

Ainda faltavam dez minutos para a sessão com a psicóloga acabar. Estaria roubando um pouco de tempo de outra pessoa se continuasse a contar minha história? Bem, talvez sim. Mas a verdade é que eu precisava dizer tudo até a próxima quinta-feira, e ela estava batendo à porta já.

Engoli todo o ar possível e prendi em meus pulmões, deixando-os inflados por algum tempo. Senti as batidas do meu coração se desacelerarem e os músculos do meu corpo relaxarem. Ótimo, assim poderia continuar um pouco mais calma.

Dra. Janine aguardava visivelmente ansiosa. A minha história era mesmo um tanto curiosa e eu sabia que tinha elementos que chamavam atenção; por isso, era tão difícil de ser esquecida.

Agosto de 2012

Naquela mesma noite, após me encontrar com Thomas e Beatriz, voltei para casa e me forcei a não deixar todo o ódio que estava impregnado em cada parte do meu corpo extravasar. Aquilo nunca havia acontecido antes! Thomas estava sempre pronto para me ouvir a qualquer hora que eu quisesse, e me senti frustrada por saber que a partir daquele momento não estaria mais. Mesmo ele me dizendo que poderia, deixá-lo livre era o certo a se fazer para continuar com o seu encontro.

Entretanto, cada poro estava arrepiado numa sensação de desapontamento para comigo mesma. Mas era bom para eu entender que não tenho em minhas mãos o controle do que vai acontecer.

Peguei a bolsa, o celular, minhas chaves e saí de casa sem falar nada novamente. Meus pais estavam no quarto conversando e rindo de alguma coisa, mas sabiam que eu iria sair com "alguns amigos" naquela noite. Não me perguntavam se eu estava de namoro com alguém porque tinham confiança em mim, e principalmente em Thomas, que se encontrava sempre ao meu lado. Se eu dizia que iria me encontrar com amigos, certamente pensavam que ele estaria junto.

Já havia uma ligação perdida de Daniel; contudo, em vez de retornar, fui na direção do local em que combinamos de nos encontrar. Era apenas a alguns quarteirões dali. Não costumava deixar que fosse me buscar em casa para evitar fofocas dos vizinhos.

— Duas coisas... — Dani disse quando me viu me aproximar sem nem ao menos me desejar boa noite. — A primeira é que você está perfeitamente gostosa nesse vestido — falou com eloquência. Analisei meu corpo um pouco tenso naquele vestido azul e me questionei se ele não estava tirando sarro da minha pessoa. — A segunda é que está com a cara mais brava que eu já vi.

Suspirei e comprimi os lábios nada satisfeita, me forçando a não dizer nada mais.

— E, é claro, está atrasada. A sessão de cinema deve estar começando já, mas podemos pegar a próxima se seus pais não enlouquecerem por você chegar um pouco mais tarde.

— Não estou com muita vontade de ir ao cinema, sinto muito — respondi angustiada. — Não acho que terei paciência alguma para me concentrar no filme.

Daniel franziu o cenho tentando decifrar qual era o problema.

— Aconteceu alguma coisa?

— Nada que seja importante — garanti melancolicamente.

— Não creio que não seja importante, você parece... contrariada.

— Eu estou contrariada — rebati com mais raiva ainda. Me coloquei de frente a Daniel com o objetivo de olhá-lo diretamente a face, porém meus olhos transcorreram todo o seu corpo discretamente, tendo um vislumbre nada recatado do volume no meio de suas pernas. Foi involuntário, porém senti uma necessidade de reparar um pouco mais dessa vez apenas para ver se sentia algo diferente.

Porém, nada me ocorreu.

— Fiz uma caminhada esta tarde e peguei um pouco de chuva, cheguei em casa parecendo um cachorro molhado, talvez fique gripada.

— Era isso o que foi fazer quando sumiu? — ele questiona surpreso.

Dei de ombros. Era uma perfeita desculpa.

— Sim, sim — foi tudo o que respondi.

Daniel deu um sorrisinho sedutor e tocou minha bochecha com suas mãos, depositando um selinho leve em meus lábios logo depois.

— Vai ficar tudo bem; caso se resfrie, eu compro um xarope para você. Não fique nervosa por causa disso — ele me dá mais um selinho. — Podemos ir a um restaurante, o que acha? Será até melhor para conversarmos, porque eu quero muito falar uma coisa para você.

— Ou podemos ir para a sua casa! — sugeri subitamente. Decerto não estava raciocinando muito bem naquela hora. Contudo, confesso que a frustrante conversa que tive com Thomas mais cedo me levou a pensar numa maneira de ficar a sós com Daniel apenas por vingança. Ele não estava aproveitando o encontro com Beatriz da melhor maneira possível? Pois eu deveria fazer o mesmo. — Você não disse que seus pais estão em outra cidade?

Os olhos dele se encheram de brilho quando ouviu isso.

— Mas... — coçou a garganta para deixar a voz não vacilar na clara expressão de emoção que estava estampada em seu rosto. Havia uma curva intensa em seu sorriso, incapaz de se desfazer. — Você quer mesmo ir para lá? Quer dizer, nunca ficamos sozinhos, sempre estamos em espaços públicos e com um monte de gente ao redor.

— Você pretende me matar? — brinco, com um tom provocante na voz.

Daniel sorri maliciosamente antes de responder.

— Não, claro que não — suspeitei que a resposta dele seria algo mais picante se soubesse que eu aprovaria. — Bem, nós podemos ir e eu posso fazer algo para nós por lá.

— Ótimo. Então, vamos.

A casa de Daniel era a maior que eu já havia entrado até o momento vivendo nesta cidade. Só na sala devia caber metade da minha casa, e, apesar de saber que ele era basicamente uma pessoa rica, eu nunca tive curiosidade de saber quanto.

A entrada tinha uma fachada aberta, as cores branco e cinza predominando na pintura, enquanto um deck de madeira pousa ao lado direito perto de uma piscina ao menos duas vezes maior do que a que temos. Luzes amarelas estão espalhadas por todo o jardim, iluminando cada pedaço milimetricamente, cada planta e cada árvore foram planejados para dar um ar mais sofisticado, ao contrário dos fundos da minha casa, em que o que pegava no solo era lucro.

A porta gigantesca e grossa de madeira não fez um mísero barulho quando foi aberta. Entramos e me acomodei entre uma almofada e outra no sofá estupidamente confortável.

— Seja bem-vinda — Daniel se sentou ao meu lado visivelmente feliz por eu estar ali. — É aqui onde me escondo.

— Sua casa é incrível.

— Obrigado — ele diz com prazer. — Teremos muitas coisas para fazer aqui, caso você se sinta entediada. Tenho alguns jogos de tabuleiro, filmes, séries, videogame, piscina...

— Não vim fazer nada disso, Daniel, apenas queria ficar num lugar a sós com você — respondi um pouco ansiosa. — A verdade é que estou um pouco cansada.

— Você quer algo para se aquecer? — propõe, tomando minhas mãos e percebendo que os dedos estavam um pouco gelados.

— Não, eu estou bem. Talvez um abraço.

Dan me vira de costas para ele e me coloca em seus braços. Sinto o seu corpo tão maior que o meu como apoio, e suspiro lentamente. A sua respiração está calma ao pé do meu ouvido, a sinto quando afasta os fios dos meus cabelos para o outro lado a fim de liberar o meu pescoço.

— Aonde os seus pais foram?

— Para a casa da minha avó materna — ele esclarece, sua voz tão próxima a minha orelha me faz arrepiar. — Fica a algumas horas daqui.

— E por que você não foi?

— Eu queria ver você hoje — ele toca o meu braço e desce lentamente por ele, me causando cócegas. — Só de estar aqui neste instante comigo valeu totalmente a pena.

Emiti um riso fraco, colocando as duas pernas para cima do sofá. A saia do vestido sobe um pouco e mostra minhas coxas nuas, mas tento não me importar.

— O que você deseja para comer? — questiona, e sinto alguns beijinhos sendo depositados em meu pescoço. Se eu me concentrasse bem, poderia aprender a adorar aquilo.

— Nada por enquanto. Você está com fome? Se estiver, pode comer alguma coisa, não se preocupe comigo.

Dan dá uma risadinha entre um beijinho e outro.

— Infelizmente eu acho que não poderei comer o que eu quero — ele fala um pouco mais baixo agora.

Sei que está me provocando e entro na sua brincadeira.

— E o que é? — praticamente sussurro, me virando para olhar em seus olhos. — De repente eu consigo algo bem gostoso para você.

Daniel morde o lábio e me encara com todas as subjetividades maliciosas do mundo neles.

Seus olhos eram castanhos, mas não como os de Thomas. Seu tom era um pouco mais escuro, quase negro. Só que, se tinha algo que eu amava no mundo, era a cor marrom dos olhos do meu melhor amigo, simplesmente porque o seu brilho sempre trazia consigo o conforto de um sorriso meigo junto.

Me senti um pouco incomodada por estar me lembrando dele enquanto estou com Daniel, entretanto sempre é assim. Parece que nunca consigo fazer alguma coisa sem me lembrar de Thomas, porque ele está impregnado em minha mente e meu coração a todo o tempo.

— Olhe... — Daniel retoma a fala, me fazendo voltar para o presente e me forçar a me concentrar nele. — Creio que é melhor eu ficar bem quietinho e não sair falando tudo o que me vem à cabeça, senão corro o risco de vê-la correr de mim novamente.

Dou uma risada e tento não me sentir ofendida, pois sei que é a mais pura verdade. Porém, eu estava ali com um objetivo: fazer com Daniel o que não pude fazer com Thomas, e, se ele estava pensando em tirar a minha roupa, eu queria fazer aquilo primeiro.

Tomei os seus lábios e roubei um beijo com urgência.

Daniel correspondeu agarrando a minha cintura e colando nossos corpos. Seus beijos eram um pouco intensos demais às vezes, diria que doloridos até, pois parecia que ele tentava sugar a minha alma em vez da boca.

Me concentrei em perceber como ele sentia prazer naqueles movimentos. Eu estava atenta ao menor sinal de vida que vinha do meio de suas calças enquanto nos agarrávamos — e isso porque antes eu não prestava muita atenção, nem sequer imaginava que Daniel ficasse excitado em meio aos beijos que demos quase em público.

Não demorou muito para senti-lo apontar. Tentei não me assustar com o repentino volume que apareceu entre nós dois e foi ficando cada vez mais intenso, forçando o meu corpo a permanecer grudado no dele e sem reclamar.

Eu me sentia intimamente vaidosa por isto. Quase nunca pensava num homem me desejando daquela forma, e, quando quis que alguém desejasse… bem, foi um completo desastre.

Porque sim, eu queria que Thomas me desejasse nem que fosse por um minuto para eu poder tocar nele. Nem que fizesse um enorme esforço para acontecer, ao menos para apaziguar a minha curiosidade.

— Ah, Isabelle… — Daniel sussurra entre um movimento da sua boca e outro. Sinto os pelos dos braços se arrepiarem em resposta.

Aquilo foi um gemido? Significava que ele estava gostando?

Talvez essa fosse a hora. Mas o que eu deveria fazer? Só passar a mão pelo lado de fora? Tentar ultrapassar as barreiras de sua calça? Pedir que ele me deixasse pôr a mão lá?

Não poderia existir no mundo mulher mais ingênua, sexualmente falando, do que eu. Por mais que quisesse aquilo, mal sabia como prosseguir ou se eu realmente queria ir em frente.

Porque não era Daniel a pessoa que me fazia suspirar nas madrugadas enquanto sentia o calor subindo pelas pernas. Não era ele a me provocar no sono, a me fazer revirar os olhos quando o via ao lado de outra garota e a me aborrecer por pensar que ela tinha a sorte de poder ter aquele lado pessoal dele.

Maldito Thomas! Se fosse com ele, as coisas seriam mais fáceis. Era só eu explicar o que pretendia e tenho certeza que logo ele se animaria. Eu poderia tentar descobrir o que tanto me atormenta e o motivo pelo qual sinto tanto desejo em fazer isso.

Senti uma pulsação vinda do meu baixo-ventre apenas em imaginar minhas mãos envolvendo o seu pênis, e logo a imagem perfeita dele voltou a me atormentar. Não de Daniel, mas de Thomas. Aquilo era tão confuso para mim que eu mal conseguia raciocinar sobre o que estava se passando em minha mente naquele instante, e no que estava acontecendo na vida real. Por que o que imaginava parecia me deixar ainda mais acesa do que o que acontecia? Por que eu não podia simplesmente ter o que eu queria? Por que as coisas precisavam ser tão absurdamente complicadas assim, quando o resto de nossa amizade fora tão fácil?

Eu não queria tocar em Daniel, nem sequer senti desejo nisso agora. Só penso em Thomas e mais nada desde aquele maldito dia. Sinto, aliás, meu ser ansiar numa vontade descomunal de descobrir aquilo. Era a sensação mais esquisita que eu já havia experimentado em toda a minha vida e só podia ter uma única explicação plausível: eu estava atraída sexualmente pelo meu melhor amigo em todos os âmbitos possíveis e não me contentaria em apenas minimamente tocá-lo.

E, se era isso mesmo o que estava acontecendo, eu não podia simplesmente ir em frente com outro homem, sabendo exatamente o que eu desejava. Pelo menos naquele instante, não estava pronta para ser a megera que não escuta a razão que tenta me colocar juízo.

— Daniel — praticamente gemi seu nome no meio do beijo, mas foi por não conseguir me soltar —, pare por um instante.

Ele me encara soltando minha boca lentamente e eu podia jurar que havia uma palavra de protesto saindo de dentro de si. Seu rosto estava completamente vermelho, seu peito arfando e os lábios um pouco inchados por causa do tempo que levamos nos beijando.

— Algum problema? — ele sussurra. Percebo que não consegue sequer falar normalmente. Posso ver o desejo de continuar estampado em sua face e só então noto que uma de suas mãos está em minha coxa um pouco acima do que deveria.

Me afasto dele a fim de deixá-lo respirar e recuperar a compostura. Contudo, continua a me encarar com um misto de confusão nos olhos.

— Eu fiz alguma coisa errada? — pergunta um pouco mais preocupado agora. Solta sua mão da coxa e a fecha em punho como se estivesse punindo a si mesmo por esse ato de rebeldia. — Desculpe, não pretendo ultrapassar as suas barreiras se não quiser.

— Eu… Está tudo bem, não foi por causa da sua mão boba — garanti. — Nem sequer por causa da sua evidente ereção.

Dei um sorriso reconfortante para ele, porém logo tratou de jogar uma almofada por cima da calça, mesmo sendo tarde demais.

— Seus beijos me enlouquecem — justificou, ficando um pouco mais rubro.

— Tudo bem, eu cedi à sua provocação.

Daniel aproximou-se novamente, jogando a almofada de lado. Tocou em meu ombro e o alisou enquanto me olhava nos olhos.

— Eu adoro você, sabe disso, não é? — sussurrou com voz melodiosa. — Na verdade, eu sou completamente apaixonado por cada detalhe seu. Não ache que eu quero brincar com seus sentimentos.

Sentimentos?

Franzi o cenho enquanto pensava sobre essa última frase. Eu mal tinha sentimentos amorosos por ele, mas creio que não sabia disso ainda e talvez não tenha deixado muito claro.

— Quero muito mais do que nós temos agora — Daniel disse, e eu senti um pânico tomar conta de mim repentinamente. — Quero apresentar você para meus pais, conhecer os seus e garantir a eles que tenho a melhor das intenções. Estava pensando se a gente…

— Não! — peguei ele de surpresa, sem deixar nem ao menos terminar a sua pergunta. Ele iria me pedir em namoro? Era isso, não era?

Daniel se assustou e ficou sem fala por um instante, apenas me encarando como se eu fosse a garota mais estranha que existe na face da Terra.

— Você não… — tentou recomeçar, porém parou um instante para raciocinar mais um pouco — não gosta de mim, não é?

— É claro que eu gosto de você.

— Então por que disse não sem ao menos me ouvir?

— Porque eu… — engoli em seco e procurei pensar melhor no que deveria dizer. — Porque acho que estou gostando de outra pessoa.

Capítulo 23

"Se você pula, eu pulo, lembra?"

"Thomas, você tirou essa frase do filme Titanic."

"Sim, mas ela combina perfeitamente com nós dois, porque estamos sempre confiando no próximo passo um do outro."

"Isso pode dar um problemão daqueles!"

"Se der, ao menos estou ao seu lado, prometo segurar o seu cabelo caso queira vomitar."

* Diálogo entre Isabelle e Thomas na noite em que os dois resolveram colocar o primeiro gole de bebida alcoólica na boca.

Sinto meu coração descompassado deixando aquela informação saindo da boca para fora. Eu estava mesmo gostando de Thomas ou era apenas uma violenta e repentina atração sexual? Possivelmente a segunda resposta, contudo preferia não dizer isso neste instante.

Daniel me encara assustado. Seus olhos estão quase negros agora, faiscando num fulgor incandescente que se aprofundava à medida ele absorvia aquela informação. Sabia que não era aquilo que ele esperava, mas eu precisava ser leal a mim mesma antes que desse mais um passo nessa relação, que foi se acomodando aos poucos.

— Quem…? — ele tenta perguntar, mas sua voz falha e engole em seco. Fecha os olhos e parece sentir dor ao fazê-lo. Sinto um pouco de pena, sei que não é fácil ouvir da boca da pessoa por quem você está apaixonado que não é correspondido. — Não, não precisa dizer — consegue completar após um breve instante de raciocínio.

Sinto meu corpo, que estava travado, querer dar um impulso naquele sofá e sair correndo dali. Era o que eu fazia quando me encontrava em situações desesperadoras em que não tivesse Thomas por perto. Normalmente, a sua presença era o suficiente para conseguir ficar, porém naquela noite eu precisava ser madura o bastante por mim mesma.

Daniel sabia que se tratava de Thomas, e eu queria corrigi-lo apenas para não dar o gosto de ele se sentir com razão. Sempre sentiu ciúmes do meu melhor amigo, sempre deixou aquilo estupidamente claro para mim, e agora eu estava entregando de bandeja quão correto ele estava.

Era evidente que ele estava certo apenas em partes. Nem tudo sobre isso é totalmente verdade.

Eu não estava gostando dele, nem sequer achava que estava apaixonada. Eu o amava como amigo e estive momentaneamente "atraída" em tempos diferentes e em situações que nada têm que ver com essa. Agora creio que as coisas se resumem à estúpida atração puramente sexual que estou sentindo.

Pelo menos é o que eu acho.

— Ele sabe disso? — Daniel questionou, desviando seu olhar chateado do meu. — Vocês estão juntos?

Balancei a cabeça num singelo "não", sem saber o que dizer depois.

— Eu sempre soube que ele gostava de você, mas nunca pensei que você pudesse ter algum sentimento do tipo por ele — afirmou, suspirando baixinho numa expressão de descontentamento. — Sempre voltei a minha atenção para os ciúmes que a proximidade de vocês me causava, porém cria que eu poderia conquistá-la. Afinal, anos de amizade e vocês nunca tiveram nada...

Tentei montar algum argumento que fizesse sentido em minha cabeça antes de falar alguma coisa, mas nada parecia fazer sentido o suficiente.

— Vocês não tiveram nada, não é?

Afirmei com um movimento de cabeça, sem emitir som algum. Meu rosto estava tenso a ponto de o mínimo deslocamento me causar uma leve dor.

— Nunca imaginei que o sentimento também pudesse partir de você, entende? — Dani questiona novamente, e eu sinto meu coração se descompassar com a profundidade do seu olhar marejado.

— Eu... — engoli em seco diversas vezes, aguardando a boca voltar a produzir alguma saliva e me deixar conversar direito. Balancei a cabeça em desespero, buscando fôlego e me sentindo um lixo de ser humano por estar partindo o coração dele daquela maneira. — Eu não sei o que está acontecendo comigo, sinceramente.

Daniel franze o cenho com um fio de esperança em seus olhos, mas logo se apaga.

— Thomas e eu nunca tivemos nada e nunca pensamos sobre. Quer dizer, fora as brincadeiras de que vamos nos casar algum dia, mas eu acho que é normal em quase todas as amizades. Fred e Elisa também disseram isso.

— Fred e Elisa estão namorando — Daniel bufa e revira os olhos. — Não podem ser exemplos de amizade entre homem e mulher se o que queriam desde o início era engolir um ao outro.

Achei aquele comentário de extremo mau gosto, porém tratei de ignorá-lo para não entrar num assunto paralelo que não me diz respeito.

— Eu só quero dizer que nunca houve nada entre nós.

— Nada? — ele se vira totalmente para mim e está pronto para rebater qualquer coisa naquela conversa. — Nem um beijo, selinho ou algo do tipo? Sinceramente, eu duvido muito.

Recostei minha coluna no sofá e senti todo o peso daquele dia naquele momento. Parecia que haviam se passado muito mais horas que o normal e cada segundo foi mais estúpido e cansativo do que o outro.

— Bem, nós… — recomecei após um longo suspiro — demos o nosso primeiro beijo juntos. Mas foi apenas isso — revelei, escondendo a parte que o beijo ocorreu na mesma noite em que ele tentou ficar comigo pela primeira vez.

— É claro que sim, isso faz total sentido. Ele é a pessoa em quem você mais confia neste mundo e todos conseguimos ver isso de longe. Não que eu ache que seja um relacionamento saudável, mas enfim…

O que ele quis dizer com "*não que eu ache que seja um relacionamento saudável*"? Eu sei que sou dependente de Thomas às vezes para conseguir sair do lugar e fazer algumas coisas, mas isso não significava que a nossa amizade era tóxica. Na verdade, era muito pelo contrário: nós nos apoiávamos, amávamos e estávamos sempre preocupados um com o outro.

— Vai me dizer que você nunca beijou Beatriz?

— A última e única vez que isso aconteceu, nós tínhamos 12 anos e não éramos amigos ainda — ele rebate com uma careta nada agradável. — E, para completar, foi por causa daquela brincadeira idiota chamada "sete minutos no céu". Eu juro que nunca senti atração por ela e nem sei dizer o porquê. Acho que ela não faz o meu tipo.

— Você pode dizer isso e eu até imagino que seja mesmo verdade, mas talvez ela goste de você e nem tenha percebido.

— Mesmo que ela goste, eu sempre tive a decência de deixar muito claro quanto eu gosto de você, e de ninguém mais — afirmou, e eu senti o meu coração pesar. — Porque eu gosto, Isabelle, e há anos sinto isso. Pode ter certeza de que sou tão apaixonado por você quanto Thomas e, mesmo que não me queira, o sentimento não mudará da noite para o dia. Não sinto raiva por não estar apaixonada por mim, mas sinto por nunca consegui tê-la, nem que fosse por uma noite. Está sempre com a cabeça nele, pensando nele e preocupada com ele, e nunca, jamais, me olhou da mesma forma.

— Dan, sinto muito. Eu realmente tentei…

— Porém, não conseguiu — interrompeu ele. — Porque não sou eu o cara que te faz suspirar quando está em estado de completa imersão dentro de si e em silêncio. Por mais que um dia imaginei que pudesse ser, eu estava enganado, não é? Porque você o ama. A Thomas, e ninguém mais.

— Me perdoe. Se eu pudesse evitar…

— Por favor, não venha com desculpas — pediu, me interrompendo de repente. — Eu sei que vocês dois são loucos um pelo outro e sei que não posso fazer nada com relação a isso.

Senti um aperto no peito e meu coração bateu em ritmo agoniante. Talvez não fosse uma boa ideia contar uma meia mentira para ele no intuito de recusar a sua proposta de namoro. Estava sendo fiel ao que eu acreditava, contudo não me sinto bem e muito menos feliz por fazê-lo sofrer daquela maneira.

— Mas, se algum dia você achar que não está mais apaixonada, ou até mesmo ele a magoar... — Daniel pensou bem antes de terminar essa frase. Eu sabia que estava dizendo aquilo a contragosto e deixando o seu orgulho ferido. — Se algum dia você se libertar desse amor e ainda quiser tentar algo, eu estarei aqui esperando por você. Porém, venha livre e de coração aberto, por favor, porque eu não sei se aguento outra desilusão por causa de Thomas.

Não sei dizer quanto aquela conclusão me atingiu. Ele realmente gostava de mim e mantinha a esperança de um relacionamento mesmo depois de tudo isso?

— Dani, não estou dizendo que pretendo contar isso a ele, apenas que não posso ir em frente com a sua proposta de namoro. Nós nos magoaríamos ainda mais. Contudo, acho que talvez não devesse falar. Alguns sentimentos são mais fáceis de carregar quando mantidos em segredo — tentei esclarecer.

Afinal, era verdade.

— Pois eu realmente acho que passou da hora de vocês dois conversarem sobre isso. Ninguém aguenta mais essa falácia sobre "apenas amizade"! Isabelle, antes de se descobrir, Thomas já era absurdamente apaixonado por você. São piores do que Fred e Elisa e absolutamente ninguém mais acredita no amor puramente fraterno entre os dois.

Eu sabia que ele estava falando daquela maneira por estar magoado comigo. Algumas pessoas precisavam entender que não era tão simples assim e que nada daquilo poderia ser real.

— Eu acho que vou embora — me sentindo totalmente esgotada, me levanto do sofá. — Me desculpe pela perda de tempo.

Daniel se põe de pé também; seus braços cruzados no seu corpo e sua feição fechada me indicam que não está mais aberto a nada.

— Eu levo você — ele fala enquanto se dirige para a porta ao meu lado.

— Não precisa. Não quero que tenha mais esse desprazer.

— Nunca será um desprazer — Dan garante enquanto pega as suas chaves para fechar a casa. — É perigoso e eu me preocuparia com a sua segurança, já que não é tão perto.

Assinto, grata por ter companhia, porém sabendo que o clima entre nós dois seria o pior possível até a chegada ao meu destino.

Presente

—... E foi assim que eu acabei com Daniel pela primeira vez — conto à Janine enquanto noto que minha hora já havia extrapolado cinco minutos. — Não chegou a ser um namoro, mas foram dois meses ficando de vez em quando, e isso contribuiu fortemente para o meu relacionamento com Thomas acontecer, pois eu estava mais do que ciente de que precisava que algo acontecesse entre nós dois.

— Imagino que o seu parceiro não saiba ainda que naquela época você havia mentido para ele — ela analisa. — Se bem que a única a se enganar nessa história é você mesma.

— Diz em relação a estar apaixonada por Thomas?

— Exatamente. Você disse que era só uma atração sexual, mas para Daniel confessou que estava gostando dele. Uma mentira com um fundo absurdo de verdade — esclarece.

— Eu ainda não tinha descoberto isso. Mas estou satisfeita em como tudo aconteceu até aí, afinal nós aprendemos com nossos erros e adquirimos experiência vivendo cada segundo da maneira que julgamos melhor. Se me dissessem nesse ano, três meses antes de isso acontecer, que eu estaria estupidamente atraída por Thomas a ponto de ir atrás dele e propor algo tão sem-vergonha quanto o que gostaria, não levaria a sério, mas cada acontecimento foi essencial para essa tomada de decisão. Então, creio que lidar com os sentimentos que viriam à tona aos poucos, até a sua declaração final, foi uma parte fundamental para conseguirmos ir em frente.

— Muito maduro pensar dessa maneira — ela elogia. — A adolescência é uma época de descobertas e, se você quer saber, a pior de todas, afinal os hormônios estão à frente todas as vezes que uma decisão precisa ser tomada. Levar tudo isso da maneira mais adequada e fiel a si mesma é de extrema importância. Creio que fez o que era o mais correto, mesmo sentindo um pouco de pena da situação em que Daniel se encontrava.

Sorri satisfeita com aquela declaração.

— Bem, o seu tempo acabou, infelizmente — ela nota quando encara o relógio. — Mas sei que esta semana é de extrema importância para você. Acha que consegue me contar o resto até a quinta?

Dou de ombros sem conseguir responder.

— Talvez, mas faltam algumas coisas — recordei desanimada. A pior parte estava por vir. — O namoro ainda não aconteceu até aí, mas está próximo e… bem... o fim e todo o desespero depois que ele desapareceu.

— Creio que possamos conversar um pouco mais na segunda, e não tem problema se passar do horário. O que acha?

— Eu serei eternamente grata se puder despender mais tempo comigo — concordo satisfeita.

— Será um prazer! Eu a vejo na segunda-feira.

Capítulo 24

"Isabelle, a ÚNICA matéria na qual você precisa de mim para estudar é biologia; da próxima vez que eu souber que você andou fazendo isso sozinha, eu juro que me jogarei de um viaduto."

"Thomas, pare de ser dramático, ainda vamos estudar biologia juntos. E eu também preciso de você nas aulas de química desta vez. Aparentemente, você conseguiu ser melhor do que eu nessa matéria também."

"Não tire de mim o gosto de ser tão bom quanto você em algo."

"Você não é bom, você é maravilhoso. Está satisfeito assim? Agora, venha para cá me explicar como funciona um sistema linfático porque estou apanhando feio nessa matéria. Aliás, você poderia me explicar um pouco mais sobre anatomia, o que acha? Estou curiosa com algumas coisas um tanto masculinas..."

"Você manda e eu obedeço. Estou indo."

* Mensagens trocadas entre Thomas e Isabelle dias antes de ele se declarar para ela, porém ele não entendeu o tom malicioso do final da frase.

Quando cheguei ao apartamento de Daniel naquela manhã de sábado, havia uma mesa completa de café da manhã esperando por nós dois. Ele estava ao fogão preparando ovos mexidos e parecia estupidamente sexy usando apenas cueca e um avental, sua cara concentrada no que estava fazendo me deu a oportunidade de observá-lo em silêncio por alguns instantes antes de chamar sua atenção.

— Oi! — ele diz quando se vira. — Que susto, não te vi parada aí.

— O que é tudo isso? — questiono quando me deparo com quase tudo o que havia na geladeira em cima da mesa. — Suco de laranja, leite, café, chá, água e… — cheiro o conteúdo de uma garrafa transparente cheia de rodelas de limão antes de ter certeza. —Caipirinha?

— Eu não sabia o que você ia querer, então coloquei tudo o que me passou pela cabeça — esclareceu de bom humor.

— Tomar caipirinha às 10h30 da manhã passou pela sua cabeça? — me surpreendi e dei uma leve risada.

Dan coloca os ovos na mesa, ao lado de salsichas e bacon. Também tinha pão de queijo, muçarela, presunto, bolo de chocolate, tapioca e pão francês. Parecia que ele havia juntado várias culturas de café da manhã em uma mesa só.

— Bem, pensei que, depois de horas conversando com a psicóloga, você precisasse relaxar. Não creio que sejam agradáveis as suas visitas e sei muito bem quanto abala o seu psicológico — comunicou, satisfeito com o seu trabalho à mesa. — Além do mais, esta será mais uma semana longe de você e eu quero aproveitar cada segundo ao seu lado.

— Me deixando com a pressão sanguínea abalada e estupidamente bêbada?

— Se isso a deixar feliz, então sim — não me parecia uma ideia muito saudável, mas, ainda assim, me senti grata pelo carinho. — E, além do mais, eu tenho uma má notícia: precisarei viajar na segunda-feira. Remarcaram uma das visitas a uma fábrica para esse dia, aparentemente, ou faremos nesta segunda ou na próxima. Como não pretendo ficar por lá por muito tempo e a prometi estar aqui no próximo domingo, concordei em ir. Estamos tentando convencer o dono a abrir uma linha exclusiva apenas para a nossa rede de supermercados, e é uma proposta que envolve muito dinheiro e marketing.

— E qual é o produto?

— Vinho — simplifica. — Queremos um bom vinho, mas não pararemos por aí. As uvas são magníficas, estamos pensando em investir na fabricação de sucos integrais, geleia, doces e, claro, a fruta in natura. Se trata de um produtor novo no mercado, mas logo percebemos que o seu produto é muito bom. Quando voltar, trarei para você experimentar logo uma cesta com tudo o que tem direito, incluindo produtos dos demais fornecedores também. Triplicaremos os seus lucros, e o melhor: a marca e a bebida ficarão ainda mais valiosos.

— Acho sensacional vocês investirem nos próprios fornecedores, mas isso não dá muito mais trabalho? Quer dizer, começaram há pouco tempo e têm o dobro de tarefas do que qualquer outra companhia nova.

— Bem, nós somos pequenos ainda, meu amor, não conquistamos o espaço que pretendemos e estamos um pouco longe de conseguir — Daniel interfere, e me faz rir quando toca a pontinha do meu nariz. — E queremos fazer uma cadeia de supermercados que seja acima da classe média, então precisamos ser muito seletivos e ter algum diferencial. Produtos orgânicos, importados, incomuns e exclusivos. Ambiente requintado, agradável e padronizado, porém que ofereça a sensação de que cada cliente é único. Entendeu?

Para ser sincera, achava aquilo um exagero só. Contudo, Daniel parecia estupidamente empolgado com seu trabalho e as ideias excêntricas que tinha. Ao menos estava mesmo dando algum resultado e mostrava-se próspero.

— Lembrando que ainda tenho um encontro com um produtor de queijo e temos de convencê-lo a produzir um tipo diferente. Estamos trazendo de outro estado atualmente, mas não está chegando com a máxima qualidade e, pelo preço que estamos cobrando, não está justo — continua a contar, empolgado com o assunto. — O que achou dos ovos? São de uma fazenda onde as galinhas vivem livres; e sua alimentação, cuidadosamente regrada. São todas do mesmo tipo, e as que são voltadas para reprodução vivem numa área diferente das que botam para a venda, podendo mudá-las de posição quando quiserem.

— Estão ótimos — menti, após conseguir abocanhar um pedaço. Para mim estavam exatamente iguais a qualquer outro, mas não queria discutir sobre isso. Certamente havia algo muito benéfico em consumir produtos mais naturais.

Daniel pega mais um pouco e come, satisfeito. Geralmente ele não cozinhava, mas eu precisava admitir que havia se superado naquele dia.

— E como foi com a psicóloga hoje? Creio que está fazendo algum progresso, porém não sei exatamente do que se trata até o presente momento.

— Não há muito o que dizer. Hoje contei sobre como terminamos a primeira vez.

— Como nós terminamos? — ele questiona, franzindo o cenho. — Ou como você e...

— Nós dois, Dani — o interrompo antes de pronunciar o nome de Thomas. — Eu estava falando sobre nós dois. Aliás, saiba que costumeiramente você está no meio das nossas conversas.

Daniel não sabe a metade das coisas que aconteceram comigo naquela época e eu prefiro que ele continue não sabendo. Meu atual namorado não precisava ter conhecimento sobre a maneira que Thomas e eu começamos a namorar. Ele sabia apenas o que eu deixei saber: que estava gostando de Thomas. Daniel levou a sério, afinal não era mentira, de qualquer maneira.

— Eu não gosto de me lembrar disso. Foram momentos embaraçosos da minha vida — Daniel dá uma risada e deixa o ambiente mais leve, entretanto sei que pode ser verdade.

— Me desculpe. Creio que nunca tocamos no assunto depois daquele dia.

— Não havia nada mais para dizer, ficou tudo muito claro para mim — ele fala um pouco mais sério. — Uma semana depois, você começou a namorá-lo. Tudo tem o seu tempo para acontecer e eu sou grato por você ter sido sincera comigo e me dito a verdade antes de tomar qualquer decisão. Terminar foi um ato de sensatez.

— Sensatez ou burrice? — quis rir do final trágico daquela história, contudo senti meu coração se apertar dentro do meu peito. Engoli em seco antes de deixar a sensação ruim subir até os meus olhos a ponto de fazê-los lacrimejar.

— Sensatez — Daniel garantiu. — Não tinha como você saber como iria terminar. Mas já passou, não foi? Estamos progredindo cada vez mais e você deixará o passado exatamente onde está: não é para isso que está se tratando?

Balanço a cabeça em afirmação e peço para meus olhos não me traírem. Eu não sabia ainda o que deveria fazer e quais consequências estavam por vir. Precisaria lidar com Thomas futuramente, e esse futuro estava apenas a alguns dias de acontecer. Não era tão fácil quando você tinha pendências com ele.

Ele estava vindo. Por Deus, quanto tempo eu sonhei com a sua volta? Quantas noites fui perturbada com sonhos nos quais ele aparecia e me abraçava, dizia que estava tudo bem e que ele, na verdade, nunca saíra do meu lado? Que aquilo tudo era uma pegadinha de muito mau gosto e implorava que eu o perdoasse? Às vezes ainda penso que um dia irei acordar e ver que tudo o que aconteceu foi um longo e agonizante pesadelo, mas que, quando me virasse na cama, o encontraria lá dormindo ao meu lado e nós dois ainda teríamos 17 anos e toda a vida pela frente.

Engoli uma salsicha e senti o pedaço descer pela garganta, arranhando cada parte até o estômago, queimando tudo por dentro como brasa, me deixando um pouco nauseada. Aquilo não iria acontecer. Passaram-se oito anos desde que Thomas havia partido e eu era uma mulher agora.

Deveria aceitar que o pesadelo não era um sonho e sim a minha vida real, e eu precisava lidar com aquilo sem perder a cabeça.

— Salsichas — disse em voz alta e tentando mudar de assunto antes que Daniel insistisse em saber mais sobre as sessões com a psicóloga —, do que estas são feitas? Quer dizer, pelo que eu saiba, não são nem um pouco saudáveis.

— Ah, sim — ele encarou um pedaço e o analisou profundamente antes de responder. — Não faço ideia, não temos controle sobre a produção destas. Tomara que ao menos seja carne de verdade e não segmentos de sacola com tempero.

Daniel e eu terminamos o café, pegamos a garrafa com a caipirinha e nos sentamos na sacada do seu apartamento para contemplar a vista e ouvir o movimento que vinha lá de fora enquanto conversávamos. A pequena piscina brilhava a água cristalina e convidativa, contudo estava num estado de espírito muito inquieto para sentir alguma vontade de entrar nela.

— Esta semana vai passar voando, vai ver — Dan parece um tanto preocupado com o fato de estar longe nestes dias. Eu sei que ele está aflito com o que vai acontecer assim que eu e meu ex-melhor amigo nos virmos novamente e, apesar de esconder isso, consigo ler entre as suas entrelinhas a cada frase dita. — Eu realmente sinto muito por não estar presente no chá de panela da Elisa, porém confio que ficará bem. Afinal, a sua família também vai, não é?

Assinto com um movimento de cabeça.

— Por falar nisso, preciso descobrir se já tem um tema — raciocinei, pegando meu celular logo depois e notando que havia recebido um e-mail profissional.

Revirei os olhos e bufei antes de abrir, me concentrando apenas em mandar uma pergunta para Elisa. Era sábado e eu não gostava de ser perturbada nos fins de semana pela empresa, mas constantemente estava resolvendo grandes pepinos até mesmo às 10h30 da noite quando algum médico resolvia ter um ataque de estrelismo e pedir demissão.

— Pensei que o tema de um chá de panelas fossem as panelas — Dan ri e franze o cenho sem entender muita coisa.

— Não exatamente. Fred quer um chá-bar e quase nunca tem panelas na decoração.

— E o que isso significa?

— Significa que a temática da festa será parecida com um bar, terá comida de bar, bebida aos montes e provavelmente músicas de barzinho. Claro, ainda será um chá de panelas, em que o foco é ganhar coisas para a casa, mas, em vez de tortas, docinhos e flores na decoração, serão copos de cerveja, mesa de plástico e ambiente descontraído com bilhar e outros joguinhos.

— Isso é muito interessante! — ele diz um pouco mais animado. — Se eu soubesse que seria assim, daria um jeito de ir — faz uma expressão instigada e eu cruzo os braços. Agora ele queria? — Se bem que eu não posso mesmo, infelizmente. Contudo, se a madame aceitar o meu pedido de casamento, nós podemos fazer um desses. O que acha?

Sinto meu coração ficar ligeiramente acelerado antes de responder qualquer coisa. Aquele assunto ainda estava me incomodando fortemente, e imagino que não é essa a sensação que uma mulher deveria ter ao ser pedida em casamento. O correto não seria estar animada e ansiosa para começar os preparativos?

Sim, definitivamente sim.

Contudo, como eu mesma disse, não estava nem um pouco a fim disso. Me casar era um sonho do passado e que morreu com ele. Revivê-lo levaria um tempo e eu não estava disposta a fazer aquilo a qualquer custo, não seria justo nem comigo, nem com Daniel.

— Dani... — suspiro fortemente antes de dizer qualquer coisa. Sinto minha voz falhar e noto que não tenho uma boa resposta para aquela provocação. — Eu ainda estou pensando sobre isso.

Ele me encara chateado.

— Você pensa e eu ajo, Isabelle — responde, e eu não o compreendo. — Eu já comprei as nossas alianças.

Sinto meu corpo inteiro gelar, ficando numa posição desconfortável tanto na vida quanto na cadeira em que estava sentada. Minha respiração falha por uns cinco segundos, presa em meus pulmões e a meio caminho da inspiração.

— Você... o quê? — questiono surpresa. — Mas eu disse que...

— Eu comprei ontem — me interrompe com um sorriso travesso na boca. — Eu precisava comprar porque achei simplesmente perfeito. Mesmo que você não aceite agora, elas estarão esperando por nós quando decidir que está pronta.

— Daniel...

— Eu sei que um dia você vai estar, e esse dia está próximo de acontecer — continua a falar, ignorando o protesto que tinha certeza de que sairia da minha voz. — Quando Thomas voltar e você perceber que nada mais é como antes, vai ver que a sua vida mudou e está entrelaçada à minha agora. Que o seu destino é junto ao meu e de ninguém mais.

Como ele podia ter certeza disso se nem eu mesma sabia o que queria fazer amanhã? A única coisa que eu planejava e com a qual fantasiava em minha vida era a minha carreira e nada mais.

— Você me ama, eu a amo, e nós dois somos incríveis juntos. Um amor como o meu é raro, eu sei disso porque ouço tanta gente reclamando que não há mais pessoas que insistem em seus relacionamentos com os outros por aí.

Daniel segura minha mão, a entrelaça na dele e a beija.

— E eu amo você desde os 14 anos de idade. Nós vamos nos casar ainda e teremos nossos filhos, nossa família e nossa vida. E pode pensar quanto quiser, mas você sabe que isso vai acontecer.

Tentei dar um sorriso para ele, entretanto senti que não poderia porque estava gritando internamente e me segurando para não fazer isso em voz alta.

— Você quer ver as alianças? — questionou um pouco ansioso pela minha resposta. Talvez, se eu as visse, me sentiria um pouco mais animada. — São de ouro branco. Tem um anel com uma solitária na sua, acho que vai adorar.

Balancei a cabeça, e ele se levantou num pulo e foi em direção ao seu quarto. Voltou com um sorriso no rosto, a face vermelha e um pouco envergonhada com uma caixinha quadrada de veludo vermelho em suas mãos. Colocou-se de frente a mim e a abriu com expectativa em seus olhos.

As alianças eram lindas, confesso. Um pouco exageradas, por causa do tamanho da pedra e pelo fato de ter uma fileira de pequenos diamantes pretos na versão masculina, que não brilhavam tanto quanto os meus, mas que faziam daquele um anel caro e luxuosíssimo. Nossos nomes estavam gravados por dentro, seguidos da inscrição "Amor eterno".

Eu literalmente fiquei sem palavras. Às vezes acho que meu namorado não conhece os meus gostos ou talvez tente misturar os nossos, e costumam sair coisas um pouco bizarras. Não era só a estética das alianças o problema, mas também a frase.

Amor eterno era uma coisa muito forte para ser usada assim. Aliás, cria que isso nem existia mais.

— É lindo — foi o que consegui dizer sem falhar a voz.

— Está esperando por você — lembrou com olhos brilhando. Eu me sentia uma idiota por não estar tão mexida quanto ele naquele momento. — Quando você estiver pronta, este lindo e bem visível anel será todo seu — brincou com o fato de a pedra ser enorme e o encaixou em meu dedo. Daria para vê-lo de longe, e alguma coisa me dizia que estava tentando marcar território. — Só não demore muito, porque uma beldade dessas não foi feita para ficar escondida.

Ele piscou para mim e sorriu quase triunfante quando me pegou encarando a pedra com um pouco mais de admiração.

— Você sabe ser persuasivo — admiti, me sentindo um tanto derrotada. — Eu prometo que terei uma resposta em breve — garanti, mesmo sabendo que aquilo poderia ser impossível. — Até semana que vem, no máximo.

Daniel sorriu largamente.

E eu nunca me senti tão desesperada em nosso relacionamento quanto estava agora.

Capítulo 25

"Amo como ama o amor.
Não conheço nenhuma outra razão para amar senão amar.
Que queres que te diga, além de que te amo,
Se o que quero dizer-te é que te amo?"

* Trecho de Fernando Pessoa lido por Thomas na aula de literatura em frente a toda sala de aula. Enquanto algumas garotas suspiravam e davam risinhos de paixão, Isabelle tentava não revirar os olhos para elas e ria em silêncio da vergonha visível nos olhos do seu melhor amigo. Mas ele, de todo o coração, achava que deveria se dirigir a ela em meio à multidão de cabeças voltadas a si.

— Não faça isso — ouço a voz de Thomas ao meu lado, porém, mesmo ao percorrer toda a sala vazia da minha casa, não consigo vê-lo. — Por favor, não faça — ainda que não consiga vê-lo, consigo entender que se trata dele. Nunca me esqueci do som da sua voz tão única.

— Não fazer o quê? — questiono olhando de um lado para o outro um pouco assustada. — Cadê você?

— Estou aqui — de repente o escuto ao pé do meu ouvido. A figura de Thomas se materializa ao meu lado sentado no sofá antigo.

A sua imagem está um pouco confusa. É como se ele estivesse com a mesma idade e vestindo a mesma roupa do último dia que nós nos vimos, porém seus olhos estão cansados e vermelhos, sua testa carregando uma linha grossa de preocupação e sua boca demonstrando a expressão de um sorriso triste, o que me assombra um pouco mais.

Toco em seu rosto e o sinto em minhas mãos como se sua pele derretesse. Ele fecha os olhos e suspira dolorosamente. Noto o calor do nosso toque aumentando de maneira gradual à medida que permaneço com minha mão em sua bochecha, e Thomas abre a boca num gemido amargurado quando repete:

— Não faça isso — pede novamente com mais firmeza na voz. — Por favor.

— Do que está falando?

Ele abre os olhos e me encara profundamente, arrancando de mim um grunhido de saudade dolorosa. Suas írises brilham em lágrimas prestes a caírem, e eu sinto que meus olhos estão prontos a fazer o mesmo.

— Disso — Thomas aponta para a nossa frente.

Dou um pulo com o choque que tenho ao notar um enorme diamante brilhando tão forte quanto a luz do sol onde deveria estar a mesa de centro. Era o mesmo diamante que estava no anel solitário com que Daniel me propôs casamento, porém cem vezes maior.

— Por favor, não faça isso — Thomas insiste e eu me viro novamente para a sua projeção. — Não se case com ele.

Aquilo, evidentemente, era um sonho lúcido, e eu estava mais do que cansada de tê-los. Sempre parecem muito reais e acabam com a minha energia na manhã seguinte, me deixando depressiva e estupidamente abatida.

— Você não pode me pedir isso — reclamo com ele quando finalmente entendo. — Não está realmente aqui. Isto é um sonho.

— Eu estou aqui.

— Não está — reafirmo com dor no coração. — Você foi embora há oito anos — sinto uma lágrima ceder em meu rosto sabendo que aquilo ainda atingia meu coração em cheio.

— Bel, eu nunca fui embora — assegura com um doce sorriso. Como eu sentia saudades daquele apelido saindo da sua boca! — Eu sempre estive presente — Thomas abaixa sua mão que estava em meu rosto para o meio do meu peito. — Aqui.

Toco em seus dedos parados no meu coração, que pulsa acelerado. Por que isso ainda doía tanto? Por que tanto tormento com algo relacionado ao passado? Por que era tão difícil seguir em frente?

— Você é só uma lembrança — retiro a sua mão com pesar. — Por favor, suma daqui.

— Eu não vou a lugar algum.

Eu sei que isso é apenas uma projeção da minha mente, mas, ainda assim, dói porque Thomas sempre me dizia isso.

— Eu nunca fui.

Olho novamente para o diamante. Dessa vez, ele estava dentro da caixa com as demais joias, apenas aguardando que eu o aceitasse. Era como se Daniel se materializasse nele, e isso me causou grande desconforto.

— Por favor, não faça isso — Thomas repete como uma gravação de voz malfeita. — Por favor, não faça...

E, entre lágrimas e dores no peito, eu acordei.

Daniel não me viu acordar naquela madrugada soluçando e chorando baixinho. Até conseguir raciocinar que aquilo fora apenas um dos meus pesadelos, havia derramado lágrimas por pelo menos cinco minutos. Odiava esses tipos de sonhos, porque eu sabia que não se tratava de uma previsão, mas sim de um desejo interno que se materializava quando eu dormia. Por muito tempo consegui não os ter, contudo os últimos acontecimentos estavam mesmo me deixando à flor da pele.

Na segunda-feira, Dan se despediu de mim com muitas frases de ciúmes a ponto de me deixar mais incomodada do que nunca, e a noite caiu com mais uma bomba jogada sobre o meu colo com aquele e-mail ignorado no sábado. Nele dizia que mais um dos clínicos-gerais estava de saída e que contratariam Thomas para isso também.

"Preciso que você lide com isso para mim, Isa, porque estou de viagem marcada esta semana para um seminário na capital, e não contava com uma demissão repentina do Dr. Marques".

A voz do meu supervisor caiu em meus ouvidos como se fosse um imenso peso, afinal de contas, realmente era.

"Já conversei com o Dr. Fred Carvalho e ele está disposto a apresentar a função e as atividades para o Dr. Gale, apenas fique de olho neles enquanto estou fora, pois me parecem muito íntimos e eufóricos".

E lá iria eu, novamente, trocar e-mails com aquele ser que me perturbava a vida mais do que o próprio capeta.

— Então, eu realmente acho que estou indo longe demais dessa vez. Mas me sinto estupidamente pressionada! — praticamente estou gritando no escritório da Dra. Janine agora. Desde o momento que cheguei aqui, não consegui me sentar, e falo enquanto ando de um lado para o outro. — Daniel está com ciúmes e com medo de me perder, eu até entendo isso, porém não sinto a menor vontade de me casar. E sabe qual é o maior problema nisso? Eu acho que deveríamos. Contudo, não era para eu estar feliz e ansiosa por isso? O máximo que senti foi um grande desespero.

Dra. Janine me encara um tanto assustada por causa dos movimentos ansiosos que faço.

— Se você não deseja se casar com Daniel, então diga isso a ele — ela simplifica.

— Eu já disse! Mas ele é muito insistente e acha que pode reverter isso. Disse que vai lutar até que eu aceite — respondo. — E eu realmente acho isso incrível e muito romântico da parte dele...

— Não é romântico — ela me interrompe. — É incômodo, e algo me diz que ele não notou quão mal você fica. Não deve se ligar apenas no que seu namorado deseja, Isabelle. Um casal é feito de duas partes, e, se só uma delas está fazendo planos, então deixa de ser um par e passa a ser unilateral. Você está desesperada, evidentemente não está pronta para isso. Não estou dizendo que não deva pensar no futuro do seu relacionamento com ele, apenas que deve se curar primeiro. Você está doente por dentro e Daniel não percebeu isso.

Estou parada em frente a ela e provavelmente com a cara mais derrotada dos últimos dias.

— Pode ser que ele veja esse ato como algo romântico, mas foi precipitado e envolto de ciúmes. Está tentando marcar território antes que o único homem capaz de a tirar dele volte.

— Thomas não vai me tirar dele — afirmo, e minha voz falha como se não tivesse certeza do que iria acontecer. Afinal, não sei mesmo. Não estou pronta para nada disso, nem com Daniel, muito menos com Thomas.

— Por favor, sente-se — pede quando nota que eu parei de andar de um lado para o outro em pleno desespero. — Acalme-se primeiro e me escute agora.

Me sento no sofá um pouco envergonhada pelo show de agonia que acabou de acontecer.

— Farei um chá para você — oferece, levantando-se calmamente da sua poltrona. — Enquanto isso, continuamos a conversar, não se preocupe.

Abaixo minha cabeça e a apoio em minhas mãos tentando suspirar e inspirar o ar antes que enlouqueça de vez.

— Tudo bem. Me perdoe pelo ataque.

— Você está se sentindo sob pressão, e é normal. Afinal, foram oito anos de espera e até agora está sem respostas — Janine diz enquanto coloca um saquinho de chá na xícara. — Somado ao fato de que será obrigada a falar com Thomas por motivos profissionais, e agora a coação vinda do seu namorado para se casarem por causa do evidente trauma que ele tem, sua postura não me surpreende. Afinal, Daniel perdeu você para ele uma vez e provavelmente carrega uma cicatriz dentro de si que ainda não foi completamente fechada. Entendo o lado dele, e entendo o da senhorita.

Concordo com ela.

— Deseja um pouco de açúcar ou adoçante?

Nego com um movimento de cabeça, e ela assente.

— Às vezes penso que deveria apenas aceitar e seguir com a minha vida — digo, sabendo que essa seria mesmo a coisa mais fácil a se fazer. — Já tenho 26 anos e até agora nenhum plano além da minha carreira.

Janine me entrega a xícara e sinto o cheiro de camomila vindo dela através do vapor.

— Você tem mais do que muitas pessoas, então — corrige com um sorriso dócil. — Faça o que você quer fazer com determinação, pensando no benefício que isso lhe trará além do prazer de ser alguém na vida. É exatamente da mesma forma que deverá pensar sobre o casamento. Não dá para empurrar com a barriga apenas porque é fácil, pois pode ser que lá no futuro você se arrependa amargamente dessa escolha. Algumas coisas não podem simplesmente ser ignoradas, e casamento é uma das principais.

Suspiro antes de tomar um gole do chá.

— Como posso explicar isso para Daniel sem magoá-lo? — questiono mais para mim mesma do que para ela. — Às vezes acho que falo com as paredes, sabe? Quando nossas discussões são sobre coisas bobas, é até irrelevante, mas isso é sério demais apenas para concordar com as decisões dele. Além do fato de querer que eu abandone o meu emprego e passe a viajar com ele. Não estou dizendo que acho ruim ir de vez em quando, mas eu gosto do que faço, apesar dessas novas circunstâncias.

— Você precisa pensar primeiro em você, Isabelle. Se, porventura, algum dia acordar e decidir que se arrependeu amargamente do que fez, então pode ser um pouco tarde. Isso vale tanto entre escolher casamento quanto a carreira, mas lembre-se de que um não precisa ser sacrificado pelo outro. Faça Daniel entender que é importante para você. Um casal precisa apoiar os sonhos um do outro para fazer dar certo.

Concordo em silêncio.

— Bem, estamos na semana mais aguardada desde que a conheci — retoma a conversa entrando em outro assunto. — Thomas está vindo e, pelo visto, ocupará mais um cargo no hospital. Ele deve ser muito bom, imagino.

Não faço ideia de quão bem ele foi na vida acadêmica.

— Aparentemente sim, afinal foi o primeiro a ser chamado. Eu sei que ele tinha se candidatado a uma vaga como clínico-geral também, mas já tínhamos escolhido alguns deles e todos os espaços estavam preenchidos. Até um médico se demitir nesse fim de semana.

— Você disse inúmeras vezes que Thomas era inteligente — Janine insiste. — Está preparada para vê-lo no lugar onde você trabalha?

— Eu mal vejo os médicos, apenas quando os contrato ou demito, fazemos reuniões de bem-estar ou precisamos renovar os exames de rotina todos os anos, além do horário de almoço, claro. No geral, lido apenas com os seus papéis no dia a dia.

— Ótimo, converse mais com Daniel sobre isso de uma maneira que ele se sinta um pouco mais confortável com o seu trabalho. Mas vamos voltar nossas atenções para o passado agora. Precisa terminar a sua história.

Assinto com um longo e cansado suspiro.

Capítulo 26

"A carta de aniversário que eu dei a você pela primeira vez... você ainda tem?"

"Sim, eu tenho todas, por quê?"

"Achei que as jogava fora depois de ler, mas vi uma delas em cima da sua escrivaninha um dia desses. Eu nunca perguntei se você gosta disso ou se parece coisa de criança agora."

"Por mim, você me escreveria uma carta todos os dias."

"Assim deixará de ser especial, não acha?"

"Definitivamente eu me sentiria extraordinariamente especial todos os dias."

* Mensagem entre Thomas e Isabelle sobre as cartas que ela ganhava, contudo a próxima e última que receberia era a de despedida.

Agosto de 2012

No dia seguinte após o término com Daniel e aquela tentativa desastrosa de conversar com Thomas, eu não sabia se estava me sentindo aliviada ou um pouco mais ansiosa. Julgava estar agindo de forma imatura, mas como obter respostas do que fazer, sendo que nem experiência em relacionamentos eu tinha?

Rolo na cama durante toda a manhã daquele domingo e sinto meu dorso um pouco pesado. Meu nariz está congestionado, provavelmente por causa da chuva do dia anterior, e meu estômago revirando. Decido que ficarei ali o máximo que puder fingindo que não existo para o resto do mundo.

Num dado momento, me pego pensando se a noite de Thomas com Beatriz foi boa. Ao menos ele parecia estar se divertindo com ela e, apesar daquela quase desavença entre nós, não creio que isso tenha estragado o resto do seu "passeio".

Decido não pensar nisso mais. Afinal, não era da minha conta. Apesar de ser o meu melhor amigo, ele tinha todo o direito de ter a sua vida privada sem a minha intromissão.

Perto do meio-dia, ouço batidas à porta. Minha mãe entra mesmo sem a minha resposta e me encontra coberta da cabeça aos pés, encolhida em posição fetal.

— Belinha, você está bem? — toca meu ombro sob a colcha e cutuca levemente ali. — Já está quase na hora do almoço.

Descubro minha cabeça e a vejo sentada ao meu lado com expressão preocupada.

— Não estou com fome.

— Está doente? — questiona colocando a sua mão em minha testa para conferir se está quente. — Não parece estar com febre.

— Só estou cansada — afirmo, fungando o meu nariz e sentindo-o totalmente sem passagem de ar.

— Tomou chuva ontem?

Balanço a cabeça afirmando que sim.

— Foi sem querer, não achei que iria chover. Eu saí para fazer uma caminhada, apenas — garanto antes que leve uma bronca

— Está sentindo mais alguma coisa?

Mães e suas preocupações excessivas.

— Não. Só nariz entupido e cansaço.

— Vou trazer um pouco de comida aqui para você e uma garrafa de água. Faça uma força para comer e beber, e logo, logo, você se sentirá melhor.

Me dou por vencida sem um pingo de vontade de protestar.

Meia hora depois, ela volta com uma bandeja com um prato de comida e uma garrafa. Estrogonofe de frango, um pouco de arroz e batatas fritas caseiras. Ao lado da água, uma cartela de remédio para congestão nasal.

— Coma tudo, não quero ver uma migalha sobrando. E não fique o resto do dia deitada, não lhe trará nenhum benefício — exige, saindo do quarto logo depois.

Com alguma dificuldade, engulo toda a comida, como pediu, e ligo a TV para me fazer companhia enquanto me alimentava. Bebi metade da garrafa de água e tomei o remédio depois.

Não havia tarefas escolares para casa para aquele fim de semana, então teria o resto do dia para fazer o que quisesse. Porém, estava em um estado de espírito em que nada me deixava animada.

Resolvi descer mais de uma hora depois e levar a louça eu mesma, encontrando meus pais ao lado da piscina ouvindo música. Eles costumavam aproveitar os dias de folga ali na companhia um do outro enquanto faziam qualquer atividade que os distraísse.

O jardim era o lugar favorito deles, assim como era o meu. Estava repleto de árvores frutíferas e em um canto havia uma pequena horta com alface, cebolinha e tomatinhos-cereja. Numa cerca havia um pé de maracujá entrelaçado, as flores começavam a desabrochar, mesmo que o início da primavera estivesse um pouco longe, tornando aquele espaço mais encantador.

Meu pai limpava pacientemente algumas folhas que estavam caídas no chão enquanto conversava alegremente com minha mãe, que repousava numa das espreguiçadeiras com uma revista sobre suas pernas. Sobre o que falavam não importava, apenas me concentrei em ver e ouvir as risadas dos dois. Estavam sempre de bom humor um com o outro, eram compreensivos e visivelmente apaixonados, além do fato de que não havia no mundo nenhuma companhia de quem eles gostassem mais.

Ele parou um instante, colheu uma das flores que havia caído no chão e aproximou-se dela com um brilho no olhar que não me surpreendeu em nada quando a beijou no segundo seguinte. Não costumavam dar longos e profundos beijos por minha causa, mas estavam sempre colados um no outro com muito afeto.

Eu senti, pela primeira vez, que eles eram um casal perfeito ali. Nossa convivência era tão comum, tão monótona, que nunca havia reparado quanto os dois eram extremamente felizes no casamento.

— Oi — dei um pulo ao ouvir a voz de Thomas tão próxima a mim.

— Porra! — me forcei a não dar um berro e despertar meus pais. — Você me assustou, inferno.

— A porta estava aberta — ele diz, se virando para ela. — E o portão também — e se volta para mim com um sorriso travesso no rosto. — Mas não pude perder a oportunidade de me aproximar sorrateiramente.

Thomas riu da minha expressão inconformada e provavelmente branca por causa do susto.

— Sua mãe me disse que você estava doente e eu perguntei se não poderia vir vê-la.

— Em que momento ela disse isso? — questiono. Eu não havia falado com Thomas ainda naquele dia nem sequer pelo celular.

— Quando eu liguei para cá. Você não me respondia, fiquei preocupado.

— Não estou doente, apenas com o nariz congestionado por causa da chuva que caiu na tarde de ontem.

— Tomou chuva ontem?

Afirmo que sim com um movimento de cabeça.

— Poxa, nem me chamou para ir junto.

— Foi um acidente, não pensei que iria chover. Apenas saí para uma caminhada e aconteceu.

— Que fosse, eu também iria! — ele exclamou. — Não importa o que a gente faça, não se esqueça de me convidar e eu vou.

Tentei não lançar um olhar descarado para ele, mas falhei. Contudo, Thomas me encarou como se não entendesse, afinal realmente não sabia o que se passava em minha mente.

— Eu precisava pensar — afastei aquele sentimento luxurioso que de repente voltou à minha cabeça. — Acho que não seria uma boa companhia para aquela hora.

Thomas me encarou por alguns segundos, depois disso deu uma breve olhada para quão longe meus pais estavam.

— Soube que terminou com o Daniel — sussurrou cautelosamente para eles não ouvirem. — Beatriz me contou.

Ah, claro, a ruiva mais perfeita do mundo, pela qual todos os garotos são apaixonados, ainda estava em jogo.

Fofoqueira dos infernos.

— Sim.

— *Hum*... por qual motivo? — questionou novamente, ávido por mais fofoca.

— Isso ela não lhe disse? — perguntei, imaginando que, se ela fosse mesmo contar, deveria dizer tudo de uma vez. Mas era claro que não iria fazer isso. — Podemos conversar lá em cima?

Me sinto um pouco cansada de pé na cozinha, e havia um enorme perigo de os meus pais entrarem ali e ouvirem a conversa num momento de descuido.

Thomas assentiu e nós dois fomos direto para o terraço. Normalmente não ficávamos por lá, pois preferíamos o balanço no quintal, mas o dia estava agradável, o vento fresco e longe de qualquer bisbilhoteiro.

— Você me parece um pouco abatida — Thomas nota quando nos sentamos. Me recosto no muro de madeira e suspiro antes de qualquer palavra. — Tem certeza de que é só congestão?

— Eu não tenho certeza de nada — brinco, porém tinha um fundo de verdade naquilo. — Tinha acabado de sair da cama quando você apareceu.

Thomas passou seu braço pelo meu ombro e me abraçou de lado.

— Era sobre isso que você queria conversar ontem quando me procurou? Você iria terminar com Daniel e queria uma opinião?

Não respondi àquela pergunta pois não sabia exatamente o que dizer. Não, eu não iria terminar com Daniel, mas foi consequência do fato de que eu não havia conseguido mesmo falar com Thomas. Eu precisava tomar uma decisão sábia no meio de tanto ato impensado.

— Tudo bem, eu sei que não fui um bom amigo ontem — admite, me apertando um pouco mais no seu abraço. — Acho que não tenho sido ultimamente, não é? Me perdoe por isto.

Sinceramente, se tinha alguém que merecia uma honra ao mérito por ser um ótimo amigo, esse alguém era ele. Thomas estava sempre disposto a me ouvir, a me ajudar, a me impulsionar e respeitava todas as minhas decisões. Era mais do que injusto reclamar da sua falta em algum momento, porque abdicava-se dele mesmo muitas vezes por mim.

— Não se preocupe — deitei minha cabeça em seu ombro e atravessei meu braço por trás dele. — Você é um ótimo amigo, às vezes eu preciso mesmo fazer as coisas sozinha e sem a sua ajuda.

Ele suspirou como se tirasse um peso de suas costas.

— Pensei que estivesse brava comigo — confessa. E eu só consigo ouvir o som da sua voz agora, sem poder ver a expressão em seu rosto.

— Jamais — dou um sorriso de satisfação e o ouço rindo também. — Eu nunca ficarei brava com você.

— Cuidado com promessas que não pode cumprir — lembra.

Sinto a mão de Thomas acariciando meus cabelos.

— Por que acha que não cumprirei?

— Porque eu não sou perfeito, e, em algum momento, farei algo pelo qual você vai sentir vontade de jogar uma cadeira em cima de mim — explica. — Então, eu sei que algum dia ficará insatisfeita a ponto de se sentir abalada. Mas, nesse dia, lembre-se de que eu avisei. E lembre-se de que, mesmo querendo me matar, eu ainda a amo e isso vai doer em você também.

Encaro Thomas e sinto um arrepio tomar conta da minha espinha com aquela informação. Mesmo entendendo o tom da sua brincadeira, sei que há um fundo de verdade nela, e, por mais que sejamos melhores amigos, somos sujeitos a erros como qualquer outra pessoa.

— Um papo meio mórbido este, não acha?

Thomas dá de ombros.

— Brigas acontecem, a gente querendo ou não. Além do mais, mostra que não somos imunes a sentimentos de contrariedade.

— *Hein?* — mal consegui entender o que ele disse.

— Eu prefiro que brigue comigo do que fique em silêncio — revelou ele.

Continuei sem entender. Quem em sã consciência prefere brigas ao silêncio?

— Então, você não me disse por que terminou com o Daniel — voltou com o assunto antes que eu respondesse algo sobre o anterior. — Mas eu entendo completamente se a resposta for por você estar morrendo de tédio ao lado dele.

Soltei um riso involuntário, claro que não era por isso. Daniel era um cara legal, apenas não consegui me conectar a ele ou ao relacionamento da mesma maneira que ele estava.

— Não, eu...

O que deveria dizer a Thomas agora? Inventar uma desculpa para Daniel foi fácil, mas, para meu melhor amigo, a história de que não fui em frente por possivelmente estar a fim dele seria um baque

—... Ele me pediu em namoro — me lembrei desse fato de repente.

Uau, foi a primeira vez que aquilo havia acontecido e eu disse não.

— E eu acho que não estou preparada para isso. Não com ele, pelo menos.

Thomas franziu o cenho e juntou as sobrancelhas com uma pergunta brotando em seu olhar. E eu sabia exatamente qual era:

"*E com quem você estaria preparada?*"

Contudo, ele a guardou para si, como se eu não fosse capaz de ler seus pensamentos.

— Eu sinto muito — disse depois de um tempinho de reflexão. — Por ele, quer dizer. Se você não quer namorar, então está certa em não ir adiante. Quando esse tipo de coisa acontecer, você pode e deve me procurar, caso queira. Me perdoe por ontem. Eu prometo que jamais deixarei nenhum tipo de relacionamento abalar o nosso. Você, Isabelle, vem sempre em primeiro lugar. A nossa amizade é mais importante.

Ele parecia sentir uma culpa atravessar seu corpo cada vez que mencionava aquele momento outra vez. Claro, eu não havia gostado nem um pouco, mas precisava aprender a lidar com os ciúmes, fosse por motivo amoroso, fosse amistoso.

Deitei minha cabeça novamente em seu ombro e suspirei. Agora, neste instante, já não parecia que havia algo de errado.

Thomas e eu ficamos ali por horas a fio conversando. O sol da tarde estava se pondo e colorindo o terraço de laranja vivo. Meus pais continuavam a ouvir música no jardim, ambos agora estavam na piscina distraídos um com o outro, depois minha mãe apareceu e ofereceu um pouco de suco e biscoitos para nós.

— Eu queria que meus pais fossem assim — ele desabafa enquanto assistimos aos dois apoiados na beirada.

— Mas a sua mãe é tão amorosa — noto, tentando lembrar algum momento em que os dois não parecessem estar em sintonia.

— Sim, e às vezes acho que é ela quem sustenta a relação dos dois. Sabe, Bel, meu pai anda um pouco estranho e eu acho que ele deve ter alguma amante por aí.

Sinto meu corpo gelar com aquela informação. Ele nunca havia me dito algo parecido antes.

— Por que acha isso?

— Estão brigando bastante ultimamente, mas não sei o porquê. Quando estou no mesmo ambiente que eles, logo cessam a conversa e fingem que está tudo bem. Já estão há algum tempo assim, e sempre acho que vão se separar, mas nunca chegaram a este ponto. Porém, estou vendo as coisas ficarem insustentáveis a cada dia.

— Você nunca me disse isso — digo com um pouco de pena dele. — Como chegou à conclusão de que ele tem outra mulher?

— Não achei nada indevido ainda, mas eu sei que as brigas não são por causa de coisas bobas que todo casamento tem. Minha mãe está ficando cada vez mais abatida, e, um desses dias, eu não pude deixar de notar que ambos estão cada vez mais distantes um do outro — seus olhos parecem lacrimejar. — Então, creio que há outra na história, já que meu pai nem faz questão de se importar mais com ela.

— Por que não se separam, então?

— Porque ela o ama — Thomas dá de ombros e me encara com um olhar de dar pena. — E isso eu sei, pois ela insiste nesse casamento cuidando dele como se estivessem bem.

Não sei o que dizer em relação a isso. Como falei anteriormente, não tenho a mínima noção do que é um relacionamento e ainda estou descobrindo aos poucos o que me atrai. Tudo o que tenho a oferecer é um ombro para ele desabafar e para onde correr quando quiser.

— Mas os seus pais são legais, parecem jovens apaixonados — completou, sorrindo para eles de longe. — Não quero me casar se não for para ser assim.

— Como assim você não quer se casar? Esqueceu que vamos fazer isso aos 27 anos de idade? — lembrei, fazendo beicinho e fingindo estar chateada. — Temos um pacto, Thomas.

— Bel, nós vamos nos casar e seremos exatamente dessa maneira — afirma com um largo sorriso. — Eu absolutamente prometo a você.

— Acho bom — digo em um tom de bronca e arranco uma risada alta dele. — Do contrário, serei viúva em pouquíssimo tempo.

— Nem nos casamos e já está me ameaçando? — Thomas finge surpresa e entra na minha brincadeira. — Nem tente, você não iria tão longe.

— Está duvidando?

— Me dê detalhes e eu digo se acredito ou não — pede, desviando sua total atenção para mim.

— O meu plano é muito simples: quando você estiver dormindo, eu tirarei a minha roupa e o sufocarei entre minhas coxas — provoco, sabendo que agora estava mesmo indo longe demais. — Depois direi que foi um acidente, ninguém irá duvidar da minha versão dada às circunstâncias obviamente sexuais.

Thomas me encarava boquiaberto numa clara expressão de surpresa. Olhou para minhas pernas e depois para o meu rosto, que possivelmente estava vermelho de vergonha.

— Você não quer me matar agora, não? — questionou, devolvendo a provocação. — Não deve existir um jeito melhor de morrer.

— Eu te daria essa honra se nós estivéssemos sozinhos — o lembro da presença dos meus pais logo abaixo. A cerca de madeira do terraço não era muito alta e um pouco espaçada, qualquer movimento suspeito lá em cima chamaria atenção. — Mas, como pode ver, não estamos. Não posso ter testemunhas.

Thomas olha do meu rosto para a piscina inúmeras vezes antes de responder.

— E se nós estivéssemos sozinhos? — sua pergunta sai esperançosa. Consigo ver um brilho diferente em seus olhos se acender apenas com essas frases audaciosas.

— Você está me provocando, Thomas? — cruzo os braços e tento fazer uma expressão séria, mas falho absurdamente.

— Quem está me provocando aqui é você, Isabelle — ele imita o meu gesto. — Não brinque com coisas que possam me deixar frustrado com o resultado depois.

Sinto meu coração se acelerar, excitado com aquele jogo infame.

— Não posso crer que está considerando algo — dessa vez consegui dizer com um leve tom circunspecto na voz —, sendo que está a um passo do namoro com a Beatriz.

— Ah, sim, Isabelle, e é exatamente por causa da Beatriz que eu e você não fazemos isso — ironizou. — Não tem tipo um milhão de coisas que a impedem de me sufocar com as suas coxas até morrer, mesmo que eu realmente queira muito isso.

Dei uma longa gargalhada.

— Porém, não, Beatriz e eu não estamos namorando e nem sequer levamos a sério, mas respeito faz parte.

Percebi ele murchar a sua postura aos poucos com o fim daquela conversa.

— Se bem que ela ficou muito brava comigo ontem por causa daquele momento com você — ele raciocinou em voz alta, e eu me senti particularmente satisfeita ao ouvir aquilo, admito. — Não foi uma noite muito agradável depois disso, ela me fez tantas perguntas que mal sabia responder. Na verdade, nunca foi tão agradável quanto eu gostaria. Algo me diz que eu não deveria ir em frente com isso de qualquer forma.

Thomas me encarou aguardando um sinal de aprovação. Não precisei fazer muita coisa, apenas dei um sorriso para ele.

Ele olhou para o horizonte, o sol ainda brilhava alaranjado em sua pele, tornando a visão perfeita para um quadro bonito de parede. Seus cabelos loiros esvoaçavam cheios de rebeldia e seus olhos castanhos eram como fogo em brasa. Como não admitir aos quatro cantos da Terra que estava indubitavelmente atraída por cada curva do corpo dele?

— Você quer dançar? — Thomas pergunta, me pegando de surpresa com aquele pedido sem mais nem menos. — Há quanto tempo não fazemos isso? — parei um segundo para pensar antes de ouvir novamente o som da sua voz. — Ouça a música que está tocando no aparelho dos seus pais — era "Almost blue".

Ele estendeu sua mão para tocar a minha.

— Tudo bem. Isso nós podemos fazer às vistas dos outros — afirmei, tocando o seu ombro e deixando nossos corpos muito próximos um do outro para os passos da música lenta.

Thomas sorriu.

— Eu sei que você está apenas brincando comigo dizendo essas coisas, mas eu devo alertá-la de que isso pode...

— Eu estou brincando? — o interrompo. — Será? Eu não diria isso...

Ele me encarou intrigado e não desviou o seu olhar do meu por um longo período, mesmo enquanto rodávamos o terraço lentamente. Thomas deslizou um dedo e apertou um pouco mais minhas costas a ponto de colar tanto nossos corpos e nenhuma passagem de ar sobrar entre eles. Aceitei o seu amasso com grande satisfação e senti uma pontada onde não deveria neste instante.

Aparentemente, finalmente tinha entendido que, apesar de tudo, não era cem por cento brincadeira e eu estava disposta a experimentar algumas coisas com ele.

— Quem é você e o que fez com minha melhor amiga? — gracejou entusiasmado. — Isabelle nunca diria isso.

— Bem, da última vez que a vi, ela estava tentando sair do baú em que eu iria jogá-la no rio — zombo.

Thomas passou uma de suas mãos para a minha nuca.

— Tudo bem, nesse caso, me contento com você. Será que esta senhorita que está a minha frente, que não faço ideia de quem seja, estaria disposta a ir àquele baile de formatura caipira e bem mineiro comigo?

Me surpreendi com aquele pedido inusitado, afinal não era nem setembro ainda!

— Thomas, faltam meses para a formatura.

— Sim, eu sei, mas estou apenas garantindo que nenhum Daniel me tire esse prazer — comunicou de um jeito que deixava evidente o ciúme que também sentia.

— E a Beatriz?

Thomas deu de ombros.

— Será que você não entende que não existe outra garota em meu mundo que seja capaz de preencher esse espaço? — questiona após um longo suspiro. — Só existe você, Bel. *Apenas você.*

Capítulo 27

"A partir de agora, eu só conto coisas a você se sentar em meu colo primeiro."

Fazer planos para algo que aconteceria meses mais tarde parecia loucura. Muita água ainda poderia rolar até lá, mas eu esperava que essa água não viesse repleta de cabelos ruivos que entupissem a passagem.

Eu realmente queria ir ao baile com ele. Apesar de tudo, nunca me passou pela cabeça ir com outra pessoa, já que esses momentos importantes sempre foram compartilhados entre nós dois.

Eu evidentemente aceitei. Como recusar um pedido daqueles? Estávamos sendo banhados pela luz do crepúsculo, ouvindo música lenta e dançando após alguns momentos de provocação. Seu corpo tão colado no meu parecia um encaixe perfeito de um quebra-cabeça montado pacientemente ao longo dos anos.

E eu sabia que aquele momento era sublime e viveria dentro de mim como uma memória incrivelmente bela.

Thomas e eu descemos do terraço quando a noite caiu. Por mim, ficaríamos por lá por muito mais tempo, porém as coisas precisavam sempre ter um fim mais breve do que deveria.

— Desculpem interromper a dança de vocês, mas Suzana veio te procurar — minha mãe alertou para ele assim que pusemos os pés na cozinha. — Disse que você sumiu a tarde inteira.

— Nem sei por que ela se dá o trabalho de vir até aqui, é claro que eu estou com a Bel — ele responde, como se fosse óbvio.

— Eu o convidaria para o jantar, mas ela pediu que fosse para lá assim que pudesse. Se quiser, pode voltar aqui mais tarde para nos acompanhar. O que acha? — o convida provavelmente pensando em algo bem gostoso para servir. Tratando-se de comida, sempre gostava de agradar.

— Obrigado, tia, mas eu prometi a ela que iríamos ter um destes "momentos de família à mesa" — ele faz as aspas com as mãos — de que ela tanto diz sentir falta.

— Claro que sentimos falta. Vocês, adolescentes, quase nunca comem conosco — ela reclama com uma cara frustrada, se voltando para mim novamente.

— Mas que absurdo, eu sempre como com vocês!

— Come com a cabeça no mundo da lua, Isabelle. Você está mais do que certo em ir ter um momento com sua família, Thomas. E a senhorita vai me ajudar a fazer o jantar, já que aparentemente está melhor.

— Ela só precisava de um pouco de sol — Thomas intervém, notando minhas bochechas coradas.

— E da sua companhia, aparentemente — ela completa, me deixando um pouco envergonhada. — Volte aqui para jantar qualquer dia destes então, prometo fazer sua comida favorita, meu filho.

Ele sorri com expectativa ao ouvir isso e eu tento não sentir ciúmes, afinal minha mãe sempre o tratou como se fosse mesmo o seu filho.

— E quando é que a senhora vai fazer o meu prato favorito? — finjo me sentir ofendida e cruzo os braços.

— Não fiz hoje?

— Estrogonofe não é o meu prato favorito.

Desde quando ela pensava isso?

— Ela gosta de purê de batatas com alho-poró e bastante queijo, carne assada e molho madeira repleto de cogumelos champignon — Thomas lembra, me deixando de boca aberta por se lembrar de tudo tão bem. — É um prato específico demais para ser esquecido.

— Mas eu não sabia desse detalhe — ela analisa, surpresa com a nova informação. — Tudo bem, então faremos lasanha de frango para o Thomas e purê de batatas com carne assada e molho madeira com cogumelos para Isabelle, assim está bom? Marquem um dia e venham me ajudar, de preferência.

— Eu vou adorar — Thomas diz animado. Se falar em comida, ele logo desperta o melhor que tem em si. — Prometo trazer uma torta de limão para sobremesa — complementa o cardápio. — Eu preciso ir, Bel, mas mando mensagem para você depois. Vê se me responde.

— Não prometo nada — brinco. — Até mais.

— Tchau, tia, obrigado pelos biscoitos — ele diz e sai da cozinha sem modéstia.

— É só ele aparecer que você logo fica melhor — minha mãe diz assim que Thomas atravessa a porta da frente. Parecia que ela estava tentando dizer algo nas entrelinhas, como uma provocação.

— Eu não disse que estava doente, apenas não estava me sentindo bem.

Ela me entrega uma cebola em um prato com uma faca.

— Sim, mas as coisas ficam muito mais leves quando vocês dois estão juntos — comenta despretensiosamente.

Dou de ombros e decido não responder coisa alguma. Afinal, ela já sabia que eu e Thomas éramos melhores amigos desde que nos conhecemos.

— Você nunca pensou em namorar ele?

Não sei dizer se meu corpo ficou imóvel ou rígido ao ouvir essa pergunta, contudo, me senti completamente paralisada com a mão e a faca no ar.

— Como é? — a minha voz saiu muito mais surpresa do que pretendia.

— Isso faria total sentido — ela continua a falar, ignorando meu espanto —, já que vocês dois são tão íntimos e se adoram.

— Mamãe, ele é meu melhor amigo — lembro, porém me sinto um pouco cínica ao usar isso como argumento, afinal estava o provocando até pouco tempo atrás.

— E isso não é apenas mais um ponto positivo?

— Eu... não sei? — não me senti nem um pouco confortável com aquela conversa. — Não precisa de algo mais para termos um relacionamento amoroso?

— Ora, Isabelle, nem me venha dizer que não sente atração por ele. Vocês dois são completamente envolvidos um com o outro, pode ser que ainda não tenham notado que se amam dessa forma, mas isso é tão visível para todo mundo.

Fico boquiaberta com aquela informação. Claro, outras pessoas já haviam me alertado sobre isso, mas eram meus amigos e Daniel. Não sabia que meus pais também pensavam da mesma maneira.

— Eu vi vocês dois dançando no terraço — justificou após entender que eu não tinha resposta alguma novamente. — Bem grudados, lentamente e cheios de sorrisos. Até pensei que iriam se beijar quando ele encostou a testa na sua e fechou os olhos.

Claro, por um instante não imaginei que uma dança fosse chamar atenção dos meus pais, mas estava completamente enganada.

— Sim, e-ele... — gaguejei em busca de dizer algo que não fizesse me sentir ainda mais envergonhada perante minha própria mãe. — Ele estava me dizendo que quer ir ao baile de formatura comigo. Sabe, no final do ano.

Minha mãe riu do meu embaraço.

— Era óbvio que vocês iriam juntos. Assim como sempre me foi bem óbvio que Thomas é apaixonado por você desde que a conheceu. Aqueles sorrisos enormes que ele lhe dava quanto a via eram encantadores demais.

— Como pode ter certeza disso? E por que todo mundo me diz isso?

Dizer que ele era é fácil, mas como sustentar um argumento, sendo que nunca me disse nada?

— Não é evidente? — ela me questiona surpresa. — Ora, Isabelle, pensei que fosse mais esperta do que parece.

Me sinto profundamente magoada com aquela suposição. Eu não poderia nem queria forçar Thomas a me dizer se era de fato ou não apaixonado por mim, e, se ele fosse, bem... me escondia por algum motivo.

— Nunca me foi óbvio da maneira que os outros pensam. Mas acho que as pessoas, provavelmente, devem ter uma noção melhor enxergando as coisas de fora. Se for o caso de ele ser minimamente apaixonado, quero que me conte no tempo dele, e não pressionado por qualquer um.

— Isso é muito maduro da sua parte — minha mãe dá um breve sorriso de satisfação. — Mas, às vezes, a gente precisa dar um empurrãozinho, não é? Você não é a Bela Adormecida, não pode ficar parada esperando o beijo do amor verdadeiro enquanto dorme.

— Muito engraçado, mãe.

— Só estou dizendo que vocês dois foram, são e certamente serão apaixonados um pelo outro pelo resto da vida, mesmo que não fiquem juntos — ela completa.

— Talvez sejamos apenas amigos: já parou para pensar nisso?

Minha mãe volta seu olhar para o meu e o penetra com firmeza, mal acreditando em minhas palavras a ponto de deixar isso extravasar através de sua expressão.

— Você está tentando me enganar com essa frase ou a si mesma? — questiona de maneira sórdida.

Sinto meu corpo murchar em meu assento. Droga, como ela podia ler minha mente daquela maneira?

— Vai me dizer que nunca aconteceu nada entre vocês dois? — pergunta um tanto ansiosa pela minha resposta. — Que nenhum indício de paixão possa ter extravasado dele ou de você, de uma maneira mais clara?

Me sinto encurralada. Droga! Até onde ela queria ir com aquela conversa?

— Dois beijos. Só isso — afirmo com um leve embaraço. — Os primeiros, apenas por curiosidade.

Ela fica em silêncio por algum tempo descascando as batatas, porém com um sorriso no rosto.

— Eu sabia. É claro que você faria isso com ele — responde triunfante.

— Mas isso não significou nada na época! Foi mesmo por curiosidade.

— E quando isso aconteceu? — pergunta com os olhos brilhando de expectativa.

Céus, eu estava falando coisas demais com a minha própria mãe. Jurei que guardaria aquilo como segredo e não abriria a boca, contudo lá estava ela arrancando de mim como se fosse a coisa mais fácil a se fazer.

— Uns anos atrás — me limitei a dizer.

— Sei — fingiu estar satisfeita com a resposta, contudo eu sabia que estava arquitetando novas maneiras de me fazer falar mais. — Você não precisa sentir vergonha de me contar essas coisas, sou sua amiga, meu bem.

Minha mãe para com a sua tarefa para firmar o seu olhar no meu.

— Não estou curiosa para descobrir e brigar com você, sempre soubemos do risco que havia de se envolverem amorosamente, mas escolhemos confiar em vocês dois — ela fala como se eu e Thomas já tivéssemos aprontado coisas absurdas um com o outro. — Não se preocupe. Apenas quero que confie em mim da mesma maneira que confia essas coisas a suas amigas.

Por mais que eu nunca escondesse grandes segredos para ela, era um pouco estranho conversar sobre aquilo, simplesmente porque era a minha mãe.

— Você já tem 17 anos e está virando uma bela mulher, acho que não demorará muito até começar a namorar — volta com o assunto. — Sendo Thomas ou não, apenas desejo que seja feliz com as suas escolhas.

Sorrio para ela. Sim, eu sabia que ela desejava o melhor para mim, afinal era minha mãe.

Que mãe não deseja o bem dos seus filhos, não é mesmo?

— Talvez eu deva levá-la a um ginecologista. Já passou da hora de trocar a pediatra por algo mais adulto — raciocina em voz alta, e o sorriso que estava antes no meu rosto desaparece.

— Ginecologista para quê?

— Como para quê? Saúde íntima feminina. Vamos fazer uns exames, saber como você está, te preparar para a vida sexual com responsabilidade...

— Mas eu... — engulo em seco ao escutar tudo aquilo — sou virgem ainda — respondo, sentindo o máximo da vergonha atingir o meu rosto.

— E o que tem? Mais um motivo para ir. Assim, quando acontecer a primeira vez, você estará preparada. Além do mais, acho que já passou da hora. Numa altura dessa da vida, você poderia muito bem já ter tido alguns parceiros sexuais.

Fica um silêncio constrangedor entre nós duas naquele ambiente. Nunca me imaginei tendo essa conversa com minha mãe, mas talvez seja mesmo interessante tê-la.

— Se, porventura, algum dia tiver filhos, quero que compreenda quão importante isso é, Belinha. Nunca escondemos nada de você, sempre soube a maneira como bebês vêm ao mundo desde criança. Por que fechar os olhos e fingir que não é importante essa parte também? Pode se sentir envergonhada, é totalmente compreensível e nem sequer precisa me dizer quando acontecer a sua primeira vez com alguém, porém saberei que está segura, preparada e o meu papel como mãe estará feito, você me entende?

Balanço a cabeça afirmando. Ela tinha total razão.

— Tudo bem — assinto, mesmo me sentindo embaraçada.

Presente

— Sua mãe parece ser uma ótima pessoa — Dra. Janine reconhece com um largo sorriso. — Pode achar que é exagero, mas, quando somos mães, percebemos quando nossos filhos estão prestes a tomar esse passo, pois costumam dar sinais corporais muito claros. Neste caso, ela evidentemente percebeu que você e Thomas estavam prestes a se entregar um para o outro, mesmo que não tenha ouvido a sua conversa maliciosa.

— Ela sempre cuidou muito bem de mim, disso não tenho absolutamente nada a reclamar. Meu pai também. Como disse, eles sempre foram um par perfeito.

— E é mais do que comum que desejem o mesmo para você.

Sim, eu sabia disso também.

— Porém, uma coisa me chamou atenção nessa história, que é muito interessante, por sinal: você disse que Thomas suspeitava que o pai tinha uma amante?

Fiz que sim com a cabeça.

— Foi a única vez que ele mencionou isso. Por quê?

Dra. Fletcher colocou a xícara que estava segurando com o saquinho de chá pendurado na mesa atrás de si.

— Thomas e sua família foram embora, não é? — descobriu apenas analisando todos os fatos dados até ali. — E você, provavelmente, não sabe o motivo. Por isso, tanta raiva.

Quem era ela? Sherlock Holmes?

Assenti em silêncio.

— Não consigo ainda acreditar que ele não me contou nada sobre isso. Mas sim, foi o que aconteceu. Eu chegaria lá.

— Perdão por atropelar as coisas dessa maneira, não consegui deixar de raciocinar sobre isso enquanto você falava — pediu e escreveu em seu caderno. — Certo, não quero adiantar a sua história, podemos continuar indo com calma e no seu tempo. Porém, a possível amante pode estar diretamente ligada ao motivo de a família dele ter ido embora, não acha? — questionou, tão curiosa quanto todas as outras pessoas que conheciam esse caso.

— Já pensei nisso um milhão de vezes. Mas não vejo motivos para ele me esconder tal coisa, afinal já havia me contado sua suspeita. Thomas não iria embora por seu pai ter uma amante apenas. Pelo menos eu acho.

— Não, possivelmente não. Contudo, parto do princípio de que havia fortes sinais do motivo pelo qual eles se mudaram antes mesmo de acontecer. Não iriam tomar essa decisão sem mais nem menos se não fosse por força maior, e, se o que estava acontecendo na casa dele meses antes era um desentendimento conjugal com indícios de traição, então é um ponto de partida mais razoável.

— Eu não sei, Dra. Fletcher, acho que Thomas não esconderia algo que fosse tão simples assim. Mas eu também estou exausta de tanta especulação, não tenho forças mais para tentar entender o que aconteceu.

— Creio que já teria ultrapassado a exaustão, caso acontecesse comigo — ela compreende. — Bem, vamos continuar, por gentileza. O que houve depois disso? Creio que estão perto de começarem a namorar…

Capítulo 28

"Eu sei de pelo menos três garotas que são absurdamente apaixonadas por você."

"No entanto, eu só tenho olhos para uma delas, e eu tenho certeza de que não é nenhuma dessas que está pensando."

Thomas fez suspense e Isabelle franziu o cenho.

"A professora de geografia, pois preciso de dois décimos para não ficar em recuperação."

* Conversa entre Thomas e Isabelle em que ele estava mesmo prestes a contar para sua melhor amiga que realmente estava apaixonado por ela.

Agosto de 2012

Aquela semana foi corrida pelo simples fato de que iríamos viajar com a turma da escola no sábado. O ônibus partiria daqui às 6h da manhã e levaria pelo menos três horas até o Parque Estadual da Cachoeira, no meio de uma montanha. Estávamos todos muito eufóricos para ir, afinal de contas, era uma ótima oportunidade para acamparmos e, em todos os anos, o último grau escolar tem a oportunidade de ir para lá totalmente de graça.

Seria a primeira vez que eu viajaria sem meus pais e a primeira que dormiria numa barraca, que nunca havia montado uma vez sequer em toda a minha vida. Eu e Elisa a escolhemos com base em nosso tamanho, mas nem pensamos que poderíamos ter alguma dificuldade em colocá-la de pé. Caso acontecesse algo, então dormiríamos sob a luz das estrelas — e torço eu para que o tempo colabore e não chova, apesar de saber que lá faz bastante frio madrugada adentro.

— Deveríamos testar essa barraca antes que dê algo de errado — minha amiga raciocina. Era sexta-feira à noite, o aniversário de Fred seria comemorado dali a algum tempo e todas as minhas coisas estavam praticamente guardadas, incluindo a barraca, perfeitamente enrolada em cima de uma mala e presa com uma cordinha.

— Já são 18h30, Elisa, não dá mais tempo para isso. Deveríamos ter pensado nessa possibilidade antes.

— E se ela estiver rasgada? Vamos dormir sentindo o vento gelado batendo em nossas costas.

Nesse momento, estou com uma chapinha ligada em frente ao espelho do banheiro, tentando domar o ondulado rebelde dos meus cabelos para sairmos em algumas horas.

— Não estava rasgada quando a compramos, não deve estar agora. De qualquer forma, podemos pedir ajuda aos meninos.

— E dormir na barraca deles? Acho uma ótima ideia — ela responde, dando um pulo elétrico.

— Não! Ajuda para arrumarmos a barraca e colocá-la de pé.

— Ah, claro — Lis se senta num banquinho e cruza os braços. — Mas, se não adiantar nada, bem que eles poderiam nos abrigar. A barraca deles é enorme.

Deixo a chapinha um pouco de lado e tento dar atenção para minha amiga, a fim de entender se ela realmente estava considerando aquilo.

— É enorme porque os dois são, não sei se vai caber nós duas juntas lá dentro — deduzo. — Se bem que você, possivelmente, dormiria em cima do Fred a noite toda.

Elisa dá um sorriso malicioso.

— Se eu pudesse, evidentemente que sim. Não vou fingir dizendo que não tenho vontade.

— Você é uma sem-vergonha, isso sim.

— Culpada — minha amiga levanta a mão e diz. — E ele também é.

Fico em silêncio tentando não pensar muito sobre aquilo, mas Elisa volta com o assunto.

— Você não me perguntou como foi — insistiu.

— Como foi o quê?

— A nossa primeira vez, Isa, e eu quero muito compartilhar isso com você!

— Por que você iria querer me contar como aconteceu isso? — questiono com evidente surpresa.

— Porque eu preciso conversar com alguém, ou juro que vou explodir de tanta vontade de gritar aos quatro ventos — explicou. — E você é minha melhor amiga, não tem ninguém melhor para me ouvir.

— Deu uma vez para o Fred e já está assim toda fervorosa, pelos deuses, ele deve ter uma pica de ouro — brinco e Elisa dá uma risada escandalosa.

Eu realmente não quero saber como Fred é na cama.

— Não foi só uma vez, para a sua informação — garante. Certo, imaginei que não mesmo. — Foram algumas. Uma melhor do que a outra.

— Aonde quer chegar com isso, Elisa? — pergunto e me sinto um pouco incomodada por achar que deveria mesmo não saber quão bom Fred podia ser no âmbito sexual.

Afinal de contas, ele também era meu amigo.

— A primeira vez doeu muito — ela continua a falar sem prestar muita atenção na careta que fiz. — Sabe, parecia que era uma tortura, como se uma faca afiada quisesse entrar dentro de mim.

Me assustei com aquela informação.

— Dói tanto assim?

— Sim, mas depois passa. Ou, pelo menos, em alguns casos algumas mulheres não sentem dor na primeira vez, depende aparentemente de quão relaxadas estão no momento e do estado do hímen — já tinha ouvido tudo aquilo da boca de terceiros, mas as coisas sempre foram tão diferentes de uma pessoa para outra que mal sei o que esperar. — Fico pensando se você ainda não teve a curiosidade de saber como é. Quer dizer, com Daniel, claro.

— Daniel e eu terminamos, você sabe disso — lembrei. Todos da sala naquela altura já tinham conhecimento disso.

— Sim, mas ficaram mais tempo juntos do que eu e Fred estamos, então seria normal se tivessem dado esse passo num dia desses — ela tenta arrancar algum segredo meu que simplesmente não existe.

Desligo a chapinha e me dou por satisfeita. Meu cabelo iria ficar exatamente como estava, estando bom ou não daquela forma.

— O máximo que fizemos foram alguns beijos, nada mais. Não que eu não gostasse de ficar com ele, mas não me despertou desejo para um passo além.

Elisa pega o blush que estava em cima da pia e retoca em sua face, dividindo a área do espelho comigo.

— Mas você não sentiu vontade de fazer nada mesmo?

Suspirei antes de concordar.

— Sim, senti — admito. — Se eu lhe contar um segredo, você promete que não vai dizer para ninguém? Nem mesmo Fred, muito menos Thomas.

Elisa deixa o blush de lado e se vira para mim com grande expectativa.

— Prometo.

Controlo minha respiração antes de falar, sabendo que viriam tantas perguntas vindas da minha amiga a ponto de me deixarem tonta.

— Eu estou… atraída por outra pessoa — ia dizer logo o nome do meu melhor amigo, mas simplesmente travou no meio da garganta. Ainda achava aquilo estranho, apesar de tudo.

Ela me encara e espera que eu diga logo de quem se trata; porém não saiu nem mais um pio vindo de minha boca.

— Se você disser que não é o Thomas, eu juro que desisto da nossa amizade — Elisa enuncia e eu sinto meu coração descompassar. Não pelo fato de que ela tenha tentado me aterrorizar com aquela ameaça, mas sim por finalmente entender que isso está mais claro do que água para todas as outras pessoas.

— Eu estou falando dele — admito, sentindo minhas bochechas corarem selvagemente em resposta.

Elisa deu um sorriso que foi aumentando gradativamente.

— Sabia — praticamente berrou ao meu lado.

— Por favor, fale baixo — peço, quando noto que o estrondo da sua voz poderia chegar até o outro cômodo e despertar a curiosidade dos demais.

— Me desculpe, não aguentei a euforia de saber que estava certa.

— Eu não sei o que está havendo — analiso em voz baixa, apenas para ela ouvir. — Mas, desde que eu o vi nu…

— Você viu ele nu? — me interrompe. Certo, acho que eu ainda não havia contado essa história para ela, entretanto realmente não pretendia dizer uma palavra sequer, afinal era um assunto pessoal de Thomas.

— Não só nu — a visão volta à minha mente todas as vezes que me lembro. — Estava excitado e... num momento bem íntimo, digamos assim.

Minha amiga me encarava de boca aberta em um total estado de choque.

— O quê? Onde? Quando? E por quê? — eram tantas perguntas que mal consegui raciocinar enquanto ela as fazia. — Ele não estava com a Beatriz, estava?

— Não, credo! Foi um acidente. Eu abri a porta do quarto dele e lá estava praticando aquilo que os garotos sempre fazem — resumi e esperava que ela entendesse. — Mas, enfim, não é esse o problema. Porém, desde esse fatídico dia, tenho notado que estou desejando-o. Você me compreende?

— Desejando-o? — Elisa juntou as sobrancelhas e me encarou firme. — Isabelle, não estamos numa aula de poesia, diga o que está acontecendo da maneira mais simples e crua que conseguir.

— *Eu quero chupar ele* — respondi, deixando a vergonha um pouco de lado.

Lis exibiu um semblante espantado.

— Quero tocar, apertar, colocar na boca e sentir o gosto. Quero saber como é, e não estou falando isso de modo genérico, porque não estou apenas curiosa, e sim estupidamente atraída pelo meu melhor amigo desde então. Nenhum outro garoto resolveria minha curiosidade. Só ele.

Foi bom desabafar aquilo em voz alta. Alguma coisa parecia finalmente se encaixar dentro de mim ao fazer isso, e eu sabia que tinha que ver com me sentir liberta de algo que há muito tem me perturbado.

— *Uau* — Lis exprime surpresa. — E o que você está esperando para cair de boca logo?

— Não é assim tão fácil! — segurei o riso após a sua pergunta. — Nunca tive a oportunidade de demonstrar isso e, além do mais, ele está com a Beatriz, até onde eu sei.

— Esse casinho com aquela água de salsicha não deve ser sério. E, até onde sabemos, ele ainda é solteiro. Além do mais, Thomas é louco por você, Isa! Se você disser que quer, ele vem de quatro feito um cachorrinho.

Eu não gostava de quando falavam assim dele, apesar de saber que às vezes dá a entender que realmente faria isso. Contudo, não era uma visão muito saudável.

— Eu prefiro deixar as coisas acontecerem naturalmente. Uma hora acho que nós dois nos ajeitamos.

— Nada disso — Elisa deu um salto do meu lado e me fez tomar um susto. — Você sempre deixou que as coisas ocorram sem interferir, foi assim que aceitou ficar com Daniel. Ele veio, beijou você e pronto, ficaram juntos por dois meses por causa desse momento e você nem sequer gostava dele. Precisa começar a fazer exatamente o que deseja, senão será assim para sempre. É o Thomas que você quer? Então deixe isso claro para ele. Tome as rédeas e não espere que ele faça algo, afinal de contas, finalmente está se sentindo atraída por alguém de verdade.

— Você me parece muito confiante para quem estava morrendo de medo de se declarar apaixonada pelo melhor amigo.

Ela dá de ombros e logo depois um breve sorriso.

— Deu certo, não foi?

Era quase 8h da noite quando encontramos Fred e Thomas esperando numa esquina. Naquele dia, optamos por ir a algum restaurante comemorar o aniversário numa reunião com amigos, já que a data certa seria no dia seguinte e, de qualquer forma, estaríamos longe daqui.

— Se demorassem um pouco mais, juro que buscaria as princesas de carruagem — Fred reclamou no exato momento que nos viu.

— O combinado foi 20h — lembrei, depois chequei o relógio do celular para ver se estávamos mesmo atrasadas. Eram 19h55.

— Não, não, eu disse 19h30 — rebateu. — Eu mudei nesta manhã, mas acho que só Thomas ouviu.

— Eu não ouvi, na verdade, mas você me mandou mensagem à tarde pedindo para nos encontrarmos aqui antes delas — explicou fazendo mistério.

— Para quê? — Elisa pergunta, depois dá sua mão para o namorado e aguarda a resposta.

— Assunto pessoal — Fred se limita a dizer, e eu fico com as anteninhas em alerta. — Entretanto, de qualquer forma, marquei meia hora mais cedo para conseguirmos descansar antes da viagem de amanhã.

— Certo, estão todos aqui? Meninas, levantem as mãos para eu enxergar vocês — Thomas brincou e apontou o dedo para cada um de nós. — Contagem: um, dois, dois e meio com a Elisa e dois e dois terços com a Isabelle. Podemos ir, então?

— Somos só nós? — questiono surpresa, revirando os olhos para a contagem ridícula de Thomas. — Pensei que haveria mais pessoas.

— Eu não quis chamar — Fred esclarece. — Melhor uma comemoração intimista, já que fizeram questão de me cobrarem um bolo para amanhã à noite no acampamento. Eu tive de pagar uma nota em um enorme para alimentar aquelas 30 bocas famintas. E o aniversário é meu! São eles quem deveriam pagar.

— Ah, eu sinto muito — Elisa faz uma voz um pouco boba e infantil antes de beijá-lo. Eu e Thomas nos entreolhamos cheios de julgamentos e nos segurando para não rir.

Costumeiramente, procurávamos algum lugar no bairro mesmo para ir. Afinal, lá tinha aos montes. Naquela noite andamos um pouco mais à procura de algo que agradasse a todos, encontrando um barzinho com ambiente simpático, mesas positivamente afastadas umas das outras, luzes amareladas e confortáveis e um bom cardápio. Infelizmente tocava música sertaneja. Não que me incomodasse tanto, apenas não eram as minhas favoritas.

— Ter 17 anos é a coisa mais ansiosa que existe — Fred estava filosofando assim que o garçom passou entre nós. — Não podemos beber, não podemos dirigir, não podemos entrar em ambientes proibidos para menores de 18 anos e estamos prestes a sair da escola.

— Fred, você ainda tem 16 — lembrei. — Seu aniversário ainda é amanhã.

— Mesmo assim. Eu queria poder pedir uma *caipirinha*.

— Você poderia pedir uma bebida para o garçom, afinal ele não é seu vizinho? — Thomas apontou. — Apenas me garanta que não vai dar um *PT*, porque eu não vou carregar você no colo.

— Eu não acho isso prudente — pensei em voz alta. — Iremos viajar amanhã de manhã, e se ele não conseguir ir até lá sem vomitar? Imagine só, três horas de ônibus com o Fred ocupando o banheiro.

— Tudo bem, tudo bem — Fred se deu por vencido com esse único argumento. — E é exatamente por isso que você é a voz da razão neste grupo, Isabelle. Está sempre em busca do que é o correto a se fazer.

Elisa olhou para mim com um sentimento bem significativo.

— Chamou você de chata — Thomas provocou, e eu ri. — Eu não deixava.

— Só aponto os fatos, não sou o grilo do Pinóquio e muito menos tenho de cuidar de marmanjo. Se ele quiser beber, vá em frente.

— Minha nossa, mas eu estou dando razão a você — Fred interveio. — Só porque não costuma se aventurar com coisas proibidas, não significa que é uma chata, isso quem disse foi o seu melhor amigo.

Thomas encarou Fred com fogo nos olhos.

— Bel adora coisas proibidas, se você quer saber — ele diz, e eu me espanto com essa informação. Do que estava falando? — Dia desses ameaçou me matar.

Ah, claro.

— Eu sofro com essa mesma ameaça todos os dias — Fred riu. — Não que Elisa tenha alguma coragem.

— Me testa pra você ver! — Lis retoca.

Encaro Thomas, dizendo mentalmente para não contar aos demais sobre essa conversa em questão. Aquela brincadeira deveria ficar entre nós.

— Ah — busco chamar atenção e mudar de assunto —, ninguém mais vem mesmo? Beatriz, talvez?

Thomas chega um pouco mais perto com a sua cadeira antes de responder:

— Nós terminamos — aquela informação faz com que meu coração dê um pulo e preciso esconder o sorriso involuntário que apareceu de repente em meus lábios. — Então, achei melhor não convidar.

— Que pena — finjo condolência.

Elisa está olhando para mim com um sorriso também, porém Fred me encara um pouco confuso.

— Tudo bem, não estava mesmo levando a sério, como disse — Thomas esclarece.

— Isso porque você não gosta dela — Fred acusa, pegando todos de surpresa. — Senão, teria feito o caminho contrário.

Espero que ele fale algo a mais, contudo se cala sob o olhar ameaçador e nada feliz de Thomas.

— Eu e Beatriz não somos muito compatíveis, apenas isso. Ela é uma garota incrível, mas acho que não combinamos muito.

— Creio que ela gosta do Daniel — Elisa intervém. Eu já tinha passado a ela essa impressão.

Todos da mesa me encaram aguardando a confirmação dessa fofoca.

— Nem adianta me olharem dessa forma, a única pessoa que poderia arrancar isso dela é Thomas. Daniel não sabe se isso é real ou não, aparentemente.

— E você não vai voltar com ele?

— Não.

— Isso deve ter doído — Fred analisa, insistindo naquela conversa. — Mas me conte mais, Isabelle, por que não? Ele não a pediu em namoro?

Qual dos dois havia contado aquilo para ele? Afinal, eram as únicas pessoas próximas a Fred que sabiam, e eu ainda não tinha falado diretamente com ele.

— Não me diga que você também acha que vocês dois não combinam? — senti a sua provocação atravessar a minha pele e então entendi que aquilo era um jogo. — Tipo Thomas e Beatriz.

— Na verdade, o pinto dele era muito grande para mim — brinquei, mas senti o desconforto sobressair em minhas bochechas. — Então, eu terminei e disse que deveria investir em você, Fredinho, afinal de contas você é um cuzão.

Elisa e Thomas soltaram uma gargalhada profunda e incômoda ao nosso lado. Nem mesmo ele deixou de rir.

— E o do Thomas não é grande o suficiente para você fugir?

Me manter séria no meio dessa conversa estava ficando muito difícil.

— Deve ser, afinal de contas você tem uma boca tão grande por chupar até as bolas dele.

— Sabe, eu tenho a impressão de que você entende mais disso do que eu — Fred continuou a me provocar, e eu sabia que, se desse corda para ele, iríamos noite adentro assim.

Elisa e Thomas me encararam, cada um com um humor e expectativa diferente no olhar.

— Não tanto quanto eu gostaria — estava levando aquela piada longe demais? Possivelmente. Thomas me encarou boquiaberto. — E sabe por quê? Porque você não deixa, Frederico. Não dá espaço na hora da suruba.

— Tem alguém aqui tentando concorrer ao prêmio de "boca suja do ano" no lugar do Fred. Onde foi que você aprendeu essas coisas? — Thomas questionou entre uma risada e uma tentativa de esbravejo.

As bebidas que pedimos foram entregues em meio às risadas das piadas infames, felizmente o garçom não havia entendido nada.

— Eu prometo que da próxima vez deixo você colocar a boca nele, Isabelle, não precisa ficar sedenta — Fred finalizou.

— Vou cobrar depois, Fred.

— Vai, é? — questionou Thomas, incrédulo. — Só trabalho com datas, Isabelle. De preferência para ontem.

— Eu não acredito que você vai incluir apenas ela! — Fred fingiu ofensa. — Depois me pergunta o porquê de não dar espaço.

— Estou começando a achar que estão me dopando e brigando entre si para saber quem vem por cima — ele conclui olhando para nós dois. — O pior de tudo é eu não me lembrar. Da próxima vez, me mantenham acordado, fazendo o favor.

— E essa foi a coisa mais errada que eu já ouvi vocês falarem até o presente momento — Elisa finalmente diz alguma coisa. — Não sei se quero mais ser amiga de vocês.

— Está chateada por não termos a incluído nisso — Fred intervém.

— Definitivamente não quero entrar nessa briga, obrigada. Não quero ver meu namorado caindo de boca no melhor amigo dele. Só eu posso fazer isso.

— Só você pode cair de boca no meu melhor amigo?

— Em você, Fred!

— Essa sim foi a coisa mais bizarra e vergonhosa que eu já ouvi — Thomas tirou sarro de Elisa baixinho quando ela beijou Fred.

Concordei com ele, porém sabia que não podia dizer muita coisa, afinal nossa noite começou parecendo um circo de horrores.

Capítulo 29

"Nos meus mais profundos sonhos, naqueles bem íntimos, somos apenas eu e você. E pode ser que eu não precise de nada mais além disso. Sei que a assusto quando digo essas coisas, mas é real. Eu te amo profundamente a ponto de não enxergar ninguém mais."

* A mensagem que Thomas escreveu para Isabelle, mas nunca a enviou.

— Acho que, definitivamente, você deveria ser cantora — estamos conversando sobre as músicas tocadas no bar agora e Thomas sugere. — Já pensou seriamente nisso? O professor de canto acredita que você deveria procurar uma escola profissional.

— Não viaje, Thomas. Não consigo cantar direito na frente de ninguém e você sabe disso. As únicas vezes que cantei foram quase desastrosas. Sou tímida ao extremo e temo que possa perder a voz caso tente algum dia.

— O que faz de errado quando está à frente de um palco é cantar baixo, nada além — ele recorda. — Lembro quando tínhamos disposição de passar vergonha no karaokê e você sempre foi muito bem.

— Você está sendo gentil. Além do mais, quem deveria ser cantor é você, já que tem talento musical de sobra.

— Também acho que você canta extraordinariamente bem — Elisa entra na discussão antes de Thomas me responder. — Apenas precisa praticar um pouco mais seu constrangimento. Se soltasse a voz como faz em casa, seria famosa a esta altura.

— Não sei se quero ser famosa. Não gosto de pensar nos outros curiosos acima da minha figura a ponto de invadirem a minha privacidade constantemente. Ter fãs não me parece muito atrativo — expliquei.

— Um peso, duas medidas — Fred comenta. — Você tem cara de estrela, pensando bem.

— Eu gostaria de saber de onde vocês tiram essas ideias.

— Pelo simples fato de que você tem tudo para ser, mas sente-se barrada pela vergonha — Thomas esclarece.

— Eu tenho tudo? Como assim?

— Você tem um vozeirão, sabe dançar muito bem, é inteligente, carismática e muito linda. Um rosto perfeito para os empresários que estão loucos atrás de novos talentos — ele complementa. — Lembra que você me perguntou o que deveria fazer? Então, acho que a resposta está mais do que clara. É uma artista. Você ama música e poderia se tornar uma cantora de sucesso.

Aparentemente não só ele como os demais estavam falando sério nesse instante. Certo, admito que, nos meus mais profundos sonhos, eu sou uma cantora ultrafamosa e adorada pelo público. Porém, não costumava ter criatividade para escrever músicas ou até mesmo tocar instrumentos. Na verdade, eu sempre fui péssima nisso.

— Eu quero algo mais pé no chão, sabe? Porque tenho medo de me dedicar a uma carreira como essa e não conseguir ir em frente. Quer dizer, e se eu realmente não for boa o suficiente? E se não conseguir vencer o meu medo de plateias? Por isso, preciso pensar em fazer algo que com toda a certeza vai me levar a algum lugar e eu possa me sentir segura.

— O seu talento deveria ter sido trabalhado desde cedo — Fred interveio. — Os seus pais não identificaram quão boa você é? Porque, se um pai vê no filho um futuro em algo que ele possa se destacar, costuma investir nisso.

— Os pais dela descobriram que canta há pouco tempo — Thomas explicou. — Eu sei disso porque vi a cena. Charles até se questionou se não estava trabalhando demais, porque nunca ouviu aquilo antes.

— Meu pai estava exagerando igual a vocês. Mas a verdade é que realmente não consigo fazer isso com tantas pessoas me olhando.

— Ah, Isabelle, precisa aprender a parar de ter vergonha de coisas que são belas em você — Elisa protesta. — Eu não sou tão boa quanto e saio por aí gritando feito uma gaivota.

— Sabe, às vezes fico pensando o que houve em sua vida para se sentir assim tão amedrontada do que os outros irão pensar — Fred disse com uma ponta de curiosidade. — Sua timidez deve ser frustrante, você não acha?

Desde quando aquela conversa na mesa havia se tornado sobre mim?

Thomas me encarou esperando que eu respondesse a Fred, sabendo exatamente de todas as coisas que me faziam travar em diversas situações. Eram inúmeras e possivelmente uma mais boba do que a outra, entretanto, ainda assim, me travavam e me impediam de encarar grandes públicos.

— Bem, acho que eu não consigo responder a isso objetivamente — lamentei e senti o meu corpo pesar.

— Nós não podemos esquecer que é exatamente isso o que torna a Bel tão ela — Thomas intercedeu ao notar que estava ficando um pouco chateada. — Ela é introvertida e às vezes não nos damos conta de que há barreiras que não precisamos ultrapassar. Da mesma maneira, reclamam do meu excesso de entusiasmo, e eu sei que é incômodo. Às vezes não é tão simples só parar, faz parte de quem a gente é.

Senti o abraço dele de lado e o agradeci mentalmente aquele apoio.

— Eu acho que vocês dois se completam — Elisa disse. — Vejam bem, Thomas é supersociável, frenético, extrovertido e elétrico, mas fica um poço de calmaria quando está perto de você a ponto de conseguir se deixar invisível quando necessário — ela apontou para mim e eu quis arrancar o seu dedo fora. — E você, Isabelle, é centrada, tímida, envergonhada e cheia de receios, mas sempre encara os desafios que ele propõe e se diverte enquanto isso, vive a vida sem medo do que vai acontecer e faz o que tiver de fazer, sendo absurdo ou não. O que mais poderiam ser além de almas que se completam?

— Por isso, somos melhores amigos — afirmei com um sorriso. A mesa ficou em silêncio por um momento.

— Exatamente — Thomas respondeu um pouco mais desanimado do que em todas as outras vezes que dissemos isso.

O fitei um pouco confusa. Ele estava com um semblante nada agradável após aquela afirmação.

— Voltando ao assunto — Fred diz ao constatar o silêncio denso entre nós —, acho que deveria realmente pensar na possibilidade de se dedicar à música. O nervosismo e a timidez podem ser trabalhados através de um profissional. Você já pensou em procurar um psicólogo para avaliar isso? Talvez ajude bastante a superar os seus medos.

— Acho que deveria ter começado a investir no ramo musical antes disso, não é? Já estou velha para começar agora.

— Nunca é tarde para começar — Thomas interveio. — Eu sei que parece uma frase clichê e boba, mas é verdade. Se não fez isso antes, pode começar agora.

— Tudo bem, pessoal, acho que já entendi o recado — me dou por satisfeita daquele impulsionamento repentino vindo deles. — Prometo que analisarei com carinho a sugestão de vocês. Acho que, de qualquer maneira, consigo fazer alguma faculdade e me dedicar à música ao mesmo tempo.

— Que saco, eu não aguento mais ouvir essas letras sofridas — Elisa se levanta da mesa após estarmos ali um pouco mais de duas horas seguidas. — Se escutar alguma coisa do *Leonardo* pelas próximas cinco semanas, juro que estouro meus tímpanos.

— Eu achei estupidamente romântico — Thomas mentiu apenas para contradizê-la. — Tudo de que eu precisava para esta noite.

— Até parece que você está sofrendo por alguém — Fred gracejou com uma risada.

— Eu sou uma pessoa sensível. Não é verdade, Isabelle?

— Sim, só não sabia que seria a ponto de se deixar levar por esse tipo de música. Você sabe cantar todas elas, aparentemente.

Thomas dá de ombros.

— Você também.

— Tudo bem, eu estou indo antes que recomece a cantar sobre quão corno ele foi algum dia — Elisa brinca e pega na mão do namorado. — Não estamos no clima para chifres, assim espero.

Thomas e eu andamos pelo caminho abraçados um ao outro e em momento nenhum sinto vontade alguma de soltá-lo.

No meio do tempo de caminhada, nós nos separamos de Fred e Elisa, que foram para suas respectivas casas após as despedidas. Não foi um aniversário convencional, nada de cantar parabéns ou bolo, mas Fred me pareceu muito contente no final da noite. Agora, éramos somente eu e Thomas andando por algumas ruas calmas e sem muito barulho.

— Foi estranho e divertido ao mesmo tempo, mas acho que a tendência é só piorar — Thomas e eu conversávamos sobre os assuntos abordados e suas brincadeiras baixas.

— Está fazendo 17 anos e se achando muito adulto.

— Você também estava muito soltinha, querida Bel. Estou, aliás, pensando seriamente no que aconteceu com você para estar tão... como posso explicar?

— Promíscua? Devassa? Safada? — tentei completar a sua frase.

Thomas sorri e assente.

— Basicamente isso.

— Devo ter aprendido com vocês.

— Eu jamais seria tão escandaloso assim perto de você, mas, já que se libertou das suas amarras acanhadas, posso começar a ir por esse caminho também.

— Por mim, você pode dizer tudo o que quiser, sempre. Estamos entre amigos, correto?

Ele me olhou com um sorriso alegre e diferente daquele de mais cedo.

— É claro. Apenas estou surpreso com esta nova Isabelle que está diante de mim.

Parei um segundo e o forcei a parar também. Minha casa estava a alguns passos de distância e nós dois estávamos diante do muro do vizinho.

— Está surpreso só por que estou falando bobagens ultimamente?

— Alguma coisa mudou em você — ele diz sem resquícios de brincadeira na voz. — Estou tentando processar ainda. Possivelmente houve algo no namoro com o Daniel que despertou esse seu lado cínico de alguma maneira.

O final de sua frase foi bem sugestivo.

— A única pessoa que me despertou para a devassidão nesta história foi você — admiti, tentando deixar a vergonha um pouco de lado.

— Eu? — Thomas assustou-se por um breve segundo. — Como que eu...?

Cortou sua frase no meio e eu deixei que ele raciocinasse antes de esclarecer alguma coisa mais.

— Está falando por causa daquele dia em que você me pegou no flagra em meu quarto? — ele havia entendido perfeitamente, acompanhando a minha linha de raciocínio. O encarei com firmeza e o respondi com o olhar e um sorriso maldoso. — Eu já pedi desculpas.

— Tudo bem. Eu sei que sim, mas isso não adiantou muito — Thomas me olhou com curiosidade. — Você quebrou uma barreira que ainda não tinha ultrapassado, Thomas. Procurei por coisas que nunca havia procurado antes por causa disso.

Ao mesmo tempo que sentia meu rosto esquentar envergonhado por admitir aquilo, me sentia segura o bastante para contar. Afinal, ele era o meu melhor amigo e eu não estou exagerando quando digo que conto tudo para ele.

— Está dizendo que a impulsionei a procurar por... *pornografia* por causa daquele dia?

Essa informação era tão impressionante assim?

— Se for, não me sinto nem um pouco orgulhoso por isso.

Balancei a cabeça.

— Eu queria saber o porquê de as pessoas gostarem tanto. Confesso que é excitante. Eu me senti uma criminosa quando o site perguntou se eu tinha 18 anos e eu disse que sim.

Thomas deu uma risada.

— Nunca a imaginei fazendo isso — reconheceu, impressionado.

— E você imagina alguma coisa relacionada a mim?

Thomas corou.

— C-como assim? — ele gaguejou, deixando ainda mais evidente que havia entrado num assunto um pouco delicado.

— Eu estou perguntando se você tem fetiches comigo — questionei descaradamente e percebi o olhar dele ficar arregalado e seu corpo estático. — Da mesma forma que aparece naqueles roteiros malfeitos dos sites, sabe? Tipo: "comi minha amiga da faculdade em um banheiro de um posto de gasolina".

Sim, isso foi específico por um motivo.

— Eu... — ele engoliu em seco e eu sabia que estava entre o desespero de mentir e me contar a verdade. Contudo, não adiantava inventar absolutamente nenhuma desculpa, pois a realidade estava estampada em sua face. — Por que está me perguntando isso? Me diga só para eu ter uma noção do seu objetivo.

— Para vê-lo desesperado e com medo de me dizer a resposta certa — brinco com ele e caio na risada.

— Ah, Isabelle, isso não se faz! Está mesmo me botando numa armadilha? Para quê? Descobrir coisas absurdas e ficar com raiva de mim depois?

Dou um sorriso malicioso antes de complementar:

— Eu não estou com raiva. Te conheço bem o bastante para saber qual é a resposta correta sobre isso — assisto ao seu rosto se tornar tão vermelho a ponto de a luz fraca do poste da rua ser o suficiente para conseguir enxergá-lo tomando proporções fora do normal. — Mas gostaria de ouvir da sua boca. Há coisas que precisam ser ditas de uma forma mais clara para compreendermos melhor, você não acha?

— Isabelle...

— Além do mais, o que eu deveria ter ouvido naquele dia que fosse pior do que eu vi? Nada vem à minha mente além de você chamando pelo meu nome. Por isso, quero saber: você tem fetiches comigo?

Thomas pareceu querer fugir neste instante. Seu rosto estava tão vermelho quanto um rubi.

— Eu... — ele não conseguia montar uma frase inteira, nem ao menos respirar como se deve. Toquei em seu peito. Seu coração estava tão acelerado que se impulsionava para frente a cada batida. — Do fundo de todo o meu coração, que você está sentindo errar o ritmo agora — ele brincou e eu ri —, não quero que nossa amizade seja afetada por causa de... fetiches. Ou vontades. Ou desejos reprimidos. Ou os sonhos eróticos que eu tenho quase todos os dias com você desde que eu tinha... eu não sei se devo revelar isso.

Me segurei para não dar uma risada escandalosa e chamar atenção de qualquer pessoa que estivesse por perto. Confesso que era divertido falar sobre isso com Thomas e nem sei por que não entrávamos em assuntos como esse antes. Afinal, seria mais do que normal, já que convivíamos diariamente e tínhamos liberdade o suficiente para falar sobre tudo.

— Você ainda não brigou comigo — ele notou enquanto, até o momento, eu segurava a boca para não rir alto. — Ótimo, então acho que podemos continuar sendo amigos, apesar disso.

— Amigos, Thomas? Você está me provocando, não é?

— Quem está me provocando é você! Está fazendo isso há uma semana e eu não sei se você quer apenas treinar os seus métodos de sedução ou...

Ele cortou a frase fazendo suspense novamente.

— Ou o quê? — questionei curiosa.

Thomas travou seu maxilar novamente. Até onde ia o seu constrangimento? Me lembro de o ouvir garantindo que não tinha vergonha de coisa alguma, mas neste mesmo dia reparei onde a sua timidez se encontrava.

— Tudo bem, eu não quero pressioná-lo a dizer nada.

Soltei a mão que estava em seu peito e me dei por satisfeita.

— Espere — ele pediu assim que me viu decidida a ir para minha casa. Chegou mais perto, tanto a ponto de sentir a sua respiração contra o meu rosto. — Você quer saber se eu sinto tesão por você? — fez mistério por um momento antes de completar. — É evidente que sim. E eu confesso que é difícil esconder, porque tem uma coisa no meio das minhas pernas que me denuncia e eu preciso inventar desculpas e métodos para você não perceber.

O meu sorriso voltou.

— Às vezes, quando você está perto demais e o seu perfume invade os meus sentidos, ou ofegante por algum motivo a ponto dos seus lábios se entreabrirem em busca de fôlego, ou quando estamos sozinhos e você me olha nos olhos por um longo período. Quando a vejo vestida da maneira mais sensual a que você se propõe, ou quando resolve que naquele dia vai tentar botar o decote para jogo. Eu sinto desejo em tudo isso, e muito mais. Na verdade, você nem precisa fazer muita coisa. Sonho com você e é totalmente fora de controle. Eu... eu estou me sentindo um idiota dizendo isso. Sei que somos amigos e sei que posso estar passando dos limites, mas é até bom finalmente poder lhe dizer isso. Você perguntou. Não me odeie depois de saber.

Aquilo havia mexido com o meu ego de uma maneira absurdamente deliciosa. Os lábios dele estavam tremendo agora, em silêncio. Talvez eu não devesse ter arrancado aquela confissão daquela maneira, mas Thomas, aparentemente, realmente escondia sentimentos de mim que tinha medo de exprimir.

— Me beije — pedi com entusiasmo e excitação. — Da maneira que você sempre quis.

— Não dá — Thomas respondeu quase com um gemido. — Você estaria nua embaixo de mim para ser da maneira que eu sempre quis.

Dei um sorriso malicioso e senti minhas bochechas corarem agora.

— Mas eu não vou perder essa oportunidade.

Thomas puxou meu corpo e tomou meus lábios para si. Depois de longos três anos do nosso primeiro (e segundo) beijo, finalmente estávamos ali de novo. Senti o gosto doce daquele momento de anos atrás, mas agora era com um sentimento de que deveria fazer aquilo para valer, sem nenhum medo ou receio.

Não com tanto cuidado quanto deveria, empurrou o meu corpo para o muro e prensou o seu contra mim sem tirar os seus lábios dos meus.

Sua língua estava determinada a domar todo o espaço da minha boca, mas era um encaixe perfeito entre nossos lábios sedentos de prazer. O segurei pela nuca com uma das mãos acariciando seus cabelos tão bonitos e macios, tão loiros e invejavelmente calorosos. Thomas desceu a sua para minha coxa e subiu a saia preta que estava vestindo, me forçando a abrir um pouco as pernas e deixá-lo se encaixar entre elas. Senti um arrepio quando percebi seus dedos apertando a curvatura da minha bunda e a delineando com ousadia até arrastá-los um pouco mais acima. Apertou ali e eu não consegui segurar o gemido que estava preso em minha garganta.

O beijo inicialmente feroz fora tomando proporções intensas e um pouco mais lentas agora. Não demorou muito para sentir a sua excitação crescer no meio de suas pernas, tornando o espaço entre nós dois ainda mais preenchido. Como nunca havia sentido como era, me deixei olhar para ele, soltando nosso beijo apenas por pura curiosidade.

— Isso pode parecer um tanto imaturo, mas... — minha voz saiu embargada e tão lânguida quanto minhas pernas naquele instante. — Eu preciso tocar nisso para saber como é.

Thomas deu um sorriso largo quando sentiu minha mão descer pelo seu corpo até o ponto da sua ereção.

— Isabelle… — ele gemeu baixinho, incapaz de completar a sua frase, quando minha mão o tocou por cima da sua calça.

Meu corpo se arrepiou intensamente ao som da sua voz clamando meu nome.

— … estamos no meio da rua — lembrou.

Olhei ao redor. Não havia uma alma viva ali, para minha felicidade.

— Por mais que estejamos sozinhos, acho que algum vizinho pode ver isso — ele disse, com total razão.

Passei minha mão por toda a extensão do seu pênis, me lembrando exatamente de como ele era, um pouco insatisfeita por não conseguir — e não poder — ultrapassar as barreiras do cinto, calça e cueca.

Thomas me beijou novamente, ignorando o próprio conselho, sem conseguir resistir à tentação, dessa vez gemendo baixinho entre um movimento e outro da língua em conjunto da minha mão. Senti o seu corpo se arrepiar em suas costas, e instintivamente aconteceu o mesmo comigo novamente.

A sua mão que estava em meu traseiro deslizava bem devagar sentindo os poros eriçados da minha pele. Com calma, mas bastante decidido, caminhou até a frente da coxa e foi em direção à minha virilha.

Dei um impulso espontâneo para frente quando senti os seus dedos tentarem ultrapassar as barreiras da minha calcinha. Eu não sabia se esperava por aquilo ou não, mas senti meu baixo-ventre responder com um espasmo involuntário e excitante ao simples toque da sua mão, a ponto de me fazer sentir o líquido lubrificante descer pela abertura.

— Um dos meus maiores fetiches é chupar você inteirinha — ele me confessa sussurrando ao pé do meu ouvido enquanto desliza seu dedo onde pulsava. Sua voz está tão excitada e quente a ponto de passar todo o tesão que está sentindo apenas ao soá-la.

Respondo a essa provocação meramente com um longo e sofrido gemido. Tudo o que eu queria agora era poder experimentar isso.

— Mas estamos no meio da rua — ele repete com desgosto. — Tenho medo de alguém nos ver e fazer fofoca.

Dou uma risada apenas ao imaginar isso. Como cairia mal aos ouvidos dos meus pais.

— Eu acho que Fred tem razão — respondo e, com um sentimento de protesto brotando de dentro de mim, tento afastar suas mãos do meu corpo. — É mesmo horrível ter 17 anos.

Capítulo 30

"O aniversário é do Fred, mas quem ganhou o melhor presente fui eu."

Saí do consultório da Dra. Janine às 8h30 da noite. Estava me sentindo um pouco mal por fazê-la trabalhar até tão tarde por causa dos meus problemas pessoais, mas estava a pagando muito bem para compensá-la desse transtorno.

Peguei o carro no estacionamento e juro que não percebi o caminho até a casa dos meus pais por causa dos meus pensamentos nebulosos, coisa perigosíssima de se fazer, tenho plena consciência disso.

Se bem que sofrer um leve acidente esta semana e pegar uns dias de atestado médico me pareceu uma ideia um pouco tentadora.

Contudo, mesmo vivendo dentro da minha cabeça o caminho praticamente inteiro, consegui chegar lá sem problemas.

A noite estava escura e silenciosa. Quando parei o carro antes de abrir o portão da garagem, não pude deixar de olhar ao redor e me lembrar daquele instante em que tudo aconteceu. Contar minhas lembranças para Janine me fazia um bem enorme, mas ao mesmo tempo me consumia de saudades.

O muro em que antes ficamos estava agora um pouco mais alto e a cor havia mudado. Estava a apenas alguns metros da minha residência e era muito fácil ver tudo acontecendo caso alguém aparecesse, apesar de que naquele tempo havia uma frondosa árvore mais à frente que escurecia um pouco a luz amarelada dos postes.

Ainda assim, eu conseguia ter uma nítida visão de nós dois ali, e era sufocante tê-la. Por quê? Minha vida nunca pareceu tão animada quanto naquela noite e era o início de algo que eu desejava muito. Parecia certo estar com Thomas e eu descobriria quanto nós dois nos encaixávamos perfeitamente bem na noite seguinte.

Fiquei pelo menos três minutos em completo silêncio olhando para esse ponto até me tocar de que não deveria remoer lembranças mais do que o necessário. O meu foco era superá-las e seguir em frente, nada além disso.

Abri o portão da garagem me lembrando de que um dia havia prometido aos meus pais trocá-lo por um automático, mas a recordação desse dever em específico foi totalmente ofuscada pela imagem de um caminhão estacionado na esquina do segundo quarteirão mais à frente — ao lado da casa onde Thomas morava.

A residência que passou quase oito anos sendo da cor verde tomou variações ao longo do tempo. Quando os novos inquilinos chegaram mais ou menos seis ou sete meses depois que a família de Thomas partiu, pintaram-na de rosa claro. Passou para cinza um ano depois, e, nos próximos quatro ou cinco, totalmente branca. Agora era azul claro na fachada com alguns cômodos laterais pintados de gelo.

Havia uma pequena movimentação nessa casa e, aparentemente, outra família estava se mudando. As pessoas que passaram por ali não costumavam ficar por muito tempo, e agora mais uma partia.

Senti uma pontada angustiante em meu coração ao notar isso. Pessoas iam e viam, mas nenhuma delas eram *eles*.

Entretanto, eu sabia que dessa vez poderiam ser. Thomas estava voltando para ficar, e eu não tinha conhecimento sobre isto, mas talvez a casa ainda pudesse ser deles, afinal ninguém comprava uma propriedade e se mudava tão rápido quanto os demais que permaneceram nela.

Contudo, esperava que os próximos a virem não fossem a família Gale novamente. Seria tortura demais ter de vê-los indo e vindo e ter de me segurar para não voar no pescoço de um deles.

Guardei o carro após tanto especular em silêncio, sentindo um gosto amargo na boca, que tudo tinha a ver com o ódio de repente emergido do meu coração a ponto de amaldiçoar o Miush quando deu um pulo em minhas pernas ao entrar em casa. Meu gato deu algumas cambalhotas e deslizou brincalhão pelo tapete, correndo atrás de um ratinho de pelúcia.

— Belinha, estávamos a esperando — minha mãe apareceu ao meu lado com um belo sorriso no rosto após quase tropeçar em nosso gato.

— Não precisam me aguardar para jantar esta semana, estarei um pouco ocupada durante estes dias.

— Mas hoje é especial — ela toma minha bolsa dos meus ombros e a coloca gentilmente no sofá. — Vamos comemorar os 29 anos de casamento e fiz um jantar.

— Mãe, em aniversários de casamento, a senhora deveria comemorar a sós com papai, não acha? Eu não quero atrapalhar.

— Deixe de ser boba, Isabelle. Charles e eu tivemos o fim de semana inteirinho para comemorar juntos e agora queremos fazer isso com a nossa filha. Afinal, você faz parte de nossa vida. Faríamos isso dias antes, mas a senhorita sumiu o fim de semana inteiro com Daniel.

Dei um sorriso para ela.

— No ano que vem faremos 30 anos, estamos planejando uma grande festa e teremos a presença de toda a família — continuou a conversa indo em direção à sala de jantar. — Porém, hoje devemos nos contentar apenas com a comemoração entre nós.

— Se a senhora assim deseja — concordo e me sento à mesa perfeitamente posta para um jantar formal. — Onde está papai?

— Foi comprar um vinho. Eu dei uma única tarefa para ele e advinha só? Não se lembrou. Ao menos ganhei presentes, mas juro que foi sob ameaça.

Minha mãe levantou uma das facas e eu ri. Os dois tinham uma grande paciência um com o outro, apesar das diferenças.

— Daniel esqueceu que esta semana é o chá de panelas da Elisa — entendo perfeitamente o que ela sente. — Foi viajar hoje e só volta no domingo.

Ela me encarou um pouco confusa com essa informação.

— É nesta semana? Eu também não estava me recordando.

Uai, até ela havia se esquecido? Tudo bem, acho que, como madrinha dos dois, deveria lembrar as pessoas de irem antes de se tornar um desastre.

— Não se preocupe, eu mesma comprarei os presentes e nós vamos. Será na sexta-feira às 8h30 da noite. Por favor, anote numa agenda.

Minha mãe ficou em silêncio olhando para mim por uns segundos. Seu rosto parecia um pouco cansado, e, apesar da aparência ainda jovem, os seus olhos entregavam a sua idade.

— Me diga uma coisa... — sua voz soa com doçura e um pouco de receio. — Thomas é o padrinho de Fred, não é?

Não sei como ela obteve aquela informação, já que eu mesma nunca havia contado.

Balancei a cabeça afirmando.

— Quem te disse isso?

— A própria Elisa. Nós nos encontramos um dia desses num restaurante durante o almoço.

— Certo. Mas por que a pergunta?

Ela suspirou, olhou ao redor quase como procurando algo para fixar a sua visão, mas desistiu e voltou-se para mim novamente.

— Oito anos, Isabelle... — era o bastante para passar toda a sua preocupação com este assunto. — E de repente ele está aí...

Minha mãe tenta fazer um gesto com a mão para tentar explicar.

— Como você está se sentindo com relação a isso? Acho que o seu nervosismo atual está mais do que justificado.

Dou de ombros. Eu queria que fosse fácil transmitir tudo o que eu estou passando agora por causa desse assunto, mas nada me parece simples o bastante nem descomplicado de dizer com apenas algumas palavras.

— Eu vou ficar bem — ignoro o nó na garganta e sinto meu coração pulsar mais forte. — Estou me preparando para isso, não se preocupe. Não há nada que possa fazer em relação à sua volta, mas não me deixarei ser atingida por ela — garanto.

Minha mãe me encara com um olhar de pena. Alguma coisa me diz que ela percebeu que, mesmo comprometida, sinto um desespero interno que está prestes a explodir a qualquer momento como uma bomba armada aguardando a pressão do gatilho.

— Os vizinhos estão se mudando neste exato instante. Talvez os tenhamos por perto novamente.

— Os da casa da esquina?

— É. A casa da família de Thomas — expliquei. — Eu os vi colocar as caixas com suas coisas num caminhão repleto de móveis.

Minha mãe suspirou e fez cara de desdém.

— Bem, podemos fingir que eles não existem, certo? — perguntou e eu ri sabendo que ela jamais faria isso. — Não viramos amigos dos outros e podemos deixar de ser dos Gale também.

— Até parece que a senhora não vai dar um abraço nele quando o vir. Sei que ainda gosta do Thomas como se fosse seu filho e eu realmente tento não manchar a sua reputação com as outras pessoas que são próximas e gostam dele.

Ela analisou aquilo por um momento e abaixou os ombros um pouco desanimada.

— Eu fiz lasanha de frango hoje — confessou com um abalo. Eu sempre soube que ela gostaria de ter um filho a mais, só que essa criança nunca veio e a lacuna fora ocupada por Thomas, que era exageradamente mimado por ela e até mesmo pelo meu pai, já que ele estava presente em nossa vida mais do que qualquer outra pessoa. Por quase oito anos ele foi o filho que nunca veio e eu entendia isso perfeitamente. — Sempre me lembro dele quando faço, é inevitável. Seus olhos brilhavam todas as vezes que o convidava especialmente para comer.

Engoli em seco antes que a garganta se fechasse por completo. Creio que não era a única a se sentir transtornada com as lembranças de Thomas naquela casa.

— Eu sei. Está tudo bem se a senhora quiser se aproximar dele novamente, prometo que não a julgarei.

— Você vem em primeiro lugar, Belinha — ela passou uma mão em meu braço e me deu um afago. — Prometo que não o deixarei chegar perto de você, e Charles já disse que está guardando um sermão de 50 folhas numa gaveta caso ele se aproxime.

Dei um leve sorriso. Eu sabia que ela estava brincando. Quem me dera se pudesse mesmo me resguardar do futuro.

Na terça-feira, me ocupei o dia inteiro com afazeres do hospital; também recebi mais dois e-mails de Thomas e tive de responder a eles fingindo paciência e profissionalismo. Era insuportável saber que possivelmente estava me enchendo com eles de propósito, já que os demais médicos contratados nem sequer me responderam.

Tentei não me deixar abalar por isso e passar a aceitar o nosso contato, mesmo depois de anos afirmando que, se ele tentasse algo, iria levar um bloqueio em qualquer coisa que usasse para falar comigo.

Por que tanta raiva? Bem, a única coisa que eu falei para Fred dizer a ele era que, se fosse tentar conversar comigo, seria apenas para me explicar o que aconteceu. Fora isso, eu não queria mesmo saber mais da sua existência.

No meio da tarde, chamei meu atual melhor amigo para um café. Fred costumava ter um tempo, já que fazia plantão de pelo menos 12 horas por lá por causa da falta de médicos.

Nos sentamos na lanchonete do hospital mais ou menos às 16h30.

— Preciso de uma lista com os números dos convidados do chá. Aparentemente algumas pessoas estão perdidas no tempo e eu quero lembrá-las do dia correto e da hora.

— Elisa mandou os convites há meses, deveria ter deixado para mais próximo da data. Claro que esqueceram, ninguém guarda papel — ele parecia um pouco nervoso.

— Está tudo bem? — questionei surpresa. Quase nunca via Fred irritado.

Ele balançou a cabeça em negação.

— Sabe quando você chega a um ponto e não sabe o que realmente fazer? Eu estou exatamente assim — tentou esclarecer, mas não foi de muita ajuda.

— Na verdade, eu não entendi.

Fred se ajeitou em sua cadeira e a puxou para mais perto de mim.

— Elisa está me deixando maluco. Acho que, se as coisas não saírem perfeitamente como ela quer, vou sofrer com as consequências. Isso está me desanimando muito, e o que antes era o meu maior desejo está se tornando um pesadelo. Brigamos constantemente por causa do casamento e os seus detalhes. Brigamos por coisas pelas quais nunca brigamos antes. Ela não parece mais satisfeita com nada.

Me surpreendo com essa confissão. Elisa não havia me dito nada sobre aquilo ainda.

— Nunca a vi tão exigente, juro! — ele suspira em desgosto. — Ontem, por exemplo, ouvi que não estava levando as coisas a sério da maneira que deveria, mas, ao mesmo tempo, não consigo dar uma sugestão e ser acatado. O chá-bar só foi aceito depois de ela ouvir de tantas pessoas que seria uma ideia interessante e que os homens se sentiriam mais à vontade do que em um chá de panelas. O resto das coisas ela descartou. Como eu posso me comprometer com algo se nem ao menos sei o que devo fazer?

— Bem, a verdade é que as noivas tendem a ficar à flor da pele com a aproximação do casamento — tentei amenizar. Esses problemas pareciam muito bobos se olhados de fora, mas eu sabia que poderiam ser realmente incômodos a ponto de colocarem um relacionamento à prova. — Se você parar para pensar, quem será responsabilizada por o casamento não ser perfeito será ela e, como deve saber, as pessoas costumam falar mal de qualquer coisa que esteja fora do lugar. Entende?

— Era para ser algo divertido e cheio de amor, porém está parecendo uma tortura psicológica — ele acusou e eu não pude deixar de rir.

— Acho que ninguém está livre de passar por esse momento de estresse antes de se casar. Talvez seja apenas mais um teste para a confirmação do amor de vocês. Tenha paciência, Fred. Eu sei que Elisa está assim por consequência da enorme pressão que caiu em suas costas. Quando ela estiver pirando, tente apenas ouvir e dizer que tem total razão, na maioria das vezes funciona.

Fred deu uma risada.

— Você está parecendo um homem casado e repleto de experiência falando dessa maneira.

— Na verdade, é bem simples, meu querido amigo, nós mulheres gostamos de apoio e de sermos ouvidas por aqueles que amamos. Se você fizer isso, então terá uma vida plena e feliz ao lado dela — talvez fosse por isso que era tão incrível ser amiga de Thomas, afinal ele era um perfeito ouvinte e apoiador. — Também dê um tempo para pensar nas besteiras que deve ter dito antes sem brigar e logo ela volta atrás quando estiver com os pensamentos no lugar. É tudo uma questão de paciência. Aprendi isso observando meus pais.

Fred tomou um gole de café e pensou por um minuto naquele simples conselho.

— Você está pronta para se casar, sabia? É muito mais madura do que eu.

— Bem... Daniel me pediu em casamento. E, sinceramente, eu não acho que esteja pronta para isso, mas prometi que iria pensar — confessei.

Fred me encara estupidamente surpreso.

— Ainda não aceitou?

— Não. Porém, eu creio que seria bom aceitar esse pedido, afinal estamos juntos há tanto tempo. O casamento é um caminho natural em uma relação amorosa.

Fred franziu o cenho e juntou as sobrancelhas, confuso.

— Se você for aceitar o pedido com essa animação toda, então eu acho melhor pensar muito bem mesmo — ironizou com uma risada. — Não se parece em nada com a reação que Elisa teve quando lhe propus casamento.

Dei de ombros e fiquei quieta. Não havia uma boa maneira de como explicar a minha falta de entusiasmo perante aquilo.

Fred deu dois tapinhas em meu ombro.

— Eu entendo, Isa. Contudo, eu não sei o que seria pior: uma noiva louca a ponto de gritar comigo todos os dias de tão ansiosa, ou uma tão desanimada. Na verdade, acho que estou satisfeito com a maneira escandalosa como Elisa se mostra perante a nossa união.

— Eu não acredito que o meu abatimento o fez se sentir melhor — ri por um segundo do rosto descontraído que Fred fazia agora. — Nada como a desgraça alheia para nos motivar a ir em frente feliz com o que temos.

Capítulo 31

"Hoje eu percebi que tem dois longos dias que não digo que a amo. Não sei se posso passar tanto tempo assim sem lhe falar isso. Parece que falta algo em minha vida."

— Meus pais fizeram 29 anos de casados no fim de semana — falo para Janine. A noite está um pouco mais fria e me encolho no sofá confortável para começarmos a consulta. — Ontem minha mãe fez lasanha de frango e me confessou sentir saudades de Thomas todas as vezes que faz o prato favorito dele. Ela sempre o amou como um filho.

Ela não fica nem um pouco surpresa com essa revelação.

— As pessoas que moravam na casa dele atualmente se mudaram. Acho que o terei de volta como vizinho. Ou isso, ou é muita coincidência.

— E está com medo?

Suspiro de desgosto. Não sabia dizer se medo era o sentimento que rondava o meu coração. Às vezes, eu simplesmente não consigo explicar o que realmente estou sentindo e acho que seria imensamente mais fácil se eu conseguisse.

— Não sei. Não acho que seja apenas isso. Mas, sim, há uma parcela que inclui o medo dentro do meu coração. Não sei como a Isabelle do futuro poderá reagir ao que está por vir e, para ser mais clara ainda, tenho evitado pensar nisso em vez de planejar alguma coisa. Tudo o que faço recentemente é vir falar com você e nada mais.

— Bem, o meu trabalho é guiá-la através dos seus sentimentos, ajudá-la a processar o seu passado e encarar o futuro sem receios. Mas vejo que está se sabotando, possivelmente por causa da tamanha ansiedade que acomete o seu ser, quando na verdade precisa encarar esse assunto. Guarda um passado importante e que não pode ser de maneira nenhuma esquecido, pois faz parte de quem você é e do que se tornou, mas não sabe como lidar com ele trazendo à tona todos os seus fantasmas continuamente.

Suas palavras eram bonitas, entretanto não me adiantavam de nada. Eu sabia de tudo aquilo.

— Certo. Acho que, de qualquer maneira, eu preciso ir em frente com a história. Thomas chega em três dias e eu definitivamente irei falar com ele, mesmo que seja profissionalmente. Aliás, já estou falando por e-mails.

— Estávamos em uma parte muito interessante da história — Janine dá um sorriso um pouco malicioso e eu não posso deixar de rir também. A psicóloga parecia ter se tornado de alguma forma minha amiga, mas eu não esperava que ela fosse gostar do que eu contasse. — Perdão pela maneira como estou lidando com isso, contudo é interessante ver alguém falando sobre a sua história de vida tão abertamente. Não sabe como é difícil arrancar as coisas que estão incomodando alguém às vezes e é preciso muitas sessões cavando fundo até conseguir. Não é o seu caso, mas eu pude perceber muitos problemas em você que possivelmente não notou ainda.

— Quais problemas?

— Tudo ao seu tempo, Isabelle. Por enquanto, vamos focar o assunto principal, então voltarei aos poucos e comentarei com você. Tudo bem?

— Sim — mesmo interessada nesses outros problemas, assenti. — Então, prosseguindo...

Setembro de 2012

— *Posso pegar carona com vocês?*

Thomas me liga às 5h30 da manhã e questiona. Minhas pálpebras estão quase se fechando enquanto o ouço, mas me forço a despertar antes que me atrase ainda mais. Minha mala estava pronta me aguardando na sala e eu já estava limpa e vestida, porém havia me deitado novamente, sentindo que meus pés cederiam a qualquer momento.

— *Claro* — respondo com a voz rouca e um bocejo logo depois, ouvindo meu amigo dando um risinho do outro lado da linha. — *Do que está rindo?*

— *Dessa sua voz sonolenta. Parece manhosa.*

— *Eu estou morrendo de sono e pensando seriamente em desistir apenas para dormir um pouco mais.*

— *Não faça isso, prometo que o fim de semana será inesquecível. Se você não for, não terá a menor graça.*

— *Está bem, então acho melhor você vir logo, porque estamos quase saindo.*

— *Me dê um minuto e estou aí.*

Thomas desligou sem esperar resposta.

— A que horas a senhorita voltou ontem? — meu pai questiona quando me sento à mesa, com voz grossa como se quisesse me dar uma bronca.

— Às 22h30. Mas fiquei conversando com Thomas no portão algum tempo — menti descaradamente.

Aquilo não foi bem uma conversa.

— Não a vi entrar antes das 23h, mocinha — ele continua. — Vou checar as câmeras.

— Quais câmeras? — meu coração deu um pulo tão forte que me despertei sem precisar da cafeína para isso.

— Não temos câmeras, Charles — minha mãe ri e eu sinto meu corpo relaxar. — Deixa ela em paz, pois eram 23h10, mais ou menos, quando chegou.

— Eu estava lá fora às 22h30, 22h40 no máximo, juro!

Eles não costumavam ser muito rígidos, mas sempre tinha de obedecer à hora ou meu pai me ligaria até meu celular explodir em minha bolsa caso eu não o atendesse.

— Vou perguntar isso para Thomas depois — respondeu, como se ele fosse mais confiável do que a própria filha. Não pude deixar de rir, afinal meu pai realmente confiava nele.

— Pode fazer isso agora, porque ele está vindo para cá. Perguntou se podíamos dar uma carona e eu disse que sim — anunciei.

— Ótimo, tenho algumas coisas para conversar com vocês dois antes de irem — ele mantinha o rosto um tanto sério e eu fiquei um pouco apreensiva. Seria possível algum vizinho ter dito algo sobre nós dois e o que fizemos lá fora?

Não era possível! Ainda eram 5h35 da manhã, será que eram tão ávidos por fazer fofoca assim?

Cinco minutos depois, Thomas apareceu com as suas coisas.

— Bom dia — ele desejou, assim que me viu novamente quando abri o portão. — Está pronta?

— Sim, vou chamar mamãe, só um minuto — pedi a ele. — Quer entrar?

Thomas balançou a cabeça, negando. Ele parecia um pouco abatido naquela manhã, seus olhos inchados e um pouco mais pálido do que costumava ser.

— Você está bem? — questionei um pouco desconfiada antes de tomar o rumo da sala.

— Não exatamente — confessou um pouco mais baixo agora. — Meus pais brigaram a noite inteira e eu mal dormi. Mas eu não vou me meter mais nos problemas deles. Não fazem muita questão de me incluírem nos problemas do casamento, então acho melhor deixar que se resolvam sozinhos. Por isso, pedi carona. Minha mãe me levaria, mas ela estava dormindo e eu não quis acordá-la.

Passei minha mão pelo braço dele num afago, me sentindo compadecida por aquela situação.

— Você não quer um pouco de café? Acho que vai precisar de energia para hoje.

— Não acho que dá tempo.

— Claro que dá, você engole tudo de uma vez — desafiei.

Thomas deu uma risada e entrou pela porta comigo.

— Me deem um minuto e já estamos indo — minha mãe berra ao pé da escada quando nos vê ali.

Tomamos o rumo da cozinha e eu pego uma xícara para ele.

— Está com fome? — pergunto, porém sabendo da resposta.

— Não — ele me surpreende dessa vez.

— Como assim "não"?

Thomas toma um gole e me encara com um pouco de desânimo.

— Eu não estou com vontade agora, mas comprei um monte de coisas para nós comermos durante a viagem — esclarece com um tímido sorriso.

— Ah, aí está! — meu pai aparece como uma sombra do nosso lado e eu me assusto. — Seguinte, tenho ordens e espero que vocês dois as cumpram.

Me sentei ao lado de Thomas à mesa esperando o sermão vindo dele.

— O senhor tem um minuto.

— Vou ser claro e objetivo: nada de se aventurarem no meio da floresta que tem por lá sem supervisão. Nada de subir o morro depois da cachoeira sozinhos. Nem tentem fazer uma fogueira sob hipótese alguma! Cuidado com as brincadeiras, cuidado com os estranhos, não aceitem comida de ninguém desconhecido — nessa hora ele olhou para Thomas um pouco sarcástico. — Não se percam da turma de vocês, não mergulhem no fundo das cachoeiras, não pulem dentro da água, pois é extremamente perigoso! Mantenham os celulares com carga máxima e números de emergência salvos na discagem rápida. Não toquem em animais ou insetos. Não tentem brincar com armas de caça que algumas pessoas idiotas insistem em levar para esses lugares e, por último e o mais importante, não se separem! Estamos entendidos?

— O senhor não quer que a gente fique dentro do ônibus de uma vez sem se mexer, não? — ironizei.

Meu pai me olhou de cara feia.

— Se fosse possível, seria melhor.

— Tudo bem, entendido — Thomas assentiu, quase rindo da minha expressão contrariada. — Vou ficar de olho nela, prometo.

— Como combinamos.

Eu achava aquilo um absurdo. Meu pai me tratava como criança indefesa enquanto Thomas era de confiança para ele. Eu sempre achei que fosse mais prudente do que meu amigo. Porém, entendia que era por Thomas sempre me encorajar a fazer as coisas ou, do contrário, realmente nem saía de casa.

— Desculpem o atraso, vamos logo antes que o ônibus parta sem vocês — minha mãe diz quando pisa na cozinha novamente. — Charles, pare de ser estraga-prazeres — o censura e deu um beijo no rosto dele.

Thomas engole o resto do café e pegamos as bagagens. Nós nos despedimos do meu pai, que estava mesmo decidido a nos assustar com as suas dicas dc precaução, e partimos para a porta da escola.

Todos os alunos estavam de pé ao lado do ônibus aguardando o motorista o abrir para nos acomodarmos. Quando chegamos, não faltava mais ninguém, todos os 30 alunos estavam presentes e muito ansiosos para partir. Fred e Elisa conversavam um pouco seriamente afastados dali, então decidimos não nos aproximar por enquanto.

Enquanto as bagagens iam sendo acomodadas, deitei minha cabeça no ombro de Thomas e recebi seu abraço me acolhendo entre o seu corpo de pé. Ele usava um moletom azul de tecido quente e bem confortável, o cheiro do amaciante de roupas se misturava junto ao perfume discreto em seu pescoço. Fechei os olhos e poderia dormir ali mesmo caso conseguisse ignorar o barulho ao meu redor, afinal de contas o seu abraço era perfeitamente acolhedor para mim.

O ônibus foi aberto e entramos quase batendo 6h da manhã.

Nos sentamos no meio. Eu na janela, ele no corredor, e vimos alguns alunos passarem afobados tentando escolher seus lugares de acordo com as suas preferências.

Meus olhos foram de encontro com os de Daniel assim que atravessou o corredor e foi parar atrás de Thomas e eu, me deixando um pouco incomodada com o sorriso melancólico que ele emitiu. Quatro segundos depois, foi a vez de Beatriz ir de encontro a ele. Estava com cara de poucos amigos e eu sabia exatamente o porquê.

Fred e Elisa apareceram de mãos dadas e sentaram-se à nossa frente.

— Bom dia para vocês também — Thomas ironizou quando os dois se sentaram sem se darem conta de que nos ignoraram completamente.

— Eu estou muito bravo para dar bom dia para alguém — Fred reclamou. — Porque eu tive de arrumar uma caixa de isopor de madrugada para colocar um bolo enorme dentro. E tudo isso porque é meu aniversário hoje. Sabe quantas pessoas me deram parabéns até agora? Zero.

— Ei! — Elisa deu um pequeno empurrão nele com a mão.

— Tirando você, meu amor — sorriu amarelo para ela.

— Pessoal! — Thomas deu um grito no ônibus e chamou atenção de todo mundo com um assobio. Eu sabia exatamente o que ele faria. — Hoje é aniversário do Fred e esse infeliz acabou de reclamar que vocês o odeiam! Vamos cantar parabéns antes de sair?

Agora, em vez de bravo, o rosto de Fred exibia um vermelho de vergonha à medida que os demais alunos cantavam a música puxada por Thomas.

— Se sente melhor? — ele quis saber ao final das nossas congratulações. Thomas sempre fazia isso quando era aniversário de alguém e eu tive de me acostumar com a atenção que recebia todos os anos no meu.

— Sempre posso contar com você — Fred reconheceu. — Odiei, mas obrigado, realmente me sinto melhor.

Thomas riu dele e se recostou em seu assento, deixando-o em paz.

Quando todos fizeram silêncio, o ônibus partiu.

— Tudo bem, crianças... — Arthur, o professor de biologia, deu um chamado logo à frente, mais ou menos 15 minutos de estrada depois. — Tenho alguns avisos para vocês.

— Lá vem mais sermão.

— A primeira coisa é que tenho um presente para cada um de vocês — ele diz com uma caixa de papelão em suas mãos. Começou a espalhar sacolinhas entre os alunos nas cadeiras. — O conteúdo é diferente entre os saquinhos azuis e rosas. Os rosas são para os homens e os azuis para as mulheres, evidentemente, do jeito que a biologia manda — esclareceu com humor, porém aparentemente estava falando sério. — Abram quando eu terminar de distribuir.

Jogou um saquinho azul no meu colo e um rosa no de Thomas. Quando chegou ao fim do ônibus, nós os abrimos curiosos.

— Em ambos os saquinhos, temos em comum: um mapa da montanha, muito bem explicado, aonde podemos ir e aonde não podemos. Os lugares exatos em que ficam as cachoeiras e onde podem tomar banho, fotos das plantas nas quais vocês não podem colocar as mãos e alguns textos falando sobre a área — o mapa era enorme e se dobrava em várias partes para caber tudo isso. — Os números de emergência estão neste papelzinho aqui — ele aponta para um quadradinho e eu identifico o meu no pacote. — Há três barrinhas de cereais, cinco balinhas de maçã e uma paçoca. Eu sei que isso não tampa nem o buraco da cárie no dente de vocês, mas vamos fingir que é satisfatório. Também há uma camisinha em cada saquinho, porque quem ignora adolescente no auge da sexualidade são os pais de vocês. A maioria aqui já tem entre 17 e 18 anos e sabe que tem de se cuidar, afinal estou sempre falando sobre isso quando estudamos as ISTs e as imagens das doenças são mais feias do que as de bebê que nasce com cara de joelho. Além do mais, eu não quero, em hipótese alguma, ser convidado para ser padrinho do filho de vocês no ano que vem, levando culpa por deixar um bando de gente atraente e com os hormônios fervilhando dormindo junto por aí achando que não vão se engolir por inteiro.

Todos no ônibus riram, alguns de forma escandalosa e outros um pouco vergonhosa.

— Agora, meninas, vocês têm dois comprimidos de cólica. Eu devo admitir que acho isso imprudente da escola, porque se trata de uma droga, mas vamos em frente, e mais dois absorventes externos. Eu sei que vocês podem estar trazendo, contudo acidentes acontecem e é melhor prevenir.

Arthur pegou o saquinho rosa.

— Meninos… não tem nada de especial, então finjam que o vazio é o existencial de vocês.

— Está confundindo a gente com adulto solteiro e atolado de boletos para pagar? — Thomas brincou e todos riram.

— Eu entendi a indireta — Arthur cruzou os braços. — Thomas, eu vou diminuir suas notas. Tá achando que seu futuro vai ser diferente? — o professor disse rindo.

— Espero que sim! Já tenho o senhor como exemplo a não ser seguido.

— Menos cinco pontos para você, Thomas "Eduardo" — Arthur fingiu seriedade, mas perdeu a postura deixando a risada sair pelo nariz.

— Vale a pena. A perda de pontos dói menos que a realidade — Thomas deu de ombros, arrancando mais risadas da turma.

Arthur estalou a língua até todos ficarem em silêncio.

— Agora, façam um favor a si mesmos e vão dormir, porque não tem nada de bom até lá — ele finalizou.

— Aqui... — Thomas me ofereceu um lado do fone de ouvido dele quando o ônibus voltou a ficar silencioso. Eu estava tentando ler o mapa com as demais coisas espalhadas em meu colo, mas pensando naquela camisinha de uma maneira nada ortodoxa. Não era a primeira vez que a escola nos dava uma dessas, pois sempre as recebíamos nas aulas de educação sexual, todavia eu nunca me imaginei usando.

— Obrigada. O que vamos ouvir?

— Sertanejo — disse com voz séria. — Baixei um monte de músicas.

— Sério?

Fiz careta.

— O quê? Você também não gostou das músicas do barzinho ontem? Eu tenho ótimas memórias dessa noite.

Senti meu rosto se esquentar apenas com essa menção. Eu não iria mais ignorar aquele assunto da mesma maneira que fiz na primeira vez que nos beijamos, mas não achei que ele fosse voltar a essa questão antes de mim.

— As músicas estavam ótimas — ele pisca para mim com um dos olhos tão brilhantes de malícia. — Eu passei a noite inteira mergulhado em suas letras.

Estava segurando o riso, porém, ao mesmo tempo, adorando a sua provocação tão implícita.

— Então, eu estava pensando se a gente não podia repeti-las — consultou num sussurro. Sua voz quase ao pé do ouvido parecia fazer cócegas em minha pele. Senti os pelos da nuca se arrepiarem.

— Eu adoraria.

— Sério? — Thomas se espantou e aumentou a voz. — Caramba, eu achei que você tivesse odiado. Infelizmente eu menti para você e não baixei coisa alguma, mas, se quiser, eu posso ir cantando… — ele coçou a garganta. — "*Não olhe assim, não, você é linda demais…*"

— Cale a boca, Thomas — Elisa o interrompeu, e eu dei uma risada um pouco mais alta do que pretendia. — Eu disse que não quero ouvir essas músicas pelas próximas semanas, nem mesmo saindo da sua boca.

— O que tem contra a minha bela voz?

— Nada, mas, se você quiser cantar, vai ter de ser alguma coisa melhor — pediu ela com carisma.

— Eu não estou cantando para você, estou cantando para Isabelle. Se quiser ouvir algo, peça a Fred.

— Vocês dois me errem, porque quero dormir — explicou o moreno encarecidamente. — Vão discutir na puta que…

— Que tipo de namorado é você, Frederico? — Elisa resmungou.

— Vocês quatro, guardem o namoro para mais tarde — a voz do professor Arthur soou na frente do ônibus, me incluindo nisso sem nem ao menos ter dito coisa alguma.

— Pelo menos eu tenho namorada para *guardar o namoro para mais tarde* — Fred provocou sem medo.

— Menos cinco pontos para você também, *Kiko* — Arthur devolveu, e eu não pude deixar de rir por causa daquele apelido.

— É proibido tirar pontos dos seus alunos no dia do seu aniversário — ele lembrou.

— Meia-noite faço isso então — o professor revidou.

Thomas se voltou para mim quando Fred se calou após a microdiscussão com o professor.

— Não é sertanejo — sussurrou, me devolvendo o fone, que havia caído quando ele respondeu Elisa. — Mas sei que entendemos o recado um do outro.

Dei um suspiro tímido. Ele apertou o play numa música desconhecida por mim e eu me deitei em seu ombro.

Thomas encostou o queixo no topo da minha cabeça e passou a acariciar meus cabelos. Cheirou ali, depositou um beijo delicado e eu caí no sono dois minutos depois em seu abraço.

Capítulo 32

"Você já sonhou comigo alguma vez? Por que isso aconteceu ontem e eu acordei achando que a gente realmente estava numa praia de areia rosa repleta de coqueiros que, em vez de cocos, tinha bolinhos de canela pendurados."

* Pergunta de Thomas para Isabelle pouco tempo depois de se conhecerem.

Uma hora mais tarde, eu me remexi em meu assento e senti Thomas acariciando meus cabelos. Não sei como ele conseguia ficar tanto tempo assim, mas, se o ônibus não tivesse dado um tranco tão forte, com toda a certeza não teria despertado de vez.

— Merda, que susto! — Thomas exclamou, revirando-se no assento comigo.

O resto dos alunos despertou em conjunto e começou a reclamar do chacoalho.

— Foi só um buraco, gente. Tão grande quanto a cratera do estômago de vocês, mas o pneu não estourou, não se preocupem — professor Arthur esclareceu. — Thomas, se você quiser ir em outro transporte, eu agradeceria muito. E leve Fred com você.

— Tá expulsando a gente por quê? — ele riu.

— Por serem tagarelas — o professor respondeu lá na frente dos assentos, rindo junto a ele.

— Nesse caso, você teria de vir junto — Thomas revidou.

— Eu não responderia assim a quem tem o poder de lhe dar uma *bomba* no fim do ano...

— Você deveria ser menos apaixonado por nós dois, Arthur, o resto da turma fica com ciúmes — Fred provocou.

— Também me assustei — disse baixinho apenas para Thomas ouvir, ignorando a nova discussão entre o professor e Fred.

— Você estava dormindo feito um anjinho.

— Estava nem me lembrando de que viajávamos. Acho que a noite de sono não foi suficiente.

— Deite-se aqui de novo — ofereceu, abrindo os braços. Me aconcheguei nele estupidamente feliz por isso. — Quer o fone de ouvido?

— Não — rejeitei afundando o rosto em seu tronco. — Você não quer dormir? Parece que nem cochilou até agora.

— Não consigo dormir em viagens. Mesmo em longas, é muito difícil. Acho que o balanço não ajuda muito.

— E vai ficar sem fazer nada até chegarmos?

— Vou continuar a olhando adormecer.

Dei uma risada e me afastei dele.

— Acho que isso deve ser a coisa mais deprimente que você possa fazer. Ninguém parece decente enquanto está dormindo. Aposto que eu fico igual a uma assombração que morreu de susto com a boca aberta.

Thomas fez uma careta e me puxou de volta para seu abraço.

— Deixe de ser dramática, eu nunca a vi tão bonita quanto agora, garanto — o encarei com um sorriso tímido nos lábios. Se não houvesse tantas pessoas por perto, daria um beijinho nele agora. — E ficar olhando para você é um dos meus *guilty pleasures* da vida.

Contudo, mesmo aconchegada e confortável, não dormi mais pelo resto da viagem. Pouco tempo depois, abrimos um pacote de salgadinhos e comemos enquanto ouvíamos mais algumas músicas.

Chegamos à montanha mais ou menos 9h20 da manhã, o sol ainda brilhava fraco e o vento frio arrepiava a minha pele. Ali faz frio de madrugada e no mês de setembro venta tanto que nem sequer precisamos recorrer a alguma fonte de água para nos refrescarmos

Percebi um flash fraco em minha direção e me assustei. Ao me virar, vejo Thomas com a sua máquina fotográfica apontando para mim enquanto me distraio com a maravilhosa paisagem repleta de árvores, que estavam um pouco secas por causa do clima, com canto dos pássaros e o barulho das cachoeiras.

— Pensei que estivesse estragada — falo, apontando para a câmera em suas mãos.

— Mandei para o conserto antes de virmos para cá. Acha que iria perder a oportunidade de fotografar esta viagem? É a primeira que fazemos isto juntos.

— Não é a primeira. E aquela vez que fomos ao parque aquático na cidade vizinha? E ao museu de artes? Também já fomos a uma fábrica de alimentos, apesar de ter sido chatíssimo.

— Todas essas foram curtas e voltamos no mesmo dia. Essa será diferente, porque vamos dormir longe dos nossos pais. Além disso, teremos mais liberdade do que nessas outras, já que não podíamos dar um passo sem sermos criticados. Sorria!

Thomas vira e aponta a câmera para nós dois agora, batendo uma foto com um largo sorriso no rosto.

— Eu lhe dou 50 pratas se me deixar com essa máquina durante o dia — o professor oferece assim que percebe o objeto em suas mãos.

— E eu lhe dou 100 se sair por aí ao nosso lado tirando fotos minhas e da Isabelle — Thomas fez a contraproposta.

Dei uma risada.

— Tudo bem, 150 e mais dez pontos extras e eu fico com ela até amanhã — Arthur aumentou, e eu achei uma ótima oferta.

— Sinto muito, professor, mas estou fazendo o meu próprio álbum e isso iria atrapalhar — Thomas recusou gentilmente. — Porém, posso tirar algumas fotos e repassar para o senhor depois.

— Fique de olho nos bons momentos, por favor — deu-se por satisfeito, com dois tapinhas nas costas.

— Você poderia ressarcir parte do conserto — observei quando o professor saiu de perto.

— E como eu iria tirar fotos boas de nós dois sem a câmera? Tenho minhas prioridades.

Thomas piscou para mim. Já tinha tantas fotos nossas que às vezes era difícil dizer em que época aquilo havia acontecido, porque às vezes ele tirava fotos do nosso cotidiano sem nada de mais estar acontecendo e revelava todas elas.

— Vamos repassar algumas coisas aqui — Arthur disse, assim que o resto da turma botou os pés para fora do ônibus e ele fez uma chamada pelo nome dos 30 adolescentes que ali estavam. — Primeiro: vocês sabem exatamente os trabalhos que devem fazer direcionados a cada professor que ajudou a bancar esta viagem. Então, eu não quero saber do que se trata além da minha matéria, vocês se virem e façam o melhor. Lembrando que, sim, vamos ouvir uma pequena palestra daqui a uma hora sobre a montanha e o turismo local. Segundo: teremos atividades em conjunto no início da tarde, vamos buscar algumas amostras de plantas montanha acima, mas não chegaremos ao topo dela hoje. Isto ficará para amanhã bem cedo e será o único objetivo. E isto implica diretamente o terceiro: não quero saber de vocês indo para lá sozinhos; se alguém resolver se aventurar, vai perder dez pontos nas três matérias que estão bancando isto aqui e ainda levarão uma boa advertência. E não achem que vocês não vão ser dedurados, hein? Porque quem vier fazer a fofoca vai ganhar os dez pontos extras que vocês perderam.

Ouvi alguns alunos reclamarem quando ouviram isso. Era muito complicado para um adulto só lidar com 30 alunos loucos para fazerem merda no meio do mato.

— Quarto — continuou ele —: respeito é fundamental! Lembrem-se de que não é não! Se algum de vocês for pego tentando forçar alguma coisa, seja o que for, vai ser preso dentro do ônibus até a sua volta. Estão vendo o tamanho desse motorista aqui e o seu ajudante? Não é à toa. Logo, nem tentem testar a gente.

A turma riu enquanto olhava para os dois parados em frente ao ônibus prontos para retirar as malas do bagageiro.

— Quinto: vocês são responsáveis pelos objetos pessoais de vocês. Não desgrudem das suas coisas! Temos alguns armários com chaves disponíveis dentro da administração, mas, quando saírem com os celulares por aí, já sabem. E sexto: vocês vão arrumar as próprias barracas! Espero que as tenham testado em casa.

Nesse momento Elisa me encarou com um suspiro amedrontado, mas eu sabia que não tinha nada de errado com a nossa.

— No mais, aproveitem ao máximo. Não saiam das minhas vistas, mas, se saírem, sabem muito bem aonde podem ir e o que podem fazer. Eu conto com a colaboração de vocês.

Os responsáveis pelo ônibus e a caravana distribuíram nossas malas e fomos em direção à administração do parque para guardá-las.

Uma hora depois, estávamos sentados em alguns banquinhos de madeira aguardando o início da palestra.

Todos ficaram concentrados e anotando tudo o que era proveitoso para o trabalho de história a ponto de nem perceberem a hora e meia passar. Logo chegou a hora do almoço e andamos por alguns quilômetros até encontrar um restaurante de comida caseira que repousava quase ao pé da montanha.

— Meio-dia e meia e já estou exausto — Fred reclamou quando colocou o prato na mesa. — E depois daqui ainda iremos subir novamente em busca de plantas. Será que, se eu não for, vão perceber?

— Pensei que tivesse dormido a viagem inteira — observei.

— E eu dormi — garantiu ele com desânimo. — Mas a palestra me fez ficar com sono novamente.

— Eu estou animado — Thomas disse após terminar de comer uma garfada generosa de macarrão.

— Não há nenhuma novidade nisso — Elisa riu. — Você poderia espalhar energia entre a gente, que continuaria cheio dela.

— Não sabemos quando vamos ter a oportunidade de vir para cá novamente, e é a primeira vez que vou acampar, logo não será uma palestra que irá me desanimar dessa forma — ele respondeu. — Já a Isabelle dormiu umas 30 vezes em pé desde que chegamos aqui.

— Eu acho que deveria ter tomado mais café pela manhã — reclamei, tão sonolenta quanto Fred.

— Pegarei um extragrande para você daqui a pouco — Thomas oferece. — Não quero que fique para trás nas atividades de mais tarde.

— E eu? — Fred pergunta para Thomas, interessado. — Ganho também? É meu aniversário.

— Você não pode usar essa desculpa para conseguir o que quer! Mas tudo bem. Você também quer, Elisa?

— Não, obrigada. Café me dá dor de barriga e eu não acho nada simpático usar o banheiro comunitário para isso.

Depois de mais ou menos 40 minutos, subimos novamente pela montanha junto ao professor para buscar as plantas destinadas. Algumas estavam péssimas de tão secas, mas, ainda assim, colhemos uma ou duas folhas. Essa atividade foi ainda mais cansativa e cheia de reclamações, afinal o que tinha de atraente em procurar folhas?

Thomas batia fotos enquanto eu pegava algumas para ele e as guardava em saquinhos separados dos meus. De todos os alunos ali presentes, ele, sem dúvida alguma. era o que mais estava se divertindo — afinal, sempre conseguia tirar o máximo proveito das situações ao seu redor.

Algumas garotas pousavam para sua câmera fotográfica quando percebi Daniel se aproximar de mim com cautela.

— Oi — me cumprimentou com um sorriso um pouco tímido, observando de longe se Thomas o ouviria.

— Olá.

— Algumas pessoas estão pensando em ir à cachoeira do Vale, que fica um pouco mais escondida e é menor. Você não quer ir também? A água lá é mais funda e o caminho um pouco traiçoeiro, mas ainda está no limite do nosso mapa — convidou, um pouco sem jeito.

— Ah... eu e os outros vamos para a cachoeira central — esclareci, dando a entender que não estava o rejeitando sem mais nem menos.

— A central está cheia hoje, vimos quando subimos novamente depois do restaurante. A do Vale fica num lugar de mais difícil acesso, porém o professor disse que não tem nenhum problema de irmos. Chame os outros também, Elisa, Fred e... Thomas, claro.

Percebi o sorriso no rosto dele se esvair quando anunciou o nome do último.

— Não vai muita gente, apenas eu, Beatriz, Jéssica, Heitor e Gael.

Claro, a turma dos populares. Na verdade, não existia exatamente isso, até porque Thomas era mais popular entre os alunos do que eles, porém os cinco juntos eram considerados os estupidamente atraentes da sala. Como iria usar um biquíni no meio deles sem me sentir um girino?

— Eu quero ir — Fred se intrometeu na conversa, e nem mesmo notei que estava por perto. — Não vou botar meus pés naquela lagoa com queda d'água que chamam de cachoeira central. Tinha uma senhora trocando fralda de bebê lá.

— Ótimo — Daniel tentou dar um sorriso para ele. — Nós nos encontramos quando isto aqui acabar. Aliás, já passou da hora, cansei de pegar mato — reclamou olhando fixamente para uma folha amarelada que estava em suas mãos. — Até mais.

Piscou para mim e saiu de perto. Encarei Fred.

— Daniel e Thomas não se gostam, e você sabe disso — lembrei a ele.

— Mas os dois estão convivendo muito bem desde que se conheceram, não é? Até jogam futebol no mesmo time do bairro, então por que não podem aproveitar uma cachoeira juntos?

Suspirei um pouco nervosa antes de responder.

— Fred... — fiz suspense antes de falar. Não queria contar aquilo para qualquer pessoa, mas naquela hora talvez fosse necessário. — Eu terminei com Daniel por causa do Thomas.

Ele me encarou com as sobrancelhas juntas sem entender muita coisa.

— Me explique melhor — pediu, interessado.

Pisquei incansávcis vezes para ele sem saber a próxima palavra a ser dita a ponto de esclarecer o que eu queria.

— Eu terminei com Daniel porque queria... ficar com Thomas. E ele sabe disso, porque eu disse!

— Como é? — ele questiona um pouco mais alto. — E vocês ficaram? — perguntou abaixando o tom de voz.

Balancei a cabeça afirmando.

— Ontem. Foram uns beijos, nada demais...

Sim, eu sei que é uma quase mentira.

Fred me fitou boquiaberto.

— O desgraçado não me contou isso — praguejou, voltando sua visão para Thomas, que estava mais acima fotografando alguns alunos com o professor, incluindo Elisa. — Mas e aí?

— E aí o quê?

— Estão juntos? Estão namorando? Seus pais já sabem? Posso contar para os outros? — ele me encheu de perguntas.

— Claro que não! A resposta é não para todas as suas perguntas.

— Como assim "não"? Vocês ainda não decidiram o que vão ser daqui para a frente?

— Nós somos amigos, Fred.

Ele revirou os olhos.

— Ah não, Isabelle! Esse discurso não cola mais para cima de mim. Não está na cara que ele gosta de você?! Pelo amor de Deus, resolvam isso logo de uma vez.

— Thomas nunca me disse que gosta de mim dessa forma — recordei a ele, impaciente como estava. — E eu respeito os seus motivos para não dizer, se há algum.

Fred olhou para Thomas novamente e emitiu um olhar enigmático, mas determinado.

— É uma declaração que você quer? Pois é uma declaração que você vai ter! Ou eu não me chamo Fredderick!

— Fred — freei ele assim que notei que daria um passo —, eu não desejo que Thomas faça isso movido sob o que outros pensam nem sob pressão. Se algum dia ele gostar de mim dessa maneira, desejo que me conte porque está de fato sentindo isso.

— Mas eu não pretendo forçá-lo a nada — reconheceu com um sorriso brando. — Apenas vou lhe dar a oportunidade de saber disso e quem vai dizer com todas as letras por livre e espontânea verdade é ele. Confie em mim.

— Você parece estar me confirmando um segredo que ele lhe confiou — acusei.

— Sim, eu estou. E estou cansado de ouvi-lo dizendo isso e ter de guardar. Me perdoe se não gostou de descobrir da minha boca, contudo alguém deveria lhe dizer com toda a certeza que você tanto deseja. Sim, Thomas gosta de você dessa forma, Isabelle. É tão óbvio quanto confesso. Porém, quem vai lhe dizer com todas as palavras sobre todos os sentimentos guardados é ele mesmo.

Me senti paralisar no lugar. Não sabia se estava preparada para ouvir uma declaração vinda de Thomas, afinal era diferente agora. E por quê?

Porque eu também gostava dele. E o que eu deveria dizer? Meu coração parecia querer sair da boca apenas ao imaginar isso.

— Não faça nada precipitadamente — pedi de novo.

— Está bem! — Fred assentiu com desgosto. — Mas nós vamos àquela cachoeira, Thomas e Daniel que se comportem feito gente.

Uma hora mais tarde, estávamos indo em direção à cachoeira do Vale no pequeno grupo de nove pessoas. Daniel seguia na frente, com Heitor e Gael, Beatriz e Jéssica no meio, e nós quatro por último. Thomas continuava a tirar fotos enquanto caminhávamos, e eu podia jurar que a máquina dele não iria aguentar tanto arquivo.

— Vou fazer um álbum para nós dois na semana que vem — ele diz para mim. —Então, minha musa inspiradora, colabore.

— Nada de fotos na cachoeira!

— Mas aí não teria a menor graça.

— Se eu sair parecendo um peixe-boi, você vai fazer o favor de apagar todas elas.

— Logo, eu não precisarei fazer isso, já que está longe de parecer qualquer animal aquático — argumentou. — No máximo uma sereia.

Atrás de um monte um pouco escorregadio, grandes pedras molhadas encobertas de musgo e de gramas traiçoeiras, havia a cachoeira, no meio de algumas árvores. O ambiente por lá era mais belo, silencioso e agradável do que o resto — quase um jardim oculto dos olhos humanos, que poucas pessoas se davam o trabalho de procurar.

Não havia alma viva por ali. Descemos com cuidado pelas pedras até um pequeno campo aberto e deixamos nossas coisas escondidas entre as rochas.

Elisa e eu abrimos uma toalha no meio da grama para nos sentarmos e fazermos um piquenique mais tarde; os outros, mais do que depressa, arrancaram suas roupas e caíram na água, que estava certamente um pouco mais fria do que eu gostaria de sentir.

— Você está usando biquíni! — minha amiga notou quando viu a alça da blusa cair em meu ombro. — Pensei que desistiria.

— Sim, mas ainda estou pensando se vou entrar. Olhe só para elas, parecem manequins — comuniquei, apontando para Beatriz e Jéssica com o olhar. Bia estava com um conjunto azul, e nada parecia escapar do seu corpo cheio de sardas. Era como se ela não tivesse uma grama sequer de gordura. Jéssica estava com um preto e tinha seios que chamavam atenção e pulavam a cada passo.

— Deixe de ser boba, olhe! — Elisa retirou a sua blusa e o short como exemplo. — Também sou cheia de defeitos, porém não estou nem aí. Vamos! Está ficando tarde e o tempo mais frio.

Me rendo, sentindo a timidez me congelar por dentro. Às vezes, ela me domina como uma onda, e me deixa paralisada sob olhares que parecem me julgar. Um medo irracional, eu sei, mas inevitável.

Retirei a blusa e observei o rosto dos demais. Ninguém havia reparado nisso. Ótimo.

Quando o short foi ao chão, segurei o fôlego por algum tempo antes de olhar para frente.

O meu biquíni era branco, mas muito bem forrado, para não mostrar nada além. De todos os outros que havia experimentado, esse foi o que se encaixou melhor em meu corpo, sustentado bem os seios e moldado perfeitamente o traseiro.

Caminhei lentamente até a água pensando nas estrias espalhadas em meu bumbum ou no tamanho um pouco maior do que o de geral dele, na cintura que mal era marcada e até mesmo nas manchinhas em minha pele, torcendo para que o protetor solar fosse o suficiente para as atenuar.

— *Uou*! — ouvi Gael gritar assim que ele notou a minha presença indo em direção ao meio. O toque da água estava frio a ponto de fazer todo o meu corpo se arrepiar. — A Isabelle está de biquíni?

Paralisei e assisti aos demais me encararem. Aquilo só podia ser um pesadelo.

Eu tinha a sensação de que poderia desmaiar.

— Caramba, minha filha, você escondia tudo isso por quê? — perguntou Heitor, se referindo ao meu corpo, e eu quis morrer naquele instante. Thomas estava sentado numa pedra ao lado da cachoeira observando a cena completamente molhado já, porém tão perplexo quanto os demais. — Quem vai ter um ataque do coração primeiro? Thomas ou Daniel? — brincou ele, encarando os dois, um a um. — Eu aposto no Thomas.

— Quem é que vai bater em você primeiro por estar sendo um completo idiota? — Daniel interveio com um olhar de poucos amigos e braços cruzados. — Eu ou o Thomas? Não está vendo que está constrangendo a garota?

Nessa hora eu confesso que quis rir.

— Vocês realmente estão parecendo uns canibais olhando para ela assim! — Thomas, que já estava praticamente correndo entre as águas para me alcançar, chegou perto e me deu a mão.

— Ué, a garota vai para o clube com a gente e só falta usar uma burca, sempre achei que ela tivesse um alienígena no meio das pernas, não esse corpão todo — Gael deu uma risada e eu me senti um pouco mais incomodada.

— Deve ser por isso que ela não usa, seu imbecil — Jéssica observou, incrédula por causa daquela cena idiota. — Vocês parecem estar no cio só por ver ela assim.

Beatriz revirou os olhos e foi mergulhar.

— Foi só um elogio — Heitor subiu as mãos em sinal de rendição. — Não precisam crucificar o Gael e eu. Além do mais, agora pode ficar à vontade, Isabelle. Bem-vinda ao mundo dos sem-vergonhas.

Eu gostaria de dizer que me senti bem com isso. Porém, estava entre o impacto de chamar atenção sem querer, a vergonha e vontade de sair e colocar a roupa novamente ou aproveitar que já estava ali e fingir que essa cena deplorável nunca aconteceu, num impulso enérgico que eu tiraria do fundo da minha alma.

— *Hum* — Thomas grunhiu. — Está tudo bem? Quer que eu pegue suas roupas para você? Quer que eu bata neles? Quer que eu volte no tempo e a impeça de fazer isso?

Eu ri.

— Não. Está tudo bem.

— Ótimo, porque você está deslumbrante! — Thomas elogia. — Não se importe com eles. Se tentarem algo mais, eu desço um soco na cara.

— Estou pensando em fazer um topless só para ver isso acontecer, então.

— Opa! — Thomas se surpreendeu e deu um belo sorriso. — Se precisar de ajuda para retirar o sutiã, eu me voluntario — brincou e mordeu os lábios. — E, se fizer isso, eu tiro a parte de baixo também.

— E fazer desta uma cachoeira de nudismo?

— Eu só vejo vantagens — reconheceu ele, passando os olhos de cima a baixo, agora com malícia na voz. Sinto meu rosto esquentar de vergonha, quando para algum tempo nos seios antes de me encarar novamente. — Você é maravilhosa da cabeça aos pés. Eu não tiraria os olhos de você.

— Você e o resto, aparentemente — percebo ainda incomodada. — Deixe para quando estivermos sozinhos.

Pisco para ele e percebo que é a primeira vez que faço isso. Thomas se surpreendeu e deixou o queixo cair, elevando a mão em sua cintura como se fosse um ato de proteção.

— Isabelle, não posso ficar de pau duro perto dos outros — alertou e desceu o corpo para a água gelada, dando um suspiro infeliz, e eu ri.

— Não vou pedir desculpas se isso acontecer — esclareci e me sentei água abaixo, sentindo meu corpo gelar também.

Capítulo 33

"Estar apaixonado parece ser a coisa mais complicada que pode existir entre duas pessoas que não sentem o mesmo."

* Conversa entre Thomas e Isabelle numa tarde de filme.

Depois do piquenique na cachoeira, que foi até bem agradável, voltamos para o acampamento exaustos. Passava das 5h30 da tarde e corremos antes que tudo se tornasse apenas um breu diante de nossos olhos.

— Por isso, eu acho que da próxima vez não convidarei nenhum mais — Daniel caminhava ao meu lado num papo descontraído enquanto Thomas estava conversando com Fred no fim da fila. — Gael e Heitor podem ser estúpidos quando querem. Eu sinto muito.

— Está tudo bem. Pelo menos não me atrapalhou em nada. Pensei que seria pior, e possivelmente seria, caso estivéssemos na cachoeira central com mais pessoas ao redor.

— Por que sente vergonha disso? — ele questionou, me olhando de cima a baixo. — Você é tão ou mais bela do que as outras.

Coçou a garganta quando percebeu Jéssica e Beatriz olhando para trás.

— Na verdade... — Daniel abaixou o tom de voz e diminuiu um pouco o passo —, é muito mais atraente, em meu ponto de vista. — Senti um tremor subir pelas pernas quando ouvi essa declaração. — Sei que não sou o único a achar isso.

Daniel olhou para Thomas uns 20 passos atrás e engoliu em seco.

Dei uma risada.

— Tudo isso só por usar um biquíni — raciocinei, impressionada com o impacto que eu havia causado. — Da próxima vez, volto com blusa de manga e calça jeans.

— Nem pense numa atrocidade dessas — Dani me repreendeu. — Não se prive dessas coisas apenas porque nós ficamos feito uns bocós de boca aberta.

— Daniel, não sei quem é mais exagerado, você ou Thomas.

Daniel endureceu o olhar e perdeu a suavidade em seu rosto.

— Vocês estão juntos? — perguntou, um pouco amedrontado.

— Mais ou menos.

— O que quer dizer com "mais ou menos"?

— Bem, não conversamos sobre isso ainda — expliquei um pouco receosa. Eu deveria mesmo contar aquilo para quem me garante estar apaixonado por mim? Não seria impiedoso da minha parte? — Mas estamos ficando. Começamos depois que ele terminou com a Beatriz.

— Ah. Entendo. Bem, ao menos fez o que é certo.

Bateu um silêncio constrangedor entre nós dois. Não queria magoá-lo de maneira nenhuma, mas ao mesmo tempo achei melhor contar logo a verdade. Afinal, eu poderia, de alguma maneira, passar algum fio de esperança para ele que não existia.

— E você? — perguntei curiosa. Daniel me encarou sem entender. — Não procurou saber se Beatriz não é apaixonada por você?

— Da maneira como ela está chateada com o fim do relacionamento dela com Thomas, acho que não. Se bem que achei um pouco estranho o jeito que se jogou em meus braços quando eles terminaram — raciocinou, franzindo o cenho e olhando para ela, que estava bem longe.

— Você deveria perguntar. Acho que teria uma resposta surpreendente.

— É, só que, ao contrário de você, eu não sinto a menor vontade de ter alguma coisa com outra pessoa. Não dá para esquecer alguém assim de uma hora para outra e nem sequer tenho interesse de substituir. Melhor esperar pelo processo da cura naturalmente.

— *Uau*, eu me senti uma péssima pessoa agora — exprimi surpresa com a sua declaração.

— Não, você não é. Fui eu quem se deixou enganar. De qualquer forma, valeu a pena — Daniel passou a língua pelos lábios e sorriu quase como se lembrasse do sabor dos nossos beijos.

Chegamos ao acampamento sem eu conseguir responder a essa última frase. Meu coração se enchia de culpa, mas ao mesmo tempo sabia que foi a coisa correta a se fazer.

Thomas se aproximou de mim, e Daniel saiu de perto sem falar coisa alguma, apenas deu um sorriso tímido e se foi.

— O papo estava bom — ele notou.

— Se você está com ciúmes, esta é a hora de admitir — provoquei de brincadeira.

— Eu sempre tenho ciúmes de você, mas não sou egoísta a ponto de achar que sua atenção deva ser somente minha. Sempre foi livre para fazer amizade ou namorar quem quisesse.

Me senti especialmente rodeada de homens interessantes e maduros naquela hora e fiquei feliz por isto.

— Eu espero que este bolo esteja estragado — Fred brincou, porém cheio de remorso e ainda com raiva.

— Pare de reclamar e traga até aqui — Thomas pediu, à mesa de madeira longínqua que estava no meio do pátio.

— Nada de parabéns novamente! Eu estou satisfeito com o de cedo.

— Será que está mesmo? Passou o dia lembrando que é a sua "data especial" — Elisa lembrou.

— Para ganhar presentes e regalias, mas não funcionou muito bem. Ainda estou esperando o meu boquete — ele reclamou, encarando Elisa.

Me assustei com essa última frase e o olhei perplexa por ter dito isso tão abertamente assim.

— Fred! — Elisa chama atenção, ficando vermelha de vergonha.

— O que foi? Oh, meu Deus, eu tenho 17 anos, não é? Não posso falar "boquete" — ele provoca, cruzando os braços. Alguns alunos que estavam perto começaram a rir agora. — Boquete, boquete, boqueeeeete.

— Cale a boca, Fred! Tem crianças por perto! — Thomas o censura

— Tem só uma. E parece perdida.

A menininha estava a alguns passos longe, observando. Seus olhinhos estão vermelhos e sua roupinha ensopada de lágrimas.

— Ei, venha aqui — Thomas a chama com voz doce quando a percebe dar uns passos para trás. — Onde estão os seus pais?

Ela dá de ombros e volta a ficar paralisada no lugar.

— Você quer um pedaço de bolo? — Thomas oferece, pouco se importando se Fred iria cortá-lo agora ou não. — Está com fome?

Ela balança a cabeça afirmando, e chega um pouco mais perto.

— Não devemos aceitar comida de estranhos — Fred raciocina. — Mas, se os estranhos somos nós, então...? Quer saber, tome aqui.

Ele corta um pedaço, coloca num guardanapo e dá na mão de Thomas.

— Aqui — ele oferece com um sorriso. — Pode pegar, não tem formiga — brinca, e a menina dá um sorrisinho, estendendo a mão, feliz.

— Essa daí não aprendeu a recusar — Olívia repara.

— Não tem nada de errado com o meu bolo — Fred intervém para se defender. — Eu bem queria ter colocado laxante nele só para ver o caos acontecer, mas não fiz isso.

— Qual o seu nome? — Thomas ignora e continua o diálogo com a menininha.

— Amanda — disse ela, tremendo um pouco.

— Eu sou Thomas, Amanda — ele estende a sua mão pronto para cumprimentá-la, e esse ato me lembra exatamente o primeiro dia que nos conhecemos. Sinto meu coração se aquecer com essa doce recordação do início da nossa amizade. — Cadê os seus pais, Amanda?

Assisto essa cena curiosa. Thomas sempre foi amável com crianças e até mesmo bastante enérgico quanto elas. Às vezes, podia passar horas dando atenção a uma, ou correndo atrás numa brincadeira em um parque e se misturar, mesmo sendo tão alto. Não era à toa que tinha o sonho de ser pediatra.

— Eu não sei — ela finalmente fala, depois de engolir um pedaço cheia de vontade.

— Deveríamos avisar à administração?

— Alguém pode fazer isso enquanto a vigio? Senão, pode ser que fuja daqui — Thomas pede olhando os demais ao redor

— A gente vai — Olívia se oferece, puxando Elisa pelo braço.

Alguns minutos depois, ela está à mesa comendo mais um pedaço com um copo de suco em mãos ao lado de Thomas respondendo às perguntas dele. Uma senhora aparece com Elisa e Olívia ao lado e, notando a seriedade do caso, chama atenção sem a criança perceber.

— Disse que seus pais sumiram enquanto estavam indo para uma cachoeira, eu acho que ela se perdeu — Thomas esclareceu após contar um breve resumo. — Foi só o que consegui saber.

A senhora, com extremo cuidado, chega perto da menina e faz as mesmas perguntas que meu amigo fez anteriormente, obtendo apenas as mesmas respostas.

Depois de algum tempo, finalmente consegue levá-la no colo para a administração, nos agradecendo por mantê-la ali segura quando visivelmente estava há horas caminhando sem saber para onde ia.

— Espero que consiga achar os pais dela — digo, me virando para Thomas depois de vê-lo acenar dando tchau para a menina.

— Eu espero que os pais dela realmente estejam por aqui. Porque não me surpreenderia em nada se tivessem simplesmente abandonado essa criança para que se perdesse na floresta sozinha.

— Credo, Thomas!

Ele me encara com um sentimento amargurado no olhar.

— Nem todos os pais são bons, Isabelle — ele explica. — Alguns simplesmente não amam os seus filhos e não se importam com o bem-estar deles.

Franzi o cenho sob daquela resposta e me senti intimamente estranha. Ele parecia aborrecido ainda, provavelmente por causa das brigas que estavam acontecendo em sua casa.

— Thommy, se você quiser conversar sobre...

— Bom, de qualquer forma, não temos nada mais a fazer a não ser torcer para que encontrem os pais dela — Fred me interrompeu sem se dar conta. — Quem quer bolo? — ele dá um berro ensurdecedor, chamando os demais para a mesa.

Uma hora mais tarde, todo o bolo já havia sido consumido com os demais lanches que trouxemos para dividirmos em conjunto, criando uma festa de aniversário improvisada e totalmente descontraída. Fred recusou mais parabéns, porém foi cantado de novo e de novo, puxado por outros alunos que queriam tirar sarro com a cara dele.

— Tudo bem, pessoal, o dia foi incrivelmente proveitoso e cheio de energia. Porém, chegou a hora de montarmos as barracas e procurarmos nos aquietar — o professor Arthur chama atenção, atrapalhando a cantoria súbita que algumas pessoas começaram em volta de uma fogueira. — Eu espero que vocês saibam fazer isso, porque eu mesmo não sei!

— Vem todos os anos acampar e não sabe? — Thomas observou, desconfiado. — Ou só está com preguiça?

— A minha eu sei; a de vocês, se virem para aprender — esclareceu com humor. — Mas, se precisarem de ajuda, eu tenho plena certeza de que alguém no meio dos demais vai saber. E, se não souber, vocês sempre terão a opção de dormir dentro do ônibus.

Elisa e eu pegamos a nossa e passamos a ler as instruções. Era bem simples, na verdade: uma vareta oca se encaixava enumerada na outra e armava uma cabana firme com uma boa base. Depois disso, o tecido impermeável de poliéster se estendia acima e abaixo da armação, e nós devíamos pregar aos lados até um encaixe perfeito. Demoramos mais ou menos 40 minutos para fazer isso e não precisamos da ajuda de ninguém, felizmente estava intacta e era um pouco maior do que imaginava.

— *Uau*, meus parabéns — Fred diz impressionado quando aparece após colocarmos o colchonete inflável. — Eu já estava vindo ajudar a armá-la enquanto Thomas faz os ajustes finais na nossa.

— E onde está a barraca? — Elisa questiona, olhando ao redor.

As barracas não estavam todas amontoadas, como imaginei que seria. Na verdade, ficaram espalhadas e bem espaçadas entre si, dando privacidade umas para as outras.

— Atrás daquela árvore — ele aponta para um tronco grosso e um ambiente um pouco mais escuro.

— Por que tão longe? — observei.

— A barraca é maior do que imaginávamos, e cabe pelo menos quatro pessoas lá dentro e ainda sobra algum espaço, então foi onde ela coube perfeitamente. Se vocês quiserem dormir conosco, são bem-vindas. Ficaria muito mais confortável e quente assim.

— Eu passo, mas agradeço.

Não acho que seria agradável dormir ao lado de outro casal.

Fred riu, entendendo meu recado.

— Tá bem, mas eu preciso que você passe lá hoje à meia noite — ele pediu e eu franzi o cenho.

— O quê? Por quê?

— Lembra aquele assunto de mais cedo? — Fred perguntou, e Elisa o encarou sem entender. — Então, vamos resolver.

— Fred, eu disse que...

— Eu sei, Isabelle! — ele fez um movimento impaciente com as mãos. — Mas vai ser espontâneo, eu juro!

— Do que diabos vocês estão falando? — Elisa questionou, olhando do namorado para mim.

— Mais tarde você vai saber — ele deu um beijinho em sua testa e um sorriso de satisfação. — Agora, tenho um saco de marshmallows aqui para nós quatro. Vou chamar Thomas e vamos novamente para a fogueira, pode ser?

Estávamos juntos à fogueira, e tudo parecia mais silencioso agora. Boa parte dos alunos já havia se recolhido em suas barracas e um ou outro estava espalhado perto do fogo conversando baixinho. Já passava das 11h da noite quando as luzes do acampamento foram diminuídas, ficando quase tudo na penumbra.

— Acho que devemos ir dormir também — Thomas diz após um longo bocejo. — Teremos de acordar cedo amanhã ou o professor irá jogar água em nossa cara caso nos atrasemos para a caminhada até o topo da montanha.

— Não duvido nada que ele faça isso — raciocino enquanto estou deitada em seu ombro.

A mão de Thomas está discretamente acariciando minha coxa entre seu abraço acolhedor, e eu sinto a pele ali arrepiar a cada movimento delicado dos seus dedos.

— Mas aqui está tão bom — ele sussurra para mim, depois de olhar para os lados com cautela, e me dá um sorriso bem malicioso. — Se não fosse morrer de sono amanhã, poderíamos ficar aqui a noite inteira.

Balanço a cabeça concordando e me encolho um pouco mais no seu braço.

— Podemos acampar mais vezes a partir de agora — digo, com um novo propósito. — Já temos as barracas e logo teremos idade para viajar sozinhos.

— Podíamos ir a uma praia da próxima vez. Sempre quis ver o sol nascer em uma, mas nunca consegui acordar cedo o suficiente para isso. O que vocês acham? — pergunta para Fred e Elisa, que estão quase mudos ao nosso lado.

— Eu acho que acordar cedo para fazer qualquer coisa é uma atrocidade — Fred responde. — Melhor assistir ao pôr do sol.

— Que seja! — Thomas revira os olhos para ele. — Você pode ficar dormindo, seu preguiçoso.

— Nesse caso eu vou, sim.

— Isso porque ele quer ser médico, não é? — Elisa menciona. — Imagina tendo de fazer plantão de madrugada.

— Vocês quatro! — a voz de Arthur soou ao nosso lado vindo das sombras de repente. — Quando eu disse para guardar o namoro para mais tarde, não quis dizer a noite inteira. Vão todos para a cama, imediatamente! Temos muito o que fazer amanhã antes de voltarmos para casa e preciso que tenham energia — deu o seu recado e marchou até os outros alunos que estavam por ali também. Parecia que Thomas havia adivinhado que ele estava mesmo prestes a fazer isso.

Dei um longo suspiro antes de concordar e me levantar para tomar rumo da barraca, sendo acompanhada dos demais sem pressa. Paramos diante dela para dar boa-noite e percebi quão escuro estava naquele lugar.

— Me dá um beijo de boa noite? — ele pede ao pé do meu ouvido antes de partir para seu alojamento. Sua voz sussurrada sai rouca e quente contra a minha pele, me fazendo arrepiar ali.

Sinto a minha boca sendo tomada para si antes de responder. Não tinha importância; de qualquer forma, a minha resposta seria totalmente positiva.

Thomas me envolve em sua língua e adentra minha boca com suavidade e sem pressa, me abraça pela cintura e cola meu corpo no seu. Sinto se deleitar entre meus lábios com uma vontade apreciativa e diferente agora do que foi na noite de ontem, usufruindo de cada movimento um pouco mais lentamente, acendendo o desejo em nossos corpos como uma tortura deliciosa que começa a formigar a pele numa necessidade absurda de se fundir uma à outra. Ouço apenas os nossos movimentos sutis e ao mesmo tempo tão intensos entre o dançar de nossas línguas e o estalar de nossas bocas a ponto de fazerem minhas pernas tremerem.

Ele parecia envolto da sensação ardente e deliciosa que era aquele beijo. Sua mão buscou algum espaço para tocar minha pele entre o casaco e minha blusa, encontrando uma fenda em minhas costas e me fazendo arrepiar quando sinto a palma de sua mão. Gemo involuntariamente, notando que o som mais parecia um pedido suplicante por mais toques íntimos vindos dele.

Ouço a sua respiração descompassada ao desgrudar nossos lábios por um momento e me sinto derreter entre as coxas em meio a seu abraço caloroso. Quero permanecer ali, mesmo no toque gélido da noite escura e silenciosa, apenas para continuar sentindo o prazer daquilo de que por muito tempo não consegui admitir a saudade que sentia.

— Adoro o cheiro do seu cabelo — volta a sussurrar após depositar um beijo delicado no lóbulo da minha orelha. — Às vezes minhas mãos ficam cheirando horas após fazer carinho em você.

Dou um sorriso com aquela pequena declaração.

— Também amo o seu perfume — admito com um sorriso afundando meu rosto em seu pescoço.

Thomas toca minha face e encosta a sua testa na minha. Sei que ele mal está me enxergando também, mas eu podia entender cada expressão do seu rosto da mesma maneira que ele via o meu.

Ouvimos passos em meio às folhagens secas e vozes um pouco perto dali indo para a direção oposta, então nos afastamos num ato de precaução.

Eu quis protestar, mas me dei por vencida.

— Boa noite, Bel... — deseja com voz um pouco embargada como se não quisesse apenas dizer isso. — Até amanhã.

— Boa noite — desejei de volta, e sinto sua mão deslizando pelo meu braço até me deixar livre do seu toque.

— Até daqui a pouco — Fred sussurra cinco segundos depois quando passa por mim, me lembrando do combinado de mais tarde.

— Por que não me disse que estava ficando com Thomas? — Elisa questiona assim que entramos na barraca.

— Porque não deu tempo — esclareço e pego um conjunto de dormir para me trocar, notando que era inapropriado, pois tratava-se de uma blusa de alcinha e um shortinho preto de renda e algodão.

— Como não? Passamos o dia inteiro juntas! — ela observa como se eu tivesse a apunhalado pelas costas. Tiro a blusa de frio, a blusa que visto por baixo e coloco a peça do baby-doll, deixando o sutiã por enquanto.

Droga! Não era para trocar de roupa ainda. Mesmo com o aviso de Fred, acabei fazendo aquilo no automático.

— Elisa, nós duas não entramos no assunto, ao contrário dos outros.

— Os outros? Que outros além de Fred?

— Daniel. Ele meio que desconfiava disso e eu só confirmei.

— Eu sou a última a saber?! — ela estava tendo um ataque de histeria totalmente dramático.

— Claro que não, ninguém mais sabe! Além do mais, foram só alguns beijos, nada demais. Mas Fred quer que eu vá lá na barraca à meia-noite.

— Para quê?

Dei de ombros.

— Eu não sei exatamente, isso está me cheirando a um plano dele e só vou descobrir quando for — disse um pouco ansiosa.

Elisa ficou em silêncio.

— Nem ele me disse nada, serve nem para ser fofoqueiro! — praguejou baixinho. — Para que vou querer um namorado que não sabe repassar fofoca?

Dou uma risada.

— Para sentar? — pergunto maliciosamente.

Elisa pensa por um segundo.

— Definitivamente sim — ela concorda com uma risada.

Quando bateu meia-noite, Fred me mandou uma mensagem apenas escrito “venha”. Aquilo era insano e eu nem sei o porquê de estar dando corda, era evidente que estava ultrapassando a racionalidade fazendo o que ele pedia. Aliás, o que pretendia com essa atitude? Me encontrar com

Thomas em sua barraca não faria diferença alguma, mesmo que tão tarde da noite, ele já havia tido inúmeras oportunidades de me dizer que era apaixonado por mim e isso nunca aconteceu.

Mesmo assim, peguei o meu roupão e fui. Aquele dia já havia sido suficientemente denso para eu desistir de uma coisa boba como essa, e, se era isso o que Fred queria que eu fizesse, eu iria fazer.

Andei por uns metros no escuro com medo de o professor Arthur ou qualquer outra pessoa me ver indo por aquela direção. Me aproximei da acomodação dos dois tão silenciosamente que nem os meus passos chamavam atenção para a minha presença.

Ouvi suas vozes soando até que bem claras quando caminhei os centímetros finais.

— Mas você está esperando o que, exatamente? — ouço Fred falar. Sua entonação parecia alta propositalmente. — Já estão ficando, Thomas, essa é a sua oportunidade!

— Não é tão fácil assim como parece, Fred, e você sabe disso — Thomas respondeu, depois disse algo que eu não entendi. Senti meus passos se paralisarem no ato e minha audição aguçar, torcendo para continuar oculta nas sombras para ouvir um pouco mais.

— É mais simples do que você imagina, garanto isso — Fred estava na abertura da barraca, eu conseguia ver o seu reflexo na luz fraca de dentro dela. — Há quanto tempo você é apaixonado pela Isabelle?

Ouço um suspiro de agonia antes da resposta. Sinto meu corpo se arrepiar.

— Desde sempre — Thomas confessa, e eu abro a boca chocada com aquela informação.

— Sempre? — Fred emite assustado. — Desde que se conheceram?

Eu não ouço resposta de negação ou afirmação.

— E esse tempo todo você nunca teve coragem de dizer absolutamente nada? — pelo tom da frase, logo imagino a afirmação vinda do meu melhor amigo. Engulo em seco, surpresa e sem conseguir mover um passo a mais.

— Não. Sempre tive medo de afastar ela por causa disso e, do fundo do meu coração, prefiro que sejamos só amigos do que ver ela longe de mim. Imagine só se ela não corresponder? Eu não sei como viveria sem a Bel ao meu lado — confessa, e sua voz parece carregada de sentimentalismo.

Isso atinge meu peito como uma onda de choque forte a ponto de senti-lo doer como se estivesse mesmo sofrendo uma tortura.

— Thomas, Isabelle tem o direito de saber — Fred continua algum tempo depois de silêncio. — Se ela é mesmo a sua melhor amiga, então deve contar seu maior segredo a ela. Há mais de sete anos você está apaixonado pela mesma pessoa, isso precisa ser revelado o mais rapidamente. E nem pense que consegue enganar a gente. Tá estampado na sua cara que você é louco por ela!

— Por que eu digo a ela que a amo o tempo todo? Vocês são uns imbecis insensíveis, isso deveria ser mais comum do que é.

— Não! — Fred dá uma risada um pouco escandalosa — Tá certo, você diz "eu amo você" até para o cachorro da rua do colégio. Não é a frase ou o sentimento de gratidão que você passa quando fala isso, é o resto. Você olha para ela como se fosse a única coisa no mundo que deseja...

— E ela é! — Thomas o interrompeu, e eu senti que meu coração sairia pela boca nesse instante. Minhas mãos estavam tremendo, nervosas e incontroláveis.

— Você faz tudo por ela, se molda por ela, se entrega a coisas que não fazem o seu estilo por causa daquela garota.

— E eu faço isso com todo prazer do mundo, juro! Não é forçado, não é para impressionar, eu realmente amo cada segundo dos nossos dias!

Thomas parece estar um pouco desesperado agora, e eu o entendo perfeitamente.

— Eu descobri que a amava desta forma quando tinha 12 anos. Antes disso, não havia parado para pensar exatamente até onde poderíamos ir, mas sempre a adorei com cada poro do meu corpo e a desejo para mim. Passar a entender que aquilo era amor, e eu não estou falando de gratidão, amizade ou até mesmo o fraternal, foi avassalador. E eu nunca senti nada parecido por ninguém mais. Como vou prosseguir depois que ela me der um fora? E se eu não for o que ela quer? E se eu a perder depois disso? Mesmo ficando com ela, temo que possa ser apenas uma atração, uma curiosidade que vai passar a qualquer momento.

— T-Thomas — minha voz saiu de dentro de mim num ato aflito e involuntário. Nem havia percebido que meu rosto estava encharcado de lágrimas nessa hora, mas as senti molhar meu peito e um pouco do roupão.

Saí das sombras com as pernas um pouco tremidas de ansiedade. Um nó na garganta doía todo o meu pescoço e as juntas do meu corpo estavam rígidas após um breve movimento.

— Isabelle? — o semblante de Thomas ficou branco como um fantasma quando notou a minha presença ali.

— Não é só curiosidade — disse, com total certeza na voz quando Fred saiu do caminho para eu entrar.

Capítulo 34

"Neste dia, há exatos sete anos, eu conheci você. Desde então, a minha vida mudou por completo. Eu agradeço, Isabelle, cada segundo que desperdiçou comigo e cada momento de alegria, tristeza, desavença ou vergonha pelo que passamos juntos. Minha trajetória não teria a mesma graça sem você nela.

Eu te amo."

* Mensagem de Thomas para Isabelle no dia que completaram sete anos de amizade e companheirismo.

— O que está fazendo aqui? — Thomas questionou quando me viu me sentar diante dele.

Ele vestia um conjunto de moletom cinza e estava apoiado quase nos fundos com as pernas cruzadas, cabelos rebeldes, rosto assustado e olhos desesperados.

— Fred pediu para que eu viesse — esclareci com a voz trêmula.

Thomas o encarou parado em frente à entrada com fogo nos olhos.

— Você o quê?! — praticamente berrou para ele. Seu rosto, que anteriormente estava branco como o de um fantasma, se tornava vermelho gradativamente. — Eu vou matar você, Fred!

— Não era para você contar, Isabelle! — ele protesta e eu não faço questão sequer de responder. Tinha coisas melhores para fazer agora do que discutir.

— Thomas, fique aqui! — exijo e o pego pelo colarinho antes que corra atrás do outro e comece uma confusão desnecessária entre eles. — Por favor.

Ele me encara aflito e intimidado.

— Acho melhor vocês dois conversarem sozinhos agora — Fred pressupõe. Thomas e eu o observamos nada satisfeitos com aquele plano estúpido arquitetado por ele. — Vou dar boa-noite para minha namorada, dê licença.

— Você nem se atreva a voltar aqui. Vai dormir lá fora se depender de mim! — Thomas esbravejou com raiva.

Fred dá de ombros com um sorriso maquiavélico.

— Não me importo, desde que vocês dois se resolvam! — nos provoca e sai saltitando com a lanterna do celular acesa.

Suspiro antes de falar qualquer coisa. Meu rosto está completamente molhado, a blusa de alcinha absorvendo as gotas das lágrimas que desciam lentamente e me provocavam arrepios.

— Isabelle... — a voz de Thomas saiu arrastada e um pouco acovardada. — O que você ouviu?

Mergulhei em seus olhos em busca das lembranças do que ouvi, contudo, em minha cabeça, estava um emaranhado de palavras que apenas gritavam comigo quão estúpida eu sou. Afinal, todo mundo disse que ele sempre foi apaixonado por mim. Parecia óbvio, mas por que descobrir isso foi tão difícil?

— Eu... — minha fala fraquejou num gemido e cheio de vergonha. — Tudo a partir do momento que Fred perguntou o que você estava esperando para me contar — reconheci, sentindo o peito arder em meio às batidas fortes do meu coração.

Thomas me observou em silêncio por algum tempo. Nada se ouvia dentro daquela barraca neste instante a não ser o som das nossas respirações entrecortadas.

— É verdade? — perguntei quando percebi que ele nada falaria. — Você sempre foi apaixonado por mim?

Thomas balançou a cabeça afirmando. Seus olhos marejaram neste instante e ele deu um sorriso doloroso após apertar os lábios trêmulos, deixando-os vermelho-sangue.

— Eu esclareci a Fred que não queria que você me dissesse isso se fosse de forma forçada ou a contragosto — lembrei.

Thomas esfregou seus olhos tentando espalhar a gota que descia e passou suas mãos pelos cabelos, jogando os fios para trás.

— Não foi forçado, eu regularmente converso com ele sobre isso. Apenas não esperava que você estivesse me ouvindo. Jamais falaria sobre isso dessa forma tão idiota.

Limpei as lágrimas que deslizavam pelo meu rosto. Thomas assistiu a meus movimentos desesperados e possivelmente tão ansioso quanto eu estava.

— Eu te amo, Isabelle — ele afirmou quando o encarei novamente. — De todo o meu coração. Desde que a conheci.

— Eu sei disso — assenti com um sorriso nostálgico nos lábios.

— Não, não sabe — avisou com tremor nos lábios.

Thomas tomou fôlego, fechou os olhos como se aquilo fosse doer, engoliu em seco e continuou:

— Me deixe contar o meu maior segredo de anos e que eu nunca tive coragem de dizer a você: eu... amo você. Amo como um homem ama uma mulher. Amo como uma pessoa que tenha sentimentos românticos ama. Eu a quero. Não só como amiga. Quero ser o amor da sua vida e tê-la em meus braços dia e noite há muito tempo. Me perdi muitas vezes em meus pensamentos e nos meus sonhos em que nós dois ficávamos juntos. E eu não estou falando sobre fetiches ou erotismo agora, que você bem sabe como me sinto em relação a isso.

Sinto a pele do meu corpo inteiro se arrepiar e não consigo dizer nada enquanto isso.

— Você pode achar que isso é estupidez, e eu até entendo que possa pensar assim. Dizemos que pode, sim, existir uma enorme amizade entre um homem e uma mulher sem segundas intenções e diversas vezes tentamos provar isso para os outros. Acho que ninguém acreditou porque o meu amor por você sempre esteve estampado em meus olhos, minhas atitudes e minha constante tentativa de aproximação.

Thomas suspira mais uma vez e tenta fazer com que suas palavras não saiam tão fracas de dentro de si:

— Mas eu falhei a cada segundo tentando ser apenas seu amigo, porque em todos eles eu estava mentindo inclusive para mim mesmo. Eu adoro nossa amizade, amo cada momento da nossa vida juntos e ainda quero continuar sendo o seu melhor amigo pelo resto da vida. Porém, mesmo que não tenhamos nada nunca mais... mesmo que não tivéssemos nada antes ou agora... eu amei você, eu amo você, e eu vou amar para sempre você.

Sinto minha boca ficando cada vez mais seca diante e faço uma expressão de choque. Meu peito está inflado e segurando o ar; meu corpo, paralisado como se o mínimo movimento pudesse me fazer escapar daquele momento extraordinário.

— Pode achar que eu estou sendo injusto com você, fazendo alguma pressão diante dessa descoberta e dizendo que eu a amarei para sempre, mesmo que não fiquemos juntos. Entretanto, juro que não quero te pressionar — ele afirma, abaixando a cabeça um pouco temeroso pela minha reação. — Mas Fred tem razão. Você merece saber. É a minha melhor amiga, e é a pessoa com quem eu sonho dormindo ou até mesmo acordado, todos os dias. Está em meus planos antes mesmo de pensar em mim, e eu sei que isso possa ser assustador da minha parte, mas é a verdade. É o que eu sou, é o que sinto. Eu amo você. Amo até mesmo quando tento não amar, amo ainda mais quando me esforço para esquecê-la. Porque sim, eu já tentei esquecer e fingir que não sinto nada milhares de vezes, e venho fracassando miseravelmente a cada nova tentativa.

Dou uma risada, quebrando um pouco o clima de tensão entre nós dois.

— Por que você não me contou antes? Como você mesmo disse, sou sua melhor amiga! A pessoa que deveria saber desse segredo primeiro era eu.

Thomas se aproxima um pouco mais e abaixa a sua coluna, ficando praticamente cara a cara comigo.

— Eu sempre tive medo do que aconteceria se você soubesse. Tenho receio de perder sua amizade e prefiro mil vezes apenas ser seu amigo do que vê-la longe por causa disso, entende?

— Você me conhece há sete anos! Deveria saber que eu jamais faria isso. Você pode me contar tudo sobre você e eu vou tentar entender, mesmo que seja algo absurdo.

Thomas sorriu.

— Você me ajudaria a esconder um corpo? — ele brincou, quebrando a expectativa da sua resposta.

Dou uma risada sentindo meu coração se alegrar com a maneira como ele sempre fazia uma conversa séria se tornar a mais leve possível.

— Não só a esconder, como a matar também! — faço um juramento estendendo o dedo mindinho para ele. Thomas o entrelaça com o seu e damos um beijo em ambos os dedos selando o pacto, depois damos as mãos e apertamos uma na outra como ato final.

— Me desculpe por isto — ele pede depois que nos soltamos. — Mas o que diria se eu confessasse algo assim há anos? Nunca achei a hora apropriada para conversar com você mesmo depois do nosso primeiro beijo, e alguma coisa sempre me disse que a nossa relação não seria a mesma.

Eu nem precisava pensar muito para saber o que responder, afinal passei anos ouvindo dos outros que meu amigo era apaixonado por mim e sempre me pegava pensando no que faria caso ele se declarasse.

— A verdade é que não o corresponderia naquela época — confirmo, mesmo sabendo que isso podia magoar ele.

Thomas balançou a cabeça, compreensivo.

— Porém, eu me apaixonei por você durante vários momentos da minha vida também, e, se em algum deles você se declarasse, não sei exatamente o que aconteceria. Poderíamos ficar juntos prematuramente por causa de um impulso. Entretanto, sempre encarei isso como paixão platônica de adolescente — sussurrei, admitindo aquilo de uma vez. Ele não era o único a guardar um segredo daqueles, afinal.

— Você se apaixonou por mim? — Thomas deu um largo sorriso. — Nunca pensei que isso pudesse ter acontecido.

Toquei em seu rosto e senti a barba que estava por fazer causando cócegas em minha mão. O alisei ali contornando seu maxilar e notando o brilho das suas írises, que tanto me fascinavam. Foi uma das primeiras coisas que eu amei nele, além do sorriso fácil que sempre mantinha em sua boca.

— Foram muitas vezes — minha voz estava mudando de desesperada para melodiosa aos poucos agora. — Algumas paixões duraram apenas uma noite, outras horas ou dias, mas, da mesma forma que você, nunca tive coragem de contar. Afinal, realmente acreditava que, se algum dia fôssemos ficar juntos, seria de forma mais madura e realmente nenhuma hora pareceu propícia para isso. Nunca quis que fosse por impulso, pois eles podem nos fazer arrepender depois e nos afastar. Mas, se estivéssemos certos ao mesmo tempo de que era exatamente isso o que queríamos, então... Thomas, eu preciso que isso dure para todo o sempre, porque eu também nunca quero te perder.

Thomas tomou minha mão que estava em seu rosto para si e a beijou delicadamente.

— Se você quer fazer isso, me prometa que será sério a partir de agora — pedi sinceramente. — E me prometa que, se não dermos certo como um casal, ainda seremos os melhores amigos do mundo, pois você não é o único que tem medo de que isso possa nos afastar.

Ele me olha e dá um sorriso reconfortante.

— Eu prometo — ele responde e passa a língua em seus lábios entreabertos em busca de ar. — Eu prometo — repetiu com expressão de completa felicidade agora. — Você é a minha prioridade e a nossa amizade sempre virá em primeiro lugar.

Me senti estupidamente satisfeita com aquela conclusão.

— Se você quiser... — engulo em seco um pouco nervosa. — A gente pode tentar.

Thomas toca meus cabelos e tira boa parte deles do meu rosto, afastando os fios para trás da orelha e depositando um beijo delicado em meus lábios neste instante.

— Isabelle, amor da minha vida — sinto meu coração voltar a bater desregulado com esse sussurro tão próximo da pele do meu rosto. Thomas encosta sua testa na minha e suspira lentamente antes de concluir. — Me dê a honra de ser o seu namorado a partir de agora?

Sorrio com aquele pedido, tão satisfeita que sinto meu corpo inteiro se esquentar. O sentimento era tão diferente, tão novo, tão confortável! Se eu pudesse, reviveria aquilo em todas as horas do meu dia apenas para me sentir assim novamente.

— Aceito com uma condição... — faço suspense. Thomas se assusta por um segundo. — Você volta a me chamar de Bel, porque está me chamando de Isabelle desde ontem!

Thomas dá uma arfada de alívio e me beija logo em seguida.

Presente

Dra. Janine está olhando para mim com uma expressão consternada. Ficou calada quase a sessão inteira, apenas me ouvindo contar os momentos finais daquele primeiro dia do acampamento. Afinal, esse era o mais importante para mim e chegar até aqui era um dos maiores objetivos. Poderia ter feito isso logo na primeira sessão da maneira mais resumida que conseguisse, exatamente como fiz várias vezes. Contudo, nenhum outro profissional antes consultado teve uma perspectiva tão ampla do que havia acontecido e não entendia por que era tão doloroso. Afinal, Thomas estava vivo e eu bem sabia disso. Todos eles simplesmente me pediram para seguir em frente sem compreender o tamanho da minha dor. Mas a culpa era minha, porque eu mal falava.

Por isso, precisava mesmo dizer tudo isso até aqui, precisava dar ênfase a coisas que ficaram entaladas entre meu coração e estacionadas em meus pensamentos. Precisava expô-las para alguém que não tivesse participado daquilo, para entender exatamente sob o meu ponto de vista sem ter a interferência de uma recordação viva de Thomas.

Eu necessitava contar. Não porque eu queria me exibir, mas sim por ainda precisar de ajuda. Entendi, a partir do momento que soube que ele voltaria para cá, que nossa história não estava finalizada dentro de mim e que ainda me incomodava e consumia por inteiro, apenas ficou adormecida por um tempo enquanto tentei seguir com a minha vida.

E a Dra. Janine havia caído do céu para mim como um anjo, afinal foi escolhida aleatoriamente e me recebeu de braços abertos, me dando a oportunidade de enchê-la com meus problemas do passado numa sessão que já passava da hora de terminar.

— Tantas coisas me vêm à mente agora — ela confessa. Suas mãos estão cruzadas sob seu rosto estático — que eu nem sei por onde começar.

Dou uma risada abafada, mas sinto meu rosto doer. Tal qual naquela noite, noto as lágrimas descendo pelo busto e molhando minha roupa, porém o sentimento era tão absurdamente doloroso e oposto do que senti naquela época que chega a ser impossível de descrevê-lo. Afinal de contas, qual era o contrário objetivo de felicidade? Como definir a vontade iminente que eu sentia de sumir para o resto do mundo a partir do momento que me lembrava do pedido de namoro mais doce e apaixonado que tive?

Como era penoso ter recordações tão bonitas e que me faziam chorar de ódio por nunca mais poder sentir aquilo que tive naquela noite. Parecia impossível descrever o meu desespero em saber que eu nunca viveria aquela mesma emoção novamente.

— Eu tenho alguns pontos — Janine disse assim que notou o meu silêncio enquanto tentava secar meu peito com o lenço que ela ofereceu —, vou tentar ser a mais clara possível e espero que me entenda.

Assenti, um pouco nervosa.

— Como psicóloga, preciso dizer que há uma necessidade entre o Thomas e a Isabelle adolescentes de viverem juntos. No início pensei que apenas você fosse dependente dele, mas concluo que posso estar completamente enganada. Na verdade, Thomas era muito mais dependente de você, e talvez por isso não tenha compreendido ainda algumas coisas. E isso ficou claro com o tempo decorrido na sua história e na declaração final.

A fitei um pouco surpresa.

— Thomas pode ser a pessoa mais extrovertida que existe na face da Terra e ter uma facilidade absurda em fazer amigos e atrair admiradores. Contudo, Isabelle, ele não tinha apoio emocional familiar para se escorar.

Ela diz isso com tanta seriedade que sinto um baque no meio das costas.

— Como é?

— Vou pontuar algumas coisas para você entender melhor — ela pega o seu caderno e dá uma folheada procurando suas anotações. — A agradeço por contar tudo com muitos detalhes, pois, sim, eles foram mesmo intensamente fundamentais na sua narrativa. Você ainda não me contou o resto do namoro e eu quero que faça isso, mas ao mesmo tempo preciso que se concentre em algumas coisas enquanto for falando.

— Tudo bem.

— A primeira coisa que eu percebi é que Thomas, assim como você, é filho único. Correto?

Confirmo com um aceno.

— A segunda é que ele veio de uma cidade bastante distante, e não expressa em momento nenhum quanta falta sente de lá. Se ele é um menino tão sentimental e extrovertido, não seria mais do que natural que tivesse histórias e amizades vindas do outro lugar? Mesmo que com o tempo desaparecessem. Porém, pelo que eu entendi, Thomas apareceu repentinamente em sua vida como se fosse uma tela em branco e deixou se moldar por ela. Um outro fato que me faz sentir que ele nunca teve um amigo antes é que logo se apegou a você, imediatamente e sem medo, e, com a sua boa recepção, você se tornou a maior figura afetiva na vida dele, da qual tem um medo quase irracional de perder. Com o tempo vem demonstrando carência entre vários episódios que ele é aceito e/ou rejeitado, mas o conforto dele é saber que você sempre estaria ali. Faz de tudo para não fracassar a amizade e tem medo de que o namoro possa estragar o relacionamento com a única pessoa em sua vida que o acolheu com todo o amor que ele sabe que merecia. Logo, Isabelle, Thomas não tem apoio fraternal vindo do seio da sua família. É mais comum do que parece, apesar desse sermão todo que fiz.

Fiquei em silêncio tentando absorver aquilo tudo pensando em um argumento que transmitiria a possibilidade de ela estar errada.

— E essa constatação foi apenas mais uma vez confirmada quando você contou que ele tinha inveja de seus pais serem tão amigos e apaixonados. No momento seguinte que expressou sua indignação, voltou a se fechar, dizendo que, se os pais dele não o incluíam nos problemas conjugais, então ele não iria se intrometer — ela afirmou, repassando as páginas daquele caderno um pouco mais concentrada. — Você diz a todo momento que ele confessa que não há ninguém mais importante do que você, e, mesmo que a senhorita sinta o mesmo e expresse isso para ele, sei que seus pais são tão importantes quanto seu melhor amigo. Mas eu tenho uma porcentagem alta de certeza de que Thomas estava falando a verdade a todo o tempo: você era e possivelmente continua sendo a pessoa mais importante da vida dele. Por isso, está voltando. Um problema familiar grave o afastou de você, e eu realmente acho que esse problema possa ser mais antigo do que parece e possivelmente tão absurdo a ponto de não o deixar alternativa, mas agora ele pode estar aqui novamente. Você me compreende?

Isso foi como um tapa na cara, um banho de água fria e uma puxada de tapete ao mesmo tempo. Será que aquilo era verdade?

— Eu nunca... — ainda chocada, reviro minhas lembranças para contradizê-la em algum ponto. — Nunca percebi nada disso. Quer dizer, ele era meu melhor amigo! Se estivesse em apuros com a sua família, deveria ter me contado.

— Thomas já falou algo com você sobre o seu passado na outra cidade em que vivia? Já falou sobre a sua vida pessoal antes de a conhecer? Algo que pudesse ser marcante, mas que deixou de fora porque a história é sobre você, evidentemente.

— Apenas coisa ou outra, nada de que eu me lembre muito bem, afinal não costumava mesmo falar muito sobre isso. A maioria das lembranças que tenho sobre ele contar é como era sua escola. Dizia que ele estudava das 8h da manhã até as 5h da tarde e que o ambiente era silencioso e bastante rígido; por isso, adorava o colégio em que estudávamos.

— E os outros amigos?

— Não me lembro de ele dizer que tinha outro melhor amigo — entendo o que Dra. Janine quer dizer agora. — Mas me lembro de me contar que tinha um primo que adorava e recebia presentes da sua tia.

— Você já viu essas pessoas? Alguma foto, algum contato por rede social?

— Apenas fotos antigas. Está dizendo que a família de Thomas pode ser criminosa? — questiono, surpresa com essa perspectiva.

Dra. Janine ri.

— Não, não é isso. Porém, seu amigo tem muito mistério envolvido e não começou a partir do momento que foi embora há oito anos — ela continua com as suas observações. Não esperava que essa sessão se tornasse sobre ele, mas fiquei abalada por perceber tudo isso apenas agora.

— Thomas deveria ter me contado.

Não aceito nenhuma desculpa, mesmo sendo uma boa justificativa.

— De qualquer forma, eu era a sua melhor amiga! Se ele estava em apuros, deveria ter dito. Pensando bem, ele quase nunca falava dos outros familiares justamente porque sua mãe não tinha muito contato com eles, mas nada além disso.

— Isa, eu posso estar remotamente errada, mas eu preciso que você continue a pensar na sua amizade com ele e nos sinais que deu até o último segundo, um pouco afastada do sentimentalismo amoroso. Não estou dizendo que darei a solução para esse mistério, apenas a guiarei para um entendimento de onde você se perdeu. Quem contará algo a você ou não será ele. Contudo, meu trabalho será ajudá-la a desembaraçar esse nó de sentimentos que está fervilhando dentro de você, e perceber que o sumiço dele não tem nada a ver com o fato de ter deixado de amar você ou não. No fim das contas, verá que se sentirá melhor e mais aberta quando Thomas reaparecer.

Assinto, com dor no coração. Agora estava um pouco mais ansiosa para vê-lo e até mesmo trocar alguma palavra pessoalmente com ele.

— Posso trazer a carta de despedida dele amanhã. Podemos analisá-la.

— Quero que traga as suas também. Não vamos nos desviar dos seus sentimentos de maneira nenhuma, apesar desse toque que te dei sobre a vida dele. Meu foco aqui é você e eu gostaria de ver alguns trechos dos últimos anos, se a senhorita não se importar e quiser compartilhar.

— Tudo bem — já era meu objetivo mostrá-las mesmo.

— Algo a acrescentar sobre a história? — questionou, voltando para o assunto do passado. — Entendo seu apego a essa memória em particular e, confesso, nunca me fizeram nada parecido. A declaração de amor dele foi tão bonita que simplesmente não consigo ser imune — ela lamenta. — E, lembre-se, tudo o que me disser é importante e bem-vindo, não se preocupe se achar que possa não ser relevante, pois afirmo que todos os detalhes são.

Sinto meu rosto se esquentar agora com a mínima lembrança do resto daquele dia.

— Nós fizemos amor pela primeira vez naquela noite — confesso um pouco envergonhada. — E eu preciso que você entenda quão importante nossos momentos de prazer eram e influenciaram decisões na minha vida mais tarde.

— Pois então, prossiga.

Capítulo 35

"Todas as suas formas são perfeitas.

A sua cor, os seus cabelos, a sua voz, os seus dedos delicados e os movimentos suaves que faz com suas mãos.

Sua timidez é encantadora; o sorriso tão gracioso; e sua maneira de demonstrar afeto, meu deleite.

Tudo faz de você única e inigualável. Não perderia meu tempo procurando em outra pessoa alguém tão sublime quanto é, pois sei que não existe.

E eu amo todas as suas maneiras de me olhar, como está fazendo agora.

Em meus braços, a minha poesia é o seu corpo no toque das minhas mãos."

* Bilhete de Thomas para Isabelle escrito no meio de uma aula de literatura.

Thomas e eu estávamos deitados juntos na barraca de mãos dadas olhando para o teto enquanto jogávamos conversa fora. Havia se passado mais ou menos meia hora desde aquela declaração e o pedido de namoro, o qual eu evidentemente aceitei.

— Não acho que Fred vai voltar — raciocino, percebendo que estávamos perto da madrugada e não havia sinal dele ainda. Após fechar a entrada da barraca, o ambiente ficou acolhedor e confortável, e eu estava prestes a cair no sono.

— Provavelmente ele e Elisa estão molestando a sua barraca — Thomas provoca e eu faço uma careta.

— Ah, não! Será? Ele não é doido de fazer isso!

— Você quer apostar? Vai mesmo se fingir de inocente e que acredita na integridade das pessoas ou apenas aceitar que os dois estão aproveitando lá dentro?

Suspiro insatisfeita com aquela conclusão. Provavelmente ele estava mais do que certo e eu teria de jogar cloro para usá-la novamente algum dia.

— Só um minuto, vou ligar para ele — Thomas revira suas coisas até achar seu celular entre elas. — Mas você não quer dormir aqui comigo? Pense que talvez não queira pisar lá depois desse tempo todo em que os dois possam ter se aproveitado.

— Que maneira nada sutil de me convidar para dormir com você — analiso com um leve sorriso entre o sarcástico e o satisfatório. — Acho que prefiro dormir no meio do mato a ir para aquela barraca agora, mas aqui está muito bem confortável.

— Ótimo — Thomas balbucia feliz e procura o nome de Fred na lista.

O telefone dá alguns toques antes de ser atendido.

— Você não vai voltar, não é? — não entendi se isso foi uma pergunta ou intimação.

Não compreendo o que respondem do outro lado da linha.

— Então acho melhor você ficar aí mesmo, se vire nessa barraca de tamanho micro — Thomas diz com suavidade agora. — Não, estamos muito bem, obrigado — só consigo imaginar o que Fred está perguntando com base nas respostas dele. — Sim. Estamos. Deixe de ser idiota, Fred!

Dou uma risada sem nem entender o contexto.

— Eu vou ficar com esta daqui para mim e você fica com a parte da Isabelle dessa daí, já que está tratando de marcar território nela. Acha mesmo que vou deixar minha namorada se sentar onde você colocou sua bunda sem roupa alguma?

Me controlei para não rir mais alto.

— Tente não molestar as coisas dela, por favor — ele resolve finalizar. — Boa noite, agora eu tenho uma companhia melhor do que a sua.

Quase consigo ouvir Fred praguejar o nome de Thomas.

Ele desliga o telefone e se vira para mim:

— Pronto, você pode ficar aqui. Aliás, esta barraca é nossa agora. Fred fica com a sua.

— Eu havia entendido isso — esclareci tentando não imaginar meus outros amigos a usando para fins sexuais, mas falho com uma imagem bizarra na mente.

— Melhor não se aproximar de lá até amanhã cedo para pegar as suas coisas, e eu recomendo que use um saco plástico — Thomas brincou, exagerando um pouco.

— Tudo bem, mas eu vou usar o travesseiro dele, espero que esteja limpo — analiso, enquanto o toco.

— Se quiser trocar comigo, não vejo problema algum — Thomas oferece e muda os dois de lugar. — Pronto, confortável?

Ajeito a espuma e sinto o perfume dele na fronha.

— Tem o seu cheiro — digo, me arrumando ao seu lado para me acomodar perto do seu corpo. — Na verdade, quase tudo aqui tem.

— Porque fui eu a trazer a maioria das coisas — ele esclarece mostrando o desenho familiar do lençol, estávamos deitados. — Fred ficou de trazer os colchonetes e algumas colchas e ficaram superpesados, mas no fim das contas estão ali embaladas ainda. Acha que vamos precisar delas? Está com frio?

Retiro o roupão que usava nesse momento para sentir como a temperatura da barraca estava e decidir se precisaríamos de algo a mais para me cobrir. O larguei ao lado de algumas coisas de Thomas depois de o embolar e me virei novamente para ele.

— Por Deus! — emitiu, após me fitar dos pés à cabeça. Exibiu uma expressão de choque em seu rosto que me assustou por um segundo. — Você dorme... assim?

Olhei para o meu pijama procurando entender se tinha algo de errado com ele. Tirando o fato de que era inapropriado para uma noite fria, parecia bem comum para mim.

— Algo de errado?

— Errado? — Thomas quase não consegue pronunciar essa palavra. — Evidentemente que não. Apenas... nem eu costumava imaginar que você usa... nossa.

Dou uma risada sem entender muita coisa.

— Thomas, você me viu de biquíni nesta tarde, lembra? — recordo um pouco envergonhada por causa da sua reação. — Perto daquilo, eu estou bem-comportada.

O conjunto tinha um pedaço de renda no busto e no final do short, mas nada muito apelativo, além do fato de parecer um pouco colado demais.

— Preciso que entenda que, em todas as nossas primeiras vezes, eu parecerei um idiota — tentou esclarecer e eu percebi seu rosto ficar levemente rubro por causa disso. — Quer dizer... — pigarreou quando notou quão profundamente íntima aquela frase pareceu. — Não que hoje será a primeira vez que nós... bem, você está de pijama e nós vamos dormir juntos, é claro que eu me surpreenderia mesmo que estivesse de burca.

— Ah, claro.... Eu entendi muito bem o seu embaraço. Tudo bem, Thomas, eu sei que é demais para você — respondo em tom de provocação e passo a mão pelo queixo dele.

Ele mordeu os lábios e soltou um gemido inconformado.

— Você sabe me provocar quando quer — acusou baixinho. — Mas eu prometo que não irei te atacar, mesmo que fique estupidamente excitado com isso.

— Eu confiaria em você, mesmo se estivesse pelada.

Thomas sorriu radiante.

— Obrigado.

— Porém — continuei a falar, estando nem um pouco realizada com o possível final daquela provocação —, creio que podemos... continuar aquela conversa de ontem, o que acha?

Ele me fita curioso.

— *Hum*, ontem... O que fizemos ontem? — ele brincou. — Se você quiser continuar falando sobre nossos sentimentos e o que faremos juntos a partir de agora, nós podemos fazer isso durante a noite toda — disse meloso, depositou um beijo em meu ombro e depois subiu seus lábios indo em direção ao meu pescoço. — Mas também podemos voltar com aquele assunto que começamos lá na rua de casa e tivemos de parar por força maior — sussurrou ao pé do meu ouvido.

Senti o meu corpo se arrepiar e mordi o lábio involuntariamente.

— O que você escolhe, Bel? — ele continua a me provocar. Desce a língua lentamente pelo meu pescoço e o beija como se fosse minha boca.

Gemo ao toque quente daquele movimento provocante. Sinto Thomas me agarrar pelas costas e me puxar para ele, nossos troncos se chocam levemente. Apoio uma mão em seu ombro e subo para seu colo sem responder coisa alguma, abrindo as pernas e me encaixando nele perfeitamente.

Esperava que essa atitude revelasse o que eu queria.

Sinto ele tomar meus lábios num beijo caloroso e profundo no exato segundo seguinte. Cada beijo que damos é como descobrir o prazer de viver em um paraíso particular. Se conseguisse descrever todas as sensações incríveis que meu corpo está produzindo agora, passaria horas tentando explicar a altura daquela excitação. Meu peito infla e as batidas do meu coração se aceleram quando percebo Thomas subindo lentamente uma mão pela minha perna direita até parar um pouco abaixo do limite do short. Ele aperta minha coxa um pouco dolorosamente e mergulha seus dedos em minha pele, acariciando a possível vermelhidão que ele mesmo causou logo depois.

Sinto o gemido sair pela boca quando isso acontece e logo noto a sua ereção entre minhas pernas. Endurecido como um tronco, pulsa violentamente ao me arrastar de cima a baixo em meio ao atrito de nossos corpos ainda encobertos pelas roupas.

Thomas enfia sua língua mais profundamente em minha boca e tenta abafar um gemido de prazer que aquele movimento de vaivém provoca. Me aperta contra ele e ao mesmo tempo me ajuda a deslizar de cima para baixo novamente, fazendo com que nossas intimidades desfrutem do esfrego provocante.

Percebo-me pulsar forte de uma maneira incontrolável. A sensação é como uma cócega que começa internamente e se expõe envolvendo toda a parte da minha vulva em forma de inchaço. Não consigo abafar mais o ganido preso em minha garganta e me solto dele para deixar sair boca afora.

Noto que estou um pouco desnorteada quando seus olhos focam meu campo de visão e vejo que suas pupilas estão absurdamente dilatadas. Thomas está envolto de uma névoa de desejo capaz de transbordar a qualquer segundo.

Sinto suas costas através dos meus dedos, que infiltraram a barreira do seu moletom. Não satisfeita, desejo retirá-lo e tê-lo pele a pele comigo, e é o que eu faço.

Desço até a beirada do cós e puxo a peça para cima, sedenta para tocá-lo. A jogo pela barraca sem me preocupar onde poderia ter caído, Thomas nem sequer a olha.

Seu peito está em minhas mãos agora. Quente, macio e com algumas pintas espalhadas por ele como uma constelação, me lembro do calor do seu sorriso cheio de sardas de quando ainda éramos crianças. Desço minha palma pela extensão como se descobrisse pelo tato a descrição de uma obra-prima. Ele é tão bonito assim, tão deliciosamente perfeito.

Encosto minha testa na sua e suspiro. O ar emanava sensualidade sem nem ao menos estarmos fazendo amor ainda.

O beijo novamente, me entregando ao prazer e à loucura que era o gosto da sua boca na minha, sabendo que éramos um encaixe perfeito, mesmo tendo alturas e proporções tão diferentes.

Sinto Thomas subir minha blusa também a partir das costas, louco para se livrar daquela peça inconveniente que separa meu corpo do seu. Levanto os braços, solto minha boca da dele e o deixo deslizá-la com o fino sutiã até ter uma visão ampla dos meus seios, que pulam para a frente quando me vejo seminua. Os bicos estão intumescidos e a pele ao redor arrepiada.

Ele me olha profundamente como se quisesse resguardar aquela visão para si no mais íntimo de suas memórias.

O sinto abocanhar um mamilo após passar a língua em seus lábios. Meus seios esperavam por ele, pelo calor dele, pelo toque da sua boca travessa sedenta por mais uma descoberta.

Controlo minha respiração e comprimo os lábios para não saírem os gemidos calorosos e irresistíveis, a fim de não chamar atenção, mas falho vez ou outra. Thomas continua tendo pulsações violentas abaixo de mim, e eu sinto a calcinha incomodar com o lubrificante que desce pela abertura, praticamente me fazendo deslizar na peça.

Thomas me deita em meio aos lençóis e para um segundo. Seu rosto está totalmente vermelho depois de algum tempo chupando um dos bicos, seu lábio está um pouco inchado; e sua boca, entreaberta em busca de ar.

— Você é a garota mais linda deste mundo — ele diz com voz rouca, sensual e totalmente envolvente enquanto desce a sua mão entre meus seios indo em direção à barriga. — Quero que saiba que amo cada pedacinho seu loucamente.

Mordo meu lábio inferior e dou um grunhido. É tudo o que consigo fazer agora, nenhum som sai da minha boca a não ser os de prazer.

— Estou prestes a entrar em colapso tendo você assim em meus braços — afirma ao pé do meu ouvido, beijando delicadamente meu pescoço de novo.

Thomas traça um caminho com a sua língua descendo e indo em direção aos seios. Para bem no meio e me encara com um olhar faiscante. Sei que está tentando descobrir se gostava daquilo, mas todo o meu corpo arrepiado a cada investida me denuncia e não preciso dizer nada.

Ele sobe de novo, indo para a direção oposta, e volta a sussurrar:

— Eu sempre me imaginei tocando em você exatamente como agora — minha boca emite um sorriso cínico quando ouço isso. Ele desliza sua mão de cima a baixo entre os seios e o limite da virilha, encoberta pelo short. — Você quer mais?

Se ele parasse nesse instante aconteceria o meu primeiro assassinato naquele mesmo dia.

Assinto com um movimento.

Ele desce novamente com a boca pelo caminho do pescoço até os seios e volta a estimular um dos mamilos com a língua. Passa por ele, o envolve com delicadeza e o suga devagar, me levando ao delírio apenas com isso.

Sua mão estacionada na coxa sobe pela pele até adentrar a barreira do short enquanto trabalha lá em cima. Sinto várias borboletas no estômago ao constatar que está tentando puxá-lo para baixo. Subo minhas nádegas e facilito o seu trabalho, sentindo a peça sendo praticamente arrancada entre minhas pernas e ficando só de calcinha.

Thomas olha para mim da cabeça aos pés conferindo o meu corpo quase nu abaixo de si. Espalha beijos entre meus seios, desce para a barriga e para um pouco antes da calcinha, me enchendo de expectativas pelo calor da sua pele lá embaixo também.

Não sinto vergonha alguma diante seu olhar. Pelo contrário, confio nele, nas palavras dele e no que está sentindo. Sei que não há nada de errado entre nós e estamos nos desejando da maneira mais certa e inadequada com um choque de sentimentos que torna esse momento um tanto surreal. Talvez no outro dia eu devesse me preocupar com os erros do meu corpo, mas não naquele momento.

— Tire seu pijama — peço, notando que ainda está com a calça de moletom. Seu pênis pendendo para o lado esquerdo parece preencher todo o espaço e ainda estar desconfortável.

Ele obedece sem pressa. Vejo que está vestindo uma cueca preta, exatamente a mesma cor da minha calcinha, e volta seu corpo para cima do meu com cuidado para não pesar.

Nós nos beijamos calorosamente de novo, cheios daquela tensão erótica, mas sem afoitamento, apenas nos deleitando do sentimento de posse de um do outro que de repente estava abrasando nossos corpos seminus.

— Eu te quero tanto — Thomas diz. Sua mão desce e ele toma coragem novamente de adentrar a minha pele íntima, guardada pela calcinha. A tira e sente a umidade tão óbvia ali sem nem ao menos penetrar nenhum dedo dentro de mim. — Preciso de você ou sinto que vou perder meus sentidos.

Desço minha mão até o seu pênis também, decidida a tocar nele sem nada me atrapalhando.

Puxo a cueca para baixo e o envolvo com receio de machucá-lo, tentando descobrir como fazer aquilo e lhe dar prazer. Thomas emite um grunhido abafado entre o beijo em meu pescoço e investe um pouco mais sua mão dentro da minha intimidade.

Seu dedo desliza descobrindo a fenda e a adentrando sem pressa. Abro um pouco mais as pernas, me impulsiono para baixo e solto uma arfada quando noto que todo o dedo estava inteiramente dentro de mim. Nesse processo, aperto um pouco mais o seu pênis em minha mão involuntariamente, percebendo que ele também deslizava sobre mim.

Por algum tempo ficamos assim. Thomas investe levemente seu dedo do meio para dentro, fazendo movimentos de vaivém, olhando a minha face sôfrega de desejo que aquilo causava. Eu tentava apertar, envolver e estimar ele de alguma forma, recebendo dele suspiros e gemidos incontroláveis de prazer, mesmo sem entender o que fazia de correto.

Senti a sua boca envolver novamente num beijo lento, intenso e que parecia querer me consumir por inteira. Ele morde meu lábio inferior levemente e dá um gemido arrastado e baixinho. Noto que ele está enlouquecido entre minha mão e meu corpo nu abaixo do seu. Era mais do que o suficiente para desejá-lo dentro de mim, e eu não conseguia não tremer entre a sua estimulação enquanto pensava como seria se o sentisse por inteiro.

— Eu quero você — peço, num tom melodioso cheio de desejo. — Eu quero...

Meu baixo-ventre dá um espasmo a ponto de o músculo da vagina segurar seu dedo entre os movimentos. Thomas para, o retira e o desliza até meu clitóris.

— Fique aí — peço, quando sinto fazer algo certo. — Bem aí. Ah!

Ele me acaricia lentamente e me faz delirar. Em algum tempo, estou quase chegando ao clímax e sinto que a qualquer momento posso jorrar de prazer. É uma sensação ainda mais deliciosa do que se fosse eu mesma a me estimular.

— Agora, pare — induzo-o, e ele para. Me encara sem entender muita coisa, mas eu apenas estava seguindo o que achava estar correto e o que me era prazeroso. — Venha. Quero você.

Thomas dá um longo suspiro quando solto seu pênis após deslizar minha mão de cima a baixo.

— É melhor colocar a camisinha — ele sussurra, ainda sem sair de cima de mim.

— É — concordo, um pouco nervosa. — Acho que sim.

Ele dá um sorriso reconfortante e morde seu lábio.

— Talvez eu deva tentar dar algum prazer a você antes. Porque eu acho que não durarei muito tempo quando conseguirmos e nem sei se vai gostar, pois realmente não sei como é a sensação. É a minha primeira vez também — raciocina, envergonhado.

Dou uma risada, compreendendo.

— Eu posso? — questiona, voltando a acariciar meu clitóris com cuidado. — Me diga se está certo.

Sinto ele circular aquela parte com cautela. Desço minha mão até lá e mostro exatamente como era bom, mas fico um pouco envergonhada por isto. Não esperava ter um orgasmo dessa maneira, preferia senti-lo dentro de mim primeiro, porém sei que não pode ser tão prazeroso este ato e aceito a sua estimulação.

Thomas aumenta o ritmo de acordo com as minhas reações. Sinto que estou prestes a chegar ao clímax e o ajudo guiando para o lugar certo em que gostaria de ser insistentemente tocada por ele.

Dou um grunhido em suas mãos, arquejo minhas costas e sinto minhas pernas tremerem a ponto de travarem o corpo dele no meu. Nunca foi tão intenso quanto naquele momento, nunca havia me sentido tão excitada e tão pronta. Estremeci sentindo cada poro do meu corpo se eriçar enquanto Thomas me observava com um sorriso satisfatório em seu rosto e o trabalho ardiloso da sua mão.

Me agarrei aos lençóis, mordi seu ombro e gemi seu nome entre sua pele e meus dentes enquanto sentia os espasmos incontroláveis tomarem conta do meu corpo.

Thomas saiu de cima de mim num impulso quando relaxei e o soltei. Buscou a camisinha escondida em algum lugar entre suas coisas e, enquanto eu o observava, tentou, com alguma dificuldade, colocá-la, deslizando-a pelo seu membro ereto, ardentemente vermelho e cheio de veias saltadas.

Voltou para cima de mim, e eu mais do que depressa passei a mão em sua extensão encoberta, achando um pouco estranha a sensação. Ele me encarou com uma expressão sôfrega no rosto, desceu seus dedos novamente para a minha vagina e a acariciou, lambendo os lábios.

— Posso tentar chupar você? Quero sentir o seu gosto.

— Injusto, você acabou de encapar. Eu também quero — esclareço, sem timidez. — Há tempos quero fazer isso.

— Hoje é a minha vez — Thomas diz sem se importar com a falta de reciprocidade. — Teremos muito tempo para você experimentar depois.

Assinto, louca para descobrir essa sensação e ignorando todo o sentimento de constrangimento que apita dentro de mim.

Ele desce seu corpo, deposita um beijo em minha barriga, passa para a virilha e as coxas. Entreabre minhas pernas novamente enquanto faz isso, e chega cada vez mais perto. Posso sentir seu fôlego contra meu púbis e a excitação volta a pulsar cheia de expectativa. Era tão bom, confesso. Tão estupidamente bom.

Sinto a sua língua úmida deslizar até meu clitóris. Ele contorna por ali tentando descobrir cada ponto de prazer, desce até a entrada da vulva e volta lentamente. Solta um gemido entre esses movimentos e agarra minhas coxas um pouco brutalmente enquanto repete. Isso me enlouquece a ponto de segurar seus cabelos em meio ao anseio que volta a brotar em meu corpo. Não consigo sustentar minhas pernas paradas e elas voltam a estremecer, fraquejadas, em volta de si.

— Thomas… — sussurro seu nome num toque desesperado. — Thomas…

Ele me encara com olhos ardentes enquanto ainda trabalha lá.

— Por favor, venha — imploro de novo, e dessa vez preciso que ele me obedeça. — Venha!

Thomas sobe seu tronco e encosta no meu. Desliza seu pênis entre toda a extensão antes de tomar coragem para penetrar.

— Isso vai doer — lembra com desprazer.

— Eu estou pronta. Só... faça. Eu preciso que faça.

Ele me beija com ternura, sinto o gosto do meu orgasmo em sua boca e noto quão excitante aquilo era. Posiciona seu pênis na entrada e o força sutilmente para dentro.

Instintivamente minhas pernas travam e o meu corpo se retrai um pouco.

— Preciso que relaxe, lembra? — ele diz com um gemido. — Tudo bem se não der certo hoje, mas pelo que sabemos...

— Tudo bem, tudo bem. Me desculpe, foi involuntário.

Inspiro e deixo meu corpo o mais relaxado possível agora. Abro as pernas até envolvê-lo pelo tronco e toco suas costas.

Ele investe um pouco mais, e é como se algo quisesse perfurar a minha pele a qualquer custo. Sinto ele penetrar centímetro por centímetro com dificuldade e uma dor excruciante envolver minha pélvis.

Me agarro a suas costas e cravo meus lábios na pele do seu pescoço para não gritar. O deixo fazendo o que quer e tento não travar novamente, mas sinto meu corpo se retorcer.

— Não pare — peço quando percebo que está prestes a fazer isso. — Por favor, continue.

Estou determinada a ir até o fim. Encontro em seu olhar e sua boca entreaberta um ponto de prazer que posso focar.

Fito as expressões de Thomas enquanto ele investe o seu pênis em mim, atingindo o objetivo final com um urro sufocado entre seus lábios comprimidos um no outro.

Aquele último movimento doeu mais do que qualquer outra dor que havia sentido em toda a minha vida. Contudo, a sensação de tê-lo por completo me fascinou como um encaixe naturalmente perfeito.

Thomas recomeçou com seus movimentos indo e vindo delicadamente e sem pressa. Colocou cada braço apoiado ao meu lado e beijou minha boca abafando os gemidos quase insustentáveis que escapavam de mim.

A sensação é indescritível, confesso. Como narrar o sentido do amor pele a pele? Apenas reconheço que faz sentido.

E é perfeito.

Suas estocadas aumentam de ritmo gradativamente e tudo arde como se estivesse em brasa de fogo, mas não recuo. Quero-o sentindo tanto prazer em mim quanto eu sinto nele.

Thomas não demora a enlouquecer sob meus braços. Seu corpo está suado; sua respiração, descompassada; a boca deslizando pelo meu corpo, depositando beijos, lambidas; e a voz, rouca de paixão. Eu sei que ele está perto quando empurra meus braços para cima da cabeça e segura minhas mãos entrelaçando nossos dedos, um pouco mais rígido, beijando a minha boca e desregulando o ritmo que antes estava ideal.

— Ah, Isabelle... — sussurra meu nome e eu sinto meu corpo se arrepiar novamente apenas com isso. Minha intimidade está escorrendo e, mesmo ardendo como fogo, sinto prazer em vê-lo se contorcer acima de mim. — Ah, Isabelle... eu vou...

Thomas não conseguiu completar a frase. Apenas estremeceu todo o corpo, emitiu um grunhido e o sufocou em minha pele acima do seio. Ouço o barulho do atrito entre nós aumentar um pouco mais e ir diminuindo até o seu tronco cair sobre o meu um pouco exausto. Eu o abraço e sinto as gotas de suor pela extensão de suas costas, notando o seu fôlego tentar se restaurar enquanto ele respira em minha nuca.

— Eu te amo tanto — meu namorado afirma, melodioso, ao pé do meu ouvido.

— Eu também amo você — respondo, feliz por nós dois, deslizando meus dedos por seu dorso, o acariciando amplamente satisfeita. — Amo para sempre.

Capítulo 36

"Agora somos você e eu, não me importo com o que o resto do mundo pense sobre mim. Eu tenho tudo."

* Palavras de Thomas para Isabelle.

Presente

— Pode parecer estranho o fato de eu estar tão à vontade nessa primeira vez afirmando ser tão tímida naquela época — falo para Janine. — Mas o fato é que eu estava toda e completamente envolvida por esse momento e nem sequer me deixei pensar em estragá-lo não fazendo exatamente o que queria. Apenas me entreguei a ele e foi perfeito.

Ela está surpresa neste instante. Evidentemente não contei tudo exatamente como foi, apenas fiz um breve resumo de como as coisas aconteceram.

— Bem — Janine dá um sorriso amável e ajeita sua coluna um pouco desleixada na poltrona —, a verdade é que eu já imaginava que seria assim desde o instante em que me contou sobre o seu primeiro beijo. Faz todo sentido. Como esclareci, fazer isso com quem se tem confiança e se sente segura é muito mais fácil e cômodo. Não entenda errado quando uso a palavra "comodismo" aqui, não quer dizer que fizeram isso juntos por ser trivial, mas sim que por estarem tão habituados um com o outro que conseguiram focar apenas o prazer, e não a vergonha. E eu vejo isso como sendo algo maravilhoso de se obter, afinal a maioria das mulheres guarda uma lembrança nada positiva da sua primeira vez, o que não é o seu caso.

Realmente não era.

— Eu sei que, desde que começou a puberdade, teve acesso ao conhecimento: aulas de educação sexual, conversas pessoais com a mãe e amigos e até mesmo a auto-observação do seu corpo. Como pontuou, já sabia como ter um orgasmo sozinha e isso, mesmo que ainda seja um tabu na sociedade, é importantíssimo! Afinal, homens são estimulados desde cedo, e nós mulheres, ensinadas a sermos castas até o casamento. Temos um "botão do prazer" com o qual temos total liberdade de explorar sem grandes preocupações ou traumas, e a maioria nem sabe. Chegar aonde chegou tendo autonomia em sua primeira vez foi surpreendente e, do fundo do meu coração, é o que desejo para todas as pessoas sem medo de serem felizes — Janine finalizou e eu me senti um pouco abobalhada por ouvir aquilo.

— Bem, acho melhor finalizarmos por hoje, já que passam das 20h30 novamente — reparo, um pouco chateada. Tinha apenas mais um dia para contar o restante do que houve e, então, encarar o passado da maneira mais cruel que poderia acontecer.

— Eu me sinto lisonjeada por ter me confidencializado tudo isso da maneira mais detalhada que conseguiu. E eu quero que você faça algo não só por si, mas para Thomas e o bom convívio de ambos a partir desta semana. Não direi para não pensar mais nesse assunto nos próximos dias, sei que é impossível, dadas as circunstâncias, mas preciso que seja objetiva em alguns pontos agora: quero que me conte amanhã o processo final do seu namoro e sobre as cartas que você escreve para ele. Quero que desabafe tudo e coloque para fora a angústia, o ódio, o medo, a depressão e a ansiedade que passou, mas não foque os seus sentimentos de amargura no dia quando o vir depois de tanto tempo, Isabelle. Eu acho que a mágoa que carrega dentro de si pode anuviar um pouco as suas assimilações. Agora, neste instante, você pode gritar quanto odeia Thomas por tê-la deixado, por ter partido e por não ter contado a você o que aconteceu, sendo que sempre jurou que era seu melhor amigo e que não existia ninguém mais importante no mundo. Todavia, se passar a procurar entender qual foi a sua motivação, possivelmente conseguirá se encontrar com ele um pouco mais calma e menos aflita para pular diretamente em seu pescoço. Você me compreende?

Balanço a cabeça afirmando. Anoto aquelas palavras mentalmente e as tenho como objetivo agora.

— Certo. Amanhã vamos falar sobre o seu processo de aceitação no decorrer desses anos e como conseguiu chegar até aqui. Não se preocupe com o tempo, faço isso com prazer — ela finalizou.

— Tudo bem, obrigada. Boa noite e até amanhã.

Faço o mesmo caminho para a casa dos meus pais, com a imaginação um tanto fértil. Daniel me liga no meio do processo, atendo, coloco no viva-voz e peço para ele me dar mais alguns minutos para retorno, afinal estava em meio ao tráfego.

O relógio bate 21h. Está tarde, meu corpo pede o conforto da minha cama, meus olhos estão ardendo e um pouco secos depois de derramar algumas lágrimas durante a sessão de terapia. Contudo, ainda tinha uma última tarefa naquele dia que eu precisava fazer: desenterrar as cartas.

Quando chego à rua, preciso fazer um desvio por causa de uma obra de saneamento que me força a realizar um retorno longo e pego a direção oposta da que costumava. Com isso, precisei passar em frente à antiga casa de Thomas.

Noto um carro parado em frente a ela junto a outro caminhão de mudança. Sinto os pelos dos braços eriçarem até perceber a figura de Fred diante dos veículos.

Curiosa, paro meu carro e o encaro procurando saber se estava sozinho ou tinha alguém a mais. Não era possível ele e Elisa se mudarem para lá, afinal os dois já tinham comprado um apartamento no centro da cidade e estava praticamente pronto.

Fred olha onde estou parada e vai até lá quando nota que sou eu.

— Ei — cumprimenta um pouco sem graça e visivelmente tão cansado quanto eu estava. — Não esperava vê-la hoje novamente.

— Eu moro aqui, esqueceu? — respondo um pouco mais seca do que gostaria. — Bem ali em frente, no próximo quarteirão.

Fred dá uma risada.

— Como posso esquecer? Passamos muito tempo juntos na sua piscina.

— O que faz aqui? Não me diga que comprou essa casa!

Fred volta seu olhar para ela por um segundo. Alguns homens estão entrando com caixas e carregando móveis embalados em plástico bolha.

— Bem, eu não. Mas… é que…

Dou uma arquejada e reviro os olhos antes que ele complete a informação.

— Já sei, não precisa dizer nada! — me sinto estupidamente rancorosa neste instante a ponto de ser grossa em minhas palavras com meu amigo. Fred fecha a boca e percebo seu olhar um pouco assustado acima do meu. — Thomas vai morar aí de novo, estou correta?

Ele balança a cabeça sutilmente, confirmando.

— Eles nunca venderam essa casa — raciocino abalada.

— Bem, não, ela continua pertencendo à família Gale. Estou responsável por receber os móveis porque chegariam hoje e, como deve saber, Thomas só vem na quinta-feira.

Encaro o lugar com uma pontada em meu peito. Há tanto tempo não boto os pés ali. Há muito nem sequer consigo chegar perto do portão. Parece que os tijolos carregam impressos em si a nossa história e isso ainda dói.

— Por que ele está fazendo isso, Fred? Por que não fica onde está? — questiono com voz embargada. — Já se passou mais tempo do que viveu aqui. Deveria ser o suficiente para não retornar nunca mais.

Ele dá de ombros.

— Acho que só vamos descobrir o que pretende quando chegar. Na verdade, Isa, eu também estou tão perdido quanto você em relação ao que aconteceu com ele e sua família.

— E os seus pais também virão?

— Até onde eu sei, não, mas não me pergunte o motivo.

— Tudo bem — aceito. Afinal, o que poderia fazer? O destino não estava em minhas mãos e eu nem sequer podia exigir que Thomas sumisse de vez, levando em conta que não sou responsável pelo que ele faz ou pretende fazer.

— Espere só um segundo — Fred pede com animosidade. — Eu vi uma coisa e quero mostrar para você.

Ele foi até o caminhão e voltou em um pulo.

— Não brigue comigo — exige antes de me entregar —, mas isso caiu de uma das caixas e… enfim.

Ele estende sua mão e me mostra uma foto emoldurada em um porta-retrato que estava com uma parte da tela trincada.

Éramos nós quatro na formatura do ensino médio na figura. Eu e Thomas estamos abraçados, sorridentes, olhando um para o outro, e eu ainda lembro exatamente o que estávamos falando naquele instante para exibirmos expressões tão intensamente felizes, Elisa e Fred encaram a câmera de mãos dadas.

Sinto um arrepio na espinha e instintivamente toco em seu rosto pela fotografia. Nós dois parecíamos tão bem nessa época que nem consigo dizer se realmente havia algo que indicasse que alguma coisa estava errada em sua vida.

É tão melancólico tocar naquele objeto e ao mesmo tempo arrasador, afinal passei anos apenas remoendo minha raiva e me esquecendo completamente de que ele também poderia estar sentindo o mesmo.

— Eu não tenho essa foto, você tem? — Fred pergunta, e eu balanço a cabeça negando. — Olhe, tem um bilhete atrás — diz e o retira de dentro do objeto.

Estava escrito:

"Dia do baile de formatura da turma de 2012

Eu tenho os melhores amigos do mundo, a mulher mais linda em meus braços e essa é a melhor família que um dia pedi ao universo."

Franzi o cenho acima daquela descrição.

— A melhor família que um dia pedi? — repeti em voz alta. Fred me encarou sem entender muita coisa, afinal declarações assim eram muito comuns saindo da boca (ou das mãos) de Thomas.

— O que tem? Thomas sempre foi excêntrico e um exagero em pessoa. Acho que ficou desacostumada, hein?

Não, eu não havia me desacostumado com a forma excessivamente carente que ele demonstrava seu afeto, apenas... era exatamente para o que Janine havia me alertado. Os sinais precisavam ser observados e talvez aquele fosse um deles.

— Acho que é melhor colocar isso no lugar — raciocinei. Porém, não podia deixar aquela pista e peguei meu celular antes de devolver a fotografia. — Só me deixe... — bati uma foto da imagem e, depois, do seu verso. A devolvi para Fred, sentindo um tipo de abalo emocional diferente. Ele assistiu a essa cena sem entender muita coisa. — Preciso ir para casa, ainda não jantei e estou faminta. Nós nos falamos depois? Ainda tenho algumas coisas sobre o chá de panelas que preciso repassar a você e Elisa.

— É claro — Fred assente com um sorriso melancólico.

— Vocês conversaram?

Ele nega com um aceno.

— Não, mas hoje ainda cuidaremos disso.

— Aproveite a cama do Thomas e façam isso nela — induzo com uma risada. Fred ri também.

— Você é uma péssima amiga, sabia?

Dou de ombros sem me importar.

— Se eu fosse vocês, faria isso — reconheço com um toque maquiavélico na voz e ligo o carro. — Até depois!

Naquela noite, após o jantar, me recolhi em meu quarto a fim de fazer aquela sessão de desenterro das cartas de Thomas. Eu as guardava no fundo de um baú no armário e procurava não as ler justamente para não cair em prantos todas as vezes que aquilo acontecesse.

Cada uma delas estava cuidadosamente separada por uma sacolinha plástica e uma fita adesiva. Todas em ordem de data e importância. As de aniversário eram as maiores, evidentemente, mas também tinha os bilhetes, além de arquivos de conversas do celular e o antigo Messenger. Senti uma preguiça imensa só de pensar em reler tudo aquilo linha por linha, mas o que mais me consumia por dentro era a angústia em ter de relembrar esses sentimentos escritos pela mão do meu ex-melhor amigo.

Thomas parecia uma lembrança fantasmagórica. Selecionei a primeira carta escrita por ele antes de completar meus 10 anos de idade, e abri o pacotinho que indicava a data de 26 de março de 2005. Dentro do pacote havia uma foto nossa que minha mãe tinha tirado nesse mesmo dia no jardim — aquele no qual descobri que havia feito um amigo nesta cidade, até então nova.

Senti um nó na garganta ao me deparar conosco tão pequeninos. Ele sorria abertamente, o nariz cheio de sardas estava enrugado, os cabelos loiros bagunçados e parecia uma atração naquela figura. Eu emitia um sorriso um pouco desconfortável, afinal até aquele momento estava me sentindo um pouco invadida pela sua chegada. Thomas se transformou em meu amigo por insistência, agora percebo isso e me sinto um pouco idiota por achar que apenas fomos em frente por causa dos sentimentos intrusos dele.

Abro a carta que recebi em meu décimo aniversário e passo meus olhos por ela. O papel está amarelado, um pouco amassado e as letras são infantis. Não há nada que possa me indicar problemas pessoais, mas me pego vidrada na seguinte frase:

"De todas as pessoas que conheci até agora, você é a única que me deixaria chateado por não conseguir manter por perto."

Nunca vi nenhum erro até ali, mas agora penso: de todas as pessoas? Todas, incluindo as que conheceu anteriormente? Ou isso era um drama exagerado de alguém que apenas gostaria de ter um novo amigo?

A guardo para depois, com a fotografia. Ainda estava muito inocente.

A segunda também está com uma foto nossa. Cada saquinho tem uma que acompanha o nosso crescimento. Dessa vez ele está usando aparelho nos dentes, mas, ainda assim, sorri sem vergonha alguma. Agora eu também estou sorrindo confortavelmente e, como era costume, estamos abraçados.

Não me parece que tem algo de errado nesta também. É uma carta feliz que me entregou junto ao mural com fotos do Johnny Depp e, além do fato de ele parecer um pouco ciumento em suas palavras, não vejo nada demais.

Era apenas Thomas sendo excessivamente carinhoso comigo. Não que eu me importasse com os seus exageros, sempre amei cada demonstração de afeto exatamente como fazia.

Sinto meu coração se aquecer me lembrando dos seus abraços amorosos. Pouco tempo depois, ele confessou que me amava pela primeira vez após dizer que eu era a melhor amiga do mundo, e eu me lembro de gaguejar sem saber o que responder. Foi um momento e tanto! Imagine só o choque de uma garota tímida e que nunca ouviu isso de outra pessoa a não ser dos pais? Mas, ainda assim, não vejo nada demais até ali.

A carta de 12 anos é cheia de piadinhas e graça, não posso deixar de rir lendo-a e uma lágrima escorre e cai salgada em minha boca. É doloroso, mas confesso que sinto a mesma sensação de quando a li pela primeira vez. Thomas estava feliz e me cobrava o primeiro pedaço de bolo naquele ano. Até o momento, ele não foi a primeira pessoa a ser homenageada por mim, afinal aos 10 anos já tínhamos partido um pedaço antes de ele chegar para o meu pai comer; e aos 11, como ele mesmo havia reclamado, eu não dei o pedaço a ele, e sim ao meu primo que veio de outra cidade.

Parecia ciúmes? Talvez. Era importante? Eu não sei, mas, para garantir, me entregou uma noite antes. Pode ser que sim, afinal, nas duas festas anteriores do seu aniversário, fui eu a ganhar.

O que me sugeria que muito tempo antes ele realmente já me amava. E que não considerava ninguém mais além de mim.

Na foto junto à carta, nós estamos pousando exatamente em minha festa e ele estava com o primeiro pedaço de bolo tão sonhado em uma mão. Sua altura me assustava nessa época e eu me sentia um *Smilinguido* perto dele, que recosta seu braço em cima da minha cabeça fazendo piada. A partir dessa data, todos os primeiros pedaços de bolo foram destinados a ele com todo o amor do meu coração, e, se ele quisesse, eu daria o bolo inteiro.

Na carta de 13 anos, Thomas me parece um pouco mais romântico e eu sei exatamente o porquê: tinha se descoberto apaixonado por mim no ano anterior e, mesmo tentando esconder, dava sinais. É uma declaração atrás da outra, e eu nem sei como posso não ter desconfiado disso. Na verdade, olhando apenas para ela, dá para perceber, porém, com a constância de suas declarações de afeto em nosso cotidiano, eu nem senti diferença alguma. Mais uma vez, não há nada de errado — pelo menos eu acho. Na foto, estamos juntos no colégio sentados no gramado do campo de futebol, Thomas ainda sorri largamente com o aparelho, que foi retirado pouco tempo depois, e suas sardas estão desaparecendo do seu rosto.

Ele está um pouco magro e parece abatido mesmo sorrindo. Achava que era por estar crescendo muito rápido. Olho atrás da foto, tem um bilhete dele:

"Você atinge a idade primeiro do que eu, mas eu espero que a vida não a leve antes de mim. Eu não aguentaria."

Um bilhete mórbido para um garoto extrovertido de 13 anos de idade. Me sinto estranha ao ler isso, nunca tinha pensado nele dessa forma. O devolvo para a sacola com a carta após um breve arrepio na espinha.

Aquilo estava sendo mais difícil do que imaginava. Minhas mãos tremem e noto que estou chorando a ponto de me faltar o ar, mesmo focada em procurar por coisas estranhas em meio a suas palavras tão doces.

Preciso continuar, mesmo sentindo um abalo rancoroso, então abro a carta que recebi aos 14.

Eu estava no auge da paixão pelo filme *High School Musical* e, por incrível que pareça, Thomas sempre dançava comigo, mesmo odiando os filmes. O CD com diversas gravações de canções da Disney feito por ele está junto na sacolinha.

A carta continua tendo tons de graça e paixão. É extensa, mas nada que seja estranho aos meus olhos. Ele diz que me ama em todas elas a partir dos 12 anos e nem acho que isso possa ser sinal de alguma coisa a não ser amor. Na foto, nós dois estávamos caminhando lado a lado indo para algum lugar — eu realmente não me lembro onde e quem a tirou, mas estamos tão próximos que parecemos de fato um casal de namorados.

A carta de 15 anos é uma das maiores que já recebi. Thomas me parabeniza, conta sobre nossa jornada, faz planos para nosso futuro e me encoraja a fazer coisas que desejo. Ele repete que me ama tantas vezes nela que me pergunto se ele havia esquecido, entre uma linha e outra, o fato de que já tinha me dito aquilo.

Na foto estamos vestidos de Jasmine e Aladdin para a peça da escola — que eu morri de vergonha em fazer, mas, como era com ele, fui em frente e me rendeu uma das memórias mais engraçadas.

Na carta de 16 anos, Thomas está furioso por ter feito ele cantar comigo, Fred e Elisa no karaokê. Passa boa parte dela falando desse momento e dizendo que está feliz por eu estar cada vez mais dando o primeiro passo para fazê-lo passar vergonha. Acho engraçado quanto ele me impulsiona, quanto me encoraja e depois vem reclamar do vexame. Contudo, sei que está satisfeito por isso e pelo longo trabalho árduo que teve em me incentivar a fazer o que desejo.

Tenho tanto a agradecer por ele me dar coragem nesses anos. Gostaria que ele soubesse o bem que me fez ao acreditar em mim e em como consegui dar alguns passos apenas por tê-lo ao meu lado. Me sinto grata por ter tido alguém que cria em meu potencial quando passei dias calada nos primeiros meses da minha vida nesta cidade.

Na foto, nós estamos com o rosto verde por causa de uma pasta de argila com ervas para espinha que eu havia feito e o obrigado a me acompanhar na rotina *skincare*. Ele está fazendo careta e quebrando a máscara já seca, e eu me esforçando para não rir, comprimindo os lábios e de olhos quase fechados. É uma péssima foto e uma lembrança que me arranca um riso.

Atrás um bilhete escrito por ele:

"Eu não tenho espinhas, não sinta inveja!"

E, na última carta de aniversário, entregue aos 17 anos, Thomas me diz que há três coisas imutáveis na vida dele, mas eu percebo que todas elas mudaram ou foram levadas com o tempo. Eram elas, de acordo com as palavras dele:

Ele sempre aceitará o que lhe oferecer para comer.

Naquele mesmo dia que fomos para o acampamento, ele rejeitou, me pegando de surpresa. Mas isso eu sabia que era impossível de não acontecer, e tudo bem, não afetaria em nada a vida de qualquer outra pessoa.

Sempre atenderia um chamado meu, mesmo que estivesse fazendo algo importante.

Eu passei dois anos chamando por ele até saber que estava bem, que estava vivo e implorando por uma explicação que até hoje não aconteceu.

E, por último, ele sempre me amaria a cada segundo da sua vida.

Isso ainda era verdade? Como poderia saber? Já haviam se passado oito longos anos desde a sua partida!

O amor que tanto aquecia o meu coração parecia tão frio agora, tão amargo e sem vida. As juras, as promessas, as palavras doces e a certeza de algo que seria infinito e eterno se esvaíram como fumaça e se tornaram apenas lembrança. E eu estou tão cansada de revirá-las como se um dia pudesse apenas tê-las de volta para mim! Afinal, não havia mais como aquilo acontecer. Um elo havia se rompido para sempre, um ponto final estava aguardando nossa história. Eu preciso encerrar esse ciclo, mesmo que ele esteja de volta e tão perto nos próximos dias.

Devo isso a mim. Antes de Thomas, eu devo fidelidade ao meu próprio coração, e ele estava exausto de apanhar daquelas lembranças.

A foto que estava com a carta era a do último dia de aula da escola. Estávamos mais do que felizes nela. Nossas roupas cheias de assinaturas dos outros alunos, nossos cabelos bagunçados, os rostos pintados e uma festa acontecendo logo atrás. Estamos de mãos dadas, tínhamos um pouco mais de três meses de namoro e uma infinidade de sonhos novos. Pensávamos que iríamos nos casar depois da faculdade, ou talvez conseguir um intercâmbio em outro país e irmos morar juntos enquanto estudávamos. Pensávamos que chegaríamos aos 26 anos — justamente agora — e compraríamos uma casa para nós dois com tudo o que gostávamos. Pensávamos que seríamos felizes, que estaríamos juntos para qualquer circunstância, que estaríamos planejando o primeiro filho para daqui a alguns anos com todo o amor e expectativa de ter uma família grande e repleta de carinho.

Nós conversávamos sobre isso depois de fazer amor olhando firmemente nos olhos um do outro, e era tão puro. Eu acreditava que a gente poderia conquistar o mundo juntos, mas nunca passou pela minha cabeça enfrentá-lo sem ele. Parecia cruel demais até mesmo para imaginar.

Doía sem nem mesmo acontecer, e quando aconteceu... eu perdi o meu chão e caí nesse abismo que tem me sugado por oito anos ininterruptamente.

Coloquei a carta na sacolinha e suspirei fundo. Nessa altura já havia, aliás, perdido o foco de procurar por coisas estranhas em suas entrelinhas por causa do embaço na visão com as lágrimas acumuladas e o sentimentalismo batendo em meu peito. Que Janine me perdoasse, mas, se ela quisesse buscar algo anormal, que fizesse isso ao lhe entregar todas elas.

Nem sequer coloquei a mão na carta de despedida. Minhas pálpebras não se abriram por um bom tempo. Apoiada em meus joelhos e sentada no chão, chorei baixinho por uma quantidade tão absurda de vezes que é impossível saber ou contar. Ainda doía depois de tanto tempo, e era como... como se não conseguisse encontrar o mesmo fio de felicidade que nos unia em ninguém mais.

— Belinha? — ouvi a voz da minha mãe batendo à porta. Fiquei em silêncio buscando recuperar a dignidade antes de respondê-la.

Abriu sem obter resposta. Entrou em meu quarto e, mesmo sem fitá-la, consigo imaginar o desespero em seu olhar ao se deparar com aquela cena deplorável que, confesso, foi comum por tantos anos.

— Meu amor — sinto seu toque em meu ombro. Limpo meu rosto um pouco desesperadamente antes de encará-la. — Eu trouxe chá para você.

Quando me viro vejo a caneca fumegante em suas mãos.

— Obrigada — agradeço rouca.

— O que está fazendo? — ela nota a bagunça espalhada pelo chão e se senta ao meu lado. — O que são essas coisas?

Minha mãe pega um dos saquinhos e olha. Ela não sabe das cartas que Thomas escrevia para mim, afinal eu sempre as escondi desde a primeira vez.

— O que é isso? — pergunta de novo.

— Cartas de aniversário que eu ganhei do Thomas pelos anos.

— Depois que ele foi embora?

Ele nem seria louco de fazer isso.

— Não. Veja, tem as datas — mostro com o dedo na fita colada. — Foram durante os anos de amizade.

— E o que… — ela para um segundo e abre o pacotinho com cautela — está fazendo olhando essas coisas? — a foto dos 10 anos cai no chão. Ela a pega, a olha por um momento e me encara.

— Preciso levar amanhã para a psicóloga. Mas ela pediu que eu procurasse alguma coisa que pudesse me mostrar que Thomas estava passando por dificuldades familiares nas entrelinhas das nossas cartas, então eu estou relendo.

— Nossas? Você também escreveu para ele?

Balanço a cabeça afirmando.

— Porém, eu nunca as entreguei — afirmo um pouco magoada. Talvez eu devesse mesmo ter tido a coragem de enviá-las quando éramos amigos. — Aqui estão, também irei levá-las amanhã.

Pego um conjunto de cartas guardadas da mesma forma e presas com uma fita azul, a cor favorita de Thomas. São maiores em número do que as dele, afinal continuei a escrevê-las por todos estes anos.

— Por que não deu elas? — minha mãe observa o monte fascinada.

— Por ter vergonha. Eu sempre tive medo do que poderia acontecer quando ele lesse sobre meus sentimentos nessas cartas de aniversário.

— Mas, se ele enviou para você, por que teria medo? Tinha algo nelas que quisesse esconder?

Dei de ombros, era difícil explicar.

— Eu não sei. Imaginava que um dia nós pudéssemos deixar de ser amigos e eu sentiria ainda mais constrangimento por parecer tão vulnerável e ele teria provas contra mim de que um dia eu o adorava. Aliás, esse era um dos motivos pelos quais eu quase não respondia a suas mensagens de "eu amo você" quando éramos apenas amigos.

Minha mãe suspirou, passou a mão pelos meus cabelos e limpou uma lágrima que descia lentamente pelo meu rosto.

— Thomas se sentiria incrível, eu sei disso — ela intervém com um sorriso dócil. — Deveria enviá-las para ele. Mas por que são tantas? Parecem o dobro do que você tem.

Me senti constrangida antes de esclarecer:

— Porque eu continuei a escrever para ele por todos estes anos longe. Se lembra do Hilton, o primeiro psicólogo a que fui? Então, era um exercício que ele havia me passado. Imaginou que, com o tempo e os anos, eu deixaria de fazer isso e queimaria tudo de uma vez quando estivesse curada, contudo… — peguei a última carta na pilha e a retirei com cuidado — eu escrevi esta no início deste mês, no dia exato do seu aniversário.

A data marcada na fita que vedava o papel estava em 6 de maio de 2021, pouquíssimo tempo antes de saber que ele se mudaria para cá novamente, que trabalharia no mesmo hospital que eu, e que eu procuraria ajuda de uma psicóloga.

— *Uau* — minha mãe emite ao notar que não estava brincando. — Nunca soubemos nada sobre cartas além daquela que ele deixou antes de partir, às vezes acho que somos obsoletos.

— É porque era segredo. Não que não confie em vocês, apenas... eram só para ele — coloco a carta novamente na pilha com o laço azul contendo seu nome. — E estas são dele para mim. Ninguém mais.

Minha mãe entende o recado.

— Tudo bem — ela responde, subindo as mãos em sinal de rendição. — Eu prometo que não vou ler. Porém, se puder fazer algo por você...

— Eu estou bem, juro — tento convencer a mim mesma com essa última frase. — Apenas um pouco triste, mas vai passar. Estou trabalhando nesse trauma firme agora, eu prometo que não vou mais me deixar ser atingida por isso.

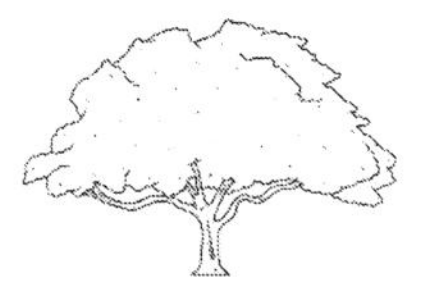

Capítulo 37

"Amanhã é o dia mais importante da nossa vida. Amanhã nós deixaremos uma parte da nossa história para trás e começaremos outra, juntos, é claro.

Estaremos sempre juntos.

Eu te amo, Isabelle. Obrigado por ter tornado meus dias os melhores possíveis."

* Mensagem de Thomas para Isabelle sobre o dia da formatura no ensino médio.

Hoje é quarta-feira e o dia no hospital passa diante dos meus olhos como se houvesse uma despedida. Sinto que há uma barreira entre o antes e o depois, sendo amanhã a inauguração do ambiente novo. Eu sei que isso está acontecendo apenas na minha cabeça, mas não consigo evitar o sentimento de adeus.

Checo o relógio de cinco em cinco minutos. O dia parecia interminável e estupidamente quieto.

Passo os olhos pelo e-mail caçando algo que me tome a atenção. Não há nada que me prenda, pelo contrário, estou com a visão desfocada e sem entender uma palavra sequer do que está diante de mim.

Atendo os telefonemas e passo informações de maneira mecânica. Tento não dormir no processo de lentidão das horas e mergulho em xícaras de café puro para me manter desperta.

Pego a agenda, o celular, e passo informações para as pessoas sobre o chá de panelas da Elisa e do Fred na sexta como a boa madrinha que eu deveria ser. Checo o que preciso fazer naquele dia para ajudar, mas não há muita coisa além de estar lá na hora correta.

Busco na lista de presentes on-line o que falta para comprar. Um jogo de panelas coloco em nome dos meus pais, uma batedeira no meu e um liquidificador no de Daniel, resolvendo assim o presente de todos ao mesmo tempo.

Às 3h tarde recebo uma ligação do Dr. Hernandes.

— *Isa, tudo bem? Você está muito ocupada hoje?* — ele questiona com alguma pressa, sem esperar resposta para a primeira pergunta.

— *Não, por qual motivo?*

— *Dois dos novos médicos estão agora indo para aí, eu preciso que os receba nesta tarde* — ele explica e eu sinto meu sangue gelar com essa informação.

— *Hoje?*

— *Preciso que ambos comecem a trabalhar o mais rapidamente possível antes que levemos mais processo nas costas por carga horária abusiva dos outros, você me compreende?*

— *Quais…?* — minha voz falha antes de completar a frase. Todos os três estavam marcados para uma visita na tarde de amanhã, apenas.

— *Os novos plantonistas da madrugada* — meu corpo parece estar tremendo mais do que anteriormente. — *Dr. Cícero Filho e Dr. Jonathan Martin.*

Suspiro aliviada, mas tento não passar isso pela ligação.

— *Certo, eu recebo eles sem problema algum.*

— *Depois de você, o Dr. Benjamim ficará encarregado deles, já passei uma ligação urgente e está tudo confirmado. Amanhã chegará o Dr. Thomas Gale, o Dr. Fredderick Carvalho já está avisado que será o responsável apenas dele pelo resto do dia.*

— *Entendi* — respondo, me sentindo um pouco intimidada.

— *Obrigado, Isa, precisamos integrar todos eles o mais rápido possível, conto com você e a sua agilidade. Tenha uma boa tarde.*

Desliguei o telefone notando o coração pulsar como nunca. Inferno! Estava contando com a presença dos três médicos para não me concentrar apenas em Thomas quando isso acontecesse, e agora eu iria recebê-lo amanhã sozinho.

Isso parecia um grande pesadelo! Ao mesmo tempo que suspiro aliviada por não o ver hoje, praguejo o fato de ter de lidar com ele no dia posterior e a sós. Isso parecia ser surreal.

Às 16h os dois médicos chegaram. Eu os recebi da mesma forma que fazia com todos, procedimento-padrão criado pelo sistema do hospital. Seus documentos estavam corretos, cada um possuía boa experiência, chequei suas carteiras e o resultado do exame admissional. Guardei os papéis para despachá-los posteriormente com algumas assinaturas em contratos extensos e muito bem explicados por mim. Essa parte era chata, mas adquiri uma habilidade mecânica perfeita para melhor compreensão daqueles que estavam sendo contratados.

Rondamos o hospital, registrei suas credenciais e digitais em um monte de pontos e, no final, deixei-os ao lado do Dr. Benjamim, exatamente como o Hernandes pediu.

Fim daquele dia. Ou, pelo menos, da jornada de trabalho cansativa e melancólica.

Amanhã seria outro momento, outra cor, outra luz e outro médico, mas este ainda faz o meu coração se revirar cheio de expectativas e eu ainda sinto vontade de desaparecer antes que o visse.

Corri para o consultório da Dra. Janine o mais cedo possível. Hoje teríamos outra longa conversa, pior e mais frustrante do que as dos últimos dias.

Neste instante estou sentada em seu sofá e ela me entrega uma xícara de chá de erva-cidreira com camomila. Confesso que estou enjoada de tanto beber esse líquido em busca de aproveitar as propriedades calmantes das ervas escolhidas, e eu sei que mal me fazem efeito atualmente.

— Fico feliz por termos chegado até aqui. Nunca tive um paciente que falasse sobre as coisas detalhadamente e tão assiduamente quanto você.

— Creio que seja por causa do caráter de urgência. Demorei anos para conseguir lidar com isso, sempre empurrei com a barriga pois nunca quis desenterrar o passado dessa forma, porém agora estou em estado de ebulição.

— Confesso, Isabelle, que, nestes quase vinte anos de profissão, eu nunca vi um caso como o seu — Janine mantém uma voz pacífica e branda, o que é perfeito para os momentos em que estou desesperada. — Já lidei com mulheres em busca de tratamento para lidar com a morte do companheiro, já lidei com pessoas que precisavam de auxílio para conseguir perdoar parentes por abandono, já recebi inúmeras pessoas que precisavam de ajuda para aceitar o término de uma relação.

Ela toma um gole de chá e dá uma pausa.

— Porém, eu sinto que o seu caso abrange os três ao mesmo tempo e que, por mais que tente encaixá-la nas mesmas circunstâncias, não há um exemplo sequer a ser reaproveitado. Você tem uma história longa e bonita como uma viúva que está de luto pelo marido que morreu repentinamente no auge do casamento, mas não é o caso, porque Thomas está vivo e está voltando. Tem a sensação de abandono parental ou conjugal, porém nenhum conselho se encaixa da mesma maneira, porque Thomas sempre afirmou com todas as letras que a amava e pede para confiar nisso ao longo do tempo. E, sobre o término de um relacionamento... bem, o seu foi incomum, afinal teve, e eu vejo que ainda tem, muito amor envolvido entre vocês dois.

— Tem?

— Não é óbvio?

— Não! — me enfureço e respondo. — Não vejo Thomas há oito anos. Como pode ter amor envolvido entre nós dois atualmente? No passado, teve sim, e muito. Mas não sei quem ele é mais. O que carrego dentro de mim são coisas do passado que me afetam no presente, mas não há mais amor entre elas.

— Algumas coisas o tempo simplesmente não leva consigo — ela diz, ainda com a voz pacífica sem se importar com o meu grito. — Há amor envolvido em ambas as partes ainda no dia de hoje, senão não estaria aqui tentando curar a dor que a sua partida lhe causou e ele não voltaria a morar nesta cidade. Pode afirmar que não, da boca para fora, contudo os seus atos de desespero a condenam. Não é só o fato de ele ter ido embora que a desespera, mas estar tão próximo da volta a atormenta fortemente porque ainda não sabe como irá lidar com todo esse sentimento no exato momento em que o vir.

Me emburreço.

— Eu estou justamente aqui tentando fechar esse ciclo e deixar de sentir qualquer remota coisa que possa ter sobrado dentro de mim antes que ele reapareça, e eu não tenho a mínima vontade de amar Thomas novamente, ou... continuar amando, que seja.

— Isabelle, você pode estar em estado de negação, mas...

— Não, não — me levanto do sofá e interrompo a sua frase. — Não estou em estado de negação! Eu só preciso colocar meus sentimentos em ordem. Eu odeio Thomas e não sei como posso não gritar com ele no exato momento em que o vir, afinal de contas, como você mesma percebeu, ele me jurou por todo esse tempo que me amava e era fiel à nossa amizade. Que eu era a coisa mais importante da vida dele, que eu vinha em primeiro lugar e blá, blá, blá... — engoli em seco e senti minhas mãos tremerem nervosas. — Eu não amo Thomas, e seria uma hipocrisia se eu amasse. Como posso depois de todo esse tempo? Dessa apunhalada pelas costas? Dessa falta de confiança em me dizer o que aconteceu?

A psicóloga me encara em silêncio enquanto eu dava aquele ataque de desespero. Era impossível dizer tudo aquilo sem me sentir frustrada e rancorosa, mas eu estava e precisava desabafar isso.

— E tem o Daniel — lembro, com um suspiro que mais pareceu um gemido. — Devo a ele todo o meu coração por todo o amor que vem demonstrando por mim. Não ouso amar outro homem a não ser ele. Nem posso. Estamos prestes a ficar noivos.

— Você sabe que as coisas não funcionam assim, não é mesmo? — ela questiona e me entrega a caixa de lenços, percebendo que eu começaria a chorar a qualquer instante.

— E como é que funcionam? — pergunto e me sento novamente, depois passo minhas mãos em meu rosto e afasto alguns fios de cabelo puxando-os para trás. — Será que alguém pode me dar uma direção? Porque, sinceramente, eu estou perdida! Sempre achei que o tempo me ajudaria a enterrar esse caso, mas, como você mesma disse, há coisas que ele não carrega. O que devo fazer? Como amadurecer e seguir em frente, se estou constantemente presa no passado?

Ela suspira e acho que a tirei do seu próprio eixo com tantas perguntas. Como observou, meu caso era uma mistura incomum de coisas que são tristes, mas normais na vida de um monte de gente. Porém, havia tantos outros elementos obscuros e sem sentido adicionados a ele. Havia uma conjunção dolorosa que tornava tudo aquilo mais complicado de lidar, e eu nem sei como passei tanto tempo tentando me afastar desse problema.

— E agora ele está voltando — lembro com pesar. — Ele está batendo à minha porta, praticamente. Me desculpe pela maneira estúpida e escandalosa de me expressar, mas já não sei mais o que fazer.

Janine dá um sorriso reconfortante.

— Lembre-se de que pedi a você que fizesse isso na noite de ontem. Grite comigo, berre quanto o odeia e conte seus motivos, na quinta-feira estará pronta para enfrentar o problema com o coração mais leve. Eu estou aqui para isso. Contudo, me sinto solidarizada com você de uma maneira diferente, pois sei que o seu futuro está incerto, em aberto, e que conta comigo também para alcançar a sua paz de espírito e a escolher o que for melhor para si. Quero ajudá-la a se curar dessa dependência afetiva que tem, desse quadro ansioso e dessa raiva que carrega dentro de si há tanto tempo.

— Tudo bem — assinto, tentando colocar as emoções antes expostas no lugar. — Eu trouxe as cartas.

Pego uma caixinha de madeira azul com todas as coisas que separei na noite de ontem e entrego para ela. Está um pouco pesada, ainda adicionei alguns bilhetes e fotos que tinham recados atrás.

— Eu preciso que me conte o final da sua história antes de ler — Janine me lembra após conferir o montante de coisas. — Então, este é o Thomas...

Ela me mostra uma foto nossa. Thomas encara a câmera de lado com um sorriso amável, está vestido com o terno da festa formatura, cabelos rebeldes por causa das horas que passamos dançando naquela noite, gravata vermelha afrouxada, e eu estou abraçada com a cabeça apoiada no ombro dele usando um vestido da mesma cor das flores rosadas do *corsage* que está em meu pulso.

— Sim. Tem anotações escritas por ele atrás dessas fotos que estão aí, achei que pudessem ser relevantes. Eu também trouxe outra que está nas imagens do meu celular, que tirei de uma das suas fotografias na noite de ontem.

Ela me encara sem entender.

— Fred estava na casa dele para receber o caminhão de mudança. Passei em frente na volta daqui e o vi, então me mostrou — esclareço.

— Vocês formavam uma bela dupla — ela sorri com olhos brilhando enquanto analisa a fotografia. — Ele é mesmo muito bonito, exatamente como imaginei.

Janine guarda a foto e tampa a caixa, deixando-a de lado em sua mesa. Fico em silêncio perante seu elogio.

— Bem, por favor, continue a sua história. Não precisa se apressar — ela afirma, pronta para continuar me ouvindo.

Setembro de 2012

Vejo Thomas dormindo enquanto noto a luz do sol aparecer vagarosa e iluminar a barraca. Estou seminua, emaranhada entre os seus lençóis, confortavelmente quentes, meus seios cobertos por um braço seu que havia caído de lado. Ou isso, ou ele havia acordado e os segurado sem eu perceber.

Dou um suspiro longo e cheio de sono, mas aquela visão está belíssima a ponto de não querer perder um segundo sequer. Thomas ressona baixinho, sua cabeça está de lado junto ao seu corpo e seus olhos se agitam sob as pálpebras, o que sugere que está sonhando com alguma coisa.

Espero que seja comigo.

Não ouso me mexer para não o acordar. Seu semblante está pacífico e quieto, nem parece a mesma pessoa que precisa estar fazendo alguma coisa pelas horas do dia para não se entediar, e decido que gosto de todas as suas maneiras de ser — agitado ou não, desde que ele estivesse comigo.

Infelizmente o dia havia chegado. Eu não queria sair dali, mas era melhor.

Toco em uma mecha de cabelo que está em seu rosto e a puxo para trás da orelha. Há uma pinta discreta ao lado da sua bochecha e logo me lembro das diversas outras espalhadas pelo seu corpo. Os ombros de fora me mostram que ele está sem camisa, então desço um pouco o lençol e descubro uma parte do seu peito apenas para olhar.

Thomas sempre jogou futebol sem camisa — era a maneira favorita dele — e eu sempre debochei dizendo que era magro demais para isso. Contudo, eu o achava atraente e sabia que não era a única, afinal inúmeras garotas ficavam o admirando de longe assistindo aos jogos. Nos últimos tempos, também havia ganhado um pouco de peso por estar constantemente trocando as atividades ao ar livre por horas com a cabeça enfiada em um livro estudando para o vestibular.

Ele se mexe após sentir um leve toque meu em seu ombro e abre os olhos, esfregando-os logo depois.

— Já amanheceu? — ele diz, olhando ao redor sem tirar o braço de cima de mim. Encaro o relógio do celular. São exatamente 5h50 da manhã. — Bom dia, meu amor.

Confesso que me senti incrível por ouvir isso pela primeira vez.

— Bom dia — respondo com um sorriso. — Acho melhor Fred e eu trocarmos de barraca antes que os outros acordem e percebam que eu dormi com você.

— Acha mesmo que alguém está preocupado com isso? Além de Daniel, ninguém mais. Aposto que todos dormiram exatamente como nós dois hoje.

Dou uma risada.

— É que me sentirei um pouco constrangida — lembro e torço para que ele não se sinta mal por isso. — Não quero que viremos alvo de fofocas pelo resto do dia.

— Tudo bem. Eu entendo que você queira esperar um pouco para os outros saberem que estamos juntos.

— Nada disso. Não me importo se os outros souberem do namoro, apenas não quero que especulem essa parte do...

— Do...? — Thomas questiona e ri da minha frase com um toque malicioso, e eu sinto meu rosto esquentar.

— Você entendeu — digo um pouco sem jeito. O meio das minhas pernas ainda arde um pouco e sinto bastante incômodo quando me mexo. — Pelo menos por enquanto.

Ele alisa meus cabelos e deposita um beijo no topo da cabeça.

— Vou ligar para ele, então. Mas saiba que, por mim, ficaria aqui pelo resto do tempo hoje, apenas aproveitando a sua companhia.

— Eu também, Thommy.

Fred apareceu às 6h e nós trocamos de lugar. Já havia algumas pessoas acordadas e eu tive de andar por ali como se nada de estranho estivesse acontecendo, o que foi um pouco difícil, pois minhas pernas estavam bambas e a minha vulva bastante ardida.

Inferno! Como iria caminhar montanha acima desse jeito? Não sabia se teria condições, dadas as circunstâncias. Juro que não esperava que a sensação perdurasse por tanto tempo.

Entro na barraca e me sento com alguma dificuldade, Elisa me encara franzindo o cenho.

— O que houve? — ela questiona.

— Nada — minto sem a fitar nos seus olhos.

— Nada? — ela chega mais perto e cochicha. — Você e Thomas não estão namorando?

— Ah, sim, estamos. Fred tinha um plano bem audacioso e eu caí direitinho.

— Ele me contou. Deve ter sido um choque e tanto, hein? Quem imaginaria que o Thomas era apaixonado por você? — ironiza.

— Quer parar? — censuro sua piada, mas me deixo rir da situação. — Tudo bem, eu entendo que você sempre me alertou sobre isso.

— Eu e o resto do mundo.

— Elisa, a questão é que sentimentos muito profundos e coisas complexas estavam em jogo. Precisávamos ter uma conversa além do "*oi, eu sou apaixonado por você*", entende? Não foi tão simples quanto parece.

— Tudo bem, tudo bem. Mas vocês vão assumir, certo?

Assinto com um movimento.

— Claro — dou um sorriso sincero. — Agora somos namorados.

— Ótimo. Vamos arrumar essas coisas antes de subir para a montanha? Acho melhor do que as deixar aqui.

Concordo e pego minha mochila, que estava jogada num canto, para guardar algumas coisas. Quando tento me levantar, solto um leve gemido pelo esforço.

— Aconteceu mais alguma coisa? — Elisa repara na maneira estupidamente delicada como estou tentando me locomover. — Isabelle?!

Meu nome sai da sua boca como uma grande surpresa misturada à pergunta.

— Não me diga que... — minha amiga balbucia e coloca a mão na boca um tanto chocada. — Vocês transaram!

— *Xiu*! Fale baixo, por favor.

— Mas está na cara pela maneira como está se locomovendo! Relaxe as pernas ou todo mundo vai perceber.

— Está brincando comigo! Está dando para ver?

Ela assente e dá uma risada.

— Apenas relaxe. O incômodo passa quando você menos esperar, porém, se continuar andando toda torta, só vai piorar a situação — aconselha, como se fosse expert no assunto.

— Não conte para ninguém, por favor. E dobre todos esses lençóis porque eu sei que vocês dois se aproveitaram entre eles. Não quero correr riscos.

— Olhe quem fala! — Elisa joga uma almofada em mim. A agarro no ar e a coloco de lado, rindo. — Você que deve ter deixado vestígios por lá.

— Na blusa do Thomas, apenas — alguma coisa precisava barrar o sangue que estava escorrendo e não tinha nada próximo. — Isso me lembra que preciso tomar um banho urgentemente!

— Pode ir, eu arrumo as coisas por aqui. Mas me conte exatamente o que aconteceu depois que você chegou lá. Fred acha que Thomas jamais o perdoará por ter feito aquilo.

— Exagero, aposto que eles estão mais amigos do que nunca agora — imagino em voz alta, visto um moletom e depois pego minha mochila. — Eu já volto.

Caminho até o banheiro tentando manter a postura, exatamente como Elisa indicou, porém noto que é mais difícil do que parece. Os alunos estão despertando aos poucos e parecem ainda muito sonolentos para notar alguma coisa errada.

Quando chego, tiro toda a roupa dentro do box e assisto a água fria cair do chuveiro, tendo a esperança de que em algum momento ela fique quente, contudo me frustro ao notar que não havia nada nele que indicasse ter ao menos a opção morna. No banho da tarde de ontem, depois da cachoeira, a temperatura estava agradável, mas agora tinha até um pouco de névoa embaçando a visão, de tão gélido que estava. Tudo bem, de qualquer forma, era melhor encarar.

Retiro a roupa e sinto a pele arrepiar de frio assim que retiro a blusa do moletom. Depois de retirar o resto, meu corpo já está completamente rígido por causa da temperatura baixa. Não estava gostando nada daquilo, e talvez fosse uma péssima ideia tomar banho de água fria às 6h da manhã.

Confesso que estava um pouco nervosa com o que viria depois da primeira vez. Estar com Thomas foi incrível, e a dor que senti não se comparava à satisfação de ter aquela experiência. Contudo, não esperava mesmo que sentisse incômodo por tanto tempo depois.

Acho que essa parte ninguém faz questão de contar.

— Bom dia — Thomas deseja para Elisa assim que se senta no banco ao meu lado. Trazia consigo dois copos de café e colocou um à minha frente após me dar um beijo no rosto.

— Fui a única pessoa que não acordou ao seu lado, então bom dia — ela responde, sarcástica.

— Mais uma vez reclamando por não ter participado do ménage? — Fred brinca com a namorada e recebe uma careta.

— Parem de brincar com isso antes que alguém ouça e invente uma fofoca mal explicada — repreendo, e depois olho para os lados. Felizmente o mais próximo estava a alguns metros de distância.

— Fred, você não é bonito o suficiente para mim, sinto muito. Meus padrões estão muito elevados agora — Thomas rebate, sem se importar com a minha represália. — Só fico com pessoas mais bonitas que a Isabelle, mas acima dela só tem ela mesma.

— *Uau*, eu acho que vou vomitar — Elisa intervém revirando os olhos.

— Ah, é? Agora você sabe o que passamos ao lado de vocês dois. Nunca vi casal mais pegajoso, *eca* — meu namorado fala.

— Nunca fui assim e nunca mais voltaremos a ser — ela brinca e pega a mão de Fred. — Vocês dois acabaram de começar a namorar, não podem ser assim tão melosos, têm que ir com calma.

— Isabelle é minha namorada desde o primeiro dia que a conheci, só que ela não sabia.

— Todo mundo sabia disso, Thomas. Realmente ela era a única desatenta — Elisa continua a provocar. — Mas falta de aviso não foi, isso eu te garanto!

— Se vocês forem refletir sobre as inúmeras vezes que isso aconteceu na minha vida, vamos ficar aqui o dia inteiro falando.

Os demais alunos aparecem aos poucos e se juntam à mesa. Cada um por si trazendo variadas guloseimas e dividindo-as entre os outros, tornando novamente o momento como um grande piquenique.

— Pessoal, vocês têm meia hora para se encontrarem comigo aqui e vamos subir a montanha — o professor lembra em voz alta depois de checar o relógio no celular. — Exatamente às 7h20. Não se atrasem ou ficarão para trás.

— Não sei se conseguirei ir — me remexo em meu assento, um pouco incomodada.

Thomas me encara sem entender.

— Por quê? — questiona preocupado e me olha de cima a baixo.

— Está dolorido. Até agora — esclareço.

— O que está dolorido? — ele pergunta. Eu juro que nunca senti vontade de dar um chacoalho nele até esse momento para ver se acordava.

— Thomas! — exclamo e dou uma risada sem graça. Pelos céus, era tão difícil assim de compreender? Provavelmente porque ele era homem e certamente não sentiu nada.

— Ah — emite e abaixa o seu tom de voz. — Mas não havia passado?

— Quando eu ando dói.

Esperava que ninguém ouvisse aquilo. Eu mesma estava constrangida apenas de reclamar por todo esse tempo.

— Certo, tem alguma coisa que possa fazer? — ele observa minhas pernas como se elas não tivessem mais lá. Dou uma risada, juro que não era nada demais, porém estava incomodando. — Quer que eu compre algum remédio? Chocolate?

Franzo o cenho sem entender essa última parte.

— O que chocolate tem a ver com isso?

Ele dá de ombros.

— Sei lá, não conheço exatamente o acordo entre chocolates e mulheres, só sei que às vezes devo jogar alguns para você antes de ser xingado.

E eu estava prestes a fazer isso.

— Eu não estou de TPM, Thomas! — sei que ele estava brincando comigo, mas me irrito minimamente.

Se bem que um chocolate não seria nada mal.

— Talvez eu devesse a carregar no colo? — sugere, e eu dou uma risada.

— Com qual desculpa faria isso?

— Inventaria alguma. Ou talvez devêssemos ficar por aqui e não ir.

— Está maluco? Você estava ansioso por isso. Não quero que deixe de ir por minha causa.

— Bel, eu estava ansioso por isto — ele aponta para nós dois sugerindo nosso namoro, depois chega um pouco mais perto de mim e cola seu corpo no meu. — Tendo você ao meu lado, o resto pode esperar. Nada tem graça se você não estiver comigo, ainda mais depois de... agora que estamos namorando, certo?

Sinto meu rosto se esquentar, e eu nem sei dizer se era timidez ou apenas felicidade tomando meu peito.

— Certo.

— Eu vou falar com o professor, não se preocupe, pois inventarei alguma desculpa — ele esclarece e se levanta. — Não se chateie, eu estou muito feliz. Não é faltar a uma caminhada até o pico que vai me entristecer. Podemos fazer outras coisas enquanto eles não voltam.

— Tudo bem — sinto Thomas beijar minha boca num selinho um pouco intenso e, quando desvia, os demais que estavam presentes estão nos encarando embasbacados.

— Eu estou vendo certo? — ouço Gael dar um berro surpreso. — *Porra*, finalmente!

Claro, havia o fato de que ninguém sabia que estávamos juntos ainda.

— Nunca enganaram ninguém, tem zero pessoas chocadas aqui — Olívia brincou e muitos outros concordaram com ela.

Evitei olhar para Daniel e Beatriz. O que ambos pensavam sobre isso neste momento não me interessava nem um pouco, sinceramente.

Capítulo 38

"Não há absolutamente nada de errado com o seu corpo. Você é gostosa e sabe disso. Você me enlouquece e sabe disso.

Você usa a sedução para me atingir, nem tente fingir que não, e não há nada mais delicioso do que poder foder você enquanto assisto a seus olhos revirarem de prazer quando atinge exatamente o que quer."

* Thomas para Isabelle numa noite quente de insônia.

Thomas e eu ficamos para trás com a desculpa de que eu estava com o tornozelo dolorido após dar um mau jeito naquela manhã. Talvez devesse fazer algum esforço para caminhar, contudo eram quilômetros de uma subida sinuosa cheia de pedras e demorariam horas.

— Realmente sinto muito — digo para ele enquanto assistimos aos demais subirem morro acima. O acampamento ia ficando vazio aos poucos.

— Eu não — meu namorado sorri para mim confortavelmente. — Eu estou muito bem aqui — sei que está mentindo, pois, para uma pessoa tão inquieta quanto ele, ficar horas parado em vez de aproveitar a oportunidade de fazer algo incrível deve doer internamente. — Apenas tive de emprestar minha câmera para o professor, e isso me deixa um pouco preocupado.

— Se algo acontecer, eu pagarei o reparo dela.

— De maneira nenhuma, está tudo sob a responsabilidade dele — esclarece e me puxa para um abraço. — Além do mais, ganhei pontos extras. Até tentei dividi-los com você, mas ele não aceitou.

— Bem, ao menos fechará o trimestre escolar com chave de ouro quando acabar — analiso admirada. — Pela primeira vez em anos, vejo que está indo perfeitamente bem em todas as matérias sem precisar de ajuda, e isso me preocupa. Como vou fazer subordinações com você agora?

— Há muitas outras maneiras de se manter por cima de mim, Isabelle — ele sugere maliciosamente.

— Não da maneira que eu estou agora — devolvo, lembrando daquela situação em que me encontrava.

— Você sempre me teve na mão, sabe disso — continua suas provocações —, e eu confesso que adoro quando vejo você por cima.

— Thomas, isso nunca aconteceu! — o censuro, um pouco envergonhada.

— Eu estou falando de coisas gerais, é você quem está pensando escandalosamente.

— Você está me provocando, isso sim.

Ele dá um sorriso meigo.

— Eu estou confessando outro fetiche — sinto os cabelos da minha nuca e toda a extensão das costas se arrepiarem quando ouço isso.

— Outro fetiche? — analiso todo aquele contexto tentando imaginar do que ele estava falando. — Precisará ser mais claro.

Thomas mordeu o lábio inferior até ficar absurdamente vermelho.

— Aos poucos você descobrirá todos eles — seus olhos brilham após me encarar de cima a baixo. — Eu não tenho pressa e você também não precisa ter, meu amor. Menos quando estiver por cima; nesse caso, finja que eu sou seu...

— Thomas!

— Estou apenas imaginando algumas coisas em voz alta, meu amor — ele diz e deposita um beijo leve em minha boca. — Espero que você fique bem logo, logo.

— E eu espero que você não me deixe arrombada todas as vezes! — lembro e comprimo os lábios querendo não ter dito aquilo.

— Isso só acontece na primeira vez, não é? Pelo menos é o que dizem por aí.

— Eu não sei não, tenho a sensação de que demorarei a me acostumar.

— Você parecia muito bem confortável na noite de ontem — ele fala e toca meu rosto, me virando totalmente para o encarar —, mas começo a achar que foi uma doce ilusão minha e que eu lhe causei algum constrangimento.

Dou um sorriso reconfortante e um beijo nos seus lábios tão próximos.

— Nada disso. Eu adorei cada segundo. Juro. Mas, se você quiser que eu cavalgue em você algum dia, terá de me ensinar pacientemente — garanto plenamente satisfeita.

Ele dá uma risada e seu rosto fica vermelho. Gosto da maneira tímida como se apresenta de vez em quando, e não me sinto só quando se trata de vergonha.

— Por isso, disse que não tenho pressa, bobinha — reconhece e depois pisca um olho para mim. — Porque depois disso, ah... você vai ver só.

— *Uau*, você está se sentindo muito confortável me falando besteiras, hein? — não sei se me surpreendo ou se me sinto excitada com aquela sugestão. Porém, logo percebi que se tratava da segunda opção quando senti meu clitóris inchar involuntariamente. — Você já foi bem mais empático comigo. Na noite de ontem, para ser mais exata.

— Nada de empatia a partir do momento que estiver por cima — ele brinca e seus olhos brilham num fulgor vivo. — Estou ansioso por isto. Quero que você venha com tudo. Quero isso desde sempre.

— Pelo amor de Deus! — os músculos de todo o meu corpo parecem rígidos à mínima expectativa. — Estamos à luz do dia e eu ainda não me recuperei.

— E é só por isto que ainda não a arrastei de volta para aquela barraca — confessa e olha para trás. A estrutura ainda estava montada e ele havia prometido para Fred que íamos fazer isso.

Sinto um espasmo vindo de baixo, que nada tinha a ver com dor, apenas em lembrar nós dois lá dentro.

— O fogo mal foi apagado e você o acendeu de novo, meus parabéns — ironizo, já me sentindo fraca apenas em me imaginar na mesma situação.

— Nunca será apagado, apenas um pouco saciado — ele sussurra no meu ouvido e deposita um beijo delicado no meu pescoço. — Eu vou querer você todos os dias e de todas as formas possíveis, tenha certeza disso.

— Você é um safado, isso sim! — respondo, ignorando o arrepio que desceu para o braço e a sensualidade impressa em sua voz. — Sei que posso ter despertado o pior de você agora, mas lembre-se de que estamos em público.

— Sim, mas agora é tarde demais — Thomas dá uma risadinha de lado e automaticamente olho para baixo e percebo que ele tinha razão. Estava duro e dando um sinal nem um pouco sutil no meio da sua bermuda.

Sorte que não havia ninguém por perto a ponto de conseguir enxergar isso.

— Não posso fazer nada para ajudar nessa situação, sinto muito — reconheço após olhar para os lados, e agradeço intimamente por ser mulher e não ter de lidar com uma puta ereção chamativa, porque nesse momento eu estaria tanto quanto ele se tivesse um pinto no meio das pernas. — Se bem que não seria nada mal...

Discretamente toquei em sua coxa e subi a mão por sua perna até encontrar com a ponta que estava pendida para o lado.

— Não me provoca desse jeito senão nunca mais volta ao normal — ele diz, mas sua voz sai como um sussurro quase doloroso.

Ignoro o seu pedido e deslizo um pouco mais para cima, contornando seu volume enquanto fixo meu olhar travesso no seu.

Isso era excitante, mesmo estando em lugar público, me causava uma adrenalina absurda que subia quente pelo meu corpo e me deixava ainda mais excitada.

— Isabelle, se alguém vir isso... *ah*! — ele dá um gemido quando me sente apertar seu pênis. Mordo o lábio quando o sinto pulsar logo depois.

Eu queria tirar tudo para fora e finalmente fazer o que estou há semanas querendo. Meu corpo inteiro implorava por aquela oportunidade a ponto de me enlouquecer — e me fazer sonhar diversas vezes.

— Vamos para algum lugar — dou uma lambida nos lábios secos e sedentos e sussurro para ele. — Há dias que eu estou desejando fazer isso.

— Está maluca? Onde poderíamos? — questiona e olha ao redor. Tudo parecia excessivamente claro e poderia nos denunciar. Além do mais, onde a barraca estava era mais fácil de notar por ser no acampamento. — Você não está dolorida?

— Eu quero tocar em você — minha voz sai quase implorando. — E, já que começou a provocação, vamos até o fim.

— Isabelle... — meu nome sai melodioso de sua boca.

— Venha — o interrompo antes que ele recomece a ter algum sinal de consciência.

— Você não era assim — Thomas reconhece e sorri maliciosamente quando me vê levantar. — E eu não posso andar por aí com o pênis ereto.

— Pode sim, é ainda mais excitante — reconheço, e o desafio a se levantar. — Você me deixa louquinha quando está assim.

Ele me fita com o desejo faiscante dos seus olhos ultrapassando as barreiras das suas írises e se levanta.

Me empurra para a frente, me coloca de costas e gruda o seu corpo no meu por um breve instante. Sinto seu membro endurecido pulsar em minhas costas nesse movimento e dou uma arfada intensa.

— Vá andando na frente, então, e me mostre o caminho — sugeriu e eu sorri.

Só não sabia aonde devia ir.

Caminhei para um lugar onde não tivesse resquício de pessoa alguma. Ainda não eram nem 8h da manhã; quem fosse subir a montanha já tinha ido; e quem viria para as cachoeiras não costumava chegar tão cedo.

Naquelas bandas nem sequer soube se era a área onde podíamos colocar os pés. Andamos na estrada de chão e depois adentramos por algumas árvores no meio da floresta, anotando mentalmente cada passo para não me perder.

Ouvi barulho de uma queda d'água e caminhamos até lá. Era uma das cachoeiras mais famosas do parque, mas ainda não havia alma viva por ali.

— Aqui não — murmurei para ele. — É muito visível.

Corri meus olhos pelo lugar e decidi descer um pouco mais. Fomos andando até a cachoeira se estreitar e virar apenas um rio calmo e nem um pouco profundo encoberto pelas árvores frondosas.

Ali estava perfeito, apesar do evidente frio que ainda fazia, e conseguiríamos ouvir vozes se alguém se aproximasse da cachoeira mais à frente.

— Aqui — me virei para Thomas, retirei a blusa que estava vestindo sem pensar duas vezes e a joguei na grama.

— Você é louca! — ele emitiu com um sorriso largo no rosto agora. — Mais do que sonhei algum dia.

— Você preferia a barraca? — questiono e tiro a calça, ficando apenas com a calcinha azul de renda quase transparente que fazia conjunto com o sutiã. O ar frio toma conta da minha pele e me arrepia intensamente, porém não a ponto de fazer meu tesão passar.

— Definitivamente não! — responde e tira a camisa. — Mas você não está se sentindo mal?

— Só um pouco — esclareço e coloco meus pés na água. — Nada que me impeça de fazer isto. Venha aqui.

Puxo Thomas pela mão antes mesmo de ele tirar a bermuda e entramos na água particularmente fria. Havia um feixe de luz do sol ali e me contento com esse calor por ora.

Tomo sua boca e sinto sua língua adentrar a minha com urgência e profundamente. Mantinha a ereção ansiosa pendendo no meio das suas pernas, mesmo depois de todo esse trajeto. O sinto apertar entre nós dois, no meio do abraço caloroso e cheio de desejo em que nos encontramos agora.

Não resisto à tentação de terminar o beijo com uma mordida no seu lábio inferior, provocando-o e arrancando um gemido nada discreto agora. Ele aperta meu traseiro em resposta e vai afundando os seus dedos por ele até, provavelmente, causar uma marca vermelha por lá.

— Você é deliciosa — elogia quando o solto. — Uma tentação — continua e toca meu seio esquerdo após contornar toda a renda da lingerie. — E parece que veio cheia de más intenções.

— Confesso que tenho algumas — cravo minhas unhas em suas costas e as deslizo, mas não a ponto de machucá-lo. — Você não me escaparia este fim de semana, não depois do que aconteceu na sexta-feira.

— Você parece pronta para me atacar, sabia? — ele diz e desce a alça do sutiã até revelar todo o seio. Sinto seu lábio sugar logo em seguida e é impossível não deixar um gemido escapar quando a língua quente toca o bico.

— Sou eu quem quer o controle da situação hoje, lembra? — o puxo para cima para fitá-lo nos olhos.

— Eu sou todo seu, mas é irresistível não tocar em cada curva do seu corpo. Me deixe beijar você inteirinha...

— Não — o empurro antes que recomece a sugar meus seios da mesma forma que antes. — Hoje é a minha vez. Quero que se sente naquela pedra.

Thomas, sob a influência da minha mão, obedece e desliza pela água até onde indiquei e se senta sem reclamar. Dou um sorriso malicioso ao notar que ele está totalmente vermelho agora, mesmo um pouco imerso na água fria.

Me ajoelho à sua frente e me prostro de quatro procurando apoio para as mãos na pedra. A terra é fofa e acomoda minhas pernas confortavelmente. Puxo todo o sutiã para baixo enquanto olho para o seu rosto identificando cada reação dele.

Thomas mantém o semblante entre o incrédulo e o faminto por prazer.

— Vou entrar em colapso se não me deixar tocar em você — ele brinca e desliza os dedos pelos meus seios.

Pego seu pulso e o faço deslizar pelo meu corpo indo até a barriga e depois subindo até o pescoço. Ele para no meu lábio e o contorna ávido por outro beijo.

Antes que ele faça isso, subo minhas mãos pelas suas coxas e toco novamente em seu pênis, ansiosa para tê-lo.

— E eu acho que você deveria tirar tudo isso para fora — puxo o cós da sua bermuda para baixo com a cueca, sem paciência alguma para mistérios. — Porque eu quero...

Dou uma lambida na extensão do seu membro de baixo para cima sem ao menos deixar as peças de roupa saírem totalmente. Thomas arfa e segura um gemido na boca, mas falha quando chego à cabeça e deixo minha língua se envolver por ali, experimentando o gosto do lubrificante que escorria.

— Você é louca — ele repete sôfrego. — Alguém pode ver isso — olha para os lados, mas mal consegue se locomover diante meu toque. — Você assim, seminua, é uma visão inebriante, mas...

— Thomas... — interrompo, deslizo uma mão pelo seu pênis e o ouço responder com um arquejo. — Você não quer?

— Mais do que qualquer coisa — garante sem pestanejar.

— Então é esta a sua oportunidade de me ensinar como você gosta — lembrei sem me importar de estarmos ali.

Envolvo a cabeça do seu pênis com o lábio e o sugo minimamente com cuidado. Confesso que era mais excitante do que imaginava e isso estava me deixando louca.

Desço um pouco mais pela extensão da sua pele avermelhada e sinto os contornos de suas veias grossas que pulsavam violentamente deslizando pela língua.

Thomas está mordendo os lábios abafando os gemidos, noto quando o encaro a fim de descobrir quais sensações isso o causava. Ele parecia estar em êxtase.

Desço um pouco mais até um limite que me permite conseguir respirar e volto para cima passando toda a língua no final. Percebo que esse movimento não chega à metade do seu pênis e me sinto um pouco frustrada. Achava que seria mais fácil, porém Thomas era avantajado e isso explica bem a dor que ainda sentia.

Ele envolve meus cabelos entre os seus dedos e toma o meu rosto.

— Segure com a mão — sussurra com delicadeza e coloca a minha palma no meio. — Agora, sobe e desce, como fez na noite de ontem.

Obedeci, colocando um pouco de força no movimento, mas temerosa de que ele se sentisse mal.

— Pode apertar mais — diz, e eu franzo o cenho sem entender. — Confie em mim, não dói.

Faço o que pede enquanto minha palma fechada desce e sobe. Coloco novamente na boca e sugo com um pouco mais de força agora, tomando cuidado para não morder ou arranhar no dente.

— Isso, continue assim! — ele se empolga entre meus movimentos, puxando meus cabelos levemente enquanto trabalho ali.

Sinto minha boca adormecer e doer algum tempo depois repetindo esse processo, mas, quando noto Thomas perder o fôlego, fechar os olhos e se contorcer, continuo com esse trabalho sem reclamar. Ele parecia totalmente meu agora, perdido no prazer que minha língua causava, aflito e afoito para o ápice.

Vou insistindo, adentrando seu pênis cada vez mais em minha boca e o envolvendo com a língua até o meu limite. Por algumas vezes não consigo segurá-lo ali e solto, voltando ao mesmo movimento segundos depois, deixando-o completamente babado.

Estou sentindo meu clitóris totalmente pulsante, toda a minha vulva parece estar ainda mais inchada e ainda sinto um pouco de dor. Contudo, ao mínimo toque no meu ponto de prazer, eu entro em eclosão. Essa sensação é deliciosa a ponto de me fazer querer sentar nele mesmo dolorida.

Ignoro essa vontade e continuo a fazer os movimentos um pouco mais rápido. Ele investe a minha cabeça para baixo todas as vezes que tento ir um pouco além, mas volta com ela antes que eu me engasgue.

Thomas me puxa para um beijo de repente e eu compartilho o gosto da sua lubricidade pré-gozo entre a sua língua e a minha. Sua mão vai de encontro com meus dedos lá embaixo e ele aperta ainda mais nos movimentos de vaivém, tornando totalmente selvagem o que eu sabia ser seus momentos finais.

— Quero na minha boca — peço quando vejo todo o seu corpo ficando totalmente rígido.

— Venha — ele responde com alguma dificuldade na respiração.

Desço, coloco a cabeça na boca e o sinto se estimular abaixo. Ele está prestes a gozar, agarra meus cabelos novamente e solta um grunhido primitivo vindo de dentro de si.

Deixo a língua para fora e abro a boca aguardando o jato. Thomas arqueia suas costas e libera o líquido branco dentro, mas alguns rebeldes voam sobre a pele do meu rosto e escorrem enquanto ele libera mais.

O gosto é uma mistura libidinosa de prazer e sal, e eu absolutamente adorei sentir aquilo caindo entre o meu pescoço e indo em direção ao meio dos seios com os bicos super-rígidos. Ele desce o seu pênis já saciado pelo mesmo caminho e me contorna, encontra o ponto sensível da protuberância, e estimula ali até fazer todo o líquido restante do seu pênis sair e o meu corpo endurecer de tesão.

— Quero que faça mais isso depois — confesso melodiosamente enquanto encaro essa investida final. — Porque eu estou prestes a chegar lá apenas sentindo seu pênis contornando meu bico.

Thomas dá um sorriso malicioso e desce para a água depois, toma minha boca e me beija calorosamente.

— Seu pedido é uma ordem.

Capítulo 39

"Você me leva às nuvens sem tirar os pés do chão."

Presente

— Naquela noite, depois do acampamento e quando minha mãe foi nos buscar, nós contamos para ela que estávamos namorando — confesso para Janine. Não havia nada mais relevante no resto daquele dia e eu precisava focar o que era importante agora, pois o tempo era escasso.

— E como foi a reação dela?

— Acho que nunca a vi tão empolgada. Ela disse que sempre soube que aquilo iria acontecer, desde o início. Creio que era mais óbvio sob o olhar das outras pessoas do que o nosso. Thomas ficou radiante com o apoio.

— E o seu pai?

— Bem, era tarde quando chegamos à cidade e eu disse para Thomas que ele poderia ir para casa, afinal estávamos exaustos pela longa viagem, e que devíamos adiar a conversa entre eles para a próxima noite. Contudo, ele quis ir logo para não perder o entusiasmo da minha mãe. Achava que meu pai iria dar um enorme sermão em nós dois e ela poderia ajudar, então entramos juntos de mãos dadas. Parecia que meu coração ia sair pela boca naquele instante. Assim que botamos os pés em casa, notei que meu pai estava distraído, sentado no sofá lendo uma revista. Me lembro exatamente da cor da camisa que ele vestia naquela noite, a posição em que se encontrava no encosto do móvel, a televisão ligada em um programa de auditório de domingo. É uma memória viva como se tivesse acontecido ontem. Minha mãe e eu entramos na sala, Thomas ao meu lado atento a qualquer sinal, mas, antes que eu dissesse alguma coisa, ela logo gritou: "*Thomas e Isabelle estão namorando!*" Assim, sem mais nem menos e sem aviso prévio.

Dra. Janine riu.

— Meu pai, que estava com seus óculos de leitura, os deixou cair pelo nariz até parar na ponta. Depois nos encarou ali, suas sobrancelhas juntas indicando confusão mental ou algo parecido. Então, ele disse: "*Uai, eles já não eram namorados?*"

A psicóloga deu outra risada, dessa vez mais alta, e tampou a boca tentando abafar. Essa parte da história era realmente engraçada.

— Eu juro que fiquei paralisada um tempo olhando para ele tentando compreender do que diabos estava falando. Respondi: "*Não!? Nós somos amigos. Quer dizer, éramos só amigos. Até ontem*".

Janine me encarava com uma expressão cômica.

— Ele evidentemente estava brincando.

— Sim, mas eu caí na sua armadilha direitinho, pois era um truque. Porque depois ele questionou: "*E qual a diferença entre o que faziam antes e o agora?*" E eu respondi sem pensar: "*Sexo?*" — na verdade, saiu mais como uma pergunta, mas enfim.

A psicóloga caiu na gargalhada.

— Você disse isso para o seu próprio pai?

— É isso o que acontece quando você tem liberdade para falar qualquer coisa. Meu pai ficou sério, Thomas ficou tão branco quanto um fantasma, me encarou descrente e de boca aberta por ter dito aquilo, e eu juro que ele estava prestes a desmaiar se não fosse pela risada da minha mãe quebrando o clima de tensão.

— E o que aconteceu depois?

— Bem, meu pai encarou minha mãe demonstrando aborrecimento, cruzou os braços, se voltou para Thomas visivelmente nervoso e depois para mim — não consigo me conter e dou uma risada —, então disse: "*Como é que é, dona Isabelle?*" Senti meu corpo paralisar também, então menti dizendo que era brincadeira e que nós dois iríamos nos casar virgens.

Dra. Janine estava ficando vermelha de tanto rir.

— Depois de aprontar tudo aquilo? Ele deve ter ficado de cabelos em pé.

— Que nada! Ele não acreditou nessa parte. Na verdade, disse para minha mãe me levar ao ginecologista antes que desse merda, e logo depois ela dizer que já tinha feito isso, puxou Thomas para uma conversa só entre eles. Não pude ouvir, mas eu jurava que nós dois iríamos ser vigiados durante o namoro inteiro. Mas não foi assim, meus pais sempre me deram a liberdade depois de muito diálogo sobre responsabilidade. Não são conservadores e acreditam nas escolhas particulares junto ao juízo.

— Seus pais são pessoas incríveis, eu adoraria conhecê-los — Janine elogia. — Porém, claro, não como psicóloga. É muito bom ter pessoas boas à sua volta e em quem se espelhar, vejo que teve bons exemplos de amor e cuidado vindo deles. Quando meu pai descobriu que eu estava namorando pela primeira vez, quase fui expulsa de casa, e isso gerou um conflito tenebroso entre nós. Você tem muita sorte.

Eu concordo.

— Mas e os pais de Thomas? O que disseram?

— Não sei — dou de ombros. Era verdade. — Eles não comentaram nada comigo sobre estarmos namorando, mesmo quando eu frequentei a sua casa. Continuaram como se nada tivesse acontecido, inclusive a mãe de Thomas, que sempre foi tão amorosa comigo. Ela estava mais na dela nessa época, confesso que não lembro muita coisa e nem meu namorado me disse o que estava acontecendo, apenas naquela vez. Aliás, eu mal via o seu pai e, quando via, não ouvia a sua voz. Ele sempre muito reservado, não era uma pessoa agressiva aparentemente, não me lembro de nenhum evento que pudesse me sugerir isso. Quase oito anos com ele, e só agora percebo que realmente havia alguma coisa muito errada acontecendo naquela família.

— Qual é o nome dele?

— Bernard Gale.

— Eles têm sobrenome incomum.

— O pai dele é inglês.

— E quantos anos tem?

— Eu não sei dizer. Apenas sei que é mais velho que o meu pai, alto e um pouco magro. A sua aparência é quase como a de Thomas.

— O que ele fazia da vida?

— Ele era... acho que era aposentado. Thomas nunca me disse o motivo, ou o que ele fazia antes, mas, depois que se mudou para cá, comprou alguns caminhões e os terceirizava para empresas de médio porte.

Janine anota no caderno e o encara por alguns segundos.

— Talvez os pais de Thomas já esperassem pelo namoro há muitos anos; por isso, não se importaram muito. Você já era frequente na casa deles e estavam acostumados, provavelmente achavam que tinha um caso com Thomas há tempos. É normal a família do homem não se escandalizar da mesma maneira que da mulher, ainda mais se conhecendo.

— É, talvez — concordo, e realmente espero que seja apenas isso. — Ou estavam planejando se mudar e não levaram nosso namoro a sério.

— Não acho que eles estavam, provavelmente essa parte aconteceu repentinamente. E, se for o caso de planejar a partida, então não contaram para Thomas, o pegando de surpresa quando aconteceu.

— Sim, ele diz em sua carta de despedida que não sabia o que estava acontecendo até precisar ir. Ela está aí também, a senhora pode ler.

— Farei isso ainda. Porém, eu quero ouvir de você o que aconteceu momentos antes de ele partir. Me conte o que acha que é relevante.

— Tudo bem. Porém, acho melhor pular para o final agora. Thomas e eu tivemos um namoro incrível, foram os melhores cinco meses da minha vida. Não havia um dia sequer que não fosse fantástico, amoroso e cheio de prazer de ser vivido. Nunca pensei que pudesse ser melhor do que era, mas foi, porque descobrimos tantas coisas novas juntos, tantas maneiras de nos fazer felizes e... — dou uma pausa quando percebo que estava passando dos limites. — Eu nunca mais senti a mesma coisa — confesso um pouco chateada sentindo o baque daquela conclusão. — O último dia foi extraordinário, assim como os outros, mas saber que era a nossa despedida me faz guardá-lo pedaço por pedaço dentro de mim como uma joia preciosa e rara.

Fevereiro de 2013

Thomas geme baixinho ao pé do meu ouvido enquanto acaricia meu clitóris com a ponta do seu pênis. Estamos no meu quarto depois de um almoço no shopping, a casa toda fechada em precaução, caso meus pais resolvam aparecer antes da hora e nos peguem no flagra. Me sinto traiçoeira todas as vezes que fazemos isso, mas não consigo evitar a enorme vontade de ficar a sós com ele nesses dias.

— Ah, Isabelle... — sinto meu corpo arrepiar quando ouço meu nome em seu gemido. — Você está tão melada que enche o meu ego.

Percorro minha mão em suas costas desnudas e deslizo um pouco as unhas avermelhando sua pele. Adoro fazer isso, mas às vezes, em um momento de descuido, acabo deixando marcas de arranhão por toda a extensão.

— Está me enlouquecendo assim, Thomas. Pare de brincar antes que eu exploda sozinha.

— Eu quero que você goze assim, me deixe sentir isso. Adoro quando se contorce inteira abaixo de mim.

Ele desce a cabeça e para na entrada, me enchendo de expectativas para a penetração, depois sobe, me torturando ainda mais. Faz isso devagar e da maneira mais apreciativa que consegue, me levando ao delírio enquanto arfa quente ao pé do meu ouvido. Meu corpo estremece e não sei se consigo segurar por muito tempo.

Thomas beija meu pescoço, passa a língua por ele bem devagar, suga e mordisca num ponto. Faz isso sempre, mas não deixa marcas, ao contrário de mim, que constantemente estou perdendo o juízo e o deixando roxo.

Porém, não vejo problema nisso, ele merece uns castigos de vez em quando por ficar horas do dia me atiçando e levando à loucura, mesmo quando não podemos sequer nos tocar.

Fazer amor com ele, desde a primeira tentativa, não se tratava de apenas despejar uma carga de desejo libidinoso no corpo um do outro e pronto. Não. Logo pela manhã, todos os dias, Thomas já começa a me atiçar de alguma maneira, e sempre consegue me fazer inchar de tesão nesse processo. Passo o dia louca por um tempo a sós. Eu sinto o cheiro dos nossos momentos de prazer todas as vezes que percebo suas más intenções. Era como se liberasse hormônio e eu pudesse sentir, e ele me atrai para si como uma armadilha sensual e cheia de volúpia.

Então, me consome de corpo e alma, me vira do avesso e volta, mas sempre com a delicadeza e a certeza de que me entregou um momento único de prazer. Me faz arrepiar, me enche de lascívia e ansiedade por mais e mais. Não me canso desse seu jogo de sedução, às vezes aparentemente inocente, mas sempre objetivando me deixar louca pelo seu toque.

Ele continua a deslizar a ponta em mim. Minha vulva, completamente inchada, incomoda o meio das pernas e está absurdamente molhada e pronta para recebê-lo. Começo a pulsar, a gemer, a agarrar os lençóis ou qualquer coisa que estivesse em minha frente. Meu corpo suado, arrepiado e pronto para implorar que ele me penetre, que me engula ou que faça qualquer coisa, só não me deixasse daquela forma.

Eu precisava dele, do corpo dele e da alma dele entrando em erupção junto à minha.

— Me come — peço rouca ao pé do seu ouvido. Ele dá um sorriso malicioso. — Não consigo mais com essa provocação lenta, eu preciso de você.

Thomas firma seus olhos brilhantes e cheios de desejo junto ao meu. Ele segura meus dois braços para cima da minha cabeça com uma mão só, afasta minhas pernas e desliza um dedo para dentro de mim como uma tortura deliciosa, checando se realmente estava pronta.

Estremeço apenas com esse toque. Eu estou sedenta por ele, qualquer coisa dele, desde que faça um pouco mais objetivo e não com a intenção de me afligir. Choramingo com esse ato, ele está mesmo disposto a me deixar maluca.

— Thomas… — sussurro sem conseguir dizer nada além. — Thomas…

— *Hum*? — ele toca a ponta do seu nariz no meu. — O que foi, amor? Não está bom o suficiente? Você quer mais, é?

— Eu quero você, por favor, por favor… — sinto seu dedo deslizar de volta para fora e para dentro e minhas pernas cruzam rígidas em suas costas — … inteiro dentro de mim.

Thomas retira o dedo e o sobe em direção ao clitóris, desenhando um círculo nele lentamente e recebendo um espasmo como resposta.

— Peça novamente — ele desafia, desce a mão que estava me segurando logo acima e passa pelo contorno da minha boca, depois a adentra com um dedo e instintivamente sugo e enrolo com minha língua. Aquele ato me faz imaginar tendo ele das duas maneiras ao mesmo tempo. Vou ao delírio imaginando isso. — Peça... — sua voz, agora entornada de sensualidade e excitação, provoca arrepios em minha pele.

— Me fode! — exclamo suplicante. — Agora.

Ele se dá por satisfeito com aquele último pedido e sai de cima de mim. Sinto falta da sua pele nesses segundos, mas logo me puxa e me coloca de quatro entre meus lençóis.

Consigo vê-lo, pelo reflexo do espelho do guarda-roupas, retirar o resto da sua cueca, jogá-la ao pé da cama e se posicionar por trás. Sinto seu pênis contornando novamente minha vulva e finalmente a penetrando centímetro por centímetro da maneira apreciativa que adorava fazer.

Ele suspira e morde seu lábio inferior.

É delicioso. Deixo um longo gemido escapar, mas não é de alívio.

Ainda não.

Thomas começa com os movimentos de vaivém cautelosamente até todo o músculo que o envolve se dilatar e acomodar, depois me puxa pelos cabelos até encontrar sua boca em meu pescoço.

— Você é deliciosa em todos os ângulos, mas neste me deixa absurdamente maravilhado — sinto sua palma contornando a minha pele do queixo, depois descendo pelo pescoço e indo em direção aos seios. Fecho os olhos e arqueio as costas quando o sinto apertá-los.

Thomas me empurra levemente e eu caio de quatro, dando estocadas cada vez mais rápidas. Me segura pela cintura e dita o ritmo, me fazendo rebolar nele com alguns movimentos da mão. Isso é tão gostoso que estou prestes a chegar ao ápice.

Olho para nós dois no espelho. Ele está concentrado, seu rosto totalmente vermelho e um pingo de suor descendo pelo peito. A boca entreaberta e sua visão vidrada nos impulsos do meu traseiro.

Gosto de vê-lo assim, e de todas as maneiras que fica antes de gozar. Ele me enche de tesão e eu sei que sente o mesmo por mim.

Me contorço quando ele investe mais rápido e indo a um ritmo frenético. Não consigo segurar por muito tempo diante dessa investida e, na verdade, nem quero. Meu corpo fica cada vez mais rígido e a musculatura da minha vagina o aperta violentamente quando os espasmos vêm.

Me agarro aos lençóis e abafo os gemidos fortes enquanto me sinto jorrar totalmente nele. Thomas continua com os movimentos, dessa vez um pouco mais devagar por causa dos apertos, e investe sobre mim. Relaxo pouco tempo depois de gozar e o deixo continuar ali até se sentir satisfeito também.

Demora um pouco, mas não muito a ponto de me deixar incomodada. Na verdade, me excito novamente ao som dos seus gemidos profundos e da sua expressão de vitória no rosto.

Não houve um dia sequer que não chegasse ao meu ápice em nosso relacionamento, tirando aqueles em que eu me propus a dar um agrado só para ele, é claro. Mas Thomas, desde o início das suas péssimas intenções, faz de tudo para garantir que eu chegue lá, nem que isso demore algum tempo.

E é maravilhoso saber que temos essa conexão, pois sei que é rara. Afinal, como namorados de primeira viagem, é de se esperar que demore algum tempo até cada um se acostumar com o ritmo do outro, mas não é o nosso caso. Nosso tempo de convivência já havia garantido intimidade o suficiente para adquirirmos uma boa confiança.

Ele retira o pênis de dentro antes de gozar. Me posiciono na cama e o abocanho antes que faça isso em sua própria mão, sugo a cabeça até chegar perto da garganta e deixo o líquido que sai descer por ela. Olho para ele enquanto faço isso, pois sei que adora e o deixa louco de prazer.

— Eu amo você — ele sorri satisfeito e afasta meu cabelo do rosto, depois se retira da minha boca deslizando lentamente pela língua. Sinto o gosto do nosso orgasmo misturado um ao outro e isso me deixa amplamente saciada. — Mas você está ficando cada vez mais safada, Bel.

Dou uma risada um pouco alta.

— Eu? Não sou eu quem fica atiçando até provocar uma combustão.

— Às vezes é sim — ele lembra, se senta novamente e me coloca em seu colo. — Boa parte das vezes, na verdade.

— Mas não hoje — garanto. — Hoje você veio objetivo a me torturar e conseguiu. Está ficando excelente nisso.

Thomas beija meu pescoço. Estou tão suada que tenho certeza de estar salgado, mas ele não parece se importar.

— Você sabe que eu me envolvo nessa loucura a fim de deixá-la louquinha, não é? — ele questiona, o sorriso que mantém faz aquela ruguinha no nariz ficar em evidência. Eu amo esses detalhes dele. Todos eles.

— Sim, eu sei. Pode continuar a me levar para as alturas dessa maneira, cada vez mais longe. De novo e de novo, quantas vezes quiser e me desejar.

Thomas reflete por um instante.

— Podemos recomeçar a voar agora mesmo — ele sugere, depois beija minha boca cheio de vontade. — Não tenho a mínima pressa de parar. Vamos aproveitar que estamos sozinhos.

Encaro o relógio. É 1h30 da tarde e meus pais provavelmente chegariam em casa às 15h.

— Eu sou toda sua — aceito sem nem pensar duas vezes.

Capítulo 40

"Quero me perder em seu abraço e ficar lá para sempre."

— Me deixe fazer isso — Thomas pega o secador da minha mão e o liga, depois o direciona para meus cabelos úmidos. Começamos o segundo round na cama e acabamos debaixo do chuveiro, a diferença de altura quase foi um empecilho, mas nada que fosse impossível de resolver.

Ele espalha seus dedos pelos fios enquanto os seca pacientemente. Fecho os olhos e o deixo fazendo isso da maneira que queria, apenas sentindo seu toque e o vapor quente delicioso. Seu corpo encoberto parcialmente pela toalha recosta no meu por trás enquanto me seguro na pia. Ficamos assim por alguns minutos em silêncio.

Minhas pernas estão bambas depois de tanto tempo mergulhada em seus braços. Meu íntimo parece seco agora, diferentemente de minutos antes, em que eu jorrava sob nossos movimentos. Tomamos um banho bem intenso, por assim dizer.

— Cuidado para não me deixar parecendo com um leão — observo ao abrir os olhos e ver que estava tudo bem eriçado.

— Será o leão mais lindo do mundo — ele responde meloso, mas trata de pegar a escova e passar pelos fios antes que isso realmente aconteça. — Você é linda de qualquer jeito.

Thomas boceja, e isso me surpreende. Ele nunca tem sono à tarde, sempre está cheio de energia para encarar o resto do dia fazendo *trocentas* coisas diferentes.

— *Uau*, acho que consegui derrubar alguém — observo seus olhos lacrimejarem.

— Depois de tirar até a última gota do meu ser e me deixar desidratado, creio que seja normal.

Dou uma risada, convencida de que fiz um bom trabalho.

— Vamos descansar um pouquinho antes de irmos para o campo de futebol? — ofereço, me sentindo tão cansada quanto ele. — Ainda temos algum tempo.

Olho para o relógio. São 2h10 da tarde e precisamos sair de casa antes que meus pais cheguem.

— Acho uma ótima ideia — Thomas concorda e beija o meu pescoço. — Assim está bom? Acho que arrasei no penteado.

Uma parte dos meus cabelos está totalmente úmida ainda. Pego o secador e o direciono ali até conseguir secá-los totalmente.

— Pronto, agora sim — ele dá de ombros quando percebe que não foi tão bem quanto pensava. — Mas eu lhe dou nota 8 pelo carinho e o toque das suas mãos.

Deposito um selinho em seus lábios e procuro meu guarda-roupas para pegar uma calcinha. Thomas se deita na minha cama, seus fios ainda molhados encharcam a fronha do travesseiro.

Visto a peça e uma blusa de alcinha, decidindo ficar assim até antes de sairmos de casa. Me aproximo dele pronta para dar uma bronca por molhar meus lençóis, mas percebo que já está dormindo profundamente.

Retiro a toalha enrolada em seu quadril, o deixando completamente nu, e ele nem sequer abre os olhos. Eu realmente achava que aquilo era quase impossível de acontecer, mas creio que encontrei a fonte de energia de Thomas e ando a sugando para mim.

Dou uma risada abafada quanto a isso. Tudo o que fazemos ultimamente tem me levado a pensamentos impuros e cheios de malícia, mas confesso que adoro esse novo nível no nosso relacionamento.

Me deito ao seu lado, me acomodo em seus braços e fecho os olhos. Caio no sono quase instantaneamente também enquanto sinto o perfume do sabonete na sua pele.

Acordo com o barulho do carro dos meus pais entrando na garagem e pulo da cama assustada.

Droga! Já eram 3h05 da tarde. Parecia que tinha descansado os olhos por dois minutos apenas.

Thomas também acorda assustado e percebe que estamos numa situação complicada.

— Seus pais já chegaram? — ele constata, depois vai de fininho até a janela e mira para a garagem com cuidado entre a cortina.

— Já são mais de 15h.

— Estou atrasado para o jogo — Thomas volta e procura sua mochila, largada na poltrona.

— É com isso que está preocupado? — ele era realmente inacreditável quando queria, às vezes acho que Thomas vive em uma realidade paralela.

— Não, meu amor, claro que não. É evidente que vamos levar duas horas de broncas se seus pais virem nós dois trancados aqui — ele sussurra enquanto veste o calção azul após a cueca. — Mas, daqui a pouco, as chamadas no celular começam por eu estar atrasado. Acho melhor colocar no silencioso.

Ele faz isso e eu repito também, afinal não queria nada que denunciasse nossa presença ali.

— Como vamos sair daqui? — questiona olhando de um lado para o outro. — Precisamos de um plano.

— Eles devem achar que não estamos em casa, então apenas torça para não virem até o meu quarto — digo e checo se a porta está mesmo trancada. Felizmente está, eu nunca me esqueço de fazer isso.

Thomas se senta na beirada da cama, pega seu relógio de pulso e olha as horas novamente.

— Acho que está acabando a bateria — ele observa, dando alguns tapas assim que me sento ao lado dele. — Tome, guarde para mim. Segunda-feira, quando formos comprar os materiais da lista da faculdade, eu mando para a assistência consertar.

— Por que você não coloca na sua mochila?

— Porque você é minha agenda. Lembra? — Thomas brinca e eu cruzo os braços. — Você sempre se recorda dos deveres, e é muito melhor do que eu nisso.

— Você é um folgado, isso sim — falo, mas guardo o relógio na gaveta. Ele ainda não está totalmente parado, porém um pouco atrasado.

— Mas eu te amo e você não viveria sem mim — brinca com uma gargalhada abafada. Eu apenas concordo internamente e sinto meu corpo se arrepiar pelo pensamento que às vezes me assombra de que um dia isso possa acontecer. Isso tem me ocorrido mais vezes do que gostaria de admitir desde que começamos a namorar. — Escute... — ele pede e eu fico em silêncio —, acho que seus pais estão indo para o quarto.

Os passos no corredor e as vozes abafadas sugerem isso, e eu torço para que algum deles não pare no meu para checar se tem alguém por ali. Entretanto, ouvimos a porta dos fundos se abrir e fechar logo em seguida.

— Acho que seus pais vão namorar, Isabelle — ele sugere e eu faço cara de espanto. — Vai vir outra Belzinha por aí.

— Está maluco, meus pais não fazem isso! — sei que é mentira, mas tento fingir que não.

— Da mesma forma que nós não fazemos e vamos nos casar virgens, lembra? — ele pisca o olho e eu me esforço para ignorar, mas acabo rindo. — Vamos logo sair daqui antes que fique mais constrangedor ainda!

Acato essa ideia, pego minha bolsa, minhas chaves e me visto o mais depressa possível enquanto Thomas permanece de orelha em pé tentando ouvir se algum deles sai do quarto. Depois, abro a porta com extremo cuidado e saímos de dentro tentando não fazer barulho.

Descemos as escadas como se estivéssemos pisando em ovos e nem sequer respiramos nesse processo. Contudo, ao ultrapassar o último degrau, o Miush apareceu de repente pulando em cima das pernas de Thomas procurando brincar e eu me assusto nesse processo, quase fazendo um escândalo e entregando que estamos por ali.

— Maldito gato! — ele pragueja em cochicho enquanto balança as pernas e eu o encaro nada feliz. — Perdão, lindo gatinho, vou lhe dar um sachê depois — Thomas tenta amenizar e eu o puxo logo para a porta de saída tentando não rir.

Ultrapassamos a entrada e depois o portão o mais rápido que pudemos sem chamar atenção. Quando finalmente nos vemos do lado de fora, respiro aliviada.

Thomas coloca as mãos nos joelhos e puxa o ar. O encaro procurando saber se ele ficou machucado por causa do gato, mas ele começa a rir e não consegue se conter até ficar todo vermelho.

Não resisto e o acompanho. Inferno, para que precisamos fazer isso? Não era como se meus pais não soubessem que eu e ele já não éramos mais virgens há um bom tempo.

— Sinto muito — digo depois de um tempo ali. Encostamos no muro e tentamos recuperar o fôlego e a dignidade, ambos perdidos a meio do caminho. — Eu me esqueci de colocar o relógio para despertar.

Thomas me abraça pelos ombros e beija meu rosto, depois a minha boca.

— Sempre vale a pena — ele garante, ignorando totalmente o meu constrangimento. — E é sempre uma aventura diferente estar com você.

Me dou por satisfeita ao ouvir isso.

— Bem, você está superatrasado para o jogo. Acha que ainda consegue entrar?

— Vou tentar, mas, se não der, nós podemos apenas assistir — sugere. — Vamos?

Andamos pelos quarteirões até o campo de futebol do bairro de mãos dadas o mais rápido que conseguimos. O tempo estava um pouco abafado, fazia calor a ponto de me arrepender pela escolha da roupa naquela tarde.

Chegamos ansiosos por causa do atraso. Os jogadores estavam parados no meio, Thomas e eu caminhamos até perto deles a fim de saber o que estava acontecendo.

— Onde estava? — Fred deu um berro quando viu Thomas se aproximar. Os demais garotos se amontoaram diante nós dois.

— Está atrasado, Thomas — Daniel reclamou.

— Perdão, é que nós... — meu namorado cortou sua frase no meio sem saber o que responder e olhou para mim. Me senti corar diante de tantos olhares. — Estávamos dormindo.

Tentei disfarçar a risada, mas falhei quando Fred me encarou, entendendo bem o recado.

— Pare de olhar assim, nós realmente estávamos dormindo! — Thomas interveio quando percebeu. Daniel fez cara de poucos amigos, cruzou os braços e tratou de desviar o seu olhar.

Algo me dizia que ele ainda sentia algum ciúme do meu namoro com meu melhor amigo. Contudo, nunca mais conversamos sobre isso e eu acho que não temos por que conversarmos.

— Desde quando você dorme à tarde? — Fred brincou em voz alta. — Deixe de ser mentiroso!

— Tudo bem, o que estavam fazendo não é da nossa conta, apenas tenha decência de chegar na hora da próxima vez. Estamos jogando com um a menos e estamos perdendo! — Daniel reclamou de cara feia. — Ao menos avise antes para conseguirmos colocar outro no lugar. Nosso time é superlimitado e você sabe disso.

— Não foi culpa minha o atraso, nem sequer dela, nós realmente dormimos — Thomas explicou pacientemente de novo.

— Devem estar muito cansados para dormirem assim no meio da tarde — Heitor sugeriu, e eu não entendia como o fato de Thomas estar atrasado pudesse virar uma pauta de discussão tão impressionantemente absurda assim.

— Sinto muito, a culpa foi minha — interferi. — Vocês não querem recomeçar isso logo? Já que estão perdendo, deveriam correr atrás do prejuízo a tempo. Boa sorte.

Dou um beijo em Thomas e me afasto carregando a sua mochila e sua camisa, e me sento ao lado de Elisa e Olívia. O clima entre os jogadores permaneceu um pouco estranho até o jogo recomeçar.

Eu poderia dizer que ele jogava muito bem, contudo estava sempre procurando se divertir e não levava o esporte tão a sério. Thomas amava futebol, adorava as tardes de sábado em que passava jogando e as aulas de educação física destinadas a isso, mas algumas pessoas imaginavam que, se ele fosse um pouco mais assíduo, talvez pudesse ter uma carreira. Isso nunca foi a sua intenção, nem sequer gostava de dar tanta importância. Todavia, naquela tarde, Daniel não estava de bom humor, e isso fez com que rolassem algumas discussões entre ele e Thomas.

Tentavam ganhar, obviamente, pois perdiam de 2 x 0 quando chegamos. Thomas era atacante, Daniel também, e, mesmo que ambos tivessem uma rixa na sala de aula e entre nós três, no campo isso não costumava acontecer. Até aquele dia.

Eu observava de longe os dois com cara de bravos e suas mãos na cintura conversando entre um passe e outro como se quisessem se matar. Não estavam entrando em entendimento, faíscas corriam por suas veias e isso era visível para qualquer pessoa. Eu esperava que aquilo não tivesse a ver comigo ou com a situação em que nos encontramos por causa do atraso.

Correram para lá e para cá com cara de poucos amigos. Faltavam pouco mais de 11 minutos para acabar quando Daniel fez um gol, mas foi anulado. Isso era o suficiente para deixá-lo com mais raiva ainda.

Três minutos depois, Thomas fez um, e depois Daniel fez outro nos quatro minutos que faltavam. Segundos antes do apito final do jogo, o outro time, que vinha de outro bairro para jogar, fez mais um e ganharam, e isso foi o suficiente para todos os garotos saírem de lá com cara de derrota.

— Da próxima vez, veja se dá um tempo do pé da Isabelle e chegue cinco minutos mais cedo! — quando me aproximei ouvi Daniel reclamar para ele. — Perdemos passes porque você não estava lá.

— Bem que você adoraria que isso acontecesse, não é? — Thomas rebateu, e eu logo soube que começariam a brigar ali.

Estavam indo tão bem havia tantos meses que cogitei que isso nunca fosse acontecer.

Daniel bufou alto antes de responder:

— Ah, sim, adoraria mesmo! Mas, por mais que eu quisesse foder com ela, estaria aqui na hora certa! Eu tenho minhas responsabilidades com os demais também — me senti uma idiota ouvindo isso.

— Filho de uma puta! — Thomas ameaçou avançar nele, mas Fred segurou o seu ombro antes que conseguisse.

— Calma! — o nosso amigo pediu, se colocando entre os dois. — Que coisa horrível de se dizer, Daniel. A garota está logo ali. Respeite ela pelo menos.

Daniel me encarou e se mostrou um pouco envergonhado.

— Desculpe — pediu, dirigindo-se a mim. — Mas não é como se ela não soubesse.

Eu queria enfiar minha cara no chão igual um avestruz de tanta vergonha.

— Desgraçado! — Thomas tentou avançar novamente, mas foi barrado pelos demais garotos. — Idiota, olhe como fala!

— Eu estou pouco me fodendo para você — Daniel continuou a provocação. — Se não voltar no horário na semana que vem, está fora do time, e espero mesmo que você desapareça daqui!

— Tudo isso por terem perdido uma partida? — Olívia nota atrás de mim.

— Não, tudo isso porque Thomas está comendo a Isabelle, não ele — ouço a voz da Beatriz dizer e eu quase sinto vontade de pular nela. Não tinha sequer reparado na sua presença até este momento.

— Me dê licença — peço com ódio e vou até mais próximo deles. — Se vocês dois não calarem a porra da boca neste instante, eu mesma faço questão de dar uma bicuda na cara de cada um como se fosse a porra daquela bola — ameaço com fogo nos olhos. — E você, seu palhaço de peruca preta, vê se me respeita, porque não te dei intimidade para isso — respondo para Daniel com visível nervosismo. — Não quero saber de você me usando nas suas discussões com Thomas, resolva-se com ele sem tocar no meu nome. Se eu durmo ou dou para ele, não é da conta de ninguém, e muito menos pode ser usado contra ele por causa da derrota.

Eu não costumava me expor dessa maneira. Na verdade, nunca me expus, mas era necessário naquela hora. Estava com os nervos tão à flor da pele que começavam a sobressair ante a timidez; tinha gente que eu não conhecia no meio ouvindo aquilo e possivelmente montando uma imagem nada agradável sobre a minha pessoa. Fora o fato de Thomas estar sendo ameaçado injustamente, aquele era um time amador e ninguém ganhava um tostão sequer para jogar, apesar de ter olheiros de vez em quando por ali analisando os meninos.

— Vocês me entenderam? — Thomas me encarava de boca aberta, incrédulo pela minha intromissão. Daniel engoliu em seco antes de balançar a cabeça. — Ótimo.

Joguei a camisa para cima de Thomas e deixei a sua mochila no chão, saindo do campo logo depois com raiva.

— Bel! — ouço a voz dele me chamando segundos depois. — Ei!

Me viro para ele e me deparo com seu corpo inteiramente suado quase dando um baque contra o meu.

— Está brava comigo também? — ele questiona, quase rindo da situação.

— Qual é a graça?

— Você, essa é a parte engraçada — admite, e eu quero dar uns cascudos nele. — Enfrentando Daniel na frente de todo mundo, quer dizer. Nunca imaginei que fosse fazer isso, achava que a qualquer instante fosse desmaiar por causa daquela discussão lamentável.

— E você está orgulhoso disso? — cruzei os braços atordoada. — Só porque eu resolvi defender a minha honra?

— Você não está enxergando isso da mesma maneira que eu — Thomas passa uma mão pelo meu ombro e acaricia ali. — Eu estive a ponto de socar a cara daquele idiota por sua causa, mas acho que não precisa de mim para se defender. Estou orgulhoso, sim. Você está crescendo, meu amor, é dona da sua própria vontade e agora não precisa mais de ninguém segurando a sua mão enquanto faz o que quer.

— Ele não me atingiria.

— Claro que não, o idiota gosta de você — Thomas conclui com desgosto. — Inferno, parece que nunca desiste.

Dou de ombros.

— Não quero saber dele — garanto, sentindo todo o meu amor por Thomas aflorar naquele instante. O sol de fim de tarde toca seu cabelo dourado, sua pele tão clara e abrilhanta os pingos de suor descendo pelo seu corpo. — Eu amo você.

Thomas dá um enorme sorriso quando ouve isso.

— E não foi culpa minha, sabe disso — ele relembra, por causa da ameaça que lhe fiz também. — Eu não te colocaria nessa situação de maneira nenhuma.

— Será que não? — questiono, percebendo que meu bom humor estava voltando aos poucos. — Se você estivesse no lugar de Daniel, não perderia a linha?

Thomas pensa um minuto em silêncio antes de responder.

— É, talvez. Mas não com palavras tão apelativas assim. Entretanto, sei que o ciúme cega a gente às vezes.

Dou um beijinho nele depois dessa resposta. O sabor vem salgado por causa do suor.

— Eu preciso de um banho — ele nota quando me percebe fazendo uma careta por causa do gosto.

— Tome na minha casa — Fred oferece, aparecendo de repente ao nosso lado de mãos dadas com Elisa. — Porque temos sessão de cinema, lembra?

— Tudo bem, acho melhor mesmo, senão vou atrasar mais uma vez, se for antes para minha casa, e posso ser expulso das tardes de filmes também — ele responde e revira os olhos quando se lembra das palavras de Daniel.

— Você paga o sorvete como pedido de desculpas — Fred intervém antes de começarmos a andar para fora do campo.

Capítulo 41

"A nossa amizade vem em primeiro lugar sempre. Claro, posso não estar presente em todos os momentos, mas eu tenho certeza absoluta de que nem você quer isso. Para poder se descobrir sozinha, eu te dou o seu espaço, mas torcendo em meu coração sempre pelo sucesso.

Afinal, nós iremos juntos até o fim. Eu tenho certeza disso. Como um casal ou não, você vem em primeiro lugar no meu coração.

Eu te amo. Amo, amo, amo. Feliz 2013 para nós."

* Mensagem de virada de ano de Thomas para Isabelle.

— Todos os filmes disponíveis em formato físico já foram vistos e revistos, então proponho uma votação — Fred comunica assim que nos sentamos depois dos garotos estarem limpos e secos. — Aqui estão todos os que temos, mas eu acho que deveríamos procurar algo novo na Netflix.

— Eu quero assistir a *Orgulho e Preconceito*, há tempos não assistimos — Elisa se revira em seu assento e se acomoda nos braços do namorado.

— De novo? Por que não podemos assistir a um filme de ação desta vez? Sempre vemos romance ou comédia.

— Não gosto de filmes de ação, eu prefiro romance — ela lembra. — E você me prometeu que iríamos ver o filme esses dias, por que não hoje?

— Porque já assistiu a esse filme nove vezes, Elisa! — Fred perde a paciência. Eu e Thomas continuamos em silêncio apenas observando a discussão. Ele está apoiado no sofá e coloco minhas pernas em cima das suas, nossas mãos juntas e o seu polegar acariciando o dorso da minha.

— Mas eu quero revê-lo, algum problema nisso? Sabe que é meu filme favorito — os dois permanecem tempo o suficiente assim para o sol cair e colorir o ambiente de laranja. Suspiro, deixo meu corpo relaxar e passo a olhar para Thomas, que está com uma expressão interessada no que os outros estão dizendo.

— Problema algum, apenas não acho que devemos ver isso hoje, quando quiser, você revê sozinha — Fred sugere, e eu tenho plena certeza de que apenas dará mais problema para ele. Thomas contorce a boca, entendendo que aquilo era realmente perigoso.

— Ah, não! Você prometeu que iríamos ver juntos, lembra?

— Eles estão mesmo discutindo sobre isso? — Thomas sussurra e olha para mim.

— Elisa sabe ser impertinente quando quer. Porém, não me importo com o que vamos ver. Estou um pouco cansada, imagino que esteja também.

Ele confirma com a cabeça.

— Mas aqui está perfeitamente bom para mim — sorri confortavelmente e me dá um beijo na testa. Depois, deita minha cabeça em seu ombro e dá um longo suspiro, recosta-se em mim e fecha os olhos no processo. Sinto seus dedos acariciando o contorno do meu maxilar até encontrar a nuca. — Deixe eles decidirem.

Assinto sem ânimo algum para entrar naquela briga.

— Vocês querem ver *Orgulho e Preconceito*? — Fred questiona pouco tempo depois de braços cruzados.

— Eu acho que eles estão cem por cento nem aí para o que vai passar — Elisa rebate quando percebe que estávamos tempo demais em silêncio apenas curtindo o momento entre nós dois enquanto eles discutiam.

— Eu quero — digo apenas para apoiar minha amiga e decidirmos logo o que ver. — E você, meu amor?

Thomas me fita com aquele brilho nos olhos e confirma com um balbucio sem se dar o trabalho de encarar os demais.

— Thomas assistiria a um massacre de criancinhas se você pedisse para ele dessa forma. Assim não vale! — Fred reclamou chateado.

— E você deveria fazer o mesmo por mim — Elisa propõe aborrecida.

O clima fica estranho entre eles. Eu não concordo com minha amiga, mas fico em silêncio.

— Não é assim que as coisas funcionam, eu tenho vontade própria — Fred explica, e eu concordo com ele nesse sentido.

— Ei! — Thomas interpela, sentindo-se ofendido. — Está dizendo que eu não tenho só porque concordei com a Isabelle?

— Você pularia de uma ponte diretamente no fogo de um vulcão se ela pedisse — ele argumentou.

Revirei os olhos.

— Eu nunca pediria isso, mas, se você está mesmo a fim de discutir por causa de um filme, vá em frente.

Sim, ter amigos e não ter discussões era impossível. Às vezes nos bicávamos, e às vezes era insuportável ficarmos perto uns dos outros. Mas sempre continuamos a amizade normalmente depois, afinal todos temos nossos momentos.

— Tudo bem! — ele se deu por vencido e se levantou. — Vamos assistir a *Orgulho e Preconceito* pela milésima vez, se é o que vocês desejam.

— Propôs uma votação e não aceita que perdeu — Elisa lembrou. Fred fez careta para ela e colocou o filme contrariado.

Foram mais de duas horas que os dois ficaram de cara fechada um para o outro. Por dentro eu estava rindo da situação, Thomas também a achava cômica. Nós dois nunca discordamos dessa maneira, apesar de eu sempre protestar pelas coisas absurdas que ele queria fazer e eu sentia vergonha.

— Vocês têm planos para amanhã? — minha amiga pergunta quando os créditos sobem. — Eu queria ir ao parque e fazer um piquenique no fim da tarde. Domingos costumam ser os dias mais chatos e eu odeio passar sozinha. Ou podemos ir a algum outro lugar.

— Pensei que iríamos ir à exposição de arte juntos — Fred intervém, franzindo o cenho.

— Eu estou brava com você, Frederico — Elisa resmunga. — Não vou a lugar nenhum ao seu lado.

— Eu acho que nós deveríamos ir embora — Thomas repara, ignorando totalmente a pergunta da loira. — Daqui a pouco vão fazer as pazes e não quero ver como isso vai acontecer.

Dou uma risada maliciosa para ele e me levanto.

— Vamos — concordo, oferecendo a mão para ele. — E vocês dois, parem de brigar por causa de besteira — digo, me virando para ambos, que faziam cara feia um para o outro. — Aproveitem o resto da noite e o fato de que ficarão ainda sozinhos, até mais.

— Vocês não me responderam — Elisa nota.

— Amanhã nós estaremos ocupados aproveitando o último dia de férias da melhor maneira que conseguirmos — Thomas diz com subjetividades. — Temos planos para o dia inteiro e, sinto muito, mas não os incluem.

— Ou seja, se comerão em alguma moita por aí — Fred provoca.

— Talvez — concluo com ótimo humor —, e eu aconselho vocês dois a fazerem as pazes antes que desperdicem a oportunidade de fazerem o mesmo. Boa noite, padrinhos.

Thomas pega a sua mochila e saímos da casa de Fred sem olhar para trás.

— Bem, acho que o tempo resolveu mudar — Thomas nota assim que botamos os pés na rua. Sentimos cheiro de orvalho e um vento fresco e um pouco forte bagunça nossos cabelos. — Já estava na hora, fez um calor quase insuportável hoje. Quer parar em algum lugar e esperar? Acho que vamos ficar ensopados.

Balanço a cabeça negando.

— Isso me lembra do dia que saí para caminhar sem rumo e peguei chuva — recordo. — Foi até bom.

— E não me chamou para ir junto — Thomas reclama e faz biquinho.

— Bem, eu precisava pensar. Acho que nunca te contei exatamente o que aconteceu.

Ele me encara e dá um sorriso. A ventania joga seus fios dourados para trás e algumas gotas de chuva começam a tocar a sua pele. A noite estava escura e barulhenta, mas o tempo sempre parecia parar quando nos olhávamos daquele jeito.

— Você ia terminar com Daniel porque queria ficar comigo, você já disse — ele lembra e sobe minha mão em seus lábios, depositando um beijo logo depois, cheio de gratidão. — Foi muito mais corajosa do que eu, já que passei anos tentando fazer isso e nunca consegui.

— Isso é verdade. Contudo, nem estava me lembrando de Daniel enquanto caminhava, minha mente só conseguia focar você, Thomas — me sinto totalmente envergonhada admitindo isso mesmo depois de cinco meses namorando. — Terminar com Daniel foi consequência. Entendi que não era ele quem eu desejava e precisava dar um basta naquilo antes que desse um passo de que pudesse me arrepender. E eu me senti estupidamente nervosa quando o vi com a Beatriz depois de ir me encontrar com você — comuniquei, me lembrando daquela cena deplorável e o ciúme voltando ao meu ser. — Senti vontade de lhe dar uns tapas naquela noite, ainda mais depois de ver você passando a mão na bunda dela — o sentimento amargurado de posse tomou conta do meu peito apenas ao me lembrar disso.

— Como estamos violentos hoje, hein? — ele repara quando o encaro em modo ameaçador, mesmo com esse sentimento estando tão longe no tempo. — Preciso lhe garantir quantas vezes, minha morena, que eu sempre tive olhos só para você? Se você quisesse, naquela mesma noite, naquele mesmo segundo que nos vimos, eu teria jogado o mundo inteiro para o alto para ficar apenas com você. Para fazer nós dois acontecermos, eu toparia qualquer coisa. Não há nada nem ninguém que mude isso.

Noto meu corpo inteiro se arrepiar com aquela declaração.

— Foi exatamente o que eu fiz, não sei se você reparou nisso — recordei com um sorriso triunfante. — Mas, evidentemente, deixando as coisas às claras para Daniel primeiro.

— Que ainda não superou isso, mas tenho esperança de que vá algum dia e a deixe em paz.

Continuamos a andar na chuva, que aos poucos se intensificava, sem nos preocuparmos com isso. Já aconteceu algumas vezes de tomarmos um banho quando voltávamos da escola, quando somos pegos de surpresa pelo caminho de alguma coisa, ou apenas quando decidimos fazer aquilo por pura diversão. Mas, na verdade, todos esses momentos sempre foram mágicos e memoráveis puramente por estar ao lado dele.

— Há quanto tempo não brincamos num temporal? — ele diz, e eu percebo que está com a mesma linha de raciocínio que eu.

Isso não me surpreende mais depois de tantos anos juntos.

— Se lembra da primeira vez? Quando decidimos imitar o filme *Cantando na Chuva?*

— E ficamos de castigo quando chegamos em casa encharcados — Thomas relembra e dá uma risada gostosa. — Foi ótimo. Eu escorreguei e caí de bunda na lama, puxando você no processo, que veio logo para cima de mim em vez de se jogar no chão.

— E me sujar? De maneira nenhuma! Foi muito melhor usar seu corpo de escudo, já que foi responsável pelo tombo.

— Você não sabe, Isabelle, mas cair em cima de mim naquele tempo já era provocativo o suficiente para me deixar totalmente eriçado — explica com bom humor. — Seu rosto quase foi de encontro com o meu e eu poderia jurar que mais uns centímetros e nós dois nos beijaríamos. Seria um primeiro beijo e tanto! Eu fiquei confusamente estimulado apenas imaginando isso.

— Você fica excitado até pelo meu olhar, Thomas! — noto, e isso me deixa completamente radiante. Seria mesmo um ótimo primeiro beijo, mas, mesmo me lembrando bem da sensação morna e do comichão daquele momento, não havia entendido naquela época que queria aquilo.

Ele fica em silêncio por um segundo.

— Às vezes com menos do que isso — esclarece e ri de si mesmo. A chuva começa a cair ainda mais forte, mas não temos pressa de chegar. Na verdade, percebo que estamos aproveitando esse momento mais do que deveríamos por estarmos totalmente expostos aos raios.

— Sem vergonha! — finjo repreender e dou um chacoalho nele. — Nem a chuva fria te deixa desanimado.

— Nem a água gelada de uma cachoeira correndo pela minha pele — seus lábios estão formando uma leve curva quando volta seu rosto para o meu. Nós nos encaramos, ignorando tudo ao redor, absorvendo a provocação um do outro cinicamente.

— Você fala como se eu fosse a mulher mais sexy do mundo.

— Você é — afirma e meus lábios tremem no processo. — Para mim sempre foi.

— E você é um exagerado que está começando a ficar meloso demais — acuso, fingindo que aquilo me incomodava.

— Meu amor, você sabe que eu a elogiarei pelo resto da vida até meu último suspiro. Acostume-se ou acostume-se, não há alternativa.

Eu sei disso. Sei que ele fará aquilo para sempre.

— Você me deixa mal-acostumada dessa forma — volto a andar grudando meu braço no dele.

— É o meu objetivo — assegura, me pega pela mão e me gira em meu eixo como se estivéssemos fazendo um passo de dança com absolutamente nenhuma música soando. — Você terá sempre um padrão muito alto que apenas eu posso preencher. É a minha estratégia para tê-la só para mim.

— Não chamaria isso de alto — brinco e ele faz cara feia.

Obviamente era, porque era um romance perfeito entre duas pessoas que se amavam mais do que qualquer coisa no mundo e poucas tinham algo parecido. Algumas nem sequer conseguiam viver um dia ao menos plenamente como nós.

Thomas parou, me puxou pela mão e grudou seu corpo no meu, agarrando minha cintura com firmeza. Os pingos de chuva desciam pelo seu corpo velozmente, a sua boca tremia entreaberta em seu rosto sério.

— Ah, é mesmo? — me tomou pela nuca e me segurou ainda mais forte. Minhas pernas tremeram no processo e instintivamente fiquei na ponta dos pés, encostando o meu nariz no seu. — Que garota exigente — reclamou, me chacoalhando logo depois e descolando o seu corpo do meu. Isso quebrou o clima. Achei que iria me beijar, mas ele só estava me desestabilizando e provocando. — Quer apostar uma corrida até em casa?

— Não, isso é injusto, você tem... Thomas! — ele me soltou no meio da calçada e se virou para correr antes mesmo de obter resposta. — Ah, não, você não vai ganhar!

Cedi à sua provocação e corri o mais rápido que pude, o alcançando e o puxando para trás pela mochila. Thomas se desequilibrou e eu tomei à frente da corrida objetivando ganhar.

— Você trapaceou! — ouvi sua voz reclamando. Estava quase perto já. — Eu vou pegar você, Bel! Melhor correr, garota!

Firmei o passo quando ouvi sua risada ecoando atrás de mim e corri sem medo de escorregar. Tentei olhar para trás, Thomas estava tão próximo que precisava me esforçar ou ele ganharia. Não me lembro da última vez que corremos assim, que brincamos desse jeito como se fôssemos crianças, em algum momento nós deixamos de fazer tais coisas e viramos adolescentes que não sucumbiam às pequenas e bobas diversões do dia a dia.

— Peguei você! — senti minha blusa sendo agarrada pelas suas mãos, e minhas costas foram de encontro com o seu tronco. A roupa molhada produziu um som de baque maior do que foi. Thomas me agarrou forte e eu subi as pernas, jogando o peso para cima dele como resposta.

Me desequilibrei e quase caí, puxando ele também no processo. Thomas se segurou e me pegou de volta para que não fôssemos parar no chão, contudo minhas pernas cederam e eu me sentei na calçada, rindo escandalosamente disso tudo.

— Como disse e você não ouviu — recomecei a falar afastando meus cabelos encharcados para trás. Thomas ria da minha expressão com as mãos na cintura —, suas pernas são maiores, não tenho chances contra.

Ele ofereceu a sua mão e me levantou sem muita dificuldade.

— Você venceu — Thomas diz, assim que nos encontramos lado a lado. — Deixo você ganhar desta vez, mas só desta vez.

Voltamos a caminhar sem pressa. Minha casa estava muito próxima, já podia ver as luzes dos cômodos acesas.

— Poderíamos ter tido essa conversa antes — raciocino quando chegamos ao portão. — Daquela outra vez. Não foi tão legal caminhar sozinha, eu admito que com você tudo é melhor.

Thomas passa sua mão pelo meu rosto e se aproxima até ficarmos grudados de novo.

— Foi só uma semana de diferença — ele recorda. — Sei que, às vezes, precisamos fazer as coisas sozinhos até entender o que queremos. Eu sou grato por você me desejar caminhando ao seu lado todos os dias, mas, se precisar de espaço, sempre terá o seu. Você é livre, Bel, para fazer as suas escolhas, e, por mais que eu quisesse ter caminhado naquele dia com você, percebo que foi importante ter feito isso sozinha.

Toco no dorso da sua mão estacionada no meu pescoço, a pego e a beijo. Um arrepio tomou conta da minha pele e não soube dizer exatamente se foi por sentir frio. Na verdade, era como se viesse de dentro para fora, como uma sensação de que algo estava para acontecer ou até mesmo um *déjà vu*.

Algo errado. Algo que não se encaixava simplesmente naquele tempo. Uma sensação de premonição, talvez. Eu juro que não sabia diferenciar nada disso e parecia tudo igual e unido ao mesmo tempo. Apenas entendi que estava me sentindo repentinamente exausta e em alerta.

— Eu amo você, Thomas — sentindo meu coração descompassado e cheio de gratidão por todo o nosso tempo, confesso a ele. — Acho que nunca vou amar alguém da mesma forma, e eu te odeio por isso.

Thomas se assustou com essa frase e arregalou os olhos. Depois sorriu como nunca fez antes, como se a certeza preenchesse o seu corpo e em cada poro pudesse exalar o sentimento de ternura e afeto. Ele sorriu de um jeito único, como se descobrisse uma maneira nova de fazer isso, e eu me surpreendi ao entender que havia um sentimento novo entre nós dois.

Um sentimento extremamente bom, ou talvez amargamente ruim. Saber que nunca, ninguém, jamais poderia preencher o seu lugar doeu o meu peito. E era como se nós dois dependêssemos disso a partir de agora, emocionalmente e carnalmente.

— Eu também te amo, Bel — respondeu em meio ao largo sentimentalismo em seu corpo e estampado na sua face. — Amo cada pedacinho seu. Para sempre.

Ele depositou um beijo em meu nariz ao dizer isso, depois desceu para os lábios num movimento terno e nos aprofundamos ali, no meio da tempestade, dos raios e trovões, no final daquela noite. Encharcados e emocionalmente abalados, como se soubéssemos que algo iria acontecer.

Nós nos encontramos ali no dia 2 de fevereiro de 2013, exatamente no dia que fizemos cinco meses de namoro, entrelaçados em nosso último beijo.

Porque, depois disso, naquela mesma madrugada, Thomas se foi.

Ele desapareceu e eu não soube — e ainda não sei — o porquê.

Me encontro sozinha desde então. Rodeada de pessoas, mas com imenso vazio dentro de mim, como se algo houvesse sido arrancado à força.

Convivendo e tentando ao máximo viver. Mas como é possível, se sinto que morri naquele mesmo dia?

Interlúdio

Então, você pode me guardar
Dentro do bolso do seu jeans rasgado
Me segurando por perto até nossos olhos se encontrarem
E você jamais estará sozinha
Espere por mim para voltar para casa

(Ed Sheeran, "Photograph")

Capítulo 42

Não, eu não consigo me esquecer dessa noite
Nem do seu rosto enquanto você partia
Mas acho que esse é simplesmente o rumo da história.

(Mariah Carey, "Without you")

Fico em silêncio por um bom tempo tentando recuperar o fôlego e a dignidade depois de contar sobre a nossa última noite. Dra. Janine me assiste com uma expressão enorme de pena.

Gasto alguns de seus lenços enxugando as lágrimas que descem incessantemente. Falar era bom. Desabafar, colocar para fora e exprimir tudo aquilo depois de mais de oito anos, no entanto, era preocupante.

Afinal, já tinha passado da hora de superar. Não esperava continuar aflita dessa maneira quando o visse novamente algum dia.

Eu gostaria de estar eufórica pela volta dele, entretanto só consigo sentir dor em meu peito. Não sei o que fazer, não sei o que esperar do futuro, nem a remota possibilidade de Thomas estar em apuros por todo este tempo consegue arrancar de dentro de mim a sensação de abandono que ainda me consome.

Mas eu estou feliz por conversar com outra pessoa que não seja minha família sobre isso. Estou satisfeita com a minha decisão de procurar alguém de fora para explicar o que ando sentindo, ou o que senti por todos estes anos.

E essa nem foi a parte mais difícil ainda.

O pior estava por vir.

— Dizer que sinto muito não exprime com exatidão o sentimento que corre em minhas veias neste momento — a psicóloga confessa. — De todo o meu coração, desejo que nunca tivesse passado por algo assim, Isabelle. Acho que estou envolvida de uma maneira profunda, e isso nunca me ocorreu antes.

Me assusto com essa última frase e engulo o choro antes de responder:

— Eu nunca havia contado tudo isso da mesma forma que estou contando para a senhora. E eu sei que é necessário dizer, justamente porque nenhum outro profissional conseguiu entender o que houve comigo de maneira mais intensa. É uma história que vai além do julgamento e nem sequer deveria ser tão resumida, como fiz para muitas outras pessoas. O tempo me fez notar que ninguém entendia meu apego justamente por não saberem o que houve só entre a gente. Os detalhes que aqueciam meu coração, o cotidiano, as palavras de amor juradas todos os dias. Agora você sabe.

— Eu agradeço, mais uma vez, por confiar em mim — disse com satisfação. — Mas, agora que consegue falar novamente, vamos continuar. Me conte como descobriu que ele foi embora, por gentileza. Não temos tanto tempo quanto gostaria, mas não tenha pressa, pois tudo me é importante.

Assenti pronta para prosseguir.

— Naquela mesma noite, depois de ele ir para casa e quando cheguei à minha, mais ou menos meia hora depois, Thomas me mandou uma mensagem — reviro minhas coisas até encontrar um pequeno bloco com alguns dos bilhetes antigos de SMS que havia imprimido e esquecido de colocar na caixa com as cartas. — Aqui está. Leia.

Janine pega o papel. São poucas palavras, que diziam o seguinte:

"Meus pais estão brigando e acho melhor não sair daqui. Desta vez estão discutindo feio, mas não consigo entender muita coisa, pois não peguei o contexto. Desculpe, meu amor, mas poderemos nos ver amanhã de manhã, o que acha?"

— Havíamos combinado de ele voltar para a minha casa depois de tomar um banho. Passamos o dia inteirinho juntos, desde as 10h30 da manhã até às 9h da noite, quando resolveu ir até a sua residência depois daquele banho de chuva — esclareço assim que ela volta a me olhar. — Ainda estávamos em clima de romance por causa da data. Comemoramos todos os dias dois do mês como se fosse nosso aniversário. Eu sei que isso é muito meloso da nossa parte — dou um sorriso sem graça. — Perdão, era muito meloso.

Suspiro incomodada tentando colocar os pensamentos nos eixos. Como era difícil diferenciar o passado do presente quando mergulhava naquelas lembranças!

— Eu disse que estava tudo bem, mas ele não falou nada mais. Nem sequer meu desejo de boa-noite foi respondido. Fiquei preocupada, claro, mas achei melhor não o procurar em sua casa por causa da situação. Também não liguei para ele. Se Thomas precisasse de ajuda, eu imaginava que iria pedir. Se foi o caso de ele precisar, então ele não disse mesmo. Teria nossa assistência, e eu sei que ele entendia isso.

Sinto minhas mãos voltarem a tremer ansiosas enquanto falo. A lembrança é tão forte, tão vívida, que ainda sinto a mesma intensidade retornando ao meu corpo.

— Eu me recolhi naquela noite com uma sensação estranha, que não passava de maneira nenhuma. Quis dar espaço para Thomas resolver suas coisas com a sua família e me arrependi disso. Deveríamos ter ido lá, eu deveria ter contado aos meus pais, ou ao menos ligado e, caso não respondesse mesmo, agido de alguma forma. Porém, não vi essa situação da mesma maneira que vejo hoje, e eu só percebi quando era tarde demais — tento não deixar que as lágrimas voltem a cair, mas falho. — No dia seguinte esperei até as 10h da manhã para tentar falar com ele. Estava em completo silêncio...

Fevereiro de 2013

Acordei no domingo sentindo meu braço esquerdo dormente. Demorou algum tempo até ele voltar ao normal, e, enquanto isso não acontecia, me virei de barriga para cima na cama e passei a fitar o teto em contemplação. A noite foi estranha e bastante tempestuosa, porém, mesmo com o tempo aparentemente ensolarado lá fora, eu ainda sentia uma estranheza profunda dentro de mim.

Thomas e eu tínhamos mesmo combinado de fazermos algumas coisas na parte da tarde, a grande maioria não era nada importante, mas, ainda assim, estava totalmente preenchido. Me animei imediatamente ao me recordar disso.

Encarei o relógio ao meu lado e vi que eram quase 10h da manhã e, mesmo após uma longa noite de sono agitado, me sentia pronta para o dia que estava por vir.

Me lembrei do relógio dele que estava na gaveta e me peguei decidida a colocá-lo em minha bolsa para trocar a bateria. O seu ponteiro tremia de um lado para o outro em cima do horário exato da meia-noite como se o tempo estivesse tentando passar por ele e não conseguisse.

Ficar olhando para aquilo por tempo suficiente a ponto de os meus olhos desfocarem ao meu redor fez minha cabeça doer. Ver acontecendo parecia um filme de terror em que você está travado num ciclo e simplesmente não consegue sair.

O coloquei no bolso de fora tentando espantar aquela sensação horripilante, enrolando com cuidado em um lenço para não arranhar. Era um relógio bonito, totalmente preto e com os ponteiros prateados. Thomas o adorava e o tinha havia alguns anos já.

Antes de descer e tomar o café da manhã, procurei meu celular, jogado em meio aos lençóis. Não havia nada, nem ao menos uma mensagem de Thomas. Ele nem sequer havia visualizado minha mensagem o desejando boa noite, e a última vez que foi visto no aplicativo fora às 22h. Mandei outra com um bom-dia, mas não foi entregue.

Isso me causou uma estranheza nauseante. Havia algo de errado, Thomas nunca deixava de me responder, tampouco deixava o celular sem carga. Mesmo que houvesse uma queda de energia repentina, sempre dava um jeito de se comunicar comigo, mas não foi o caso da noite anterior, apesar das chuvas.

Desci as escadas pé ante pé. Meu corpo tremeu quando alcancei o último degrau a ponto de me deixar um pouco tonta. Me segurei na parede e encarei o celular de novo para checar se a mensagem permanecia sem chegar até o seu destinatário.

E nada.

Inferno!

— Bom dia — minha mãe diz quando passa para a cozinha com uma bacia vazia em suas mãos. — Você está bem? — questiona ao notar minha cara de poucos amigos.

— Thomas não me responde desde ontem — digo, me sentindo estúpida. Será que ele estava bravo por alguma coisa que eu fiz? Não fazia sentido! Em sua última mensagem ainda me chama de "meu amor" e não aparentava desentendimento por nada.

— Vocês brigaram?

— Não. Mas seus pais estavam discutindo quando ele chegou em casa, a última mensagem que me mandou diz isso. Estou preocupada, será que aconteceu alguma coisa?

Minha mãe me fita um pouco horrorizada. Mostro o texto na tela do celular, ela lê e percebe que o de hoje cedo nem sequer chegou até ele.

— Talvez esteja dormindo — sugere, mas noto que também ficou bastante chocada. — Se ele não der as caras, podemos ir até lá juntas. Eu percebi atualmente que Suzana está um pouco afastada, acho que deveria tentar conversar um pouco com ela. Afinal, vocês estão namorando e nem sequer nos juntamos para falar sobre isso também. Devíamos fazer um jantar ou algo do tipo.

— Tudo bem — acato, mas sinto meu coração estremecer de ansiedade. Thomas não costumava dormir tanto assim, nem deixava de me dar bom-dia ou boa-noite.

Passei a mão pela testa e juntei meus cabelos para trás. Me sentei à mesa, mas não consegui fazer nada além de olhar para o aplicativo de mensagens aguardando ao menos um sinal de vida vindo dele.

Olhei as redes sociais em busca de saber qual foi a última entrada (eu sei que estava parecendo louca nesse instante, mas algo me dizia que realmente deveria fazer isso) e todos os horários estavam de antes das 10h da noite.

— Mãe — a chamo notando que não consigo fazer nada, estou com um aperto no peito tão grande que não consigo sequer tomar uma xícara de café —, será que podemos ir até lá? Eles podem estar precisando de ajuda.

Ela tenta não fazer uma cara de preocupação, mas falha ao notar que eu estou agindo de forma estranha.

— Belinha, dê um espaço para Thomas — intervém em forma de bronca. — Às vezes é bom.

O que tinha de bom naquele instante? Estava agindo de uma maneira inédita. Não me importava se os outros achassem que eu estava me portando feito uma louca possessiva, alguma coisa estranha estava acontecendo e eu tinha certeza disso.

Tudo o que eu queria era ao menos ver se estava bem. Se seus pais ainda estivessem tendo problemas no casamento e discutiam até a essa hora, gostaria de saber que ele não fora atingido por isso de nenhuma maneira.

Abaixei minha cabeça na mesa, suspirei e inspirei devagar. Tentei tomar um gole de café depois disso, mas o líquido entrou queimando em meu estômago como se fosse ácido.

Quase às 11h, eu já havia perdido a paciência. Subi novamente para o meu quarto e tentei ligar para o celular dele, contudo não chamou. Deu fora de área de cobertura ou desligado.

Insisti, de novo e de novo, até me dar por vencida e quase quebrar meu aparelho quando o joguei na cama. Nessa época não existia mais telefone fixo em sua casa.

Troquei de roupa decidida a ir até lá. Se ele estivesse dormindo e eu pagasse de surtada, ao menos meu coração se acalmaria quando o visse. Se provocasse uma briga entre nós dois, ao menos eu me sentiria melhor por saber que era só paranoia da minha cabeça mesmo e daria um jeito de fazer as pazes.

— Eu estou indo até a casa de Thomas — comuniquei, bastante nervosa, para meus pais.

Saí pela porta e não fui seguida por ninguém. Cada passo que dava era como uma pisada num caco de vidro, pois todos eles doíam profundamente.

O que eram poucos metros de distância parecia ter se tornado quilômetros naquela manhã. O sol brilhava alto e não havia nenhuma nuvem sequer no céu, diferentemente da noite anterior.

Perdi o fôlego, mas continuei a caminhar. Quando cheguei em frente à sua residência, percebi que tudo estava no mais completo silêncio e fechado, como se não existisse ninguém morando ali. Toquei a campainha impaciente, já imaginando inúmeras possibilidades para eles não estarem dando sinal de vida naquela altura. Talvez alguém tenha se machucado e estivessem no hospital? Talvez estivessem mesmo dormindo depois de uma noite turbulenta?

Talvez o pai deles os tivesse matado?

Por Deus, não! Essa ideia arrepiou minha espinha, mas parecia um grande absurdo.

Toquei novamente, de novo e de novo, cheia de ódio brotando em meu coração e minhas mãos suando nervosas. Nesse instante, desejei com todas as forças pular o portão e esmurrar a porta da frente até alguém aparecer.

— Eles foram embora — uma voz sobressaiu ao meu lado. Era da vizinha à direita da casa de Thomas, uma senhora de mais ou menos 60 anos que morava com seu filho e um neto. Eu não a conhecia muito bem, mas tinham amizade de longa data por estarem tão próximos.

— Como é? — minha voz saiu esganiçada e absurdamente surpresa. — O que quer dizer com "foram embora"?

— Que a família Gale foi embora, um caminhão saiu da frente da casa deles carregando todos os móveis e não eram nem 4h30 da madrugada, e eles foram de carro atrás — completou, e eu senti um baque vertiginoso em meu corpo ao ouvir isso.

A minha visão ficou parcialmente turva.

— Está brincando comigo, não é? — não podia ser! Aquilo era impossível. Thomas não iria embora sem me falar nada. Aliás, como poderia ir se ontem mesmo vim até sua casa pela manhã e estava tudo normal? — Que tipo de piada é essa?

Não queria ser grossa com ela, mas quase pulei para cima da sua figura apoiada no muro ao perguntar isso. Queria mais respostas.

— Calma, menina, só estou dizendo o que eu vi — ela se afastou por precaução. — Eles não falaram com ninguém e saíram praticamente às pressas. Eu só vi porque o barulho estava infernal entre eles a noite quase toda.

Meu coração parecia querer sair da boca. Busquei apoio na parede e me recostei tentando absorver aquela informação. Não podia ser, nem fazia sentido algum.

Thomas foi embora sem me dizer que iria? Ele jamais agiria dessa forma comigo!

— O que aconteceu ontem? — tentei recuperar o fôlego perdido, mas meu peito pareceu congestionado o suficiente para não consumir nem um pouco de ar. Forcei a entrada e saiu um ganido forte da garganta. — O que houve entre eles?

Me aproximei da vizinha e a encarei, sentindo dor a cada movimento.

— Você é namorada do Thomas, não é? — ela questiona, mas eu sei que sabe disso. Mesmo assim, respondo com um aceno. — Pois então, se ele não te disse, deve ser porque a coisa foi realmente feia. E eu acho que foi de repente porque o caminhão apareceu do nada de madrugada, tomei um susto quando abri a janela e vi. Os dois brigaram bastante ontem. Os pais dele, digo. Eu não entendi o contexto, às vezes berravam, às vezes falavam baixo. Thomas estava desesperado entre eles tentando separar também. Ouvi barulho de coisas se quebrando e estava prestes a chamar a polícia, mas de repente tudo se acalmou e assim foi até 2h da madrugada. Eu acho que o pai deles saiu, porque ouvi o som de um carro, mas depois que voltou não vi nada mais e a esta altura já estava dormindo. Contudo, o caminhão apareceu mais ou menos 2h30 e os homens que estavam nele me acordaram por causa da maneira que entraram e carregavam os móveis. Deviam ser cinco ou seis. Estavam com pressa. Nunca vi embalarem tanta coisa tão rápido assim.

Meu coração já errava as batidas a essa hora. Aquilo era real? Estava mesmo acontecendo?

Thomas tinha ido embora com seus pais de madrugada sem aviso prévio? Não era possível! Eu me recuso a acreditar nisso. Por que iriam embora assim tão repentinamente?

Não estava sentindo meu corpo reagir mais. Além da falta de ar e do coração acelerado, nada parecia funcionar. O que diabos estava acontecendo? Aquilo era um pesadelo, não era?

Eu estava presa dentro do meu sono e ele estava me torturando? Só podia ser! É a única explicação. Não estava acontecendo de verdade, eu só precisava acordar.

Só precisava reagir e acordar.

Era mentira, eu estava sonhando.

— Menina, você está bem? — a senhora pergunta e me toca no ombro. — Quer que eu chame sua mãe?

Eu precisava despertar antes que alguma coisa pior acontecesse. Eu estava apenas sonhando, e era um péssimo sonho. Nada daquilo fazia sentido. Fazia?

— Menina? — a voz dela parecia distante no mundo agora, mas, ainda assim, eu pude ouvi-la. — Garota, está me assustando.

Feito uma estátua, permaneci sentindo um baque pesando minhas pernas e meus pulmões.

Aquilo não era real. Não era real. Aquela senhora estava mentindo, não é?

Thomas era meu melhor amigo e jamais faria isso! Ele me amava mais do que tudo neste mundo e não me deixaria assim. Eu confio na palavra dele e sei que jamais mentiria para mim dessa forma.

Olhei para a casa com todas as janelas fechadas. Eles não foram embora, apenas estavam dormindo, tinha certeza disso! E eu iria matar Thomas se o encontrasse em sua cama. Eu o mataria por não ter me respondido na noite de ontem ou nesta manhã.

De alguma forma, a culpa era dele e eu iria voar em seu pescoço, mesmo que não entendesse absolutamente nada!

Fui até lá e dei um chute no portão com todo o nervosismo guardado dentro de mim. Ele não se abriu. Nem uma janela com alguém procurando saber o que estava acontecendo lá fora, para o meu completo desespero.

— Thomas! — dei um berro o mais alto possível, sentindo a garganta arder como brasa acesa.

— Menina, ele foi embora! Você não ouviu? — ela respondeu, e eu a fitei com fogo nos olhos. — Não tem ninguém aí.

— Thomas! Abre esta porra de portão — a ignorei e continuei a gritar. — Thomas!

Dei outro chute nele. O portão estremeceu, mas permaneceu intacto, para minha tristeza.

— Eu vou chamar a sua mãe — a vizinha disse, saindo de sua casa com pressa.

— Thomas! — insisti e permaneci investindo contra o portão tantas vezes que minha perna começou a doer pelos movimentos bruscos, mas eu não iria ser vencida por aquele obstáculo.

Senti todo o desespero emergindo pelo meu corpo através daquele ataque. Eu iria colocar toda aquela construção abaixo até ele ou qualquer outro morador dali aparecer. Eu iria desferir todos os golpes necessários, toda a fúria necessária, toda a raiva a ponto de explodir aqueles muros. Eu iria pegar Thomas pelo pescoço por causa daquela brincadeira de mau gosto.

Aquilo não podia ser real. Não podia ser! Era um pesadelo de muito mau gosto que saiu do controle.

Mas doía. Meu corpo inteiro começou a tremer de sofrimento, tanto físico quanto emocional, até o ponto em que consegui derrubar o portão na base da raiva depois de minutos fazendo isso sem cessar.

— Thomas!

Entrei pelo jardim da frente e olhei para a porta igualmente selada. Mais um obstáculo que não me pararia. Eu iria chegar até ele e, quando isso acontecesse, o esganaria!

Contudo, eu fui parada. Não pela porta, claro, mas por meus pais, que apareceram de repente e me seguraram pelos pulsos. Fui agarrada e só então senti que estava fora de controle quando atingi meu próprio pai na face com um dos pés em meio a berros descontrolados e lágrimas de descrença.

— Isabelle! — minha mãe me chamava enquanto segurava meus braços, eu só ouvia isso e nada além.

Isabelle, Isabelle, Isabelle.

Eu odiava o meu nome neste instante. Aquilo era mesmo um pesadelo?

Eu daria qualquer coisa da minha vida para que realmente fosse, contudo não era. Eu soube quando vi um líquido vermelho escorrendo pelas pernas por causa dos golpes no portão. Estava toda arranhada, totalmente ensanguentada e literalmente ferrada!

Me sentei em meio à grama e coloquei as mãos na cabeça. Meu mundo inteiro girou. Meu corpo ardia de raiva, remorso, ódio e dor.

— Isabelle? — minha mãe chamou novamente, seu olhar desesperado veio de encontro ao meu.

— Onde Thomas está?

Tentei fitá-la, mas as lágrimas embaçaram minha visão. Meu mundo caiu nesse instante e eu desmaiei.

Quando acordei, percebi que estava deitada em minha cama e realmente achei que tivesse sido um pesadelo. Demorou algum tempo até notar que não. Eu estava mesmo vivendo aquilo e, por mais que fosse uma situação absurda, foi o que aconteceu.

Minha mãe estava sentada ao lado com uma feição preocupada. Seus olhos brilhavam vermelhos e muito expressivos, não precisei de mais nada para entender a situação e voltar à realidade.

Quis gritar. Na verdade, eu queria correr de volta até a casa deles e colocar tudo aquilo no chão até aparecerem, mas não consegui mover um músculo sequer. Minha garganta ardia e estava totalmente inchada. As lágrimas vieram como nunca tinham vindo antes e eu entrei em desespero de novo.

— Isa, por favor, acalme-se — minha mãe pede com ternura e toca meu ombro, mas não consigo me conter.

— Por favor, me fale que aquela senhora está mentindo...

— Meu amor, eu acho que ela está falando a verdade — explica com medo. — Seu pai olhou pela janela, não tem nenhum móvel lá dentro. O carro não está na garagem e... outras pessoas reclamaram do barulho durante a noite.

Fiquei um tempo em silêncio raciocinando sobre aquilo.

— As pessoas reclamam sobre o barulho e nem sequer se dão o trabalho de irem lá ver o que estava acontecendo? — me levanto nervosa e balanço os braços em desespero. — Que diabo de vizinhos são esses?

Ela fica sem reação ou fala. Apenas tenta abaixar meus ombros e me colocar nos eixos novamente.

— Acalme-se, por favor. Ainda não tivemos tempo o suficiente para analisar tudo isso. Nós vamos descobrir o que houve, conversar direito com todos os vizinhos e tentar entrar em contato mais tarde, pelo menos sabemos que todos estão bem.

— Estão bem? Devem estar ótimos, não é mesmo? Já que passaram a noite inteira planejando uma viagem surpresa — observo atônita.

— Bel...

— Não me chame assim! — esbravejei para minha própria mãe. — Não me chame de Bel. Eu não quero ouvir esse apelido da boca de ninguém mais!

— Você está perdendo a linha, minha filha — ela nota e me segura com um abraço, me fazendo ficar estática no lugar. Afundei minha cabeça em seu peito e senti as batidas do seu coração enquanto me acariciava os cabelos. — Fique calma para conseguirmos descobrir o que aconteceu, senão vamos ter de nos concentrar em te manter bem primeiro.

— Eu não acho que... ah, você acordou, finalmente! — meu pai aparece falando no quarto, tão aflito quanto mamãe. — O médico está quase chegando.

— Eu não preciso de médico. Só quero saber o que aconteceu!

— Todos nós queremos, mas fique em paz antes de tudo — ele também pediu.

Tentei me controlar, minha boca recomeçava a tremer de ansiedade e as lágrimas ainda desciam sem cessar, me deixando completamente encharcada.

— Você não recebeu nenhuma mensagem de Thomas? Um bilhete, um telefonema, nada? — meu pai perguntou algum tempo depois quando percebeu minha respiração voltar ao normal aos poucos depois de longos soluços. — Não faz sentido partirem assim. Ele jamais faria isso sem falar com você antes.

Balancei a cabeça num singelo não. Tudo o que eu tinha era aquela maldita última mensagem no celular.

Só uma mensagem sem muito contexto para alguém que costumava me escrever longas linhas apenas por prazer em fazê-las.

Só uma mensagem de quem me contava coisas inúteis por horas a fio apenas porque adorava conversar comigo.

Ou talvez ele pudesse ter escrito...

Não! Ele não faria aquilo. Não iria se despedir de mim daquela maneira.

Não seria decente.

Ele não teria coragem.

Teria?

Me levantei da cama com um impulso nervoso sem dizer uma palavra sequer.

— Aonde está indo? — minha mãe questionou, mas não respondi. Eu precisava tirar uma prova antes de que Thomas não se despedira de mim através...

Corri até a caixa dos correios, ignorando totalmente os passos dos meus pais atrás de mim e a pergunta.

A abri sentindo minhas mãos trêmulas de tão ansiosas. Eu não queria que aquilo fosse real, não queria que ele se despedisse através de uma mísera carta!

Mas lá estava ela, embrulhada num saquinho plástico para não molhar. Lá estava ela debochando do meu nervosismo a ponto de quase poder ouvir uma risada saindo de dentro como uma ironia.

Lá estava o nosso último vínculo, talvez a resposta para o que aconteceu.

Lá estava a última carta de quem um dia foi o meu melhor amigo e primeiro amor e que, de repente, desapareceu da minha vida tão facilmente quanto entrou.

Capítulo 43

"De: Thomas Gale

Para: Minha inesquecível e amada namorada, Isabelle Brites

Oi, meu amor. Agora são 2h45 da madrugada e eu estou acordado depois de horas tentando separar uma briga dos meus pais. Perdão por escrever, perdão por não ir até você pessoalmente para conversarmos, mas não posso. Estou trancado em casa e meu pai quebrou meu celular minutos depois da sua última mensagem, que nem sequer consegui abrir e responder.

A essa hora você deve estar dormindo e me consola saber que está bem. Me desculpe por não a ter desejado um boa-noite como faço há tantos anos, e me desculpe se você se sentiu mal por isto. Juro que, por mais que o meu mundo pareça estar desabando agora, só consigo desejar que esteja confortável, dormindo tranquilamente e que nada possa perturbar o seu sono.

Não sei o que acontecerá comigo a partir de hoje. Meu pai saiu e disse que só volta quando conseguir alguns homens para embalar nossa mudança e não sei sequer se poderei entregar esta carta. Eu gostaria de ir até você, mas, mesmo que consiga pular estes muros, minha mãe precisa de mim, pois está debulhada em lágrimas jogada num canto sem conseguir falar. Por favor, entenda que nunca deixará de ser minha prioridade, só que agora... talvez eu precise ser um pouco egoísta com você e quebrar algumas de nossas promessas.

Confesso que escondi algumas coisas até aqui: não, não estamos bem, e isso ficará evidente a partir de hoje para qualquer pessoa que nos conheça, contudo eu não sei exatamente o motivo que nos levou a esse colapso. Ninguém me conta nada, mesmo estando numa zona de guerra familiar há tanto tempo. Estou tão no escuro agora quanto momentos antes de chegar em casa, mesmo ouvindo boa parte da briga.

Mas nós estamos bem e sei que vamos ficar. Não estamos machucados e acho que meu pai jamais faria isso (e realmente espero isso). E, mesmo que esse plano estranho, maluco e cheio de falhas dele de fugir (para onde, para que, por quê?) funcione, eu vou voltar. Eu prometo. Assim que descobrir para onde vamos, o que eles pretendem fazer e o que está acontecendo de fato, eu volto. Não suportarei ficar longe de você nem que seja por algumas semanas.

Eu te amo, Isabelle. E você sabe disso. Tenho dito há tantos anos de maneira insistente, tenho compartilhado com você todo o meu sentimento de afeto e carinho desde que a conheci, tenho sido sincero acima de tudo. Não duvide disso, por favor, eu imploro. Mesmo que fiquemos algum tempo separados, eu peço, de todo o meu coração, que me espere. Não posso nem quero estar longe de nós.

Não quero e nem vou.

Porque o meu lar é onde você está, e eu não duvido disso mais. Ninguém aqui me ouviu quando tentei protestar a nossa partida. Ninguém aqui quis saber dos meus sentimentos quando resolveram que não cabemos nesta cidade mais. Ninguém se lembrou de que tenho uma parte minha com você, que é o meu coração inteirinho.

Ele ficará para trás junto a você, junto a nossa história, junto ao que somos e a estas palavras.

Me desculpe por não ser mais claro do que isso, é o máximo de informação que tenho. Não estou bem internamente, minha cabeça está explodindo de dor, medo e ansiedade, mas estou intacto por fora, não se preocupe com isso. Quero que descanse a mente; se alguma coisa acontecer comigo, você saberá e, se não estiver por perto quando der o meu último suspiro do fôlego da vida, estarei pensando em você e ninguém mais, nos nossos momentos juntos e em nosso breve, mas intenso, romance e na longa jornada que caminhamos ao lado um do outro em nosso tempo de amizade.

Me recuso a me despedir. É um até breve. Eu sentirei a sua falta em todos os segundos seguintes.

Meu amor, minha melhor amiga, minha melhor escolha de vida, até logo.

Me espere voltar para casa.

Todo seu,

Thomas"

Capítulo 44

Refazendo um resumo da minha vida
Vejo que tudo que construí não me valeu a pena
Porque tudo que eu fiz foi pensando em nós dois

(Thaeme e Thiago, "365 dias")

Dra. Janine está com a carta em suas mãos lendo-a com atenção. Não é tão longa, tudo se resume em poucas palavras que sei de cor.

O papel está totalmente amassado, suas letras trêmulas, que indicavam todo o nervosismo de Thomas naquela madrugada, estão quase se apagando. Há um borrão em seu nome no final, alguns pingos caídos ali, de chuva ou lágrimas, eu não sei dizer, mas imaginava a segunda opção, afinal a carta estava totalmente embrulhada num saquinho praticamente impermeável.

Ela a fecha cuidadosamente. Há uma parte rasgada bem ao meio onde se dobra que fiquei de colar com uma fita, contudo nunca fiz. Todas as vezes que a pego, preciso me controlar para não entrar num profundo colapso nervoso.

— Como imaginei, resume-se a problemas familiares — ela repara. Bem, é evidente. Porém, quais problemas familiares? Nunca soubemos além de especulações. Afinal, o pai os obrigar a ir embora por problemas conjugais e ele não dar as caras por oito anos deve ser muito grave.

— É o que ele diz. Contudo, ainda assim, continua sendo uma especulação. Que raios de problema é esse que o afastou por tanto tempo? Descartei muitas teorias sobre tais transtornos, nada se encaixa na justificativa de ele ter partido por tantos anos.

— Entendo o porquê de estar tão brava — Janine coloca a carta na caixa e a deixa de lado novamente. — Eu estaria tanto quanto você. Não há terapia capaz de elevar uma paz interior em relação a esse assunto, e que não faça qualquer pessoa estremecer de ansiedade. Estaria mentindo se dissesse que, se você tivesse feito algo desde o início para esquecer, teria conseguido nessa altura do campeonato. Porque não, Isabelle, você não conseguiria. É o mesmo que perder alguém e não saber o motivo, a sensação de impotência é muito grande, principalmente porque sei que tentou compreender de todas as maneiras.

Assinto. Finalmente um terapeuta me compreendia.

— Li e reli essa carta um milhão de vezes procurando alguma coisa que tenha deixado passar. Thomas disse que estava bem, pediu que confiasse nele e que o esperasse. Porém, ele resolve mandar notícias apenas dois anos depois. Dois anos! E o pior, nem foi diretamente comigo. Como posso não arder de remorso? Como posso não querer matá-lo com minhas próprias mãos? Eu sofri a cada dia até uma notícia sobre ele chegar, e quando veio... ele nem sequer se dirigiu a mim.

— Vamos com calma, por gentileza — ela pede, a postos com o seu caderno. — Thomas deu notícias dois anos depois para quem, exatamente?

— Fred, por redes sociais, as mesmas que ele havia abandonado desde que foi embora. Nunca mais houve rastro dele em nenhuma delas, nenhuma! Eu mandei mensagens em todas até à exaustão, desde o e-mail até ao Facebook, por um ano inteirinho, todos os dias sem cessar.

Sinto minha garganta arder enquanto falo. Tomo um gole de água, mas não ajuda muita coisa, pois não consigo parar de chorar. Ao fim desta sessão, provavelmente sairei desidratada.

Janine anota essa informação.

— Certo, mas ele recuperou as redes que tinha ou fez novas? — questiona.

— O e-mail que mandou atualmente para o hospital continua sendo o mesmo para o qual enviei mensagens anos atrás — esclareço com pesar. — Ele me ignorou. Ignorou todos nós, na verdade. É um dos motivos pelos quais tomei um baque tão grande quando vi seu nome e suas informações pessoais em seu currículo, ele nunca deixou de ter acesso a nada, mas continua sem falar o que aconteceu.

— E você quer saber? — Dra. Fletcher pergunta interessada. — Se ele se sentar com você para lhe explicar, você ouviria?

Sinto uma angústia estúpida quando penso nessa possibilidade.

— Não — respondo sinceramente. — Eu não quero mais saber. Ele fez a escolha dele e eu faço a minha de me afastar a partir de agora. Fred diz que Thomas sempre fala sobre mim, que está voltando por minha causa, que ainda... que ele ainda...

Não consigo me controlar, e minha voz falha quando tento expressar o que passo hoje. É pior do que contar sobre o passado, pois lá estava um fato que ocorreu, agora são apenas especulações e nada mais. Sinto meu rosto inchado de tanto passar minhas mãos sobre ele, de arrastar o lenço em meus olhos, de morder meus lábios para não tremerem. Sinto o soluço começar a invadir meu peito, me impossibilitando de continuar.

Janine enche a garrafa de água novamente e me entrega. Hoje, apenas um copo não ajuda. Tomo em grandes goles, na esperança de recuperar o controle.

— Eu não quero descobrir mais. Estou exausta, Dra. Fletcher, e tudo o que mais desejo é a minha paz de volta — arranho as palavras, mas insisto em continuar falando. — Acho que Thomas deverá aceitar isso, foi ele mesmo quem escolheu não confiar em mim.

— Já pensou na possibilidade de que talvez ele não possa falar? — a psicóloga parece um poço de calmaria, mas tenta cavar mais a fundo a história, como se não aceitasse esse desfecho.

Afirmo com a cabeça.

— Se ele não pode, então permanecerá em silêncio, e eu não sou mesmo a melhor amiga dele — essa frase sai confusa até mesmo para mim. — Quero dizer que ele deveria confiar em mim e me dizer, já que fui a coisa mais importante da sua vida. Ao menos deveria ter dito mais algumas vezes que estava bem, que estava vivo, no decorrer desses dois anos. Você sabe o que é ter o amor arrancado de você e não ter nenhuma notícia sobre ele durante tanto tempo? Eu pensei que ele tinha morrido. Entrei em todos os tipos de sites de desaparecidos e mortos em busca de Thomas. A polícia nem sequer pôde fazer alguma investigação por causa da carta dele afirmando que estavam bem e que não tinha nada de estranho, era apenas uma família que resolveu ir embora. Bando de inúteis!

Dra. Fletcher ficou em silêncio, com uma expressão consternada, absorvendo tudo o que eu disse.

— Ele voltou a te mandar alguma coisa depois de falar com Fred? Alguma mensagem, ligação, qualquer tipo de contato?

— Não. Eu disse para Fred que não queria mais falar com ele. Quando soube que estava vivo, me senti aliviada primeiro. Chorei por pelo menos uma hora seguida entre uma confusão absurda de sentimentos, então depois, quando notei toda a conversa que eles tiveram e vi que não tinha nenhum esclarecimento, comuniquei a Fred que não iria falar com Thomas até ele me contar o que houve, essa era a minha única exigência, e isso nunca aconteceu. Foi sob ameaça. Disse que, se ele tentasse entrar em contato comigo e não falasse sobre isso, eu iria odiá-lo mais do que o inferno e poderia me esquecer para sempre. Ele não me disse nada, então, até o momento em que eu tive de admiti-lo no hospital.

— E foi obrigada a falar com ele — Janine dá um sorriso e não consigo compreender o porquê. — Thomas sabe que você, provavelmente, não irá mesmo sentir vontade alguma de ouvi-lo, mas é bastante inteligente a ponto de arrumar um meio de isso acontecer.

Fico a encarando por um tempo, absorvendo aquela informação.

— Acha que é um plano?

— Não é óbvio? Respeitou a sua decisão de não ser mais amiga dele, mas nada o impede de se reaproximar de maneira cautelosa.

— Não darei espaço em minha vida para ele mais. Apenas farei o meu trabalho amanhã e acabou — me defendo. — Não precisamos ir além do profissional.

— E o casamento?

— Que casament… — inferno! Havia me esquecido disso.

— Dos seus amigos — Janine lembrou, mas nem precisava. Eu já havia me recordado. — Vocês são padrinhos e, como tal, têm grandes responsabilidades — enfatizou. — O que torna o cenário ainda mais interessante.

— De que lado está? — questiono apavorada. Ela dá uma risada.

— Isabelle, não posso tomar partido de ninguém, lembre-se disso — esclarece e eu cruzo os braços insatisfeita. — Apenas estou juntando informações e dizendo o óbvio neste instante. Está sendo cercada novamente, mesmo que Thomas venha aos poucos.

— Contudo, eu não vou deixar! Ele vai "dar com os burros n'água", porque eu não sou idiota.

— Tudo bem — a psicóloga se deu por vencida. Pelo menos por enquanto. — Porém, eu creio que você poderia analisar as coisas com mais frieza agora e um pouco de cautela. É o que desejo para você, na verdade. Não se deixe levar apenas pela raiva do momento, pense com a cabeça dos outros quando for observar como um todo, não apenas como um indivíduo. Você tem planos, Thomas também os tem. Quais serão? O que ele quer? O que você quer? O que vão fazer quando se encontrarem e um estiver disposto a brigar e o outro não? Vai fugir? Vai cumprir com a sua necessidade de o infligir dor? Esqueça o sofrimento do passado quando isso estiver diante de sua perspectiva e eu garanto que conseguirá levar todas as situações da melhor maneira possível. Ignorar não é a chave.

Não consegui dar uma resposta que fizesse algum sentido a ela. Eu sentia rancor e esperava que Thomas respeitasse isso; qual era o problema em fingir que eu não existo mais, se essa era a minha vontade?

— Agora que você consegue falar — ela nota que meus soluços passaram —, por favor, continue a história. Me diga o que aconteceu com você nesses dois anos que ficou sem notícias dele. Imagino que foi uma tortura pessoal.

Assinto e suspiro antes de recomeçar.

Março de 2013

— Isa? — meu pai toca meu ombro e tenta chamar minha atenção. — Meu bem, está dormindo na sala de novo.

Olho ao redor um pouco confusa, demorando cerca de cinco segundos para me situar no tempo e espaço. A última carta de Thomas está amassada em minha mão. É 1h30 da madrugada, aponta o relógio.

— Perdão, acho que estou velho para conseguir carregá-la escada acima sem nos machucarmos. Você cresceu tão rápido — ele tenta sorrir para mim, mas para quando percebe que não consigo dizer nada. — Você quer ajuda para subir?

Nego com um movimento. Eu queria dormir ali mesmo. Na verdade, eu queria dormir para sempre.

Fazia um mês que Thomas desapareceu. Trinta longos e agonizantes dias em que eu o espero no mesmo lugar — deitada no sofá da sala. Creio que, assim que bater à porta, eu o ouvirei imediatamente, e um segundo a mais em que desceria as escadas até o nosso reencontro seria bastante tortuoso.

Queria me jogar em seus braços e apertá-lo até não conseguir respirar. Queria que ele me segurasse e não soltasse nunca mais, não importa o que aconteça.

Contudo, há um mês nem sequer manda notícias e, a cada novo dia, perco um pouco da esperança de vê-lo ali.

Eu tentei de todas as formas falar com ele. Mandei tantas mensagens que meu celular travou com excesso de conteúdo, tentei ligar tantas vezes que até mesmo fiquei um dia inteiro fazendo isso, cada uma delas com a esperança de que ele houvesse obtido um aparelho novo e recuperado o número. Mandei e-mails, cutuquei em redes sociais e nada!

Thomas havia mesmo desaparecido. E, cada vez que chego a essa conclusão, me sinto morrer por dentro um pouco mais.

— Isa, vamos para o seu quarto — meu pai insiste e toca minha testa para afastar algumas mechas de cabelo. — Meu Deus, você está fervendo.

Fecho os olhos e dou um gemido de dor, ignorando totalmente todas as suas palavras.

Ele sai de perto e eu me encolho no sofá. Não quero sair dali até Thomas voltar, eu não posso. Era o lugar mais próximo da porta e eu precisava ficar para ouvi-lo quando fosse se aproximar.

Algum tempo depois, volta com mamãe. Apenas ouço seus passos e suas presenças ao meu lado. Ela toca em minha pele da mesma maneira que ele faz e repete a sua fala.

— Amor, está sentindo alguma coisa? — minha mãe pergunta ansiosa. — Bel?

— Não... — minha voz falha —, não me chame de Bel — insisto até toda a frase sair.

Abro os olhos e a vejo com uma expressão de dar pena.

— Minha filha, você tem de parar de pensar nisso dessa forma — repreende e tenta pegar a carta das minhas mãos.

A seguro com mais força e a escondo embaixo do travesseiro.

— Isabelle, está ficando doente por causa disso — meu pai resolve dar uma bronca.

O ignoro novamente.

— Me deixem aqui — peço, notando minhas pernas tremerem. Sinto um pouco de frio e afundo minha cabeça no cobertor.

— Você não pode passar os seus dias nesse sofá — minha mãe lembra e puxa uma ponta até que eu possa revê-la. — Não é saudável, meu amor. Se ficar doente, Thomas irá se sentir culpado quando voltar.

— Ele não vai voltar — respondo com uma pontada no coração. — Ele não vai.

— É claro que vai. Sabemos que eles não estão em meio a pessoas desaparecidas e... bem, nem entre mortos.

— E como pode saber que ele não está? Talvez tenham caído no fundo de um lago e ficado por lá. Quem iria dizer que eles estão desaparecidos, se a polícia nem sequer aceitou nossa denúncia mediante essa maldita carta? — me estresso e jogo a folha para ela. — Ninguém sabe onde estão. Como sei que ele está bem, se não me responde? Ele desapareceu de tudo, mamãe!

Meus pais se entreolham angustiados e sem saber o que fazer a essa altura. Sei que estou dando trabalho para eles agindo dessa forma, mas não peço que fiquem ao meu lado enquanto espero. E eu só quero esperar.

Só quero que ele retorne.

— Ao menos tome um remédio — ela se dá por vencida e se levanta dali. — Por favor, não acho que, se ficar doente, vai resolver alguma coisa.

Permaneço em silêncio como resposta.

— Isa, se não reagir, vamos a levar para o hospital — meu pai ameaça.

— Me deixem em paz, por favor — peço, sentindo meu peito doer e inflar como se fosse explodir. O choro vem torrencialmente logo em seguida, como tem acontecido todos os dias desde que ele partiu. Meus olhos ardem no processo. — Eu só quero... — dou um soluço entrecortando a frase — ficar aqui. Não quero ir para meu quarto.

Eles se sentam ao meu lado no sofá e tentam tocar em meu braço como sinal de apoio enquanto falo.

— Não consigo ir para lá — sinto meu corpo estremecer inteiramente. — Não consigo ficar lá dentro. Não consigo esperar mais. Está me torturando.

— Meu amor... — minha mãe me abraça, e eu choro em seu ombro. — Isso vai passar. Não será assim para sempre, você precisa ficar calma e deixar que as coisas aconteçam. Não há nada a fazer senão aguardar, mas procure fazer isso sem toda essa expectativa. Está acabando com você mesma.

— Eu não quero subir — repeti, me sentindo completamente exausta. — Me deixem aqui, por favor. Quero ficar aqui.

— Não acho prudente fazer isso — meu pai nota, depois passa suas mãos em minha testa novamente. Estou completamente suada e sentindo um calafrio absurdamente agonizante.

— Não quero ir para o quarto — insisto, debulhada em lágrimas e cheia de dores no peito. Minha respiração se descompassa e não consigo respirar tão bem quanto deveria. — Por favor. Quero estar aqui quando ele voltar.

— Acho que ela está delirando — meu pai sussurra inquieto. — Vamos levá-la para o hospital, é melhor.

Eu não tenho forças para brigar quando ambos me pegam no colo.

Presente

— Eu gostaria de dizer que essa foi a primeira e única vez que precisei ir a um hospital por causa disso, mas não foi. A ansiedade me consumiu como se fosse uma alma viva presa dentro de um caixão, e ela a larva que me ingere aos poucos — conto para Janine, sentindo uma leve pontada no peito. — Aquela foi a primeira vez, mas não foi a pior. Anteriormente, como disse, havia desmaiado quando descobri que ele tinha ido embora, mas não precisei de um médico. Um mês depois, passei dois dias inteirinhos internada com febre e desidratação.

A psicóloga permanece em silêncio.

— Fiquei pior com o tempo, essa é a verdade. E eu tenho vergonha de admitir isso ainda hoje, porque ninguém entendeu a minha reação — suspiro em desalento. — Ninguém além dos meus pais. Porém, nem eles sabem o que vivi plenamente com Thomas e, mesmo desesperados e me suportando em minha dor, não chegaram perto do mesmo desespero que senti. O resto da minha família, quando soube, tentou me dar conselhos amplamente genéricos e muitos sem sentido algum. Aquelas frases clichês que você ouve quando termina um relacionamento, sabe? "*Você não nasceu grudada nele*", ou "*Tem muita gente no mundo, vai encontrar alguém melhor*" e até mesmo "*Ele não merece você*". Como se isso funcionasse!

— E Fred e Elisa? — ela pergunta.

— Eles estavam magoados com a sua partida, claro. Tristes com o que aconteceu, porém não se sentiram traídos da mesma forma que eu me senti. Os dois estavam bem, nessa época ficaram ainda mais pegajosos um com o outro justamente porque perceberam o tamanho da minha dor ao perder meu amor e melhor amigo. Serviu de alerta para ambos. Começaram a fazer faculdade e seguiram a vida normalmente. Permanecemos muito amigos, claro, mas não como antes. Nunca mais foi como antes. Sem o Thomas, parecia impossível ser.

Engulo mais um pouco de água antes de continuar.

— O primeiro ano foi o pior de todos — recomeço, determinada a prosseguir. — Eu quase acabei com a minha vida.

Capítulo 45

Atenda o seu telefone, tenho uma pergunta
Se eu morrer essa noite, você se arrependeria?

(The Weeknd, "Nothing without you")

Março de 2013

Março chegou e estava indo embora opaco, tal qual fevereiro. Aquele foi o pior aniversário que tive em toda a minha vida.

Mal pude acreditar nas perspectivas que tinha quando fizesse 18 anos. Tudo parecia tão bobo agora.

Eu queria tirar a licença para dirigir. Procurar um emprego e talvez comprar um carro só meu. Nesta altura, já estaria estudando também. Havia escolhido arquitetura, curso que era minha primeira opção, e consegui passar sem problemas. Estava muito empolgada, apesar de não ser tão boa desenhando quanto gostaria. Achava que seria uma ótima profissão para mim e que me encaixaria sem problemas.

Thomas e eu estudaríamos na mesma faculdade. Fred e Elisa também. Não nos separaríamos. Ao menos esse era o plano.

E eu esperaria pacientemente que meu namorado completasse a maioridade também, no mês e nos dez dias que separavam nossas datas. Nós dois planejávamos fazer uma viagem juntos quando isso acontecesse, nem que fosse apenas num final de semana.

O ano prometia grandes emoções, e tiveram. Só não foram exatamente positivas.

Eu costumava receber em todos eles uma carta de Thomas em meu dia especial. E, desde que ele começou com esse hábito, eu espero ansiosamente para saber o que vai escrever para mim. Eu amava esse gesto com todo o meu coração. Na virada desse ano, por exemplo, exatamente à meia-noite, havia prometido para mim mesma que teria coragem de lhe entregar todas as que fiz para ele durante esse tempo em seu aniversário, e a última seria com a declaração de amor mais intensa que conseguisse expressar em palavras.

Porque eu o amava, e Thomas também merecia saber que me dediquei a ele da mesma forma. Iria pedir perdão por me sentir envergonhada todas as vezes que deveria ter contado quanto era especial para mim através daquele mesmo gesto, exatamente como ele fazia.

Eram tantos planos. A vida parecia tão incrível para nós dois. E agora... eu simplesmente não tenho mais nada disso, pois escorreu pelas minhas mãos como água e se foi.

Contudo, naquele dia eu mantive a esperança de que Thomas continuasse a cumprir com aquele ritual. Durante o dia inteiro, fiquei de olho nas redes sociais em busca de alguma coisa, assim como nos correios e mensagens do celular, e nada.

Recebi muitas congratulações de pessoas conhecidas e desconhecidas, pessoalmente ou por redes, mas nenhuma era dele. Me desejavam felicidades, e eu simplesmente não conseguia me sentir minimamente bem.

Thomas não enviou uma carta de aniversário para mim, e um vazio se instaurou durante todo aquele dia, que deveria ser o mais especial na vida de qualquer pessoa.

Recebi inúmeros presentes de gente que queria me distrair durante todo o tempo. Até mesmo Daniel me enviou um pacote enorme cheio de guloseimas e coisas aleatórias que imagino ter passado um bom tempo escolhendo. Não falava com ele naquela época, na verdade eu mal conseguia conversar com alguém.

No fim daquela noite, estava me sentindo desolada. Nem a mínima gratidão pelos demais fez acender alguma faísca dentro de mim, apenas a sensação de abandono e tristeza tomava conta do meu coração e mente.

Desde que fui internada no hospital há pouco mais de três semanas, tento me arrastar pelos dias de maneira que ninguém perceba que ainda sofro, mas a verdade é que mal consigo interagir.

Às vezes me tranco em meu quarto e fico lá por horas a fio, torcendo para que não notem o meu sumiço.

Às vezes passo algum tempo trancada no banheiro deixando a água escorrer pelo meu corpo enquanto tento controlar o choro, sempre falhando no processo.

Às vezes me sento no sofá da sala e fico atenta a qualquer barulho vindo de fora com uma faísca de esperança acesa dentro de mim de que a qualquer momento ele poderia bater a minha porta.

Eu simplesmente não conseguia fazer nada além disso. Era tortura demais sentir até mesmo a luz do sol batendo em meu rosto.

E era assim que eu consumia todo o meu tempo. A comida já não tinha mais sabor, a vida passava diante dos meus olhos como se nada mais tivesse importância como antes.

Não consegui ir para a faculdade nem um dia sequer. Tentei botar os pés fora de casa algumas vezes sozinha, mas eu sempre parava em algum canto que lembrava ele e lá ficava até as horas passarem. Não vi nenhuma aula do curso que escolhi.

Meus pais compreenderam que eu precisava de um tempo para me ajustar à minha nova realidade e o resto ficaria para depois.

Juntei, naquela noite de quase fim de março, todos os presentes no canto do quarto e passei a fitar a pilha como se fosse a materialização de uma pessoa ao meu lado. Me sentia tão sozinha a ponto de enxergar coisas sem sentido como essa. Contudo, eu os via ali, todos eles tentando me fazer feliz nem que fosse por um segundo através de um gesto.

Elisa, Fred, minhas avós materna e paterna, Daniel, alguns colegas da escola, algumas tias e meus primos favoritos. Ali estava o presente de cada um deles, tirando de meu pai e minha mãe, que queriam me surpreender e dar um carro e não puderam naquela data, pois ainda economizavam para isso. Disse a eles que não precisavam se preocupar e que era melhor usar o dinheiro para outra coisa; por mais que fosse boa a intenção, eu não me sentia bem o bastante para focar em algo.

Ainda assim, mesmo com tanta demonstração de carinho e afeto de tantas pessoas, desmoronei em silêncio.

Porque ainda faltava algo.

Eu nunca imaginei que uma mísera carta seria o motivo do meu colapso, e, no meio de tantos presentes caros, eu gostaria de apenas recebê-la. Eu queria que Thomas cumprisse com a sua promessa velada de me fazer feliz em todos os meus aniversários e que continuasse assim em todos os próximos.

Havia mais um elo nosso ali sendo partido. Ele não estava comigo mais. Nos últimos sete anos, me fez companhia e eu não precisava de muito para me sentir tão especial, apenas tê-lo ao meu lado era mais do que o suficiente.

Me sentei na cama e cruzei minhas pernas. Suspirei lamentando a dor que sentia em meu peito por algo que não era físico.

Eu sentia tanta falta dele. Do cheiro, dos abraços, do carinho.

Das vezes que ele me acordou de madrugada apenas por estar sem sono e queria conversar;

das vezes que me abraçou em silêncio e ficamos quietos ao lado um do outro contentes em apenas estarmos juntos;

das risadas escandalosas e das histórias sem sentido que às vezes inventávamos;

das vezes que me fazia correr por aí sem rumo, apenas por diversão;

das danças sem nexo ou até mesmo as ritmadas por músicas românticas.

Eu sentia falta do som da sua voz dizendo quanto me amava. Da entonação afetada e feliz quando fazia isso extasiado de felicidade ou da maneira que saía rouca ao pé do meu ouvido quando sussurrava e me provocava.

Eu sentia falta do calor da sua pele na minha enquanto fazíamos amor. E era tão forte a sensação de que nunca esqueceria aquilo que, cada vez que recordava, me sentia arrepiar exatamente como quando ele me toca.

Será que isso não acontecerá nunca mais? Será que Thomas havia mesmo me deixado para sempre e a nossa última vez juntos foi naquele sábado quando comemoramos cinco meses de namoro?

Será que não o teria de volta em minha cama? Nem que fosse apenas para nos sentarmos ali e conversarmos sobre nosso dia?

Se soubesse que aquele era o último, teria vivido mais intensamente cada segundo. É horrível não saber e se arrepender depois de todas as oportunidades perdidas.

Fechei os olhos e enterrei meu rosto entre meus braços e os joelhos. Essas perguntas me torturavam noite após noite e eu tinha a impressão de que nunca teria as respostas para cada uma delas.

Senti minha cabeça rodar. Um sussurro vindo da janela através das frestas apareceu como um fantasma anunciando sua presença. Me assustei perante isso. Talvez estivesse ficando paranoica, mas e se Thomas tivesse mesmo morrido?

Eu nunca saberia.

Se ele tivesse partido, então estaria mesmo pensando em mim durante o último suspiro? Se ele tivesse ido, então não teria mais nada neste mundo que valesse a pena.

Eu queria ter sumido com ele. Para exatamente onde está, neste plano ou não. Eu só desejava que estivesse com Thomas agora ouvindo quanto ele me ama e podendo responder a isso da maneira mais intensa que conseguisse.

"*Eu também te amo, Thomas*", sussurrei para o nada, fitando cada pedaço do meu quarto como se em algum canto ele pudesse estar me observando.

Mas ele não estava. Eu sabia que não.

Me levantei, me arrastando passo a passo até meu armário. Nossas fotos ainda permaneciam espalhadas nas cômodas, na mesa de cabeceira, na escrivaninha. Aonde eu ia, naquele lugar tinha um pedacinho dele, um pouquinho da nossa história, uma recordação de um dia alegre vivido.

A blusa azul que ele havia deixado para trás estava pendurada no cabide. A toquei e a cheirei, notando que não exalava a sua pele e seu perfume da mesma maneira que antes. Ia se perdendo com o tempo e sendo levado embora.

A coloquei em meu corpo deslizando o pano cuidadosamente pela minha pele e me abracei, afundando minhas narinas no algodão, encharcando-a com minhas lágrimas. Não era o mesmo que o abraçar, mas ao menos pude sentir um pouquinho da boa sensação.

Peguei a caixa que continha suas cartas no fundo do baú. Uma a uma fui procurando pela primeira. E por lá comecei.

"Feliz aniversário, Isabelle".

O som da sua voz quando criança ainda está vivo em minha mente quando leio a primeira frase. Era doce, terno e cheio de expectativas. Ele era um garoto sonhador, agora percebo.

A li como se fosse me destinada no dia de hoje. Sorri como se ainda fosse criança, mas chorei quando cheguei ao seu fim. Não consegui ler as outras.

Era tudo tão injusto. Por que o destino havia brincado conosco daquela maneira?

Nem sequer me questiono sobre o namoro dar certo ou não, mas nossa amizade não podia sofrer daquela forma! Eu não conseguia aceitar isso.

Não aguentava mais. Era meu aniversário e tudo o que queria fazer naquele dia era dormir e não acordar. Ou isso, ou ao menos ter alguma coisa dele que me fizesse ter um fio de esperança.

Mas ela não veio. O relógio bateu à meia-noite, o dia havia virado e já não era mais meu. Havia passado sem uma mensagem sequer dele.

Tinha certeza de que, se não veio agora, nunca mais viria. Thomas havia quebrado sua promessa e não apareceria nunca mais.

Presente

— Só um minuto, Isa — Dra. Janine pediu. Pude suspirar antes de continuar a falar ao menos, controlando minha respiração descompassada que ficava mais intensa por causa das lembranças —, eu preciso analisar uma coisa antes que continue.

Concordei com um movimento. Minha voz já estava estupidamente embargada novamente e a vontade de chorar sufocava a garganta.

— Thomas não está morto — ela diz repentinamente, e eu sinto meu rosto se contorcer com essa afirmação. — Ele ainda nutre alguma coisa pela senhorita, é de se notar apenas pela atitude dele de voltar para cá. E ele mantém uma tradição desde que a conheceu de felicitá-la em todos os seus aniversários, porém acha que não aconteceu naquele ano.

— Não acho, ele realmente não falou comigo.

— Isso não me parece uma coisa que ele faria — Janine passa um dedo pelo lábio enquanto pensa. — Preciso que entenda, antes de qualquer coisa, que o que estou fazendo aqui é apenas uma especulação. Não queria interrompê-la sobre o que estava me falando, afinal é de suma importância. Contudo, antes que entremos no assunto mais delicado, preciso dizer o que acho ou iremos perder a oportunidade de analisar esse ponto.

— Continue — assinto curiosa.

— Eu aposto que Thomas deixou uma mensagem para você, nem que fosse uma singela e nem um pouco chamativa — ela explica e eu me assusto. Tento revirar a história que acabei de contar para ela em busca de algo que pudesse sugerir isso. — E não, não estou falando do arrepio que sentiu no quarto quando ouviu o sussurro do vento, na verdade é bem mais simples do que isso, você apenas não percebeu.

— E eu continuo sem perceber.

— Disse que recebeu inúmeras mensagens naquele dia de pessoas conhecidas e desconhecidas por redes sociais — ela recorda — e que você nem sequer deu bola para elas por estar magoada esperando algo vindo de Thomas. E se ele a deixou uma mensagem com um perfil falso? Já notou que, todos os anos, nós recebemos mensagens nos felicitando nessas datas de pessoas que nem sequer conhecemos? Há quem faça isso por prazer, mesmo que não saiba de quem se trata. Algumas fazem para receber de volta quando a vez delas chegar, mas parece que não importa, sempre tem alguém que não conhecemos no meio. E, por ter sempre desconhecidos, talvez ele saiba que, se fizesse isso no meio dos demais, passaria despercebido. E se Thomas não podia falar com você, mas arrumou um jeito de a felicitar sem que a senhorita ou as outras pessoas soubessem que se tratava dele? Isso faria muito sentido no meu ponto de vista, afinal consigo entender a maneira como a mente funciona nesses casos, e uma boa parte delas procura meios para se autossabotar sem que os outros percebam.

— E qual o objetivo disso? Se ele fez, eu não percebi de qualquer forma. Não seria mais fácil me chamar para conversar nesse perfil falso? Qual o objetivo de me felicitar, se eu não saberia e continuaria achando que ele me abandonou?

— Ele não podia — ela deu de ombros, como se entendesse toda a história de Thomas e fizesse mistério para mim. — Parto desse princípio, como já especulei anteriormente. E se trata dele nesse caso, da promessa que ele fez, do mesmo elo que você acha que quebrou, mas o orgulho não o deixaria fazer isso. É uma tradição e vocês dois tratam como tal, Thomas não a deixaria de lado sem mais nem menos e ele procurou uma maneira de fazê-lo.

Me revirei no sofá um pouco incomodada. Não tinha lembranças vívidas de todas as felicitações naquele ano, mas sempre recebo várias, então realmente às vezes me perco.

— Creio eu que a única pessoa que poderá dizer se isso é verdade ou não é apenas ele — Janine deu um sorriso instigante. — E cabe a você questionar posteriormente.

— Oh, não, não vou perguntar isso. Eu não quero saber mais. Se ele fez ou não, já passou. E eu sobrevivi a esse tempo, mesmo não querendo às vezes.

Janine tentou não dar uma risadinha, mas falhou.

— Me perdoe por isto, porém sei que acendi uma curiosidade em você agora, mesmo que tente se convencer do contrário.

— Está me impulsionando a pensar e fazer coisas que não queria, Dra. Fletcher — comuniquei. — Não pretendo levar essa história com Thomas adiante.

— Você não deseja mesmo obter as respostas para o que aconteceu? — a psicóloga questiona com brilho nos olhos. Creio que até mesmo ela está curiosa nessa altura. — Sei que já afirmou tantas vezes que não, até pouco tempo atrás, mas penso que é da boca para fora e está com medo de admitir.

Passo meus dedos pelos olhos e os esfrego antes de responder.

— Sinceramente, acho que vou ficar maluca — me sinto tão estúpida que nem sequer consigo pensar nisso. — Eu acabo de descobrir anos depois que posso estar enganada de diversas formas, mas também não consigo apagar meu passado e tudo o que senti. Mesmo que esteja enganada sobre tudo, eu sofri e não posso ignorar essa parte.

— Tudo bem, você está no direito de pensar assim — assente com um sorriso de conforto. — Bem, acho que podemos voltar para o passado novamente. Me perdoe pela intromissão.

— Eu gostaria que prosseguisse fazendo isso — esclareço, como se houvesse um peso nas costas que antes não parecia estar ali. — Entendo que errei profundamente em não contar essa história completa antes para algum profissional, talvez tivesse um rumo diferente do atual e eu não sofresse tanto. Entretanto, não sabia das consequências que teria em apenas passar por cima de tudo, e sempre imaginei que um dia eu iria acordar e estaria tudo superado. Evidentemente foi uma péssima escolha.

Noto com pesar.

— Mas, continuando…

Abril e maio de 2013

Então, mais um mês se passou. Mais dias de tortura desde aquele fatídico fevereiro.

Mais silêncio em agonia, mais reclusão, mais dor. Era apenas nisso que se concentravam as minhas horas.

Passei a ficar cada vez mais quieta. Tal como antes de conhecê-lo, para onde ia, ficava apenas na minha observando e de preferência sem chamar atenção. Porque, se alguém se concentrasse em mim, veria a imensidão vazia que se encontrava em minha alma.

Tentava, por opção, não falar com ninguém. Afinal, todos vinham sempre com a mesma conversa de que eu deveria superar o insuperável e eu estava cansada de ouvir aquilo. Também já estava exausta de falar com os outros sobre o que aconteceu, mostrar a carta de Thomas e resumir a poucas palavras toda a história.

Estava mesmo me sentindo esgotada e sem paciência até mesmo para meus amigos.

O pior dia foi uma semana antes do aniversário dele. Eu sabia que a data estava se aproximando e, a cada novo dia, um pedaço de mim morria com uma mensagem não respondida. Como já mencionei, eu flertava com a morte desde que percebi que Thomas não voltaria. Algo me dizia que ele não estava mais entre nós e, mesmo que meus pais constantemente fossem em busca de procurar se a sua família estava na lista de óbitos, mesmo sabendo que a resposta era sempre negativa, alguma coisa me cutucava no fundo da minha alma.

Era como uma voz que sussurrava o proibido. Era como se a minha dor estivesse tomando cada vez mais forma, e agora ela tinha uma aparência tenebrosa.

Eu só queria que ela sumisse, que passasse. Que os meus dias não me torturassem mais.

Queria dormir, sonhar profundamente e viver dentro desse sonho sem nunca mais acordar.

Eu queria que alguma coisa acontecesse, qualquer coisa que pudesse me tirar desse buraco e desse vazio imenso, mas nada parecia me puxar de lá.

Meus pais sofriam por minha causa nessa altura. Eles sabiam que precisavam ficar de olho em mim, então estava constantemente sendo vigiada passo a passo. Até mesmo meus longos banhos passaram a ser monitorados e contados, pois logo imaginavam que eu poderia estar apenas me afundando e torcendo para a água levar minha agonia.

Juro que não aguentava mais. Como explicar? Apenas quem já passou por algo parecido consegue entender do que estou falando.

Quem está ao seu lado sofre, você fica triste, mas não consegue forças para permanecer de pé. Tudo dói. A cabeça, os nervos de todo o corpo, o estômago e, o pior, o coração.

Faltava uma semana para o aniversário de Thomas, e elas estavam todas lá; as cartas que nunca entreguei pareciam debochar do meu medo de exprimir todos os sentimentos contidos nelas. Elas sabiam dos meus segredos, dos momentos que destaquei como nossos especiais em todas as linhas escritas, dos elogios e das vezes que eu havia lhe dito quanto o amava em silêncio. Elas sabiam que não seriam entregues nunca mais e que ele não descobriria a existência delas.

"*Egoísta*", pensei. Como fui burra em achar que deveria guardar aquilo por medo. Por medo! Medo de quê? Que ele soubesse que a sua amizade era tão valiosa para mim quanto a minha era para ele? Que entendesse que passei horas pensando da mesma forma que ele e botando tudo para fora em forma de palavras? Que me dediquei?

Que eu o amei desde o início?

Agora ele não saberia, porque elas estavam ali. Todas elas. Como se fosse mesmo segredo de uma garota totalmente traumatizada porque um dia um garoto da primeira série rasgou a sua carta e a chamou de feia. E, mesmo provando dia após dia, ano após ano, que Thomas merecia a minha total devoção, ainda assim, não tive coragem de entregá-las.

Mas pretendia fazer isso neste aniversário, estava segura do meu presente e mais do que satisfeita em me entregar de corpo e alma para ele da mesma forma que eu achei que havia feito.

Porém, eu não poderia mais.

E eu era estúpida, burra e egoísta.

Ele havia partido, encerrado nosso ciclo, e eu fiquei para trás segurando nossas lembranças em ambas as mãos, sentindo uma pontada dolorida batendo em meu peito, engolindo o choro a cada minuto, emagrecendo cada vez mais por mal conseguir comer, querendo apenas dormir pelo resto da vida para não vivenciar aquilo.

Estava cansada. Exausta e desesperada.

E, naquela mesma tarde de segunda-feira, no dia 29 de abril de 2013, sem titubear, desci as escadas em busca da cozinha.

Faltava uma semana para o seu aniversário e eu sabia que não conseguiria passar por ele sem Thomas.

Não queria viver aquilo de novo. Meu aniversário foi suficientemente torturante para mim. E eu costumava sempre me sentir mais animada no dele do que no meu justamente por saber quanto adorava essas datas e esperava ansiosamente por elas.

Eu só queria mesmo desaparecer. Esquecer que eu existo. Talvez perder a memória?

Não, isso não. Eu queria apenas que a dor não me consumisse.

Então, fui objetiva, pé ante pé. Minha mãe tinha ido ao mercado, meu pai ao trabalho, e eu estava só.

Ia terminar com aquilo de um jeito ou de outro, apenas mais um minuto de dor e ela cessaria para sempre.

Era justo, não era? Não estava aguentando mais.

Então, quando me dei conta, estava com a faca na mão. Foi como um lapso de coragem, confesso. Um apagão e ela deslizou pelo meu pulso na direção que deveria mesmo ser a correta. Não era para me infligir dor, era para me tirar a vida. Eu estava cansada do sofrimento, mas pelo menos esse seria o último.

Desmaiei no chão da cozinha, coberta de sangue, e não vi nada mais até acordar novamente no hospital.

Presente

Dra. Janine fica em silêncio e sei que está um pouco transtornada por causa dessa parte. Creio que, mesmo sendo psicóloga, assuntos como esse sempre abalam os profissionais.

— Você tentou mesmo se suicidar logo de primeira — ela nota e eu assinto, envergonhada. — A maioria das pessoas não é tão...

Repara a maneira que está falando sobre esse assunto e dá um longo suspiro antes de continuar.

— Tudo bem, pode falar da maneira mais crua que quiser. Essa parte eu já superei, felizmente, há muitos anos. Entendi com o tempo que aquilo não valia a minha vida, mesmo que Thomas já não estivesse entre nós.

— Eu queria dizer que a maioria não tem tanta coragem — ela solta, um pouco incomodada — mas, evidentemente, estou falando da maneira mais generalizada possível. Há casos e casos em meio à depressão e em como a sua saúde mental se encontra. Mas no seu percebo que estava mesmo se deteriorando rapidamente e precisava de ajuda, só não conseguia exprimir isso justamente por ser uma menina mais reservada.

Assinto.

— Foi a única vez?

— Sim — esclareço com um alívio no peito. — Quando acordei, meus pais estavam desolados. Eles têm apenas a mim e eu não pude acreditar que nem sequer pensei neles quando fiz aquilo, ou em todos os outros. Eu estava sofrendo por alguém e sei que eles sofreriam por mim, aliás, já estavam, e não queria ser um fardo para eles. Eu precisava me manter firme, mesmo que meus dias fossem tortuosos, para não fazer ninguém passar pelo mesmo.

— Uma maneira de se manter de pé, mas não deveria fazer isso apenas pelos outros. Você vem em primeiro lugar — Janine rebateu.

— Aprendi isso com o tempo, não se preocupe. Passei cinco dias no hospital, perdi muito sangue e tomei algumas bolsas até me estabilizar. Pelo que sei, minha mãe chegou menos de dois minutos depois, o buraco que fiz não foi tão eficaz quanto imaginei. O suficiente para me fazer perder a consciência, mas também para me manter viva por alguns minutos a mais. O fato de estar caída na cozinha e ela voltando do mercado também ajudou, afinal foi direto para lá quando chegou em casa.

— Você teve sorte.

— Acho que sim — concordo com um suspiro. — No fim das contas, Thomas está voltando e eu me sinto estúpida por causa desse acontecimento. Mas ninguém sabe dele além de nós, mantemos em segredo até para a família, meus amigos acham que foi mais um evento de febre e desidratação que me levou a ficar internada.

— Fizeram bem — ela reconhece. — Tem horas que certos comentários só atrapalham ao invés de ajudar. Você ouviria as mesmas coisas de novo e de novo e nenhuma delas seria proveitosa. Nessa altura, deveriam procurar um terapeuta e psiquiatra ou talvez até interná-la em uma clínica.

— Sim, eu concordo. Porém eu fui a um psicólogo, pois não queria tomar remédios — esclareço e Dra. Janine faz cara de brava. Dou uma risada.

— Isabelle, o seu estado emocional inspirava mais cuidados do que apenas um profissional de psicologia pode oferecer.

— Eu me recusei a ir — lembro um pouco envergonhada. — Pensava que era coisa de doido e eu não estava louca. Tinha esse pensamento retrógrado, confesso.

Ela passa a mão pelo rosto.

— Isso foi há oito anos, acalme-se — me justifico. — Um ano depois fui a um psiquiatra, tomei remédios controlados por quase três anos e só então percebi que realmente precisava daquilo. Hoje em dia não uso nada mais, na verdade estava indo muito bem até descobrir que ele iria voltar.

— Você não estava bem, apenas passou por cima desse assunto e tentou enterrá-lo, mas não funcionou — alerta. — E agora, mais do que nunca, acho que deveria sentar ao lado de Thomas e esclarecer as coisas ao máximo, mas vamos com calma, que ainda não a convenci disso.

Olhei o relógio, já passava das 20h agora e meu tempo estava esgotado.

— Bem, talvez devêssemos parar por aqui — noto com pesar. A noite parecia ainda longa o bastante para me torturar até o evento do dia seguinte.

— Nada disso — ela diz e se acomoda novamente em sua poltrona. Imagino que deva estar incomodada por ficar naquela mesma posição por tanto tempo. — Me conte um pouco mais a partir disso. Sei que deve ter sofrido muito ainda, principalmente até saber que Thomas estava vivo.

Capítulo 46

Na minha cabeça, nós nos pertencemos
E eu não posso ficar sem você
Por que não consigo encontrar ninguém como você?

(Doja Cat, "Streets")

— Bem, vou tentar resumir um pouco a partir de agora — digo para Janine, me sentindo cansada daquele assunto naquela noite. Havia passado horas falando sobre isso e sei que a culpa é totalmente minha, já que cheguei aqui implorando para ser ouvida e ajudada, mas estava me sentindo aliviada nessa altura.

— Você não precisa, se não quiser — lembra, de bom agrado. — Já atropelou esse assunto muitas vezes, creio que deva passar por ele com bastante calma agora.

— Não vou esquecer nada importante; na verdade, a parte depressiva desses anos, creio eu, já estão acomodadas dentro de mim e eu convivo com isso sem me sentir tão mal. A depressão pós-trauma foi trabalhada da melhor maneira que consegui, garanto que fiz de tudo para tentar me curar. O problema maior sempre foi a minha história junto a ele e saber que ninguém nunca conseguiu entender o meu desespero justamente por tentar enterrar esse passado a qualquer custo. Além do mais, continuarei a vir depois do dia de amanhã e posso contar as demais coisas ao longo do tempo sem problema nenhum, boa parte deles não envolve Thomas da mesma maneira que antes.

— Se não voltasse, eu mesma iria atrás da senhorita — Janine ameaça de bom humor e eu não consigo segurar a risada. — Não pense que está curada, pois tem muita coisa aí dentro de você que ainda precisa ser muito bem analisada e discutida. E não estou dizendo apenas sobre Thomas, mas Daniel também.

Eu sabia que aquilo era verdade.

— Esta semana sem ele está sendo difícil — confesso com pesar. — Não gosto de me escorar em nossa relação, mas seria ótimo se estivesse por perto agora. Nunca o cobrei em ser um companheiro que precisa estar presente em tudo, sempre nos demos bastante espaço, porém neste momento…

— Continue sem fazer isso, ele precisa entender sozinho os instantes em que a senhorita precisa dele e os que precisa caminhar com suas próprias pernas — ela lembrou, e eu fechei os olhos ao ouvir isso.

— Thomas sabia exatamente esses momentos — sinto um ódio crescer dentro de mim ao me recordar disso. — Gostaria de dizer que foi um péssimo relacionamento o que houve entre nós, mas não. E, se ao menos fosse minimamente ruim, eu poderia guardar alguma lembrança que me ajudasse a formar uma imagem desagradável dele às vezes.

Dra. Fletcher deu uma risada.

— Ah, Isabelle, às vezes o amor também nos cega — ela gracejou cheia de mistérios. — Thomas é uma gracinha, vejo pelas fotos que realmente é um cara agradável aos olhos de todos. É amoroso, compreensivo e carinhoso, mas ele é pegajoso e tem problemas de abandono.

A encaro nem um pouco surpresa. Já havia entendido isso.

— Eu adorava o seu jeito meloso e excessivo, confesso.

— Porque a senhorita também tem problemas. Ou realmente achava que era saudável a maneira que o usava como apoio social?

Dou de ombros. Ele nunca se importou com aquilo e eu também não.

— Acho que acabamos criando dependência afetiva em excesso — analiso. — Mas sinceramente? Não me arrependo dessa parte. Era o que tínhamos. Nós nos tínhamos. Eu precisava de alguém para me fazer companhia e ele também, e foi o que fizemos.

— Vocês dois se completavam, não de maneira sadia, mas é fato que sim — concorda. — Porém, não cabia a vocês imaginar que o que estavam fazendo seria prejudicial futuramente. Essa dependência emocional deveria ser observada pelos adultos e tratada da melhor forma possível. Não estou dizendo que deveriam se separar, deixar de ser amigos ou fazer o que gostavam juntos, apenas que deveriam trabalhar seus sentimentos e medos. Ele demonstrou ansiedade desde o início para fazer amizade com alguém e a senhorita demonstrou insegurança social, mas eram crianças e evidentemente não enxergavam isso. Entretanto, entendo perfeitamente que a família de Thomas podia não estar tão atenta quanto a esses erros, já que aparentemente mal se deram ao trabalho de imaginar os problemas emocionais que o filho deles carregava junto a si. E ele é o mais prejudicado entre vocês dois.

Analiso aquela afirmação por um instante.

— É, acho que sim — me dou por vencida quanto àquele assunto. — Mas os meus pais sempre foram muito solícitos para mim e até mesmo para ele, não tenho absolutamente nada a reclamar. São pais de primeira e única viagem, e eu sempre fui muito firme quando decidia não compartilhar nada com ninguém, mesmo sob seus estímulos. Claro, ficaram muito mais atentos e protetores depois que eu tentei o suicídio, mas eu sei que é natural. Ainda assim, eu tive muita liberdade de ir e vir sempre que quisesse.

— Liberdade é uma coisa primordial e respeito também, dar aos nossos filhos é o mínimo — ela concorda. — Porém, nos instantes em que você evidentemente fraqueja e demonstra um desvio, é dever de ambos estender a mão e não só a ajudar, mas também a instigar a fazer o que é correto. Nossos pais são nossa luz-guia primeiro, ter pulso firme quando notam nossas decisões erradas precisa acontecer de vez em quando.

— Vou repassar isso para eles — respondo com humor. — Pode ser que não gostem de ser lembrados disso.

— Eu tenho certeza de que criaram a senhorita da melhor forma que conseguiram, ninguém é perfeito. Perceber que precisava de acompanhamento terapêutico demorou um pouquinho e poderia ter sido fatal, contudo fizeram o correto depois disso.

— Ir a um psicólogo em vez de a um psiquiatra foi uma escolha minha — relembro, voltando com o assunto. — Essas cartas póstumas que escrevi para Thomas foram um exercício de terapia que fiz. No primeiro dia em que fui a uma consulta, era o aniversário dele. Quando entrei no consultório, estava me sentindo tão fraca e tão nervosa que não consegui dizer nada, apenas chorar por toda a sessão. Foi minha mãe que disse a maioria das coisas, eu só conseguia repetir palavras como "sim" e "não".

Ela pega a caixa novamente e procura pelas cartas a partir do ano de 2013.

— São um pouco mais cheias do que as velhas — percebe.

— Cada carta tem mais de duas folhas — informo. — Essa primeira, por exemplo, tem três e mais um pedaço. Eu a escrevi naquela noite e disse tudo o que estava sentindo nela, cada parte dos meus dias e o que aconteceu neles. Também tem uma em que o xingo de todos os nomes sujos que conheço, iria rasurar depois, mas deixei. Fazem parte de quem eu era naquele instante. Eu queria dar uma carta cheia de emoções boas a ele nessa época, romântica ao extremo e que pudesse contar tudo o que eu mais amava nele, contudo... poderá ver que há apenas lamentações.

— Eu sinto muito por isso — Janine diz e a coloca na caixa. — Mas continuou a escrevê-las. Por qual motivo?

— No ano seguinte, eu ainda estava me sentindo péssima. Lembre-se de que até esse momento não tinha informações sobre ele. Posso ter desistido daquela ideia estúpida de morrer, porém, mesmo com a terapia, eu ainda me sentia desolada na maior parte dos meus dias. A saudade era tanta, mas tanta, que eu... fiz coisas que não queria fazer nesse ano. Principalmente depois de escrever essa carta em 2014. Tentei dar adeus a Thomas e dizer que iria seguir em frente; digo isso em quase todas as linhas e tento me justificar, porém estava tão machucada internamente que não foi tão simples quanto imaginei. Era para ser a última carta, mas não foi. No ano seguinte, em 2015, pouco tempo antes do meu aniversário de 20 anos, ele falou com Fred. O resto a senhora sabe. Então, em seu aniversário, vi uma foto nas redes sociais compartilhada por Elisa felicitando-o, me enfureci, e descontei toda a raiva nas folhas de papel novamente.

— Saber que seus amigos continuaram a ser amigos dele a afetou de alguma forma? — ela questiona, passando os dedos pelas cartas seguintes que mencionei.

— Não. Também não me incomoda que meus pais o tenham em suas redes sociais até hoje.

— Está brincando? — Janine se surpreende. — Eles conversam com Thomas?

— A verdade é que apenas eu o bloqueei de tudo e não sou mais sua amiga, os demais permanecem iguais — recordo. — Mas meus pais mal usam aquilo e ele ainda não se atreveu a falar com eles.

— Ainda assim, é interessante — a psicóloga coloca os envelopes de volta na caixa e pega os próximos.

— Acha que eu sou rancorosa, não é? — tento adivinhar. Muita gente pensa assim.

— Eu imagino que a senhorita está apenas tentando se proteger — discorda carinhosamente. — Sofreu mais do que qualquer outra pessoa nessa história, então é mais do que justificável. É um mecanismo de defesa inicial, perfeitamente comum.

Me dou por satisfeita com aquela análise.

— A carta desse ano — nota, pegando-a em sua mão. — Me surpreende tê-la escrito.

— O aniversário dele foi este mês, no dia 6 de maio — lembro. — E eu sabia que o veria em breve no casamento de Fred e Elisa. O que está aí é uma versão ansiosa minha em que conta o meu desejo de jogá-lo dentro de um poço bem fundo e o deixar lá por alguns dias sem água nem comida, para me vingar.

Janine dá uma risada alta, mas permaneço de cara fechada quanto a esse sentimento, pois ele era mais do que real.

— Não pense que não estava mesmo planejando isso, porque eu estava — esclareço.

— Infligir dor física naquele que é culpado por toda a sua emocional também é muito comum, preocupante, confesso, mas comum. Vamos trabalhar isso antes que realmente aconteça.

Reviro os olhos.

— Nada disso, eu ainda vou arrancar o coro dele, não quero me privar dessa sensação.

— Isabelle... — ela me censura apenas falando o meu nome.

— Tudo bem, tudo bem! Prometo que não vou tentar fazer nada contra a vida dele.

— Melhor — Janine sorri vitoriosa. — Me fale um pouco mais sobre o que fez naquele segundo ano e que não queria, como mencionou anteriormente — pede. — Se assim desejar, é claro.

2014 e 2015

Havia pouco mais de um ano que Thomas partiu. Desde então, eu tento me comunicar com ele, não havia um dia sequer que não mandasse uma mensagem por algum lugar onde ele pudesse ver. Claro, sabia que estava sendo inútil, mas mantinha uma chama de esperança que não consigo sequer explicar o porquê.

Todavia, eu estava cansada. Ele me pediu para o esperar e me prometeu que voltaria, mas desde então nunca mais falou comigo. E eu tinha, de alguma forma, de lidar com aquilo me consumindo aos poucos. Era tortuoso o momento do dia em que eu abria meus e-mails, minhas redes e/ou apenas ligava meu celular e não via nada vindo dele.

Precisava seguir em frente, essa era a verdade. Todo mundo diz que não nasci grudada nele e começo a achar que isso tem algum fundamento. Afinal, parecia que havia perdido uma parte minha, mas eu a queria de volta, pois estava plenamente segura de que não precisava sofrer longos dias a fio por alguém que, se estivesse vivo, não fazia mais questão de falar comigo.

Por isso, na virada daquele ano, decidi que iria tentar entrar para um curso na faculdade e faria meus dias longos terem mais um objetivo que não fosse apenas sofrer.

Estava fazendo terapia havia algum tempo, o que me ajudava bastante, mas meus pais me convenceram também a fazer outras coisas que pudessem passar o tempo. Optei por aulas de dança, intercalando jazz e balé, e canto, coisa que sempre quis fazer.

Consegui passar no vestibular sem problemas, a faculdade escolhida era a mesma que anteriormente e pude frequentar o mesmo ambiente que Fred e Elisa, contudo mudei o curso para Administração de Empresas. Ainda não tinha muita vontade de mergulhar numa coisa que não poderia dar certo, como a Arquitetura, e optei por fazer algo mais simples e em que sabia que conseguiria me sair bem.

Pouco tempo depois consegui um emprego de meio período no Hospital Santa Mônica como aprendiz, e com isso acumulei coisas o suficiente para fazer durante toda a semana e que pudessem me distrair dos pensamentos nebulosos e infelizes.

Porém, ainda assim não era tão fácil continuar. Tinha momentos que, no meio das aulas, no meio do trabalho ou até mesmo em alguma festa, eu precisava me retirar para não desabar em frente aos outros. Vinha assim, de repente e sem avisar, e normalmente por causa de alguma coisa que me fazia lembrar dele.

Thomas era o meu cotidiano, e me forçar a mudar tudo com que estava acostumada de forma tão brusca havia me deixado sequelas e marcas profundas. Mais de um ano havia se passado e não tinha um dia sequer que eu não pensasse nele.

Até quando isso iria acontecer?

Meus passos eram contados na rua. Onde virava, podia ver a sua sombra. Uma brisa forte às vezes vinha como o cheiro do seu perfume, uma entonação de voz que me lembrava a dele.

Nossos lugares favoritos se transformaram em paisagens de filmes de terror. Precisava virar a cara ou desfocar minha visão para não chorar enquanto caminhava por aí.

Foi assim por todos esses meses. E parece que nunca vai mudar essa sensação de estar sendo perseguida, afinal era tudo fruto da minha imaginação e consequências das doces lembranças.

Mas naquele ano eu iria mudar isso. Aos poucos fui amadurecendo um desejo em meu coração de seguir em frente, e eu iria.

Então, escrevi o que deveria ser a última carta para ele em seu aniversário. Eu me despedi, mesmo sabendo que ele jamais saberia disso, como jamais saberia das outras.

E eu estava decidida a permanecer de pé, sem desabar, e me dar uma chance de me tornar a pessoa que sempre quis ser.

Contudo, mesmo com essa falsa máscara que coloquei em meu rosto de que estava ficando bem, mesmo tentando me convencer de que estava me curando e deixando aquilo de lado, eu sabia que não estava.

No mês de junho saí pela primeira vez com outro homem. Já havia algum tempo que ele procurava me chamar a atenção em todos os lugares que me via, então tentei dar uma chance. Seu nome era Diogo, tinha 23 anos e frequentava o mesmo curso que eu. Saímos algumas vezes e depois de mais de um ano tive relações sexuais com outra pessoa.

Quando cheguei em casa depois da "primeira vez", desabei em silêncio. Me senti suja por não conseguir não pensar em Thomas enquanto estava com outra pessoa, mas foi exatamente o que aconteceu.

O pior de tudo é que não parei por aí. Depois de chorar até a exaustão, terminei com Diogo o nosso breve caso e comecei quase que imediatamente com Victor.

Victor tinha cabelos loiros mel iguais aos de Thomas, era alto e magro, e isso me deixava arrepiada apenas ao avistá-lo. Pensei que pudesse ter uma experiência diferente agora. Pensei que, se eu me concentrasse bastante, eu sentiria o corpo do meu ex-namorado junto ao meu através dele.

Sei que o que fiz foi injusto. No meio do processo, entre uma estocada e outra, gemi o nome do meu melhor amigo.

Fim do caso. De qualquer forma, não foi como pensei. Não há como substituir alguém dessa maneira e eu aprendi do pior jeito possível.

Entretanto, também não parei por aí. Deveria ter sido o suficiente para notar que o que estava fazendo era errado, mas não foi. Até dezembro fui para a cama de mais 20 homens diferentes, todos eles apenas uma ou duas vezes, mas nunca, jamais, conseguia esquecê-lo, por mais esforço que fizesse.

Por que ninguém podia ser como ele? Por que não despertavam o mesmo que Thomas despertava em mim? Será que não havia naquela cidade quem pudesse me fazer me apaixonar novamente e esquecer de vez o que aconteceu?

Ao todo, 22 homens. Alguns deles, aliás, me ofereciam dinheiro para mais vezes, mais loucuras, mais horas de companhia. Desde os mais novos que eu até homens mais velhos que meu próprio pai.

E, em vez de me sentir bem, eu me sentia cada vez mais suja.

A timidez que sempre me acompanhou durante toda a vida? Bem, ela parecia perder espaço para a necessidade de confinar a solidão e preencher o vazio em meu peito.

Era fim de dezembro quando, ao receber em minha casa o sétimo buquê de flores e a caixa de e-mail e mensagens lotadas de homens tentando me convencer a ir para algum lugar a sós com eles, percebi que eu, ainda assim, trocaria tudo aquilo, toda aquela atenção, por uma mísera mensagem de Thomas.

Nada estava funcionando como imaginei. É claro que não estava.

Eu ainda o amava. E ainda o esperava como se fosse bater à minha porta.

Ainda limpava cada pedacinho das mensagens dos aplicativos dos demais homens com a esperança de que alguma coisa dele pudesse ter se perdido ali.

Ainda olhava o celular ansiosa e lia nossa última mensagem trocada cheia de saudade.

Eu trocaria todos eles por um momento a sós com Thomas, nem que fosse por um minuto para me despedir com um abraço.

Me sento no sofá enquanto encaro o sétimo buquê, agora de flores silvestres, desolada por saber que não era de quem eu realmente amava.

— Isa... — meu pai recosta-se ao meu lado. Estou prestes a sair com mais um deles depois de tanta insistência, mas não consigo me mover diante inúmeras demonstrações de outros homens que me cercam descaradamente como se eu fosse uma presa fácil. — Você está bem?

Sinto o toque da sua mão em meu ombro. Nessa altura é difícil mentir para ele, visto que ando recebendo inúmeros presentes de pessoas completamente diferentes.

Meus olhos se enchem de lágrimas. Havia um bom tempo que não chorava em frente aos meus pais e tentava, firme, não demonstrar mais tanto desespero.

— Meu amor... — ele toca em meu rosto e me vira para ele. Meu pai enxuga a lágrima que desce solitária. — Eu não sei o que anda acontecendo dentro de você, ou em sua vida...

Tento engolir o choro, mas sinto a garganta se fechar no processo. Meu peito dói e arde como fogo em brasa, mas estou pronta para ouvir a bronca que ele possivelmente está prestes a me dar.

— Também sei que não sou tão presente quanto sua mãe, ou que não temos tanta intimidade quanto gostaria, mas eu quero que entenda uma coisa muito, muito importante, e pode ser que eu nunca a tenha dito da maneira que vou dizer agora.

Ele pega o buquê das minhas mãos e o coloca de lado.

— Eu te amo, minha filha — sou pega de surpresa ao ouvir isso. — Muito. Desde que nasceu, aliás, desde que soube da gravidez da sua mãe, eu a amo mais do que tudo neste mundo.

Seguro a respiração e o encaro enquanto continua a falar.

— Eu sei que pode achar que há outro no mundo que a ame muito, tão intensamente a ponto de fazê-la sofrer desta maneira. E eu entendo o tamanho do seu amor por ele também e quanto sente falta. Mas saiba, minha filha, que eu estou aqui. Não vou a lugar nenhum, e sempre que precisar de apoio... eu serei o seu chão, o seu braço direito, seu amigo e o que precisar.

Ele segura meu rosto com suas duas mãos agora e as passa pelos meus cabelos depois.

— Estamos entendidos?

Permaneço o encarando sem reação por mais algum tempo. E, então, desabo em lágrimas, soluços e desespero em seu ombro.

Meu pai me abraça forte e afaga meus cabelos. Permaneço ali enquanto preciso e ele não me solta enquanto não recupero o fôlego.

Ele beija minha testa e volta a limpar as lágrimas que ainda descem pacientemente. Já o ouvi dizer que me amava antes diversas vezes, mas sei que precisava disso agora vindo dele mais do que qualquer coisa.

Sei que não estou sozinha, sei que sou protegida por ele e mamãe. Sei que ambos me amam e que só querem o meu bem.

Mas eu finalmente entendi que aquilo era tudo de que eu necessitava.

— Eu também te amo — respondo para ele. Minha voz sai rouca, mas me sinto feliz. Depois de quase dois anos sem proferir aquelas mesmas palavras, era bom soltá-las para quem realmente as merecia.

Presente

— Depois disso eu não saí mais com alguém, a menos que realmente me interessasse — expliquei para Janine.

— Isabelle, creio que estava num estado de sentimento de abandono tão profundo ainda que procurava, na atenção de qualquer homem que se interessasse por você, alguma coisa que pudesse lembrar Thomas — ela concluiu.

— Foi exatamente o que o psiquiatra disse tempos depois. Eu sei que o que eu fiz foi errado e que estava apenas tentando me consolar em busca de uma emoção antes vivida. Queria ter a mesma sensação boa que sentia quando estava com Thomas, mas ela não vinha.

— Você entendeu que não tinha nada a ver com sexo quando seu pai disse que a amava. Temos a péssima ideia de que nossos sentimentos serão preenchidos por intensa felicidade quando nos entregamos carnalmente para alguém, mas não é verdade. O sexo e o amor são duas coisas completamente diferentes. Depois do prazer sexual, a emoção passa e sente-se um vazio estapafúrdio, profundo e incapaz de ser preenchido se não houver mesmo amor. Por isso, é essencial separar um do outro, pois não precisam andar de mãos dadas. Há amor sem sexo e há sexo sem amor, apenas por prazer ou necessidade — ela explica, e eu permaneço em silêncio, apesar de ter ouvido o mesmo de um psiquiatra anteriormente. — O que você queria de Thomas não era sexo, não era gozo, mas sim saber que ele ainda a amava com a mesma intensidade com que estava acostumada para não se sentir tão só. Coube ao seu pai demonstrar que você jamais esteve e que havia outras pessoas ao seu lado que a adoravam e se preocupavam com a senhorita, mesmo que não houvesse a parte carnal envolvida.

— Agora eu entendo isso. E eu estou bem comigo mesma. Me arrependo, claro, de não ter percebido que isso me fazia tão mal. Na verdade, eu senti uma imensa vergonha, mas passou e eu superei depois desse evento. Meu pai percebeu o que faltava e, talvez saiba, talvez não, mas ele me ajudou em todo esse tempo mais do que qualquer outra coisa.

— Fico satisfeita em saber que conseguiu seguir em frente e está bem. Admiro muito seus pais.

— Depois disso, no ano seguinte, era início de março quando Thomas falou com Fred. Então, sei que descobrir que ele estava vivo me livrou de muitas paranoias, mas criou tantas outras mais. Saí da tristeza e medo profundo para o mais puro ódio. De acordo com o passar do tempo, vendo que ele não me procuraria para conversar e contar o que aconteceu, fui pegando raiva cada vez mais e o bloqueei de tudo a que tinha acesso. Desde então, não tenho contato com ele e nem sequer o procurei, até este ano maldito!

Dra. Fletcher solta outra risada profunda.

— Eu sei que pareço uma adolescente falando assim — reparo. — Não me importo mesmo, eu tenho ódio guardado e acumulado dentro de mim por oito anos.

— Mas disse que não vai descontar em forma de dor física — ela recorda.

— Vou tentar, não prometo nada! — volto atrás e confesso, cheia de fúria.

Janine me observa em silêncio com um semblante divertido.

— Vou precisar ficar com as cartas por estes dias para ler, você se importa?

— Tudo bem. Apenas peço cuidado com algumas delas, pois têm umas partes prejudicadas.

— Farei isso com calma, não se preocupe — garante. — Bem, mais alguma coisa a acrescentar em sua história?

Balanço a cabeça negando. Já estava bom, mesmo que pudesse ficar ali a noite inteirinha falando.

— Tenho muitas coisas, mas estou um pouco cansada e sei que a senhora também.

— E o que espera para o dia de amanhã? — ela questiona e ignora minha última frase.

Dou um longo suspiro antes de dizer.

— Eu não sei — sinto meu corpo entrar em conflito apenas em me lembrar disso. — Depois de anos desejando que ele reaparecesse, contando os minutos para isso acontecer, passando por tantas coisas ruins enquanto aguardava, eu acho que apenas vou deixar que as coisas ocorram como devem. Afinal, desde cedo minha mãe diz que eu preciso não criar expectativas para algo que não está em minhas mãos.

— É um bom conselho — ela admite. — E digo mais, não adianta planejar sequer os seus movimentos, falas ou a maneira como irá se comportar, as coisas sempre saem fora do nosso controle. Não se cobre tanto.

Assinto.

— Bem, então creio que nos veremos apenas na semana que vem, estou correta?

— Sim, tenho compromissos para o resto da semana — esclareço. — Eu agradeço imensamente por dispor do seu tempo dessa maneira para mim.

— Acredite, foi um prazer — Janine se levanta, e eu repito o seu movimento. — Espero que tudo o que disse a ajude ao menos a se acalmar. Mas, se não, posso passar alguns exercícios de respiração para você.

— Não precisa, eu tenho inúmeros deles de consultas anteriores. E estou feliz em apenas ter compartilhado tudo isso da maneira mais franca que consegui.

— Neste caso, até semana que vem — Janine finaliza com um belo sorriso. — Eu lerei suas cartas e devolvei na próxima sessão.

Saí do consultório com uma boa sensação de dever cumprido. O meu objetivo era apenas falar, contar exatamente o que houve entre mim e meu ex-melhor amigo, e assim aconteceu. Dra. Fletcher, ao ouvir atentamente tudo o que eu tinha a dizer, apresentou várias falhas minhas no processo e me instigou a observar coisas que deixei passar, e creio que totalmente valeu a pena, apesar de ter me custado um pouco caro por causa da excedência dos horários. Também me deu ótimas dicas, uma visão diferente de toda a história e era uma ótima conselheira.

Peguei o carro exatamente às 20h45. Estava tarde já, me sentia cansada, mas pronta para o que estava por vir. De alguma maneira, havia revigorado minhas energias, e todo o choro durante a sessão inteira havia lavado a minha alma.

Peguei o celular antes de sair, havia cinco ligações perdidas de Daniel. Ele costumava ser um pouco dramático, mesmo sabendo que eu estava em consulta.

Resolvi deixar para ligar para ele quando chegasse a casa, mas, quase dez minutos depois, ele liga novamente.

Atendo e coloco no viva-voz. Odeio falar ao celular enquanto dirijo, além do mais, é crime.

— *Pensei que estivesse me ignorando* — foi a primeira coisa que ele disse assim que escuta o meu "alô".

— *Estava com a psicóloga, Dan, não seja bobo* — respondo impacientemente. Um motociclista me corta pela direita e eu me assusto com o barulho da moto. — *E eu estou no trânsito.*

— *Até agora? Essas consultas não estão passando dos limites? Você não precisa disso, Isabelle.*

Dou um suspiro descontente.

— *Eu prometo que voltarei com os horários habituais a partir de agora, tudo bem?*

— *Hum. Tá bom, o que posso fazer, não é? Mas eu estou morrendo de saudades, meu amor.*

Dou um sorriso.

— *Eu também estou* — digo amansando a voz. — *Queria muito que você estivesse aqui comigo. Seria tão bom poder tomar um pouco de vinho e dormir abraçada com você agora.*

— *Mas logo, logo, nós vamos fazer isso. Irei levar o melhor vinho do mundo para você experimentar, e tenho certeza de que nós teremos bons motivos para comemorar quando eu chegar à cidade. Está se lembrando da sua promessa desta semana? Domingo quero a resposta.*

Paro para pensar no que diabos ele estava falando antes de responder. Inferno, eu tinha me esquecido que deveria dar a resposta sobre aceitar me casar com ele ou não por um momento.

— *Isa, está aí?*

— *Claro* — informo. Meu peito pulsa ansioso quanto a essa lembrança. — *Estou, me perdoe, é que o trânsito precisa ter mais atenção do que nossa conversa agora.*

— *Você está certa, me desculpe. Não quero que sofra um acidente por minha culpa.*

— *Droga, a rua ainda está em obras* — reclamo mais para mim mesma do que para Daniel do outro lado da linha —, *vou ter que dar a volta.*

— *O que houve?*

— *Não sei, tem um buraco enorme por aqui* — tento esclarecer e engato a marcha ré. — *A rua vai ficar uma maravilha se chover.*

— *Na cidade em que estou, mal tem estradas pavimentadas...* — ele diz enquanto tento retornar para o caminho certo.

Faço isso e vou para casa em direção contrária, exatamente como fiz no dia anterior e encontrei Fred. Daniel continua com o seu falatório no processo, e, mesmo que tente não ignorar, perco alguns pedaços por causa da atenção aos sinais e quebra-molas.

Quando consigo dar a volta e chegar à mesma rua em que moro, passo um pouco mais devagar por ela, por ser uma rua calma e que pode ter animais ou pessoas andando sem se preocupar. Nisso, vejo novamente a casa de Thomas antes da minha, passando em frente a ela exatamente como na noite de ontem.

Avisto dois cômodos com luzes acesas. O jardim também está iluminado, a claridade branca parece lúgubre e um pouco fantasmagórica para mim. Não me lembro da última vez que notei essa casa iluminada dessa forma, eu costumava ignorá-la mesmo sabendo que havia gente morando ali.

Contudo, agora era diferente...

Não era uma família qualquer. Paro o carro quase instantaneamente do outro lado da rua e passo a observá-la enquanto Daniel ainda conversa ao telefone.

Sinto um arrepio que começa pela espinha e sobe, me fazendo paralisar por um instante.

— *Amor, será que posso ligar para você mais tarde?* — peço. Minha voz sai embargada. — *Tenho que ligar para Fred, acabei de me lembrar de que preciso fazer uma coisa, sabe, do chá dele e Elisa* — minto.

— *Ah, tudo bem. Mas não demore muito, quero dormir hoje ouvindo a sua voz.*

— *Prometo que faremos uma chamada de vídeo quando estiver decente* — asseguro. — *Até mais tarde.*

Dan desliga o telefone e eu suspiro lentamente a fim de controlar a ansiedade que corre em minhas veias.

Antes de ligar para Fred, vejo o relógio formar as 9h da noite pela tela. Um vento forte bateu na janela, um clarão rasgou o céu como se anunciasse a chuva que estava para cair e eu nem sequer havia notado, e depois um longo e nervoso trovão que fez a minha pele arrepiar de susto.

Não parecia que ia chover. Na verdade, o tempo estava agradável e as nuvens espaçadas antes de ir ao consultório de Janine.

A chamada é atendida depois de três toques.

— *Fred, por acaso você deixou as luzes da casa de Thomas acesas?*

Meus dedos estão trêmulos e meus olhos vidrados em suas janelas. Percebo que uma delas está aberta e, se chovesse, poderia molhar por dentro, caso Fred tivesse deixado assim.

— *Não* — ele garante, e eu engulo em seco. Olho para o lado, então noto que há um carro prateado estacionado na esquina.

Não poderia ser dele? Poderia?

— *Eu apaguei todas elas e fechei tudo. Por quê?*

— *Tem dois cômodos acesos* — esclareço com a voz quase falha. Outro relâmpago corta os céus. — *E o jardim também.*

— *Bem, isso só pode significar uma coisa, não é?* — sugere, e eu me sinto estremecer inteiramente.

— *Mas ele me disse que chegaria apenas amanhã* — lembro.

— *Disse?*

— *Por e-mail. Para saber até qual horário poderia entregar seus documentos no hospital.*

Fred dá uma risada.

— *Isa, talvez Thomas estivesse procurando alguma coisa para falar com você que fosse obrigada a responder, não acha?* — ele instiga, e eu reviro os olhos.

— *Claro* — me sinto idiota ao ouvir isso. — *Bem, imagino que não devam ser ladrões então. Nesse caso, vou indo para casa. Boa noite, Fred.*

— *Boa, Isa. Espere... você não quer bater a campainha apenas para ver se é ele mesmo? Sabe, caso sejam mesmo ladrões eu levaria a culpa. E Thomas ainda* não *me disse se chegou à cidade.*

— *Eu não vou fazer isso!* — reclamo em voz alta. Outro trovão estoura. — *Se for o caso, você aguente as consequências.*

Fred continua rindo do outro lado da linha.

— *Vou ligar para ele, obrigada pela ajuda* — ironiza.

Dou de ombros. Fred desliga antes de responder.

Preciso me recompor antes de ligar o carro novamente. Estou em choque, em conflito interno entre fazer o que ele pede ou não. Mas talvez não fosse mesmo a hora. Mesmo que eu estivesse há anos implorando pelos segundos finais em que veria Thomas novamente, agora já não era mais assim.

Tudo tinha mudado. Nossas vidas não se encaixavam mais. Aquela necessidade de abraçá-lo até nossos corpos se fundirem havia dado espaço para o amor-próprio.

Suspirei e inspirei, travando a respiração a cada estrondo de um trovão. Engoli em seco e dei partida para sair dali.

Todavia, eu olhei para a casa mais uma vez. Foi instintivo, nem sequer pensei no movimento que fazia.

E lá estava um vulto entre as cortinas olhando para fora, justamente em minha direção. Não pude ver o seu semblante pois desviei o rosto o mais rápido que consegui e parti para casa decidida a ignorá-lo.

Pelo menos por enquanto.

Capítulo 47

Que dia é hoje
E de qual mês?
Este relógio nunca pareceu tão vivo
Eu não consigo prosseguir e não consigo voltar
Tenho perdido tempo demais

(Lifehouse, "You and me")

Meu principal objetivo agora era tentar ocupar a mente com outras coisas para não pensar muito naquele que estava de volta. Mas concluo, a cada passo que dou, que isso seria praticamente impossível.

Cheguei em casa e fui direto para o chuveiro. Meus pais estavam conversando na sala de jantar enquanto o colocavam à mesa. O tempo havia mudado de repente, o céu estava completamente coberto por grossas nuvens e os relâmpagos cada vez mais fortes. Cada estrondo do trovão fazia meu corpo estremecer e ficar em alerta.

Nunca tive medo de raios ou trovões, pelo menos não da maneira que a maioria das pessoas tem. Na verdade, aquela lembrança da minha última vez com Thomas tomando banho de chuva, oito anos antes, sob o estalar dos céus, era o que mantinha meu corpo em estado de alerta.

Aquela foi uma noite tortuosa depois do nosso último beijo, digna de filme de terror. Eu não gostava nem um pouco de me lembrar da fria sensação de que havia algo errado acontecendo, brotando de dentro de mim por toda a noite, e eu simplesmente a ignorei.

E isso ainda sondava minha cabeça como um erro grotesco que por anos achei que tivesse sido fatal.

Felizmente não foi. Ou infelizmente, não sei dizer. Talvez não ver Thomas nunca mais fosse uma glória que eu ainda não tinha percebido que era para o meu bem.

Praticamente arranquei o uniforme da empresa fora do corpo, ficando apenas de calcinha e sutiã. Amarrei meus cabelos para não molhar e me encarei no espelho por alguns segundos.

Meus olhos estavam fundos, cansados e com uma linha profunda abaixo deles. Minhas olheiras, pesadas e um pouco mais escuras do que de costume.

Deixei a água quente correr pela pele assim que adentrei o box. Meu pescoço pareceu agradecer a sensação boa de relaxamento, mas minha cabeça ainda rodava como se minha visão não conseguisse focar um ponto.

E a verdade era que realmente não conseguia desde que o vi parado na janela.

Eu estava exausta. Eu estou há anos, e gostaria mesmo que essa sensação passasse em algum momento.

Adoraria acordar um dia e saber que não havia nada de errado. Gostaria de sentir nada além de pura e genuína felicidade.

Mas o que eu precisava fazer para que isso aconteça? A vida adulta parece apenas uma sucessão de erros e alguns acertos, os momentos de paz e alegria vão ficando escassos e os objetivos pessoais se tornam a principal fonte de impulso para não desistir.

Saí do chuveiro antes que começasse a dar uma de filósofa enquanto desperdiçava água. Isso é mais comum do que gostaria, afinal sempre foi um momento bom para pensar.

Busquei meu celular antes de descer para jantar, avisei para Daniel que estava em casa, de banho tomado e que em alguns minutos poderíamos conversar por vídeo. Ele demonstrava um pouco de impaciência, mas nada fora do normal.

Um relâmpago clareou meu quarto antes que eu pudesse abrir a porta para sair. Parecia que um raio havia caído bem ao lado, por causa do enorme clarão. Nisso, avistei um objeto peculiar que estava em cima da minha escrivaninha.

O trovão esbravejou torturando os céus no mesmo segundo em que pus as mãos na peça totalmente negra com ponteiros de prata.

Era o relógio de Thomas. Claro, eu mesma o havia tirado da caixa quando peguei as cartas na noite de ontem, mas...

Ele estava funcionando.

Horas, minutos e segundos corriam corretamente pelos números em formatos romanos.

Senti um arrepio tomar minha espinha novamente. Aquilo parecia surreal, e voltou como um presságio exatamente como naquela manhã em que percebi que o relógio havia parado; e Thomas, sumido.

Meus olhos ficaram vidrados por algum tempo tentando entender como aquilo era possível.

A peça continuava bela como antes, não havia um arranhão sequer e poderia dizer que era novo em folha. Claro, eu havia cuidado muito bem de tudo o que ficou para trás, contudo olhar para o ponteiro avançando como se ele jamais tivesse pausado por longos e torturantes anos era tão assustador quanto vê-lo travar e não sair do lugar.

Ouvi a chuva cair como se o céu quisesse castigar a terra assim que o ponteiro chegou às 9h30 da noite, e, mais uma vez, a sensação de que o tempo estava brincando comigo voltou à tona.

Isso podia estar acontecendo apenas em minha cabeça. Eram inúmeras pequenas coisas que me levariam à insanidade mental se juntasse com todas as coincidências até agora:

o vento sussurrando lá fora;

os relâmpagos cortando as nuvens no céu;

os trovões, a chuva;

o relógio;

e Thomas.

Na última vez que nós nos vimos, havia tudo isso acontecendo ao mesmo tempo. Todos iguais, todos da mesma maneira. Apenas os sentimentos eram diferentes.

Mas era como se o tempo realmente tivesse dado um enorme salto e não tivesse mudado em paralelo a isso. Como aquela sensação que temos de que *um segundo dura uma eternidade e anos podem passar num piscar de olhos.*

Desci as escadas com muita ansiedade brotando no fundo da alma e fui para a sala de jantar encontrar meus pais antes que enlouquecesse.

— Você demorou, estava quase devorando as panelas — meu pai reclamou.

— Sinto muito, mas poderiam ter comido sem mim — aviso. Não sabia por que eles sempre faziam questão de aguardar. — Alguém tentou consertar este relógio?

— Eu o levei para trocar a bateria — minha mãe esclarece. — Estava em cima da sua cama e vi que não funcionava, então aproveitei que iria a uma relojoaria e o levei comigo. Fiz mal?

— Não, tudo bem — respondo, me sentindo um pouco mais aliviada por saber que não havia nada de sobrenatural naquilo.

— Belo relógio, falando nisso. É do Daniel?

Balanço a cabeça em negação.

— Não, senhora — me sento ao seu lado, coloco o relógio em cima da mesa, e meu pai o toma para observá-lo. — É do Thomas — confesso envergonhada.

Os dois me encaram surpresos.

— Está comigo há anos — esclareço antes que perguntem. — Eu o tirei do baú e me esqueci de guardá-lo novamente.

— E você vai devolver para ele? Parece um ótimo relógio.

Dou de ombros sem saber o que responder. Eu deveria devolvê-lo?

— Acho que a Isabelle não está pretendendo falar com Thomas, meu amor — minha mãe nota e explica para ele.

— Bem... acho que não disse a vocês que ele irá trabalhar no mesmo hospital que eu, não é?

— Não — minha mãe diz, a concha de comida para no ar em meio à surpresa. — Não nos disse mesmo.

— Pois é — engulo um pouco e noto que mal sinto o gosto quando desce pela garganta. Esse assunto passa a me incomodar a ponto de até a incrível comida da minha mãe parecer insossa. — De qualquer forma, eu preciso falar com ele, então talvez eu devolva.

Meu pai começa a rir de um segundo para o outro, eu e minha mãe nos entreolhamos sem entender.

— O que foi?

— O garoto nem chegou e já está a cercando, meus parabéns para a insistência dele. Pensei que faria isso com mais cautela, mas vejo que não.

— Já reparei isso — concordo. — Mas eu não pretendo fazer nada além da minha obrigação, não se preocupem.

— Talvez eu devesse comprar uma espingarda — ele brinca, e minha mãe se assusta. — Assim, vai pensar duas vezes antes de tentar fazer qualquer coisa com você.

— Deixe de ser dramático, Charles. Você nunca machucaria Thomas, a menos que ele vire um zumbi e corra atrás de nós — minha mãe o censura, rindo.

— De qualquer forma, preciso defender minha filha, não acha?

— E desde quando Isabelle precisa que alguém a defenda?

Parada, mal ouço os dois discutindo como se aquilo fizesse algum sentido. Evidentemente que ele não iria ameaçar Thomas de nenhuma maneira, mas, pensando bem, não seria nada ruim.

— ... Ela deve estar nervosa com essa possibilidade — escuto apenas essa frase. — Olhe para ela, nem parece que está nos ouvindo.

— Eu estou — volto minha atenção para ambos. — E sim, estou nervosa. Mais do que isso, acho que precisarei de um tempo para descobrir como lidar com essa nova realidade, com essa confusão mental que se instaurou dentro de mim e não me deixa em paz. Quero fazer alguma coisa que ainda não sei do que se trata, mas vou descobrir logo, logo.

— Do que está falando? — a voz da minha mãe soa preocupada.

— Se eu soubesse, explicaria — resumo e me dou por satisfeita em apenas comer a partir daquele momento, tentando mudar o foco da minha atenção.

Meus pais mudam de assunto quando percebem que não tenho nada mais a acrescentar. Tento me juntar a eles e discutir sobre as amenidades de que falam, mas minha mente parece vagar pela rua, que agora provavelmente se encontra encharcada e enlameada por causa do buraco.

O barulho dos trovões permanece assustador por todo o tempo. Terminamos o jantar, pego o relógio que está na mesa e me recolho em meu quarto, entrando em ligação com Daniel logo em seguida.

Ele está completamente lindo na chamada de vídeo. Seus cabelos pretos, bagunçados, a barba por fazer, a carinha de sono e a voz rouca me distraem por um segundo.

Eu realmente queria que ele estivesse aqui, pois nem sequer colocaria meus pés neste bairro esta noite. Entendo que não podia mesmo me escorar nele ou em nosso relacionamento para fugir dos problemas, porém, apenas neste momento, era tudo de que precisava.

Dan passa a contar sobre o sucesso de suas reuniões e está completamente eufórico por isto. Me sinto feliz por ele, por se sentir realizado, por estar conquistando tudo o que ama. Entretanto, não consigo focar por muito tempo as suas palavras e minhas respostas acabam ficando mecânicas e vazias.

O relógio de Thomas parece barulhento ao lado, apesar dos trovões, da chuva forte e do som da voz do meu namorado. Ouço os ponteiros correrem, e minha cabeça lateja no mesmo ritmo, torturando-me a cada novo tique-taque dos segundos seguintes.

— *Dan, me dê um minutinho, sim?* — peço, quando percebo que aquilo iria continuar me punindo de alguma forma. Eu deveria me livrar dele, antes que até aquele detalhe me enlouquecesse. — *Preciso tomar um remédio.*

— *Está se sentindo bem? Você me parece um pouco incomodada.*

— *É só dor de cabeça* — garanto, me levantando da cama e o deixando à espera no celular. — *Eu já volto, prometo.*

— *Tudo bem.*

Pego a peça e a enrolo num lenço que está ao lado na mesa de cabeceira, depois busco um saquinho plástico no armário do banheiro. Iria devolvê-lo para o seu dono, mesmo que fizesse isso através de outra pessoa.

Contudo, ainda assim, escuto seus ponteiros batendo. Cada passo que ele dá é como uma martelada em minha mente agitada e confusa.

— Inferno! — reclamo baixinho antes de pensar onde deveria guardá-lo. — Pare de me torturar, por favor — a última frase soa como uma súplica dolorosa.

Passo as mãos pelos meus olhos e os sinto arder no processo. Talvez por causa do sono, do cansaço extremo do dia ou até mesmo por ficar horas chorando na terapia.

Minhas mãos permanecem trêmulas e meu peito incha como se não quisesse deixar um grito de agonia sair de dentro de mim.

Um ataque de pânico parecia querer tomar conta do meu corpo. Eu os reconhecia muito bem. Às vezes em que eles aconteceram foram exatamente assim, mas eu confesso que não entendia o porquê de isso estar ocorrendo agora.

Não tinha nada de errado acontecendo naquela noite. Não depois de tanto tempo.

Pelo menos é o que eu achava.

Crispo meus lábios e seguro o choro. Arranho a pia com minhas unhas travando o meu corpo em meio ao desespero. Não consigo respirar por um longo tempo, mas me forço a abrir a garganta e puxar o fôlego, que entra ardendo como brasa.

Havia tanto tempo que isso não acontecia dessa forma. Meus ataques foram mais comuns nos primeiros dois anos, mas, com o passar dos dias, foram ficando cada vez mais raros. A última vez que ocorreu, consegui me recuperar sozinha fazendo um exercício de respiração dado por um dos terapeutas com o qual me consultei.

Porém, aquele que estava vindo era forte a ponto de me fazer desabar no chão. Me recostei na parede e respirei, respirei, respirei até não conseguir mais. Meu peito doeu.

O relógio contava o tempo com os seus tique-taques insuportáveis. Não sabia dizer se era culpa dele ou de Thomas, mas, naquele segundo, eu só queria quebrar aquela peça na cabeça do seu dono.

Eu queria xingá-lo até não aguentar mais. Queria que ele entendesse que não estava aqui mais por ele ou para ele. Que a nossa amizade ruiu e um não cabia mais na vida do outro.

Thomas havia partido há anos e eu seguido em frente. Por que continuar sofrendo dessa maneira? Não estava mais disposta a continuar com isso, apenas queria viver em paz!

Apenas queria viver…

Mas eu sabia que tínhamos um assunto inacabado. Ele prometeu que iria voltar e, de uma forma muito peculiar, cumpriu. Talvez fosse, então, a minha vez de fazer alguma coisa.

Eu precisava mesmo fazer.

Me levantei do chão com o corpo travado e nervoso. Engoli em seco e limpei as lágrimas que desceram sem meu consentimento. Elas deveriam cessar ali, naquele instante, e nunca mais retornarem por causa desse assunto.

Peguei o relógio, ajeitei o pijama e, mesmo que fosse inadequado, iria sair pela rua daquela forma mesmo.

Eu iria procurar Thomas. Eu precisava devolver aquilo e tinha uma coisa a mais que gostaria de dar a ele.

Uma coisa que acabaria com nosso vínculo para sempre, eu sabia. Mas era necessário. Precisava dar um fim logo.

Caminhei até a cama e peguei meu celular. Daniel ainda aguardava com cara de poucos amigos agora.

— *Dan, eu preciso fazer uma coisa* — digo, antes de ouvi-lo reclamando pela demora. — *E pode ser que você não goste nada do que farei, então logo peço perdão por isto.*

— *Do que está falando? Você está bem?* — ele pergunta de semblante curioso. Suas sobrancelhas grossas estão juntas, e uma linha se forma no meio da testa.

— *Mais tarde eu ligo novamente. Me perdoe* — comunico e desligo antes que ele proteste.

Largo o celular na cama sem me importar onde cairia. Estou decidida e, mesmo com minhas mãos trêmulas, meu peito dolorido e quase sem fôlego, desço as escadas como uma rajada de vento forte. Mal sinto os degraus sob meus pés.

Vou até o jardim pela porta da cozinha. Sinto o clima gelado tocar minha pele e a arrepiar totalmente, mas nada parece tão sinistro e melancólico quanto o velho banco-balanço indo de um lado para o outro no escuro, dançando conforme a chuva ia o empurrando.

Quase posso ouvir Thomas e eu ali rindo por qualquer motivo, contando segredos um para o outro, nos abraçando de lado, e isso acontece todas as vezes que me encontro parada diante meu lugar favorito. Como já disse, tudo era feito de memórias de um ciclo não fechado, mas eu iria lacrar esse passado, e faria isto agora.

Pego um cabo de vassoura que está encostado na parede. Para quê? Eu não sei. Quebrar na cabeça dele não parece uma má ideia, confesso, mesmo prometendo para a Dra. Fletcher que não faria isso.

Atravesso a casa novamente e vou até a porta dianteira. Não, não preciso de um guarda-chuvas. Da mesma maneira que nos despedimos pela última vez oito anos atrás, sob forte temporal, faríamos isso agora. Nem que fosse à força!

— Isabelle, aonde está indo? — ouço a voz do meu pai perto da escada e ela soa assustada.

— Resolver um problema — me limito a dizer e saio por ela. Não quero saber se alguém aprova isso ou não.

O toque das gotas geladas invade minha pele e solto um gemido ao atravessar o portão. Era como se houvesse agulhas tentando perfurar todo o meu corpo e me impedir de seguir em frente, mas cada gota que desce por ele servirá ao menos para lavar a minha alma.

Olho de um lado para o outro. As casas estão silenciosas e a rua está completamente vazia.

As únicas almas que habitavam ali ainda eram nossos fantasmas que se olhavam pela última vez em meio ao temporal. Eu os vi perto da entrada, abraçados, se beijando, felizes e cheios de esperança de que tudo iria ser incrível para os dois, e eu ri disso.

Pobres almas que não sabiam o que as esperavam e da desgraça que o tempo podia fazer na vida de alguém.

Refiz o caminho de Thomas e fui em direção a sua casa naquela noite, quase vendo sua sombra me guiando. Eu estava ficando louca? Possivelmente.

Eu precisaria de ajuda depois de tudo isso? Certamente que sim. Não ignoro mais meus problemas mentais como fazia antes.

Mas, ainda assim, ainda sabendo que era insano, sinistro e por impulso, caminhei até a casa que agora era azul e estava logo à frente a pouco mais de cem metros da minha.

Andei com dor e ódio no coração, porém eu os usaria como combustível exatamente como da última vez que fiz esse caminho.

Chegando perto, vi novamente suas luzes acesas. Agora eu sabia que tinha alguém lá.

Sabia que era Thomas e que dessa vez eu não iria gritar para o vazio até desmaiar de dor.

E, por um milésimo de minuto, meu coração se acalmou e consegui respirar como se deve.

Já ouviu falar sobre como é calmo no centro de um furacão? Onde nada parece se abalar, apesar de todo o seu redor estar ruindo? Então, é exatamente assim que me senti.

Mas essa paz não durou muito. Foi apenas o suficiente para me dar fôlego.

— Isabelle?! — ouço a voz do meu pai gritando atrás de mim. Me viro e o vejo com uma sombrinha tentando me enxergar no meio da chuva. — Aonde está indo?

O ignoro e caminho um pouco mais rápido. Em uma mão estava o relógio de Thomas embrulhado no saquinho plástico, na outra o cabo de vassoura firme. Eu sei que isso parece patético. E é.

Chego diante do portão e bato a campainha. Uma, duas, três vezes, e assim permaneço até ver a luz da entrada se acender.

E, então, ele aparece à porta.

Depois de anos eu o vejo ali, como deveria estar naquele dia.

Thomas está vestindo um conjunto cinza de moletom. Seu rosto iluminado pela luz amarela parece exatamente igual quando tinha 17 anos. Nem mesmo seu cabelo mudou, e isso me causa ainda mais ódio por achar que o tempo corrido pudesse se parecer com um pesadelo intenso que, de repente, acabou.

Sinto meu coração se acelerar de um jeito incorrigível. Meus lábios tremem, não de frio, não de nervosismo, mas sim de raiva.

Como ele se atreve a permanecer o mesmo? Como podia não ter mudado nem um pouco sequer em tanto tempo?

— Isabelle? — o som da sua voz entoa exatamente como me lembrava quando me nota entre as grades do portão. Seus olhos parecem brilhantes e curiosos. E eu o odeio por isso.

E então ele sai na chuva sem se importar em se molhar da mesma maneira que eu.

— O que faz aqui?

Quero o esgoelar depois de ouvir essa pergunta.

Thomas abre o portão e nos vemos cara a cara nitidamente após um novo clarão do relâmpago. Tão fácil, tão acessível, que mal parece que me contorci de tristeza durante tanto tempo por não o ter mais por perto.

O encaro sabendo que toda a minha fúria está estampada em minha face, mesmo estando paralisada diante dele. Não consigo me mexer pelos segundos seguintes em que nos encaramos profundamente em meio à chuva torrencial, que mais parecia querer arrancar o couro.

O estrondo do trovão me faz acordar daquela sensação de transe diante dele.

— Eu vou te matar! — exclamo, sentindo a adrenalina tomar conta do meu corpo. Minha voz sai no tom perfeito de ameaça. — Eu vou te matar, Thomas!

Capítulo 48

Ferido, ferido, ferido e triste
Me bata até eu ficar inconsciente
Diga ao diabo que mandei lembranças
quando você voltar pro lugar de onde veio
Mulher louca, mulher ruim, é isso que você é

(Bruno Mars, "Grenade")

— Eu vou te matar, Thomas! — gritei novamente, prestes a cumprir esse desejo insano que brotou dentro de mim.

Thomas se assustou e deu dois passos para trás.

— Como é? — colocou uma mão em minha frente assim que percebeu o cabo de vassoura parado na minha. — Isabelle, você enlouqueceu?

Senti uma fúria crescer ainda mais ao ouvir essa pergunta. Como ele poderia questionar aquilo, sabendo de todo o tempo consumido entre nós dois? Loucura não era nada comparado ao que sentia neste instante, mas uma boa perspectiva do que estava prestes a acontecer.

— Se eu enlouqueci? — repeti em voz alta e me aproximei novamente. — Talvez eu tenha enlouquecido, e daí?

Thomas tomou a dianteira e tentava fazer dos braços o seu escudo.

— Espere, vamos conversar! — ele berra antes que eu tente algo contra.

— Ah, agora você quer conversar? É tarde demais para isso, eu nem sequer desejo ouvir a sua voz — avanço contra ele decidida a atingi-lo.

Sei que tenho sangue nos olhos e isso o assusta ainda mais.

Thomas desvia de mim e bate na parede do vizinho com suas costas. Outro raio corta os céus tão forte quanto minha cólera.

O cabo de vassoura atinge ao seu lado, mas não o fere. Infelizmente a minha visão estava prejudicada graças às gotas grossas da chuva.

— Bel, pare pelo amor de Deus! — ele coloca suas duas mãos no cabo e depois solta quando puxo de volta. — Vamos conversar!

— Não! — dou um berro tão alto que até mesmo o trovão pareceu um miado. — Não me chame de Bel! Seu filho de uma puta desgraçado!

— Isabelle! — meu pai se aproxima e eu mal percebo, apenas ouço o som da sua voz quase ao meu lado. — Solte essa vassoura!

— Fique fora disso, pai! — peço sem desviar meus olhos de Thomas.

Ele permanece à minha frente, incrédulo com o que estava acontecendo, evidentemente até mesmo eu estava. Porém, aquilo iria terminar ali, naquela mesma noite, e nós nunca mais iríamos falar um com o outro nada além do necessário.

— Você está maluca? — meu pai grita e ouço seus passos atrás de mim. Me viro para ele, encarando um a um naquele instante, pronta para não deixar Thomas escapar.

— Estou — reconheço. — Eu estou e não me importo. Apenas vou acabar com a raça desse desgraçado!

Thomas se distancia e vai em direção ao seu portão sem dar as costas.

— Não adianta se esconder — falo quando percebo que ele está prestes a entrar em casa novamente. — Eu já coloquei essas grades no chão no dia que você foi embora, e posso fazer isso de novo — lembro com tanto ódio que sinto gosto de ferro em minha boca. — Não teste a minha paciência, senão você vai ver do que eu fui e sou capaz.

— Você perdeu a cabeça? — meu pai tenta me chamar a atenção novamente, mas estou vidrada no olhar assustado do meu ex-melhor amigo. — Vai se machucar dessa forma. Solte isso e venha comigo, nós sentamos e conversamos com ele depois.

— Eu não quero — admito novamente rancorosa —, eu não vou nem posso mais com esse assunto! — praticamente esgoelo. Minha garganta parece aliviada e ácida ao mesmo tempo. — Eu não quero ouvir um suspiro vindo desse imbecil. Vamos terminar com isso agora!

— Isabelle, eu não... — ele tenta dizer, aproximando-se com cautela.

— Cale a boca! — me viro novamente, dando quase cara a cara com Thomas. Sinto meu peito arder em chamas sob o seu olhar intensamente nervoso e quase suplicante.

— Mas eu...

Aponto o cabo de vassoura ameaçadoramente para ele antes que completasse.

— Sem desculpas! Eu vou matar você, Thomas! — sinto a adrenalina subir novamente e avanço. Thomas desvia e corre.

Ali, no meio da chuva, dos relâmpagos, trovões e do caos, parece reinar o fim do mundo. Contudo, eu sabia que não era.

Não ainda.

Fui atrás dele correndo como se fosse seguro fazer isso, mesmo sabendo que estava prestes a escorregar e cair a qualquer momento, a me machucar ou machucá-lo. Que fosse.

Tal qual naquele último dia em que disputamos corrida até em casa, estávamos os dois lá. Mas agora não era brincadeira. Eu estava falando sério.

E que o inferno se preparasse para me receber depois disso, pois, mesmo sabendo que Thomas possivelmente poderia não merecer toda essa ameaça, eu queria fazer aquilo.

Quase oito anos de amizade, mais de oito anos de abandono. Um foi fadado ao fracasso enquanto o outro precisava ser fechado. Minha vida não estava mais nas mãos daquela relação e eu iria seguir em frente depois disso.

— Isa, pare! — meu pai deixa o guarda-chuvas de lado e tenta me agarrar, triunfando algum tempo depois. — Não é assim que as coisas se resolvem, você sabe muito bem disso. Já tem 26 anos, não é mais criança!

— Que coisas? — jogo minhas mãos para o alto e o questiono insanamente rude. — Quais coisas? Não há nada para ser resolvido quando não há nada acontecendo, não é mesmo? Porque é o que parece! Nada aconteceu com ele, não está vendo? Esse infeliz enganou todo mundo!

— Mas é óbvio que alguma coisa grave ocorreu, não é, Thomas? — ele o avista do outro lado da calçada tentando tomar fôlego, completamente encharcado e com uma expressão de pena em seu rosto.

Thomas crispa seus lábios e fica em silêncio me encarando. Mal olha para meu pai quando ele pergunta.

Não sei explicar a conexão que parece ter se instaurado entre nossos olhos nesse instante. Eu ainda quero o matar, mas sinto meu sangue gelar sob o seu semblante sofrido, entendendo a dor que ele parece sentir.

— Eu não... — recomeça a dizer um pouco confuso. — ... Eu não posso...

— Me deixe adivinhar... — me solto do meu pai com bastante esforço, mas me coloco à frente de Thomas e respiro pesadamente antes de completar. — Você não pode falar, acertei?

Coloco as mãos em meus quadris e mordo o lábio inferior, que não para de tremer.

Thomas balança a cabeça em concordância e permanece em silêncio posteriormente.

— Então, o que diabos você está fazendo aqui? — pergunto, notando a ansiedade bater dentro de mim a ponto de todo o meu corpo tremer. — Por que voltou a esta porra de cidade se sua vida não está mais aqui? Voltou para me torturar?

— Isabelle... — meu pai tenta me censurar.

— Não! — reclamo, antes que ele coloque as mãos em mim novamente. — Não me segure, eu não estou louca!

— Eu... — Thomas olha ao redor e mal consegue falar alguma coisa. Se minha visão não estivesse prejudicada por causa da chuva, eu apostaria que ele estava prestes a chorar. — Bel, me perdoe, mas...

— Não — dei mais dois passos em sua direção — me chame — Thomas bateu com as costas na parede ao tentar se afastar novamente — de Bel!

Apontei o cabo de vassoura para ele, que tratou de levantar as suas mãos em rendição.

— Tudo bem, tudo bem! Isabelle! Não a chamarei mais de Bel, eu prometo.

— Você não é nada meu e não te dou a liberdade de me chamar assim mais.

— Eu entendi — o notei engolir em seco depois disso. O pomo em seu pescoço subiu e desceu repetidas vezes até se cansar. — Entendi. Mas é que... eu realmente não consigo explicar.

— E eu não quero saber!

— Se você não quer... — meu pai se coloca entre nós dois por precaução — então o que está fazendo aqui? Por que está o ameaçando? Qual o objetivo de vir até aqui, no meio da chuva, apenas para brigar logo no primeiro dia que ele chegou?

Os dois me encaram e esperam uma resposta. A verdade é que nem eu sei exatamente, só havia entendido que precisava deixar muito claro para Thomas que o que havia entre nós dois havia se encerrado.

— Você está perturbada, Belinha, e não quer me ouvir — meu pai toma a dianteira. — E não adianta dizer que não, mas você quer saber sim o que aconteceu. Se não fosse o caso, não faria nada disso. Agora, se ainda ama esse homem, ao menos não seja violenta dessa forma. Não será batendo na sua cabeça que obterá as respostas, por mais tentador que isso possa parecer.

— Por que acha que eu o amo? — me assustei com essa afirmação aleatória.

— Se não sentisse nada por ele, não agiria dessa maneira! — de que lado meu pai estava para dizer isso? — Olhe o barraco que se formou, garota. As pessoas estão vendo.

Ele estava maluco? Que tipo de pai é esse que diz que comprará uma espingarda para o ameaçar caso se aproxime de mim e, uma hora depois, está o defendendo?

— Não misture as coisas, pai! — reclamo observando ao redor e vendo alguns curiosos em suas janelas. — Isso não tem nada a ver com amor.

Thomas me encara ao mesmo tempo surpreso e chocado, e eu noto um fio de esperança em seu olhar.

Esperança essa que é desnecessária. Meu pai estava mais do que errado.

— A única coisa... — volto à posição de ofensa e avanço para cima dele decidida a acertá-lo — que eu quero nesta merda... — Thomas se assusta novamente e coloca as mãos para se defender — é acabar com isso!

Ele agarra a madeira no ar e segura firme, fazendo um cabo de guerra entre a gente. Depois puxa com mais firmeza e força do que eu consigo fazer, o colocando ao lado do seu corpo até o meu tronco se chocar contra o dele.

O estalo das nossas roupas molhadas soa alto. Sinto o seu braço agarrando a minha cintura até conseguir me paralisar por completo. Nossas respirações se cruzam e meu corpo arde ao choque brusco de nós dois. Poder sentir aquilo era suficiente para saber que não era um sonho, apesar de quase sempre ser torturada por eles como se o seu toque realmente estivesse gravado em minha pele.

Thomas estava ali e ele era real agora. Os fantasmas que me perseguiram tantas madrugadas não eram da desencarnação, mas talvez da sua presença constante em minha mente fértil e agitada.

— Tudo bem — ele estremece diante mim exatamente como sei que fiz ao nos tocarmos. — Tudo bem.

Engulo em seco quando nossos olhares se cruzam tão próximos um do outro.

— Eu deixo você me bater — ele conclui fechando os olhos como se já pressentisse a dor. — Da maneira que você quiser.

— Está maluco? — meu pai se assusta e eu acordo do quase transe daquele momento.

— Não — Thomas balança a cabeça e desvia o olhar para afirmar ao meu pai. Ainda estou segurando o cabo de um lado, ele do outro, sua mão em minha cintura e nossos peitos se chocando. Preciso levantar a visão para o encarar face a face.

Seus cabelos estão pingando, seu semblante quase pacífico não consegue mais se desviar da minha figura por muito tempo. Ele volta a me olhar profundamente e morde seu lábio até ficar vermelho-sangue antes de prosseguir.

— Faça o que quer — Thomas volta a afirmar, e o sinto me apertar um pouco mais. — Qualquer coisa. Eu prometo que não farei nada.

— Não acredito mais em suas promessas — lembro ressentida.

Ele fecha os olhos por um segundo e faz uma expressão de dor novamente.

— Eu sei que se trata disso, não é? Sei que está aborrecida perante as promessas que não cumpri — aguarda afirmação, mas permaneço irredutível perante ele. — Estou prometendo diante seu pai, ele é testemunha. Ninguém usará isso contra você, pois eu permito.

Thomas fecha os olhos e aguarda qualquer investida vinda de mim.

Me afasto dele e solto o cabo. Deixo meus ombros relaxarem e suspiro lentamente.

Pego o relógio que caiu em algum ponto durante essa confusão e o atiro com todas as minhas forças contra ele. Thomas o agarra depois de bater em seu peito.

— Não preciso disso — falo e aceito o fato de que infligir dor física a ele realmente não consertaria as coisas. — Mas volto a afirmar que não quero que se aproxime de mim mais do que o necessário — lembro. Thomas balança a cabeça afirmando que entendeu. — O seu relógio está funcionando.

Ele franze o cenho e eu aponto para o saquinho.

— Esse que está em suas mãos. Há oito anos que ele não sai do lugar, mas agora bate e corre como se nunca tivesse parado.

Encara o saquinho e o aperta contra a mão.

— Porém, Thomas, minha vida não parou como ele fez. Eu corri contra o tempo, pedi que não fosse em frente ou que me deixasse para trás, mas isso nunca aconteceu — esclareço me sentindo estupidamente magoada. — A vida é cruel. Sabe disso. Ela para quando precisamos que corra, e corre quando queremos que pare. E eu não sei exatamente o que busca aqui, mas creio que o que deseja ficou em um passado distante e que não volta mais.

Thomas fungou seu nariz e buscou fôlego suspirando dolorosamente.

— Seja bem-vindo de volta à cidade dos temporais irritantes — concluo.

Ele me fita e noto seus olhos pesados e cheios de tristeza sob os meus.

— Obrigado — limita-se a dizer.

Me dou por satisfeita e saio dali em passos calmos, aproveitando a tempestade para se misturar às lágrimas que eu jurei que deveriam ser as últimas.

Porém, por dentro, eu sabia que isso seria praticamente impossível.

Capítulo 49

Eu vou esperar por você
Mesmo que sempre pareça que vou ser o número dois
Por alguém que você não tem mais em seus braços

(Ariana Grande e The Weeknd, "Off the table")

Tudo bem, eu confesso que surtei.

Juro que achava que isso não iria mesmo acontecer, até afirmei e prometi para Dra. Janine que não, contudo foi mais forte do que eu.

Não estava preparada para vê-lo esta noite. Na verdade, achando que ele estaria no hospital no dia de amanhã apenas, planejava me controlar justamente por saber que era meu ambiente de trabalho. Eu contava com isso, não com o fato de que ele estaria ali tão rápido.

Bem, "rápido" não é a palavra correta para se usar nessa situação. Afinal, anos se passaram. Porém, as coisas saíram facilmente fora do meu controle.

Tudo ao meu redor parecia colaborar com o evidente colapso que eu tive. Apenas quem tem ataques de pânico entende do que estou falando: às vezes ele vem sem aviso prévio, apenas um mínimo gatilho é suficiente para se ter. Às vezes nem isso é preciso. E como não surtar nessas condições? Como não se sentir exausta por causa de coisas fora do seu controle?

O que eu tive agora foi um conjunto de inquietudes que rondaram o meu corpo até penetrá-lo e me fizeram extravasar daquela maneira. Eu estava cansada.

Aflita.

Agoniada.

Ressentida.

E, mesmo momentaneamente aliviada por causa das horas de conversa com Janine, nem isso foi capaz de me fazer parar. Nem sequer a promessa que fiz.

Não. Nada disso era suficiente para me deixar em paz naquela noite ao menos. A Isabelle de anos atrás, a mesma que colocou o portão da casa dos Gale abaixo de tanto medo, ódio e ansiedade, tomou conta do meu corpo principalmente ao saber que desta vez ela seria atendida, que aquele ser que a desesperança tentou ejetar insistentemente da memória por ter partido sem aviso prévio, aquele mesmo que a levou ao fundo do poço simplesmente por não abrir a porta quando ela mais precisava, agora atenderia.

E o que fazer quando isso acontecesse, senão extravasar a vontade que tinha de matá-lo?

Conversar? Há muitos anos isso deixou de ser uma opção.

E eu precisava colocar um fim ao nosso ciclo. Era exatamente assim que estava me sentindo agora, como se tivesse fechado aquela tortura apenas em vê-lo dessa vez e acabar com esse vínculo tão forte que tínhamos.

Pronto. Era exatamente disso que eu precisava. Agora sim poderei agir normalmente no dia de amanhã, poderei relaxar sabendo que Thomas não terá tantas expectativas nesse reencontro, muito menos o meu eu do futuro, pois ele havia se partido neste exato momento.

O futuro estava em branco e o passado selado. Era precisamente isso o que queria.

— Isa — meu pai chamou após se assegurar de que a porta estava devidamente trancada —, o que diabos foi aquilo?

Olho para baixo a vejo a poça de água sob meus pés na sala antes de o encarar novamente.

— Vingança — tentei resumir.

Ouvi passos vindos da escada. Minha mãe desceu sem pressa, mas atenta ao que acometia aos seus ouvidos.

— Vingança? — repetiu ele incrédulo. — Quantos anos você tem?

— Do que isso importa agora? — pergunto e dou meia-volta para buscar um pano e secar os meus passos encharcados. — Era um assunto inacabado. Agora chegou ao fim.

— Você tentou acertar ele com um cabo de vassoura!

— Como é? — minha mãe se assustou e olhou dele para mim quando chegou ao último degrau. — Ela tentou acertar quem com a vassoura?

— Thomas — ele respondeu e fechou o seu guarda-chuva. — Correu atrás dele pelo temporal rua afora tentando atingi-lo.

Dei uma risada involuntária que foi mais forte do que eu.

— Thomas veio aqui? — ela quis saber observando a minha figura patética se esforçando para secar o chão enquanto tentava controlar a súbita vontade eu tive de cair na gargalhada.

— Não, Isabelle foi atrás dele em sua casa com o cabo e queria quebrar em sua cabeça, pelo que entendi. Ele abriu a porta e a confusão começou.

— Isabelle, está louca? — ela repreendeu. Dei de ombros.

— Fiz o que queria fazer há anos — respondi com um suspiro após sentir meu pai jogar a manta que estava no sofá em meus ombros. — Podem me julgar, brigar, colocar de castigo, mas eu juro que essa é a última vez que lidarei com esse assunto.

— Deu para mentir agora também, foi? — ela censurou de cara feia. — Evidentemente está muito longe de acabar e nem acho que agirá da maneira mais madura a que se propõe. Você e Thomas devem ter parado no tempo. Onde já se viu? Correr atrás de uma pessoa com um cabo de vassoura e ameaçá-la? E se chamassem a polícia?

— Thomas disse que eu podia bater nele — esclareci. Tudo bem que eu era mesmo a errada da história, mas ao menos não seria presa por isso. — E, mesmo assim, eu não bati, mesmo querendo isso mais do que qualquer coisa. Não se preocupe, estou beirando à insanidade, mas ainda não cheguei lá.

— Vocês são malucos, isso sim — meu pai suspirou, visivelmente cansado. — Eu vou para a cama. Por favor, se for brigar, da próxima vez tente não ser em um temporal destes, eu imploro.

E subiu as escadas arrastando seus pés sem fazer muito barulho.

Minha mãe me encarava com uma expressão de pena. Contudo, não precisava disso.

Não desta vez. Eu estava me sentindo ótima, na verdade.

— Nós conversamos outra hora, tudo bem? — peço antes que reabra a boca. — Preciso tomar outro banho e dormir.

— Não fuja mais, por gentileza — ela carece preocupada. — Você tem evitado conversar comigo com medo de que tenha sobrecarregado minha paciência com esse assunto. Contudo, minha filha, quero que se abra antes de tomar decisões como essa.

— Tudo bem — prometo, fingindo um sorriso reconfortante para ela. — Eu acho que... — olho de um lado para o outro caçando o cabo de vassoura para colocá-lo de volta no lugar, mas percebo que não o trouxe de volta. — Sinto muito, acho que o cabo ficou com Thomas.

— E o que vai fazer agora, ir lá buscar? — minha mãe provoca cheia de subjetividades na fala. — Pois eu acho que você deveria mesmo.

— Compro outro amanhã — prometo e rumo para as escadas. Afinal de contas não passava de entulho mesmo.

— Aquele cabo de vassoura é especial — ela continua e ignora a minha visível vontade de sair dali.

— O que pode ter de importante num pedaço de madeira?

— Lembranças.

Ela só podia estar de brincadeira comigo.

— Lembranças? Não me diga que foi isso que meu pai lhe deu de presente de casamento? — brinco.

— E se for? Quero de volta e você vai lá pegar — ela cruza os braços impiedosa e me instiga. — Aproveite e peça desculpas para ele como uma pessoa civilizada faria.

A encaro um pouco confusa. Evidentemente queria me dar uma lição de moral me dizendo para fazer exatamente o oposto do que fiz naquela noite, mas por quê?

— Já agiu como a adolescente imatura e inconsequente que queria, agora aja como uma mulher de 26 anos que é — ela sobe os degraus e para à minha frente. — Isso não é um conselho.

Com um bufo e nem sequer um desejo de boa noite, a assisto subir bradando seus pés furiosamente e sinto meu mundo rodar — para não dizer desmoronar — com aquele singular novo castigo.

Decidi não contar para Daniel sobre o que havia acontecido e inventei uma desculpa de que, na verdade, eu havia saído a pé tarde da noite no meio da chuva apenas para comprar remédio — o que por si só já era perigoso, e eu levei uma bronca por causa disso vinda dele.

Naquela altura, sabendo que estávamos todos à flor da pele, era melhor evitar uma briga com meu atual namorado também.

Na manhã seguinte — após uma ótima noite de sono, confesso —, acordei um pouco mais cedo do que de costume. Estava disposta, ao contrário do dia anterior, e ansiosa para que ele passasse.

Foi estranhamente reconfortante para mim o resto da noite. Caí na cama após outro banho quente e em apenas alguns minutos adormeci. Não sonhei com absolutamente nada, e o canto dos pássaros sob a janela pingando gotas de chuva trouxe uma sensação de paz que havia muito tempo não sentia.

Vesti meu uniforme da empresa, me maquiei sem pressa, organizei minhas coisas e desci para o café, um pouco apreensiva por causa dos meus pais.

— Você está muito bonita — minha mãe diz quando me vê sentada à mesa após o bom-dia. — Parece descansada e alinhada.

Sei que de alguma forma ela está tentando sugerir algo além do que dizem suas palavras.

— Obrigada.

— E você tem planos para hoje? Vai à psicóloga?

— Não, tenho aula de dança e não pretendo perder — esclareço e me levanto antes que comecemos uma conversa longa. — Preciso ir.

— Isabelle — minha mãe chama assim que cruzo o portal —, não se esqueça do meu cabo de vassoura.

Reviro os olhos antes de responder. Era óbvio que ela estava fazendo aquilo para me obrigar a conversar com Thomas novamente.

— Mamãe, eu falarei com Thomas hoje — lembro. — Ele vai até o hospital. Ele trabalhará lá. Ele é o padrinho de Fred. É nosso vizinho. Não faltarão oportunidades de conversar com ele! Prometo que terei seu cabo de volta, está bem?

E saio antes de ouvir qualquer outra coisa.

Suspiro lentamente e inspiro antes de perder o controle novamente.

Talvez minha mãe tivesse razão. Não deveria ter dado ouvidos àquela parte minha que estava guardada havia tantos anos e que queria controlar a qualquer custo. Não deveria ter agido feito uma adolescente amargurada e vingativa. Porém, eu havia me sentido tão bem depois disso, tão aliviada e pronta para seguir com minha vida que realmente acreditava que foi necessário.

O hospital estava uma loucura naquela manhã, que voou como uma rajada de vento forte. Todo fim de mês era uma confusão da mesma maneira que o início, afinal as contas eram fechadas e os contratos precisavam ser revisados, refeitos, reassinados; e as reuniões com os colaboradores, planejadas.

Gostaria de dizer que foi fácil lidar com a ligação de Thomas que aconteceu por volta das 2h da tarde. Breve, ele me comunicou que estava no médico do trabalho e questionou a hora que poderia vir até mim para entregar os seus documentos. Sua voz se manteve profissional a todo o momento, um pouco mais grave do que costumava me lembrar e, por que não dizer, mais máscula.

Se eu não tivesse o visto, conversado — e tentado matá-lo — na noite anterior, poderia apostar que meu coração iria sair pela boca neste instante. Contudo, eu já havia tido o primeiro contato tão aguardado e ansiado por mim. Agora, tudo o que se passava em minha mente era fazer o meu trabalho.

Não posso dizer, no entanto, que fui um poço de calmaria desde que ele me ligou. Na verdade, gostaria mesmo que aquilo passasse o mais depressa possível e não se estendesse mais do que o necessário e, durante esse tempo, só conseguia pensar em como gostaria que Daniel estivesse na cidade para eu correr até ele depois.

Como era estranho esse sentimento. Normalmente e anteriormente, era ao contrário. Thomas era o meu refúgio, meu porto seguro, e eu fugia de Daniel como o diabo foge da cruz, indo direto para os braços do meu melhor amigo, porém, num dado momento, numa encruzilhada em minha história, numa curva acentuada, minha vida deu uma cambalhota e tudo o que eu sabia, tudo o que conhecia e prezava...

Era desesperador pensar nisso. Tratei de espantar esse abalo novamente.

Um pouco além das 4h da tarde, a recepcionista comunica que tenho uma visita. Franzo o cenho ao telefone, mas peço que o deixe entrar, mesmo sabendo que Thomas está ligeiramente atrasado.

— Isa! — o quase grito me assusta e, assim que me viro, recebo um caloroso abraço vindo de um amigo.

— Ramon! Que surpresa! Não pensei que o veria tão cedo de volta à cidade.

— Eu não queria mesmo voltar das minhas férias, mas o dever me chama. Porém, não ache que vim até aqui atrapalhar o seu dia de trabalho — ele informa e se senta na cadeira em frente à minha mesa, um pouco eufórico. — Na verdade, vim falar com Fred, mas ele ainda está de plantão e resolvi esperar ao lado da *chica* mais quente que trabalha neste hospital.

— Fred tem um pouco mais de trabalho daqui a pouco. Ficou encarregado de um médico novo esta tarde, mas acho que, se o assunto for breve, consegue lidar antes que eu mande o novato para ele.

— Serei breve, se ele for breve. Estou louco para tê-lo de volta na minha orquestra. Aliás, eu preciso disso! Temos apenas alguns meses até o espetáculo e meus dois bateristas principais simplesmente saíram. Na verdade, um foi embora porque consegui um emprego em um estúdio *babado* para ele, e o outro... bem, você já deve saber das fofocas.

Ramon era amante de um dos sócios do hospital, e apenas o fato de isso rodar de boca em boca cidade afora fez com que alguns de seus contribuintes se afastassem da banda e da orquestra que ele ministrava. Normalmente faziam shows gratuitos todos os anos em épocas especiais e tinha um projeto de aula de música para crianças carentes. Ele era quase uma celebridade, e de fato a sua vida era muito comentada — principalmente pelo fato de o sócio em questão ser casado com uma mulher e financiar todos os espetáculos.

— Eu o aconselhei a não procurar em igrejas, lembra? — recordo sentindo um enorme pesar. — Infelizmente não ficam por muito tempo justamente por você ser... você. Quando os líderes descobrem que os jovens estão na sua banda e ouvem as fofocas, logo os afastam. Felizmente alguns são evoluídos o bastante para deixar de lado a vida pessoal dos outros, pois sabem que é benéfico para eles. Contudo, sabe que o poder de persuasão da senhora esposa do seu querido companheiro é alto e ela tem feito de tudo para queimar o seu filme.

— Por *Dios*, eu estou exausto — lamenta, carregando um pouco seu sotaque espanhol e se recosta no banco. Passa seus dedos pelos cabelos encaracolados e escuros feito a sua pele e joga-os para trás com extremo cuidado. — Também perdi minha pianista por causa de fofoca, e ela era maravilhosa! Não sei onde conseguir um profissional tão bom quanto, juro que estou andando feito louco nesta cidade e fazendo audições para procurar. Em agosto acontece o aniversário da cidade e você sabe que eu sou o responsável pelo show principal. Vai estar todo mundo lá, e, se eu fracassar, perco todos os meus patrocinadores. Fora que aquela... senhora já está trabalhando para isso acontecer.

— Vai dar tudo certo, eu tenho certeza — tento reconfortá-lo.

Ramon é um homem gentil, cheio de energia, que adora fazer espetáculos incríveis. Desde que chegou à cidade, há pouco mais de cinco anos, todo festival de música tem os dedos mágicos dele envolvidos e costumam ser maravilhosos, o que o trouxe alguma segurança em relação a ter em suas mãos todos os próximos.

— O que fará neste ano? — questiono curiosa. Já passam das 4h15 da tarde e nada de Thomas aparecer.

— Um show maravilhoso de música *Pop Americana* de cantores considerados clássicos nessa área com um fundo orquestral melodioso e cheio de truques de luz. A banda está com muitos instrumentos novos, consegui sonografia de ponta e um coral incrível que montei com algumas crianças do ensino médio de várias escolas e estou há tempos treinando. Você precisa ver os looks que eu estou montando. Faço questão de organizar cada detalhe, pois será o maior show que organizei até aqui e tem muita coisa em jogo. Estou colocando minha vida e minhas músicas favoritas nele. Vai ficar um espetáculo.

— Traduzindo, alguém vai cantar uma música da Mariah Carey — brinco, mas não duvido disso.

— Você captou direitinho o que eu quis dizer. Mas será grandioso, músicas incríveis e melodramáticas tocadas com a alma, um palco cheio de instrumentistas e o coral. Ah, tem vaga para *backing vocal*, se você souber de alguém que queira fazer teste, vou montar um lugar lá na academia onde faz as suas aulas de dança.

— Interessante. Talvez eu mesma faça.

— Você canta? — ele se surpreende e eu balanço a cabeça afirmando. — Jura? E como eu não sei disso ainda?

— Porque é um hobby. Nunca fiz nada além de algum tempo de aula. Mas quem sabe? Se Fred voltar, posso considerar também. Seria divertido fazermos alguma coisa juntos.

— Eu adoraria ouvir! Morro de saudades dos nossos tempos de dança, eu acho super você vir para minha orquestra.

— Não prometo um nível tão alto quanto ao que está acostumado, mas vou dar o meu máximo.

— Querida, você não decepciona nunca — Ramon elogia com um sorriso —, no máximo precisa ser lapidada, tenho certeza.

— Não se empolgue antes de escutar — censuro com medo de suas expectativas.

— Tarde demais. Além disso, conto com você para me ajudar a convencer Fred a voltar. Eu preciso que ele aceite, nem que seja para ser o substituto enquanto procuro por outro baterista. Desta vez, preciso de profissionais na banda principal, é ela que vai carregar o show inteiro nas costas.

— Vou ver o que posso fazer. Ele está um pouco sobrecarregado com o casamento.

— Estava até me esquecendo disso. Não vou poder comparecer ao chá de panelas amanhã, mas na cerimônia estarei lá. Você e Daniel são padrinhos, não são?

Balanço a cabeça negando.

— Apenas eu — suspiro descontente. Aquela ideia de ter apenas eu e Thomas como padrinhos deveria ter mudado com o tempo. Não fazia sentido mais. — Eles terão dois, apenas. Eu e... o melhor amigo do Fred, Thomas. Que, aliás, é esse médico que estou aguardando agora.

— Jura? — ele se surpreende e olha para fora do escritório. — Quem é Thomas, gente? Nunca ouvi falar desse cara.

— Já, já, você conhecerá.

— E Daniel? Como ele está? Me diga que você ainda está namorando ele. Juro que nunca vi um homem tão bonito em toda a minha vida. E olha que sou rodado neste mundo.

Dou uma risada.

— Ele está viajando, e sim, estamos namorando. Na verdade, quase noivos.

— Que novidade é essa? — ele questiona e procura em meus dedos um anel.

— Eu ainda não aceitei. Nesta semana ele está longe a trabalho e no domingo conversaremos sobre.

— Isabelle… — eleva sua mão em seu coração e emite uma expressão de choque. — Eu não acredito que aquele homem a pediu em casamento e você está o cozinhando! Ah, não é possível! Você o coloca mesmo aos seus pés. *Dios*, é a minha heroína. Quando eu crescer, quero ser igual a você.

— Não seja exagerado — respondo rindo. — Essas coisas precisam ser pensadas com calma, não é assim tão fácil.

— E o romance da coisa, mulher? Imagina se um homem desses me pede em casamento e eu vou parar para pensar com a cabeça de cima? Nunca! Já estaria esbanjando meu anel e meu noivo por aí.

Dou um suspiro e tento levar tudo o que ele diz na brincadeira — afinal, era mesmo —, porém, por mais que pareça ser o sonho de tantas pessoas, eu sabia que comigo era diferente.

— Você não quer se casar com ele? — pergunta quando nota o meu silêncio.

— Não se trata disso, é que… — começo a responder, contudo o telefone toca antes de conseguir completar a minha frase. — Pois não, Lídia? — o atendo sabendo exatamente do que se tratava. — Pode deixá-lo entrar. Obrigada.

— O novo médico? — Ramon nota. Aceno afirmando. — Ah, não quero atrapalhar mais, vou deixar você trabalhar e esperar Fred na cafeteria. Mas vamos conversar depois. Se você aceitar o pedido do bonitão, quero saber. Vocês formarão o casal mais lindo que eu já vi.

— Claro — assinto, notando meu coração pulsar um pouco ansioso quando vejo os cabelos de Thomas aparecerem pela janela. Seus olhos cheios de expectativa se encontram com os meus à porta, mas ele percebe que estou acompanhada e decide esperar do lado de fora. — Nós nos falamos mais depois, prometo que vou à sua audição para *backing vocal*.

— Eu estou ansioso por isso — Ramon diz e se levanta tão entusiasmado quanto quando se sentou. — E se você conhecer mais alguém que… *uau*! — Ramon grunhe um pouco mais baixo apenas para eu ouvir antes de sair porta afora. Thomas está encostado na parede do lado oposto distraído com o celular em suas mãos. — Esse é o amigo do Fred?

Afirmo com um movimento rindo da sua expressão.

— *Dios mio*… — colocou uma mão em seu coração como se estivesse em choque e me causando severa curiosidade. — Juro que ele é a cara do meu primeiro *crush* brasileiro. Meu coração quase saiu pela boca agora, de tão forte que bateu.

— Como é?

— Meu primeiro amor platônico brasileiro. O conheci quando morava no Sul, eu juro que por um instante que pensei que fosse o Théo. Qual é o nome dele mesmo?

— Thomas — informo um pouco surpresa.

— Ora, até o nome é parecido. Gay? — ele pergunta sem rodeios.

— Não.

— E como você sabe? — ele cochicha ainda mais interessado.

Thomas volta seu olhar para dentro da sala e repara que estamos de pé quase à porta.

— Pode entrar — digo para ele, sem responder Ramon.

Um pouco acanhado, ele dá alguns passos sem tirar os seus olhos dos meus e entra em minha sala. Parecia um cachorro cauteloso com medo de apanhar do seu dono depois de fazer merda. O seu perfume invade o ambiente de uma maneira que envolve os sentidos de qualquer um ali, e eu pude notar que ele ainda usava o mesmo de anos atrás. Sinto a pele do meu braço, felizmente coberta pela blusa social de manga comprida, se arrepiar aos poucos enquanto meu peito arfa com o ardor da lembrança, e me forço para não estremecer meu corpo.

— Boa tarde — cumprimenta nós dois ali. Sua voz soa baixa e pacífica, ao contrário da ligação.

— Ramon, esse é Thomas Gale, amigo do Fred e residente cardiologista — o apresento para ele, que me parece deslumbrado por sua figura. — Thomas, esse é Ramon Pérez, produtor musical da cidade e responsável por alguns dos shows apresentados nas praças.

Sei que se lembra de quanto adorávamos assistir a tais shows mesmo antes de serem produzidos por ele. Thomas sorri um pouco melancólico e aperta a sua mão.

— Você tem um irmão mais velho? — Ramon pergunta sem rodeios.

— Não que eu saiba.

— Desculpa, você é quase idêntico a um rapaz chamado Theodoro. Logo, pensei que pudesse ser um gêmeo ou algo assim.

Thomas me encara sem entender muita coisa. Eu mesma não compreendo e dou de ombros. Já estava acostumada com os modos dele.

— Ele era meu amigo... ah, que saudades — dou uma risada involuntária com a cena quase constrangedora. Sabia que Ramon não se importava em ser tão aberto com qualquer pessoa que quisesse, mas isso era um dos motivos de ser alvo de tantas fofocas que o prejudicavam.

— Você namorou esse... Théo? — questiono.

— Nada disso! Ele era a-pai-xo-na-dis-sí-mo e devotado por uma garota chamada Anastácia e nunca nem olhou para os lados — esclareceu, e eu senti um incômodo crescer dentro de mim com essa informação. — Eu nunca vi um homem tão fiel ao que sentia por alguém. E o mais engraçado é que, até onde eu pude acompanhar, ela nunca deu bola para ele.

Thomas me encarava ainda. Engoli em seco quando senti o clima pesar entre nós.

— Bem, eu vou em busca de Fred agora, se me dão licença — Ramon se deu por satisfeito. — Foi um prazer, Thomas. Me desculpe se o constrangi, mas saiba que isso será muito comum se você ficar por perto.

— Eu estou acostumado — Thomas garantiu amavelmente para ele em resposta. — Convivi muito tempo com o Fred.

O encarei com as sobrancelhas juntas, quase soltando uma risada irônica. Fred não era o maior responsável pelos constrangimentos do grupo.

Contudo, fiquei quieta. Era melhor não me lembrar disso.

— Ah, sim. Ele é mesmo uma figura interessante, para não falar boca suja! — Ramon concordou, sem notar minha expressão para Thomas. — *Adiós, niña* — beijou o meu rosto e saiu da sala sem cerimônias.

— Figura interessante — Thomas reconheceu segundos depois um pouco vermelho.

— Ele é — me limitei a dizer. Não queria conversar mais do que o necessário. — Sente-se. Está atrasado.

— Me desculpe. A clínica estava cheia.

— Tudo bem — me sento em meu lugar disposta a prosseguir com aquilo o mais rápido que puder. — Trouxe o que eu pedi?

Thomas abaixa seu olhar para a pasta em suas mãos e acena com a cabeça.

Suspira antes de abri-la e parece um pouco mais nervoso do que antes.

— Só um minuto — pede e a abre. Pensei que tivesse deixado claro para ele na troca de e-mails que precisava de todas as documentações já separadas e em ordem para não perdermos tempo, contudo ele parece estar fazendo isso agora.

Reviro os olhos sem que ele note, mas, quando cruzo os braços e franzo o cenho, me encara um pouco apreensivo.

— Bel, eu... — Thomas corta a sua frase quando nota o seu erro. — Perdão, senhorita Brites. Eu perdi algumas cópias na mudança — justificou —, mas aqui estão as que precisa.

— E essas? — questiono quando o vejo segurar algumas entre a pasta e minhas mãos, como se estivesse em dúvida se deveria ou não as entregar.

— Essas são... para outra coisa — sua voz falha e rapidamente guarda novamente na pasta mediante meu olhar interrogativo.

Sinto uma curiosidade crescer dentro de mim de maneira que não consigo ignorar. Encaro Thomas por um tempo me questionando do que se tratava, minha língua coçando com vontade de perguntar em voz alta. Mas o que poderiam ser? Pareciam mesmo cópias de documentos, mas, se fosse alguma coisa secreta... bem, eu não tinha nada mais a ver com a vida dele.

O que me é entregue são muitas folhas e a maioria delas duplicada. Decido preencher algumas informações apenas para gravar suas digitais e depois faço o resto quando estiver sozinha — e longe do seu olhar e da minha impaciente vontade de me intrometer no que não me diz respeito.

Contudo, aquilo ainda seria uma tortura.

Capítulo 50

Te ver cara a cara
Me faz pensar nos dias que estávamos juntos
Mas eu não posso fazer cena
Mas eu não posso mostrar

(Giveon, "Like I want you")

Era estranho estar no mesmo ambiente que Thomas depois de tantos anos sem vê-lo. Mas o mais estranho mesmo era estarmos ali em completo silêncio depois de horas jogadas fora em minha mente imaginando como nosso reencontro seria. No início, nos primeiros dois anos de sua ausência, fantasiava um longo abraço envolto de muito choro e um beijo da saudade tão reprimida. Depois disso, sempre pensei que, no máximo, o veria de longe e não iria interagir com ele, mas deveria mascarar todos os meus sentimentos de forma a não os deixar transparecer a ponto de Thomas entender que poderia se aproximar de mim novamente.

Na prática, nada disso aconteceu, e cá estamos nós dois tendo de engolir a presença um do outro civilizadamente.

Não que eu tivesse descartado tudo o que eu havia feito na noite anterior. Na verdade, neste instante, sinto uma pontada de remorso incomodando em meu íntimo.

Contudo, era melhor mesmo ficar quieta em relação a isso e fingir que nada aconteceu.

Porém, Thomas também permanecia quieto e isso era quase surreal. Os únicos momentos em que o vi assim em quase oito anos de amizade foram em dias de provas ou dormindo. Ele sempre tinha algo a dizer, não importava o ambiente em que estávamos, a ocasião ou a maneira como ele se expressava — às vezes em voz tão baixa em um cochicho quente ao pé do meu ouvido, às vezes gritando do outro lado de maneira eufórica e nem um pouco envergonhada.

Mas não era nada disso o que estava acontecendo ali. Tudo o que eu ouvia dele era a sua respiração quase inaudível e, vez ou outra, um suspiro lento e agoniado. Eu sabia que era de agonia, pois conhecia muito bem todas as suas formas de suspirar, e não me surpreendia de ainda reconhecer isto. Thomas não parecia estar disposto a começar uma conversa, nem sequer me forçar a ouvir sobre a história que o afastou — e eu não compreendia se isso me frustrava mais ainda ou me deixava aliviada.

Por alguns instantes, tentei fingir que ele não estava presente, contudo o meu corpo reagia com um impulso elétrico aflito, como se houvesse uma carga sendo projetada pelo meu cérebro de tempos em tempos me fazendo enxergá-lo com mais vivacidade e zombando da minha angústia de tantos anos de espera. Quase podia ouvir meu próprio consciente me dizendo: "*Não era isso o que você queria? Pois então, aproveite. Aí está ele. Aí está o motivo de todo o seu desespero e noites insones*". E, nisso, meus olhos se encontravam com os de Thomas e não se desviavam até eu saber que ele realmente estava ali e não era um sonho.

— Os seus horários — entrego a ele uma folha com as informações, quebrando o silêncio de quase dez minutos. — Precisa bater ponto todas as vezes que chegar, fazer os seus intervalos e sair. Seu crachá ficará pronto em três dias, mas pode bater o ponto com a sua digital. Poderá consultar seus pontos batidos em um link do site da empresa que o enviarei depois que o cadastrar.

— Tudo bem.

— Os seus documentos estão corretos, mas, se você quiser adicionar a sua mãe ou seu pai no plano de saúde...

— Não, apenas eu — Thomas não me deixa terminar a frase. — Eles não moram aqui... — se justifica. Sua voz sai um pouco amargurada, mas ele logo trata de disfarçar com um pigarro. — E não vão voltar.

Balanço a cabeça em concordância. Bem, ao menos percebo que não os verei pela rua. Ótimo.

— Você... — me seguro antes de perguntar algo relacionado a eles. A sua vida pessoal não me interessava mais, por mais que minha garganta coçasse com a pergunta sobre ele e seus pais agora. — Deseja todos os recursos oferecidos pelo hospital? Vale-alimentação, refeição, transporte ou adicional gasolina? Lembrando que estes se devem por seu cargo de clínico-geral, a residência não o oferece. Há também a comida oferecida pelo hospital, caso o seu paladar se agrade dela, é livre para todos os funcionários.

— Não preciso do vale-transporte, obrigado — esclarece, tomando uma postura diferente agora.

— Há também a vaga gratuita no estacionamento, se interessa?

— Sim.

— Carro ou moto? — aquilo estava ficando chato, mas era o meu trabalho e eu precisava passar por isso. — Adicionarei a gasolina também.

— Carro — informa, se remexendo em sua cadeira, e recosta-se novamente. Noto suas pernas travarem no processo, me fazendo lembrar do incômodo que sempre sentia ao se sentar em assentos baixos ou menores do que ele.

Quase emito uma risada diante dessa lembrança, porém me seguro e o espero se ajeitar.

— Há poltronas disponíveis no estoque — digo com cautela sem parecer invasiva com um problema que não era sequer para me recordar a esta altura —, vou entrar com um pedido para você experimentar algumas e escolher a que melhor o atender. O consultório será dividido com outros três médicos — ele me observava atentamente com rosto suavizado —, mas há uma sala privada para descanso atrás dele, você pode colocar lá quando não estiver usando.

— Isso me parece formidável. Obrigado por notar — Thomas dá um sorriso melancólico. Observo algumas linhas de expressão em sua testa que antes não havia visto e percebo que, em seu rosto, a aparência adolescente divertida e descontraída havia ficado para trás, dando espaço para alguém muito sério.

Ou muito triste. Não sabia dizer.

Mas Thomas havia mudado, mesmo sendo facilmente reconhecido. Não diria que o seu visual em geral era outro — aliás, ainda usava o mesmo perfume e estava com uma camisa azul-clara, sua cor favorita até onde eu sabia. Seus cabelos tinha um corte bem parecido com o último de anos atrás, a estatura alta e magra continua igual. No resto, ele ainda era o mesmo de antes.

Porém... o brilho eufórico e elétrico em seus olhos estava obviamente apagado. O sorriso fácil, meigo e radiante que ele sempre emitia não permanecia mais ali. Ele estava acanhado, talvez temeroso. E pode ser que a culpa seja totalmente minha depois do que havia feito na noite de ontem.

— O hospital me parece excelente — elogiou, de modo um tanto genérico.

— Vou lhe mostrar mais daqui a pouco. Ainda tenho de cadastrar suas digitais por aí.

— Claro.

— Seus contratos, Dr. Gale — o entrego assim que as folhas saem impressas com as suas informações. — São extensos. Se quiser, pode levar para um advogado ler.

— Você mesma não pode me explicar? — pede com alguma expectativa. — Já deve conhecer por padrão, não é?

— E você confiaria no que eu iria dizer? — questiono surpresa. Todos os médicos, sem exceção, levavam seus contratos antes de assinarem, mesmo eu explicando todas as cláusulas para eles.

Thomas deu de ombros e eu não soube dizer se isso me surpreendia ou não.

— Você não está tentando me passar a perna, está? — dessa vez ele sorriu de verdade.

— Se eu estivesse, não revelaria.

Ele balança a cabeça concordando.

— Eu confio em você — diz e me encara profundamente.

Sinto uma vontade imensa de recomeçar uma briga com ele, estou com as palavras engasgadas na garganta. Contudo, suspiro forte antes de prosseguir com essa ideia insana.

— Pois você não deveria. Eu tentei te matar ontem.

Thomas dá uma gargalhada e isso faz com que acenda em mim um ódio enorme por nós dois, mas principalmente por mim. Não era minha intenção fazer piada — de verdade, não era mesmo —, e, ainda assim, as coisas saem do meu controle.

— Falando nisso, preciso que me devolva o cabo de vassoura — entro no assunto a fim de terminar logo com aquilo. — Ficou com você, não foi?

Ele me encara surpreso com aquele pedido.

— Sim, mas não pensei que fosse querer de volta.

— Jogou ele fora, imagino.

— Não, eu guardei — informa um pouco tímido. — Contarei aos meus futuros netos que um dia fui ameaçado de morte por aquele cabo debaixo de uma chuva torrencial.

Suspirei e me forcei para não revirar os olhos com aquela informação.

— Infelizmente seus netos não conhecerão tal objeto, porque preciso dele de volta — esclareço. — Minha mãe pediu.

— Tudo bem. Pegue quando quiser.

— Ótimo — não que estivesse mesmo bom para mim, mas concordei com um aceno. — Voltando ao assunto que interessa, Thomas... — digo o seu nome e novamente me arrependo no processo. Thomas permanece um pouco mais relaxado depois disso. — Perdão, Dr. Gale. Sim, eu posso lhe explicar todas as cláusulas do contrato agora, e na verdade eu iria mesmo, contudo os demais costumam carregá-lo e só trazem assinados depois de uma perícia minuciosa.

— Senhorita Brites, eu me contento apenas com as suas explicações — diz formalmente arrastando meu sobrenome de uma maneira irritante, como se fosse forçado a dizê-lo a contragosto. — Se não for incômodo, gostaria de tirar as dúvidas hoje mesmo e assinar.

— Tudo bem — concordo. De fato, era melhor até para o meu trabalho. — São duas situações diferentes, então começarei explicando sobre a residência de cardiologia e como funcionará a sua formação.

Pacientemente passei de página em página explicando cada parágrafo para ele. Eu sabia tudo de cor, cada um deles já havia sido explicado muitas vezes para inúmeras pessoas.

Thomas inicialmente parecia ouvir. Porém, num dado momento no meio do segundo contrato, estacionou um cotovelo em minha mesa e passou a me olhar fixamente até eu notar que ele estava cem por cento nem aí para o que estava escrito ali. Seus olhos castanhos estavam quase negros por causa da imensidão de sua pupila dilatada, como se estivesse tentando se adaptar no escuro, repentinamente sob o efeito de alguma droga ou vendo algo de que ele realmente gostasse.

Senti meu rosto começar a se esquentar e nem sabia dizer se era de raiva ou vergonha. Há tanto tempo ninguém me olhava daquela forma, daquela mesma maneira intensa, que eu começava a achar que o seu modo de me encarar era um delírio.

Entretanto, lá estava ele. E possivelmente com a cabeça nas nuvens.

— ... E, depois que você assinar tudo isso, venderemos a sua alma para o diabo, seu corpo nunca mais vai envelhecer, passará a trabalhar neste hospital pelo resto da sua vida enquanto o dinheiro vai parar na minha conta pessoal — testei a sua atenção dizendo essas palavras da mesma maneira séria e mecânica que as outras apenas para tentar ver se ele estava mesmo me ouvindo. — Assina aqui, aqui e aqui.

— Tudo bem — Thomas pegou a caneta e estava mesmo prestes a fazer isso.

— Você não me ouviu, não é? — me exaltei por um instante. Thomas voltou a sua atenção para mim de novo, nem um pouco surpreso.

— Você vai vender a minha alma para o diabo, não vou envelhecer, vou trabalhar para sempre aqui e você fica com o dinheiro — ele repetiu, me provando o contrário. — Por mim, tudo bem, aceito seus termos, senhorita Brites. Parecem justos.

Passei minhas mãos pelo rosto e arrastei até os cabelos, ficando visivelmente impaciente com aquela ironia.

— Eu sei que é brincadeira, Bel... — ele diz e assina a primeira folha. — Perdão, senhorita Brites — corrige cheio de ironia antes que eu o fizesse. — E eu consigo perfeitamente viajar na maionese e ouvir tudo o que me disse. Acredite, essa parte de mim ainda não mudou.

Cruzo os braços e não respondo a isso.

— Mas agradeço a paciência em explicar os contratos, aqui estão — me devolve as folhas com um sorriso forçadamente expressivo no rosto. — Como disse, confio no que me explicou.

— Certo. Vamos prosseguir.

Thomas e eu andamos pelos corredores do hospital enquanto mostrava algumas coisas que eram relevantes para ele. Em cada entrada, cadastrei suas digitais e expliquei algumas operações nesse processo. Era tudo igual com todos os médicos no geral, mas nunca senti um clima tão pesado nesta tarefa quanto agora.

Não que ele quisesse tornar isso difícil, pelo contrário. Estava calado e um tanto contente por estar ali, mas nada era interessante o suficiente para ele parar de olhar para mim, o que gerou um enorme desconforto pura e simplesmente porque eu me percebi também olhando demais para ele.

— Bem, acabamos o tour — informo quando voltamos para o ponto de partida. — Vou terminar de processar seus documentos, despachá-los e providenciar o resto. Você pega o crachá no almoxarifado daqui uns dias, também disponibilizaremos algumas roupas e jaleco depois de informar suas medidas. Claro, pode usar os seus, se quiser, não é obrigatório usar os do hospital.

— Tudo bem. Acabou? Não há mais nada para assinar?

— Há sim, mas, quando estiver pronto, eu o chamo. É em relação aos vales, apenas.

— Certo.

— Já chamei Fred, deve estar chegando para o auxiliar no consultório — lembro, notando que já passava das 5h50 e eu me atrasaria para a aula de dança naquela noite.

Ouvimos o toque do telefone. Ao atender, Lídia informa que há uma encomenda para mim e eu digo para deixar entrar sem saber do que se tratava.

Antes que trocasse alguma outra palavra com Thomas, me deparo com um entregador de flores portando um enorme buquê de rosas vindo em direção à minha sala. Sinto todo o sangue do meu rosto se esvair no processo.

— Isabelle Brites? — questiona, e eu aceno positivamente. Thomas o encara curioso.

O entregador deposita o enorme arranjo em minhas mãos. Era tão grande que mal consigo segurar. Incontáveis rosas vermelhas estão quase espremidas umas nas outras, e isso faz com que meus braços tremam.

— Assine aqui, por favor.

Apoio o buquê em minha poltrona e assino o mais rabiscado que consigo, dando uma gorjeta para ele sumir logo dali.

Thomas me encara com as sobrancelhas levantadas. Céus, que cena constrangedora! O que diabos estava acontecendo ali? Só podia ser coisa de Daniel!

Cacei algum bilhete no meio das flores tendo um pouco de dificuldade em encontrá-lo.

Com a mão esquerda massageando minha têmpora e sentindo um ódio enorme crescer dentro de mim por causa daquela manifestação idiota de evidente ciúme, leio o bilhete escrito e impresso numa gráfica qualquer.

“Espero que o seu dia seja bom. Me perdoe por não estar aí com você agora.

Amo você. Pense na minha proposta com imenso carinho.

Daniel.”

— Belíssimas flores — Thomas chamou atenção quando viu que eu estava com o olhar estático e nem um pouco à vontade diante dele. — Daniel sabe escolher muito bem, aparentemente.

Era óbvio que ele estava ironizando a situação. Ele sabia que eu preferia rosas cor de rosa, ou um mesclado com brancas. Quando nós nos formamos no ensino médio, havia me dado um delicado buquê de várias tonalidades dentro dessa gama de cores.

Suspirei fundo, tentando controlar a vontade enorme de gritar que de repente emergiu de dentro de mim.

— *Uau* — ouvi novamente a voz de Ramon adentrando a sala com Fred. — Olhe o tamanho desse buquê, dá para ver lá da lua.

— Nossa, tem alguém tentando compensar alguma coisa por aqui? — Fred provoca antes mesmo de cumprimentar Thomas. — Cara, me dê um abraço!

E eles se apertam da maneira que duas pessoas saudosas e amigas deveriam fazer. Confesso que sinto um pouco de inveja disso, do seu desprendimento em querer saber o que havia acontecido com Thomas e da facilidade em perdoá-lo.

— Falando sério, de quem é o buquê? — ele volta a questionar. — Não me diga que você...

— Rosas vermelhas? Não. Não sou burro assim — Thomas revela e eu me sinto corar.

— É óbvio que é do Daniel! — me estresso, contudo seguro a língua para não xingar em meu ambiente de trabalho.

— Ah, claro que é. Estamos muito românticos, não acha? — Fred dá um enorme sorriso com o braço ainda envolto no ombro de Thomas. — Ou muito inseguros. Eu aposto na segunda opção.

— Vocês não me deixem fora da fofoca! — Ramon repara meu olhar fulminante para Fred. — Ou isso é porque você ainda não respondeu ao pedido de casamento dele? Será que ele está com medo de você dizer não?

Juro que não consigo disfarçar meu incômodo com aquele assunto. Eu queria que um buraco se abrisse no chão e me engolisse.

— Você... está noiva? — Thomas arrasta suas palavras, surpreso com aquela informação. Fred faz uma careta de compaixão e depois crispa seus lábios, forçando-os a ficar calado quando passa seu olhar do meu para o dele, visivelmente chocado.

— Ainda não, não é, Isa? — Fred quebra o silêncio quando percebe que estou sem fala. — Mas, pelo visto, Daniel não vai deixá-la escapar.

Ramon nos encara um pouco desconfiado.

— Hum... Isa, você não está saindo agora, está? Pode me dar carona? — ele pede, mudando totalmente de assunto.

— Claro. Estou sim — apenas desligo meu computador e pego a minha bolsa o mais rápido possível. — Fred, você precisa...

— Eu sei, Belinha, não se preocupe. Thomas está em boas mãos.

— Até amanhã, então — me despeço, disposta a correr dali.

— Não vai levar a *coroa de flores* do seu noivo? — Thomas provoca.

Claro. Era tudo de que eu precisava para aquele dia! Estava indo bem até o presente momento, mas agora precisava me forçar a agir para não ficar estática no chão por causa daquela situação.

— Sim, é claro — assinto e o pego com alguma dificuldade. — Até mais.

Saio dali e sou seguida por Ramon. Seu braço gruda no meu e ele sussurra após avistarmos Thomas e Fred indo para a direção oposta.

— O que *carajos* aconteceu aqui? — ele questiona e dá uma risada logo depois. — Isa, não me diga que você e aquele garoto…

— Uma longa história, Ramon — garanto com um suspiro. — Longa história.

Capítulo 51

Você e eu
Podemos conseguir se tentarmos,
você e eu

(One Direction, "You and I")

Não contei para Ramon exatamente o que estava acontecendo no carro. Na verdade, estava mais concentrada em não ligar imediatamente para Daniel e xingá-lo até perder a razão, pois era exatamente isso o que gostaria naquele momento.

Me despedi do produtor prometendo uma conversa sobre o assunto quando eu não estivesse tão aflita e tivesse algum tempo, afinal já passava das 6h e eu estava ligeiramente atrasada para minha aula, a qual, neste instante, era tudo em que eu deveria me concentrar para não entrar em pânico.

Quando cheguei em casa naquela noite, minha cabeça estava a mil. Me sentia tão cansada física e mentalmente que não sabia a qual dos dois aspectos do meu corpo dar atenção.

Eu queria simplesmente cair na minha cama e não acordar mais. Se isso realmente acontecesse, seria de grande ajuda, afinal mortos não precisam enfrentar a realidade do dia seguinte. Contudo, sabia que esse tipo de pensamento era muito perigoso para alguém como eu, que venho enfrentando a depressão há tantos anos e tendo recorrentes crises de ansiedade.

Ignorar não era a solução. Eu precisava me manter firme enquanto passava por mais este desafio. Ter Thomas de volta em minha vida não precisava ser um tormento, afinal de contas, eu realmente não iria me acomodar e nem sequer deixá-lo se tornar algo além de um conhecido vizinho dessa vez.

Contudo, ainda havia o meu embate com Daniel. Não queria me casar daquela forma e nem sequer conseguia dizer não. Ele estava cheio de expectativas para a conversa que teríamos no domingo, e imagino que aceitará absolutamente nada além da resposta que tanto quer.

Era complicado ter de ficar reforçando minhas vontades para ele quando vejo que sou completamente ignorada, facilmente ludibriada e convencida a fazer o oposto do meu desejo. Isso somado ao fato de já estar em idade para me casar, de acordo com as expectativas dos outros, a pressão por seguir com a vida da maneira que se espera e não poder desperdiçar uma oportunidade única como aquela — afinal, Daniel era um homem e tanto, não é? Quem seria louca de rejeitá-lo, sendo que ele tem tudo o que toda mulher sempre quis?

O problema é que eu nunca fui essa mulher. O meu nível era outro e talvez algumas pessoas até achem que está bem abaixo do que Daniel tem a oferecer, mas a verdade é que... de que adianta me oferecer tanto e eu não sentir desejo de obter absolutamente nada?

Eu não queria ser ingrata, juro! Desejo, mais do que tudo, sentir a excitação e alegria que deveria estar sentindo com relação a esse casamento. Contudo, não passa sequer uma carga elétrica de euforia em meu corpo da maneira que deveria estar ocorrendo.

Pego o enorme buquê e o deposito na bancada da cozinha. A casa estava vazia e silenciosa, até mesmo meu gato permaneceu dormindo depois que eu havia chegado, mas esperar alguma reação agitada de Miush a essa altura da sua vida era um pouco demais, afinal já passava dos seus 14 anos de idade. Meus pais não estavam, provavelmente aproveitaram para sair e jantar juntos em algum lugar.

Retiro todos os botões daquele embrulho espalhafatoso e decido distribuí-los pelos jarros de toda a casa, separando alguns para o meu quarto.

Quando chego ao dos meus pais, vejo que há uma foto nova dos dois na mesa de cabeceira. Ambos juntinhos em uma paisagem florida por trás, sorrindo como sempre fizeram, evidentemente apaixonados depois de tantos anos. Já tinham incontáveis fotos com a mesma pose e a mesma expressão alegre, que atualizavam de tempos em tempos e acompanhavam suas evoluções no casamento e relacionamento.

Automaticamente me lembro da frase de Thomas, que ecoa em minha cabeça estupidamente melancólica, dizendo: "*Não quero me casar se não for para ser assim*".

Sorrio quando noto que ele tinha razão. Ninguém deveria se casar se não fosse para dar tudo de si para o outro, para ser amigo, companheiro em todas as horas e, acima de tudo, muito felizes, mesmo nos momentos de tribulações. Casamento é muito mais do que apenas amor e deveríamos entrar nele sabendo que precisamos ceder mais do que ser compensados. Somado isso de ambas as partes, a equação era perfeita.

E eu não sabia se seria assim com Daniel.

Coloco as rosas ao lado da foto e suspiro sentindo uma pontada em meu peito cheio de dúvidas. O passado estava selado, mas o presente me torturava ainda. Por quê? Eu sabia que Thomas estava ali, ele estava vivo e aparentemente muito bem. Agora era a minha vez de seguir em frente e continuar a viver sem sentir meu mundo inteiro desmoronar a cada segundo, mas não parecia tão simples assim.

Só queria que fosse fácil. Talvez fosse, o problema ainda era eu mesma e não sabia como explicar esse sentimento para as outras pessoas.

Quando Daniel me ligou naquele mesmo dia, atendi o telefone indisposta a começar uma briga. Pelo menos não até ele voltar. Há coisas que devemos falar apenas pessoalmente e seria uma covardia sem tamanho discuti-las estando tão longe um do outro. Ele não tocou no nome de Thomas e muito menos eu, mesmo em estado de alerta, sabendo que poderia acontecer a qualquer instante.

No dia seguinte, a vida pareceu normal novamente, com a exceção de que eu precisava lidar com a contratação do meu ex-melhor amigo em meu trabalho, mas isso não me incomodou a ponto de me fazer ficar mais ansiosa. Estava mais inquieta pelo fato de ter o chá de panelas logo mais à noite e com as coisas que precisava comprar para Elisa, que estava surtando ao telefone naquele dia.

Imagine só como será no casamento?

Depois de passar em uma distribuidora de bebidas e comprar grades extras de cerveja, fui para casa às pressas para não me atrasar.

— Nossa, o chá é seu ou de Elisa? Porque você está deslumbrante! — meu pai observou ao me ver descendo as escadas usando um vestido tão vermelho quanto as rosas que Daniel havia me dado. Normalmente eu não gostava daquela cor, mas naquela noite resolvi usar um dos presentes que meu namorado havia me dado apenas para contradizer o deboche jogado por Thomas. O corte tinha uma fenda na coxa e as costas estavam praticamente nuas, o tecido revestido de brilho poderia ser de gala, se não fosse mais curto.

— Exagerei? — me preocupo com este detalhe. Não tinha pensado que poderia ser levada a mal por algumas pessoas.

— Sua beleza já é exagerada, até um saco de batatas lhe cai bem — eu sabia que era mentira; ainda assim, sorri. — Só não mais do que sua mãe, olhe só...

Minha mãe vinha vestindo um modelo rodado e modesto, porém estava linda com a cor verde, que lhe caía muito bem.

Ele elevou sua mão para segurá-la no braço e depositou um beijo em seu rosto.

— É um chá-bar, talvez estejamos inapropriadamente arrumados demais para o estilo do evento — noto.

— Não é de panelas? — minha mãe pergunta. Não me recordo se já havia dito a ela sobre a mudança, mas nego com um movimento. — Talvez devesse me trocar, então. O que se usa num chá-bar?

— Roupas com que se vai a um bar? — meu pai sugere.

— Acho que estamos ótimos assim mesmo, além do mais estamos atrasados — esclareço e saímos.

Quando entramos no salão, vejo que toda a ideia inicial de Elisa de fazer um chá requintado focado para mulheres havia sido totalmente deixada de lado. Eu ainda pensava em sua ideia de pirocas voadoras caindo em cima de um bolo, mas não tinha nada disso ali.

Todo o local estava decorado com mesas simples de bar — todas de ferro pintadas de branco —, um conjunto de garrafas de cerveja transparente com flores sortidas e algumas folhagens, velas acesas no centro, uma mesa enorme com diversas guloseimas doces em um lado e do outro um serviço de buffet com comida de bar. Garçons se espalharam entre os corredores carregando garrafas e mais garrafas de bebida, além de um telão que estava ligado passando videoclipes. Me surpreendi com o tamanho do evento, afinal chás de panelas não costumavam ser tão grandiosos quanto uma festa de casamento, mas estava quase no mesmo nível.

— Aí está você — me surpreendi com a voz de Elisa ao meu lado. — Como estão? — ela sorriu para meus pais e os cumprimentou antes de falar comigo, acomodando-os a uma mesa reservada para nós. — Trouxe as cervejas extras?

— Estão no meu carro.

— Vou pedir a Fred e Thomas para pegarem — ela diz e dá meia-volta, sumindo das minhas vistas antes que eu respondesse.

Alguns segundos depois, os dois aparecem junto a ela. Entrego a chave do carro e digo onde está após a parabenização a Fred e o cumprimento de cortesia que me forço a dar ao Thomas apenas por convenção. Ele o retribui um pouco acanhado, mas vejo que está feliz por não ser completamente ignorado por mim.

Elisa e eu nos afastamos das pessoas para conseguir conversar melhor após eles sumirem de nossas vistas.

— Por que pediu mais cervejas? Me parece que tem um ótimo serviço de buffet aqui.

— A família inteira do Fred do interior resolveu comparecer, mais de 20 pessoas extras que bebem mais do que comem. Não esperávamos tudo isso — ela diz suspirando um pouco nervosa. — Você está estonteante! Adorei os sapatos.

— Obrigada. Você também está, embora me pareça cansada.

— Tem tanta coisa acontecendo em minha vida que seria surpresa se eu não estivesse — reclama, recostando-se em uma parede um pouco desanimada. — Só quero que esta noite passe e tudo dê certo.

— Mas pensei que estivesse fazendo isso por estar feliz e ansiosa para o casamento. Não era? Porque me parece o contrário agora.

— Ah, Isa! Eu estou com a cabeça rodando, isso sim! Pensei que daria conta, mas acho que já me cansei.

— Lis, você nem se casou. Relaxe, senão vai perder os cabelos até a cerimônia.

Ela dá uma risada e outro suspiro longo.

— Vou tentar — Elisa emite um olhar distante e melancólico. Eu sabia que ela e Fred haviam brigado esses dias e talvez estivesse mesmo nervosa a ponto de querer apenas que tudo aquilo passasse, contudo não esperava que ela parecesse triste.

Na verdade, ela estava radiante umas semanas atrás, o que me fez ficar um pouco de orelha em pé. O que poderia ter mudado entre eles que a fez estar tão magoada quanto parecia?

— Mas me fale... — ela quebrou meus pensamentos antes que eu mesma fizesse isso. — Você e Thomas...?

— O que tem?

— Fred disse que você correu atrás dele, é verdade? — claro que essa fofoca iria correr por aí de boca em boca. Quanto tempo até chegar aos ouvidos ciumentos de Daniel?

— Sim. É verdade. Eu estava com muita raiva reprimida e acho que foi bom.

— Mas você correu atrás dele com um cabo de vassoura para machucá-lo de verdade? — ela questionou.

— Acho que eu só queria ser atendida, Lis — esclareço, notando com um baque quão verdadeira era essa afirmação. — Thomas desapareceu e eu coloquei o portão da sua casa abaixo chamando por ele, estava com uma mágoa e ressentimento guardado dentro de mim há anos. Apenas me deixei libertar. E eu o atingiria se não fosse pelo peso na consciência.

Elisa riu.

— E agora?

— Agora o quê?

— O que pretende fazer?

Parei um instante para pensar. Eu realmente não iria fazer absolutamente nada em relação a ele, afinal não sou eu quem deve explicações a alguém e não deveria cobrá-las.

— Eu não vou fazer nada.

Elisa me encara como se estivesse um pouco decepcionada.

— Está há oito anos sem vê-lo, Isabelle! Não acha que está na hora de descobrirmos o que houve? Você deveria ser a primeira interessada — ela me dá uma bronca.

— Mas eu não estou. Thomas teve muitas oportunidades de me dizer e não disse.

— Talvez seja algo que ele não queira fazer longe de você — isso fazia sentido, mas não nesses termos. Passaram-se oito anos e ele não disse absolutamente nada. Quem espera por tanto tempo?

— Elisa, eu acho que você não deveria se preocupar comigo e Thomas. Esta noite é sua e de Fred.

Ela me encara perplexa.

— Como posso não me preocupar, Isa? Minha vida foi moldada através do tempo por causa de vocês.

Senti uma pontada de irritação em sua voz ao dizer isso.

— Eu sei. Sei que somos seus amigos, sei que essa amizade é importante e que se preocupam conosco, mas...

— Vai muito além disso — ela interfere e eu espero que diga algo mais. — Vocês não percebem, mas Fred e eu... nós somos o que somos por causa de toda essa história.

— Você vai ter de ser mais clara, Lis — pedi, notando que estava tentando me dizer algo além do que sabia.

Ela suspira longamente de novo, me deixando um pouco mais alerta. Parece estar num conflito interno e realmente incomodada com algo que não queria contar.

— Por favor, você e Thomas devem conversar — pede, obviamente se desviando do foco do seu relacionamento. — Ele não precisa dizer para nós o que houve, mas a você sim. E esse ciclo precisa se encerrar para dar espaço a coisas novas.

— Eu já encerrei nosso relacionamento — esclareço. — Na verdade, estou realmente considerando me casar com Daniel.

Minha amiga me encara e faz uma careta.

— Daniel é incrível, mas não é ele quem você quer — diz, e eu reviro os olhos. — Nem tente me convencer do contrário, eu sei..., eu sempre soube o que se passa dentro de você, mesmo que fique em silêncio. Você não deveria ficar calada mais, Isa. Diga o que quer. Todo mundo deveria dizer — termina a frase com um bufo e um gemido quase inaudível.

— Lis, está acontecendo alguma coisa entre você e Fred? — pergunto desconfiada. Mesmo o assunto sendo em relação a mim e Daniel, creio que ela esteja refletindo sobre algo de si mesma.

Elisa balança a cabeça negando.

— Fred é maravilhoso — ela tenta sorrir, contudo seu lábio inferior treme. — É incrível. E eu seria burra se não me casasse com meu melhor amigo e primeiro amor, sendo que somos perfeitos um para o outro.

Fico em silêncio absorvendo aquilo.

— Mas? — pergunto quando percebo que não vai terminar sua linha de raciocínio. — Não tente me convencer de que não há algo além se passando em sua cabeça, pois está claro que há.

Lis endireita seu corpo e me encara por um segundo antes de responder.

— Acho que estou apenas naquela fase em que as noivas começam a se questionar sobre as escolhas em seu casamento. Não se preocupe, eu estou bem. É apenas estresse em excesso, que possivelmente está me levando à loucura.

— Se quiser conversar sobre isso depois com mais calma, é só me dizer — ofereço preocupada. — Eu estou aqui para ouvir.

— Digo o mesmo para você.

Lis me abraça carinhosamente, mas esse gesto não é o suficiente para abrandar a minha preocupação.

— Bem, acho melhor aproveitarmos bastante esta festa, já que estamos gastando mais do que planejamos. E logo peço desculpas pelas músicas, não fui eu quem as escolheu.

Depois da conversa com Elisa — a qual não me sinto nem um pouco satisfeita —, volto para a mesa e me sento ao lado dos meus pais, que nessa altura já bebiam cerveja e ostentavam um prato ao centro cheio de salgadinhos sortidos.

— Thomas… — minha mãe emite emocionada, elevando sua mão até o peito o vendo passar de longe. Thomas ainda estava ajudando Fred a carregar alguns engradados de cerveja. — Meu Deus, ele parece tão igual!

Observo o seu percurso sob o olhar saudoso de minha mãe, notando que ela parece estar contente em finalmente vê-lo.

— Como pode ver, ele está muito bem — tento não parecer rude com essa fala, mesmo sabendo que era impossível dizê-la sem emitir nenhum sinal de antipatia. — Nada de errado aconteceu com ele.

Ela me encara com alguma censura.

— Isa, não podemos saber disso enquanto não conhecermos a sua verdade — o defende. Era óbvio que faria isso. — Ele pode estar destruído por dentro.

— Pois não me parece — noto e sinto um sentimento venenoso escorrendo entre minhas palavras.

— Sabe quem mais parece muito bem? Aliás, nunca me pareceu tão incrível quanto agora? — minha mãe pergunta e cruza os braços. Meu pai permanece em silêncio.

— Quem?

— Você! — ela responde, como se fosse óbvio. — Nunca a vi tão bonita quanto hoje. Também me parece incrivelmente segura e uma mulher que tem tudo na vida, mas eu sei que não é exatamente assim que está se sentindo. Você ainda tenta juntar os seus caquinhos e remontá-los a fim de ser feliz novamente, mas vive batalhas intensas e amargas por causa disso. Por que com ele seria diferente?

É claro que eu levaria uma enorme bronca por causa disso. Tento não ter reação alguma, mas é impossível não me sentir azeda depois daquele banho de água fria.

— Não julgue Thomas por ele parecer o mesmo garoto bonito e cheio de vida por fora, pois eu duvido que continue sendo assim por dentro. Se eu pudesse apostar em algo, diria que sentiu um baque tão forte em sua alma quanto você, minha filha. Não saberemos até ele estar disposto a nos contar.

— O que a faz achar que ele vai?

Ela dá de ombros.

— Por qual outro motivo ele estaria aqui? — raciocina, e eu franzo o cenho. — Acho que levará um tempo até se sentir seguro para isso, mas ele vai. Eu sei que vai.

— A senhora gosta muito dele ainda — repito algo que já sabia. — Por que não vai lá dar um abraço nele? Me parece um tanto deslocado agora.

Minha mãe me encara e reflete sobre essa ideia.

— Eu repito, não ficarei magoada — lembro. — Sei que ele também a adora.

Ela sorri radiante com essa afirmação.

— Vem comigo, Charles? — pergunta retendo o seu olhar.

— Claro.

Assisto a ambos andarem desviando de cada pelo caminho, decididos a ir até ele. Quando Thomas os avista, sorri largamente. E, quando minha mãe o abraça forte, sinto meu mundo desmoronar e minha garganta fechar, me deixando com o ar preso em meus pulmões e os olhos ardem como resposta. Prendo os lábios para não tremerem e sinto minhas mãos suarem.

Eles pareciam tão íntimos. Eu sabia que eram. Minha mãe mimava Thomas tanto quanto a mim, tudo o que ela comprava, desde que nos conhecemos e nos tornamos amigos, passou a comprar em dobro para dar a ele. Foram anos de cuidados, de amor e carinho extremo.

Mesmo longe, pude perceber os olhos de Thomas marejarem enquanto a olhava. Minha mãe tocou em seu rosto sem relutar, e eu até podia imaginá-la o chamando de "*meu filho*", como carinhosamente fazia anos atrás.

Era absurdamente doloroso ver isso. Não porque tivesse algum ciúme pela atenção dada pelos meus pais, mas sim porque eu sabia que todos, sem exceção, puderam abraçá-lo e matar um pouco da saudade que tinham. Todos pareciam estupidamente felizes em tê-lo de volta, o tocavam como se quisessem senti-lo ali, faziam perguntas sobre ele e queriam saber o que havia acontecido com a sua vida.

O que não era o meu caso. Eu, ao contrário dos outros, ando tentando afastá-lo de qualquer expectativa de que algum dia nós ainda possamos voltar a ser o que éramos.

E estou mesmo disposta a não deixar isso acontecer, pelo bem da minha saúde mental e até mesmo da dele.

Após algum tempo, meus pais voltam à mesa com Thomas ao seu lado. Me assusto e logo penso numa desculpa para não ficar ali, caso seja convidado a se sentar.

— A chave do seu carro — ele diz e me entrega sem esboçar nenhuma reação. — Fred mandou agradecer pelas cervejas e dizer que devolverá os cascos.

Assinto com um movimento.

— Por nada.

— Não quer ficar aqui conosco? — minha mãe pergunta, exatamente como imaginei.

— Eu agradeço, mas acho melhor respeitar o espaço e a decisão da Isabelle, tia — ele recusa. — Perdão, *senhora Brites*.

— Não, querido, não precisa ser tão formal — ela diz, visivelmente maravilhada por tê-lo ali. — Pode continuar a me chamar de tia, eu fico muito feliz em ouvir isso.

Thomas sorriu para ela carinhosamente. Seus olhos brilharam emocionados a ponto de fazê-los tremeluzir.

— Não guardo mágoas, venha me visitar quando quiser também — ela fala e me olha de esguelha com censura adiantada, prevendo que eu possivelmente reclamaria.

Dou de ombros e finjo que nem sequer ouvi aquilo.

— Pensei que meu pai quisesse obter uma espingarda... — soltei a informação no ar, sem conseguir me conter, ao me recordar daquela conversa na qual dizia que receberia Thomas a balas caso se aproximasse de mim. Ele me encara com semblante divertido, já minha mãe cruza os braços nem um pouco contente.

— Não preciso disso, já sei que é eficiente com um cabo de vassoura, querida. Atualmente você é a maior ameaça lá de casa — meu pai diz e cai na gargalhada. O rosto de Thomas fica avermelhado, mas ri também logo depois.

— Tudo bem — me calo diante dessa piada, mesmo tendo mil e um pensamentos rodando em minha cabeça. — Mas estou prestes a sair de lá, então não acho que seja uma má ideia.

Thomas petrifica seu semblante, me encarando cheio de curiosidade. Ele entende quando se recorda do motivo após alguns segundos, revira os olhos e solta um bufo discreto.

— Não estou sabendo disso — meu pai nota e franze o cenho. — Por que sairá de lá?

— Porque ela vai se casar com Daniel. Não é, Isabelle? — Thomas responde por mim, num tom de ironia e se intrometendo onde não foi chamado.

— Você vai? — meu pai se assusta e coloca a mão no coração.

— É — me limito a dizer, sem esboçar algum abalo emocional.

— Pensei que estivesse avaliando isso ainda, e que iria demorar um pouco mais para tomar essa decisão. Há pouco tempo me garantiu que não desejava se casar por ora — minha mãe nota e se senta ao meu lado.

Fico um tempo olhando para ela sem saber o que responder. Não queria passar uma impressão errada de que avaliava aquele pedido com mais razão do que emoção, mas, afinal, era exatamente isso o que estava acontecendo.

— Eu já tive muito tempo para pensar. Então, basicamente, já devo uma resposta a ele e possivelmente será positiva.

— Você me parece muito animada por isso, Isabelle — ironizou Thomas, cheio de si. Não me dei o trabalho de olhar para ele. — Bem, se me permitem, eu vou procurar algum lugar para me sentar antes de abrir minha boca novamente — diz, sem se preocupar em ser rude, e sai quando os dois não contestam essa decisão.

— Não pode estar falando sério! — meu pai repreende quando ficamos a sós. — Nada contra você se casar com Daniel, contudo parece que estava provocando Thomas. E não é assim que se toma uma decisão dessas, minha filha.

— Pois, eu acho que está certo — minha mãe diz. — Aceite. É o melhor a se fazer.

Junto as sobrancelhas, confusa com aquela estimulação. Minha mãe gosta de Daniel. Não da mesma maneira que gosta de Thomas, claro. Porém sempre se deu bem com ele e o acha um ótimo pretendente, mas não esperava por isto agora que o outro havia voltado.

— Ju, está maluca? — meu pai questiona. — Como a Isa pode aceitar um pedido desses? Casamento é coisa séria, não se pode ter a mínima dúvida antes de tomar essa decisão. Coisa que, evidentemente, não é o caso dela.

— Confie em mim — minha mãe responde e me deixa de cabelos em pé. — Aceitar o pedido de Daniel é uma ótima escolha, acredite. Vá, siga em frente, minha filha. As coisas logo, logo, se encaixarão depois disso. Tenho plena certeza.

Não só meu pai como eu mesma me senti surpresa com essa afirmação. Contudo, logo notei em seu sorriso cínico que havia alguma coisa por trás disso.

— Diga o que está pensando de verdade — peço após um longo suspiro.

— Você é muito impaciente e continua a agir por impulso. Deveria aprender a saborear suas emoções e a tomar decisões corretas com base nelas — ela me responde, me deixando completamente furiosa. — Aproveite a festa, o próximo chá será o seu!

Quase abro a boca para contestar dizendo que não precisaria, afinal Daniel já tinha tudo pronto para nos casarmos (casa, móveis, eletrodomésticos, talheres, panelas, tapeçaria e um supermercado inteiro!). Contudo, resolvi que daria fim àquele assunto naquele momento, escolhendo permanecer completamente em silêncio a partir disto.

Com cada vez mais pessoas chegando, foi ficando difícil ficar quieta em um lugar, pura e simplesmente por muitas delas virem conversar, e, num dado momento, Fred e Elisa precisarem de ajuda dos padrinhos — no caso, eu e Thomas — para sustentar algumas situações como, por exemplo, a entrega dos presentes e acomodação de todos às suas respectivas mesas.

Beatriz foi uma das últimas a comparecerem e eu não deixei de me perguntar o porquê, afinal Fred e Elisa nem eram tão próximos a ela a ponto de precisarem convidá-la. Usava um vestido preto, simples, mas elegante. Qualquer coisa caía bem em seu corpo esguio.

— *Thommy*! — tive de me conter quando a notei abraçar Thomas também em um caloroso e alegre aperto, que me pareceu íntimo demais para alguém que não via havia tantos anos. Isso somado ao fato de usar o apelido pelo qual eu costumava chamá-lo quando éramos amigos.

Não sei dizer se minha feição estava entregando cada sentimento que se passava dentro de mim, mas, se estivesse... bem, ao menos tentava forçar um sorriso para os convidados de tempos em tempos para não parecer amargurada no chá de panelas da minha melhor amiga.

Contudo, minha cabeça começava a rodar e doer diante toda aquela situação que estava sendo forçada a passar.

— Como está bonita, Isa — quase dei um pulo ao ouvir sua voz se dirigindo a mim. Ela permanecia praticamente colada em Thomas e exibia um olhar quase petulante ao me notar ali. — Lindo vestido. Foi o Dan que lhe deu, não foi?

— Como sabe disso? — odiava ter de admitir que não suportava a melhor amiga do meu namorado, mas a verdade todos já sabem. Nunca nos demos bem e nunca fizemos questão de tentar.

— Porque fui eu a escolher — ela diz com orgulho. — Direi a ele que você soube aproveitar muito bem o meu bom gosto.

— Pois, da próxima vez, você pode lembrar a ele que vermelho não é minha cor favorita, já que aparentemente ele não sabe escolher as coisas por si só — tentei comentar isso sem parecer tão rude, contudo não foi o que aconteceu. Além do mais, acabei dando certeza a Thomas de que ele estava correto quanto às flores. — Mas, sim, eu fico maravilhosa em qualquer uma delas, então me caiu superbem.

Ela praticamente fechou a cara quando ouviu isso.

— Ah, adoro joias, mas pérolas estão muito fora de moda há tantos anos! — reclamei em voz forçadamente carismática. — Aquele conjunto que veio com este vestido está no fundo do baú, foi você quem escolheu?

— Acho que pérolas negras seria mais apropriado, aparentemente — ela diz, referindo-se ao meu humor.

— Nada de pérolas, Beatriz, fazendo o favor. Anote na sua agenda para não se esquecer — relembro. Se Daniel fazia questão mesmo de pedir ajuda a ela, ao menos que fizesse o certo. Na verdade, eu preferia não ganhar nada, levando em consideração tais circunstâncias.

Thomas fingia que não ouvia aquela conversa, mas me encarou profundamente em diversos momentos com visível vontade de rir.

— E para o anel de noivado? Ele também pediu a sua ajuda? — pergunto.

— Noivado? — ela se surpreende.

Uau, aparentemente seu melhor amigo não contava tudo para ela. Beatriz olha para os meus dedos procurando alguma coisa ali como todos instintivamente faziam.

— É — me limitei a dizer. Realmente achava que ela soubesse disso, e se não, pode ser que Daniel esperava por fazer uma surpresa e contar para os outros depois de eu aceitar. — É um belo anel, confesso. Um pouco espalhafatoso, mas faz exatamente o estilo dele.

— Dan não me disse nada sobre isso — Beatriz tentou dar um sorriso, que saiu meio torto e bastante forçado. Percebi que aquela informação havia sido um baque para ela quando engole em seco e transforma seus lábios numa linha fina quando o contrai.

Imagino — na verdade, eu sempre soube — que Beatriz amava Daniel, mas nunca foi correspondida. Por que ser melhor amiga de um homem que ama, mas que só oferece amizade? Esse não é o mais doloroso modo de se viver? Não era melhor se afastar e, consequentemente, esquecer esse amor?

Encarei Thomas ali ao lado (e agora admito: como estava bonito esta noite!) e, como um truque de quebra-cabeças, minha mente me lembrou dele tantos anos apaixonado por mim e sendo apenas meu amigo. A justificativa, ao som das suas palavras tão ternas e emotivas, ecoa perfeitamente em minha lembrança como se tivesse as ouvido na noite de ontem:

"Tenho receio de perder sua amizade e prefiro mil vezes apenas ser seu amigo do que vê-la longe por causa disso".

E essa declaração fez sentido para mim naquela época e talvez possa fazer também para Beatriz.

Por um segundo de condescendência, senti pena por ela. E por mim. Na verdade, por nós quatro, presos num emaranhado e entrelaçados um no outro: a cada nova tentativa de desatar um nó, este pior ficava. O que era melhor? O que poderia fazer para não sair machucando o resto e a mim mesma?

Essas perguntas não parecem ter resposta. Alguém sairá magoado, tenho plena certeza disso. Suspiro ao constatar isso, elevo meu olhar ao de Thomas por um longo segundo e parece que ele também entende apenas naquela quase instintiva leitura de pensamento.

E isso me dói e arrepia a alma. Era como se ainda tivéssemos, mesmo que por um fio, a capacidade de saber o que estava se passando dentro dos nossos particulares pensamentos.

— Bem, logo ele estará de volta e os outros vão saber — emito e me dou por satisfeita com essa resposta. Beatriz balança a cabeça com um movimento sem deixar nenhuma palavra sair de sua boca.

— A nova playlist vai acabar com o coração de muita gente aqui, mas logo digo que eu não tenho nada a ver com isso, foi Fred que a escolheu — Elisa volta para o meu lado e diz novamente reclamando das músicas. — Só tem melodia castigada. Bem daquele tipo que Thomas costumava cantar e torturava o resto da sala.

— Pelo menos vocês tem alguém por quem sofrer — Bia reclama, fingindo uma volta por cima e que não estava tão para baixo segundos atrás. — Não é o meu caso. Acho que, se não se importa, Elisa, vou dar uma olhada nesses primos do seu futuro marido. Com licença.

E ela sai de cabeça erguida pronta para explorar o espaço, esquecendo-se, aliás, de que pouco tempo antes estava de braços dados com Thomas — que, até onde sei, também está solteiro e seria uma ótima maneira de tentar se vingar de Daniel.

— Vai perder a oportunidade, Thommy? — Lis provoca quando ele se vira para nós. — Ela está na pista e continua uma gata!

Ele dá de ombros, sem se importar muito.

— O futuro não está em minhas mãos, Elisa. Quem sabe um dia — Thomas responde de forma mecânica, mas eu sinto meu sangue ferver nas veias mesmo assim.

Me misturo à multidão e tento não ficar tão perto de Thomas mais, porém, vez ou outra, nós nos esbarramos, mesmo que por acaso. O salão ficou ainda mais insuportável quando as pessoas decidiram sair das mesas e ir dançar, coisa que julguei que não aconteceria. As músicas realmente eram muito melancólicas, algumas delas chegavam doer no meu peito de tanto que conseguiam me tocar por causa de suas letras e algumas lembranças.

Peguei um copo de cerveja e passei a observar os casais juntos enquanto tentava não me aprofundar ainda mais no fundo do poço. Alguns casados, alguns namorados, outros solteiros que mudavam constantemente de pares, dos mais velhos aos mais jovens, todos se soltavam após alguns goles de bebida a mais. Por ser um tema de bar, não vieram crianças, para a alegria da maioria dos pais ali presentes.

Não me lembro da última vez que dancei. Na verdade, Daniel não gostava nem um pouco de fazer isso, apesar de saber e dançar particularmente bem. E, para ser sincera, nunca mais teve tanta graça quanto com Thomas, afinal tinha a capacidade de transformar esses momentos em histórias marcantes até demais.

E ele estava ali. Não dançava também, apenas observava sentado à mesa e, claro, comendo. Imaginava se estava passando a mesma coisa em sua mente, se tinha o mesmo tipo de pensamento que o meu: de que as coisas pareciam tão absurdamente complicadas agora, mas que, anos atrás, eram tão simples! Se ele quisesse, ou eu mesma, precisava apenas dizer e instigar um ao outro, e lá estaríamos nós dois no meio do salão também. A música não importava, apenas o momento e o prazer de estar um com o outro. Era tão fácil… como nada nunca mais foi.

E, infelizmente, não consigo deixar de me questionar sobre isso: por que não? Por que não conseguia ser tão simples como era? Por que não podia ser tão bom com outra pessoa da mesma forma que era com Thomas? O que tinha de errado em minha vida a ponte de parecer que nada nem ninguém conseguia preenchê-la da mesma maneira?

Parecia tão injusto. E, na verdade, era.

Fred e Elisa continuavam um longe de outro e, apesar dos meus problemas atuais, não conseguia deixar de pensar no que estava acontecendo com ambos. Afinal, eu não tinha ideia do que Lis estava tentando me dizer, mas percebi que algo de muito errado a assombrava.

Após algum tempo, a música foi parada para dar lugar às brincadeiras do chá. Para mim, foi um alívio, confesso, afinal não aguentava mais sentir que as batidas do meu coração estavam ritmadas com as melodias chorosas, mas minha paz não durou muito tempo.

Colocaram os noivos sentados no meio do salão de frente para o telão e prepararam prendas e micos, como era de praxe.

Thomas apareceu repentinamente ao lado deles com uma câmera nas mãos — é claro que ele ainda tinha aquele hobby — e passou a tirar fotos de todos os momentos a partir dali.

A família de Elisa havia executado toda a brincadeira. Começaram com perguntas um sobre o outro, e o mais surpreendente é que fizeram isso em ordem cronológica. E, a cada resposta correta ou errada, um vídeo ou foto de cada um deles aparecia no telão desde o nascimento.

Fred ficou vermelho quando viu sua foto tomando banho nu em uma banheira quando tinha 2 anos e não se conteve em rir por pelo menos cinco minutos com os demais. Elisa foi poupada da nudez, porém ela apareceu coberta de lama da cabeça aos pés num vídeo cômico. E, a cada erro, uma parte de sua bela aparência era desfeita com maquiagem e bagulhos aleatórios.

Estava tudo certo até um ponto em que Thomas e eu começamos a aparecer aqui e ali nas lembranças também. Afinal, éramos melhores amigos por tantos anos! É claro que isso iria acontecer. E não era nada demais, mas algo me dizia que iria piorar a cada nova fase deles.

Dito e feito.

Após a passagem do fim da infância e início da adolescência, e depois de uma pergunta para Fred, soltaram um vídeo em que nós quatro estávamos juntos no karaokê. Naquela época nós tínhamos 15 ou 16 anos.

E eu me lembro daquele dia e de cada detalhe dele com imenso carinho. Foi a primeira vez que instiguei Thomas a cantar, que não tive muita vergonha de fazer isso e mais: fui relembrada por ele, através de uma de suas cartas, de que estava orgulhoso. Eu me senti segura naquela época e tinha Thomas para me apoiar, independentemente do que quisesse fazer. E, de novo, aquela sensação hostil de que aquilo nunca mais iria acontecer, de que eu não me sentiria tão bem e feliz quanto nessa época, voltou a bater no meu peito e eu engoli todo o ar parado em minha garganta antes de soltá-lo.

Me senti arrepiar quando a música começou. Eram meados de 2011. Fred, tão envergonhado quanto o amigo, começou a cantar, sendo seguido por Elisa logo depois. Dividimos a canção em quatro partes, sendo a quarta voz a minha. E eu ainda a canto, em minha memória, sabendo que encaixaria em algum momento da minha vida novamente.

Quando o vídeo foca Thomas, sinto meu peito arder ao notar aquele brilho eufórico e travesso em seus olhos de menino. Eram lindos por causa disso, e eu admito como adorava vê-los assim cheios de vida. Porém, tão diferentes agora que mais parecem ter perdido o vislumbre da sua inocência.

Ele passa a me olhar enquanto canta a música, como se quisesse dizê-la e dedicá-la a mim. A Isabelle do vídeo está rubra e sorri timidamente. Ela solta a voz olhando um pouco cabisbaixa para os demais, mas noto que o Thomas adolescente não tira os olhos dela. Ele emite um sorriso tão grande que consigo vê-lo sentindo orgulho de mim.

E ele não parava de me olhar. A sua atenção passa a todo o momento para mim e, depois de anos, finalmente consigo entender o que as pessoas diziam quando questionavam: "*Como assim vocês não namoram?*" Ou até mesmo: "*É óbvio que ele é apaixonado por você, apenas pelo jeito de olhar já dá para saber*".

Me sinto burra depois de tanto tempo por não ter percebido. Era nítido! E era constante. Meu foco quando estava nele buscava por apoio, mas o dele era... em busca de amor.

A música acaba e nós quatro damos as mãos e fazemos uma reverência. Parecia bobo e as pessoas ao meu redor riam principalmente de Fred e Elisa por causa das suas evidentes vergonhas, contudo eu mesma não conseguia nem sequer olhar para o lado, afinal sabia que Thomas estava ali e nós não éramos mais como antes.

Sem querer, mas sentindo o baque dessa percepção, deixo soltar um gemido forte da minha garganta. Ninguém estava me ouvindo, mas tratei de apertar meus lábios a fim de não deixar sair nada mais deles.

— E vocês, já se casaram? — uma voz soou ao meu lado retendo a minha atenção. Era um dos tios de Elisa que havia muito tempo não via. Olhei ao redor tentando identificar se Thomas estava por ali. Ele se encontrava paralisado um pouco mais à frente, os olhos ainda vidrados no telão pareciam imersivos no passado.

— Não — respondi um pouco seca.

— O que é isso, rapaz? Não está na hora de tomar uma atitude? — ele praticamente berrou para Thomas tratando de chamá-lo de alguma forma. — Estou falando com você, loirinho!

Quis enfiar a minha cabeça num buraco novamente, mas, nesse caso, seria melhor a dele mesmo, para parar de falar besteira.

— O senhor falou comigo? — ele se aproximou quase que imediatamente.

— Não vai se casar com a menina? Já tem muito tempo de namoro, não é?

— Nós não somos namorados! — finalmente deixei a resposta óbvia sair da minha garganta.

Enquanto isso, a brincadeira continuava entre os noivos.

Thomas me encarou um pouco confuso ainda.

— Não? Mas não são os padrinhos?

— Somos, sim — Thomas respondeu. — Porém, não nos casamos ainda.

O fitei com fogo nos olhos. Como assim "*ainda*"?

— Eu tenho namorado e não é ele. Na verdade, já somos quase...

— Noivos, todo mundo já está sabendo! — Thomas esbravejou. — Mas noivado ainda não é casamento. E casamentos acabam.

— Eu achava que vocês eram... — o tio da noiva disse, assustado.

— Não somos, não — interrompi.

— Mas eram, não eram? Porque ele era... ou ainda é? Quer dizer, dá para ver no vídeo aí — questionou um pouco sem jeito e obviamente alterado.

— O quê?

— Sabe... apaixonado por você?

Revirei os olhos.

— Eu ainda vou me casar com ela, senhor Souza. É só uma questão de tempo — Thomas responde. Eu sei que ele está me provocando para ver até onde a minha paciência poderia ir.

— Não vai, não! — lembro, me sentindo estupidamente brava agora, mas me seguro para não começar a discutir com ele ali. Aliás, eu não iria falar com ele sobre nada e queria continuar assim. — Esqueça que eu existo! Me dê licença.

Saio daquela roda e busco um ambiente arejado para me acalmar, me contentando com a área para fumantes, mesmo ela estando com algumas pessoas ali.

Sinto meu punho fechar e minhas mãos tremem. Quero ir até lá e novamente recomeçar uma briga que eu mesma havia apartado dois dias atrás com Thomas. Queria dizer tudo o que estava entalado em minha garganta, mesmo sabendo que, se deixasse isso acontecer, levaríamos horas e mais horas discutindo e provavelmente não iria nos levar a lugar algum. Eu queria ficar em paz, mas o meu sangue fervia de tanto rancor naquele instante e com uma vontade imensa de chutar aquela carcaça morta que tinha o formato de nossa amizade até ela ceder barranco abaixo e sumir de vez.

Só entendia que não podia continuar daquela maneira. Se Thomas tinha esperança de algo, então deveria abandoná-la para sempre e seguir a sua vida.

Nesse instante eu soube que deveria mesmo me casar com Daniel.

Era mesmo o melhor a se fazer. Não era?

Fiquei ali por algum tempo. Quando voltei para o salão, percebi que a brincadeira tinha acabado e Fred e Elisa estavam ridículos. Sorri quando finalmente notei os dois de mãos dadas e visivelmente alegres.

— Você tem tanta sorte — digo para minha amiga quando ela se aproxima alguns minutos mais tarde. — Não sabe quanto, Elisa. Você e Fred... são maravilhosos, sabe disso, não é?

Minha voz está embargada e eu ainda seguro para não desabar em choro. Lis me abraça, e eu me sinto tremer enquanto isso.

— Eu sei — ela reconhece com um sorriso melancólico.

— Não desista dele — peço, mesmo não sabendo ainda o que havia acontecido. — Vocês dois são incríveis.

Lis balança a cabeça, segura meu braço e me empurra para sairmos do aglomerado de pessoas quando percebe que estou a um passo de desabar.

Capítulo 52

Estou esperando pelo dia
Quando essa voz vem dizer:
'Não há nada de errado no que você fez,
por ser apenas uma criança'

(John Mayer, "Waitin' on the day")

Thomas

Isabelle está sentada à sua mesa com uma garrafa de cerveja nas mãos e olhando para o nada com um brilho melancólico por uns cinco minutos seguidos. Confesso que eu odiava isso todas as vezes que a via dessa maneira.

Porque, para mim, aquilo era perigoso. Eu sabia que ela estava se sentindo solitária e, por mais que tivesse mil pessoas ao redor, nada era capaz de tirá-la daquele transe ardiloso que a consumia desde criança. E eu não gostava.

Não gostava justamente por saber que, durante tantos anos da minha infância, eu fui igual a ela. Porém, de uma maneira forçada pela maneira que vivia.

Eu não podia fazer barulho, e eu não fiz do momento em que nasci até um pouco antes de me mudar para cá, quase aos 10 anos de idade.

E, por não poder fazer barulho e querer, mais do que qualquer coisa neste mundo poder fazer, vivia da maneira que eu queria dentro da minha imaginação.

Logo que me mudei para cá, meus pais me prometeram que minha vida seria diferente. E foi. Nada de estudar em colégio militar. Nada de não poder ir à casa dos meus colegas de escola. Eu poderia ter quantos amigos quisesse, fazer todas as atividades que desejasse e ir a uma festa de aniversário com outras crianças! Isso havia me animado tanto naquela época que quase consigo sentir a mesma sensação boa que o Thomas de 9 anos sentiu ao chegar aqui. Foi libertador.

Porém, quando conheci a Isabelle, soube imediatamente que ela sofria o mesmo que eu e vivia mergulhada dentro de seus pensamentos solitários. Contudo, achava que ela não precisava ser assim, e logo tratei de invadir a sua vida e puxá-la para a realidade — a qual eu jurava que era maravilhosa e que estava apenas esperando que nós dois viéssemos explorá-la.

Foi assim que começamos nossa amizade. Achava que ela precisava de companhia para sair de lá, e por entendê-la, pensava que seríamos um par ideal.

Contudo, eu a amei a cada segundo desde então. A culpa de tudo é minha. Eu deveria tê-la deixado em paz, não deveria? Não tê-la forçado a sair da sua bolha.

Isso me desanima. Mas, ao mesmo tempo, me faz achar que, por um lado, eu estava correto. Temos memórias incríveis de coisas incríveis que fizemos juntos, de tempos incríveis que passamos ao lado um do outro... de um tempo que não volta mais.

Agora sei que posso estar como ela: mergulhado profundamente nas nossas lembranças de um passado amoroso, em que eu era estupidamente feliz ao seu lado. Possivelmente, também estou parado, olhando para o nada e melancólico dentro da minha própria imaginação.

E isso me dói.

Dói principalmente porque ela estava ali.

Dói porque nós dois poderíamos estar entre a multidão dançando juntos, criando mais memórias boas, mais laços, mais história, em vez de estarmos mergulhados em nossa própria mente procurando nela um lugar que possa nos acomodar confortavelmente.

Por isso, digo que é perigoso. Me acostumei a viver dentro de mim de novo, assim como quando era criança e não tinha opção, e às vezes preciso me beliscar para sair de lá. Queria poder puxá-la nesse momento também, mesmo sabendo que posso ser invasivo.

Meu celular vibra em meu bolso com insistência. Imagino que pode ser do hospital, afinal comecei a atender na emergência e disse que estava disponível, caso precisassem de mim fora de hora. Olho a tela e bufo antes de atendê-lo. Não era de lá.

Era minha mãe.

Pego minha câmera sobre a mesa, tomo um gole de água e saio da muvuca que restou após a 1h30 da madrugada e procuro um lugar calmo para atender. Na área de fumantes, ele para, mas logo vem outra ligação quase imediatamente.

— *O que foi?* — minha voz não sai amigável e eu tenho consciência disso.

— *A garota não para de vomitar. Já tem oito horas e nada* — joga essa informação e eu faço uma careta.

Olho ao meu redor. Não há ninguém por perto.

— *Dê um remédio a ela. Estão todos na cômoda do quarto, sabe identificar qual é de vômito* — lembro impacientemente.

— *Thomas, eu já dei dois comprimidos. Você acha mesmo que eu iria ligar para você antes de tentar isso? Ela vomitou os dois* — minha mãe devolve com sarcasmo.

Passo a mão pelos meus cabelos, puxando-os para trás e não consigo dizer nada por cinco segundos.

Mas, em minha mente, estou gritando todo tipo de atrocidade com ela.

— *O que a senhora quer que eu faça? Estou a mais de mil quilômetros de distância* — lembro.

— *Você deveria estar aqui, e sabe disso* — ela inferniza, e eu me seguro para não xingar.

— *Não, eu não sei, na verdade. Por quê? Não tenho nada a ver com isso. Na verdade, eu já fiz coisas demais por vocês, já sofri demais, já me dediquei a coisas que não deveria, mas sinto muito, agora...*

— *A sua vida não está mais nessa cidade, garoto. Eu preciso de você aqui.*

— *Eu sei muito bem por que vocês precisam de mim* — praticamente berro isso. — *Mas eu não vou ser capacho de ninguém mais! Oito anos, mãe! Tem oito anos que estou tentando voltar para cá!*

Estou cansado de tentar explicar isso.

— *Thomas, você não pode ser tão egoísta.*

Essa frase faz com que eu sinta meu corpo paralisar por um segundo, passando a estremecer cada músculo logo depois.

— *Eu não estou sendo egoísta, Suzana! Estou trabalhando e sustentando vocês duas. Consegui aqui muito mais do que poderia aí neste fim de mundo, e a senhora sabe que nesse momento é crucial. Além do mais, se eu não pensar em mim, quem vai?*

— *Olhe o jeito que você fala.*

— *E eu estou errado?*

— *Você tem responsabilidades com essa menina. Não era hora de voltar, estamos em péssimas condições. Ela está me perguntando todos os dias aonde você foi. O que falo para ela?*

— *A verdade.*

— *Mas, se ela souber que você está morando em outro lugar, pode querer vê-lo também.*

— *Não* — passo minha mão livre em meu cenho e massageio ali a dor de cabeça que estava brotando já. — *Diga a verdade para ela. Não* só *sobre onde estou, mas sobre tudo. É o mínimo que devemos fazer.*

— *Está maluco?*

— Fred, eu preciso ir embora — ouço uma voz inconfundível ao meu lado e me viro assustado. Era Isabelle ali praticamente puxando a minha camisa. — Ah, você não é o Fred.

Ela está bêbada. Quase dou uma risada alta quando percebo isso. Por Deus, passei a noite inteira a vendo com uma garrafa em suas mãos, mas nem sequer imaginei que chegaria a esse estado. Será que ela entendeu alguma coisa?

— *Quem está aí?* — ouço a voz da minha mãe ao telefone; por um segundo, me esqueci dela.

— *É a Isabelle* — respondo com um sorriso que, admito, foi difícil não dar.

— *Ah, claro, o motivo da sua partida* — diz ironicamente. — *Você parece que nasceu grudado nessa garota. Ela nem gosta de você, Thomas, acorde!*

— *Seguinte* — recomecei, impaciente, assistindo à Bel indo para a outra direção —, *pegue um Vonau, dê a ela e espere cerca de meia hora. Depois, dê um Dramin, faça Giselle engolir com pouquíssima água e deite-a do lado esquerdo. O remédio a fará dormir e a posição ajuda a não vomitar. Se não der certo, sinto muito, mas terá de ir ao pronto-socorro de novo.*

— *Mas...*

— *Eu não estou nem aí, dona Suzana. Se vira! Não foi a senhora quem o escolheu para ser seu marido e continua a honrá-lo? Aguente as consequências* — lembrei, inconformado com como minha noite estava chegando ao fim. — *Apenas faça o que eu disse. Boa noite.*

Desliguei o telefonema com um longo suspiro. Eu estava sendo grosso? A criança certamente não tinha culpa, mas minha paciência com aquela história estava chegando ao limite. Naquela altura, mal consigo explicar como ainda não me afundei em remédios, álcool ou qualquer outro tipo de droga.

Na verdade, todas as vezes que tentei algo assim, me peguei pensando em Isabelle. Ela sempre esteve em minha consciência sussurrando que nada disso iria trazer a minha felicidade de volta, apenas me atrasaria a reconquistá-la.

Saí dali chateado e praticamente esbarro nela, que está parada à porta antes do fumódromo. Pelo visto, a minha consciência fora do meu corpo aprecia um bom copo de cachaça, e isso me faz rir.

— Eu posso dar carona a você — ofereço, sabendo da possível resposta.

Ela suspira e eu a encaro de cima a baixo com aquele salto negro de pontas finas que torneiam suas belas pernas bronzeadas, perfeitamente equilibrada, mesmo estando evidentemente bêbada. Ela estava uma visão do paraíso naquele vestido, tão linda a ponto de me fazer pensar nas nossas loucuras mais insanas desde o segundo que a vi vestida assim.

— Não — ela evidencia, fazendo uma careta —, não quero.

— Isabelle, você está bêbada. Não deveria dirigir. Aliás, não sei nem como está de pé.

— Eu não quero sua ajuda — sua voz sai entrecortada, seus olhos estão vermelhos e sua expressão abalada. — Eu estou indo para a casa do Daniel. Ele ficaria louco se soubesse que eu...

Ela dá uma pausa quando percebe que está falando demais. Não consigo segurar o riso — nem me surpreendo quando noto que continuo a amando mais do que qualquer coisa.

— Vou pedir um táxi — raciocina e pega o celular.

Isabelle fica olhando por longos dez segundos a tela de bloqueio até ela se apagar. Certamente se esqueceu do que iria fazer nesse meio-tempo.

— O que é que...? — ela pergunta apontando para o telefone em sua mão.

— Você vai vir comigo, lembra? — fingi, mas ela não engoliu aquilo.

— Não é nada disso, não!

Tudo bem, ao menos eu tentei.

— Bel, escute — recomecei, mas minha boca foi interrompida por um dedo dela que foi diretamente em minha face.

— Não — ela apertou meus lábios e eu senti vontade de dar uma mordida leve em seu indicador —, não me chama de Bel.

— Ah é, Bel? E por que eu não posso chamar você de Bel, Bel? — brinquei, enfatizando seu apelido, ao menos ela estava me respondendo sem pular em cima de mim com ódio nos olhos.

— Porque só o Thom... — ela tenta esclarecer, mas para quando nota o seu erro. — Porque não!

— Vamos, continue... — senti uma pontada de felicidade no peito ao entender o motivo de ela odiar esse apelido agora. — Você ia dizer que só eu posso chamá-la assim!

Ela revira os olhos.

— Você está tirando sarro comigo? Olhe aqui, eu preciso ir embora, o Daniel... não, ele não está aqui, mas eu estou indo para lá.

— E eu vou levar você — insisto, percebendo que mal consegue se lembrar do que iria fazer dois segundos depois de falar. — Não está em condições de dirigir. Vou pedir para guardarem seu carro no estacionamento dentro do salão, não se preocupe.

— Você não, eu vou de Uber... Uber! Era isso.

Ela pega o celular de novo e o desbloqueia.

— De jeito nenhum! Você não está em si e é perigoso. Pode pegar alguém com más intenções, e, vai por mim, Bel, nem se lembrará amanhã do que aconteceu.

— O que aconteceu? — ela pergunta, confusa, e eu caio na risada.

Quando a encaro novamente, ela está com as bochechas vermelhas.

— Vamos, eu levo você — ofereço de novo e resolvo que farei isto até que aceite ou alguém de confiança a carregue. O que era complicado, afinal quase todos já tinham partido, incluindo seus pais, que já haviam ido embora há mais de duas horas. — Olhe, não posso deixar que vá assim, seria muita irresponsabilidade.

— Eu estou bem! E nem sei por que estou falando com você. Eu não vou falar com você. Nunca mais.

Eu não sei se fico chateado ou caio na gargalhada de novo por causa da sua feição brava, consternada e o biquinho que ela faz com a boca.

— Você não precisa falar mais nada, apenas me deixar levá-la a salvo. Uber, táxi, o que seja, se não for de confiança, pode machucá-la. Eu não conheço nenhum, e, mesmo que conhecesse, ainda assim a vigiaria. Então, em vez de ficarmos aqui discutindo, deveríamos apenas aceitar e irmos embora. Escute, eu não falarei nada para o Daniel. Você nem sequer se lembrará disso amanhã. Mas eu não posso deixá-la dessa maneira.

— Vou procurar Fred — ela ignorou tudo o que eu disse e deu meia-volta.

Revirei os olhos e decidi esperar para ver até onde conseguia ir sem ajuda.

Nesse meio-tempo, resolvo procurar o perfil de seus pais numa rede social e mandar uma mensagem:

"Boa noite. Desculpa incomodar, mas Isabelle está bêbada, quer ir embora para a casa de Daniel e quer ir de táxi. Não acho prudente."

Contudo, não obtenho resposta.

Dez minutos depois, ela se senta numa cadeira e fica da mesma maneira que anteriormente — presa em sua imaginação.

O que será que a Isabelle bêbada pensa?

Dou outra risada ao tentar imaginar isso, mas me dou por satisfeito em deixá-la resolver como iria embora. Contudo, me aproximo antes que ela tente, de fato, pegar um táxi.

— Eu não achei Fred — Isabelle reclama quando nota minha aproximação. — Acha que ele e a Elisa estão fazendo as pazes transando por aí?

Franzo o cenho.

— E eles estão brigados?

— Eu não sei por que, mas acho que sim — raciocina um pouco alucinada. — Eu preciso ir embora.

Ela resolve tirar os sapatos, pega sua bolsa e se levanta.

— Vou andando — diz, depois guarda o celular. — Não, eu vim de carro! — relembra quando pega a chave de seu veículo. — Vou de carro. Tchau.

— Está maluca?! — sinto o pânico bater quando ouço isso. — Eu vou com você, então.

Ela para e fica me olhando por uns cinco segundos.

— Eu estou sonhando? — questiona, depois toca a minha face. Aquele foi o primeiro toque não violento que recebo dela desde que voltei. — É claro que estou.

— Isabelle, se você não parar agora mesmo, eu a pegarei no colo e a colocarei dentro do carro! — ameacei, mas ela mal deu ouvidos.

Eu deveria fazer o quê? A garota estava indo em direção à saída e me ignorando completamente.

Confesso que senti meu sangue ferver ao notar que deveria agir daquela maneira primitiva, mas, se alguma coisa acontecesse com ela nesse percurso, juro que não me perdoaria nunca!

Praticamente corri até ela. No salão havia algumas pessoas ainda, então esperei que saísse do campo de visão de todo mundo. Quando nos encontramos pelo lado de fora, agarrei sua cintura e a coloquei sobre o meu ombro.

Isabelle gritou no ato e eu rezei em silêncio para ela não vomitar na minha camisa.

— Eu vou levar você! — exclamei, deixando bem claro que ela não tinha alternativa. — Está me ouvindo? Você não vai sair daqui sozinha dessa maneira!

— Me coloque no chão! — ela pediu enquanto caminhava até o meio dos carros. O seu corpo estava totalmente pendido em minhas costas, suas pernas rígidas enquanto minhas mãos a seguravam pelas coxas e um pedaço da cintura. — Tudo bem, eu vou com você! Eu vou, eu vou... vomitar, socorro!

A soltei praticamente em frente ao seu carro. Isabelle segurou o vômito e fez careta quando percebeu que se tratava de mim novamente.

— Nunca mais faça isso — recebi dois socos em meu ombro. Meu Deus, como ela parecia violenta! Isso me assusta, mas não consigo deixar de rir. — Está me ouvindo, Thomas?!

— No meu carro ou no seu? — questiono e ignoro o seu esbravejo.

Isabelle revira os olhos, pega a bolsa e me dá suas chaves.

Destravo o veículo, abro e porta e a acomodo no banco do carona. Vou na direção contrária e engato a chave satisfeito por ela estar ali e ter concordado.

— Onde é a casa dele?

— Na Rua X — ela diz um pouco distraída.

— Rua X de qual bairro?

— Deste — comunica e deita sua cabeça no encosto. — Aqui mesmo. Bloco 3, número 387, apartamento 21.

— É um condomínio?

— Sim, mas as ruas são abertas.

Não é muito longe dali. Na verdade, conseguiria voltar a pé, e não descarto essa ideia caso não encontre um meio para fazer isto.

Havia alguns vigilantes uniformizados andando por aquele local com cara de poucos amigos, mas, como o carro possivelmente era muito conhecido por essas bandas, não fomos parados. Ao avistá-los, sinto um incômodo crescer dentro de mim, me lembrando imediatamente da minha antiga escola, exatamente como estava mais cedo.

Isabelle ficou tão silenciosa que adormeceu três minutos depois. Eu sabia que isso aconteceria, agora imagine se ela viesse de táxi ou Uber? Era realmente perigoso.

Quando chego ao apartamento, o porteiro pergunta quem eu sou. Abro a janela e o informo.

— Só vim trazê-la — mostro a moça a ele, que imediatamente a reconhece dormindo ao meu lado.

— Eu preciso do seu nome — ele insiste. Sinto que, se Daniel ficar sabendo disso, no mesmo segundo aparecerá à minha porta com uma arma e me dará dois tiros no peito.

— Edward Gale — minto, dizendo apenas o meu nome do meio, torcendo para que aquilo seja apenas protocolo e que ele não informe para o dono do apartamento que eu estive ali com a noiva dele. — Mas eu só vim trazê-la mesmo, está um pouco bêbada e adormeceu.

Ele me encara desconfiado.

— Cinco minutos e estou de volta, o problema é que ela estava muito alterada para dirigir. Vou estacionar o carro e colocar ela no elevador; se o senhor quiser, pode me ajudar.

— Não posso sair daqui. Vou acompanhá-lo pela câmera de segurança. O senhor Lewis não está, então peço que respeite o protocolo e não entre em seu apartamento, pois nem mesmo a senhorita Brites está em condições de autorizá-lo.

Assinto com um movimento.

— Está bem, prometo que não demoro.

— Vaga 211/212 ou 213 — ele diz, após abrir o portão da garagem.

Entro com cuidado e procuro o local correto. Das três vagas, apenas uma está disponível. Há dois carros luxuosos e uma moto entre eles, e isso me faz sentir uma pontada de inveja, que não dura muito tempo, por causa de bens materiais, afinal ele tinha o maior tesouro do mundo ao seu lado agora e que um dia já me pertenceu — o amor da minha vida, minha Bel.

— Isabelle — chamo seu nome com cautela e toco em seu ombro. Ela se remexe, mas não acorda. — Bel, nós chegamos.

Ela suspira, e só.

Seus olhos estão remexendo sob a pálpebra, o que me sugere que está sonhando. Toco em seu rosto, mas trato de abaixar a mão caso haja mesmo uma câmera focando por ali.

Eu sinto falta de poder tocá-la, mesmo que seja só para dar um abraço. Também sinto falta de poder cheirar os seus cabelos, beijar as suas mãos, focar seus olhos...

Engulo em seco. Ela não se mexe em seu assento, mesmo sendo chamada.

— Você está feliz? — estou com essa pergunta travada na garganta desde ontem.

Ela não parecia. Mas eu poderia estar completamente enganado. Isabelle sempre foi reservada. Ela pode estar muito bem com Daniel, estar apaixonada e ansiosa para se casar com ele, mas, ainda assim, faria as coisas com cautela. Ela observaria o momento e se decidiria se está na hora ou não de se casar.

Por outro lado, tenho esperança de que ela não goste o suficiente dele para isso. O tempo passou, eles estão juntos há anos, mas, ainda assim...

Isabelle ressona e eu toco novamente no seu ombro.

— Bel, acorde. Você chegou à casa do Daniel — advirto.

Nada. E eu não queria colocá-la de novo em meus ombros e carregá-la até o elevador.

Começo a rir sozinho por causa disso.

— Sabe, eu pensei que demoraria muito até conseguir estar a sós com você. Não me importo se está dormindo, eu estou feliz que você esteja aqui e que, por mais que nosso recomeço tenha sido tempestuoso... você tenha ido até lá. Mesmo que seja para me matar.

Isso me arranca outra risada.

— Eu senti falta disso. Minha vida virou um inferno desde que fui embora. Sim, eu sei que você espera que eu conte tudo e talvez... talvez eu não consiga. É a coisa mais complicada do mundo, Bel. Eu nem deveria estar aqui, na verdade.

Ela se mexe minimamente, mas não acorda.

— Pensei que eu estava livre. Eu ouvi uma notícia que, por um lado, parecia ruim, mas, por outro...

Eu suspiro. As palavras continuam saindo:

— Disseram que o maior causador de todos os meus problemas estava morto. Então, eu voltei. Mas não está. Na verdade, tudo não passava de uma grande fofoca. Descobri ontem. Naquela hora que lhe dei meus documentos, eu tive de tomar uma decisão que eu não queria. Você deveria saber sobre tudo. Eu ia contar. Mas eu não posso. Ainda.

Meu peito dói. O nó que parecia estar se desenrolando está ainda mais emaranhado do que nunca.

— Porém, agora eu tenho um outro compromisso e não posso simplesmente sair em busca de emprego e um lar em outro lugar. Eu não sei mais o que fazer. Só sei que não quero ir embora.

Eu sinto a mão de Isabelle tocando o meu braço e me assusto. Sei que ela está bêbada, adormecida e não iria me compreender, mas meu coração dá um salto.

Ela apenas se ajeita e se aquieta.

— Eu sinto muito ter perdido isso, Bel.

Ela resmunga algo incompreensível e abre os olhos.

— *Hum?*

Seus globos oculares estão vermelhos.

— O seu primeiro porre. Deve ter sido hilário — reconheço. — Além do mais, nós chegamos à casa do seu noivo.

— Que noivo? — percebo que suas pupilas estão finas e demoram um pouco a focar. — A gente se casou?

Dou outra risada ao ouvir isso. Quem me dera.

— No apartamento do Daniel — comunico com pesar.

Ela faz careta.

— E por que você está aqui? *Que saco.*

— Eu a trouxe!

— Ah, é — ela parece voltar a si aos poucos, mas, ainda assim, permanece muito confusa.

— Vou colocá-la no elevador e você entra em casa, está bem? — ofereço. Ela assente ainda sonolenta.

Só espero que consiga chegar lá sem mais problemas.

Saímos do carro, o tranco após pegar sua bolsa e clico o botão para subir. Isabelle se recosta na parede e fecha os olhos. A seguro pelos braços e não deixo que caia no sono novamente.

— Eu ainda estou sonhando — ela diz e abre os olhos. — Por que é sempre com você?

— Por que eu nunca fui embora do seu coração...

O rosto dela fica vermelho. Isabelle contorna minhas bochechas, meu nariz e minha boca com as suas mãos. Deixo que ela faça isso.

— *Você sempre diz isso...*

O sorriso que eu dou é o maior de toda a noite. Eu nunca disse isso, na verdade.

Ela ainda sonha comigo... Depois de todo este tempo, minha garota ainda sonha comigo!

O elevador chega. Coloco-a dentro e clico o 21° andar.

— Tente não dormir, está bem? — digo, travando a porta com a minha presença.

Quero beijá-la, abraçá-la e dizer quanto a amo depois de tanto tempo. Quero dar a ela o boa-noite que tanto esperou naquela madrugada em que me fui. Sei que ela aguardou, naquele dia, a minha resposta.

E sei que ela deve ter me odiado por não respondê-la.

— Boa noite, Bel — desejo com uma pontada dolorida no peito.

— Boa noite, Thommy— ela respondeu. Sua visão opaca parecia alheia à realidade e eu poderia mesmo apostar que ela achava que estava sonhando. Contudo, meu coração parecia querer saltitar do meu peito apenas em ouvir aquele apelido soando da sua boca.

Capítulo 53

Então, se eu te amo
Seria apenas você
Então, quando eu te toco
Eu posso confiar em você?
Eu posso confiar em você, amor?

(The Weeknd, "True colors")

A minha cabeça parecia estar prestes a explodir.

A primeira coisa que percebo ao acordar é que alguma coisa estava estupidamente errada.

Remexo nos lençóis e noto que ainda estou com aquele vestido vermelho e desconfortável que estava apertando absurdamente a minha cintura. Minha visão demorou cerca de cinco minutos para conseguir focar alguma coisa, mas a claridade vinda da janela quase me faz desejar ficar cega por uns tempos. Inferno! O que estava se passando pela minha cabeça quando decidi que era um bom momento para encher a cara? Era óbvio que não era. Nunca é, mesmo que você esteja se sentindo no fundo do poço e busque conforto no álcool.

Meu mundo inteiro parece rodar. Tampo meus olhos com as palmas das mãos e controlo a respiração. A luz direta quase me fez vomitar.

Eu sabia que devia estar num estado deprimente, mas não consigo fazer mais nada pelos próximos dez minutos a não ser inspirar e expirar para ver se controlo aquela sensação horrível de que estou prestes a entrar em colapso. Quando percebo que a ânsia passou, vou abrindo os olhos aos poucos e tento me sentar.

Só então noto que estou no apartamento de Daniel.

O que diabos estava fazendo ali? Aliás, como cheguei até aqui, se o meu plano inicial seria voltar com meus pais para casa?

Vou até onde a luz do sol adentra pelo cômodo e fecho a pesada cortina cor de creme. Depois disso, praticamente arranco meu vestido fora, ficando apenas de calcinha, notando que uma parte do meu corpo está marcado pelas lantejoulas espalhadas por ele.

— Daniel? — o meu grito se assemelhou a um miado de gato. Minha voz parecia estar encontrando dificuldades para sair, a garganta arranhada e um pouco dolorida.

Dou uns passos pelo cômodo e procuro alguma coisa que sugira que ele esteve por ali. Talvez tenha voltado mais cedo e ido ao chá me encontrar e me trouxe para cá depois?

Mas não há nada que sugira isso. Vou até o banheiro, sala, cozinha, varanda e não o encontro. Bem, pelo menos percebo que estava errada.

Me sento no sofá e tento pensar um pouco com mais calma, mas minha cabeça continua a girar como se acompanhasse os movimentos da terra. Meu estômago embrulha novamente e corro até o banheiro prestes a fazer aquilo que mais odeio.

— Meu Deus, que decadência — rio de mim mesma após puxar a descarga. — Será que dei vexame na festa de ontem?

Essa pergunta me assusta mais do que qualquer coisa. Da maneira que eu estava, tão bêbada a ponto de não me lembrar de quase nada, se me sujeitasse a qualquer tipo de indignação, logo me projetaria em um espetáculo. E, na condição de madrinha, muitos olhares viriam diretamente para mim quando isso acontecesse.

— Tudo bem, calma, Isabelle. Só porque não se lembra de nada, não quer dizer que fez algo de errado, não é?

Me levanto do chão do banheiro, vou em direção ao quarto e procuro meu celular na bolsa.

Lá estava, com quase nenhuma notificação. Ao menos isso era bom, pois significava sem marcações vexaminosas em redes sociais.

Daniel me desejou bom-dia às 8h30 da manhã. Isso foi quatro horas atrás. Resolvo responder como se nada estivesse acontecendo.

Meus pais perguntam onde eu estava às 9h05. Depois, minha mãe diz: "*Ah, pode deixar, já sabemos onde*".

Isso acende muito mais a minha curiosidade, contudo e se tivesse dito a eles que viria para cá? Eu realmente não me recordava disso ou dessa decisão.

Mais uma mensagem, agora de Fred, perguntando a que horas fui embora. Dessa vez me senti pior ainda! Será que saí da festa sem nem ao menos falar com ele e Elisa?

— Eu nunca mais vou beber. Nunca, nunca. *Cacete, machuquei meu pé?*

Olho para baixo e vejo uma mancha no direito, porém não passava disso. Contudo, a sola estava bastante empoeirada.

— Parabéns, Isabelle, olhe só para você — resmungo irritada. — Está parecendo uma pedinte.

Decido que era melhor tentar recuperar a dignidade antes que minha autoestima decaísse ainda mais, e vou para o chuveiro. Água gelada e depois uma xícara de café bem forte iriam me ajudar, isso combinado a bastante líquido pelo resto do dia.

Me sinto um pouco melhor depois do banho. Procuro uma camisa de Dan e a visto, decidindo que ficaria por ali enquanto não saísse daquela ressaca horrorosa.

Depois de alguns minutos, tomo um comprimido e passo o café. Enquanto me forço a o engolir, recebo outra mensagem de Fred:

"Thomas está perguntando se você está bem".

Ele solta isso e eu franzo meu cenho tão confusa que demoro uns dez segundos para engolir a bebida. Minha visão roda de novo e me sinto fraca dessa vez.

"Por qual motivo?"

"Bem, se você me respondeu, é porque está viva. Vou dizer a ele."

Todos os pelos do meu corpo se eriçam com essa resposta. O que caralho o Thomas tinha a ver com isso?

Tudo bem que eu havia sonhado com ele essa noite, mas isso era tão comum. E no sonho nada de relevante acontecia, então não poderia ter alguma coisa a ver com ele na vida real.

Poderia?

"Fred, o que aconteceu ontem? Eu realmente não me lembro e estou com uma ressaca vinda diretamente do inferno para me castigar. Por favor, não me diga que eu dei algum vexame."

"Vexame nenhum, Isa. Pelo menos eu não vi."

"Então, por que diabos o Thomas quer saber se eu estou bem?"

"Você está?"

"Não."

"Então."

Fred estava me tirando do sério já.

"Então o que, criatura?"

"Ele disse que você estava muito bêbada"

"Sim, por isso a ressaca, *dã*".

Ele manda algumas risadas e eu perco a paciência. Meus olhos doem por ficar focando a tela do celular e estou disposta a mandar uns áudios o xingando apenas para me desestressar.

Ele diz depois de um minuto sem resposta:

"Thomas mandou dizer para você tomar água com gás e uma pitada de sal com um pouco de açúcar durante o dia."

"O que Thomas tem a ver com isso? Eu não estou brigando, apenas quero saber mesmo."

"Ele mandou dizer que ele é médico e sabe do que está falando."

Tento não revirar os olhos, mas isso sempre acontece.

"É pra repor a hidratação e os seus eletrólitos."

"Não estou perguntando sobre isso, Fred!"

"Ele também mandou dizer que você fica engraçadinha bêbada."

Pelos céus! Só falta eu ter feito alguma merda com ele ontem! Ai, isso não estava acontecendo!

"Como é?"

Não consigo sequer raciocinar.

"E que o vestido estava lindo em seu corpo. Apesar de saber que você odeia vermelho, parecia uma deusa da luxúria."

Me senti confusa com essa informação.

"E que você deveria dar um pé na bunda do Daniel."

"Do que diabos está falando, Fred?"

"E que, da próxima vez, chame ele para ir beber junto. Ele disse que adoraria."

Desconfio dessas últimas mensagens.

"Vai se foder, Thomas!" Respondo sabendo que provavelmente era ele ali com o celular do Fred. "Vão vocês dois".

"A suruba não fica completa sem você, Bel-zita".

Ele responde e me manda uma carinha travessa.

"Só não vai brigar com o Fred novamente para saber quem vem por cima".

Decido bloquear o número de Fred em nome da minha sanidade mental. Em outro momento tentaria conversar, e de preferência pessoalmente, já que, pelo que entendi, estava ele e Thomas juntos naquele instante.

Contudo, o desbloqueei um minuto depois apenas para mandar uma resposta.

"Já disse pra não falar mais comigo, cacatua com perna de sabiá".

Super imaturo da minha parte, eu sei.

Thomas responde antes que eu bloqueie o número novamente:

"É o máximo que consegue fazer? Você já foi mais criativa, filhote de *hobbit* tupiniquim".

Tento não dar o braço a torcer, mas não consigo deixar de rir. Contudo, decido ignorar completamente a mensagem e não responder mais, mesmo estando absurdamente curiosa para saber o que havia acontecido na noite de ontem. Todavia, se nada de estranho ainda se revelou, talvez tenha apenas bebido demais e voltado para casa de Daniel.

E possivelmente a pé, a julgar pela cor dos meus pés quando acordei.

Isso significava que eu precisava ir atrás do meu carro. Só de imaginar que ele pudesse estar dentro do estacionamento do salão, sinto uma enorme preguiça. Tudo o que eu queria fazer pelo resto do dia era ficar ali, de preferência no escuro, tentando recuperar a minha dignidade antes que qualquer pessoa me visse nesse estado.

Meia hora depois, decido tentar comer alguma coisa. Meu estômago está completamente vazio e se revirando por causa dos goles de café amargo que me forcei a beber, mas nada parece que vai conseguir se segurar por muito tempo lá dentro. Abro a geladeira e procuro algum alimento leve, de preferência frutas, mas Daniel já estava fora há quase uma semana e tudo ali estava passando do prazo de validade já.

Avistei duas garrafas de água com gás e resolvi testar a "receita milagrosa" do grande médico piadista que retornou à cidade. Afinal, não conseguia mesmo comer coisa alguma ainda.

Depois de duas horas bebendo aos poucos praticamente todo o líquido, sinto que posso finalmente comer outra coisa e assim faço, me dando por satisfeita com alguns biscoitos de sal e chá de erva-doce.

Daniel, desde que mandou aquele bom-dia, não havia dado sinal de vida mais. Estava o esperando dizer algo para contar que estava em seu apartamento, mas imaginei que estivesse em algum almoço ou visita de negócios e achei melhor não incomodar.

Quando sinto que meus passos não são mais acompanhados de vertigens, procuro alguma peça de roupa minha que tenha deixado ali, me visto e decido ir até o salão de festas buscar meu veículo antes que algum responsável de lá resolva mandar rebocá-lo.

Desço pelo elevador e dou de cara com um dos porteiros saindo do seu expediente.

— Boa tarde — o cumprimento, me sentindo um pouco nauseada por causa do elevador. — O senhor estava aqui de madrugada, correto?

— Estava sim, senhorita Brites. Deseja alguma coisa?

— Por acaso o senhor viu a que horas cheguei?

— Ah, acho que era perto das 2h da madrugada. Um rapaz a deixou aí e foi embora. Ele me disse que estava sem condições de dirigir e pediu que entrasse com o seu carro.

— Que rapaz?

— Um loiro, alto, olhos castanhos. Não parecia ter mais do que 20 e poucos anos — ele diz, e eu me sinto travar em meu próprio corpo. — Só um minuto — pede e vai até a cabine onde os porteiros costumam ficar. — O nome dele é Edward.

— Edward? — franzo o cenho um pouco confusa. — Mas… — a pergunta não sai completa de dentro da minha boca. — Ah, claro. Edward Gale, imagino.

— Isso mesmo. Ele a trouxe, deixou o carro na garagem e foi embora logo depois. Pelas câmeras de segurança, pude vigiá-lo.

— Mas ele entrou no apartamento?

Essa ideia me assusta mais do que qualquer coisa. Daniel vai surtar quando souber disso, ah, se vai!

— Não, apenas a colocou no elevador. Não podemos deixar estranhos entrarem nos apartamentos sem permissão, e a senhorita não estava em condições de dar, então ele só a levou até onde podia — clarificou. — Por quê? Aconteceu alguma coisa?

Balanço a cabeça num singelo não, porém visivelmente assustada por tudo aquilo. O que eu iria dizer para Daniel caso soubesse disso? E se ele perguntasse quem esteve aqui e descobrisse que Thomas veio comigo? Decerto ficaria cego de ciúmes.

— Não, senhor. Apenas não me lembrava de como cheguei — tratei de dar um sorriso reconfortante para ele. — Desculpe o incômodo de perturbá-lo antes da sua saída.

— Sem problemas.

— Disse que meu carro está na garagem?

— Sim, senhorita. Ele o deixou lá.

— Certo. Obrigada.

Desci até a garagem e fui em busca das vagas disponíveis de Daniel. Lá estava o meu carro entre os dele e aparentemente não tinha nada de errado. Contudo, eu não sabia se deveria agradecer a gentileza de Thomas ou mandar ele para puta que o pariu de novo. Estava mais apta para a segunda opção. Será que ele não entendia que aquilo iria complicar a minha vida ainda mais?

Será que ele sabia, mas estava mesmo disposto a fazer intriga para me ver separada?

Aquilo era um absurdo. Thomas não podia fazer isso, não depois de desaparecer por tanto tempo. Ele não tinha o direito!

"Fred!"

Chamei ele novamente após subir para o apartamento, tão nervosa a ponto de sentir meus dedos tremerem na tela do celular.

"Pergunte ao Thomas o que aconteceu ontem, por favor."

Menos de um minuto depois, ele respondeu:

"Ele disse que você estava disposta a ir embora dirigindo, estava indo para o seu carro com a chave na mão, sem os sapatos e tão bêbada que quase vomitou na roupa dele. Então, sabendo que iria cometer uma loucura fazendo isso, levou você."

"Foi só isso? Tem algo mais?"

Dessa vez ele demorou um pouco para dizer:

"Aparentemente, não."

Essa resposta não me deixou mais aliviada, mas ao menos realmente não tinha dado algum vexame.

"Ah, tem sim. Disse que teve que a carregar nos ombros porque não estava dando ouvidos a ele."

"Ele o quê?!"

Thomas estava louco? E se alguém visse isso?

"Você estava dando trabalho, Isa, exatamente como um bêbado sem consciência faz. É o que eu fiquei sabendo."

Me senti intimamente envergonhada depois de ler essa parte.

Está certo, eu prometo que nunca mais vou beber dessa maneira. Juro!

"Está bem. Obrigada."

"Obrigada para quem? Para mim ou ele?"

Mesmo que Fred tivesse me prometido que não iria mais se intrometer nessa história e ajudar Thomas, não era isso o que estava acontecendo.

Revirei os olhos impaciente, sem saber o que dizer.

"Olhe, Isa..." — Fred chamou antes que eu conseguisse responder algo — "Acho injusto você ficar com raiva dele, afinal não tinha saída. A maioria das pessoas havia ido embora e você estava disposta a cometer uma loucura dirigindo bêbada. Imagine só o que poderia acontecer. E se você tivesse ido sem ninguém saber e tivesse sofrido um acidente? E se se perdesse no caminho por esquecer aonde estava indo? Thomas me disse que mudou de ideia umas cinco vezes de como iria para casa de Daniel, e uma pior do que a outra. Você pode odiá-lo, mas a atitude foi correta, mesmo que o abomine agora."

"Está bem, está bem! Agradeça a ele por mim."

Parecia mesmo um cenário complicado de lidar.

"Agradeça você. Não sou garoto de recados" — ele brincou, afinal não era exatamente isso o que estava fazendo o dia inteiro?

"Fred, eu te odeio!"

A única resposta que ele enviou foi um coração vermelho pulsante.

— Não é garoto de recados? — comecei a resmungar sozinha alguns segundos depois apenas para extravasar a raiva. — Aposto que você já está fazendo isso há um tempo...

Essa conclusão foi como um baque para mim. E se Fred passou recados de Thomas durante a sua ausência sem eu perceber? E se os textos longos de aniversário que costumo receber dele foram escritos por Thomas depois que eles voltaram a conversar?

Eu sabia que Fred não era tão criativo, mas sempre imaginei que, por causa de Thomas e todo o seu exemplo durante a vida, passou a fazer o papel de melhor amigo quando ele se foi apenas para me ver feliz. Mas eu sempre acreditei que suas palavras, mesmo que escritas e não ditas pessoalmente, me felicitando em todos os aniversários e desejando o melhor da vida nas viradas dos anos viessem genuinamente dele.

Ah! Se isso realmente aconteceu, ficarei uma fera. Aquela conversa com a Dra. Janine sobre Thomas achar um jeito de se manifestar fez um pouco mais de sentido, e, mesmo que não fizesse questão de procurar nas redes sociais algum indício disso através de uma conta falsa dos dois primeiros anos, essa evidência de que Fred estava sendo seu porta-voz esse tempo todo me atormenta ainda mais do que a primeira possibilidade.

As horas passaram e a noite caiu sem sinal de Daniel. Estava ficando cada vez mais nervosa com isso, afinal ele parecia nunca estar aqui quando eu preciso. Entendia que era o seu trabalho, entendia que demandava muito do seu tempo e dedicação, mas sentia a sua falta.

Não sabia como dizer que Thomas veio até aqui para me trazer. Certamente ele ficaria louco quando soubesse disso, mas eu precisava ser sincera antes que descobrisse de qualquer jeito.

Quase perto das 8h da noite, ouço um barulho vindo da porta. Isso me dá um susto enorme, afinal não esperava por ninguém ali.

Quando ela se abre, vejo Daniel entrando por ela com sua mala gigantesca e carregando flores — mais rosas vermelhas — em suas mãos. Isso me faz sentir uma estranheza sem tamanho.

— Dan! — vou até ele em um pulo.

— Isa... — seus olhos se alargam e ele se assusta, depois me dá um beijo singelo nos lábios. — Eu não sabia que você estava aqui.

— Não me respondeu o dia inteiro, estava esperando para dizer — esclareço. Ele dá um sorriso.

— Ah, Dan ainda está faltando... — vejo Beatriz entrar pela porta e me surpreendo.

O que diabos ela estava fazendo ali?

— Oi, Isabelle — ela me cumprimenta um pouco desanimada. — Como está depois daquele chá de panelas incrível? Foi uma bela festa ontem, adorei a decoração.

Sinto meu coração se acelerar e meu corpo ficar paralisado vendo os dois juntos ali. Por que Beatriz estava com meu namorado enquanto ele nem sequer havia me respondido durante todo o dia? Por que ele havia voltado para a cidade mais cedo sem me dizer absolutamente nada?

— O que está fazendo aqui? — pergunto para ela e passo meus olhos para Daniel segurando aquele buquê enorme.

Beatriz me olha como se eu fosse louca.

— Busquei Daniel no aeroporto — ela diz como se isso fosse óbvio para mim.

— E por que você está com um buquê, Daniel?

Nunca desconfiei dos dois. Na verdade, a julgar pelos sentimentos que Beatriz obviamente tem, se conseguisse alguma coisa com Daniel, faria questão de roubá-lo de mim e eu saberia na hora que aconteceu. Contudo, não descarto a possibilidade de traição às escondidas pela maneira absurdamente estranha que os dois se encontram agora.

Dan olha para as flores, só então percebe que está numa situação no mínimo incomum e complicada.

— Eu ia fazer uma surpresa — ele diz após um longo suspiro. — Mas não sabia que você estava aqui.

— Surpresa para quem?

— Para você, não é óbvio? — ele responde um pouco assustado. — Nós temos aquele assunto pendente, Isa. E eu percebi que não fui muito romântico quando a pedi em casamento, então resolvi refazê-lo, já que neste fim de semana você teria a resposta. Iria buscá-la daqui a pouco e trazê-la para cá.

Permaneci encarando ele, com um leve nervosismo em meu peito. Por mais que aquilo pudesse ser real, a presença da Beatriz não estava me deixando nem um pouco à vontade.

— Se você me respondesse, talvez saberia que estou em sua casa. Eu mesma poderia ter ido encontrá-lo.

— Ah, agora você sabe como me sinto quando você desaparece e não me responde — ele acusou, deixando as flores apoiadas no sofá. — E se você fosse até meu encontro, eu não iria conseguir fazer uma surpresa, não é?

— Mas você precisa mesmo da ajuda de outra pessoa para isso? Não consegue pensar sozinho?

Isso me chateava, mas às vezes apenas engolia e fingia que não. Ele e Beatriz eram amigos e era mais do que comum. Contudo, gostaria que ela não se intrometesse nessa história. Afinal, não era sobre nós dois? Ele tinha de meter ela nesse momento?

Ele me encarou um pouco nervoso e engoliu em seco antes de continuar.

— Você está com ciúmes?

Ciúmes não era bem a palavra certa, mas sentia um incômodo sim, principalmente por saber que ela gostava dele e na primeira oportunidade o seduziria. Se fosse o caso, gostaria de não flagrar esse momento e ser poupada de escândalos.

— Daniel — seu nome sai da minha boca com um ardor quente da garganta —, eu não gosto de flores vermelhas.

Na real, eu realmente não gostava de vermelho.

A não ser que a cor fosse...

Esquece.

Daniel me fita um pouco confuso.

— Não digo que estou com ciúmes por você estar pedindo ajuda para "me surpreender", mas já me ouviu dizer que não gosto dessa cor algumas vezes. Lembra? — questiono irritada. — É claro que não. Mas sabe quem mais conhece esse detalhe, afinal eu disse ontem mesmo? A sua amiga, que você faz questão de ouvir quando precisa tentar me presentear. Que tal prestar atenção em mim a partir de agora?

— Deixe de ser dramática, Isabelle — ela se manifesta após tocar em sua ferida. — As flores eram para decorar o ambiente.

Tento não revirar os olhos para ela, mas apenas sua voz me irrita naquele instante.

— Escute, eu vou embora — digo para ele. Não gosto de passar por esse tipo de situação e não estava disposta a procurar briga.

— Não, por favor — sinto meu braço sendo tocado por Daniel me impedindo de mexer um centímetro sequer. — Eu acho que houve um mal-entendido. Não estava com más intenções, por mais que pareça estranha essa situação. Beatriz me perguntou sobre nosso suposto noivado e eu disse que estávamos para assumir este fim de semana, mas que você não me pareceu feliz com o pedido. Então, me ofereceu ajuda para fazer direito.

— Ah, jura? Entendi. E vocês foram planejar uma noite romântica para mim juntos? Quanta generosidade!

— Deixe de ser infantil — ela faz careta para mim e joga uma sacola em cima da bancada da cozinha. — Não fizemos nada de errado, ele só queria surpreender e se depara com você tão ingrata.

— Certo. Então, imagine que você é a namorada dele agora... — Beatriz ficou um pouco vermelha apenas ao ouvir isso —, e está aqui em sua casa achando que ele só chegará no dia seguinte, afinal foi o que disse. De repente eu e Daniel aparecemos juntos, ele carregando um buquê de flores rosas, que são as minhas favoritas, mas não as suas, faz uma careta de quem foi pego no pulo para você e diz que, na verdade, estava fazendo uma surpresa para pedi-la em casamento. Mas eu estou aqui. Eu, a suposta melhor amiga dele que nada devia ter a ver com isso. O que me diz? O que você achará disso?

— Uma cena constrangedora, Isabelle — ela concorda com um aceno. — Exatamente como aquele momento de ontem entre você e Thomas no chá-bar, sendo que está prestes a ficar noiva de outro homem!

— O quê? — eu e Daniel questionamos juntos.

— Do que está falando? — pergunto sem entender. — Thomas e eu não interagimos durante o chá.

— Eu estou falando disso — ela desbloqueia o seu celular e mostra uma foto minha sendo carregada nos ombros de Thomas no estacionamento. — Uma obra de arte, não acha, Dan? O vestido vermelho brilha até mesmo sob a luz fraca.

Mas que caralho...

Daniel encarou a tela e eu pude ver seu rosto sair da tonalidade bronzeada para a vermelha em segundos.

— De onde você tirou isso? — questiono quase aos gritos.

— Do estacionamento, é óbvio! Vocês dois nem repararam que eu estava lá. Estavam tão entretidos um com o outro que pareciam dois pombinhos prestes a aprontar alguma coisa.

— Eu estava bêbada! E nada aconteceu. Nada!

— Ele saiu no carro com você — Beatriz lembrou. Senti o ódio crescer dentro de mim a ponto de querer voar nela, mas me segurei antes que fizesse besteira. — Eu vi, não foi fofoca de ninguém não.

— Thomas apenas percebeu que eu estava bêbada demais para dirigir e me trouxe antes que fizesse besteira.

— Ele o quê? — Daniel praticamente berrou para mim.

— ... me... trouxe — reafirmei com um pouco de dificuldade.

— Ele veio até aqui? — meu namorado praticamente voou com suas mãos até meus ombros. Eu senti o baque dos seus dedos cravando a minha pele.

Eu sabia que aquela história iria me dar mais dor de cabeça. Sabia!

Beatriz deu uma risada nervosa e de triunfo. Parecia mesmo ironia da minha parte brigar com eles por estarem ali juntos agora.

— Ele só me trouxe até o prédio, nada mais — tentei argumentar, mas via o sangue de Daniel ferver através de suas têmporas saltadas. — Dan, eu juro que nem me lembro disso. Bebi demais, muito mesmo. Fora isso, nem sequer fiquei ao lado dele. Essa... senhorita aí, já que adora bisbilhotar a vida dos outros, pode confirmar.

— Eu não confirmo coisa alguma! Não dou o braço a torcer por vocês dois nunca, já nos magoaram antes, por que não fariam isso novamente?

— Deixe de ser implicante, garota! Não vai conseguir nada sendo abusada desse jeito!

Ela deu de ombros.

— Beatriz — Dan chamou a sua atenção, depois soltou meus ombros abruptamente —, por favor, vá embora. Deixe o resto das coisas na portaria e eu pego depois. Eu preciso conversar com a Isabelle.

Ela o encarou nada satisfeita, mas deu meia-volta e saiu do apartamento sem nem sequer se despedir.

Quando ouvi a batida da porta, senti meu sangue congelar em minhas veias.

— Eu não acredito que você fez isso — começou, reclamando de algo que não houve, passando as mãos em seu semblante e esfregando os olhos irritados.

— Daniel, não aconteceu nada! Olhe, tirando o fato de que ele me carregou nos ombros, não posso reclamar do que aconteceu. Eu estava alterada. Passei o dia de ressaca, aliás, e Thomas...

— Thomas! Thomas, Thomas, Thomas... tudo ele. Já parou para pensar nisso?

— Você preferia que eu dirigisse bêbada? Que andasse pelas ruas de madrugada sem companhia e correndo riscos?

— Você não podia ir embora com seus pais? — ele gritou. Instintivamente coloco meus dedos nos ouvidos irritada com o barulho da sua voz. — Não podia pedir ajuda para outra pessoa? Não podia parar de beber?

— Você não podia anotar na sua agenda e me fazer companhia? Eu o avisei há mais de um mês sobre o chá e você não estava aqui! Aliás, você nunca está.

— Eu estava trabalhando e você sabe disso — tocou novamente de modo violento em meus ombros, estremecendo as suas mãos, me chacoalhando.

Dei dois passos para trás, com medo dessa atitude. Não estava gostando nada da maneira que estava agindo.

— Eu sei — digo arranhando minhas palavras. — Mas eu também sei que podia ter mudado a data, só não deu importância para o que eu disse.

— Você resolve me trair na primeira oportunidade com aquele filho de uma puta e a culpa é minha?

— Eu o traí, Daniel? — ele só podia estar de brincadeira. — Devo ter traído da mesma forma que você me trai com a Beatriz.

Cuspi essas palavras absolutamente cheia de incertezas, mas foi o suficiente para ele travar nervoso diante mim.

Daniel deu um soco na mesa em seguida.

— Eu nunca... — ele estremeceu todo o seu corpo e colocou um dedo em frente à minha face —, jamais, traí você. De maneira nenhuma!

— E eu também não fiz isso! — gritei a plenos pulmões para ele. — Olhe as câmeras de segurança. Peça o horário que sua amiguinha tirou aquela foto e compare! Não aconteceu nada! Está me ouvindo? Nada!

Daniel engoliu em seco enquanto suava e suas têmporas pulsavam.

— Você deveria confiar em mim da mesma forma que confio em você. Se tivesse feito, eu mesma o diria. Sempre foi assim. Não será agora que mudará.

— Eu confio em você, só não confio nele! — disse com essa conclusão clichê. — Como sabe que não se aproveitou de você? Ele pode tê-la tocado enquanto não estava acordada.

Bufei impacientemente.

— A intenção de me trazer aqui foi justamente para não correr risco de ninguém abusar de mim. E, se quer saber, tudo o que vivi com Thomas foi porque eu fui atrás — revelei amargurada. — Eu quis. Eu pedi. Eu me esfreguei nele, me joguei para ele, provoquei e o beijei pela primeira vez. Eu, eu, eu. Thomas sempre me respeitou, perguntou e esperou meu momento, e, se tivesse feito agora, provavelmente eu teria dado em cima! E, mesmo assim, sei que rejeitaria, pelas minhas condições. Me conheço bem para saber que…

— Para saber que só está à espera de que o perdoe para se jogar nos braços dele novamente, não é? — o grito de Daniel doeu no fundo da minha alma. Meu corpo inteiro estremeceu.

Passei minha mão em minha face rígida sem paciência alguma. Não era nada disso!

— Como vamos nos casar assim? — questiono com um baque em meu coração.

— Nós vamos nos casar? — ele devolve a pergunta cheio de remorso na voz. — Vamos, Isabelle?

Fico em silêncio por algum tempo pensando e esperando que toda aquela carga de adrenalina nervosa do meu corpo saia antes de responder.

— Isa... — Dan me toca suavemente agora exatamente onde ele havia o feito mais cedo com violência. Estava ardendo, confesso —, eu amo você. Por favor, entenda que não quero perdê-la novamente. Você me prometeu que ele… — engasgou com as palavras — que ele não se aproximaria de você mais. Você disse que não deixaria, lembra?

Balancei a cabeça confirmando.

— Eu quero muito me casar com você e a levar para longe daqui — afirma, e eu suspiro com aquela possibilidade. — Poderíamos ser tão felizes juntos. Nós podemos, na verdade. Olhe para mim, por favor.

O encaro profundamente.

— Eu só quero você. Só você. Não acredite que a trocaria por Beatriz, porque isso não vai acontecer.

Balanço a cabeça positivamente, porém ainda sem saber o que falar.

— Mas, por favor, quero que sejamos um casal sem interferências. Olhe, eu prometo que a perdoo se me disser que não irá mais falar com ele.

Franzi o cenho sob essa condição. Eu sabia que deveria fazer isso, mas faria porque concluí sozinha, não porque fui proibida de fazer por um homem. Isso me parecia absurdo, afinal realmente não havia acontecido nada — e eu ainda deveria agradecer Thomas por isto.

Contudo, estava tão cansada de brigar que resolvi concordar com um aceno. Essa era uma promessa? Eu precisava pedir perdão por uma coisa assim? Isso estava certo?

Se me entregasse a um casamento em que meu marido me desse limites, poderia ser feliz?

— Case-se comigo, Isabelle? — Daniel repetiu obviamente com medo da rejeição.

Não me sentia bem com aquela maneira de seguir em frente com ele. Contudo, não sabia mais como retroceder. Eu gostava dele, mas não era tão fácil lidar com Daniel tanto quanto gostaria, principalmente sabendo dos seus planos, que nada me eram atrativos.

— Caso — minha voz saiu falhada e sem bons sentimentos. — Eu me caso — reafirmei mais firme.

Talvez fosse melhor continuar e seguir com essa ideia. Talvez minha vida estivesse mesmo entrelaçada à dele e eu só deveria aceitar meu destino.

Epílogo

Novembro de 2021 — 6 meses depois

Meu casamento com Daniel está cada vez mais próximo. Os preparativos seguem seu curso, as pessoas ao meu redor estão atentas e todos os parentes dele parecem ansiosos pelo grande dia.

Mas eu não.

E eu não estou feliz agora.

Porque minhas cartas desapareceram.

Eu procurei por elas em todos os lugares. No fundo do armário, dentro das caixas, nos cantos mais improváveis. Mas eu já sabia a verdade antes mesmo de começar a busca.

Foi ele.

Daniel.

Ele pode negar, pode fingir que não sabe do que estou falando, mas eu sei que foi ele. E foi de má-fé.

Tudo bem. Já não importa mais.

Porque agora eu sei.

Eu sei de tudo. Sei o que aconteceu. Sei por que Thomas foi embora. Sei o peso da verdade que carreguei sem perceber e quanto fui cega este tempo todo.

E agora que sei, não há mais volta.

Meu mundo está desmoronando. Mas nada se compara ao dele.

Eu sei de tudo, e vou seguir em frente com o meu plano, mesmo que isso custe a minha felicidade.

E se há algo que nunca mudou, nem com o tempo, nem com a dor, nem com a distância... foi o que sempre senti por ele.

Eu sempre fui a *melhor* amiga dele.

E agora, mais do que nunca, está na hora de provar isso.

Agradecimentos

Antes de tudo, uma notícia especial: o livro 2 vem aí! Esta história ainda não acabou, e estou animada para continuar a compartilhá-la com vocês.

Escrever sempre foi uma parte essencial da minha vida, mas transformar esta história em um livro físico só foi possível graças ao apoio de pessoas incríveis. Meu marido, Guilherme, merece meu primeiro agradecimento por estar ao meu lado em cada etapa desse processo, me incentivando a dar esse grande passo.

Também preciso expressar minha gratidão à minha professora da segunda série Cleuza, que colocou em minhas mãos o primeiro livro extenso que li na vida e que me tornou quem eu sou hoje.

Aos leitores do Wattpad e dos demais sites de leitura que acompanharam *Cartas para Thomas* desde o início, comentaram, debateram, compartilharam suas emoções, suas teorias e caminharam comigo até o fim. Vocês foram parte fundamental dessa trajetória e, sem dúvida, são uma das maiores razões para que este livro tenha saído do digital para o papel.

Obrigada a todos por acreditarem em mim e por me permitirem dividir com o mundo um pouco da minha alma através das palavras.

Com amor,

Skylari